Eiswald
Aseria
Eisskulpturen-
garten
Nuras

Emelie Chiara

Myths of Shapeshifters
forgotten legends
(Band 1)

Die Autorin

Emelie Chiara Schröck, geboren 1999, lebt mit ihrem Lebensgefährten und ihrer Tochter im Herzen der Steiermark/Österreich. Nach ihrer Ausbildung stieg sie als Vizechefin ins Familienunternehmen ein. Schon seit ihren Kindertagen ist sie begeisterte Fantasy Liebhaberin und hat schon damals kurze Geschichten geschrieben. Neben dem Schreiben ist sie ebenfalls eine begeisterte Leserin.

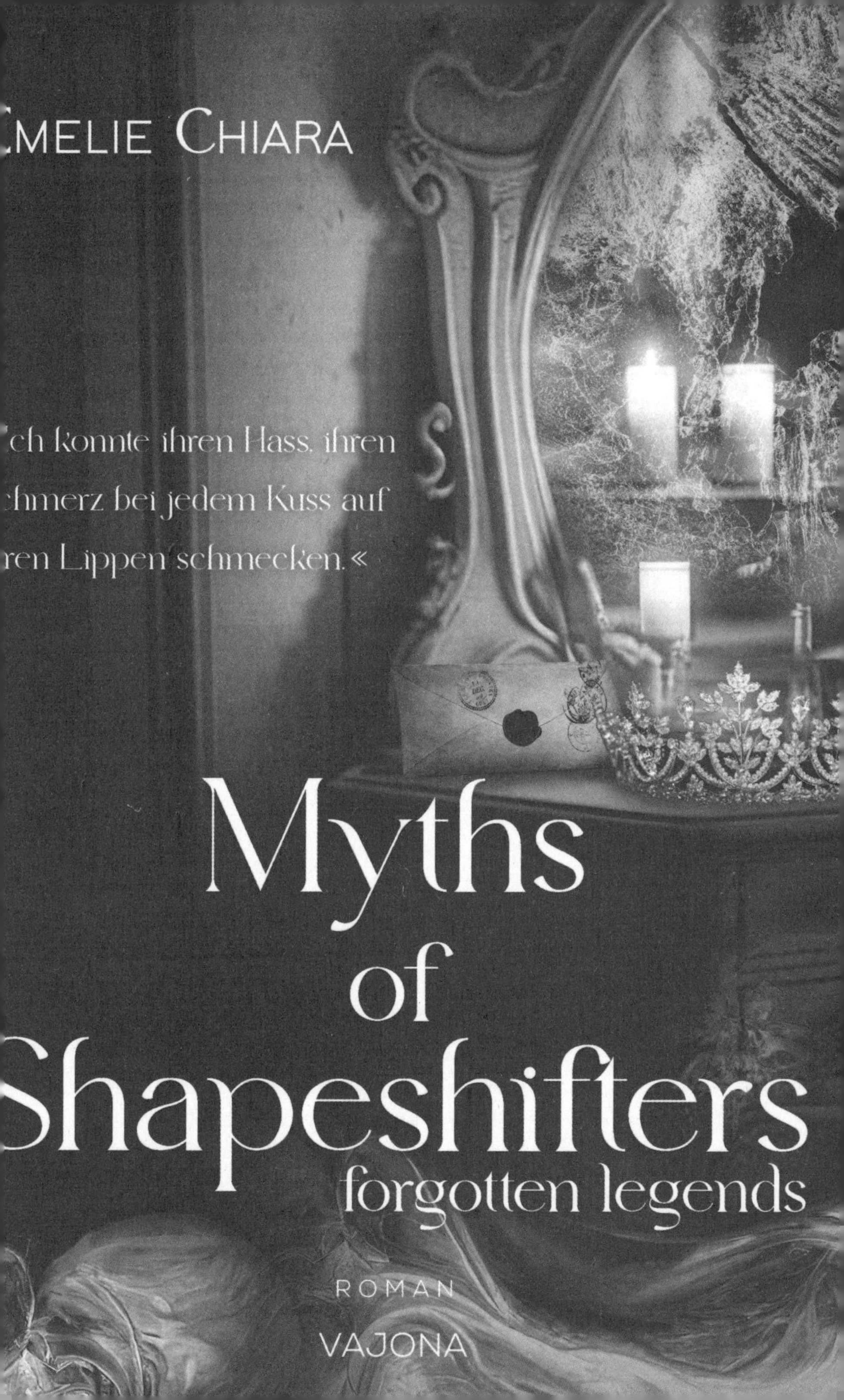
MELIE CHIARA
ch konnte ihren Hass, ihren
hmerz bei jedem Kuss auf
ren Lippen schmecken.«
Myths
of
Shapeshifters
forgotten legends
ROMAN
VAJONA

Dieser Artikel ist auch als E-Book und Hörbuch erschienen.

MYTHS OF SHAPESHIFTERS – forgotten legends

Druck und Verarbeitung:
FINIDR, s.r.o.
Lípová 1965
737 01 Český Těšín
Czech republic

Lektorat: Vanessa Lipinski
Korrektorat: Madeleine Seifert
Umschlaggestaltung: Julia Gröchel unter Verwendung von Motiven von 123rf
Satz: VAJONA Verlag, Oelsnitz

VAJONA Verlag
Carl-Wilhelm-Koch-Str. 3
08606 Oelsnitz

ISBN: 978-3-98718-205-1
VAJONA Verlag

Für alle, die sich nicht zwischen Fantasy und Romance entscheiden möchten.

Kapitel 1 Oriana

Schritt für Schritt lief ich die hundert Stufen der gläsernen Treppe von meinem Turmgemach herab. Die Kälte der Eisschicht, die die einzelnen Stufen überzog, durchdrang den dünnen Stoff meiner Seidenschuhe. Öllampen, die aus der Wand ragten, tauchten die Atmosphäre in ein gedämpftes Licht, das sich von den glatten Stufen widerspiegelte.

Danach betrat ich den langen Flur, der zwischen mir und dem Ballsaal lag, und durchquerte ihn. Dort erklang bereits eine rhythmische Symphonie, die mich vermuten ließ, dass die Feierlichkeiten schon in vollem Gange waren.

Ein kalter Schauer durchzuckte mich von Kopf bis Fuß, allein bei dem Gedanken daran, dass ich in wenigen Augenblicken all diesen jungen, arroganten Männern gegenüberstehen würde, für die ich nicht mehr als eine hübsche Trophäe war. Oder sein sollte.

Nein, dachte ich und ballte die Hände zu festen Fäusten. Ich würde sicher nicht die kleine, unsichere Prinzessin spielen, die alle nur zu gern in mir sahen. Ich würde keine Prinzessin sein, die sich einen stattlichen, attraktiven Prinzen auf einem weißen Pferd wünschte.

Also straffte ich die Schultern, hob den Kopf und spürte, wie sich ein Lächeln auf meine Lippen legte. Ich konnte nur hoffen, dass es strahlend und stark wirkte. Ich bildete mir ein, dass es die Maske war, die ich über die Jahre perfektioniert hatte.

Mit einem kurzen Wimpernschlag bedeutete ich den beiden Wachen, die jeweils links und rechts von den gläsernen Doppelflügeltüren standen, dass ich bereit war, einzutreten.

Aber war ich das wirklich? Ich musste es sein.

»Viel Vergnügen, Eure Hoheit.«

Sie nickten, senkten die Blicke und öffneten langsam die Türen.

Wie ein mysteriöser Spiegel wirkte der aufwendig polierte Eisboden, als ich den ersten Schritt in den Saal trat. Jeden Schritt setzte ich mit Bedacht, denn es wäre nicht das erste Mal, dass ich wegen des rutschigen Untergrundes auf dem Hintern landen würde. Der Geruch von Beerenwein und süßem Rauch stieg mir in die Nase und erweckte verdrängte Erinnerungen an eine Zeit, in der noch alles in Ordnung gewesen war. Damals, als der Ballsaal regelmäßig von Feierlichkeiten erfüllt wurde. Gelächter und sinnliche Symphonien, die gleichermaßen durch den Saal hallten.

Über ein ganzes Jahr war vergangen, seitdem es das letzte Mal so gewesen war.

Sofort verstummten die Gespräche. Selbst das Orchester unterbrach ihr Spiel, weshalb auch der letzte Gast, mein Auftreten bemerkte. Jedes Augenpaar richtete sich auf mich.

Auf die Prinzessin.

Das Diadem, das ich trug, war aus fein geschliffenen Kristallen gefertigt und hob sich von meinen dunklen Haaren ab. Durch den Lichteinfall schimmerte dieses vermutlich in den verschiedensten bunten Farben.

Neugierige Blicke durchbohrten mich, doch das kümmerte mich nicht im Geringsten. Als Prinzessin wurde mir schon zu Kindertagen beigebracht, wie ich solche Situationen in der Öffentlichkeit bewältigte. Das hielt mich jedoch nicht davon ab, die Kristalle an meinem Armband zwischen meinen Fingern zu drehen. Obwohl der Spitzenstoff meiner Handschuhe eine Barriere zwischen dem kühlen Glas und meinen Fingern darstellte, glaubte ich, die Stärke, die davon ausging, bis in mein Innerstes zu spüren.

Ohne Weiteres hielt ich meine erhobene Position und ergriff mit Leichtigkeit die ebenfalls behandschuhte Hand des Königs, der links neben mir auftauchte.

Mein älterer Bruder Dusan.

Seit dem Attentat von vor einem Jahr, bei dem unsere Eltern in einen Hinterhalt geführt und auf grausame Weise ermordet wurden, hatte Dusan als Nachfolger den Thron bestiegen.

Niemals würde ich den Tag vergessen, an dem uns die Nachricht über ihren Tod erreicht hatte. Genauso wenig diesen, an dem ihre Körper zurück nach Aseria gebracht wurden. Adelige, Bedienstete und Dorfbewohner gleichermaßen, hatten mit gesenkten Köpfen eine Allee gebildet, um ihre Kutsche respektvoll in Empfang zu nehmen. Meine Eltern waren gerechte Herrscher gewesen, die vom aserischen Volk geliebt wurden.

Ihre Seelen wurden den Göttern überreicht, indem ihre Körper so stark – mithilfe unserer Eismagie, die in unserer Familie vererbt wurde – gefroren wurden, bis sie zu feinem Schnee wurden. Kurze Zeit danach hatte der Wind den Schneestaub aufgewirbelt und damit meine Eltern Stück für Stück mit sich getragen.

Wenn Herrscher eines Königreichs starben, würden sie dank dieses Rituals immer ein Teil von Aseria bleiben. Genauso wie meine Mutter und mein Vater immer ein Teil von meinem Herzen einnehmen würden. Sie lebten in Dusan, meiner Schwester Rohana und mir weiter.

Dusan hatte diese traditionelle Bestattung durchgeführt und an jenem Tag hatte man in seinem Gesicht erkennen können, dass irgendetwas ebenfalls in ihm starb. Er war seither nicht mehr derselbe.

Ich verdrängte die schmerzenden Gedanken und blinzelte den Schleier beiseite, bevor ich Hand in Hand mit dem König durch den Ballsaal schritt. Vorbei an dem Orchester, das auf einem Podest platziert war. Jeder einzelne der Musikanten spielte seit meiner Kindheit im Palast, was vielleicht der Grund für ihr halbherziges Lächeln in meine Richtung war. Sie wussten ebenso wie ich, was auf mich zukam. Vielleicht war es ihre Art, mir ihre Anteilnahme auszudrücken.

Die zuvor tanzenden Adeligen wichen schlagartig zur Seite.

»Tanzt«, befahlt Dusan, gefolgt von einer eleganten Handbewegung.

Augenblicklich strömten die Gäste wieder auf die Tanzfläche

und bildeten Pärchen, während die Musikanten ein neues Stück einstimmten.

»Heute ist ein besonderer Abend.« Dusan war um einiges größer als ich, daher legte ich den Kopf in den Nacken und sprach so leise, dass es sonst niemand hören konnte.

»Geliebter Bruder, ich hoffe, dir ist bewusst, dass ich dir das alles, was du meinetwegen hier veranstaltest, doppelt und dreifach heimzahlen werde.« Mit einem frechen Lächeln blickte ich in sein Gesicht, das meinem so ähnelte.

Einer seiner Mundwinkel zuckte kurz nach oben. Doch sofort setzte er wieder die kalte Maske des erhabenen Herrschers auf.

Na gut, wie er wollte.

Früher, als wir noch Kinder waren, hatten wir nur Flausen im Kopf. Ein Streich folgte dem nächsten, sehr zum Nachteil der anderen Adeligen. Jedoch gehörte das der Vergangenheit an.

Schon lange war seine humorvolle Art nicht mehr zum Vorschein gekommen. Innerlich hoffte ich, dass er sie nur tief in sich versteckt hielt und sie nicht gänzlich verschwunden war.

Ich blickte zur Seite, musterte mein Umfeld. Ein Dutzend Prinzen aus allen möglichen Königreichen waren gekommen. Und das nur meinetwegen.

Wenn ich die Anzahl der Bewerber betrachtete, bewahrheiteten sich die Gerüchte, über die die Höflinge tuschelten. Es waren nicht nur die erstgeborenen Prinzen, die bei den Prüfungen teilnehmen durften, sondern auch die zweitgeborenen. Und als ich eine Gruppe von jungen Männern erblickte, die nicht älter als siebzehn sein konnten, bahnte sich die Vermutung an, dass sogar die drittgeborenen teilnehmen durften.

Alles nur, damit ich geehelicht werde.

Dass ich in wenigen Tagen mit einem dieser fremden Männer in dessen Königreich reisen und dort seine Gemahlin werden sollte, fühlte sich surreal an, einfach absurd. Wie ein schlechter Traum, der einem nachts den Schlaf raubte.

Doch es war kein Traum.

Es war die Realität.

Meine Realität.

Alles, was ich tun konnte, war, an der Hoffnung festzuhalten, dass der Prinz, dem es gelang, die Prüfungen mit Bravour zu absolvieren, einigermaßen ansehnlich und respektvoll war. Vielleicht könnte ich sogar glücklich werden. Zumindest redete ich mir das immer wieder ein, um die Umstände besser zu überstehen.

Wenn man den alten Legenden der Götter Glauben schenkte, wählten diese den Mann aus, der mit dem zweiten Teil der eigenen Seele geboren wurde. In einer angeblich sehr emotionalen Zeremonie vereinten die alten Götter zwei einzelne Seelen zu einer Einheit. Also hoffte ich, dass die Götter ihre Aufgabe in meinem Fall besonders ernst nahmen.

Mein Blick wanderte durch die Menge, jedoch konnte ich nur wenige bekannte Gesichter erkennen. Ein paar Adelige von Aseria, Bedienstete und – nicht zu vergessen – die Prinzen mit ihren Beratern im Schlepptau.

Ich konnte ein Augenrollen nicht zurückhalten.

Über die vergangenen Wochen und Monate hinweg waren immer wieder Bewerber hierhergereist, in der Hoffnung, eine Audienz mit meiner Wenigkeit zu erhalten. Um mein Herz für sich zu gewinnen. Das war zumindest ihr offizielles Anliegen, obwohl ich mir sicher war, dass die meisten nur eine starke Allianz im Hintergedanken hatten.

Ohne mich auch nur mit ihnen zu unterhalten, wies ich alle zurück. Mein Bruder kochte jedes Mal erneut vor Wut – was mich natürlich dementsprechend amüsierte. Aber was sollte ich sagen? Keiner dieser halbstarken Prinzen interessierte mich.

Doch das hier, ein Wettbewerb um meine Hand, grenzte an Irrsinn.

Wieso sollte der Stärkste oder Skrupelloseste unter ihnen meinen perfekten Ehemann abgeben? Abgesehen von den Legenden, denen ich skeptisch gegenüberstand.

Wir schritten an einem großen Tisch vorbei, der mit einem edel glänzenden Tafelservice gedeckt war, direkt auf drei, mir unbekannte Männer zu.

»Ich möchte dir jemand Wichtiges vorstellen«, murmelte Dusan.

Clarence

Ein kurzer Blick über die Schulter reichte aus, um den Grund für die plötzliche Stille zu erkennen.

Langsam drehte ich mich um und musterte aufmerksam die Prinzessin.

»Wow«, war das Einzige, was in meiner Überraschung flüsternd aus mir hervorbrach.

Sie sah so anders aus als all die Mädchen, die mir zuvor begegnet waren. Sie wirkte mystisch, fast schon geheimnisvoll, mit ihrer hellen Haut, diese ausschließlich die Bewohner von Aseria hatten.

Die meisten Damen betitelten mich als attraktiv, manchmal benutzten sie sogar das Wort *atemberaubend*. Und das war mir natürlich auch bewusst.

An Selbstbewusstsein mangelte es mir nicht. Doch in dem aus feinstem Eis und Glas gefertigten Palast, weit von zu Hause entfernt, fühlte ich mich nicht so selbstsicher wie sonst. Zumal ich hier nur einer von vielen Prinzen war.

Natürlich versuchte ich, es gekonnt zu überspielen.

Daher kostete es mich meine gesamte Selbstbeherrschung, nicht mein typisches rotzfreches und schiefes Grinsen aufzusetzen. Gepaart mit einem verführerischen Augenzwinkern, verfielen mir die jungen Damen am Hof normalerweise in Sekundenschnelle.

Dieses Mal würde es mir jedoch keinen großen Vorteil verschaffen. Denn ich musste, wie ebenfalls die anderen Bewerber, in drei komplexen Prüfungen meine Fähigkeiten unter Beweis stellen. Und dabei möglichst zwischen den anderen Bewerbern hervorstechen – hatte mir zumindest mein Vater geraten.

Tagelang reisten wir den weiten Weg aus Floranys an, um die Prinzessin kennenzulernen. Eine gute Partie für Laurent oder mich, erinnerte uns unser Vater immer und immer wieder.

Allein die Gerüchte, die wir über sie hörten, machten uns

jedoch selbst neugierig und wir wollten mehr über die geheimnisvolle Prinzessin von Aseria erfahren.

Unter einer *heiratsunwilligen Prinzessin* hatte ich mir etwas anderes vorgestellt. Was genau konnte ich zwar nicht beschreiben, jedoch hatte ich sie mir weniger attraktiv vorgestellt.

Sie war eine Schönheit.

Und was für eine Schönheit sie war.

Ich wusste nicht, was mich am meisten faszinierte. Die rabenschwarzen dicken Locken, die ihr bis zur Hüfte reichten? Ihr puppenartiges Gesicht? Oder doch ihre auffällig schönen Augen, die man sogar von Weitem in einem tiefen Saphirblau leuchten sah?

Alles an ihrer Erscheinung war königlich. Majestätisch.

Wieso wollte sie jedoch nicht heiraten? An den richtigen Bewerbern dürfte es wohl kaum gelegen haben. Jemand wie sie konnte sich jeden, den sie begehrte, aussuchen, solange er von adeliger Herkunft war.

Im Augenwinkel bemerkte ich, wie mein Zwillingsbruder Laurent ebenfalls die Prinzessin beobachtete. Jeder Blinde würde erkennen, wie sehr sie ihm gefiel. Da war er auch nicht der Einzige.

»Es schickt sich nicht, so zu gaffen, Bruder«, zog ich Laurent auf und stieß ihm gegen die Schulter.

Er riss seinen Blick von der Prinzessin los und schaute mich mit schräg gelegtem Kopf an. »Ich gaffe nicht«, stellte er schmunzelnd klar. »Ich beobachte meine zukünftige Frau.«

Ein herzhaftes Lachen entfuhr mir, während ich eine Hand vor dem Mund und die andere an meinen Bauch hielt. »Du meinst, mit der zukünftigen Frau deines gut aussehenden Bruders.« Ich wackelte mit den Augenbrauen.

»Wir sehen fast gleich aus, Clarence«, entgegnete Laurent und überdrehte die Augen.

Damit hatte er auch recht.

Bis jetzt hatten wir selten Probleme damit, dass uns beiden dieselbe Frau gefiel – oder eine Frau an uns beiden interessiert war.

Denn obwohl wir Zwillinge waren, konnten wir kaum unterschiedlicher sein. Nicht nur optisch, sondern auch in unseren Charakterzügen.

»Möge der Bessere von uns gewinnen«, erklärte ich und reckte überheblich das Kinn.

Laurent nickte und griff nach meiner Hand.

Ein Handschlag.

Eine Abmachung.

Jedoch konnte ich dem Drang nicht widerstehen, Laurent in den Arm zu zwicken. Aus seinen blauen Augen sah er mich erschrocken an.

»Aua, du Idiot«, jammerte er und stieß mit seiner Schulter gegen mich.

Ich torkelte zur Seite. Wir beide grinsten um die Wette.

Wenn unser Leben doch nur jeden Tag so unbeschwert sein könnte.

»Benehmt euch«, zischte unser Vater, der unser Gezanke mitbekommen hatte. Demonstrativ legte er jedem von uns eine Hand auf die Schulter und drückte sie. Fest.

»Natürlich« antwortete ich und versuchte, mein Lachen zu unterdrücken. Vater war es, der wollte, dass wir an den Prüfungen teilnahmen. Meinen Bruder und mich störte es nicht, so wunderschön wie die Prinzessin war. Auch wir waren gezwungen, früher oder später jemanden zu heiraten, der aus einer hochrangigen Familie kam. Und sie schien mir eine gute Wahl zu sein.

Wir senkten respektvoll die Blicke, als der König mit der Prinzessin den Ballsaal durchquerte und direkt auf uns zusteuerte.

Für eine Sekunde schloss ich die Augen und atmete tief durch, um mich mental auf das erste Aufeinandertreffen mit Prinzessin Oriana vorzubereiten.

Meiner hoffentlich zukünftigen Frau.

Oriana

Mit einer fließenden Handbewegung deutete Dusan auf drei mir unbekannte Männer und blieb direkt vor ihnen stehen.

»Darf ich vorstellen? König Garbhan von Floranys und seinen beiden Söhnen, Prinz Clarence und Prinz Laurent. Wenn ich mich recht erinnere, werden beide Prinzen morgen bei dem Wettstreit um deine Hand teilnehmen.«

Die Prinzen nickten zustimmend.

Ich nickte ebenfalls und deutete eine kleine Verbeugung an. »Es freut mich sehr, Euch und Eure Söhne in Aseria willkommen heißen zu dürfen.« Ein aufgesetztes Lächeln umspielte meine Lippen. Ich spürte es ganz deutlich und es fühlte sich keineswegs gut an.

Die Prinzen dürften etwa im selben Alter sein wie Dusan. Sie machten eine elegante Verbeugung und blickten unter dichten Wimpern zu mir auf.

Ein Paar ausdrucksstarke, bernsteinfarbene Augen und ein paar Augen in einem lieblichen, leuchtenden Aquamarinblau starrten mich an. Man konnte an ihren Gesichtern deutlich erkennen, dass sie Zwillinge waren, dennoch waren sie verschieden.

Als Begrüßung küssten sie nacheinander meine in Spitze gehüllte Hand.

»Wir haben schon viel von Euch gehört«, sagte der Prinz mit den goldenen Locken und den bernsteinfarbenen Augen.

War das jetzt Clarence oder Laurent?

»Es ist erfreulich, Euch nun endlich persönlich kennenzulernen.« Er grinste frech. »Vielleicht ändert sich noch Eure Meinung über eine freiwillige Heirat. Wir würden die Prüfungen nicht benötigen.«

Natürlich kannte er die Gerüchte, die über mich kursierten. Die Frage war eher: Wer kannte sie nicht? Die *heiratsunwillige Prinzessin Oriana von Aseria*, so würde die Schlagzeile auf einem Tagesblatt lauten.

Selbst bei uns im Palast tuschelten die Höflinge, sobald sie mich sahen. Weshalb ich in den letzten Wochen nur ungern meine Gemächer verlassen hatte. Nicht dass ich auf die Meinung mir fremder Personen Wert legen würde und doch störten sie mich seltsamerweise.

Und sie verletzten mich.

»Mir sind schon mehrere Erzählungen von den sagenumwobenen Zwillingsprinzen von Floranys zu Ohren gekommen«, fuhr ich fort und meine Augen fixierten ihn amüsiert.

»Ich hoffe, nur Gutes.« Sein Grinsen wurde breiter.

Eine meiner Augenbrauen schoss fragend nach oben. Natürlich wusste er, welche Erzählungen ich meinte. Die Prinzen waren in allen Königreichen dafür bekannt, unterschiedlich wie Tag und Nacht zu sein.

Prinz Laurent wurde von allen geliebt und begehrt. Er half dem König bei Staatsangelegenheiten und kümmerte sich um das Wohlergehen der Stadtbewohner. Für einen Prinzen wirkte er fast bodenständig, was eher selten vorkam.

Clarence hingegen war das genaue Gegenteil. Und damit war ich sicher, dass er vor mir stand. Überall war er für seine Damengeschichten und extravaganten Feiern bekannt. Es kursierten Gerüchte, dass er sich nur so verhielt, damit er nicht den Thron besteigen musste. Auch wenn er nur einige Minuten vor seinem Bruder zur Welt gekommen war, war er offiziell der erstgeborene Sohn des Königs. Und somit der rechtmäßige Thronfolger von Floranys.

Natürlich waren das alles nur Vermutungen. Tratsch, den sich die Leute erzählten.

»Wisst ihr, Prinz …?« Meine Hand wedelte fragend in seine Richtung.

»Clarence«, sagte er rau.

»Ach ja, Prinz Clarence.« Meine Miene wurde berechnend. »Ihr müsst wissen, ich mache mir nicht viel aus Gerüchten. Und wenn ich Euch einen Rat geben darf: Das solltet Ihr genauso wenig.«

»Wie recht Ihr doch habt, Prinzessin«, fuhr er fort. »Ich bilde mir gern meine eigene Meinung.«

»Gut.«

Ohne auf eine Antwort zu warten, wandte ich mich an König Garbhan. »Eure königliche Majestät.« Ich senkte den Kopf. »Wärt Ihr so freundlich, meinen Bruder und mich für einen kurzen Moment zu entschuldigen?« Ich versuchte, ein Lächeln aufzusetzen, das mir nur halbherzig gelang.

»Selbstverständlich, Prinzessin«, erwiderte der König mit tiefer Stimme und nickte mir zu.

Es war nicht zu übersehen, dass die Zwillinge ihr attraktives Aussehen von ihrem Vater geerbt hatten.

Ihre Mutter hatte meines Wissens ihr Leben im Wochenbett gelassen. Ihr Körper hatte sich von der Zwillingsgeburt nicht erholen können. So hatte es mir zumindest Dusan erzählt.

Ich griff zaghaft nach dem Arm meines Bruders und ging ein Stück. Suchend blickte ich mich nach neugierigen Ohren um und als ich sicher war, dass uns niemand belauschte, sah ich Dusan eindringlich an.

»Das ist einfach verrückt. Mutter und Vater hätten mich nie zu so etwas gezwungen, ihnen war immer wichtig, dass ich, wenn ich irgendwann heiraten sollte, genau wie sie eine Liebesheirat eingehen würde und nicht bei so einem absurden Wettbewerb versteigert werde.«

Sein Griff um meinen Arm wurde stärker. »Oriana, jetzt hörst du mir mal ganz genau zu.« Zornesröte stieg ihm in die Wangen und es war äußerst befremdlich, meinen sonst so gelassenen Bruder, derartig ernst zu erleben. »Glaubst du wirklich, ich mache das alles aus irgendeiner Laune heraus? Schon seit Jahren bist du im heiratsfähigen Alter. Mittlerweile tuscheln die Adeligen hinter vorgehaltener Hand die wildesten Gerüchte, wieso eine Prinzessin mit *einundzwanzig* Jahren noch immer nicht verheiratet ist. Seit dem Vorfall mit unseren Eltern wirkt Aseria geschwächt und leicht verwundbar. Durch eine Allianz mit einem anderen Königreich könnten wir stärker als je zuvor emporsteigen. Verstehst du das nicht?«

Natürlich verstand ich es. Aber was ich nicht verstand, war, wieso die Bürde auf meinen Schultern lastete.

»Wieso heiratest du nicht, um eine starke Allianz für Aseria zu knüpfen?«, zischte ich. »Wieso muss ich es sein? Wieso muss ich mein Leben für unser Königreich aufgeben?«

Dusan schloss für eine Sekunde seine Augen und atmete tief durch, bevor er antwortete: »Weil das alles nicht so einfach ist, wie du denkst. Oriana, versteh doch, dass eine Heirat für dich nötig ist. Nötiger als für mich.«

Ich hatte genug gehört. Wut ergriff blitzschnell Besitz von meinem Körper und ein kaltglühendes Gefühl zuckte durch mich hindurch. Es erforderte meine vollkommene Beherrschung, nicht auf der Stelle loszubrüllen. Oder den gesamten Ballsaal, mitsamt seiner Besucher schockzufrosten. Denn meine Eismagie summte bereits energisch durch meine Venen.

Ich schloss die Augen und atmete tief durch.

Einmal.

Zweimal.

Ruckartig entzog ich Dusan meinen Arm. Mit einer eleganten Drehung wandte ich meinem Bruder die kalte Schulter zu und stolzierte quer durch den Ballsaal, dorthin, wo ich meine jüngere Schwester Rohana und meine Zofe Mabel zuvor erspäht hatte.

Waren das seine einzigen Sorgen als König? Seine kleine Schwester zwangsverheiraten, um Aseria stärker darzustellen? Natürlich könnte er seine Energie stattdessen dafür verwenden, dem Mord an unseren Eltern nachzugehen. Nachforschungen anzustellen, um die Wahrheit ans Tageslicht zu bringen. In mir brannte noch immer der enorme Drang nach Rache.

Blut für Blut.

Was es auch kosten mochte.

Am Rand des Ballsaals befand sich eine Pyramide aus kunstvoll gestapelten Kristallgläsern, jedes von ihnen natürlich bis obenhin mit Beerenwein gefüllt. Das war der Grund, wieso Rohana und Mabel sich genau hier aufhielten.

Unauffällig griff ich nach Rohanas Hand und umklammerte sie fest mit meinen vor Wut zitternden Fingern. Ein einziger flüchtiger Blick in ihre Augen reichte, um zu erkennen, dass sie dasselbe fühlte.

»Du wirst es nicht schaffen, ihn zu überreden«, murmelte sie und nahm einen kräftigen Schluck aus ihrem Glas.

Meine Schwester war ein optisches Ebenbild von mir, nur ihr Haar war um einiges kürzer und reichte ihr bis knapp zum Schlüsselbein.

»Ich weiß.« Pure Verzweiflung löste die Wut in mir ab. »Ich kann mein Schicksal doch nicht einfach so hinnehmen.«

Mabel nickte verständnisvoll. »Ich würde dir gern etwas anderes raten, aber es wird dir vermutlich nichts anderes übrig bleiben, als es zu akzeptieren und das Bestmögliche daraus zu machen.«

Schon seit Jahren war sie meine Kammerzofe, doch sie war mehr als das. Nach all der Zeit, die wir zusammen verbracht hatten, war sie zu einer guten Freundin meiner Geschwister und mir geworden.

Freundschaften zwischen Adeligen und Bediensteten wurden in der Öffentlichkeit zwar nicht gern gesehen, doch das kümmerte uns nicht.

»Hier.« Mabel reichte mir eines der Kristallgläser direkt vom Kunstwerk.

»Danke«, erwiderte ich mit einem schwachen Lächeln. In einem Zug spülte ich den Wein meine Kehle hinab und verzog angewidert das Gesicht.

Das brauchte ich, um den letzten Funken meiner Magie zu zügeln.

Es verging etwa eine Stunde, bis ein leises Klingen unser Gespräch unterbrach. Rohana, Mabel und ich hatten uns zu einem hochgelegten Tisch gesellt und es uns dort mit einigen Kristallgläsern gemütlich gemacht.

Das Amüsante war, dass sich meine kleine Schwester als wahre Expertin beim Verscheuchen der Anwärter herausstellte. Denn keiner der Prinzen wagte sich an ihrer mürrischen Präsenz vorbei. Ein Charakterzug, den sie anscheinend heute Abend neu für sich entdeckt hatte. Kein einziges Mal zuvor hatte ich sie in solch einer gereizten Laune erlebt.

Ich wirbelte mit dem Kopf herum und erkannte, wie Dusan ein weiteres Mal mit seiner vergoldeten Dessertgabel an seinen Kelch stieß.

Die Gespräche verstummten im selben Moment, in dem die Musikanten ihr Spiel beendeten.

Die Tanzenden hielten inne. Auch die Gäste, die sich rund um die Tafel niedergelassen hatten, unterbrachen ihre Mahlzeiten.

Er zog die gesamte Aufmerksamkeit auf sich.

Ich wartete gespannt, die Arme vor der Brust verschränkt, nippte ich gelegentlich an meinem Glas. Ich war keine große Trinkerin, jedoch war es eines der Dinge, das den Abend etwas erträglicher machte.

»Ich bedanke mich im Namen von Prinzessin Oriana und mir für Ihr Erscheinen. Morgen bei Sonnenaufgang wird die erste der insgesamt drei traditionellen Prüfungen um die Hand von Prinzessin Oriana stattfinden.« Mit einer eleganten Bewegung deutete Dusan auf mich. Das gezwungene Lächeln, das er dabei aufsetzte, erreichte seine Augen nicht.

Gefühlt alle Blicke waren plötzlich auf mich gerichtet. *Schon wieder. Na großartig.*

Dusan zupfte die Aufschläge seiner traditionellen aserischen Robe zurecht. Die Kleidung, die Vater früher getragen hatte. Noch gut konnte ich mich an die indigoblauen, verschnörkelten Stickereien erinnern, die die elfenbeinfarbene Seide zierten. »Alle hier Anwesenden wissen, welche Ehre ihnen und ihren Königreichen mit der Teilnahme an diesen Spielen zuteilwird.«

Genau das war es für die meisten: lächerliche Spielchen. Ihnen bedeutete das alles vielleicht nicht viel, aber mir sehr wohl. Mir bedeutete es alles, denn es war schlussendlich meine Zukunft, die von diesen drei altertümlichen Spielen abhing.

Dusans Ausdrucksweise erweckte den Anschein, als wäre ich nicht anwesend. Als er weitersprach, wanderten die Blicke wieder zurück in seine Richtung, was ich sofort ausnutzte.

Um nichts in der Welt würde ich nur eine Sekunde länger diese taktlose Rede weiter anhören.

Ohne das Ende abzuwarten, schlüpfte ich aus dem Saal.

Kampflos würde ich meinem Schicksal bestimmt nicht ins Auge sehen.

Kapitel 2 Oriana

Einen Fluch nach dem anderen, murmelte ich vor mich hin, während ich den Ballsaal verließ. Noch immer hatte Wut die Oberhand über mein Gefühlschaos.

Eine Gänsehaut überzog meinen Körper – und das lag nicht nur an der noch intensiveren Kühle, die heute unüblicherweise ausgebrochen war.

Die Magie der königlichen Blutlinie ermöglichte es – obwohl der Palast aus Glas und Eis gefertigt war – dass die Temperatur durchaus als angenehm empfunden wurde. Ohne dass das Eis dahin schmolz. Dusan übernahm alle Tätigkeiten, die sich rund um den Erhalt des Palasts, sowie auch um die magische Mauer, die um Aseria errichtet war, drehten. Zwar könnten Rohana oder ich ebenfalls diese Dinge übernehmen, doch diese Aufgaben oblagen alleinig dem Herrscher.

Während ich durch den Flur schlenderte, hielt ich meine Arme eng an meinen Körper geschlungen, um die verbliebene Wärme bei mir zu behalten. Dass die Götter uns nicht immun gegen die Kälte erschufen, war eine Farce. Meine Mutter hatte immer gemeint, dass sie gern feilschten und jede Gabe auch ihren Preis hatte. Sie hatte gesagt, die Götter würden uns wohl kaum mit der Gabe, Eis und Schnee zu erschaffen und beides kontrollieren zu können, beschenken, ohne uns dabei eine Kleinigkeit aufzubürden.

Der Schneesturm, der draußen wütete, peitschte gegen die großen bodentiefen Fenster, an denen ich einen Moment innehielt.

Feine Eiskristalle überzogen die dünnen Fensterscheiben.

Schon immer faszinierten mich der Schnee und das Eis, das Aseria ganzjährlich überzog. Zarte Schneeflocken waren so zerbrechlich, sanft und wunderschön anzusehen. Doch größere Mengen konnten zerstören, Menschen unter sich begraben und Leben beenden.

Ein Räuspern riss mich aus meinen Gedanken. Sofort wirbelte ich herum. Im düsteren Schatten der Wendeltreppe erkannte ich die Umrisse einer Person, die sich zwanglos an die gläserne Brüstung der Treppe lehnte und mir ein forderndes Lächeln schenkte.

Zane.

Der Kronprinz von Westerys.

Schwer hämmerte mein Herz gegen meine Rippen, bei der Erkenntnis. Von allen Prinzen, die ich bisher kennengelernt hatte, war er derjenige, dessen Auftauchen mich am meisten überraschte.

»Ich hatte eigentlich früher mit dir gerechnet, Oriana.« Mit einem Temperament, das nur wenige Männer in seinem Ausmaß besaßen, trat er aus dem Schatten und strich mit seinen Fingern durch seine kurzen, onyxfarbenen Locken. »Ich dachte, du hältst es dort keine fünf Minuten aus.«

»Was machst du hier?« Ich kniff die Augen etwas zusammen.

»Du meinst nach unserem letzten Treffen?«, fuhr er mit tiefer Stimme fort. »Ich muss schon zugeben, ich war sehr niedergeschlagen, als ich von deiner plötzlichen Abreise erfuhr.«

Ungern erinnerte ich mich an unsere letzte Begegnung.

Es war, bevor meine Eltern starben. Anfangs verlief alles wie in einer Geschichte aus einem Märchenbuch. Zane schickte einen Boten, den ganzen weiten Weg von Westerys bis nach Aseria, um mir die Einladung für seinen Ball zu überbringen. Der arme Junge musste sicher tagelang ohne Rast unterwegs gewesen sein.

Als ich Westerys zum ersten Mal gesehen hatte, war ich aus dem Staunen gar nicht mehr rausgekommen.

Der Palast war zwischen weitläufigen Dünen aus überwältigendem, dunklem Vulkanstein erbaut worden. Das Klima machte mir zwar etwas zu schaffen, denn es war ungewöhnlich warm. Ganz anders als die eisige Kälte, die ich in Aseria gewohnt war.

Zwei Wochen verbrachte ich mit den anderen Gästen am Hof. Meist mit Zanes jüngerer Schwester Stella, die etwa im selben Alter wie Rohana war. Denn Prinz Zane war die gesamte Zeit über – wenn ich ihn mal zu Gesicht bekam – von Scharen junger adeliger Damen umkreist.

Jede wollte sich bestmöglich zur Schau stellen und hoffte, dass sie diejenige sein würde, die der Prinz als die Seine auserwählt.

Doch ich war diejenige, die er versuchte zu umgarnen. Jedoch nicht auf die Weise, wie Männer vor ihm ihr Glück bei mir probiert hatten. Es waren seine Blicke, die mich in ihren Bann gezogen hatten. Vielleicht auch die mit Bedacht gewählten Worte, die über meine Haut wie feine Seide geglitten waren.

Natürlich ging seine Erscheinung nicht spurlos an mir vorbei. Die Augen so tiefschwarz und intensiv wie zwei glühende Kohlestücke, sein Haar in dem gleichen dunklen Ton. Die makellos gebräunte Haut. Solche Männer gab es bei uns in Aseria nicht und vielleicht war genau das der Grund für meine Faszination um seine Person.

Genauso wie sein Goldschmuck, den er ganz offen trug. Aserische Männer legten nur Wert darauf, dass ihre Kleidung funktionell war und nicht so elegant wie die von Zane.

Es wäre eine Lüge, wenn ich behaupten würde, die eng geschnittenen Hosen und lockeren Tuniken hätten seinen Körper nicht besonders gut zur Geltung gebracht.

Immer wieder – wenn ich mit Zanes Schwester Stella in den Fluren von Westerys unterwegs war und Zane irgendwo auftauchte – nutzte er seine Chance und verwickelte mich in Gespräche oder in gemeinsame Spaziergänge.

Schon eine Woche bevor der Ball stattfand, besuchte er mich täglich und wir verbrachten so viel Zeit miteinander, wie es uns möglich war.

Bis der Ball endlich stattfand.

Ich tanzte durch den prachtvoll geschmückten Saal und konnte kaum die Augen von Zane lassen, als dieser sich endlich blicken ließ. Den ganzen Abend warfen wir uns verstohlene Blicke zu und nachdem er endlich zu mir kam, um mich zum Tanz aufzufordern, war es um mich geschehen.

Später am Abend flüsterte er mir ins Ohr, ob ich mit ihm am angrenzenden Strand spazieren gehen wolle. Er erzählte mir, wie schön er bei Nacht sei.

Der Strand wohlbemerkt.

Obwohl ich mir sein attraktives Gesicht im Sternenlicht auch recht ansehnlich vorstellte. Er griff nach meiner Hand und unsere Finger schlossen sich ineinander. Wir waren schon auf halbem Weg nach draußen, als sich uns plötzlich eine dunkelhaarige Frau in den Weg stellte. Ihr Blick deutete darauf hin, dass sie nicht gerade erfreut war, uns zusammen zu sehen.

Zuerst sah sie Zane mit einer zornerfüllten Miene an. Danach wanderte ihr Blick über unsere verschränkten Finger, weiter zu meinem Gesicht.

Auf solche Eifersüchteleien hatte ich keine Lust.

Mit einem Ruck entzog ich ihm meine Finger, als die Frau ohne Vorwarnung den Inhalt ihres Weinkelches über mein helles Gewand kippte. Genau in diesen Moment summte meine Magie und meine Venen wurden mit einem kühlen, prickelnden Gefühl durchzogen. Es war ausgeschlossen, dass ich meiner Magie freien Lauf ließ, um der unbekannten Dame eine Lektion zu erteilen.

Ohne Zanes Reaktion abzuwarten oder auch nur ein Wort von mir zu geben, verließ ich den Saal und steuerte schnurstracks auf die von mir bewohnten Gemächer zu.

Am nächsten Tag reiste ich zurück nach Aseria.

Vielleicht hatte ich die fremde Dame nie zuvor gesehen, weil sie sowieso die gesamte Nacht über Zanes Bett gewärmt hatte.

Liebeskummer war wie eine Krankheit, die den Körper genauso wie den Geist schwächte. Beides konnte ich nicht gebrauchen, weshalb ich mir an jenem Abend selbst ein Versprechen gab. Nie wieder würde ich einem Mann mein Herz so bedenkenlos offenbaren.

Wenn ich könnte, würde ich diese unangenehme Erfahrung gern vergessen. Noch Monate danach schmerzte mein Herz. Vielleicht sogar jetzt noch. Obwohl es absurd war, dass es mir so nahe ging. Wir kannten uns nur spärlich und dennoch fühlte ich es.

Für mein Herz war es nämlich vollkommen irrelevant, ob es logisch oder nachvollziehbar war.

Ich versuchte den Abstand zwischen uns zu wahren und machte einen Schritt nach dem anderen rückwärts, bis mein Rücken die kalte Steinmauer berührte. Wenn mich jemand mit ihm hier allein, so nahe beieinander sehen würde, dann …

Anmutig kam er immer näher. Mit einer Hand stützte er sich neben meinem Gesicht an der Mauer ab. Nur noch Zentimeter trennten uns.

Er war mir so nahe, dass sein warmer Atem mein Gesicht streifte, als er sich zu mir herabbeugte.

Hitze breitete sich schlagartig in meinem Bauch aus und erstreckte sich bis zu meinen kurvigen Schenkeln. Mit seinem rauen Zeigefinger berührte er mein Kinn und hob es ein Stück, damit ich ihn ansah. Sein protziger Goldring, auf dem ein Drache eingraviert war – sein Familienwappen, schimmerte im gedämpften Licht.

»Schöner denn je«, sagte er verrucht und sein Lächeln wurde breiter. »Ich hoffe nur, du verwandelst mich nicht in einen wandelnden Eisblock, nun, da ich hier bin.«

Ich kniff die Augenbrauen etwas zusammen. »Wovon sprichst du?«

Er kramte in seiner rechten Hosentasche und zog einen weißen Umschlag hervor. »Erkennst du ihn wieder?« Mit einer Hand öffnete er den Brief und räusperte sich, bevor er begann ihn laut vorzulesen: »Lieber Zane. Wenn du es wagst, nach Aseria zu kommen, werde ich dich in einen lebendigen Eisblock einfrieren und dich in den Eisskulpturengarten meiner Mutter stellen. Mit einem zugehörigen Schild, auf dem *verlogener Mistkerl* vermerkt ist.«

Ich hatte ihn als verlogenen Mistkerl betitelt, weil ich gedacht hatte, er hätte bereits eine andere Dame als die Seine erwählt. Grundlos hatte sich uns die dunkelhaarige Frau von damals sicher nicht in den Weg gestellt. Um solch ein Theater vor dem Kronprinzen von Westerys zu veranstalten, benötigte es einen triftigen Grund.

Nachdem er den Brief fertig gelesen hatte, wollte er ihn wieder in seine Hosentasche stecken, doch ich hielt ihn auf und schnappte mir den Umschlag.

Sofort musterte ich den Brief. Die Schrift war meiner eigenen zum Verwechseln ähnlich.

»Ich … ich habe dir nie einen Brief geschickt.« Ich schüttelte ungläubig den Kopf. »Ich meine … Wow, er hört sich wirklich sehr nach mir an, aber ich habe ihn nie geschrieben, geschweige denn verschickt.«

Ich verstand die Welt nicht mehr. Wer könnte unter meinem Namen einen Brief an Zane geschickt haben? Und die wichtigere Frage war: Wieso?

Zane grinste so breit, dass man seine weißen geraden Zähne erkennen konnte. »Na ja, es war auch der einzige Brief, mit dem du mir geantwortet hast. Als endlich ein Brief von dir zurückkam, hätte ich nicht mit solch einem unfreundlichen Inhalt gerechnet.«

»Was meinst du damit? Der einzige Brief? Du hast mir mehrere Briefe geschickt?«, fragte ich. Die Verwirrung musste mir wortwörtlich auf der Stirn geschrieben stehen.

Er stieß sich elegant von der Wand ab und gab mir etwas von dem Freiraum, den ich im Moment benötigte.

Mit zwei Fingern rieb er sich übers Kinn und blickte nachdenklich nach oben. »Hmm, lass mich nachdenken. Es sind dreizehn Monate vergangen, seitdem du in Westerys warst und mich hast abblitzen lassen. Also dreizehnmal …« Er wippte mit dem Kopf und rechnete anscheinend in seinem Kopf die Anzahl der Briefe nach, die er verschickt hatte. »Es müssten so in etwa um die einundzwanzig gewesen sein.«

Ich blinzelte mehrmals. In dem Moment, in dem Zane die verdammte Zahl erwähnte, kämpfte mein Inneres gegen meine fast entgleisende Miene an. Wer schreibt jemandem so viele Briefe? »Wie bitte? Einundzwanzig Briefe?«

»Ja, genau.«

»Wieso, in Götters Namen, hast du mir so viele Briefe geschrieben?«, fragte ich halb lachend. Es war einfach so absurd, dass Zane, der mysteriöse, selbstverliebte Prinz von Westerys, mir einundzwanzig Briefe geschickt hatte. Erst recht, da ich keinen davon je zu Gesicht bekommen hatte.

Er zuckte kurz mit den Schultern. »Anfangs hatte ich dir eine Handvoll Briefe geschickt, um mich zu entschuldigen und mein Beileid auszusprechen.« Er befeuchtete kurz seine Lippen, bevor er ruhig fortfuhr. »Doch als ich monatelang keine Nachricht von dir zurückbekommen hatte, dachte ich mir, wenn ich dir so viele Briefe schicke und dir damit auf die Nerven gehe, vielleicht schreibst du mir dann zurück. Und vielleicht vergibst du mir.«

»Warte. Warte.« Ich wedelte wild mit den Armen umher. »Ich muss ein paar Dinge klarstellen. Erstens: Ich habe keinen einzigen Brief von dir erhalten. Und zweitens: Ich weiß nicht wer dir den – ich nenne ihn mal Drohbrief – geschickt hat, aber ich war es auf jeden Fall nicht.«

Na ja, das Zweite stimmte vielleicht nicht ganz. Der Einzige, der mir einfiel, war mein geliebter Bruder. Auf jeden Fall musste ich ihn mir morgen vorknöpfen. Denn wer sollte sonst einundzwanzig an mich adressierte Briefe verschwinden lassen?

Dusan hatte natürlich mitbekommen, wie verletzt ich damals aus Westerys zurückgekommen war. Und dass Zane einer der Gründe war, wieso ich an den anderen Prinzen kein Interesse zeigte. Das wäre der einzige Grund, der mir einfiel, weshalb Dusan die Briefe hatte verschwinden lassen.

Zane warf den Kopf in den Nacken und lachte.

»Was ist so witzig?«, fragte ich und natürlich musste auch ich schmunzeln.

Zane schüttelte den Kopf und biss sich auf die Unterlippe. »Ich bin mir nicht sicher, ob ich jetzt erleichtert sein soll oder nicht.

Der Grund dafür, dass ich nie einen Brief zurückerhalten habe, lag darin, dass du nie einen von mir bekommen hast.«

»Keiner hat gesagt, dass ich geantwortet hätte, falls ich sie erhalten hätte«, murmelte ich.

Ich war so verletzt gewesen. Ich dachte, die Spannung, die sich in Westerys zwischen uns aufgebaut hatte, hätte ich mir eingebildet. Doch anscheinend hatte ich in Zane ähnliche Gefühle ausgelöst. Ohne guten Grund hätte er mir bestimmt keine einundzwanzig Briefe geschrieben.

Es vergingen einige Sekunden, bis Zane mit ruhiger Stimme antwortete: »Sag mir, dass ich gehen soll, wenn es das ist, was du willst. Ein einziges Wort von dir, Oriana, und ich bin weg.«

Und da war es. Das klassische Szenario, dass mein Kopf und mein Herz einen stummen Krieg gegeneinander ausführten.

Ich konnte es nicht sagen. Nein, das wollte ich nicht sagen.

Sanft glitten seine Finger von meinem Kinn über meinem Hals zu meinem Schlüsselbein und wanderten weiter zu meinem Oberarm, verharrten bei meinem Spitzenhandschuh. Mit federleichten Berührungen umspielte er die weiße Haut rund um den Ansatz.

Langsam wanderte sein Finger unter den feinen Stoff und ich erschauderte augenblicklich, unter dieser noch so leichten Berührung. Ich hasste mich dafür, wie verräterisch mein Körper auf ihn reagierte. Mir waren solch intime Tätigkeiten als Prinzessin nur mit meinem Ehemann nach der Hochzeit erlaubt. Weshalb mich noch nie fremde Hände berührt hatten.

»Wenn uns jemand sieht, dann …«, flüsterte ich.

Er schüttelte den Kopf. »Ich werde dich nicht entehren, Oriana.« Seine Stimme wurde sanfter. Ein Hauch von einem Kuss berührte meine glühende Wange.

»Ich bin gekommen, um an den Prüfungen teilzunehmen. Ich werde um dich kämpfen, mir dich verdienen. Bis du schlussendlich mir gehörst. Zu mir gehörst.« Er schlang seinen Arm um meine schmale Taille und zog mich zu sich.

Millimeter trennten unsere Lippen, während er mit seinen dunklen Augen meinen Blick festhielt.

Unwillkürlich öffnete ich die Lippen.

»Deine Geliebte wird nicht erfreut sein, wenn sie erfährt, dass du hier bist«, murmelte ich.

Zane schmunzelte. »Eifersüchtig?«

»Nicht im Geringsten.« Eine Lüge.

Er leckte kurz über seine Lippen, bevor er weitersprach. Meine Augen verfolgten jede seiner Bewegungen.

»Die Frau auf dem Ball war nicht meine Geliebte, falls du das denkst«, versuchte er zu erklären.

»Ach so, deswegen hat sie mir den Wein übers Kleid gekippt, weil sie *nicht* deine Geliebte ist.« Ich nickte mehrmals. »Das machen fremde Frauen immer so. Ich verstehe.« Den Spott in meiner Stimme versuchte ich nicht zu verbergen. Er sollte ruhig mitbekommen, was ich von ihm dachte.

»Mirabelle wäre gern meine Geliebte, aber wer kann ihr das verübeln?« Er stieß die Luft aus und legte den Kopf schief. »Wer wäre denn nicht gern meine Geliebte?«

»Ich«, versicherte ich ihm. Die Lüge kam mir noch einfacher über die Lippen als die vorherige. »Übrigens. Deine Arroganz lässt dich nicht gerade attraktiv wirken.« Wieder eine Lüge. Seit wann war ich so eine gute Lügnerin?

Er strich eine Strähne hinter mein Ohr und tippte mir danach auf die Nasenspitze. Wie versteinert stand ich da und spürte den elektrisch geladenen Blitz, der durch mich zuckte. Was Zane nicht entging. Denn sein Lächeln verzog sich zu einem breiten Grinsen.

»Wie recht du doch hast, Prinzessin.«

Am liebsten wäre ich im Erdboden versunken. Auf der Stelle.

Vom anderen Ende des Flurs ertönten Schritte, die unser Gespräch schlagartig unterbrachen.

»Ich … ich sollte jetzt gehen. Gute Nacht«, war das Einzige, was mir spontan einfiel. Er würde sich vielleicht halten können, aber ich könnte nichts versprechen, wenn ich noch länger bleiben würde. Zu lange sehnte ich mich nach männlichen Berührungen.

Nach seinen Berührungen.

Schon allein die Tatsache, dass er, obwohl ich ohne ein Wort abgereist war, sich dennoch dazu entschieden hatte, um meine Hand zu kämpfen, ließ mich erröten. Irgendetwas musste ich ebenfalls in ihm ausgelöst haben. Und dann waren da noch diese verfluchten einundzwanzig Briefe.

O Götter, steht mir bei.

Ohne Vorwarnung löste ich mich von ihm und seine Finger glitten von meiner Taille. Vor wenigen Minuten hatte ich nicht erahnen können, wie leer sich mein Körper anfühlen würde, ohne seine Berührung.

Sofort stieg ich die Stufen, schon fast flüchtend, hinauf. Dabei umklammerten meine Finger krampfhaft den gläsernen Handlauf, um mir etwas Stabilität zu verleihen. Auf den eisüberzogenen Stufen auszurutschen und die Treppe runterzufallen, wäre eines der peinlichsten Dinge, die mir jemals zugestoßen wären. Trotzdem bemühte ich mich, dabei möglichst elegant zu wirken. Irgendwie hatte ich jedoch die Ahnung, dass mir dies nicht wirklich gelang.

Kapitel 3

Oriana

Die ersten Sonnenstrahlen fielen durch das runde Turmfenster in meinen Gemächern und weckten mich sanft. Ich genoss die warmen Strahlen auf meinem Gesicht, während ich noch in Gedanken versunken war. Nach der eisigen Kälte dank des gestrigen Eissturms sog ich jegliche Wärme gierig in mich auf. Schon immer hatte ich die Sonne und die dazugehörige Wärme geliebt. Genauso wie die Flammen des Kamines auf mich besonders beruhigend wirkten.

Wie würde der heutige Tag verlaufen? Bessere Frage: Wie sollte ich diese ganze Tortur überhaupt überstehen? Und was, in Götters Namen, war das gestern Abend mit Zane gewesen?

Ein Klopfen ertönte und katapultierte mich wieder in die Realität. Mabel steckte ihren Kopf durch den Türspalt und ihre roten Locken sprangen um die Wette.

»Guten Morgen, Oriana«, rief sie mir fröhlich entgegen.

»Guten Morgen«, erwiderte ich mit einem knappen Lächeln.

»Ich hoffe, du hast gut geschlafen.«

»Wie ein Stein.« Ich streckte meine Arme und rieb danach über meine erst halb geöffneten Lider.

Sie durchquerte den Raum und setzte sich auf die Bettkante. »König Dusan war nicht sonderlich erfreut, dass du gestern Abend einfach verschwunden bist. Er kochte förmlich vor Wut.« Ein leises Lachen entfuhr ihr. »Rohana und ich taten natürlich so, als ob wir von nichts wüssten. Aber ich denke nicht, dass er uns das abgekauft hat.«

»Danke. Er dachte wohl, ich würde alles ohne Widerstand über mich ergehen lassen.«

»Da kennt er dich aber schlecht.«

»Das dachte ich mir auch.«

Wir beide kicherten, obwohl mir nicht ganz danach war, wenn ich an später dachte.

»Na komm, ich lasse dir ein Bad ein.« Mabel verschwand im Badezimmer und wenig später hörte ich schon das Wasser plätschern.

Nachdem ich mich ausgezogen und mein Schlafkleid zur Seite gelegt hatte, ummantelte mich der wohlig, warme Vanille-Duft des Badeöls. Das schaumige Nass umgab mich und entspannte meine verkrampften Muskeln.

»Zane wartete gestern Abend an der Treppe, nachdem ich den Ball verlassen habe«, erzählte ich und verzog mein Gesicht.

Mabels Mund klappte auf und sie hielt sich die Hand davor. »Prinz Zane von Westerys? Der unglaublich attraktive Prinz Zane von Westerys? Der dir vor Monaten das Herz gebrochen hat? Und das erzählst du erst jetzt? Wie? Warum? Erzähl mir alles!« Voller Euphorie fiel sie beinahe vom Hocker, auf dem sie neben der Badewanne saß.

Ich warf den Kopf in den Nacken und lehnte ihn gegen die Wanne. »Es gibt nicht viel zu erzählen. Er nimmt an den Prüfungen teil, genauso wie die anderen. Er hat auch etwas von einundzwanzig Briefen erwähnt, die er angeblich geschickt, aber nie eine Nachricht zurückbekommen hat.«

Mabel drehte vollkommen durch und wedelte aufgeregt mit ihren Armen umher. »Wie? Was? Briefe? Wie kann das sein?«

Ich zuckte mit den Schultern.

»Und obwohl du ihn damals einfach stehen gelassen hast, ist er hierhergereist und kämpft in den Prüfungen um dich? Wie unglaublich romantisch.« Die letzten Worte zog sie dramatisch in die Länge.

»Ich habe ihn nicht einfach stehen gelassen«, stellte ich klar. »Du weißt doch genau, was vorgefallen ist und wieso ich frühzeitig abgereist bin.«

Mabel wippte mit dem Kopf umher. »Natürlich weiß ich, was

passiert ist. Trotzdem ist es traumhaft, dass er dir Liebesbriefe geschickt hat und jetzt gekommen ist, um dich zu erobern.« Wieder quiekte sie.

»Liebesbriefe, die ich nie erhalten habe.« Dass er mich auf die Wange geküsst hatte, verschwieg ich. Sonst würde sie doch bestimmt einen Herzinfarkt erleiden, was ich auf keinen Fall riskieren wollte.

»Wie fühlst du dich mit seiner Anwesenheit? Damit, dass er an den Prüfungen teilnimmt? Und hast du eine Ahnung, wer dir die Briefe vorenthalten hat?«, fragte Mabel und ihr Ton wurde ruhiger.

»Darf ich ehrlich sein?« Ich machte eine kurze Pause, bevor ich weitersprach. »Ich weiß nicht, wie ich mich damit fühlen soll, dass er hier ist.«

Dass plötzlich Zane an den Prüfungen teilnahm, hatte mich vollkommen aus der Bahn geworfen. Und ich wusste nicht, welches Szenario mir mehr Angst machte. Dass Zane gewinnen und mein Ehemann werden würde, oder dass es wer anders werden könnte. Ich tendierte zu Letzterem. »Und das mit den Briefen werde ich noch herausfinden. Ich will wissen, wer mir Dinge verschweigt und warum. Und wer es wagt, in meinen Hauch Privatsphäre einzugreifen. Wenigstens das sollte ich mir wahren können, wenn man mich zwangsverheiraten will.«

»Ach, Oriana. Es wird sich alles fügen. Du wirst schon sehen.« Mabel schenkte mir ein warmes Lächeln.

Als ich mit meinem ausgiebigen Bad fertig war, schlang Mabel ein Handtuch um meinen Körper und half mir aus der Wanne.

Wir gingen wieder in mein Schlafgemach und sofort begann sie, in meinem überfüllten Kleiderschrank zu stöbern.

»Wie wäre es mit dem Schwarzen hier? Es ist mit einem feinen silbernen Muster bestickt und würde sicher umwerfend zu dem Schmuck aussehen, den einer deiner Verehrer gestern für dich mitgebracht hat.«

Ich nickte, denn eigentlich war es mir egal, was ich trug, solange es einigermaßen bequem war. Außerdem hatte Mabel einen hervorragenden Geschmack und schaffte es immer wieder, mich optisch in eine Göttin zu verwandeln.

Gegenüber von meinem mächtigen Himmelbett befand sich ein Frisiertisch, an dem ich mich niederließ. Mabel kämmte meine langen schwarzen Haare zu einem strengen Knoten in meinem Nacken zusammen und befestigte mein zartes Diadem in der Frisur. Auffällig große Diamanten schmückten meine Ohren und meinen Hals.

»Wie ich schon sagte, der Schmuck passt perfekt.« Strahlend betrachtete Mabel mich.

Mit zwei Fingern strich ich langsam meinen Hals entlang, bis ich den Diamanten-Anhänger in der Hand hielt. Sanft wanderten meine Finger über den hochwertigen Edelstein, der sich ungewöhnlich gut anfühlte.

»Wer hat den Schmuck dagelassen?«, fragte ich und runzelte die Stirn.

»Das weiß ich leider nicht genau. Ich könnte gern die Bediensteten befragen, die gestern Abend im Ballsaal waren. Vielleicht hat jemand bemerkt, von wem dieses großzügige Geschenk stammt.«

»Ach, schon gut, es ist nicht so wichtig«, erwiderte ich und strich weiterhin mit meinem Finger über den Anhänger.

Als sie endlich mit dem ewigen Aufhübschen fertig war, legte sie mir noch meinen weißen Lieblingspelzumhang über die Schultern, der mich hoffentlich gegen die klirrende Kälte schützen würde.

»Bereit?«, fragte sie mit einem Lächeln.

»Na ja, wie bereit man eben sein kann, zwangsverheiratet zu werden.«

Jegliche Farbe wich aus Mabels Gesicht. »Es … Es tut mir leid. So hatte ich es nicht gemeint.«

»Es gibt nichts, wofür du dich entschuldigen müsstest, Mabel«, fuhr ich fort. »Und um deine Frage zu beantworten: Ja, ich bin bereit.«

Zwei meiner Leibwächter eskortierten mich durch den halben Palast, um den Innenhof zu erreichen.

Der Himmel strahlte in einem satten Hellblau, als ich nach draußen trat. Von dem Sturm gestern Nacht war nur noch die mit frischem Schnee bedeckte Landschaft zu erkennen.

Auf einem glatt geschliffenen Kristallthron befand sich mein Bruder. Rohana saß links neben ihm und war ebenfalls in die schönsten Gewänder gehüllt.

Ihres war in einem wunderschönen dunklen Blauton gehalten und ebenfalls mit silbernen Stickereien verziert. Ihr Haar fiel in leichten Wellen bis zu ihrem Schlüsselbein und verstärkte so ihr schönes Gesicht.

Ich schritt direkt auf meine Geschwister zu, verbeugte mich knapp vor dem König und setzte mich danach auf den Platz, rechts neben Dusan.

Er musterte mich mit einem nichtssagenden Blick und grinste danach schief. »Du und deine Schwester, ihr seht heute wunderschön aus.«

»Wann wolltest du mir von den einundzwanzig Briefen von Prinz Zane erzählen?«, fragte ich und meine Augenbrauen schossen in die Höhe. Von seiner Wut, die er gestern meinem Verhalten gegenüber hatte, konnte man nichts erkennen. Sein Gesichtsausdruck war nicht einzuschätzen.

»Ich weiß nicht, wovon du sprichst«, erwiderte er knapp und emotionslos.

»Aber natürlich hast du keine Ahnung, wovon ich spreche«, zischte ich und wandte mein Gesicht von ihm ab.

Dusan wollte doch, dass ich unbedingt heiratete. Prinz Zane war der Kronprinz von Westerys und würde eines Tages den Thron besteigen. Also wieso hatte er mir die Briefe verschwiegen? Dass er so sehr versuchte, mein Herz zu beschützen, glaubte ich mittlerweile nicht mehr. Denn sonst hätte er die drei traditionellen Prüfungen nicht wieder ins Leben gerufen, wenn es ihm wirklich um mein Wohlergehen ginge.

Ich blickte noch mal kurz zu Dusan und musterte ihn von

Kopf bis Fuß. Betrachtete die funkelnde Kristallkrone, die auf einem Nest von perfekten dunklen Locken saß. Erschreckend, wie viel Ähnlichkeit er zu unserem Vater besaß. Die königlichen Roben sowie auch die Krone trug er wie ein wahrer Herrscher Aserias.

Ich hasste und liebte ihn zugleich. Und ich hasste mich dafür, dass ich ihn nicht einfach nur hassen konnte.

In Zweierreihen standen die Prinzen uns gegenüber und als ich meinen Blick über die Männer wandern ließ, erkannte ich Zane in der ersten Reihe. Schnell senkte ich meinen Blick, um ihm nicht direkt in die Augen zu sehen. Nach gestern Abend wusste ich nicht, wie ich ihm gegenüberstehen sollte. Es war mir unheimlich unangenehm.

Neben ihm standen die Zwillinge, die mir gestern kurz vorgestellt worden waren. Von den restlichen Prinzen kannte ich nur wenige.

In der hinteren Reihe erkannte ich Serat, den Prinzen von Seylen. Er war einer der Prinzen, die ich, ohne einen Gedanken an ein Kennenlernen zu verschwenden, schon vor mehreren Monaten abgewiesen hatte. Noch gut konnte ich mich an sein feuerrotes wirres Haar erinnern.

Genauso wie ich den erstgeborenen Prinzen von Nuras am rechten Ende der vorderen Reihe erkannte. Filip hieß er – dachte ich zumindest. Eine unverkennbare Narbe, die sich über sein gesamtes Gesicht zog, die er hinter seinen langen strohblonden Haaren versuchte zu verstecken, verriet ihn. Zwar hatte ich ihn zuvor nie persönlich kennengelernt, doch Dusan hatte mir erzählt, dass er diese Narbe von einem Kampf mit einem Gestaltwandler davongetragen und dabei nur knapp überlebt hatte. Laut den Erzählungen war es ein Wandler in der Form eines Berglöwen gewesen, der ihn auf der Überreise nach Floranys angegriffen hatte. Zwar hatte ihn die Magie der königlichen Blutlinie schneller geheilt, jedoch war es nicht rasch genug, um die Narbe zu verhindern.

Dusan erhob sich, bevor er anfing zu sprechen: »Heute wird

die erste der drei traditionellen Prüfungen stattfinden.« Er blickte durch die Menge. »Und alle hier Anwesenden wissen, welcher Preis auf den Sieger wartet.« Nun wandte er seinen Blick auf mich. Ich konnte nicht anders und verdrehte kurz die Augen, versuchte aber, möglichst unberührt zu wirken.

»Möge der Bessere von euch die Hand und das Herz von Prinzessin Oriana für sich gewinnen.«

Die Menge applaudierte.

Noch unangenehmer konnte die Situation kaum werden. Und wenn Zane mir noch ein einziges Mal so einen verliebten Blick zuwarf wie in diesem Moment, wusste ich, ich würde ihn erwürgen. Und zwar ohne auch nur mit der Wimper zu zucken. Dieser Mann trieb mich wortwörtlich in den Wahnsinn.

Die erste der Prüfungen bestand aus einem komplexen Hindernisparcours, den ich schon heute Morgen aus meinem Turmfenster hatte erkennen können. Er befand sich auf dem großen Feld, das sich hinter dem Anwesen erstreckte.

Doch bevor ich mich auf den Weg dorthin machen würde, musste ich zuerst etwas Essbares finden. Das morgendliche Aufhübschen hatte mehr Zeit in Anspruch genommen als geplant. Das Getratsche mit Mabel hatte vielleicht auch dazu beigetragen. Außerdem war bestimmt noch eine halbe Stunde Zeit, bevor die erste Prüfung tatsächlich stattfand.

Ich war am Verhungern. Also schnappte ich Rohana und wir machten uns auf den Weg in den Speisesaal, wo sich Adelige und Bedienstete gleichermaßen tummelten. Doch unsere Aufmerksamkeit galt einzig und allein den massenweise aufgetischten Köstlichkeiten.

Schon als wir den Speisesaal betraten, schossen uns die leckeren Gerüche der frischen Gerichte in die Nase.

Am oberen Ende des riesigen Glastisches machten wir es uns bequem. Mir lief das Wasser im Mund zusammen. Zuerst stopften wir uns kleine Küchlein mit importiertem, süßen Sirup in den Rachen, danach noch eine riesige Portion Dulcisbeeren. Dazu frisch gepressten Fruchtsaft.

»Wenn ich noch einen einzigen Bissen esse, dann platze ich«, sagte Rohana und strich sich über ihren vollgestopften Bauch. »Durch das Korsett bekomme ich ohnehin schon keine Luft.«

»Einer der unzähligen Nachteile der nervigen Dinger«, erwiderte ich schmunzelnd. »Am liebsten würde ich mir das verdammte Korsett vom Leib reißen und ein kurzes Verdauungsschläfchen machen.« Rohana lachte laut auf bei meiner Bemerkung.

»Ich meine es ernst, ich würde sterben für ein Schläfchen«, wiederholte ich und hielt meine Hand vor den Mund, da ich gähnen musste.

»Ich würde auch so einiges für ein Schläfchen mit Euch geben«, erklang es hinter mir.

Sofort wirbelte ich herum. Mein Herz hämmerte heftig gegen meine Rippen. Ich musste den Kloß, der sich gebildet hatte, zuerst schlucken, bevor ich etwas erwidern konnte. Zane stand mit einem strahlenden Lächeln hinter mir.

»Da, wo ich herkomme, wird es als unhöflich betrachtet, fremde Gespräche zu belauschen«, murrte ich.

Er stützte sich mit beiden Händen an der Stuhllehne ab und beugte sich zu mir herab. »Und da, wo ich herkomme, wird es als unhöflich betrachtet, einen Gast mitten in einem Gespräch einfach am Treppenabsatz stehen zu lassen. Erst recht, wenn dieser Gast eine tagelange Reise hinter sich hat, um einen zu sehen. «

Mein Atem stockte und ich riss ungläubig meine Augen auf.

Ein herzhaftes Lachen entfuhr seiner Kehle, als er seine Arme von meiner Stuhllehne nahm und mich noch einen weiteren Moment mit seinen Augen fixierte, bevor er seinen Weg fortführte.

»Oriana. Was habe ich da verpasst?«, fragte Rohana entsetzt. »Ich habe deinen Herzensbrecher gestern Abend nicht am Ball gesehen.«

Kopfschüttelnd erwiderte ich: »Als ich gestern den Ball verlassen habe, stand Zane unerwartet an der Treppe, die in meine Gemächer führt. Und ja …«, fuhr ich nervös fort. »Er meinte, er sei hier, um den Sieg um mich zu erringen. Den Sieg um meine Hand.« Ich strich mir eine lose Haarsträhne hinters Ohr und senkte meinen Blick. Im Augenwinkel spähte ich in die Richtung, in die Zane verschwunden war.

»Aha, und das konntest du mir nicht früher erzählen?«

»Du hörst dich schon wie Mabel an.«

Rohana boxte mir spielerisch gegen den Oberarm.

»Aua! Das hat wehgetan.«

»Du hast es Mabel schon erzählt, aber mir nicht?« Rohanas gespielt wütende Miene brachte mich zum Lachen.

»Hätte ich es dir neben Dusan erzählen sollen?«

»Ach ja, das wäre vielleicht keine besonders gute Idee gewesen«, gab sie zu und zog eine Schnute. »Aber um auf die Sache mit Zane zurückzukommen: Wie unglaublich romantisch ist es, dass er hier ist und gestern auf dich gewartet hat?«

Wenn sie wüsste, wie unsere gestrige Begegnung wirklich verlaufen war, würde sie es nicht mehr als *unglaublich romantisch* betiteln.

Ich seufzte. »Es macht keinen Unterschied, ob Zane nun hier ist oder nicht.«

Rohana zwickte ihre Augenbrauen zusammen. »Was meinst du damit?«

»Was ich damit meine?«, wiederholte ich. »Ich meine damit, dass mein Ehemann der Prinz sein wird, dem es gelingt, die Prüfungen zu meistern. Wäre Zane ein paar Wochen früher aufgetaucht, wäre es … Nun ja, vielleicht anders verlaufen.« Wieder wanderten meine Gedanken zu den verschollenen Briefen. Was wohl in ihnen gestanden hatte?

»Ich denke, Prinz Zane hat gute Chancen, die Prüfungen zu gewinnen. Ich meine, hast du ihn dir schon einmal genau angesehen?«, fragte Rohana und wackelte neckend mit ihren Augenbrauen.

Natürlich hatte ich Zane schon mal angesehen. Er war groß, athletisch und trotzdem muskulös gebaut. Die breite Schulterpartie und seine kräftigen Arme rundeten seine gesamte Erscheinung ab.

»Wir werden schon bald erfahren, wie gut er sich in den Prüfungen schlägt«, erklärte ich. »Komm, wir müssen los. Wenn wir noch mehr Zeit verplempern, reißt uns Dusan die Köpfe ab.« Ich lachte bei der Vorstellung, schob meinen Stuhl vom Tisch weg und stand auf.

»Das können wir natürlich nicht riskieren.« Rohana nickte und erhob sich ebenfalls.

Kapitel 4 Oriana

Wir stapften Hand in Hand durch den kniehohen Schnee, der den Saum unserer pompösen Kleider durchtränkte.

Na großartig.

Bei dem Neuschnee hätte ich doch besser eine Tunika und ein Paar gefütterte Stoffhosen mit hohen Stiefeln dazu angezogen. In diesen übertriebenen Kleidern fühlte ich mich sowieso nicht wohl, obwohl ich gut darin aussah.

Wie eine richtige Prinzessin, hörte ich Dusans Stimme in meinem Kopf.

Meist trug ich schlichtere Kleider, die bequem und praktisch waren. Kleider, die eher für Dienstmädchen, als für Prinzessinnen gedacht waren. Meine Eltern hatten nie etwas dagegen. Dank Dusan, sah das jetzt anders aus.

Natürlich hätten wir auch unsere Eismagie nutzen können, um den Schnee beiseite zu räumen, doch Dusan predigte immer, unsere Magie sparsam einzusetzen. Dass die Götter sie den königlichen Familien gaben, um ihre Reiche zu schützen. Nicht um irgendwelchen unwichtigen Kram damit anzustellen.

Als wir an dem Hindernisparcours ankamen, trainierten die Männer schon fleißig. Viele trugen trotz der beißenden Kälte dünne eng anliegende Gewänder, durch die man die trainierten Körper gut erkennen konnte.

Ob sie solche Gewänder trugen, um sich besser bewegen zu können, oder ob sie damit etwas anderes bezwecken wollten, war mir schleierhaft. Auf jeden Fall hatte ich nichts dagegen. Und Rohanas Blick nach zu urteilen, ging es ihr ähnlich.

Mehrere festlich gekleidete Hofdamen waren anwesend und

wollten sich augenscheinlich das Spektakel nicht entgehen lassen.

»Du kannst dich schon mal daran gewöhnen, denn wenn du nächstes Jahr achtzehn wirst, wird es dir gleich ergehen«, sagte ich lachend zu Rohana. »Außer du findest vorher einem Ehemann und hinderst Dusan daran, die Prüfungen regelmäßig zu veranstalten.«

Die Prüfungen um meine Hand waren die ersten, die seit einem Jahrzehnt stattfanden. Anscheinend weigerte sich niemand dermaßen hartnäckig gegen eine strategische Heirat wie ich.

»Ach, erinnere mich bloß nicht daran. Obwohl, wenn ich mir die Männer so ansehe …«

»Rohana!«, entgegnete ich mit gespieltem Entsetzen.

Ihre Mundwinkel zuckten nach oben.

Der Kristall-Thron und die zwei etwas kleineren und weniger auffälligen Sitzmöglichkeiten waren während des Frühstückes hierher transportiert worden. Eine Art Pavillon war darüber aufgebaut worden, um uns vor der Kälte zu schützen. Dahinter erstreckte sich ein praktisches Zelt.

Ein Rückzugsort für die königliche Familie.

Wir nahmen Platz und Dusan gesellte sich ebenfalls zu uns. Er war bis vorhin noch in ein Gespräch mit König Garbhan von Floranys vertieft gewesen.

»Ihr seid doch nicht etwa zu Fuß hierhergelaufen?« Er griff sich an die Stirn und sein entsetzter Blick wanderte an unseren nassen Kleidern hinab.

Ich zuckte kurz mit den Schultern und verzog mein Gesicht. »Es konnte ja keiner ahnen, wie hoch der Schnee über Nacht gefallen ist.«

Er schüttelte den Kopf. »Jetzt ist es sowieso zu spät, um euch etwas Trockenes anzuziehen.«

Was würde ich jetzt für trockene Kleider tun …

Feine Härchen stellten sich an meinem ganzen Körper auf, während die Kälte mir langsam bis in die Knochen kroch. Ich versuchte, mein Zittern – so gut es ging – zu unterdrücken.

Dusan wedelte mit einer Hand in der Luft herum, woraufhin sofort einer der Bediensteten herbeieilte. »Bringt den Prinzessinnen bitte jeweils eine Wolldecke.«

»Aber natürlich«, erwiderte der Mann, machte eine knappe Verbeugung und eilte davon.

Wenige Minuten später brachte er uns die Decken und legte sie um unsere Schultern. Zwar war nur der Rock unserer Kleider nass geworden, jedoch reichte dies aus, damit die Kälte noch unerträglicher wurde. Die wärmende Decke war in diesem Moment ein wahres Geschenk.

Die etwa ein Dutzend Bewerber standen bei ihren Begleitern und besprachen mögliche Strategien. Die Zwillingsprinzen unterhielten sich mit deren Vater, der ganz in unserer Nähe stand. Der mit den goldenen Locken spähte immer wieder aufmerksam in meine Richtung.

Ich wandte meinen Blick nicht ab, sondern sah ihm von Weitem direkt in seine bernsteinfarbenen Augen. Er unterhielt sich weiterhin mit seinem Bruder und seinem Vater, doch er ließ mich keine Sekunde lang aus den Augen. Mehrmals grinste er, während er sich weiter unterhielt.

O Götter. Dieses dämliche Grinsen. Es handelte sich eindeutig um Prinz Clarence.

Keine Ahnung, wie lange wir uns so anstarrten. Sekunden? Minuten? Mir entglitt jegliches Zeitgefühl.

Das Horn, das den Beginn der Prüfung ankündigte, riss mich von seinem Blick los. Ich sammelte kurz meine Gedanken und konzentrierte mich wieder auf das Wesentliche. Schon bald würde ich einen von den anwesenden Männern heiraten, ohne ihn zu kennen.

Ich straffte meine Schultern und setzte wieder meine selbstbewusste Miene auf.

»Möge die erste Prüfung beginnen und das Glück mit euch sein«, sagte Dusan mit erhobener Stimme.

Ein Bewerber nach dem anderen versuchte den Parcours zu bewältigen. Einige scheiterten schon nach wenigen Metern kläglich.

Ein gigantisches, aus Holz und Eisen gefertigtes Gerüst – mit Bolzen, die unkontrolliert hin und her schwenkten – war nicht gerade einfach zu bestreiten. Der Parcours war eine Mischung aus kräftezehrenden Hindernissen und unvorhersehbaren Überraschungen. Zuerst mussten sie mit Seilen, wie kleine Äffchen auf einer Liane, über einen mit Schlamm gefüllten Graben schwingen, um auf die Plattform zu gelangen.

Mehrere versanken in dem dicken, klebrigen Schlammbad und mussten sich gegenseitig herausziehen. Beinahe konnte ich fühlen, wie kalt ihnen dabei gewesen sein musste. Nass, mit Schlamm bedeckt, bei Minusgraden.

Einer der Männer war fast schon am Ende angekommen, als ein eiserner Bolzen sich drehte und ihn, wie aus dem Nichts, von der Plattform mehrere Meter weit auf den harten, schneebedeckten Boden katapultierte. Er blieb regungslos dort liegen.

Ich schreckte auf.

War … war er etwa tot? Mir stockte der Atem. Nicht nur mir, auch die umstehenden Leute, atmeten scharf ein. Das konnte doch nicht sein.

Umstehende Wachen eilten zu ihm und transportierten ihn mit einer Trage ab. Da erkannte ich, dass er sich leicht bewegte. Gut, er war also noch am Leben.

Mit einer Hand am rasenden Herz musste ich diesen Schreck erst mal verarbeiten.

Ein Prinz mit schneeweißem Haar duckte sich, sprang elegant, wenn ein Bolzen auf ihn zukam. Die jungen Damen jubelten und er warf einen Luftkuss in die Menge. Doch das wurde ihm zum Verhängnis, denn er übersah, wohin er trat, und fiel vom Gerüst. Mit einem lauten Klatschen, das mir beinahe selbst wehtat, kam er unsanft am Boden auf.

Natürlich wollte ich nicht, dass irgendwer verletzt wurde, jedoch fühlte ich mich erleichtert, dass der weißhaarige Prinz ausgeschieden war. Diejenigen, die scheiterten, wurden unverzüglich disqualifiziert.

Einer der Männer überwand den Parcours mit Leichtigkeit, so

als ob er den ganzen Tag nichts anderes tun würde. Die Zuschauer staunten über seine Geschicklichkeit und Ausdauer, während er jegliche Hindernisse ohne Mühen überwand. Als König Garbhan ihm stolz auf die Schulter klopfte, nachdem er den Parcours vollständig bewältigt hatte, erkannte ich ihn.

Es war Prinz Laurent.

Die jungen Hofdamen jubelten ihm zu. Auch ich klatschte leicht in meine in schwarze Handschuhe gehüllten Hände, um ihm den nötigen Respekt zu erweisen.

Er war es also, der die erste Prüfung für sich entschieden hatte. Zane, Clarence, Serat, Filip, sowie auch vier der anderen Prinzen gelangten in die nächste Runde. Doch keiner von ihnen schaffte es in solcher Rekordzeit wie Laurent, weshalb er als Sieger der ersten Prüfung hervortrat.

Mit seinem Vater und seinem Bruder im Schlepptau kam er direkt auf uns zu.

Zwischen uns hielten sie einen respektvollen Abstand.

»Eure königliche Hoheit.« Laurent verbeugte sich tief, seine Brust hob und senkte sich noch sehr schnell von seiner körperlichen Leistung – oder auch vor Aufregung. Vielleicht eine Mischung aus beidem.

»Prinz Laurent, Ihr seid also der glückliche Sieger der ersten Prüfung. Wir gratulieren Euch herzlich.« Dusan lächelte und deutete währenddessen mit den Händen zu mir und Rohana.

Wir beide nickten zustimmend.

Laurent kniete sich direkt vor meinem Stuhl auf ein Bein, nahm meine behandschuhte Hand in seine und hauchte einen sanften Kuss auf den feinen Stoff. »Es ist mir eine Ehre, den Sieg um Euch errungen zu haben.« Er sah unter seinen dichten Wimpern auf und seine Augen strahlten mich förmlich an.

Aus dem Knoten in seinem Nacken hatten sich mehrere Strähnen gelöst, die ihm verschwitzt in der Stirn und am Hals klebten.

»Vielen Dank, Prinz Laurent, aber wenn ich mich nicht irre, liegen noch zwei weitere Prüfungen vor Euch«, murmelte ich amüsiert und entzog ihm langsam meine Hand.

Einer seiner Mundwinkel zuckte kurz nach oben und während ich mich umsah, erkannte ich, dass auch die umstehenden Personen leicht schmunzelten. Jeder außer Clarence. Seine Miene konnte ich nicht deuten.

Er erhob sich und nickte mir zum Abschied zu. »Wie könnte ich das nur vergessen? Aber ich werde mich mit all meiner Kraft bemühen, auch die nächsten Prüfungen zu gewinnen, Prinzessin.«

»Vielleicht wird es so kommen«, erwiderte ich.

Dusan sah mich leicht kopfschüttelnd an, sagte jedoch kein Wort.

Kapitel 5 Oriana

Die zweite Prüfung würde erst am darauffolgenden Tag stattfinden. Daher konnte ich mich in meine Gemächer zurückziehen, um mich von meinen durchnässten Kleidern zu befreien.

Um meine Schwester und mich dem Tod durch Erfrierung nicht noch ein Stück näher zu bringen, bestand Dusan darauf, dass wir zwei Pferde der königlichen Wachen für den Rückweg nahmen.

Auf dem Rücken der weißen Stute konnte ich wenigstens die Aussicht genießen. Wie die frisch gefallenen Schneemassen, die Zweige der Eistannen bedeckten, sodass kaum noch etwas von dem dunklen Grün der Nadeln dazwischen hervorblitzte, faszinierte mich. Genau an solchen Tagen wurde mir intensiver bewusst, wie majestätisch unsere Heimat war. Doch im selben Moment schloss sich eine Klemme um mein Herz. Diese wunderschöne Landschaft – mein Zuhause – die ich all die Jahre als selbstverständlich betrachtet hatte, würde bald nur noch in meinen Erinnerungen existieren.

In meinen Gedankenstrudel versunken, bemerkte ich nur am Rande, wie jemand versuchte, durch die Mauer an Wachmännern zu uns durchzudringen. Niemand Geringeres als Zane, wie ich nach einem Blick zur Seite erkannte.

»Lasst ihn durch«, befahl ich, gefolgt von einer Handgeste.

Zane schmunzelte und sah zu mir auf. »Prinzessin, ich habe heute Morgen vergessen, Euch zu sagen, wie schön Ihr ausseht.«

Ich verdrehte die Augen. »Danke. Und deswegen rennt Ihr uns hinterher?« Sein Anliegen war zweifellos eine billige Ausrede, nur um mir näher zu kommen.

Er fuhr fort. »Dürfte ich mich kurz unter vier Augen mit Euch unterhalten?«

Ich schüttelte lachend den Kopf und räusperte mich. »Prinz Zane, gewinnt die Prüfungen. Danach bin ich ganz die Eure. Dann haben wir mehr als ausreichend Zeit, uns unter vier Augen zu unterhalten.«

Der Prinz sah mich mit zusammengekniffenen Augen an, als ob er nicht sicher war, was er sich bei meinen Worten denken sollte.

»Das werde ich, wie ich Euch versprochen habe.«

Ich nickte kurz, um mich von ihm zu verabschieden. »Wenn Ihr mich entschuldigt, ich würde mich gern von meinen nassen Kleidern befreien.«

Sein Mundwinkel zuckte nach oben, während sein Blick über meinen Körper wanderte. Das Kleid klebte wie eine zweite Haut an meinen Beinen und überließ nichts der Fantasie.

»Aber natürlich.« Zane schmunzelte wieder und ich konnte mir schon denken, was sich in seinem Kopf abspielte.

Mit einem Augenrollen verabschiedete ich mich und trieb mit einem Schnalzen meiner Zunge das Pferd an.

Nachdem die Tür zu meinen Gemächern geöffnet wurde, sah ich Mabel, wie sie es sich auf meinem Himmelbett gemütlich gemacht hatte. Ein Blick in ihre Richtung reichte aus, dass sie sofort aus dem Bett hüpfte.

»Ich hoffe, es ist bequem«, sagte ich mit einem schiefen Grinsen.

»Kaum zu vergleichen mit den steinharten Betten in den Unterkünften der Bediensteten.« Sie zog einen Schmollmund und strich ihr fliederfarbenes Kleid zurecht.

Ihr Blick wanderte an meinem Kleid hinab und dabei weiteten sich ihre Augen. »Du bist ja klitschnass!«

Ich sah an mir herab. »Ach, was du nicht sagst.«

»Du bist doch nicht etwa den ganzen Weg zum Feld zu Fuß gelaufen?«

»Ähm. Na ja, das hat mich Dusan vorhin ebenfalls gefragt.«

Ich nahm bei so kurzen Strecken normalerweise nie ein Pferd. Jedoch hatte ich die enormen Schneemassen, die über Nacht gefallen waren, unterschätzt.

Mabel schüttelte schmunzelnd den Kopf. Augenblicklich fing sie an, mich aus den nassen Kleidern zu schälen.

»Das kann passieren, wenn man solche Gewänder nicht gewohnt ist. Man unterschätzt leicht, wie umständlich sie in gewissen Situationen tatsächlich sein können.«

Da hatte sie wieder mal recht. Sie belehrte und kümmerte sich manchmal um mich, wie eine Art Ziehmutter, obwohl wir im selben Alter waren.

Nachdem ich endlich aus dem nassen Albtraum befreit war, schlüpfte ich in einen flauschigen Bademantel, um mich etwas aufzuwärmen.

»Ich gebe kurz den Wachen Bescheid, dass sie für Rohana und dich morgen Pferde bereitstellen sollen«, sagte Mabel und öffnete die Tür. Sie unterhielt sich kurz mit den davor positionierten Wachen und wandte sich danach wieder mir zu.

Sie kramte in meinem Kleiderschrank, um mir frische Anziehsachen zusammenzusuchen. In dem Moment klopfte es an der Tür.

»Herein« sagte ich.

Eine kleine ältere Dame, deren Haar schon ergraute, betrat den Raum. In ihren faltigen Händen hielt sie ein golden verziertes Tablett. Sie verbeugte sich, soweit es ihr möglich war.

Mabel trat durch den Raum, nahm der Bediensteten das Tablett aus den Händen und stellte es auf den kleinen Beistelltisch neben dem Sofa.

»Vielen Dank.« Ich nickte ihr zu.

Nachdem wir wieder allein waren, sagte Mabel: »Ich dachte, du könntest hungrig sein, also habe ich etwas aus der Küche schicken lassen.«

»Du bist ein Schatz.«

Es waren schon einige Stunden vergangen, seit ich das letzte Mal etwas gegessen hatte. Ein himmlischer Duft von gerösteten

Kartoffeln und einem saftigen Braten stiegen mir in die Nase, als ich die Essensglocke öffnete. Ein Krug mit Wasser und ein paar Dulcisbeeren als Nachtisch befanden sich ebenfalls auf dem Tablett.

»Wer hat die erste Prüfung gewonnen?«, fragte Mabel, während ich mir gerade Bratkartoffeln in den Mund schob.

Ich schluckte, bevor ich antwortete: »Prinz Laurent. Der Braunhaarige der Zwillingsprinzen.«

»Einer der Zwillingsprinzen wäre bestimmt auch keine schlechte Partie. Prinz Clarence habe ich heute Morgen im Palast angetroffen. Ein sehr stattlicher Mann«, schwärmte sie. »Er würde sich gut neben dir machen.«

»Schlussendlich ist es egal, wer von ihnen mein Favorit ist. Hätte ich mich vor den Spielen für einen Prinzen entschieden, hätte ich selbst wählen dürfen. Doch jetzt …« Ich machte eine kurze Pause und trank einen Schluck. »Doch jetzt, muss ich den heiraten, der die Prüfungen für sich entscheidet.«

Im Nachhinein betrachtet, war es womöglich nicht die beste Idee gewesen. Allerdings wusste ich zu diesem Zeitpunkt nicht, dass mein Bruder zu solch drastischen Maßnahmen greifen würde.

Mabel erwiderte nichts, sondern nickte nur knapp.

Nachdem ich mein Mahl zu mir genommen hatte, naschte ich die Dulcisbeeren, während Mabel mir das neue Kleid anzog.

»Die Götter werden mit dir gnädig sein und einen guten Ehemann für dich auswählen, da bin ich mir sicher.«

»Wieder mal irgendwelche Geister für diese Informationen beschworen?«, neckte ich Mabel.

Vor einiger Zeit hatte sie versucht, im Wald irgendwelche Baumgeister zu beschwören, jedoch hatte ihr keiner geantwortet. Das lag vielleicht daran, dass sie nicht existierten. Baumgeister, Wassergeister, magische Bäume – das waren alles Legenden, die sie uns als Kindern erzählt hatten. Zumindest hatte niemand wahrhaftig einen davon jemals zu Gesicht bekommen. Sie waren vermutlich mehr Mythos als Wahrheit.

Sie verschränkte die Arme vor der Brust und zog die Stirn kraus. »Das war genau ein einziges Mal, dass ich versucht habe, welche zu beschwören und ich bin mir sicher, dass sie mir ein Zeichen gegeben haben.«

Ich verkniff mir mein Lachen. »Wenn du, *dass ein Falke direkt über dir sein Geschäft verrichten musste,* ein Zeichen nennst«, neckte ich sie.

Mabel zwickte mir in die Seite. »Es war ein göttliches Zeichen aus dem Himmel.«

»Da bin ich mir sicher.«

Ich verbrachte den restlichen Tag damit, durch meine Lieblingsbücher zu blättern und währenddessen meine Gedanken zu sammeln.

Es klopfte an der Tür. Mein Kopf wirbelte herum und da sah ich, wie ein kleiner Brief unter der Tür durchgeschoben wurde. Verwirrt kniff ich die Augenbrauen zusammen und zögerte.

Als ich schlussendlich aufstand und das Stück Papier aufhob, beschleunigte sich mein Herzschlag. Ich las meinen Namen auf dem Umschlag.

Ein verstohlenes Schmunzeln konnte ich nicht unterdrücken.

Lust auf einen kleinen Abendspaziergang, Prinzessin?
Ich warte auf dich im Eisskulpturengarten.

PS: Es ist verdammt kalt, also bitte, lass mich hier draußen nicht erfrieren,
während ich vergebens auf dich warte.

Ich hoffe, mein Liebesbrief erreicht dich diesmal. Aber solltest du nicht kommen, schiebe ich es einfach darauf, dass du ihn nicht erhalten hast.

In Liebe,
Zane

Ich überlegte einen Augenblick lang, wie gut die Idee wäre, Zanes Angebot anzunehmen. Es wäre vermutlich sehr unklug. Erst recht, wenn man bedachte, dass ich in wenigen Tagen die Verlobte eines anderen Prinzen sein könnte. Prinz Laurent lag im Moment in Führung, doch das sollte noch nichts bedeuten.

Aus einer Schublade kramte ich ein paar warme Klamotten und streifte sie über. Denn sobald ich mit irgendjemandem verheiratet sein würde, blieb keine Zeit, um unkluge Entscheidungen zu treffen.

Jetzt war der perfekte Zeitpunkt dafür.

Kapitel 6 Oriana

Dass es verdammt kalt war, war nicht untertrieben. Mehr als froh war ich darüber, dass ich mich heute für den dicksten meiner Mäntel entschieden hatte.

Die Abendröte spiegelte sich in den Schneemassen wider und tauchte die Umgebung in einem warmen Schimmer.

Vor meinem Gesicht bildeten sich kleine Atemwolken, während ich auf dem Weg in den Eisskulpturengarten meiner Mutter war. Sie hatte diesen Ort geliebt und jede freie Sekunde dort verbracht.

Das Licht, das durch das glasklare Eis strahlt, bricht in den verschiedensten Regenbogenfarben und zeigt die Vielfältigkeit unserer Heimat, hatte meine Mutter immer wieder gepredigt. Diesen Spruch konnte ich zu ihren Lebzeiten kaum noch hören, so oft hatte sie ihn gesagt. Jetzt würde ich alles dafür geben, um ihn nur noch ein letztes Mal aus ihrem Mund zu hören.

Seit ihrem Tod ging ich öfters in den Garten, um mir die Skulpturen anzusehen. An diesem Ort fühlte ich mich ihr am nächsten.

Um den Eingang zu erreichen, der mich auf direktem Weg zu den Skulpturen führte, musste ich durch den Ballsaal, in dem sich schon einige der Gäste tummelten. Dass eine Feierlichkeit nach der ersten Prüfung stattfand, überraschte mich nicht. Um möglichst unbemerkt rauszuschlüpfen, huschte ich dicht an der Wand entlang, bis ich den Ausgang des Ballsaals und somit den Eingang des Eisskulpturengartens erreichte. Dass mich jemand der Gäste erkennen und mich in ein Gespräch verwickeln würde, stand nicht in meinem Interesse.

Als ich das getan hatte, stapfte ich durch den wadentiefen Schnee. Diesmal hatte ich mir zuvor bequemere Klamotten angezogen – eng anliegende, gefütterte Stoffhose und einen braunen Pullover, der mir bis über den Hintern reichte. Dazu schwarze kniehohe Stiefel.

Wieso hatte eigentlich niemand den Schnee geräumt? Eigentlich war mein Bruder dafür verantwortlich, das gesamte Anwesen instand zuhalten, was den Schnee betraf.

Ich bog um die Ecke zum Eingang und prallte gegen etwas Festes, das sich kaum bewegte. Zu konzentriert auf meine Schritte im hohen Schnee, hatte ich Zane nicht bemerkt. Es fühlte sich irgendwie so an, als ob ich gegen eine Steinmauer gelaufen wäre.

Ich taumelte wenige Schritte rückwärts, bevor er meine Hand schnappte und mich an sich zog.

»Vorsichtig Prinzessin. Nicht dass noch jemand zu Schaden kommt.« Seine Lippen kräuselten sich. »So in deinen Gedanken an mich versunken?« Mit einem beinahe lautlosen Lachen unterstrich er seine spöttischen Worte.

Sein Blick wanderte über meinen Körper. »Schickes Outfit.«

Ich entzog ihm meine Hand und trat einen Schritt rückwärts. »Ich muss dich leider enttäuschen«, erwiderte ich. »So umwerfend, dass jeder den sämtlichen Tag und die Nacht über an dich denkt, bist du nicht.«

Er lehnte sich wieder näher an mich heran und flüsterte mir ins Ohr: »Ich bin nicht derjenige, dessen Wangen so rot sind, als ob er zu lange in der Sonne gewesen ist.«

»Bist du dir da sicher?«, zwinkerte ich und versuchte, meine Unsicherheit zu überspielen.

Wie konnten nur alle Worte, die seinen blöden Mund verließen, mir so nahe gehen? Egal, was er sagte, was er machte – mein Körper reagierte jedes Mal mit einem unerklärlichen Herzhämmern darauf.

Natürlich würde ich ihm diese Genugtuung nicht geben, daher versuchte ich es immer bestmöglich zu unterdrücken und noch besser: zu überspielen. Genauso wie den Schauer, der sich gegenwärtig über meine Wirbelsäule ausbreitete.

Ich räusperte mich. »Du hast um dieses Treffen gebeten. Also, hier bin ich nun«, merkte ich an. »Was willst du von mir?«

Er warf mir einen fragenden Blick zu. »Nicht gleich so freundlich, Prinzessin.« Er umfasste seinen Nacken. »Ich wollte dich sehen, etwas Zeit mit dir verbringen, nachdem du mich heute so eiskalt hast abblitzen lassen.« Er legte seine Hand auf seine Brust, direkt über sein Herz und demonstrierte damit seinen Schmerz.

»Ich habe dich nicht abblitzen lassen. Nur du stehst darauf, allen von unserer Unterhaltung nach dem Ball zu erzählen. Und ich habe keine Lust, diesbezüglich Ärger zu bekommen«, stellte ich klar.

»Du wirst wegen nichts dergleichen Ärger bekommen«, versicherte er mir.

»Wieso bist du dir da so sicher?«

»Weil ich niemandem davon erzählt habe.«

»Aber du deutest es bei jeder möglichen Gelegenheit an.«

Zane schmunzelte. »Natürlich. Wie sollte ich sonst deine Aufmerksamkeit erregen?«

Ein Augenrollen konnte ich bei seinen Worten nicht zurückhalten.

Zane stupste mir gegen meine Nasenspitze. »Wenn du weiterhin deine Augen so überdrehst, rollen sie dir irgendwann aus dem Kopf und das wäre bei diesen zwei blauen Prachtexemplaren sehr bedauernswert.«

Unkontrolliert bildete sich ein breites Lächeln auf meinem Gesicht und ich stieß ihm spielerisch gegen die Rippen. »Du bist unmöglich.«

Er reichte mir seinen Arm. »Gehen wir ein Stück?«

Nach kurzem Zögern hakte ich mich unter und wir schlenderten durch den Garten. Vorbei an den Eisskulpturen, die Zane weit überragten.

»Das war der Lieblingsplatz meiner Mutter«, erzählte ich. Wieso ich ihm diese intime Information ungefragt anvertraute, wusste ich nicht. Jedoch hatte ich das Bedürfnis, jemandem davon zu erzählen. Mit jemandem darüber zu sprechen.

Seit dem Tod meiner Eltern wurde der Vorfall und alles, was sich um sie drehte, totgeschwiegen. Von jedem. Aus einem mir nicht ersichtlichen Grund.

Mein Herz krampfte, während meine Gedanken erneut zu meiner Mutter und meinem Vater abdrifteten.

Anscheinend entging es Zane ebenfalls nicht. »Du musst sie bestimmt sehr vermissen«, sagte er mit tiefer, ruhiger Stimme.

»Du hast ja keine Vorstellung. Manchmal fühlt es sich so an, als wären sie immer noch auf ihrer Reise durch die Königreiche und würden jeden Moment durch die Tore kommen. Sich entschuldigen, dass sie so lange weg waren. Doch dann erinnere ich mich an den Tag, an dem ihre Körper tatsächlich zurückgekommen waren.« Ich seufzte und blinzelte den Tränenschleier, der sich gebildet hatte, beiseite.

»Wie geht es deinen Geschwistern damit?«

Ich zischte. »Ich denke, meiner Schwester geht es ähnlich. Aber mein Bruder … Er macht sich nicht die Mühe, mehr über ihren Tod herauszufinden.« Ich musste merklich schlucken, bevor ich weitersprechen konnte. »Es wirkt beinahe so, als ob es ihn nicht kümmert, was mit ihnen geschehen ist. Immer wenn ich unsere Berater aufsuchte und das Thema anschnitt, wimmelten sie mich ab. Sie meinten, das wäre die Aufgabe des Königs und sie könnten mir nicht weiterhelfen.«

Zane schüttelte den Kopf. »Oriana, ich werde gleich Morgen, vor Beginn der zweiten Prüfung, einen Raben nach Westerys schicken. Vollkommen unabhängig von dem Ausgang der Prüfungen.« Er fuhr sich durch sein dunkles Haar und umfasste danach seinen Nacken. »Nachdem deine Eltern ermordet wurden, bekam ich öfter mit, wie meine Eltern immer wieder darüber sprachen. Vielleicht können sie uns weiterhelfen.«

Zane sagte *uns* so, als ob wir als Partner herausfinden würden, was mit ihnen geschehen war.

Ich stotterte: »D–das kann ich nicht von dir verlangen, ich –«

Mitten im Satz unterbrach er mich: »Du verlangst nichts von mir. Ich möchte dir helfen.« Seine Stimme war von Wärme durchzogen. »Selbst wenn ich nicht der Gewinner deiner Hand sein sollte, Oriana. Ich möchte dir einfach helfen.« Er biss die Zähne so fest aufeinander, dass sein Kiefermuskel zuckte.

Die Vorstellung, dass er mich an einen anderen Mann verlieren könnte, dürfte ihm genauso wenig gefallen wie mir. Zumindest hoffte ich das.

Ich nickte, erwiderte jedoch nichts. Ich wusste nicht, was ich zu solch einem Angebot sagen sollte.

Weiterhin betrachteten wir die Kunstwerke und gingen durch den hohen Schnee.

Wir blieben vor einer Skulptur stehen, die die Form eines Drachen hatte, der seine Flügel ausbreitete.

Zanes Finger berührten das fein geschliffene Eis. »Wunderschön.«

»Soll ich dir etwas zeigen?«, fragte ich und sah zu ihm auf.

Er nickte. »Ich bin schon ganz gespannt drauf.«

Vorsichtig streckte ich meinen Arm aus und legte meine Finger wenige Zentimeter entfernt an die Eisskulptur, dabei schloss ich meine Augen. Tief fühlte ich in meine Magie hinab, spürte sie summend durch mich fließen, bis ich sie schlussendlich in meine Finger sandte.

»Jede der Eisskulpturen erzählt eine Geschichte aus Aseria«, begann ich, öffnete dabei meine Augen und erkannte, dass das zuvor milchige Eis nun glasklar war. »Jede verbirgt eine Geschichte, die meine Mutter und die Mutter meines Vaters zuvor, und deren Mutter in den Skulpturen festhielten.« Feine Schneewirbel tanzten jetzt durch das Innere der Drachenskulptur und bildeten die Geschichte, die darin verborgen lag. »In dem Drachen vor uns liegen alle Erinnerungen von mir.«

Ich wandte mich von der Skulptur ab und sah zu Zane. Denn jetzt, da die Geschichte anfing, sich vor unseren Augen abzuspielen, wollte ich seine Reaktion um nichts in der Welt verpassen. Vielleicht lag es auch daran, dass die Erinnerungen zu sehr schmerzten, um sie neben jemandem anzuschauen.

Ich musste nicht sehen, was sich in dem Drachen abspielte, denn so oft, wie ich es mir im vergangenen Jahr angesehen hatte, kannte ich es auswendig. Zuerst sah man meine Mutter und mich nur Augenblicke nach meiner Geburt, danach bei meinen ersten Schritten, meinen ersten Worten, bis hin zu meinen Geburtstagen. Dann kam der Tag, an dem Rohana geboren wurde und ich sie zum ersten Mal in den Armen hielt, das erste Mal, als ich im Alter von sieben Jahren meine Eismagie benutzen konnte, bis die jüngste Erinnerung zu sehen war. Mein neunzehnter Geburtstag. Danach starb meine Mutter und konnte nichts mehr hinzufügen …

Eigentlich wäre ich nun an der Reihe, die weiteren Ereignisse Aserias in den Eisskulpturen zu verewigen. Doch dazu würde es nicht kommen. Dusan müsste stattdessen die Erinnerungen weiterführen. Vermutlich würde er die drei Prüfungen um meine Hand in den Drachen einfügen.

Zane beobachtete die gesamte Geschichte schweigend mit glänzender Neugier in den Augen. Erst als ich im Augenwinkel bemerkte, dass es zu Ende war, räusperte Zane sich und schüttelte dabei leicht den Kopf, als würde er seine Gedanken klären.

»Es ist schon lange her, dass ich das letzte Mal dermaßen sprachlos war.« Sein Blick wanderte zwischen der Skulptur und mir hin und her. »Ich habe so etwas noch nie zuvor gesehen. Erinnerungen aufbewahren … im Eis … Es ist einfach unglaublich und magisch.«

»Könnt ihr das in Westerys nicht?«

Zane schüttelte den Kopf. »Ich weiß nur durch Dutzende Gemälde, wie ich als Kind aussah. Ausgenommen, meine Mutter verschweigt mir es«, lachte Zane. Dann legte er wieder eine grübelnde Miene auf. »Wieso der Drache?«

»Hmm?«

»Der Drache, wieso werden deine Erinnerungen in einem Drachen aufbewahrt?«

Ich überlegte einen Moment, wusste aber keine Antwort. Also zuckte ich mit den Schultern. »Dusans sind in einem Preyton verborgen.« Als Zane seine Augen zusammenkniff, fuhr ich fort: »Ein Preyton ist ein Hirsch mit Flügeln …«

»Ich weiß, was ein Preyton ist, aber vielen Dank, Oriana. Meine Skepsis bezieht sich auf die unwillkürlich erwählten Skulpturen. Erzähle bitte weiter.«

»Rohanas zeigt eine Skulptur, auf der eine Fee einen Vogel reitet, also es sind tatsächlich sehr spezielle Figuren.«

Zuerst schwieg er, wirkte dabei, als würde er sich den Kopf über etwas zerbrechen, bis er schließlich zu den anderen Eisskulpturen nickte. »Kann ich noch welche sehen?«

»Sehr gern«, sagte ich und steuerte direkt auf die nächste zu, die einen dreiköpfigen Hund zeigte. »Dusans und Rohanas Erinnerungen kann ich dir leider nicht zeigen, das wäre ein Eingriff in ihre Privatsphäre, aber diese kann ich dir zeigen. Sie erzählt die Geschichte der Magie der königlichen Blutlinie von Aseria.« Daraufhin hielt ich die Finger wieder dicht an die Figur und wiederholte das Prozedere.

Diesmal sah ich zu, wie sich der feine Schnee in die Geschichte verwandelte. Wie die Götter den schimmernden Funken an einen meiner Vorfahren überreichten, damit dieser unser Königreich schützte.

Danach gingen wir weiter zu einer Skulptur, die die Form einer Fledermaus hatte und die Geschichte zeigte, wie mein Vater die magische Mauer erschuf. Wie sich eine blauschimmernde Grenze rund um unser Königreich errichtete, die danach vollständig verblasste und unsichtbar wurde.

Nachdem wir mehrere Eisskulpturen betrachtet hatten, war es dunkel geworden und nur die wenigen Fackeln, die sich alle paar Meter befanden, spendeten etwas Licht.

Ich hatte mit meiner damaligen Vermutung recht, dass Zanes markante Gesichtszüge im Mondlicht wunderschön aussehen würden. Seine hohen Wangenknochen, die ausgeprägte Kieferpartie, sein dunkles Haar, die gebräunte Haut, die hier in Aseria so fremd wirkte. Genauso wie seine feinen Kleider. Er war neben Dusan der einzige Mann, den ich bisher kennengelernt hatte, der solchen Wert auf seinen Kleidungsstil legte. Selbst hier im Schnee, dort, wo ich mich für praktische Kleidung entschieden hatte, trug er feine schwarze Lederstiefel, eine eng geschnittene schwarze Stoffhose sowie einen eleganten Wollmantel.

»Oriana, ist alles in Ordnung?«

Ich musste ihn angestarrt haben. Wahrscheinlich tropfte mir schon Sabber aus meinem Mundwinkel.

Verdammt. Verdammt. Verdammt.

Ich blinzelte meine Starre beiseite und setzte ein Lächeln auf. »Natürlich.« Hitze schoss vor Scham in meine Wangen und ich zog meine Kapuze tiefer in die Stirn und senkte den Blick.

Wie peinlich kann man sein?

Zane schmunzelte. »Ich habe dich vorhin etwas gefragt.«

»Oh.« Ich blickte zu ihm auf. »Was denn?«

»Ich wollte wissen, ob dir kalt ist.«

»Ähm … nein«, gab ich zu. Ich konnte wohl kaum sagen, dass mein Körper innerlich in Flammen stand.

»Schade, dann hätte ich einen plausiblen Grund gehabt.«

»Was meinst du?«

Ohne jegliche Berührungsangst legte er seinen Arm um mich.

Was für ein Klassiker.

Die Flammen in mir wurden bei seinen Berührungen zu glühender Lava und breiteten sich über meinen gesamten Körper aus. Ich spürte, wie ich erneut lächelte.

»Wir sollten wieder in den Palast zurück«, meinte er.

»Du hast vermutlich recht.«

Wir gingen ein paar Meter.

»Fürchtest du dich vor morgen? Du weißt schon, wegen der letzten zwei Prüfungen. Vielmehr wegen der letzten Prüfung«, murmelte ich, den Blick geradeaus gerichtet.

»Nur ein Narr hätte keinen Respekt vor der dritten Prüfung«, gab er zu. »Aber nichtsdestotrotz freue ich mich darauf.«

Ich blieb abrupt stehen, sodass sein Arm von mir rutschte.

»Wieso freust du dich?«, fragte ich, die Verwirrung ins Gesicht geschrieben.

Er zuckte mit den Schultern, als er sich zu mir drehte. »Hmm. Lass mich überlegen.« Er umfasste nachdenklich sein Kinn. »Ach ja. Weil ich die Prüfung gewinnen werde. Und …« Sein dunkler Blick traf auf meinen. Seine Stimme wurde ruhiger, sein Gesichtsausdruck veränderte sich. »Das würde bedeuten, dass ich dich gewinne.«

Ich wandte den Blick ab, jedoch legte er einen Finger unter mein Kinn und hob es ein Stück an, damit ich wieder in seine Augen sah. »Ich weiß genau, was du denkst, Oriana.«

»Und das wäre?«, zischte ich.

»Du denkst, ich sehe dich nur als einen hübschen Preis, den man gewinnen kann. Du denkst, ich sehe dich wie die anderen Prinzen, die ein schönes Souvenir von einer Reise mit nach Hause bringen wollen. Eine hübsche Braut für deren Königreich oder um eine starke Allianz zu schließen.«

»Da hast du genau ins Schwarze getroffen.« Denn genau das dachte ich.

Nein.

Ich war mir sicher.

Er lachte und schüttelte ungläubig den Kopf dabei. »Für mich bist du nichts von dem.«

»Kein hübsches Souvenir?« Ich zog einem Schmollmund. »Oh, da bin ich aber traurig.«

Wieder entfuhr ihm ein Lachen. Dass jemand über meinen unlustigen Sarkasmus lachte, war mir neu.

Als ob es das Selbstverständlichste der Welt wäre, umfasste er mein Gesicht und trat noch einen Schritt näher.

»Das Wort *hübsch* wird dir nicht einmal ansatzweise gerecht«, antwortete er. »Aber nein. Du bist für mich kein hübsches Souvenir. Du bist so viel mehr als das.« Er befeuchtete seine Lippen, starrte auf meine.

Sein Blick war so intensiv, dass, wie aus dem Nichts, Schmetterlinge ihre Runden in meinem Bauch zogen und meine Beine weich wurden. Die Spannung zwischen uns lag in der Luft. Ich musste sie unterbrechen. Das hier würde zu nichts Gutem führen.

»Das ist vermutlich das letzte Mal, dass wir eine Unterhaltung allein führen«, stellte ich fest. Schon morgen würde mein zukünftiger Ehemann feststehen und sollte Zane nicht die nächsten zwei Prüfungen für sich entscheiden, würde er mich an einen anderen Prinzen verlieren. Es gab keine Chance, die Prüfungen abzubrechen, das hatte mir Dusan mehr als einmal deutlich gemacht. Wenn sie stattfänden, musste man mit der daraus entstandenen Verbindung leben.

»Vermutlich« wiederholte er. »Irgendwelche Favoriten, von denen ich wissen sollte?«

Die Einzigen die mir einfielen, waren die Zwillingsprinzen. Einige der anderen Bewerber kannte ich schon, da ich sie zurückgewiesen hatte, als diese nach Aseria gereist waren, um eine Audienz bei mir zu beanspruchen.

»Das Einzige, über das du dir Sorgen machen solltest, ist, wie du es schaffen willst, die nächsten zwei Prüfungen zu gewinnen.«

»Lass das ruhig meine Sorgen sein«, meinte er und zwinkerte mir zu.

Kapitel 7 Oriana

Nach nur kurzer Zeit hatten wir den Eingang des Palastes erreicht, der zum Ballsaal führte, in dem sich mittlerweile unzählige Menschen tummelten. Das Letzte, was ich jetzt wollte, war, den Leuten gegenüberzustehen, die meine Zwangsheirat als Feierlichkeit nutzten. Nur um sich literweise Beerenwein oder Whiskey einzukippen und sich dabei die Bäuche vollzuschlagen. Genauso gut konnten mir ihre neugierigen Blicke erspart bleiben, wenn sie mich mit einem der Anwärter abends aus dem Garten kommen sehen würden.

Zane bedeutete den Wachen, die am Eingang standen, dass sie die Türen öffnen sollten.

Mein Kopf schnellte zu Zane, der hinter mir stand und mich in den Ballsaal schob. Nacheinander, mit dem nötigen zeitlichen Abstand, unbemerkt in den Palast zu schlüpfen, wäre mein eigentlicher Plan gewesen. Erst jetzt fiel mir ein, dass ich dies zuvor möglicherweise mit Zane hätte besprechen sollen. Obwohl es auf der Hand lag.

»Verdammt, was soll das?«, flüsterte ich und blickte die umstehenden Leute an, die sofort innehielten und mich anstarrten, als ob mir ein zweiter Kopf gewachsen wäre.

Dass ich mit einem der Bewerber aus dem Garten kam, war für sie vermutlich ähnlich entsetzend wie die Sache mit dem zweiten Kopf. Vielleicht lag es nur schlichtweg an meiner Kleidung, die so gar nicht zu einer Prinzessin passte. Wenn ich Glück hatte, erkannten sie mich nicht. Leider verweilte dieses Traumszenario nur einen Augenblick in meinem Kopf.

Zane legte seine Hand an meinen unteren Rücken und eskortierte mich durch den Saal. An der Stelle, an der er mich berührte, spürte ich die Wärme, die sich schlagartig in mir ausbreitete.

Er lehnte sich etwas zu mir herab und flüsterte rau: »Die Leute können ruhig heute schon wissen, wer morgen deine Hand gewinnt.«

Um jeden Preis provozieren. So typisch für ihn.

Ich biss die Zähne aufeinander und brachte ein halbherziges Lächeln auf meine Lippen, während wir uns weiter der Doppelflügeltür näherten, die aus dem Ballsaal führte.

Dusan konnte ich in der Menschenmenge nicht erkennen. Selbst wenn er gegenwärtig nicht anwesend war, würde er spätestens morgen über diesen Auftritt Bescheid wissen. Ganz Aseria würde es erfahren.

Dieser verdammte Zane.

Jedoch war jeder, der in Aseria Rang und Namen hatte, sowie die meisten Prinzen, mit ihren Begleitern dabei. Und nicht zu vergessen die Hofdamen, die versuchten, einen der Prinzen um den Finger zu wickeln.

»Prinzessin Oriana«, hörte ich, kurz bevor wir das andere Ende des Saals erreicht hatten.

Ich hielt inne und zuckte zusammen, während ich ein aufsteigendes Fluchen hinunterschluckte. Ein Blick zur Seite und ich sah, wer meine Aufmerksamkeit für sich beanspruchte. Prinz Filip von Nuras. Unverkennbar dank der Narbe, die sich über sein gesamtes Gesicht zog. Es war das erste Mal, dass ich ihn von Nahem sah und somit das Ausmaß seiner Verletzung. Mehr als über seine kürzliche Verwundung und der Tatsache, dass er aus Nuras, dem Königreich der Luft kam, wusste ich nicht.

»Prinz Filip«, sagte ich mit gekünsteltem Lächeln. »Wie nett, Euch hier anzutreffen.«

Götter, wie sehr die Lügen auf meiner Zunge brannten, denn eigentlich wollte ich hier einfach nur weg.

Filip machte eine anmutige Verbeugung und zupfte danach sein himmelblaues Jackett zurecht. »Die Freude ist ganz meinerseits. Eine Gelegenheit, Euch ohne Wachen oder von der königlichen Familie umgeben anzutreffen, musste ich sofort ergreifen.« Danach sprang sein Blick einen Moment zu Zane, der weiterhin hinter mir stand und dessen Hand an meinem Rücken ruhte. »Vielleicht wollt Ihr Euch mit einer anderen Gesellschaft vergnügen, Prinzessin? Dürfte ich Euch zu einem Tanz auffordern?«

War das gerade sein Ernst? Perplex betrachtete ich meine Kleidung. Stoffhosen und ein Strickpullover auf einer offiziellen königlichen Feierlichkeit. Zwar legte ich nicht viel Wert auf festliche Kleider, aber dies ging sogar mir zu weit.

»Entschuldigt mich, aber ich denke, ich würde mich lieber in meine Gemächer zurückziehen. Es war ein langer Tag.« Ich nickte und war dabei weiterzugehen.

Filip blickte erneut über meinen Kopf hinweg zu Zane, der ihn vermutlich musternd betrachtete, dann sah er wieder zu mir. »Nur ein Tanz. Gebt mir bitte diese Chance.«

Unbehaglich schüttelte ich den Kopf und bemerkte im Augenwinkel, dass mehrere umstehende Leute unser Gespräch aufmerksam verfolgten. »Wie bereits erwähnt, ich würde mich gern in meine Gemächer zurückziehen.« Inständig hoffte ich, dass er es endlich auf sich beruhen ließ. So schön ich den Abend mit Zane empfand, genauso erschöpft war ich mittlerweile. Der gesamte Tag, so wie auch die Aufregung um die erste Prüfung, zerrten an meinen Kräften.

»Nur ein Tanz.«

Einmal atmete ich tief durch. »Prinz Filip. Ich sage es ein letztes Mal: Ich möchte mich in meine Gemächer zurückziehen, so leid es mir für Euch tut. Ich weiß, Ihr seid hier, so wie alle anderen Prinzen …«

»Ist es wegen meiner Narbe?« Er trat einen Schritt näher an mich heran, dabei wich ich automatisch einen zurück und stieß mit den Rücken an Zanes Brust. »Ich würde verstehen, wenn sie Euch stört«, fuhr er fort und wirkte dabei verunsichert, so als ginge er wirklich davon aus, dass die Narbe ihn weniger attraktiv wirken ließ. Das war keineswegs der Fall. Was seine Attraktivität jedoch drastisch nach unten sinken ließ, war seine aufdringliche Art.

»Ich hasse sie genauso, also ich würde es verstehen, wenn es sie ist, was Euch stört. Wo Ihr doch voller makelloser Schönheit seid.«

Schwer blinzelnd schüttelte ich den Kopf. »Wie bitte? Wollt Ihr mich als oberflächlich betiteln?«

»Nein, ich würde nie …«, versuchte er sich herauszureden.

»Ihr kennt mich nicht«, stellte ich klar. Meine Stimme wurde mit jedem Wort schärfer. »Keiner von euch kennt mich, also wagt es ja nicht, Euch eine Meinung über mich zu bilden, wenn Ihr kein Fünkchen darüber wisst, wie oder wer ich bin.«

Ein kurzer Blick nach unten und ich wusste, wieso meine Fingerspitzen so kribbelten. Ein bläulicher Schimmer legte sich über meine Hände, so wie es meine Magie immer tat, wenn sie sich in dieser Intensität meldete. Genau dann merkte ich, wie Zanes Hand sich an meinem Rücken bewegte und langsame Kreise zog. Sofort lag mein Fokus bei dieser Berührung.

»Prinzessin Oriana«, säuselte Zane über meine Schulter. »Zuvor habe ich solch wunderbar aussehende Küchlein entdeckt.« Weiterhin spürte ich die Bewegungen seiner Finger und musste über seine formelle Sprechweise innerlich schmunzeln, die er sofort ablegte, sobald wir alleine waren. Schon damals in Westerys war dies der Fall gewesen. »Aber viel mehr interessiert Ihr Euch bestimmt für die Beeren, die die Krone der Küchlein bilden. Dulcisbeeren, die mögt Ihr doch besonders gern, wenn ich mich nicht irre?«

Prinz Filip ergriff seine Chance, der hitzigen Unterhaltung ein würdiges Ende zu verschaffen. »Prinzessin Oriana, es war mir eine Freude, mich mit Euch zu unterhalten.«

Es folgte eine Verbeugung.

»Prinz Filip«, erwiderte ich und machte ebenfalls einen Knicks, danach drehte ich mich zu Zane.

Nachdem wir uns einige Schritte auf die besagten Süßspeisen zubewegt hatten, und somit den neugierigen Ohren entkamen, murmelte ich: »Danke.«

Zane schnappte sich einen Teller, fasste in den Stapel an Küchlein und lud sich drei Stück auf. »Wofür?«

»Das weißt du genau.«

Natürlich wusste er, dass mich seine Berührung abgelenkt und ich somit dem Prinzen von Nuras kein Schneegestöber entgegengeschickt hatte. Etwas Schlimmeres hätte nicht passieren können. Jemanden aus einer anderen königlichen Familie mit seiner Magie anzugreifen, galt als eine Kriegserklärung. Kurzerhand wären sie mit mir wie bei den Gestaltwandlern verfahren und hätten mich hinter die magische Mauer verbannt … oder Schlimmeres.

Zwar hätten sie mich nicht in eine Tiergestalt statt in eine menschliche verfluchen können, so wie es bei den Wandlern der Fall war, jedoch war das ein genauso grauenhaftes Schicksal. Und mit *sie* meinte ich alle Herrscher der fünf Königreiche. Dusan würde immer zu mir stehen, aber wie es mit den anderen Königreichen aussah, wollte ich lieber nicht wissen.

»Ich habe keine Ahnung, wovon du sprichst.« Zane nahm noch ein viertes Küchlein und biss hinein. »Die liebst du also so sehr? Hmm?«

Ich schnappte mir eines von seinem Teller. »Wie kommst du darauf, dass ich sie so gern mag?«

Zwar spürte ich die vielen Augenpaare weiterhin auf mir, aber dank der Küchlein stellte ich dies hinten an.

»Vor der ersten Prüfung hast du bestimmt ein Kilo Dulcisbeeren verdrückt.« Er zuckte mit den Schultern und leckte den Puderzucker von seiner Lippe. »Vielleicht war es auch nur geraten.« Er lehnte sich näher an mich heran und senkte seine Stimme, als würde er mir ein Geheimnis zuflüstern. »Denn ich denke, alle lieben Dulcisbeeren.«

Ich überdrehte die Augen, denn er hatte recht. Ich liebte die süßen purpurfarbenen Beeren.

Nachdem wir endlich die Türen erreicht hatten, drehte er mich einmal demonstrativ im Kreis.

»Ich wünsche Euch eine erholsame Nacht, Prinzessin«, sagte er mit erhobener Stimme, damit alle umstehenden Personen es ebenfalls mitbekamen.

Natürlich mit voller Absicht. Jetzt war er wieder der typische Zane, wie ihn alle kannten. Provokant. Überheblich.

Er nahm meine Hand in seine und hauchte mir einen sanften Kuss auf meinen Handrücken. Noch bevor ich meine Hand zurückziehen konnte, erhob er sich und strich ein weiteres Mal mit seinem Daumen darüber.

Wenn meine Wangen nicht von der Kälte gerötet wären, wären sie es spätestens jetzt.

Nun entzog ich mich Zane, warf noch ein letztes falsches Lächeln in die Menge und verschwand, mitsamt den zwei verbliebenen Küchlein.

Kapitel 8 Zane

Der Verlauf des gestrigen Abends schürte meinen Kampfgeist so weit, dass ich vor Sonnenaufgang wieder auf den Beinen war, um mich auf die zweite Prüfung vorzubereiten. Obwohl ich zugab, dass ich, als ich den beißenden Gegenwind beim Laufen spürte, meinen vorherigen Enthusiasmus ein wenig zurückschraubte.

Als jemand, der ganzjährig hitzige Temperaturen am Meer gewohnt war, war diese Kälte mehr als unangenehm. Doch schon am ersten Tag in Aseria fing ich an, immer ein Quäntchen meiner Feuermagie durch meinen Körper zu senden, um diesen auf einer Temperatur zu behalten, die nicht dauerhafte Unterkühlung bedeutete. Zumindest, sobald ich einen Fuß nach draußen setzte. Meine Mutter meinte, dass dies die beste Variante wäre, den Norden unter tragbaren Umständen zu besuchen. Damit hatte sie auch recht behalten.

Ein kurzes Schnipsen meiner Finger und wieder kehrte diese wohlige Wärme in mich zurück und verdrängte damit jeden Funken der Kälte, die sich in mich geschlichen hatte.

Der knirschende Schnee unter meinen Füßen war das einzige Geräusch, das durch die Morgendämmerung drang. Kein Gezwitscher der Vögel, kein Getratsche der Höflinge, stattdessen reine idyllische Ruhe.

Das letzte Stück des Rückwegs lockerte ich meine Beine und anstatt zu laufen, spazierte ich. Überlegte währenddessen, welche Kampftechnik ich in wenigen Stunden bei der zweiten Prüfung anwenden sollte und wer mein Gegner sein würde. Inständig hoffte ich auf einen der Zwillingsprinzen. Einem von ihnen das dämliche Grinsen aus dem Gesicht zu prügeln, würde einen amüsanten Zeitvertreib bieten.

Zwischen den Tannenspitzen blitzte bereits das Eisschloss hervor, glänzte bei dem wolkenlosen Wetter in seiner vollen Pracht. Mein Blick blieb beim Turm hängen, an Orianas Gemächern. Und ich fragte mich, wie schrecklich es für sie sein musste. Umgeben von diesen aufdringlichen Männern, die offensichtlich nichts anderes im Schilde hatten, als eine gute Partie zu machen. Bis zu einem gewissen Grad konnte ich ihre Situation nachempfinden.

Ich kannte das Gefühl, von Frauen umgeben zu sein, die alles von sich geben würden, um eine Chance bei mir zu bekommen. Zumal ich selbst mit fünfundzwanzig Jahren ebenfalls schon spät dran war für eine Heirat. Aber in einer Sache unterschieden sich Orianas und meine Szenarien: Ob ich mir jetzt oder in weiteren vier Jahren eine Frau nehmen würde, war für meine Thronfolge nicht von Belangen. Bei Oriana sah es anders aus. Für sie hatte jemand anderes entschieden, wann sie so weit war, verheiratet zu werden – und mit der Entscheidung des Königs blieb ihr keine andere Möglichkeit, als sich dieser zu fügen. Irrelevant, ob der König ihr Bruder, Vater oder jemand Fremdes für sie war. Was der König befahl, war Gesetz. Würde sie sich dagegen sträuben, wäre König Dusan dazu verpflichtet, sie mit einer gerechten Strafe zu verurteilen. Zumal die Heirat einer Prinzessin zwingend notwendig für Allianzen war.

Ein dumpfer Aufprall, gefolgt von einem »Verdammter Mist«, war zwischen den Bäumen neben mir zu hören und ließ mich innehalten. Zwar war es nicht länger ungewöhnlich früh, um draußen unterwegs zu sein. Jedoch noch immer sehr früh für derartige Flüche einer weiblichen Stimme.

Mich ergriff die Neugier, da ich diese Stimme vermutlich zwischen Unzähligen wiedererkennen würde. Also lenkte ich vom Weg ab, direkt in den Tiefschnee und stapfte zwischen den Bäumen hindurch.

Nach wenigen Schritten erkannte ich, dass sich ein zugefrorener See hinter den Bäumen verbarg. Ebenfalls erkannte ich Oriana, die in einen blassblauen Ganzkörperanzug eingepackt, auf dem Eis tanzte. Eine Drehung nach der anderen legte sie aufs Eis und wirkte dabei majestätischer denn je.

Ich versteckte mich hinter einem der dicken Baumstämme und spähte daran vorbei. Wie könnte ich sie auch nicht beobachten? Es war so wunderschön, wie sie tanzte, sprang, sich in der Luft mehrmals um die eigene Achse drehte und danach mit Eleganz wieder auf dem Eis aufkam. Diesmal nahm sie Anlauf, lenkte einen Schneestoß auf das Eis und benutzte ihn als Unterstützung, damit sie noch höher springen konnte. Jetzt legte sie eine vierfache Drehung hin, bevor sie wieder landete.

»Das war beeindruckend«, sagte ich und trat hinter dem Baum hervor. Ich hatte keine Absicht, sie auszuspionieren oder ihr nachzustellen, weshalb ich mich zu erkennen gab.

Sie wirbelte so erschrocken herum, dass sie das Gleichgewicht verlor und rückwärts auf dem Hintern landete. Instinktiv wollte ich zu ihr, doch ich schaffte es nicht mal einen Meter. Beim ersten Schritt auf das spiegelglatte Eis riss es mir beide Beine weg und ich fiel ebenfalls auf den Hintern.

»Götter, du hast mich erschreckt«, rief Oriana mir entgegen, die sich auf allen vieren wieder aufrappelte. »Dass du hingefallen bist, geschieht dir recht!« Dabei klopft sie den Schnee von ihrer Kleidung. »Ich hielt dich nie für einen Mann, der es nötig hat, einer Dame nachzustellen.«

»Ich habe dir nicht nachgestellt, ich war laufen und da habe ich gehört …«

»Ist es nicht etwas früh, um zu laufen?«, unterbrach sie mich und glitt näher heran. Erst da erkannte ich, wie sie sich so elegant und mühelos auf dem Eis bewegen konnte. Unter ihren Schuhen befanden sich Kufen wie bei einem Schlitten.

»Ich könnte dich dasselbe fragen.«

Jetzt stand sie über mir, schaute auf mich herab, während sie ihre Hände in die Hüften stemmte. Beobachtete mich, als würde sie nach irgendetwas suchen, das an mir faul war.

»Ich bin so früh hier draußen, um allein zu sein, aber das hat augenscheinlich nicht so gut funktioniert«, sagte sie.

Mehrmals versuchte ich, mich aufzurichten, doch jedes Mal geriet ich ins Schwanken, bis Oriana einmal mit den Fingern schnipste und das spiegelglatte Eis unter mir mit einer festen Menge Schnee bedeckt war. Jetzt, da ich endlich wieder Halt unter den Füßen hatte, rappelte ich mich auf und strich den Schnee von meiner Hose.

Es war das erste Mal, dass ich sie ihre Magie benutzen sah, ausgenommen bei den Eisskulpturen. Die Magie, die meiner so gegensätzlich war.

»Danke«, sagte ich und stand ihr nun gegenüber. »Wieso bist du allein hier? Und ohne deine Hofdamen oder Wachen?«

Sie schnaubte, steckte sich währenddessen die losen Haarsträhnen zurück in ihren hohen Knoten. »Ich halte nichts von Begleitungen, wenn es nicht zwingend notwendig ist. Außerdem habe ich keine Lust, dass irgendwelche Wachen Dusan davon erzählen, dass ich ab und an beim Eislaufen meine Magie benutze.«

»Darfst du deine Magie denn nicht frei benutzen?«, hakte ich nach. In Westerys war es normal für die königlichen Familien, ihre Magie zu benutzten – wann immer sie es wollten. Mir war nicht klar gewesen, dass dies in anderen Königreichen anders gehandhabt wurde.

Sie schüttelte kaum merklich den Kopf, während sich ihre Lippen zu einer geraden Linie glätteten. »Dusan sieht es nicht gern. In Aseria ist es nicht üblich, seine Magie zur Schau zu stellen oder sie für Dinge zu benutzen, die die Allgemeinheit als unwichtig erachten würde.« Oriana seufzte. »Meine Eltern meinten immer, die Götter schenkten uns unsere Gaben, um unser Reich zu schützen und nicht, um irgendwelchen Unfug damit anzustellen.«

»Kannst du sie denn kontrollieren, wenn du sie nie benutzen darfst?«, fragte ich aus reiner Neugier. Es fühlte sich befremdlich an, Magie zu besitzen, diese aber nur für die wichtigen Dinge im Leben benutzen zu dürfen. Wo blieb da der Spaß?

Bei dieser Frage breitete sich Unbehagen in ihrem Gesicht aus und damit bereute ich es, sie gestellt zu haben. Oriana sah zu Boden, dann in den Himmel, so als würde sie überlegen, wie sie am besten antwortete. Schlussendlich sagte sie: »Ich kann sie kontrollieren. Zumindest gut genug, um kleinere Dinge damit anzustellen. Als Kind wurde mir beigebracht, wie ich sie kontrollieren kann, aber nur in kleineren Mengen.«

Götter, in ihr schlummerte die Fähigkeit, Unermessliches mit ihrer Magie anzustellen, ohne dass sie sie jemals genutzt hatte. Um die Situation für sie erträglicher zu machen, wechselte ich rapide das Thema.

Ich nickte ihr zu. »Blau ist bestimmt deine Lieblingsfarbe, nicht wahr?«

Und so, wie ich es geplant hatte, wurde ihre Miene wieder spöttisch und verlor jeglichen Ernst. »Wieder eine deiner wilden Beobachtungen?« Eine ihrer Augenbrauen wanderte nach oben.

»Als du in Westerys warst, hast du ebenfalls ein blassblaues Gewand getragen. Es hatte die gleiche Farbe wie deine derzeitige Kleidung.« Die Erinnerung an unsere erste Begegnung würde bestimmt ewig in meinem Kopf bleiben.

Sie überlegte, verschränkte ihre Arme vor der Brust und trat von einem Bein aufs andere. »An das kannst du dich erinnern?«

»Natürlich.«

»Nach all den Monaten?«, fragte sie.

Ich biss mir auf die Lippe, um mein aufsteigendes Grinsen zu mildern. »Ich denke, es könnten Jahrzehnte vergehen und trotzdem könnte ich mich an das blassblaue Kleid mit den Stickereien darauf erinnern, das du damals in Westerys getragen hast, als ich dich mit Stella zum ersten Mal sah.«

Ihre Stirn warf eine Falte, als sie die Augenbrauen verzog und mehrmals blinzelte. Sie wirkte, als könnte sie nicht fassen, dass ich mich tatsächlich erinnerte. Aber das tat ich. Ich erinnerte mich an alles, egal, ob ich sie in der Zwischenzeit über ein Jahr nicht gesehen hatte.

Als sie nicht antwortete, räusperte ich mich. »Nun ja. Helfen dir die Dinger an deinen Schuhen, das Gleichgewicht auf dem Eis zu halten?« Mit dem Kinn deutete ich auf die Kufen.

»Ja, damit schwebt man förmlich übers Eis. Natürlich gehört auch langjährige Erfahrung dazu, aber allein durch die Bewältigung der eisüberzogenen Böden im Palast habe ich genügend Übung.« Dabei lächelte sie und demonstrierte eine Drehung. »Früher tat ich es mit meiner Mutter und Rohana. Mittlerweile gehe ich nur noch selten mit meiner Schwester. Meist bin ich allein.«

»Ich würde bei jedem Schritt auf dem Hintern landen. Da bin ich mir sicher«, lachte ich.

»Ich würde dich gern auf Kufen übers Eis schlittern sehen«, scherzte sie und stieß ein herzhaftes Lachen aus.

»Das würden mit Sicherheit viele tun.«

»Ich würde für solch eine Vorführung sogar bezahlen und sie dann in einer Eisskulptur festhalten.« Dabei lachte sie. Sie lachte so frei und ehrlich und ich fühlte es tief in meinem Herzen.

»Aber nur, wenn ich dann auch so einen schicken Ganzkörperanzug bekomme«, meinte ich und ließ den Blick über ihre Kleidung wandern – über ihren Körper.

Götter, dieser Anzug gehörte verboten, denn er überließ nichts der Fantasie. Er legte sich wie eine zweite Haut an Orianas wohlgeformten Körper.

»In Rosa«, sagte sie und ihr Lächeln war so breit, dass ich ihre geraden Zähne sehen konnte.

Beiläufig zuckte ich mit den Schultern. »Alles, was du willst, Prinzessin. Du möchtest, dass ich einen rosafarbenen Anzug trage – gut.« Und ich meinte meine Worte ernst. Ich wusste, wie schlecht es ihr mit ihrer Situation ging. Wenn ein rosafarbenes, hautenges Gewand sie glücklich machen würde, würde ich es tragen. Einfach nur, um sie lächeln zu sehen.

Plötzlich entglitt ihr die belustigte Miene und wurde von weit aufgerissenen Augen und einer Hand auf ihrem geöffneten Mund abgelöst. »Götter, wie spät ist es?«

»Keine Ahnung, vielleicht sechs oder sieben Uhr.«

»Verdammt«, fluchte sie und packte hektisch ihre Habseligkeiten zusammen, die aus nicht mehr als einer Trinkflasche und einem dicken Mantel bestanden. »Mabel wartet bestimmt schon in meinen Gemächern und fragt sich, wo ich stecke. Ich muss mich herrichten für die zweite Prüfung.« Als sie ihre Sachen in ihrem Armen hielt, warf sie mir einen fragenden Blick zu.

»Was ist?«, fragte ich.

Sie klippte die Kufen von ihren Stiefeln ab und sah dabei zu mir auf. »Du musst gleich zur zweiten Prüfung, wieso stehst du dann so gelassen hier?«

»Ich bin deswegen hier, Oriana. Ich habe trainiert.« Noch während ich sprach, stürmte sie los und ich ihr hinterher. »Ich begleite dich zurück zum Palast.«

»Dann leg einen Zahn zu.«

Im Schnellschritt bewältigten wir die letzten Meter zu den Palasttoren zurück. Als wir um die Ecke bogen, bemerkten wir die Wachen, die dort auf uns warteten. Genauso wie die junge, rothaarige Dame, die neben ihnen stand und … Clarence und Laurent. Was machten die hier?

Als uns die rothaarige Dame sah, stürmte sie sofort auf Oriana zu. »Götter, Oriana, ich dachte schon, dir wäre etwas zugestoßen.«

Schwer atmend warf mir Oriana im Augenwinkel einen Blick zu, dann ging sie der Dame entgegen. »Es tut mir leid, ich habe die Zeit –«

»Entschuldigt mich bitte, es ist meine Schuld, ich habe die Prinzessin mit einem morgendlichen Spaziergang aufgehalten«, unterbrach ich Oriana, die daraufhin verwirrt über die Schulter spähte. Normalerweise war es nicht meine Art, Damen ins Wort zu fallen, jedoch war ich mir nicht sicher, ob sie dafür Ärger von ihrem Bruder bekommen würde. Zumal sie vorhin erwähnte, dass sie ihre Magie nicht frei benutzen durfte.

»Oh«, sagte die Dame und musterte mich von oben bis unten, als ob sie mich erst jetzt bemerkt hätte. »Prinz Zane, welche Ehre, Euch kennenzulernen.« Sie machte einen Knicks.

Ich neigte ebenfalls respektvoll den Kopf. »Ganz meinerseits, Miss …?«

Nun mischte sich Oriana wieder ins Gespräch ein. »Das ist Mabel, meine Zofe.«

»Schön, Euch kennenzulernen, Miss Mabel«, sagte ich nun.

Clarence und Laurent beobachteten unser kleines Gespräch bisher wortlos, genauso wie die Handvoll Wachen, die am Eingang Spalier standen.

Mabel wandte sich zu Oriana. »Rohana und du, ihr müsst in einer Stunde zur zweiten Prüfung aufbrechen. Wir müssen dich noch herrichten.«

»Entschuldige, Mabel.« Darauf folgte ein erneuter Seitenblick zu mir. »*Wir* haben die Zeit aus den Augen verloren.«

»Wenn ich gewusst hätte, dass Ihr Bewerber für Spaziergänge empfangt, dann wäre ich engagiert gewesen«, sagte Clarence. »Da Ihr im Palast und rund um das dazugehörige Anwesen nie anzutreffend wart, dachte ich, Ihr seid nicht interessiert, einen von den Prinzen kennenzulernen. Ausgenommen von Eurem kleinen Auftritt gestern im Ballsaal. Aber da wart Ihr, so schnell, wie Ihr gekommen wart, wieder verschwunden.« Er trat einen Schritt näher, sodass er neben Mabel und direkt gegenüber von Oriana stand. Sein Bruder folgte ihm.

»So … so ist das nicht«, meinte Oriana und ich bemerkte, wie unangenehm ihr die Frage war. »Prinz Zane und ich sind uns schon länger bekannt.«

Clarence' Blick sprang zu Boden, als er ein Schmunzeln unterdrückte, dann sah er von mir weiter zu Oriana. »Ich will Euch mit dieser Frage nicht zu nahe treten, aber wie alle wissen, habt Ihr Euch nicht freiwillig für einen Bräutigam entschieden, weshalb es für mich verwirrend ist.«

»Was genau verwirrt dich dabei, Clarence?«, fragte ich mit gleichgültiger Miene. »Was daran, dass Prinzessin Oriana Zeit mit mir verbringt, entzieht sich deiner Intelligenz?«

Die Zwillingsprinzen hatte ich flüchtig vor einigen Jahren bei einem Staatsbesuch in Floranys unfreiwillig kennengelernt. Schon damals hätte ich am liebsten Clarence und seinem nervigen Verhalten den Garaus gemacht. Mit vier seiner damals aktuellen Geliebten platzte er beim Abendmahl zwischen seinem Vater und meinen Eltern, Stella und mir herein. Dabei legte er ein Benehmen an den Tag, das selbst für meinen Geschmack unangebracht war.

»Wenn Ihr Zane zuvor schon kanntet, er jetzt noch dazu hier ist und um Eure Hand kämpft, wieso habt Ihr Euch nicht damals schon für ihn entschieden? Er ist der einzige Bewerber, den Ihr Euch näher kennenlernen lasst«, fragte Clarence Oriana. »Es verwundert mich, wie eine Dame wie Ihr sich mit einem geistig beschränkten Kerl wie Zane abgibt.« Er stieß ein emotionsloses Lachen aus. »Oder habt Ihr noch nicht bemerkt, wie er tatsächlich ist, unser Schönling?«

Götter, wie gerne hätte ich ihm demonstriert, wie ich tatsächlich war. Allerdings entschied ich mich dagegen ihm vor allen eine zu verpassen. Dafür würde die zweite Prüfung sorgen.

Daraufhin packte ihn Laurent an der Schulter. »Lass es verdammt noch mal gut sein.«

Oriana zögerte einen Moment, blickte von Mabel zu mir, dann zu Clarence. »Es war kompliziert, als ich Zane kennenlernte.« Dann sah sie nochmals zu mir, als suchte sie meine Bestätigung.

»Und das ist es jetzt nicht mehr?«, entgegnete Clarence.

Ihre Augen bohrten sich noch immer in meine, als sie überlegte. »Ich habe eine Gegenfrage an Euch, Prinz Clarence.« Irgendetwas hatte sie sich in ihrem Kopf zusammengereimt, denn ihre Miene wurde schlagartig berechnend und ich lechzte danach, zu erfahren, was es war.

Er nickte und grinste. »Fragt mich alles, was Euch beliebt.«

»Wie ist es, so krampfhaft zu versuchen, jemanden von sich selbst zu überzeugen, dass einem nichts anderes einfällt, als eine andere Person – an der ich Eurer Meinung nach mehr Interesse zeige – schlecht darzustellen? Nur damit Ihr selbst glaubt, besser dazustehen?«

Mabel und ich prusteten im selben Moment los. Im Gegensatz

zu ihr versuchte ich mein aufsteigendes Lachen nicht zu unterdrücken.

Diese Frau war perfekt für mich.

Ohne Clarence eine Antwort zu ermöglichen, sagte ich: »Prinzessin, ich denke, Eure Zofe hatte zuvor recht. Es bleibt nur noch wenig Zeit vor der zweiten Prüfung.«

»Prinz Zane hat recht, Oriana. Komm.« Daraufhin hakte sie sich bei Oriana ein und begleitete sie durch die glasklaren Eistore.

»Ich sehe euch bei der zweiten Prüfung«, sagte ich und folgte den beiden Damen in den Palast.

Clarence´ Kiefermuskel zuckte, als würde er mir genauso gerne an die Gurgel gehen, wie ich ihm.

Kapitel 9 Oriana

Zwei fertig gesattelte Pferde standen direkt vor dem Palasteingang für meine Schwester und mich bereit. Rohana setzte sich auf das weiße und ich mich auf das schwarze.

»Mit den Pferden ist es wesentlich komfortabler. Wir sollten sie öfter nehmen.« Rohana wirkte begeistert.

»Du kannst öfter das Pferd nehmen«, sagte ich und meine Schultern sackten nach unten. »Ich werde in den nächsten Tagen abreisen und so schnell nicht mehr zurückkommen.«

Mit dieser Antwort hatte meine Schwester auf jeden Fall nicht gerechnet, denn der Schock stand ihr ins Gesicht geschrieben. Ihre Unterlippe bebte.

»Ich wollte nicht, dass –«, sagte ich, als eine Träne ihre Wange hinabkullerte.

»Nein, ist schon gut. Ich habe bis jetzt den Gedanken immer verdrängt, dass du uns so bald schon verlassen wirst.« Mit dem Ärmel wischte sie die Träne fort. »Aber …«

»Aber jetzt lässt es sich nicht länger verdrängen«, beendete ich den Satz für sie.

»Genau.«

Meine schwarze Stute ging so knapp neben Rohanas Pferd, dass ich nach ihrer Hand greifen konnte. Eine weitere Träne floss ihre Wange herab.

»Alles wird gut«, versprach ich und schenkte ihr ein warmes Lächeln. Innerlich zerriss es mir das Herz, sie so zu sehen. Denn nicht nur ich litt unter den Umständen. Rohana würde einfach allein hier zurückbleiben – mit unserem völlig veränderten Bruder.

Das Horn erklang, um den Beginn der zweiten Prüfung anzukündigen, die aus einem traditionellen Nahkampf bestand. Insgesamt waren noch acht Prinzen übrig, die jeweils Mann gegen Mann antraten. Clarence trat gegen Filip an, dessen Blick ich versuchte, kein einziges Mal zu kreuzen. Laurent trat gegen dessen jüngeren Bruder an, über den ich noch weniger wusste als über Filip. Zane stand Serat gegenüber und dessen kleinerer Bruder Samir kämpfte gegen einen Prinzen, bei dem ich keine Ahnung hatte, wer er war. Dem roten Haar nach zu urteilen, konnte es vielleicht ebenfalls ein jüngerer Prinz aus Seylen sein.

Im Kampf waren keine Waffen erlaubt. Außer den bloßen Händen hatten die Prinzen nichts, um sich zu verteidigen.

Fäuste flogen durch die Luft und immer mehr Blut hinterließ rote Spuren im Schnee.

Knochen knirschten und manchmal knackte es so laut, dass es sich um das Brechen einiger Knochen handeln musste. Männer schrien vor Schmerzen. Die Kleidung klebte an ihren schweißbedeckten Körpern und Blut rann über ihre Schläfen, Nasen und Münder. Sie kämpften parallel gegeneinander.

Kein gerade angenehmer Anblick.

Solch eine barbarische Prüfung. Sich gegenseitig dumm zu klopfen, war eine verstörende Weise, meinen Ehemann zu wählen.

Immer wieder sprangen meine Augen zwischen den Männern hin und her, bis ich einen Moment länger bei Zane und Serat hängenblieb. Beide umkreisten sich langsam und beobachteten sich, um mögliche Schwächen zu erkennen. Wie zwei Greifvögel fixierten sie einander, bis der erste Angriff auf den Feind startete.

Zane wirbelte herum, trat gegen Serats Bein, sodass dieser kurz einknickte und sein Gleichgewicht verlor.

Ein fataler Fehler.

Eine Faust nach der anderen trafen abwechselnd ihr Ziel. Er versuchte, Zanes Schlägen auszuweichen, doch vergebens. Zane war blitzschnell und verfehlte kein einziges Mal Serat, der innerhalb kürzester Zeit bewusstlos zu Boden sackte. Er hatte keine Chance.

Noch gut konnte ich mich an Serats feuerrotes Haar erinnern, das ihm gegenwärtig an seiner nassen Stirn klebte.

Das letzte Mal, als ich Serat gesehen hatte, war er perfekt in Szene gesetzt gewesen und hatte elegante, dunkelrote Kleidung getragen, als er versucht hatte, eine Audienz bei mir zu erhalten.

Zane war der Größte und Kräftigste unter ihnen, weshalb es vermutlich niemanden verwunderte, dass er der Erste war, dem es gelang, seinen Gegner auszuschalten. Mit seinen fast zwei Metern war er einen halben Kopf größer als die meisten anderen Bewerber.

Meine Gefühle waren zwischen Ehrfurcht und richtiger Furcht hin und her gerissen. Irgendwie war es sehr beeindruckend, zu sehen, wie jemand seinen Körper so unter Kontrolle hatte. Jedoch war es auch beängstigend, zu sehen, wie jemand innerhalb von Sekunden so einen groß gewachsenen und muskulös gebauten Mann wie Serat, ohne Mühen bewusstlos schlägt. Und das mit nichts weiter als seinen bloßen Händen.

Zane war ein Meister des Kampfes.

Lächelnd hob er seine Arme, um seinen Sieg zu unterstreichen. Die Menge jubelte.

Er hob seine helle Tunika, sodass man seinen mit Muskeln definierten Bauch sehen konnte, als er die frischen Blutspritzer vom Gesicht wischte. Dass Zanes Blick danach mit einem breiten Lächeln in meine Richtung wanderte, brachte mein Blut in Wallung. Währenddessen eilten die aserischen Wachen herbei, hievten Serat hoch und transportierten ihn mit einer Trage ab, die zwei weitere Wachen brachten. Die anderen Prinzen spähten merklich zu Zane, kämpften jedoch weiter, um nicht Serats Schicksal zu teilen.

Im Augenwinkel bemerkte ich, wie Rohana mir einen Blick zuwarf. Ich drehte meinen Kopf in ihre Richtung und ich wusste sofort, was ihre Blicke zu bedeuten hatte. Und zwar: *Hast du diese Bauchmuskeln gesehen?*

Ich nickte und musste lachen.

Gestern Abend hatte Zane angepriesen, dass er die Prüfungen heute gewinnen würde. Die zweite der drei Prüfungen hatte er tatsächlich für sich entschieden. Wenn es ihm gelingen würde, die dritte zu gewinnen, hätte er zwei von drei Prüfungen gewonnen und wäre somit der Sieger.

Mit anmutigen Schritten kam er näher und verbeugte sich tief vor mir.

Er nahm meine Hand und zog mich von meinem Stuhl, sodass ich ihm gegenüberstand.

Eine dunkle animalische Gier spiegelte sich in seinen Augen wider. Ich wusste gar nicht, wie mir geschah. Ihm schienen die umstehenden Leute nicht zu beeindrucken. Ebenso nicht, dass der König, sich direkt neben uns befand.

Er strich mir eine lose Strähne hinter mein Ohr und flüsterte: »Ich habe dir doch gesagt, dass ich gewinne.« Sein Atem strich mir über die Wange.

Frischer Schweiß, gemischt mit dem metallischen Geruch von Blut stieg mir in die Nase.

Ich trat einen Schritt zurück und nickte, gefolgt von einem ruhigen: »Ich gratuliere Euch zu Eurem Sieg, Prinz Zane«. Dabei sprach ich so förmlich, wie ich nur konnte.

Ich war bemüht, in der Gegenwart von Dusan den Schein zu wahren. Er hatte bestimmt von meinem Auftritt gestern Abend gehört, jedoch bis jetzt kein Wort darüber verloren. Unter normalen Umständen wäre er begeistert, dass ich überhaupt einem der Prinzen die Chance gab, mich kennenzulernen. Doch seitdem Dusan die Prüfungen ins Leben gerufen hatte, gab es keinen Weg mehr, sie abzubrechen. In diesem Ausmaß konnte selbst der König es nicht riskieren, die Götter zu verhöhnen.

Zane schmunzelte und trat ebenfalls einen Schritt zurück. Sobald er von mir wegtrat, eilten einige Hofdamen zu ihm und schmachteten ihn an. Mir kam das ganz gelegen.

Dusan erhob sich von seinem Thron. »Zuallererst möchte ich dem Sieger der zweiten Prüfung gratulieren.«

Zane verbeugte sich. »Ich danke Euch.«

»Für die dritte und letzte Prüfung werden wir uns kurz vor Sonnenuntergang am Rande der magischen Mauer treffen.«

Ohne ein weiteres Wort entfernte sich Dusan. Aus seinem Verhalten wurde ich nicht schlau.

Die magische Mauer wurde vor etwa zwanzig Jahren von den damaligen herrschenden königlichen Familien erschaffen, die uns gegen die Gestaltwandler schützen sollte.

Umgangssprachlich nannte man sie auch *Wandler*.

Sie hausten hinter den Mauern der Stadt, in den umliegenden Wäldern. Früher konnten sie sich in die verschiedensten Wesen verwandeln. Menschen, Tiere und manche von ihnen sogar in übernatürliche Gestalten. Aber nachdem sie verbannt worden waren, wurden sie mit einem Fluch belegt, der es ihnen nur noch ermöglichte, unter Tiergestalten zu wechseln. Keiner von ihnen konnte sich in ihre menschliche Hülle verwandeln, in der sie damals zwischen den anderen gewöhnlichen Menschen lebten.

Denn über die Jahre begannen immer mehr von ihnen, ihre Fähigkeiten gegen die Menschen zu verwenden. Sie stahlen, betrogen und hintergingen sie auf dreiste Weise, wenn man den Geschichten Glauben schenkte. Sodass die Könige und Königinnen der fünf Königreiche keine andere Wahl hatten, einzugreifen und sie nach der Errichtung der magischen Mauern dahinter zu verbannen.

Jetzt lauerten sie in Tiergestalten den Menschen auf und griffen sie aus Rache an, sobald sich jemand hinter die magische Mauer wagte. Ob um zwischen den Königreichen hin- und herzureisen, um zu jagen, oder aus anderen Gründen. Angeblich wurden sogar mehrere Personen, darunter auch Kinder, von den Gestaltwandlern in den vergangenen Jahren verschleppt und kaltblütig ermordet. Denn viele von ihnen kamen nach dem Übertreten der Mauer nicht wieder zurück.

Oft fanden die Männer, die die verschwundenen Leute suchten, nur vereinzelt menschliche Überreste.

Es war einem kaum möglich, ein normales Tier und einen Wandler zu unterscheiden. Einzig und allein die Augen strahlten bei Wandlern intensiver als bei Tieren. Die Schauergeschichten hatten Dusan und mich früher trotzdem nie davon abgeschreckt, nachts den Palast zu verlassen und zusammen die umgrenzenden Wälder zu erkunden. Meist nur mit Pfeil und Bogen bewaffnet.

Als meine Eltern noch herrschten, waren Dusan und ich genauso unzertrennlich wie Rohana und ich es nun waren. Doch seitdem unser Bruder König geworden war, hatte sich alles verändert. Wir gingen nicht mehr auf nächtliche Entdeckungstouren. Er erwartete, dass Rohana und ich unsere lockeren Tuniken und Reithosen oder schlichten Kleider gegen elegante Gewänder tauschten, und befahl uns, uns mehr wie Prinzessinnen zu verhalten. Was immer das seiner Vorstellung nach bedeuten mochte.

Unseren Eltern war das nie wichtig gewesen. Sie liebten uns so, wie wir waren. Außerdem war Aseria das mächtigste Königreich von allen, weshalb sie sich nie Gedanken darüber machen mussten, Rohana und mich an eine möglichst gute Partie zu verheiraten. Sie hatten sich immer schon eine Liebesheirat für uns gewünscht, keine strategischen Allianzen.

In meinen Gemächern angekommen, legte ich mich auf mein Bett und schloss die Augen. Ich genoss die Ruhe vor dem Sturm.

In Gedanken beschwor ich meine Magie.

Jedes Königreich hatte eine andere Art von Magie. In Aseria war es der Schnee, in Floranys war es die Gabe der Erde, in Nuras die Luft, in Seylen das Wasser und in Westerys war es das Feuer.

So gern ich etwas mit meiner Eismagie herumexperimentierte, wenn Dusan nicht gerade hinsah, um es als unnötig zu betiteln, beschwor ich umso lieber meine Gedanken. Vielleicht lag es daran, dass das nur für mich war – und niemand anders konnte mir verbieten, es *zu oft* zu nutzen.

Ob das mit den Gedanken alle in unserer Familie konnten, wusste ich nicht.

Wenn ich ehrlich war, behielt ich diese Fähigkeit gern für mich. Sobald ich meine Augen schloss und die Magie durch meinen

Körper fließen ließ, konnte ich Erinnerungen wie einen Film abspielen.

Immer wieder ließ ich dieselbe Erinnerung an meinen sechzehnten Geburtstag Revue passieren. Es war eine meiner liebsten Erinnerungen an die Zeit, in der noch alles in Ordnung war.

Es war tiefster Winter.

Meine Eltern, Dusan, Rohana und ich saßen am großen Tisch im Speisesaal. Wunderschöne Dekorationen verzierten den Raum. Auf dem Tisch stand die größte Torte, die ich je in meinem Leben gesehen hatte. Eine schneeweiße Torte mit roter und blauer Verzierung. Meine Lieblingsfarben.

Neben mir stand meine Mutter und wartete, bis ich mein Geschenk geöffnet hatte. In einer kleinen Schachtel lag ein dünner heller Tüllstoff, in den ein zartes Kristallarmband eingewickelt war. Das Licht fiel in das fein geschliffene Glas und spiegelte sich in unzähligen wunderschönen Farben. Violett, rot, grün, blau, orange, gelb. Wie ein Regenbogen.

Meine Mutter sagte, ich solle es nie abnehmen, denn es sei ein magisches Armband, das mich immer beschützen würde. Auch wenn meine Eltern nicht in der Nähe wären, würden sie durch das Armband immer bei mir sein.

Ich trug es seither jeden Tag und nahm es niemals ab. Weder beim Baden noch bei anderen Aktivitäten. Ich strich über das Armband, das ich an meinem linken Handgelenk trug, und drückte es gegen mein Herz, als ob es die Leere dort füllen könnte.

Ich vermisste meine Eltern so unglaublich.

Es klopfte an der Tür und dieses Geräusch holte mich aus den Gedanken.

»Oriana? Darf ich reinkommen?« Rohana, wie ich an der Stimme erkennen konnte.

»Ja.«

»Wer denkst du, wird die dritte Prüfung gewinnen?« Die schwere Tür schloss sich hinter ihr und sie setzte sich neben mich ans Bett.

»Ich weiß es nicht, die Dritte ist die schwerste und gefährlichste von allen. Und die hirnrissigste.«

»Ich hoffe ja, dass dein toller Verehrer Zane die Prüfung gewinnt. Er wird sicher alles dafür geben.« Rohana lachte schief.

»Da bin ich mir sicher.« Ich verdrehte die Augen.

Wieder klopfte es. Diesmal war es Mabel, die ebenfalls das Zimmer betrat. »Ich will alles wissen. Also raus mit der Sprache. Was habe ich verpasst?«

Rohana und sie machten es sich neben mir auf meinem großen Bett bequem, wo genügend Platz für uns drei war. Trotzdem kuschelten wir uns etwas aneinander, genauso wie früher.

Wir erzählten uns alles, bis aufs letzte Detail.

»Sie sehen mich doch alle nur als wunderschönes Mitbringsel an.«

»Diesen Prinzen wird noch das Lachen vergehen, wenn sie weiterhin denken, du wärst die brave kleine Prinzessin.« Mabel machte eine wegwerfende Geste.

Rohana und ich lachten schallend. Denn sie hatte recht. Mit der Rolle der sittsamen Ehefrau würde ich mich nicht zufriedengeben.

»Zane ist der Prinz, für den ich mich am meisten interessiere. Und er hat auch großes Interesse an mir, wie es scheint«, gab ich zu. »Ich denke, er könnte ein angenehmer Ehemann sein.«

»Ein angenehmer Ehemann?« Rohana lachte laut auf. »Er wäre der perfekte Ehemann. Er ist groß, gut aussehend und muskulös.« Demonstrativ fächerte sie sich mit der Hand Luft zu.

»Dir ist schon bewusst, dass du gerade nur von seinem Optischen sprichst? Schönheit allein macht keinen guten Ehemann.«

»Aber auch keinen schlechten«, erwiderte sie und zog die Augenbrauen hoch.

Dass Zane der attraktivste Mann war, der mir je begegnet war, verbunden mit der Aura, die ihn umgab, waren Eigenschaften, die durchaus für ihn sprachen.

»Da hast du recht, Rohana. Aber ich finde Prinz Clarence, der Blonde der Zwillingsprinzen, wäre ein ebenso toller Fang«, warf Mabel in die Runde.

»Da hat jemand anscheinend eine Schwäche für Blondschöpfe«, neckte ich Mabel, denn sie hatte Clarence nun schon zum zweiten Mal erwähnt.

Kapitel 10 Oriana

Der strahlend blaue Himmel wurde von der düsteren Nachtdämmerung abgelöst. Die Temperatur sank rapide in den zweistelligen Minusbereich. Ich zog mir die Kapuze meines weißen Pelzumhangs tief in die Stirn, um mich vor der beißenden Kälte zu schützen.

Rohana und ich ritten langsam nebeneinander her zur abgelegenen Grenze der magischen Mauer, die sich im nördlichen Teil weit hinter dem Palast befand.

Fackeln erhellten den Weg.

Es waren viel mehr Zuschauer anwesend als noch bei den ersten zwei Prüfungen. Das verwunderte mich jedoch nicht. Die dritte Prüfung war das Spektakel, auf das alle gewartet hatten. Dabei war sie so furchtbar und ich wusste ganz genau, was ich von ihr halten sollte. Nichts. Rein gar nichts. Und ich konnte nicht glauben, dass der König – mein Bruder – die dritte Prüfung zuließ. Er wusste, dass es immer wieder vorkam, dass Männer aus dem nebeligen Wald nicht zurückkehrten und erst Tage später ihre leblosen Überreste gefunden wurden. Was, wenn es mit den Anwärtern genauso sein würde?

Eine Gänsehaut überzog mich bei dem Gedanken.

Die Prüfungsregel besagte: Man ging nur mit seinem Verstand und bloßen Händen bewaffnet in den Wald, der sich hinter der magischen Mauer erstreckte. Sie mussten etwas fast Unmögliches im dunklen Nebel aufspüren.

Einen weißen Schneehasen, dem eine blutrote Schleife um den Hals gebunden worden war.

Der Bluthase.

Ein unschuldiges Häschen allein in diesem unheimlichen Eiswald auszusetzen, überschritt schon die Grenze zur Grausamkeit. Aber Männer ohne Waffen dort hineinzuschicken – in dem Wissen, was dort auf sie lauern würde – war purer Wahnsinn. Ich konnte einfach nicht glauben, dass sie sich diesem Schrecken hingaben, nur meinetwegen. Trotz dem, was ihnen allen bevorstand, strotzten die Männer nur so vor Energie.

Einer der Wachen reichte mir seinem Arm, half zuerst mir, danach Rohana vom Pferd.

An einem Platz tummelten sich ungewöhnlich viele Hofdamen, und auch ohne ihn direkt zu erkennen, wusste ich, wer sich dort aufwärmte.

Zane.

Nicht nur einmal hatte ich ihn damals in Westerys beim Trainieren beobachtet, daher wusste ich, welch freudigen Zeitvertreib es darstellte.

Er blickte in meine Richtung und sein Mundwinkel wanderte langsam nach oben, als er mich aus der Ferne sah.

Mein Herzschlag wurde schneller. Bis jetzt hatten mich die Prüfungen unberührt gelassen, doch bei dieser veränderte sich alles.

Eine Mischung aus purer Angst und Ehrfurcht machte sich in mir breit. Angst um den mir bekannten und auch doch so fremden Mann, der sich für mich in solche Gefahr stürzte. Ehrfurcht vor der Tatsache, dass das Ende dieser Prüfung auch das Ende meiner Freiheit bedeutet.

Von Weitem erkannte ich Dusan, der sich wieder mit dem König von Floranys unterhielt. Die Zwillingsprinzen standen daneben und wärmten sich mit diversen Kampfbewegungen auf.

Rohana und ich schlenderten auf unsere Stühle zu und setzten uns. Über ihnen war ein schützender Pavillon aufgebaut. Ich versuchte, entspannt zu wirken, was mir diesmal nicht so gut gelang.

Sobald wir Platz genommen hatten, steuerte Clarence auf uns zu.

Götter, nach dem hitzigen Gespräch von heute Morgen war ein weiteres dieser Art das Letzte, was ich gerade wollte.

Einige Schritte vor uns hielt er und verbeugte sich. »Eure Hoheiten, wenn ich es so sagen darf: Ihr seht heute Abend atemberaubend aus.«

Rohana rutschte verlegen auf ihrem Stuhl hin und her, hielt sich dabei die behandschuhte Hand vor ihr Lächeln. »Vielen Dank, Prinz Clarence.«

Die blonden Locken klebten Clarence verschwitzt an der Stirn, genauso wie sich die beigefarbene, eng geschnittene Tunika wie eine zweite Haut an seinen Körper schmiegte. »Erlaubt mir, mich für mein Benehmen in der Frühe zu entschuldigen. Ich wollte Euch nicht in eine unangenehme Situation bringen, geschweige denn, Eure privaten Angelegenheiten hinterfragen. Das steht mir nicht zu.« Er strich sich die Locken aus dem Gesicht. »Mein wachsendes Interesse um Euch stieg mir zu Kopf. Vielleicht könnt Ihr mir verzeihen.«

Unbewusst straffte ich meine Schulter, hob den Kopf etwas höher und sah auf ihn herab. »Ich stimme Euch zu, Eure Wortwahl war alles andere als angebracht. Wenn Ihr dachtet, somit meine Aufmerksamkeit zu erregen, habt Ihr auf das falsche Pferd gesetzt. Das Letzte, wofür ich mich interessiere, ist ein weiterer Mann, der vorgibt ein Draufgänger zu sein.« Wieder dachte ich an die Gerüchte, die besagten, welch ein Frauenheld er war. Aber ich dachte genauso an die, die erwähnten, dass er dies nur tat, um nicht den Thron besteigen zu müssen. Er war schwer einschätzbar. Erst recht, da ich beinahe nichts über ihn wusste.

»Wenn Ihr mir die Chance geben würdet, könnte ich Euch beweisen, wer ich *wirklich* bin.«

»Wenn Ihr die dritte Prüfung für Euch entscheiden würdet, würden einige Tage vergehen, in denen eine passende finale Prüfung unter den drei Kandidaten vorbereitet werden würde. In diesen Tagen würde ich mich vielleicht erbarmen, einer passenden Einladung zuzustimmen«, sagte ich mit ruhiger Stimme. Sollte dieser Fall tatsächlich eintreten, wären Laurent, Zane und Clarence gleichauf und eine letzte Prüfung würde veranstaltet werden. Das galt genauso, wenn es Samir, den zweitgeborenen

Prinzen aus Seylen gelingen würde, die dritte Prüfung zu gewinnen. Sollte es jedoch Laurent oder Zane gelingen, würde ein Sieger feststehen.

»Ich werde in der dritten Prüfung alles dafür geben, dass dieses Szenario eintrifft und ich es bin, der Euch den Bluthasen zurückbringt.« Dann verbeugte er sich erneut, denn Dusan trat auf uns zu. »Eure Majestät.«

Dusan nickte und setzte sich anmutig auf seinen Kristallthron, der im Mondlicht besonders schön glänzte. Clarence ging daraufhin zurück zu seinem Vater und Bruder.

»Diese Prüfung ist entscheidend für deine Zukunft, also genieße sie. Diese Männer begeben sich in unglaublich große Gefahr, nur deinetwegen.«

»Nur *deinetwegen*«, wiederholte ich und meinte es so. »Ich wollte das hier alles nicht.«

Mein Bruder zischte. »Du wolltest aber auch nicht frei wählen.«

Ich konnte kaum reden, so angespannt fühlte sich mein Körper an.

Die letzten Wochen hatte ich ihn meinen Zorn spüren lassen, obwohl er immer nur das Beste für unser Königreich wollte. Das Vermächtnis unserer Eltern wahren. Schon in ein oder zwei Tagen würde ich mich mit meinem Verlobten auf die Reise in meine zukünftige Heimat machen. Damit Dusan, meine Schwester und mein Zuhause, in dem ich aufwuchs, und die dazugehörigen Erinnerungen zurücklassen. Um die Frau von einem völligen Fremden zu werden und damit auch mein Opfer für mein Volk zu bringen. Vielleicht war es das Einzige, was ich Aseria bieten konnte. Eine starke Allianz nach unser aller Verlust.

Mein Blick war gesenkt, meine Augen wurden feucht und füllten sich mit Tränen, die mir langsam über meine Wangen liefen.

Es hatte keinen Sinn, meinen Kummer zu verstecken, denn es würde sowieso keinen Unterschied machen. Also ließ ich meinen Tränen freien Lauf und achtete nicht auf die Blicke der umstehenden Leute.

Mein Brustkorb zog sich schmerzend zusammen und ich

umfasste mein Kristallarmband fest, in der Hoffnung, damit irgendwie den Schmerz zu lindern. Ein Schluchzen entfuhr meiner Kehle und wurde in einer Atemwolke fast greifbar.

Mein Blick war weiterhin gesenkt, als direkt vor mir ein paar schwarze Stiefel erschienen. Dusans Stiefel. Er ging in die Hocke und griff nach meiner Hand. Ich hob meinen Blick und sah in seine saphirblauen Augen, die meinen so ähnelten.

Er zog mich auf und umarmte mich innig. Die Umarmung wirkte wie ein tröstendes Pflaster, was mir so unendlich viel bedeutete.

Rohana trat an unsere Seite und legte ihre Hand auf meine Schulter. Auch ihre Wangen glänzten nass im Sternenlicht. Wir drei waren alles, was uns geblieben war. Unsere gesamte Familie.

Minutenlang standen wir eng umschlungen einfach nur da und keiner von uns gab ein Wort von sich.

»Oriana, mir fällt es genauso schwer wie dir.« Dusan strich sich mit den Händen über seine feuchten Augen. »Ohne dich wird der Palast nicht mehr derselbe sein. Ich kann gar nicht beschreiben, welchen Schmerz ich bei diesen Gedanken empfinde. Aber du weißt, dass es unvermeidlich war.«

Ich nickte. Und dennoch fragte ich mich: War es das wirklich? Unvermeidlich.

In diesem Moment war er nicht der König von Aseria. Er war nur mein großer Bruder, der unglaublichen Schmerz fühlte, weil er wusste, dass er seine kleine Schwester verlieren würde.

»Wie sollen Rohana und ich nur ohne dich zurechtkommen? Ohne jemanden, der uns dauernd auf die Nerven geht, Unfug anstellt oder uns schon am frühen Morgen ein Lächeln ins Gesicht zaubert?« Ein sanftes Lächeln umspielte Dusans Lippen.

»Wehe, das sagst du jetzt nur so«, seufzte ich und musste schmunzeln.

Er wischte mir die Tränen von den Wangen, nahm mein Gesicht in seine Hände und küsste meine Stirn.

»Komm, setz dich, Liebes. Es wird alles gut werden. Das verspreche ich. Du wirst eine fantastische Prinzessin und vielleicht Königin werden. Egal wo.«

Rohana glitt mit der Hand in ihre Tasche und zog ein weißes, mit Spitze umrandetes Stofftaschentuch hervor.

»Hier nimm«, forderte sie und reichte es mir mit einem liebevollen Lächeln.

Mittlerweile war es Nacht geworden und ohne die Fackeln konnte man wahrscheinlich die eigene Hand vor den Augen nicht mehr erkennen.

Dicht gewachsene, bis zum Himmel reichende Tannen bildeten den Eiswald. Unter der Schneeschicht blitzten die schwarzen Nadeln hervor, die ungewöhnlich bedrohlich für einen Baum wirkten. Satter Nebel verfing sich in deren Baumstämmen.

Meine Gänsehaut war ein dauerhafter Begleiter.

Zwei Wachen kamen auf uns zu. Einer von ihnen hielt etwas in den Händen, das ich von Weitem nicht erkennen konnte. Als sie schlussendlich vor uns stehen blieben, sich tief verbeugten, erkannte ich es genau.

Es war der weiße Schneehase mit der blutroten Schleife.

Mein Herz stockte.

»Eure Hoheit, ich überreiche Euch den Bluthasen«, sagte einer der Wachen mit tiefer Stimme und hielt mir das kleine Häschen entgegen.

Sein schneeweißes Fell war so weich in meinen steif gefrorenen Fingern. Zwei dunkle Knopfaugen schauten direkt in meine, als ich ihn ein wenig höher hob, um ihn genauer zu betrachten. Ich streichelte ihm sanft über sein Fell und drückte ihm einen liebevollen Abschiedskuss auf seine Stirn. Ein Kuss als Segen, damit er unversehrt wieder zurückkam. Meine Brust krampfte vor Schmerz bei dem Gedanken, es könnte anders verlaufen.

»Es tut mir leid«, murmelte ich. In dem Moment löste sich eine Träne und tropfte ihm direkt auf seinen kleinen Kopf.

Am liebsten hätte ich ihn an Ort und Stelle freigelassen, nur hätte dann ein anderer seinen Platz eingenommen. Ich hoffte einfach, dass einer der Bewerber den Hasen finden und ihn mir zurückbringen würde.

Selbstschützend schloss ich meine Augen, drehte meinen Kopf auf die Seite und hielt dem Wachmann den Hasen hin. Beide Männer gingen in die Richtung des Eiswaldes und verschwanden wenig später darin.

Feine Schneeflocken wehten dank des eisigen Windes durch die Luft und unterstrichen die Atmosphäre.

»Dies ist die letzte und wichtigste Prüfung«, sprach Dusan. »Nur ein einziger Mann kann diese gewinnen. Die meisten werden scheitern. Einige von euch werden vielleicht nicht wiederkehren.«

Die Menge verstummte.

Es legte sich eine Totenstille über die Anwesenden.

»Wenn ihr einem Wandler begegnen solltet, wisst ihr, es gibt nur eine Methode, sie zur Strecke zu bringen.«

»Enthauptung«, rief einer der Männer, die anderen bejahten und nickten zustimmend.

Enthauptung wäre nicht so einfach ohne Waffen. Sollten die Männer einen Wandler mit bloßen Händen töten und ihm danach den Kopf abreißen?

Noch vier der anfänglich zwölf Bewerber waren übrig. Die Zwillingsprinzen, Zane und Samir, der zweitgeborene Prinz aus Seylen.

Plötzlich verwandelten sich die anfangs leichten Schneeflocken in einen regelrechten Sturm. Böen peitschten durch die Luft und die Sicht verschwamm. Das nervöse Wiehern der Pferde schnitt durch die Luft.

Ich fühlte mich wie in einer Gruselgeschichte gefangen.

In einer solchen, die mir als Kind oft erzählt wurde. In den Geschichten wurde immer wieder am Rande erwähnt, dass die Bäume im Eiswald keine gewöhnlichen Tannen waren. Menschen glaubten, beobachtet zu haben, wie sich Wurzeln bewegten. Wie durch Zauberhand schlängelten sich die Wurzeln um die Beine der Menschen, die danach tiefer in den Wald verschleppt wurden.

Die Männer gingen los.

Wenn ich den Eiswald so betrachtete, überlegte ich, ob es wirklich nur Gruselgeschichten waren. Oder ob doch ein Fünkchen Wahrheit dahintersteckte.

»Mögen die Götter mit euch sein«, rief Dusan in das dichte Schneegestöber, in der Hoffnung, dass es die Männer noch erreichen würde.

»Das ist Selbstmord, diesen Wald bei dem Sturm zu betreten«, schnaubte ich. »Und dann noch ohne Waffen.«

»Niemand zwingt diese Männer, sie sind aus freien Stücken hier.« Dusan drehte sich herum und besprach sich mit seinen Beratern.

Ich machte einen Schritt aus dem schützenden Pavillon, in den Schneesturm und versucht mit zusammengekniffenen Augen, Zane zu finden.

Mehrere Strähnen lösten sich aus meiner Frisur und wehten mir ins Gesicht. Schützend hob ich meinen Arm und hielt ihn vor mein Gesicht, um den Schneesturm abzuwehren. Doch die Sicht war zu verschwommen, um einzelne Personen zu erkennen.

Das Einzige, was ich sehen konnte, war, wie eine Silhouette nach der anderen die magische Mauer überwand und im angrenzenden Wald verschwand.

»Komm rein«, forderte Rohana mich auf.

Ein letzter Blick wanderte zum Eiswald. Ein fast lautloses Gebet murmelte ich an die Götter. Sie mögen die Männer vor den Wandlern, oder was für Gefahren in den Wäldern sonst lauerten, schützen.

Kapitel 11 Clarence

In dem Moment, als ich die magische Mauer übertrat, schlich sich ein flaues Gefühl in meine leere Magengrube. Vor lauter Anspannung hatte ich den ganzen Tag über keinen Bissen runterbekommen.

Ein Gedanke jagte den nächsten. Wie würde ich es schaffen, die Prüfung zu gewinnen? Es war keine Option aufzugeben, egal wie schwer oder riskant es auch sein mochte. Ich musste *sie* kennenlernen. Krampfend zog sich mein Magen zusammen bei dem Gedanken, ein anderer könnte sie für sich gewinnen.

Bisher war sie die erste Frau, die mein ehrliches Interesse geweckt hatte und gestern Abend, genauso wie heute Morgen, als ich sie mit Zane gesehen hatte, hatte ich gemerkt, wie sehr ich sie kennenlernen wollte. Wie sehr es mir einen Strich durch meinen Plan machte, dass sie solch ein Interesse an ihm zeigte. Aber noch kannte sie ihn nicht richtig, sagte ich mir. Sie würde ihn nicht mehr wollen, wenn sie wüsste, wie er wirklich war.

Als Prinz, noch dazu als ein gut aussehender, hatte ich mich nie wirklich um eine Frau bemühen müssen. Wirklich eigenartig, wie schnell sich so etwas ändern konnte.

Oriana hatte mich kaum beachtet und das ging mir merklich gegen den Strich. Die Faszination um ihre Person wurde dadurch nur noch stärker.

Eine wunderschöne Herausforderung.

Das dachte ich erst. Doch als wir uns am großen Feld von Weitem intensiv in die Augen gesehen hatten und keiner den Blick hatte abwenden können, hatte sich etwas verändert. Etwas Ungewohntes regte sich tief in mir. Etwas, dem ich auf den Zahn fühlen musste.

Mein Vater predigte immer wieder, dass er diesmal keinen Ungehorsam akzeptierte. Denn der Hauptgrund, weshalb ich überhaupt an den Prüfungen teilnahm, war mein Vater.

Schon Monate zuvor – vielleicht auch ein Jahr – hatte er versucht, mir Prinzessin Oriana schmackhaft zu machen. Damals kannte ich nur ihren Namen und hatte auch kein Interesse daran, eine fremde Frau zu heiraten.

Doch jetzt …

Jetzt war es anders.

Es war noch genug Zeit, um herauszufinden, was zwischen der Prinzessin und mir stand. *Wenn ich es schaffen würde, die Prüfung zu meistern.*

Also verdrängte ich den Gedanken und konzentrierte mich auf das Hier und Jetzt. Was mich hoffentlich an mein Ziel führen würde.

Ich wusste nur zu gut, was in den Wäldern auf mich lauern würde. Mein Wissen über die Wandler war sehr ausgeprägt, weshalb ich genau wusste, auf was es in einem möglichen Kampf ankam. Einige Male hatte ich einem Wandler schon gegenübergestanden und jedes dieser Male entschied ich den Kampf für mich.

Doch diesmal war es anders. Bisher hatte ich währenddessen ein Schwert in der Hand und das zweite der Zwillingsschwerter quer an meinem Rücken als Reserve befestigt gehabt. Ganz ohne Waffen würde nur meine Magie bleiben, um mich zu verteidigen. Obwohl das Benutzen meiner Erdmagie andere Wesen in den Wäldern anlocken würde, weshalb ich sie nur im äußersten Notfall vorhatte zu benutzen.

Nebeneinander rannten Laurent und ich in den düsteren Eiswald, um schnellstmöglich den Schneehasen aufzuspüren. Wie wir am besten an die Sache ran gehen würden, wussten wir noch nicht.

Also musste ich spontan sein.

Meine Spezialität.

Als der erste Fuß den Waldboden berührte, verschwand der

Schneesturm spurlos. Es war nur noch der dichte Nebel zu erkennen, der sich um die dunklen Baumstämme und den aus dem Boden ragenden Wurzeln schlängelte.

»Auf was haben wir uns da bitte eingelassen?«, schnaufte Laurent, stemmte seine Arme in seine Hüften und rang nach Luft.

»Auf etwas sehr, sehr Dummes.« Meine Mundwinkel zuckten nach oben. Auch meine Brust hob und senkte sich rasend schnell vor Anstrengung.

»Dass dir jetzt noch zu scherzen ist,« fuhr Laurent fort. »Mich beunruhigt das alles.«

»Was denn?«, fragte ich mit gespielter Unwissenheit.

»Na ja, ich weiß nicht. Vielleicht die Tatsache, dass wir für ein Mädchen, das wir nicht mal richtig kennen, unser Leben aufs Spiel setzen, indem wir ohne Waffen und wie zwei Idioten in den Eiswald rennen und dort einen blöden Hasen suchen.«

»Ach so, das meinst du.« Ein freches Grinsen umspielte meine Lippen.

Laurent schüttelte den Kopf. »Wie sollen wir den dämlichen Hasen überhaupt aufspüren?«, fragte er merklich genervt.

Anfangs war er genauso überwältigt von Oriana gewesen wie ich. Doch das dauerte nur so lange an, bis er erfuhr, welchen Prüfungen wir uns stellen mussten. Sein Leben für eine mögliche Heirat zu riskieren, betitelte er als »hirnrissig, lebensmüde und leichtsinnig«.

Vielleicht war er der Einzige, der noch vernünftig denken konnte. Nach einer kurzen Diskussion heute Morgen einigten wir uns darauf, dass er mir den Vortritt überlassen würde. Weshalb er eigentlich nur als Unterstützung mit im Eiswald war, denn sollten wir den Hasen finden, wäre es an mir, ihn Prinzessin Oriana zu überreichen.

Wenn ich die letzte Prüfung für mich entscheiden würde, würde zwischen Laurent, diesem angeberischen Zane und mir zum Gleichstand kommen. Noch nie zuvor hätte es dies bei den Prüfungen gegeben. Doch für jedes Mal gab es ein erstes Mal. Eine Verzögerung würde nur bedeuten, dass Oriana sich auf eine

Einladung einlassen würde, wenn ich der Sieger der dritten Prüfung wäre.

»Mmmh. Ich glaube, du hast da etwas vergessen, geliebter Bruder«, sagte ich und mein Grinsen wurde breiter. Mit zwei Fingern rieb ich mir über mein Kinn. »Ich besitze Magie, falls du dich erinnerst. Also gib mir Rückendeckung.«

Laurent nickte. Unsere Blutlinie hatte die Tendenz zur Erde und Erde bedeutete auch Leben.

Ich trat einen Schritt beiseite und schloss die Augen. Meine gesamte Konzentration lag auf meiner Magie, die in mir schlummerte. Immer tiefer tauchte ich in sie hinab und griff nach ihr. Sie prickelte aufgeregt durch meine Adern.

Daraufhin kam aus dem Wald eine weiße Eule angeflogen und ließ sich neben mir auf einen tiefhängenden Ast nieder.

Langsam öffnete ich meine Augen und bemerkte, wie sie sich anders anfühlten.

Laurent blickte zur Eule, deren Blick milchig wurde. »Deine Augen sehen aus wie ihre.«

Die Eule blinzelte und die einst milchigen Augen bekamen die wunderschöne Bernsteinfarbe meiner. Ich drehte den Kopf ruckartig nach links und rechts, um mögliche Beute zu wittern.

Laurent verzog das Gesicht zu einer heimtückischen Miene. »Das muss man dir lassen, Bruder«, fuhr er fort. »Deine Ideen überraschen mich immer wieder aufs Neue.«

Mein tiefes Ich fuhr in den Körper der Eule, während die Seele der Eule meinen Körper bewohnte.

Als Antwort krächzte ich durch den Körper der Eule meinem Bruder entgegen. Mein Körper stand weiterhin regungslos da. Wie eine leere Hülle. Zumindest wie ein Körper, dessen Geist nicht wusste, wie man einen menschlichen Körper bediente und dies hoffentlich auch nicht so bald herausfinden würde. Im Notfall müsste Laurent meinen Körper festhalten, bis ich wieder zurück war.

Mit kräftigen Flügelschlägen erhob ich mich von dem dürren Ast und schwang mich in die Lüfte. Ich breitete die wunderschön gefiederten Flügel aus und durchquerte den Wald.

Je weiter ich ins Innere des Eiswaldes kam, umso dichter wuchsen die Bäume aneinander und erstickten fast vollständig das Licht des Mondes. Es war kein Zufall, dass ich den Eulenkörper gewählt hatte. Die gute Sicht bei Nacht und die fast geräuschlose Fähigkeit, Beutetiere aufzuspüren, spielten bei meiner Wahl eine entscheidende Rolle.

Einen weißen Hasen auf dem mit Schnee bedeckten Waldboden zu erkennen, würde trotz allem eine große Herausforderung darstellen. Es wirkte beinahe unmöglich.

An gefrorenen Tannen vorbei, steuerte ich nach links ab, da ich dort eine schwache Bewegung vernahm.

An einem naheliegenden Ast ließ ich mich nieder, um die Umgebung genauer unter die Lupe zu nehmen. Langsam drehte ich meinen beweglichen Hals und spähte zwischen den Tannen vorbei, in der Hoffnung, den Hasen irgendwo zu erkennen.

Plötzlich bewegte sich etwas am Waldboden, zwischen herumliegenden Ästen. Ich flog näher heran, landete auf einem niederen Ast, um bessere Sicht auf das Tier zu bekommen. Mein ganzer Eulenkörper versteifte sich und ein Anflug von Nervosität tat sich bei mir auf.

Plötzlich gab sich das Tier zu erkennen. Ein schneeweißer Fuchs tauchte aus dem Haufen auf.

Na großartig. Es war eine falsche Spur.

Wahrscheinlich war der Hase schon über alle Berge oder noch schlimmer, ein anderer Bewerber hatte ihn schon gefunden.

Enttäuschung machte sich in meinem Geist breit, die mir ebenfalls auf den Magen schlug. Auf keinen Fall durfte ich mich übergeben. Wer wusste schon, was die Eule als Letztes gefressen hatte? Eine Maus oder doch irgendwelche ekelhaften Krabbeltiere. Schnecken, Spinnen, Fledermäuse …

Bei dem Gedanken rebellierte mein Magen umso mehr. Mein Würgereiz setzte ein, den ich zu unterdrücken probierte. Mittlerweile beachtete ich den Fuchs nicht mehr, da ich mit dem Eulenkörper und deren Mageninhalt zu kämpfen hatte.

Doch dann kam mir etwas seltsam vor. Der Fuchs schlich auf leisen Pfoten zu dem Stamm des Baumes, auf dem ich saß.

Bei den Göttern, bitte macht, dass es ein normaler Fuchs ist und kein Wandler, dem vielleicht aufgefallen ist, dass ich keine gewöhnliche Eule bin.

Stocksteif verharrte ich und beobachtete das Tier genau, da erkannte ich, dass ich mit meiner vorherigen Sorge falschlag. Die Augen des Tieres wirkten gewöhnlich. Nicht besonders in ihrer Intensität, wie es bei einem Wandler der Fall wäre.

An dem Baumstamm konnte ich eine winzige Einbuchtung erkennen, in die der Fuchs seine helle Schnauze steckte. Einen Augenblick später begann er, mit seinen Pfoten im Höhleneingang zu graben. Irgendetwas musste seine Aufmerksamkeit erregt haben.

Plötzlich dämmerte es mir.

Der Schneehase könnte sich in der Höhle versteckt haben.

Ohne eine Sekunde darüber nachzudenken, schwang ich mich in die Lüfte und machte einen Sturzflug, direkt auf den Fuchs zu. Mit meinen Klauen packte ich das Fell des Fuchses. Krallen bohrten sich in das Fleisch und hinterließen tiefe, blutende Wunden. Das Tier jaulte schmerzerfüllt auf. Blitzschnell wirbelte der Fuchs zu mir herum und schnappte mit seinen messerscharfen Zähnen in meine Richtung. Buschige Nackenhaare stellten sich auf und der Fuchs fletschte die Zähne, bereit für einen Kampf.

Mein Plan hatte eigentlich anders ausgesehen.

Den Fuchs kurz attackieren, um ihm Angst einzujagen und sich danach in Seelenruhe den Hasen zu schnappen und somit das Herz von Oriana zu gewinnen. Doch es schien, als wollte auch der Fuchs seine Beute nicht einfach hergeben. Also wusste ich: Es würde in einem Kampf enden, ohne dass ich wusste, ob sich der Hase wirklich dort versteckt hatte.

Aber welche Wahl hatte ich? Ich musste jeder Spur folgen. Jeder Vermutung.

Immer wieder stürzte ich mich abwechselnd mit meinen Klauen und meinem Schnabel auf den Fuchs und verletzte ihn.

Immer und immer wieder. Bis ich mit meinem goldenen spitzen Schnabel endlich ein Auge erwischte. Ich streifte es zwar nur, aber es dürfte solchen Schaden angerichtet haben, dass der Fuchs zusammenzuckte, einen fast schreienden Laut ausstieß und die Flucht ergriff.

Wäre ich in meinem Körper, hätte ich wahrscheinlich einen lauten Seufzer von mir gegeben. Ein Anflug von Schuldgefühlen machte sich in meiner Brust breit. Unschuldige Tiere zu verletzten stand nicht an meiner Tagesordnung.

Ich landete am schneebedeckten Waldboden und machte mich sofort zur winzigen Höhle auf. Flügelschlagend hüpfte ich näher an die Ausbuchtung im Baumstamm heran und spähte ins Innere.

Zwei dunkle Knopfaugen bildeten einen starken Kontrast zu seinem schneeweißen weichen Fell. Als ich schlussendlich die blutrote Schleife erkannte, ließ meine Anspannung schlagartig nach. Statt eines Jubels entfuhr mir ein Krächzen.

Mit meinen Krallen packte ich so vorsichtig, wie es mir möglich war, den zitternden Hasen. Meine weiß gefiederten Flügel breitete ich aus und erhob mich, samt den Hasen, in die Luft. Wie in einer Totenstarre verharrte dieser in meinem festen Griff.

Mein Herz raste vor Vorfreude, dass ich es geschafft hatte. Es war nicht umsonst gewesen. Im Slalom wich ich den alten Bäumen aus. Auf schnellstem Weg wollte ich zu meinem richtigen Körper und den Hasen direkt zur Prinzessin bringen.

Von Weitem erkannte ich zwei Schattenfiguren auf einer besser belichteten Stelle des Waldes. Euphorie durchzuckte meinen Körper, als ich Laurent neben meinen eigenen Körper erkannte.

Im Sturzflug steuerte ich auf Laurent zu und ließ direkt über ihm den Hasen fallen.

Auf Laurents Gesicht bildete sich ein breites Lächeln. Seine Arme hielt er in die Luft, um den Hasen aufzufangen.

Schnurstracks steuerte ich auf meinen leeren Körper zu. Nach einem kräftigen Blinzeln war ich wieder ich selbst.

Die Eule landete auf meiner Schulter und war ebenfalls wieder die alte.

Ich hatte es geschafft.

Diese Tatsache ließ mein Herz schwer gegen meine Rippen hämmern.

»Vielen Dank, mein kleiner Freund«, flüsterte ich der Eule zu, die sich augenblicklich in die Lüfte schwang und mit kontrollierten Flügelschlägen im Wald verschwand.

»Du und deine dramatischen Auftritte«, sagte Laurent und hielt den Schneehasen vor sein Gesicht, um ihn zu betrachten. »Na, du süßes Kerlchen.«

Kapitel 12 Clarence

»Sieh mal einer an. Wen haben wir denn da?«, unterbrach uns eine tiefe männliche Stimme.

Laurent legte seine Arme um den Hasen und hielt ihn schützend an seine Brust geschlungen.

Ein großer, dunkelhaariger Mann trat aus dem Schatten des Baumes hervor und gab sich zu erkennen.

»Was willst du?«, fragte ich und deutete abwertend mit einer Hand auf ihn.

»Das weißt du ganz genau«, erwiderte Zane gelassen.

»Wenn du ernsthaft glaubst, wir übergeben dir den Hasen, dann bist du ein größerer Idiot, als man sich erzählt.«

Zanes Hand glitt in seinem kniehohen Lederstiefel, der viel zu elegant für diesen Wald wirkte, und zog daraus einen dunklen Dolch hervor.

Zur Hölle mit ihm. So viel zu den Regeln.

Aber vermutlich wusste er, dass er seine Feuermagie nicht nutzen konnte. Sie hätte andere magische Wesen angelockt. Was in diesem gruseligen Wald nicht gerade empfehlenswert war. Mein kleines Kunststück war schon mehr als riskant gewesen.

»Das verstößt gegen die Regeln«, rief Laurent ihm zu.

»Die Regeln interessieren mich nicht«, erklärte Zane. »Das Einzige, was mich interessiert, ist die Hand von Oriana.«

»Und es wird dich dein sinnloses Leben kosten, wenn du uns bedrohst. Das kann ich dir versprechen.« Mein Lächeln wurde breiter.

Langsam trat Zane auf uns zu. Seine Finger schlossen sich fester um den Griff des Dolches. »Gebt mir den Hasen und euch wird nichts passieren.«

»Sonst was? Erdolchst du uns beide etwa?« Ein Lachen entfuhr unkontrolliert meiner Kehle.

»Da hast du ins Schwarze getroffen.« Ohne einen weiteren Atemzug abzuwarten, stürzte Zane sich auf Laurent, der die Attacke nicht kommen sah.

Er drückte ihn gegen den Baum, der hinter ihm aufragte, und hielt ihm das Messer an die Kehle. Die scharfe Klinge bohrte sich in Laurents Haut. Blutstropfen rannen den Dolch hinab.

»Und was machen die zwei heldenhaften Zwillingsprinzen jetzt? Mhm?« Mit gespieltem Schmollmund verspottete Zane uns. »Einen Schritt näher und ich schneide dem Bastard die Kehle durch.«

Das meinte er ernst. Er hätte jegliche Tricks angewandt, um Oriana zu gewinnen.

Die Nebelschwaden schlängelten sich immer höher, die Bäume entlang, sodass die Sicht immer trüber wurde. Selbst das Mondlicht wurde hungrig von der Dunkelheit verschlungen.

In einem unbeobachteten Moment griff ich nach einem Stein und warf ihn in den Wald. Links von ihnen traf er auf den hartgefrorenen Waldboden.

Zane riss seinen Kopf in die Richtung, aus der das Geräusch kam. Das war meine Chance. Sofort stürzte ich mich auf Zane und schlug ihm in einer einzigen gezielten Bewegung den Dolch aus seiner Hand, der im weißen Schnee Blutspuren hinterließ.

»Das wird dir noch leidtun«, drohte er und wirbelte herum.

»Ja, ja, da kannst du dich hintanstellen«, verspottete ich ihn.

Wir standen uns gegenüber und umkreisten uns wie Tiere, die sich kurz vor einem Kampf musterten.

Zane griff als Erstes an. Seine Faust flog durch die Luft und traf wie aus dem Nichts meine Wange.

Ich taumelte rückwärts.

»Aua. Wo hast du so kämpfen gelernt?« Ich rieb mir die Wange. »Etwa im Strickclub?« Ein herzhaftes Lachen entfuhr mir. »Wie ich höre, verbringst du dort deine meiste Zeit. Bei den Damen, die genauso vornehm gekleidet sind wie du.«

Überall war bekannt, dass der Prinz von Westerys ein kleines Problem mit seinem Temperament hatte. Sobald jemand versuchte, seinen Stolz zu kränken, fuhr er unkontrolliert aus seiner Haut. Im Nahkampf hatte keiner von uns nur die geringste Chance gegen Zane. Er beherrschte den Kampf wie kein Zweiter. Nur mit dem Wissen seiner kleinen, aber doch so bedeutenden Schwäche bewaffnet, versuchte ich ihn auszutricksen.

Ich riskierte einen kurzen Blick zu Laurent, der sofort verstand, welchen grenzgenialen Plan sein Bruder sich gerade zusammengereimt hatte. Nickend willigte Laurent ein.

»Wisst ihr, an was ich gerade denken muss?«, fragte Laurent. »Wie das Gesicht der Prinzessin wohl aussehen wird, wenn sie erfährt, dass ihr ach so stattlicher Prinz Zane es nicht mal geschafft hat, einen kleinen unschuldigen Hasen aufzuspüren.«

»Ja, auf ihr Gesicht bin ich auch gespannt.« Laut lachend wich ich Zanes Fausthieben aus. Ich musste ihn aus der Reserve locken. Je mehr wir ihn verspotteten, umso ungenauer wurde sein Angriff.

»Nur schade, dass sie das niemals erfahren wird. Wenn ich euch beide erst mal getötet habe, wird Oriana nie wieder auch nur einen Gedanken an euch verschwenden«, versprach Zane mit gepressten Worten.

Er hob den Fuß und trat gegen meinen Oberschenkel. Das Bein gab nach und ich prallte mit dem Kopf gegen den steinharten Boden.

Der Aufprall sandte einen enormen Schmerz in meine Knochen, als sich um mich herum alles zu drehen begann.

Über mir erschien Zane mit einem spöttischen Grinsen im Gesicht. »Jetzt wird dir dein dämliches Lachen vergehen.« Er stemmte seinen Stiefel direkt auf meinen Hals und drückte mich weiter auf den eisigen Boden.

Meine Kleidung wurde vom Schnee durchtränkt. Panik machte sich in mir breit.

»Wenn du glaubst, dass du so Oriana für dich gewinnst, liegst du falsch«, murmelte ich. »Sie wird hinter deine Lügen blicken.

Du wirst schon sehen.« Sämtliche Luft entwich aus meinen Lungen.

»Welche Lügen? Es geht nicht darum, wer den Hasen findet, sondern wer ihn ihr übergibt. Du hättest wohl besser die Regeln studieren sollen.«

Mit beiden Händen umklammerte ich Zanes Stiefel und versuchte ihn, von mir zu drücken. Vergebens.

Immer weniger Sauerstoff fand den Weg in meine Lungen und ich merkte, wie meine Sicht von Sekunde zu Sekunde verschwommener wurde.

Zane beugte sich zu mir und murmelte: »Grüß deine Mutter von mir.« Zur Unterstreichung seiner Worte drückte er noch fester gegen meinen Hals.

Wir hatten nie die Möglichkeit gehabt, unsere Mutter kennenzulernen, denn sie verstarb im Wochenbett. Nach unserer Geburt erhielten wir jeweils ein Medaillon als Andenken an sie, das uns auf allen Wegen unseres Lebens beschützen sollte. In das fein geschliffene Holz waren die Insignien von Floranys eingraviert. *Eine in Gold gehüllte Dornenkrone, aus der Knospen der weißem Frühlingsrose sprießen.*

Es grenzte schon an ein Wunder, dass sie die Geburt überhaupt überlebte, denn bei den meisten Zwillingsgeburten verstarben die Frauen schon während des Geburtsvorgangs. Oft wurden die Babys aus dem Bauch der toten Mutter herausgeschnitten, um wenigstens diese zu retten. Verschiedene Ammen zogen uns über die Jahre groß.

Die Gedanken an meine Mutter waren das Letzte, an das ich mich erinnerte, bis mich schlussendlich eine tiefe Ohnmacht empfang.

Langsam öffnete ich die Augen. Mein Schädel sowie meine Lunge schmerzten höllisch. Über mir sah ich meinen Bruder wie durch einen Schleier.

»Steh auf! Schnell!«, forderte er.

Alles um mich herum war nur undeutlich zu erkennen. Luft strömte wieder ungehindert in meine Lungen.

»Was … Was ist passiert?« Mein Blick wanderte auf Laurents leere Hände. »Wo, in Götters Namen, ist der Hase?« Ich riss die Augen weit auf.

Laurent streckte mir seine Hand entgegen. »Das ist momentan unser kleinstes Problem.«

Ich packte den Arm meines Bruders und zog mich mit einem Ruck auf die noch wackligen Beine. Ein Knurren löste sich zwischen zwei Bäumen hervor. Zuerst konnte man nur eine helle Schattenfigur erkennen.

»Bei den Göttern im Himmel«, flüsterte ich und öffnete ungläubig den Mund.

Aus dem Schatten schlich ein monströser Schneeleopard, der uns mit seinen leuchtend blauen Augen fixierte. Unmenschlich leuchtende Augen.

Ein Wandler. Eindeutig.

Rasiermesserscharfe Krallen schabten über den hartgefrorenen Waldboden, während der Leopard auf uns zukam. Weiße Nackenhaare sträubten sich und seine spitzen Fangzähne blitzten hervor. Ein Fauchen schnitt durch die kalte, nebelige Luft. Zane stand einige Meter von uns entfernt und umklammert den Schneehasen, als ob sein Leben an ihm hinge.

»Und? Hast du diesmal auch einen Plan?«, murmelte Laurent.

Ich schüttelte den Kopf. Panik ergriff Besitz von meinem geschwächten Körper. Ich suchte nach meiner Magie und ließ die Erde zwischen uns aufreißen.

»Lauf, so schnell du kannst.« Ich packte Laurents Arm. »Na los!« Ich riss ihn mit, während ich losrannte.

Zane nahm ebenfalls seine Beine in die Hand, nachdem er dem Tier einen Feuerball entgegengeschleudert hatte, und eilte in Richtung der Lichtung. Doch der Leopard sprang über den aufgebrochenen Boden hinweg und wich Zanes Feuer aus.

Angriffslustig fauchte das Tier und begann mit der Verfolgungsjagd.

Wir liefen an zugefrorenen Tannen vorbei, ohne einen Blick hinter uns zu riskieren. Knirschender Schnee und hechelnder Atem waren die einzigen Geräusche, die den in schwarz gehüllten Eiswald erfüllten.

Zane lief parallel neben uns her und in seinem Gesicht konnte ich ebenfalls die pure Panik erkennen.

»Egal, was passiert, du musst weiterlaufen.« Mein Blick wanderte wieder zu meinem Bruder. »Versprich es mir.«

»Ich verspreche es«, erwiderte Laurent klar.

Meine Augen glänzten im Sternenlicht, nachdem ich ohne Vorwarnung abstoppte.

Laurent riss ungläubig die Augen auf und blieb ebenfalls stehen. »Du Vollidiot kannst später den Helden spielen!«

»Lauf! Sofort!«, befahl ich ihm.

»Nicht ohne dich!«

Natürlich würde er mich nicht zurücklassen. Doch es war unsere einzige Chance. Wenige Meter hinter uns sprintete der Schneeleopard auf uns zu und holte uns mit rasantem Tempo ein. Noch bevor wir die magische Mauer übertreten würden, hätte er uns eingeholt.

Es erschien mir klüger, mich selbst dem Tier entgegenzustellen, denn dafür könnte mein Bruder versuchen, den Hasen von Zane zurückzubekommen. Das war das Einzige, was im Moment zählte.

»Nun liegt es an dir, hol dir den Hasen zurück. Also verdammt noch mal: Lauf! Das ist ein Befehl!«

Laurents Gesicht verzog sich voller Schmerz. »Aber …«

»Nichts aber! Lauf! Sofort! Ich bekomme das schon hin. Schau, dass Zane Oriana den Hasen nicht übergibt.«

Nach kurzem Zögern lief Laurent los und ließ mich unfreiwillig in einem Kampf mit dem Wandler zurück. Von Weitem konnte man die Lichtung und die hölzernen Pfosten, die die magische Mauer kennzeichneten, erkennen. Er würde es schaffen, da war ich mir sicher.

Wenige Meter lagen nur noch zwischen den Leoparden und

mir. Ich brachte meinen Körper in eine stabile Kampfposition, beschwor meine Magie und wartete.

Kapitel 13 Oriana

Nervös ging ich in dem windgeschützten Pavillon auf und ab. Stunden verflogen, die sich wie Tage anfühlten. Ungewissheit plagte meine Gedanken.

Ich hatte Angst. Angst um Zane. Erst jetzt konnte ich mir die Gefühle eingestehen, die ich zu unterdrücken versuchte. Gefühle, die ich mit Gleichgültigkeit probierte zu überspielen. Erst jetzt nahm ich sie realer wahr als je zuvor.

Immer wieder blickte ich in den schneestürmenden Nachthimmel, als ob ich dort Antworten finden könnte. Mein Pelzmantel wurde vom Wind in alle Richtungen verweht und meine Haare, die sich komplett aus meiner Frisur gelöst hatten, taten es ihm gleich.

Ob Zane wohlauf war? Oder war ihm doch etwas zugestoßen? Ich wusste nicht mehr, was ich denken oder fühlen sollte. Mein Herz hämmerte schmerzend gegen meine Rippen.

Wie lange würde ich diese Gefühle noch ertragen müssen? Ich schloss meine Augen und atmete die kalte Nachtluft ein, die nach Schnee und Kälte schmeckte.

Plötzlich legte sich der Sturm, von einem Wimpernschlag auf den nächsten. Jemand rief meinen Namen und ich riss meine Augen auf.

»Oriana!« Mein Blick wanderte zu meiner Schwester, die mit einem Finger auf den Waldrand zeigte.

Meine Umgebung bewegte sich wie in Zeitlupe.

Langsam drehte ich meinen Kopf in Richtung des Eiswaldes und erkannte, wie jemand herauslief. Ich kniff die Augen zusammen, um besser zu erkennen, um wen es sich handelte.

»O Götter«, murmelte ich.

Meine Knie fingen an zu zittern und ich konnte mich gerade so noch aufrecht halten.

»Es ist Zane«, rief eine euphorische Stimme.

Die Menge jubelte ihm zu. Hinter ihm dicht gefolgt, Prinz Laurent. Aber wieso rannten sie?

Erst da erkannte ich den Grund. Am Ansatz des Waldes blieb ein mächtiger Schneeleopard stehen, der sie verfolgt hatte. Man hörte über die weite Entfernung sein lautes Fauchen. Der aggressive Laut war viel zu stark, um von einem Tier zu sein. Das konnte kein normaler Schneeleopard sein.

Die erst vor Freude jubelnde Menge verstummte bei dem Anblick. Anscheinend schlich sich der Gedanke nicht nur in meinen Kopf. Leere Gesichter starrten in die Richtung des Eiswaldes.

Ein Gestaltwandler.

»Oriana, es ist Zane. Er hat den Schneehasen!« Rohana erfasste meinen Arm und grinste mich über beide Ohren an.

Mein Kopf drehte sich in ihre Richtung, ich öffnete zwar den Mund, doch es kam kein Laut über meine zitternden Lippen. Rohana redete weiter, doch ich vernahm keinen einzigen Ton. Mein Körper war wie in Trance. In meinen Ohren erklang ein eintöniges Rauschen und wieder drehte sich die Welt um mich.

Sofort war Dusan zur Stelle und schlang einen Arm um meine Taille, bevor er mich in einer flüssigen Bewegung hochhob.»Der Prinzessin machen diese ungewöhnlichen Umstände etwas zu schaffen«, erklärte er den umstehenden Leuten mit gelassener Stimme. »Bringt ihr bitte etwas Wasser.« Mit einer wedelnden Handgeste deutete er den Bediensteten an, auszuschwärmen. Danach trug er mich ins Zelt und bettete mich vorsichtig auf eine Pritsche.

Dusan legte seine Hand sanft auf meine mit Schweißperlen übersäte Stirn, um meine Temperatur zu überprüfen.

Meine Augen öffneten sich einen Spalt breit. »Dusan?«

»Ja, Oriana, Liebes. Ich bin hier. Ich und deine Schwester, Rohana. Alles wird gut.«

Eine junge Bedienstete trat in das Zelt und hielt eine Glaskaraffe mit Wasser in ihren zierlichen Händen. »Eure Hoheit.« Sie machte einen Knicks und übergab Dusan die Karaffe.

»Vielen Dank«, erwiderte er mit einem ehrlichen Lächeln.

Sie blieb noch einen Moment stehen und fixierte Dusan mit ihren strahlend blauen Augen. Danach neigte sie den Kopf in eine Art Verbeugung und verließ das Zelt.

»Hier, trink«, forderte Dusan.

In meinem Kopf hämmerte es fürchterlich, trotzdem versuchte ich, mich aus eigener Kraft aufzusetzen, und nach dem Krug zu greifen. Meine Lippen berührten zaghaft das kühle Material. Ich trank zuerst einen kleinen und danach einen großen Schluck Wasser. So wie die Flüssigkeit meine ausgetrocknete Kehle hinabfloss, verbesserte sich mein Zustand. Schon öfters hatte ich mit Schwindelattacken in Ausnahmesituationen zu kämpfen gehabt. Also war ich nicht sonderlich überrascht.

Erleichtert seufzte ich auf.

»Zane steht vorm Pavillon«, sagte Dusan mit ruhiger Stimme. Er zögerte kurz. »Er hat den Bluthasen.«

Zane war es also, der den Bluthasen gefunden hatte und somit zum Sieger der dritten und letzten Prüfung erkoren wurde. Der Sieger meiner Hand. Nun war ich offiziell seine versprochene Verlobte.

Ein Gedanke nach dem anderen prasselten auf mich ein. Einerseits freute ich mich, dass Zane heil aus dem Wald zurückgekommen und derjenige war, der den Hasen gefunden hatte. Andererseits war in meinem Hinterkopf noch immer das mulmige Gefühl, dass ich eigentlich zu dieser Verlobung gezwungen wurde. Dass nichts, was geschah und was in den nächsten Tagen geschehen würde, meine Entscheidung sein würde. Vollkommen egal, ob ich Gefühle für Zane entwickelt hatte oder entwickeln würde. Es war dennoch nicht meine eigene Entscheidung.

Nichtsdestotrotz kribbelte es in meiner Magengrube, bei dem Gedanken, Zane gleich gegenüberzustehen. Meinem Verlobten. Doch ich wusste nicht, was mich erwarten würde.

»Sagt Prinz Zane, Prinzessin Oriana wird ihn in einigen Minuten empfangen.« Dusan nickte und bedeutete dem Wachmann, dass er gehen konnte.

»Geht es dir gut genug, um ihm gegenüberzutreten?«, wollte Rohana wissen.

»Ja … Ja, mir geht es gut genug, Danke.« Ich erhob mich auf wackeligen Beinen.

Rohana reichte mir ihren Arm, um mich unterzuhaken. Auf Zehenspitzen versuchte sie, meine Frisur etwas zurechtzustreichen.

»Danke.« Ich schenkte ihr ein ehrliches Lächeln, welches sie erwiderte.

Arm in Arm umschlungen, traten wir anmutig aus dem Zelt. Einer der Wachen zog die helle Plane beiseite und mein Blick fing sofort das dunkle Haar auf.

Zane hatte den Rücken mir zugewandt. Meine Hände zitterten und ich merkte, wie die Hitze immer weiter durch meinen Körper wanderte.

Ich gab ein kurzes Räuspern von mir, damit er meine Anwesenheit bemerkte. Zuerst spähte er langsam über die Schulter, danach wirbelte er mit seinem ganzen Körper in meine Richtung und trat einen Schritt auf mich zu, sodass sich nur noch ein sehr unsittlicher Abstand zwischen uns befand.

Rohana nickte und entfernte sich.

Dicht an seine Brust gedrückt, hielt er den Schneehasen.

Seine dunklen Augen funkelten mich an, als zuerst ein Mundwinkel in die Höhe schoss und dann der zweite.

Er kniete sich direkt vor mir auf ein Bein und blickte mir unter tiefschwarzen Wimpern direkt in die Augen.

»Meine Prinzessin«, sagte er mit tiefer, schon fast verführerischer Stimme. »Ich überbringe Euch den Bluthasen als Geschenk, im Austausch gegen etwas für mich sehr viel Wertvolleres.« Er machte eine kurze Pause. »Eure Hand. Euer Herz.«

Bei seinen Worten stieg mir die Röte in die Wangen. Noch nie hatte ich mich mehr von einem Mann begehrt gefühlt. Begehrt von einem stattlichen Prinzen, der all das auf sich genommen hatte, nur für mich. Ich fühlte mich wie in einem Tunnel, in dem nur noch er und ich gegenwärtig waren. Alles um mich blendete ich aus. Es existierte für einen Moment nicht mehr.

»Ich willige in diesen Austausch ein«, stimmte ich zu.

Anmutig erhob er sich und blickte mir weiterhin tief in die Augen. O Götter, der Abstand zwischen uns war noch immer unanständig gering. Ich legte meinen Kopf in den Nacken, um ihn weiterhin betrachten zu können.

»Er gehört Euch«, sagte er ruhig und übergab mir den Bluthasen. »Genauso wie mein Herz auf ewig Euch gehören wird.«

Er nahm meine freie Hand in seine, strich mit seinem Daumen sanft über meine Haut und legte unsere Hände auf seine Brust. Ich schmolz wie Butter unter seinen Berührungen.

»Ich gehöre für immer dir«, flüsterte er, sodass nur ich es hören konnte, als sein heißer Atem über meine pochenden Lippen streifte. Unter meiner Handfläche spürte ich, dass sein Herz wie verrückt klopfte. Genauso wie mein eigenes. Es drohte, mir fast aus der Brust zu springen.

Ich schloss für eine Sekunde meine Augen und ließ die Situation auf mich wirken. Eine Mischung aus dunklem Rauch und Moschus stieg mir in die Nase, das ein Ziehen in meinem Schoß verursachte.

Erst jetzt kam mir in den Sinn, wie viele Leute um uns herum anwesend waren. Die uns beobachteten, wie wir so nahe beieinander standen.

Das Ziehen verließ meinen Körper und Scham breitete sich stattdessen in mir aus. Jeder hatte gesehen, wie ich mich nach den Berührungen seiner starken Hände verzehrte. Was sie wohl gedacht hatten, nachdem sie uns gestern Abend gesehen hatten? Was sie jetzt dachten?

Augenblicklich wurde der Nebel der Begierde in meinem Kopf verweht und ich konnte wieder einen klaren Gedanken fassen.

Meine Hand glitt langsam von seiner muskulösen Brust und ich trat einen Schritt zurück, um den Abstand zwischen uns zu vergrößern.

»Prinz Zane von Westerys.« Dusan räusperte sich. »Ich möchte Euch zu Eurem glorreichen Sieg gratulieren. Ihr habt Euch den Gewinn mehr als verdient.« Dusan nahm meine Hand und überreichte diese an Zane, der mich mit gütigen Augen und einem schiefen Schmunzeln betrachtete.

Seine große Hand hielt meine fest umschlungen. »Ich danke Euch vielmals für diese Ehre.« Zane senkte respektvoll den Kopf. Danach wanderte sein Blick wieder zu mir. »Solange ich lebe, werde ich alles in meiner Macht Stehende tun, um Eure Schwester glücklich zu machen. Ich werde sie an jeden Tag, an dem ich erwache, mit jeder Faser meines Körpers und meiner Seele, lieben und ehren. Das verspreche ich bei den alten Göttern im Himmel.« Sein Daumen strich sanfte Kreise auf meinen Knöcheln.

»Genau so habe ich es mir für sie gewünscht«, sagte Dusan und klatschte einmal kräftig in die Hände. »Morgen Abend wird ein Fest zu Euer beider Ehren stattfinden. Zur Verkündung Eurer Verlobung. Es ist schon spät. Wir werden uns nach diesem anstrengenden Tag in den Palast zurückziehen. Ich vermute, ihr werdet es uns gleichtun.«

»Aber gewiss«, erwiderte Zane. Sein Blick noch immer auf mich gerichtet.

Vermutlich war mein gesamtes Gesicht knallrot vor Scham, Aufregung und Erregung.

Zwei Wachmänner brachten Rohanas und mein Pferd.

»Bis morgen, Prinzessin.« Zane strich ein letztes Mal sanft über meinen Handrücken, bevor ich sie ihm langsam entzog.

»Ich wünsche Euch eine gute Nacht, Prinz Zane.« Ich versuchte, ihm möglichst formell gegenüberzutreten.

Er erwiderte das Lächeln, biss sich auf die Unterlippe und strich mit seinem Finger federleicht darüber.

Alles an diesem Mann trieb mich in den Wahnsinn.

Kapitel 14 Oriana

»Steh auf, du Schlafmütze« dröhnte es in meinem Schädel. Ich nahm meine Zierkissen und hielt sie über meine Ohren. »Nur noch fünf Minuten«, flehte ich und zog die Decke über den Kopf.

»Fünf Minuten? Meine liebe Oriana, du bist zwar eine Prinzessin, aber wie würde das denn aussehen, wenn die Braut zu ihrer eigenen Verlobungsfeier zu spät käme?« Mabel stemmte ihre Arme in die Hüften. »Also, raus aus den Federn.«

»Wie … wie viel Uhr ist es?«, raunte ich.

Die paar Stunden Schlaf, waren eindeutig zu wenig. Erst kurz vor Sonnenaufgang war ich eingeschlafen. Zu laut waren meine Gedanken in meinem Kopf gewesen. Zane und Laurent waren aus den Wäldern zurückgekommen, aber von Clarence und Samir fehlte jede Spur. Vielleicht würde ich heute erfahren, was mit ihnen geschehen war. Ob sie am Leben waren und nur sehr spät aus dem Eiswald zurückkehrten oder …

»Es ist zwölf Uhr. Du hast den halben Tag verschlafen.« Mabel schüttelte den Kopf. »Ich habe dir schon ein Bad eingelassen.«

Es waren doch mehr als ein paar Stunden Schlaf. Langsam setzte ich mich auf, rieb mit meinen Händen über meine noch müden Augen. »Ja, ja … Ich komme schon.« Mein ganzer Körper war noch ausgelaugt. Trotzdem schleppte ich mich zur frei stehenden Badewanne, ließ mein Kleid von gestern zu Boden gleiten und stieg ins Wasser.

Mabel setzte sich auf einen Hocker neben mich. Mit einer nach Vanille duftenden Lotion schrubbte sie sorgfältig meine Kopfhaut. Währenddessen erzählte ich ihr alles, was gestern Abend bei der letzten Prüfung vorgefallen war.

»Ich freue mich für dich.« Liebevoll wusch sie meinen Rücken mit einem weichen Schwamm. »Aber wann hast du deine Gefühle zugelassen? Ich dachte, du wärst nicht auf einen Bewerber fixiert.«

»Gestern. Ich kann den Auslöser dafür nicht erklären, aber irgendwie fühle ich mich mit der Vorstellung, dass Zane mein zukünftiger Mann wird, nicht mehr so unwohl wie noch vor ein paar Tagen. Die zwei Wochen, die ich vor einem Jahr in Westerys mit ihm verbracht hatte, sind auch nicht spurlos an mir vorbeigegangen, wie du weißt.«

Mabels Gesichtszüge verzogen sich. »Ich verstehe.« Mehr erwiderte sie nicht.

»Ich bin schon so nervös, wie es sein wird. Der Verlobungsball, die Hochzeit, alles drum herum eben.«

»Alles wird bestimmt perfekt. Die Götter haben ihn nicht grundlos für dich auserwählt«, behauptete Mabel.

»Du weißt, ich glaube nicht an die alten Legenden.« Ich zog die Nase kraus. »Das ganze Gerede von *zwei Seelen, die zu einer verschmelzen*, hört sich für mich nach steinalten Ammenmärchen an. Zumindest das, was die Sache mit der Verbindung der Prüfungen angeht.«

»Auch wenn du nicht daran glaubst, wünsche ich dir trotzdem nur das Allerbeste für deine Ehe.«

»Danke.« Ich schenkte ihr ein breites Lächeln.

»Und du hast tatsächlich einen Wandler so nahe an der magischen Mauer gesehen?«

»Ja. Ich dachte zuerst, es sei ein gewöhnlicher Schneeleopard, doch nachdem sein Fauchen über den Wind hinweg in unsere Richtung getragen wurde, war es mir klar. Es musste sich um einen von ihnen gehandelt haben.« Meine Stirn warf Falten, als ich mich erinnerte, und ein Schauer durchzuckte meinen Körper.

»Meine Gänsehaut meldet sich allein schon bei deiner Erzählung.« Mabel rieb sich mit der Hand über den Arm und bibberte. »Ich will nicht wissen, wie es sich anfühlt, einem Wandler in Wirklichkeit gegenüberzustehen. Ich hoffe, dass ich niemals so eine Bestie zu Gesicht bekomme.«

Wieder wanderten meine Gedanken zu Clarence und Samir und ob sie vielleicht einem Wandler oder einer anderen Bestie zur Beute gefallen waren. Clarence, dem ich vor der dritten Prüfung zugesagt hatte, eine seiner Einladungen anzunehmen. Obwohl ich ihn nicht gut kannte, zog sich meine Brust zusammen bei den Gedanken, er könnte tot sein.

»Mabel? Weißt du etwas über Clarence und Samir? Haben sie es aus den Wäldern geschafft?«, murmelte ich.

»Tatsächlich sind beide unversehrt aus dem Eiswald zurückgekehrt. Voller Enttäuschung, aber lebendig«, erzählte sie und ich fühlte, wie mein Herz plötzlich leichter wurde. »In den Unterkünften der Dienstboten haben sie darüber gesprochen.«

Meine schrumpelige Haut forderte mich stumm auf, das Bad endlich zu beenden. Mabel schlang ein Handtuch um meinen Körper, während ich aus dem Wasser stieg.

»Schau auf dein Bett. Ich habe dir ein Kleid rausgelegt. Ich meine, es würde perfekt für heute Abend passen.«

Auf direktem Weg ging ich zu meinem Schlafgemach und bemerkte von Weitem den bauschigen Tüllstoff, der sich auf dem Bett aufbäumte.

»Es ist wunderschön.« Meine Finger umfassten den glitzernden Stoff. Er glänzte im Sonnenlicht, das durch das runde Turmfenster traf.

Mabel kleidete mich an und sobald ich das Kleid am Leibe trug, trat ich auf den Spiegel zu, um mich zu betrachten. Es umschlang meinen Oberkörper eng und verlief fließend in vielen silbern schimmernden Tüllschichten. Auch meine Oberarme waren in den Stoff gehüllt.

»Ich würde gern den Diamantschmuck noch mal tragen.« Ich drehte mich zu Mabel um, die hinter mir stand. »Er fühlte sich besonders an. Und außerdem passt er perfekt zu meiner Kristallkrone.«

Mabel kramte im Frisiertisch und zog das Kästchen mit dem Schmuck hervor. »Er ist wirklich wunderschön.«

Wieder strich ich über den kühlen Edelstein. Das Gefühl, das mir die Berührung des Schmuckes gab, erinnerte mich stark an mein Kristallarmband. Vielleicht gefiel er mir aus diesem Grund so außergewöhnlich gut.

Meine Haare fielen offen in dicken Locken über meinen Rücken und einige davon steckte Mabel mit silbernen Haarnadeln fest. Meine typisch dunkelrot geschminkten Lippen und schwarz umrandeten Augen betonten meine Erscheinung.

»Bereit?«, fragte Mabel mit einem liebevollen Lächeln.

»Nervös, ja … aber auch bereit«, erwiderte ich und strich mit meiner Hand über den Tüllstoff.

Mabel legte beide Hände an meine Oberarme und sah mir direkt in die Augen. »Ich wünsche dir viel Vergnügen. Vergiss nicht. Es ist dein Abend.«

Wir umarmten uns innig. Zum Abschied drückte ich ihr noch einen Kuss auf die Wange.

Vor der Tür wartete mein Wachmann, der mir seinen Arm als Stütze hinhielt.

»Danke.« Ich griff nach seinem ausgestreckten Arm und hielt mich an ihm fest, während ich die hundert gefrorenen Stufen von meinem Gemach hinunter schritt.

Während ich den Flur zum Ballsaal durchquerte, schlich sich ein Lächeln auf mein Gesicht.

Ich hatte mich so krampfhaft gegen eine Heirat und die Prüfungen gewehrt. Doch jetzt fühlte ich mich ganz anders. Es wirkte so, als ob es von Anfang an Zane hätte sein sollen. Schon damals in Westerys und jetzt noch mehr.

Der Trotz verschwand und ich freute mich auf die Zeit mit Zane und sein Königreich – was bald unser gemeinsames Königreich sein würde.

Natürlich schmerzte es auch, dass ich Aseria und meine Familie zurücklassen würde, aber ich könnte sie ja regelmäßig besuchen, redete ich mir ein. Mit dieser Tat würde ich vielleicht nicht nur einen Mann, der mich liebte finden, sondern auch Aseria stärken. Meine bevorstehende Zukunft blendete jeglichen negativen

Gedanken aus meinem Kopf aus. Das Einzige, an was ich denken konnte, war Zane.

»Oriana, Liebes.« Dusan erwartete mich an der Doppelflügeltür.

Seine Gewänder waren wie immer von feinster Machart. Glänzend schimmerte die Kristallkrone auf seinem Haupt, das von dunklen Locken bewachsen war. Verschiedenste Farben brachen aus den einzelnen Kristallen hervor.

»Alles wartet auf dich.« Er streckte mir die Hand entgegen. Unsere Hände glitten ineinander und ich schenkte ihm ein Lächeln.

»Es ist dein Abend.« Er kam einen Schritt näher und gab mir einen Kuss auf die Stirn.

»Ich werde dich so unglaublich vermissen, wenn ich morgen abreise. Dich und Rohana«, verriet ich und mein Lächeln wurde von einer traurigen Miene abgelöst.

»Denke nicht an morgen, Oriana.« Sein Blick fing meinen auf. Er griff nach meinem Kinn und hob es ein Stück. »Genieß den Abend. Der Morgen kommt viel zu früh. Komm, lass uns reingehen und deine Verlobung feiern.« Er wies die Wachen darauf hin, die Türen zu öffnen.

Es fühlte sich genauso an wie vor zwei Tagen. Die Gespräche verstummten und alle Augen waren auf mich gerichtet. Nur diesmal war keine Neugierde in den Blicken zu erkennen. Dieses Mal waren die Blicke mit Freude erfüllt. Ich genoss dieses seltene Gefühl von Zugehörigkeit. Tief in mir wusste ich, dass sich nun alles zum Guten wenden würde. Ein neues aufregendes Leben würde beginnen und den grauen Schleier in mir beiseiteschieben.

Die Euphorie, die meinen Körper bewohnte, war kaum zu übersehen. Ein Strahlen zierte mein sonst so ernstes Gesicht.

Mein Blick wanderte durch die Menge und hielt nach einem ganz besonderen Mann Ausschau.

Da sah ich ihn.

In rabenschwarze Kleider gehüllt, die sich eng um seinen vom Kampf trainierten Körper schmiegten. Eine dunkle Krone aus

Vulkanstein zierte seinen Kopf und betonte sein markantes Gesicht.

»Zane.« In einem leisen Flüstern brach sein Name über meine Lippen.

Er unterhielt sich gerade mit dem König von Floranys. Sein intensiver, einvernehmlicher Blick traf mich wie ein Geschoss. Es durchzuckte meinen Körper vom Scheitel bis zu den Zehen.

Mit einem Klopfen auf die Schulter verabschiedete er sich von seinem Gesprächspartner und steuerte auf mich zu.

»Ich lass euch mal allein.« Dusan schenkte mir ein Lächeln und verschwand in der Menschenmenge.

Nur nicht durchdrehen. Atmen, Oriana. Atmen.

»Guten Abend«, hauchte er. »Du siehst umwerfend aus.«

Ich biss mir nervös auf die Lippe. »Vielen Dank«, erwiderte ich knapp.

»Schenkst du mir diesen Tanz?« Er verbeugte sich und streckte mir seine Hand entgegen.

»Mir bleibt nichts anderes übrig, was?«, feilschte ich, griff lächelnd nach seiner Hand und ließ mich auf die Tanzfläche führen.

Augenblicklich erklang eine langsame Ballade. Seine Hand glitt an meiner Seite hinab und verharrte an meiner Taille, die er umfasste und mich näher an sich zog. Mir stieg sein Geruch von dunklem Rauch und Moschus in die Nase.

Unsere Finger schlossen sich ineinander und wir tanzten zu den wunderschönen Klängen. Die anderen Gäste blieben still am Rand stehen und beobachteten uns.

Das baldige Brautpaar. Das Aseria und Westerys zu der stärksten Allianz vereinen würde, die es jemals gegeben hatte.

Fast schwebend tanzten wir durch den Saal und er führte mich von einer eleganten Drehung in die nächste. Gedämpftes Licht spendeten die schimmernden Kristallkronleuchter, die über uns aufragten.

»Als du Westerys verlassen hattest, konnte ich an nichts anderes mehr denken als an dich«, gestand er und führte mich in die nächste Drehung.

»Na ja, wäre da nicht der kleine Zwischenfall mit deiner Geliebten gewesen, wäre ich nicht frühzeitig abgereist«, erwiderte ich spöttisch und versuchte, möglichst gleichgültig zu wirken.

»Sie war nicht meine Geliebte.« Er schüttelte den Kopf. »Das Einzige, was zählt, ist, dass wir dennoch zueinandergefunden haben.«

»Was für ein Zufall.«

»Ich würde es Schicksal nennen.« Auf seinen Lippen bildete sich ein zartes Lächeln.

Ich benötigte einige Atemzüge, um etwas erwidern zu können. Denn er hatte recht. Es musste Schicksal sein.

»Es ändert trotz alledem nichts an der Tatsache, dass wir uns kaum kennen.«

»Keine Angst, das werden wir noch ändern. Es bleibt uns ein ganzes gemeinsames Leben, um alles voneinander kennenzulernen. Jede noch so kleine Eigenschaft. Und soll ich dir etwas verraten?« Er stoppte unseren Tanz und beugte sich nahe an mein Ohr.

»Was denn?«, murmelte ich und mein Herzschlag beschleunigte sich automatisch, als ich mir seiner Nähe bewusst wurde. Sein warmer Atem streifte mein Gesicht und sandte ein Kribbeln in meinen Bauch.

»Ich kann es kaum erwarten. Ich will hinter die Fassade der Prinzessin blicken. Ich will dich kennenlernen, so, wie du *wirklich* bist. Jede noch so kleine nervige Eigenschaft werde ich lieben und wertschätzen. Außer du schnarchst, puh, da wüsste ich nicht wie ich –«

Sofort unterbrach ich ihn und mein Mund klappte entsetzt auf. »Hee.« Ich boxte ihm spielerisch gegen die Brust, die sich wie Stein unter meiner Faust anfühlte.

»Aua, nicht gleich so aggressiv.« Er rieb sich über die Brust.

Von seiner eiskalten Maske, die er sonst trug, war nichts zu erkennen. Es fühlte sich fast so an, als ob er sich mir vollkommen öffnen würde. Oder es zumindest versuchte.

»Als ob dir das gerade wehgetan hat«, verspottete ich ihn. Seine

Brust war wie sein restlicher Körper – mit definierten Muskeln übersäht.

»Todesschmerzen.« Ein herzhaftes Lachen entfuhr ihm und mir ebenfalls.

Die Leichtigkeit, die sich zwischen uns aufbaute, wärmte mein Herz.

Sein Blick fing meinen auf und hielt ihn fest. Das Lachen zwischen uns verstummte langsam und wurde von einem Moment abgelöst, in dem nur wir beide existierten. Wie am Vorabend blendete ich alles um mich herum aus und fixierte nur ihn.

Die nächste Melodie erklang, jedoch rührten wir uns nicht. Zane legte seine Hand an meine Wange und sein Daumen zog langsam Kreise über meine Lippen, welche er mit seinen dunklen Augen genau verfolgte.

Automatisch öffnete ich meine Lippen einen Spaltbreit und merkte, wie meine Atmung immer schneller und abgehackter wurde. Eine einzige zärtliche Berührung von ihm verwandelte meinen Körper in ein brennendes Inferno. Dass ich noch nie zuvor von einem Mann berührt worden war, machte mein Verlangen nur noch größer. Es störte mich nicht im Geringsten, dass die umstehenden Gäste mitbekamen, wie mein Körper auf ihn reagierte. Nicht wie gestern Abend.

Zum allerersten Mal in meinem Leben hatte ich Gefühle für jemanden. Und dieser Jemand stand gerade direkt vor mir und sah mir tief in die Augen. Die verschiedensten Emotionen durchzogen meinen Körper wie Lichtblitze. Aufregung, Vorfreude und vielleicht sogar einige Schmetterlinge. Immer wenn ich in seiner Gegenwart war, wurde ich fürchterlich nervös und konnte nicht erklären, woher es kam.

»Erzähl mir von der letzten Prüfung. Was ist passiert?«, forderte ich ihn auf, um die peinliche Stille zwischen uns zu unterbrechen. Natürlich war ich ebenfalls sehr neugierig auf seine Antwort.

»Was willst du zuerst hören? Wie ich den Schneehasen in die Finger bekommen habe? Oder die Geschichte von dem Wandler, der uns gejagt hat?«

»Am besten beides«, erwiderte ich und verfolgte jedes gesprochene Wort an seinen vollen Lippen genau.

»Das mit dem Hasen … na ja.« Zane umfasste seinen Nacken mit einer Hand, rieb darüber und setzte ein schiefes Lächeln auf. »Das mit dem Hasen ist eine sehr aufregende Geschichte. Also …« Er räusperte sich kurz. »Kannst du dich noch daran erinnern, was ich dir damals am Treppenabsatz gesagt hatte?«

Ich zog meine Stirn kraus und überlegte kurz. »Du meinst, dass du mir einundzwanzig Briefe geschickt hast wie ein liebestrunkener Verehrer?«

»Nein, nicht das.« Er schüttelte lachend den Kopf.

»Dann meinst du bestimmt, dass das Jahr, in dem du mich nicht gesehen hast, das schlimmste deines Lebens war.«

»Ich habe nie so etwas gesagt, aber ganz unrecht hast du nicht. Ich meine, dass ich gekommen bin, um um deine Hand zu kämpfen, koste es, was es wolle.«

Ich nickte. »Ach ja, das. An das kann ich mich vage erinnern.«

»Ich hatte dir versprochen, dass ich um dich kämpfen werde. Dass ich alles dafür geben werde, dass du schlussendlich mir gehörst. Zu mir gehörst.« Sein Blick in meine Augen wurde intensiver und als er sagte, dass ich zu ihm gehöre, zog sich mein Schoß zusammen.

Gerade während er Luft holte und weitersprechen wollte, hörte ich Rohana von der Seite. »Darf ich die zukünftige Braut kurz entführen?«, fragte sie und lenkte meine Aufmerksamkeit auf sich.

Ich war mir nicht sicher, ob ich sie dafür lieben oder hassen sollte, dass sie gerade jetzt aufgetaucht war. Jedoch entschied ich mich für Ersteres. Morgen würde ich mit Zane nach Westerys aufbrechen und meine kleine Schwester für einen längeren Zeitraum nicht mehr zu Gesicht bekommen.

Zane antwortete: »Aber natürlich, Hoheit.« Er deutete eine kurze Verbeugung an, was an Rohana nicht spurlos vorbeiging.

Ihre Wangen erröteten merklich und sie kicherte. So typisch für meine Schwester, dachte ich mir.

»Wir haben noch genügend Zeit für Geschichten. Die Reise

nach Westerys wird einige Tage dauern. Verbring die letzten Stunden vor unserer Abreise mit deiner Familie. Wir zwei sehen uns später, ja?« Zane senkte sein Gesicht und hauchte mir einen sanften Kuss auf die Wange.

»Danke«, erwiderte ich mit einem sanften Lächeln.

Rohana hakte sich sofort bei mir unter. »Komm, wir gehen uns erst mal einen Kelch mit Punsch holen.« Sie zog mich weiter und es dauerte, bis ich meinen Blick von Zane lösen konnte.

»Amüsiert euch ruhig«, rief er uns mit einem leichten Schmunzeln nach.

Kapitel 15

Oriana

Die unzähligen bauschigen Schichten unserer Kleider schwebten förmlich über den glänzenden Eisboden. Das breite Lächeln auf unseren Gesichtern war ein dauerhafter Begleiter. Der Wein, den wir tranken, hatte es vielleicht etwas verstärkt.

Den gesamten Abend über trafen sich Zanes und meine Blicke. Und jedes Mal zuckte ein Blitz durch meinen Körper.

Stunden um Stunden verflogen. Ich war so frei und schenkte Dusan ebenfalls einen Tanz.

Es war schon eine ganze Weile her, dass ich Zane gesehen hatte. Mittlerweile fragte ich mich, wo er wohl steckte. Die meisten relevanten Gäste hatten den Ball bereits verlassen, denn die Uhr schlug schon fast Mitternacht.

Ein höllischer Schmerz pochte in meinen Füßen von den hohen Absätzen, die ich trug. Daher beschloss ich, ihn zu suchen, um mich für heute zu verabschieden und zu bedanken. Dass er mir meinen Freiraum gab, um die letzten Stunden mit meinen Liebsten zu verbringen, bedeutete mir unglaublich viel. Doch wir mussten noch die wichtigsten Details der morgigen Reise besprechen.

Der Nebel des Beerenweines hatte sich fast gänzlich verzogen und ich schaute mich im Ballsaal genau um. Nirgends konnte ich ihn entdecken.

Einige Hofdamen in extravaganten Kleidern tummelten sich vor dem Ausgang zum Eisskulpturengarten meiner Mutter.

Ein »Entschuldigung?« warf ich in die Damenrunde.

Jede der fünf Damen drehte sich mir zu, verbeugte sich knapp und zupfte nervös an ihren Kleidern herum.

»Prinzessin Oriana, was können wir für Euch tun?« Die Dame, die das Wort an mich richtete, hieß Susan, wenn ich mich richtig erinnerte. Sie war eine der Hofdamen, die nichts anderes im Sinn hatten, als sich irgendeinen jungen, reichen Adeligen zu angeln. Natürlich versuchte sie ebenfalls alles, um mir eine Freundin zu werden, so wie die meisten von ihnen. Sie dachten wohl, sie würden angesehenere Frauen werden, wenn sie mit einer der Prinzessinnen befreundet waren. Doch ich merkte das gespielte Interesse. Das Tuscheln hinter vorgehaltener Hand, wenn sie dachten, ich würde es nicht mitbekommen.

»Hat eine von Ihnen Prinz Zane gesehen?«

Eine andere Dame hielt sich zurückhaltend die behandschuhte Hand vor den Mund.

Susan blinzelte einige Male, bevor sie antwortete. »Ich könnte schwören, ich habe ihn vor einigen Minuten gesehen.«

»Wo?« Meine Lippen waren zu einer festen Linie gepresst. Sie sollte endlich mit der Sprache rausrücken.

»Er ist in den Garten gegangen«, murmelte eine dunkelhaarige Hofdame hinter Susan. Das Zittern in ihrer Stimme hörte man deutlich heraus. Ich hatte keine Ahnung, wer die Dame überhaupt war. Es war eigentlich auch nicht von Belang.

»Danke.« Ich nickte der dunkelhaarigen Frau zu, die ein knappes Lächeln erwiderte. Ohne einen weiteren Blick an sie zu verschwenden, stolzierte ich an ihnen vorbei zu der gläsernen Tür, die in den Garten führte.

Zwei Wachen waren am Gartenausgang positioniert.

»Sollen wir Euch begleiten?«, fragte einer von ihnen, jedoch verneinte ich.

»Nicht nötig. Vielen Dank. Ist Zane bei euch vorbeigekommen?«, stellte ich als Gegenfrage und hoffte auf ein Ja.

»Vor einigen Minuten erst.«

»Dann brauche ich auch keine Wachen. Ein Mantel würde vorerst ausreichen.«

»Wie Ihr wünscht, Prinzessin.« Einer von ihnen händigte mir einen übergroßen Mantel aus, der sich dank seines Duftes als

Zanes herausstellte. Anscheinend war er ohne Mantel nach draußen gegangen, trotz der kühlen Temperaturen. Danach öffneten sie die Türen.

Sofort strömte mir die eiskalte Nachtluft entgegen. Dass heute Abend Vollmond war, kam mir zugute, denn er spendete etwas Licht. Normalerweise erhellten mehrere Fackeln den Eisskulpturengarten meiner Mutter, jedoch brannte gegenwärtig keine einzige von ihnen. Was mir etwas ungewöhnlich vorkam.

Ich schlüpfte in die Ärmel des übergroßen Mantels und schlang ihn fester um meinen Körper. Einige einzelne Schneeflocken fielen vom Himmel herab und bildeten einen starken Kontrast zu meinem schwarzen Haar, auf dem sie landeten.

Ich musste zugeben, dass die Schuhe, die ich trug, sowie auch das aufgebauschte Tüllkleid nicht gerade praktisch waren, um durch den Schnee zu stapfen. Es kostete mich volle Konzentration, um nicht umzuknicken und in den Schnee zu fallen. Oder noch besser, mir das Bein oder den Hals zu brechen.

O Götter, was hatte ich hier draußen nur vor?

Der Wind zerzauste mein Haar und ich hielt mir die Hand schützend vors Gesicht. Ich stapfte bei einer Eisskulptur nach der anderen vorbei, während ich Ausschau nach Zane hielt.

Nach mehreren Metern erkannte ich in der Ferne, am Ende des Gartens, die dunkle Silhouette einer groß gewachsenen Person. Das musste bestimmt Zane sein.

Sofort steuerte ich auf ihn zu und freute mich, ihn endlich gefunden zu haben. Doch ich fragte mich auch, was er hier draußen ganz allein mitten in der Nacht zu suchen hatte. Vielleicht wollte er, dass ich ihn hier draußen fand. Vielleicht wollte er einen ungestörten Moment mit mir allein. Bei dem Gedanken kribbelte es in meinem Bauch und ich biss mir auf die Unterlippe. Einen Moment der Zweisamkeit, in dem keine fremden Augen auf uns gerichtet sein würden. Dass er von mir und meinem Körper angetan war, hatte ich natürlich bemerkt.

Nur noch wenige Meter trennten mich von ihm.

Nachdem ich nahe genug herangekommen war, erkannte ich,

dass es tatsächlich Zane war, der mich aber nicht kommen sah, denn er hatte mir den Rücken zugewandt.

Er drehte sich zur Seite und …

Ich war mir nicht sicher, ob mein Herz für mehrere Schläge aussetzte. Automatisch klappte mein Mund auf und ich vergaß, wie man atmete.

Neben ihm stand eine Frau – oder Person, die ich zuvor nicht bemerkt hatte, da sein großer Körper sie abgeschottet hatte. Ich konnte sie nicht richtig erkennen, da sie in einen dunklen Umhang gehüllt war. Die Kapuze zu tief in die Stirn gezogen, sodass die Schatten jegliche Umrisse ihrer Gesichtszüge versteckten.

Mein Kopf schnellte nach links und rechts. Ich musste mich irgendwo verstecken, um die Situation abzuschätzen, bevor ich überreagierte. Mein Bauch sandte keine guten Gefühle an mein Herz.

»Du kannst dir nicht vorstellen, was es mir bedeutet, dich endlich an meiner Seite zu haben«, hörte ich Zane zu der Frau sagen. Jetzt war ich mir sicher, dass es sich um eine Frau handeln musst.

Oriana, nicht durchdrehen. Es gibt sicher eine plausible Erklärung für das hier, redete ich mir ein.

Sofort bewegte ich mich ein paar Schritte zur Seite, hockte mich hinter eine Eisbärenskulptur und blickte dahinter hervor. Ich hielt mich an den Beinen des Eisbären fest, um nicht umzukippen.

Was machte er hier draußen, verdammt noch mal? Er würde doch nicht allen Ernstes an unserem Verlobungsball mit einer anderen Frau …? Das musste alles nur ein riesiges Missverständnis sein. Anders konnte ich es mir nicht vorstellen.

Wir kannten uns kaum, aber nach allem, was Zane heute Abend gesagt hatte, klang es, als ob er aufrichtig gewesen wäre.

Mein blödes Herz hämmerte wie verrückt gegen meine Brust. Am liebsten hätte ich eine Hand darauf gelegt, doch wenn ich das Bein des Eisbären losließ, würde ich direkt im Schnee landen und die beiden würden meine Gegenwart bemerken.

Die überraschende Situation ließ meinen Körper zittern, sodass meine Zähne gegeneinander klapperten.

Die Hoffnung, dass sich alles aufklären würde, sank kontinuierlich.

»So schüchtern kenne ich dich gar nicht.« Zanes Stimme war tief mit Sehnsucht durchzogen, als er seine Hand anhob und seitlich in die Kapuze der Dame schob.

Sofort schloss ich die Augen, denn was gleich passierte, wollte ich nicht mitansehen.

Als ich dachte, dass mein Herz vorhin schon wild gegen meine Brust gehämmert hatte, lag ich falsch. Jetzt drohte es herauszuspringen. Nachdem ich gesehen hatte, was ich gesehen hatte, lehnte ich mich mit dem Rücken an die Eisbärenskulptur.

Der Schock saß mir tief in den Knochen und ich hockte, wie von Wurzeln gefangen, da. Mein Körper rührte sich nicht, während meine Gedanken in alle Richtungen sausten.

»Dieser verfluchte Mistkerl«, flüsterte ich vor mich hin und meine Unterlippe bebte.

Doch nicht vor Trauer. Es war die pure zerstörerische Wut, die sich langsam in mir bemerkbar machte. Keine einzige Träne kullerte meine Wangen hinab.

Mehrmals sog ich die kühle Nachtluft in mich auf und ließ sie durch mich hindurchströmen, um meine Gedanken zu sortieren.

Das Spielchen konnte er gern spielen, doch sicher nicht mit mir.

Ich schloss die Augen und fühlte die Magie, die kühl durch meine Adern floss. Ich spürte, wie sie immer lauter zu brodeln begann und sich tief in mir sammelte, bereit, Schaden anzurichten. Bereit, herauszubrechen und alles unter sich zu begraben.

Langsam drehte ich mich wieder in ihre Richtung und breitete meine offenen Handflächen auf den Boden links und rechts von mir aus. Dann ließ ich zum ersten Mal meiner Magie freien Lauf.

Das Prickeln meiner Fingerspitzen wurde immer intensiver. Ich stieß zischend die Luft zwischen meinen Zähnen aus und fixierte die beiden. Ich krümmte langsam meine angespannten Finger und die Eisdecke unter mir brach laut knackend auf. Ein Knacken nach dem anderen hallte in der Nacht wider. Wie ein zugefrorener See, der dabei war, einzubrechen. Nur schlimmer. Wie bei einem Erdbeben verschoben sich die Platten und die dicken Eissplitter, die sich inzwischen lösten, lenkte ich direkt auf sie zu.

Wie eine Naturkatastrophe fegte ich über sie hinweg und nahm dabei keine Rücksicht auf Verluste.

Würden sie sterben? Vielleicht.

Kümmerte es mich? Nicht im Geringsten.

Denn mein unbändiger Zorn sehnte sich nach Vergeltung. Ich wurde bei den Prüfungen wie ein billiger Preis versteigert. Meine Hand wurde an Zane vergeben, der ein verlogener Mistkerl war und meine Gefühle ausnutzte. Warum auch immer er das tat. Aber vermutlich lag der Hauptgrund darin, dass er ein verlogener Mistkerl war und ich wusste, wieso ich keinem der Prinzen zuvor eine Chance gegeben hatte. Alle waren doch schlussendlich gleich, nicht wahr?

Dass er mir den Abend über den Freiraum gegeben hatte, damit ich die Zeit mit Rohana verbringen konnte, lag nicht daran, dass er so ein verdammter Ehrenmann war. Nein, er wollte lieber die Zeit nutzen und seine dreckigen Finger an eine andere Frau legen. Gleich nachdem er mir das Blaue vom Himmel versprochen hatte. Und ich? Ich dumme Nuss glaubte ihm noch alles, so naiv, wie ich war.

Wie konnte ich nur denken, dass ich die Einzige für ihn sein könnte?

Nun löste sich eine verstohlene Träne. Eine einzige. Sie tropfte von meiner Wange in den Schnee.

Zane stemmte die Arme vor sich und eine glühende Blase erschien, die sie vor meiner Wut abschirmte. Zanes Blutlinie schöpfte ihre Magie aus dem Feuer.

Noch immer standen die beiden eng beieinander, als Zane gegen meinen Angriff ankämpfte. Mein Eis schmolz einfach an dem glühenden Schutzschild hinweg.

Eis gegen Feuer. Wie poetisch.

Ich schleuderte direkt aus meinen blau glühenden Handflächen einen regelrechten Regen an Eisgeschossen auf sie zu und stieß einen gequälten Schrei aus. Langsam merkte ich, wie ich schwächer wurde, da sich mein Magiespeicher immer weiter leerte.

Ein letztes Mal sammelte ich die verbliebenen Funken meiner Magie und donnerte sie ihnen in Form eines Hagelregens entgegen. Mit einem dumpfen Aufprall traf er auf Zanes Schutzschild.

Vor Erschöpfung fiel ich kniend in den Schnee und wandte den Blick in den tiefschwarzen Himmel. Tränen brachen hervor und flossen nun ungehindert an meinen Wangen herab.

»Oriana!«, hörte ich Zane durch das Pochen in meinen Ohren rufen. Jedoch reagierte ich nicht.

Ich musste hier weg und das schleunigst.

Weg von ihm.

Also biss ich die Zähne aufeinander und stemmte mich auf. Es blieb keine Zeit, um mich um mein gebrochenes Inneres zu kümmern.

Ein paar flüchtige Blicke warf ich um mich, um sicherzugehen, dass mich sonst niemand sah, bevor ich auf dem Absatz kehrtmachte und losrannte.

Nur für eine Sekunde stoppte ich meine Flucht, streifte meine unpraktisch hohen Schuhe ab und ließ diese hinter mir im Schnee zurück. Mit diesen Hacken hätte ich bestimmt dreimal so lange gebraucht, das Anwesen zu durchqueren, um mir meine schwarze Stute zu schnappen und zu verschwinden. Bevor mich einer der Wachen in die Finger bekam.

Also nahm ich den brennenden Schmerz der Kälte, der durch meine nackten Füße zog, gern in Kauf. Das Adrenalin trieb meine Beine in einem rasanten Tempo an.

Jetzt zu leiden, anstatt mein restliches Leben mit einem betrügerischen Lügner verheiratet zu sein, erschien mir durchaus angenehmer. Noch dazu hatte ich den Thronfolger von Westerys mit meiner Magie angegriffen, was strengstens verboten war.

Ich riskierte mit meinem Wutanfall einen Krieg zwischen unseren Königreichen. Wie hatte ich mich nur so in ihm irren können? Wie hatte ich so naiv sein können, dass er diese Wut in mir entfachen konnte?

Genau dies war der Grund, wieso ich nach dem Herzschmerz, den ich aus Westerys mitgebracht hatte, ihm keinen weiteren Nährboden bieten wollte. Denn genau das passierte, wenn nur ein Fünkchen an Gefühlen mitmischte. Man wurde unberechenbar und närrisch.

Ich rannte, so schnell mich meine Füße tragen konnten. Die hochgesteckten Strähnen lösten sich vollständig und gaben mein Haar frei, das jetzt ungehindert hinter mir her peitschte. Genauso wie meine Tränen. Meinen Mantel schlang ich enger um meinen frierenden Körper. Oder besser gesagt Zanes Mantel.

Wie ein dunkler Schatten ragte der Stall am Ende des Anwesens auf. Noch hundert Meter. Fünfzig Meter.

Bald hatte ich es geschafft. Riskant erlaubte ich mir einen kurzen Blick hinter mich. Von Zane oder irgendwelchen Wachen war keine Spur zu sehen.

Meine Fußsohlen taten schrecklich weh und ich bezweifelte, dass sich noch Haut dort befand. Den Schmerzen nach zu urteilen, würden sich meine Vermutungen sicher bald bestätigen.

Doch das war irrelevant. Ich hoffte nur, dass keiner der Stallburschen zu so später Stunde noch anwesend sein würde. Er würde sich fragen, was los war, tuscheln und im schlimmsten Fall Dusan aufsuchen. Es blieb keine Zeit für jegliche Art von Verzögerungen.

Nur in mein bauschiges Tüllkleid und einen Mantel gehüllt, stemmte ich mich gegen den eisigen Wind und rannte.

Ich rannte um mein Leben.

Kapitel 16 Clarence

Nachdem Zane mir den Bluthasen und somit auch den Sieg in der dritten Prüfung genommen hatte, wollte ich an dem Verlobungsball nicht teilnehmen. Zu verlockend wäre die Versuchung gewesen, Zane vor allen Anwesenden die Meinung zu geigen und mitzuteilen, was sich im Eiswald wirklich zugetragen hatte. Mein Vater hatte mir jedoch eindringlich davon abgeraten, irgendetwas in der Art zu unternehmen. *Lass es gut sein, Junge. Alles wird sich wie von selbst fügen*, meinte er.

Es würde sowieso nichts mehr an der Tatsache ändern, dass Oriana Zane bald heiraten würde.

Im Stockdunklen spazierte ich Richtung Stall. Schon als ich noch ein kleiner Junge war, besuchte ich regelmäßig meine treue Pegasus-Stute Lyra. Immer wenn ich Ärger bekam, schlich ich mich nachts in ihren Stall und schüttete ihr mein Herz aus. Weshalb ich beschloss, meinen Zorn nicht an Zane und somit auch an Oriana auszulassen, sondern Lyra einen kleinen Besuch abzustatten und mein Gemüt zu beruhigen.

Ein Knarren löste sich, während ich die alte Holztür zum Stall aufstieß. Natürlich hatte sie mich an meinen Schritten erkannt, denn sofort erfüllte Lyras aufgeregtes Schnaufen die Luft. Ihr Fell strahlte in einem strahlenden Weiß, das mit einem goldenen Schimmer überzogen war. Was gerade bei dem gedimmten Licht atemberaubend schön glänzte.

Sie lag am Boden ihres Stallabteils und fraß genüsslich von einem Strohballen. Ihre majestätischen, mit weißen Federn besetzten Flügel hatte sie seitlich eng an ihrem Rumpf gefaltet.

»Hallo, meine Schöne«, begrüßte ich sie.

Seitdem ich vor ein paar Tagen angereist war, hatte ich sie nicht mehr besucht. Nur Laurent überprüfte nach dem ersten Tag, ob es unseren Pegasus-Damen hier gut ging. Was definitiv der Fall war. Die lange Anreise aus Floranys hatte sie geschwächt, weshalb sie sicher erleichtert über eine tagelange Pause war.

Links neben ihr ließ ich mich auf einem Strohballen nieder und strich behutsam über ihr weiches Fell. »Irgendwie hatte ich mir den Aufenthalt in Aseria anders vorgestellt.« Meine Augenbrauen verzogen sich und ich senkte den Blick. Lyra legte ihren Kopf sanft in meinen Schoß. Weiterhin streichelte ich ihr übers Fell.

»Eigentlich sollte ich heute Abend mit Oriana tanzen anstatt Zane. Ich sollte an seiner Stelle sein. Es sollte mir die Chance gegeben werden, sie kennenzulernen.«

Denn ich hatte den Hasen gefunden. Mit einer Hand fuhr ich mir durch meine dicken Locken und streifte sie aus meinem Gesicht.

Sollte ich es auf mir sitzen lassen, von Zane dermaßen beraubt worden zu sein? Wieder traten dieselben Gedanken wie zuvor in meinen Kopf. Es war noch nicht zu spät, etwas Aufsehen auf seinem Verlobungsball zu erregen. Theoretisch könnte ich alles erzählen und Zane damit vor allen bloßstellen. Doch war es das, was ich wollte? Wollte ich Zane so dringend verspotten und das auf Kosten von Orianas Ehre? Bestmöglich versuchte ich, die unklugen Gedanken beiseitezuschieben. Doch das unerklärliche Gefühl von Unruhe kochte weiterhin in mir.

Unter meinen Stiefeln spürte ich eine Erschütterung, welche auch Lyra nicht entging.

»Ich bin gleich wieder da«, murmelte ich und ging hektisch zur Tür des Stalls.

Mit einem knarrenden Laut öffnete ich diese und trat einen Schritt nach dem anderen in die dunkle Nacht. Der eisige Wind zerzauste mein Haar und wehte die Locken in alle Richtungen. Mit einer zügigen Bewegung setzte ich die Kapuze meines Umhangs auf und zog sie tief in meine Stirn. Weit und breit konnte ich nichts Ungewöhnliches erkennen. Doch irgendetwas

Mächtiges musste diese enorme Erschütterung verursacht haben.

Wolken zogen sich vor den Mond und erstickten jegliche Sicht. Ich wollte mich schon zurück in den Stall begeben, doch da war etwas. Etwas, das meine Aufmerksamkeit erregte. Mit zusammengekniffenen Augen spähte ich in die Dunkelheit und versuchte, das Geräusch zuzuordnen.

Knirschender Schnee, stellte ich fest. Irgendjemand oder irgendetwas kam in einem rasanten Tempo ungebremst auf mich zu. Meine Hand wanderte über meine Schulter und ich zog eines meiner Schwerter aus der Scheide, um mich danach in Kampfposition zu begeben. Ich ging gern auf Nummer sicher, weshalb ich auch heute Abend meine Zwillingsschwerter an meinem Rücken befestigt hatte.

Man weiß ja nie.

Egal, was auf mich zukam, ich war gewappnet. Ihm Nahkampf mochte ich zwar nicht der Beste sein, doch meine Fähigkeiten mit dem Schwert waren mehr als herausragend. Das tägliche Training war dafür verantwortlich, dass ich so gut in Form war. Im Notfall könnte ich auch meine Magie beschwören, um einen möglichen Gegner zu bezwingen, falls das Schwert nicht ausreichen sollte. Denn normalerweise nutzten wir unsere Magie nur in dringenden Fällen. Ausschließlich die königlichen Familien hatten diese in deren Blutlinien, weshalb es eher selten vorkam, dass wir unsere Magie benötigten, um einen Gegner zu überwältigen.

Gestern Abend hätte ich am liebsten meine gesamte rohe Magie beschworen und sie diesem betrügerischen Köter Zane entgegengeschleudert. Ranken wären aus dem Boden geschossen und hätten sich um seine Knöchel und Armgelenke gewickelt. Danach hätte ich ihn zwischen zwei Bäume aufgehangen und ihn …

Die Schritte kamen immer näher und katapultierten mich wieder in die Gegenwart. Sie waren so nahe, dass plötzlich eine in Schatten gehüllte Gestalt vor mir aus der Dunkelheit aufragte. Es war eine Frau … Es war …

»Prinzessin Oriana?«, rief ich ihr fragend entgegen. Sie stoppte abrupt ab und blieb einige Meter vor mir stehen.

Ich zog etwas meine Kapuze zurück, um mein Gesicht zu entblößen.

»Prinz Clarence, w–was macht Ihr hier?« Ihre Brust hob und senkte sich rasend schnell. Sie starrte auf mein gezogenes Schwert.

Sofort schüttelte ich den Kopf und schob es wieder in die Scheide. Mein Blick glitt über ihren Körper und suchte nach offensichtlichen Verletzungen. Nur in ein extravagantes Ballkleid gehüllt, stand sie vor mir. Die Eisprinzessin.

»Wo sind Eure Schuhe?«

»Ich wüsste nicht, was Euch das angeht, Prinz Clarence.«

Ich zog spürbar eine Augenbraue nach oben. »Weiß der König, dass Ihr hier seid?«

Sie verstummte und dann entschied sie sich, auf meine Frage zu antworten. »Ich hatte es eilig und meine Schuhe waren zu unpraktisch zum Laufen. Deswegen bin ich barfuß«, gab sie zu und verzog das Gesicht.

»Lasst mich Euch helfen.« Ich trat einen Schritt auf sie zu und streckte ihr meinen Arm entgegen. Oriana zuckte zurück.

»Ich will Euch nur helfen.«

»Ihr wollt mir helfen? Dann habt Ihr mich hier nie gesehen, falls jemand je fragen sollte.«

»Ich verstehe nicht.«

»Zane … Er …«, murmelte sie, den Blick dem eisbedeckten Boden zugewandt. Dann schüttelte sie ihren Kopf.

Sekundenlang war es still um uns, weil ich nicht wusste, was genau sie meinte. Also sprach ich erneut.

»Lasst mich Euch helfen.«

Und nachdem sie mich mit ihren blauen Augen skeptisch angesehen hatte, wich sie dieses Mal nicht zurück und ergriff meine Hand. Ihre zierlichen Finger fühlten sich eiskalt in meinen an.

Fester schloss ich meine Finger um ihre und in diesem Moment gaben ihre Beine nach. Sofort war meine zweite Hand zur Stelle und ich fing sie auf. Ohne lange nachzudenken, schob ich beide Hände unter ihren Körper und hob sie hoch.

Oriana schlang ihre Hände um meinen Hals und klammerte sich fest an mich. Danach bettete sie ihren Kopf an meiner Brust. Bei den Göttern, sie war vollkommen erschöpft. Ausgelaugt.

»Wart Ihr das? Das Beben?«, fragte ich. Sie musste dafür verantwortlich gewesen sein.

Was war ihr widerfahren, dass sie in so einem Aufzug, und noch dazu barfuß, nachts vom Palast verschwand? Sie war eindeutig die Person, mit der ich am wenigsten gerechnet hatte.

Mit Oriana in meinen Armen steuerte ich auf direktem Weg zu Lyras Stallabteil und setzte sie auf den runden Strohballen, auf dem ich es mir vorhin gemütlich gemacht hatte. Lyra hob ihren Kopf an und beschnupperte Oriana.

»Das ist Prinzessin Oriana«, erklärte ich und deutete mit einer Kopfbewegung auf Oriana.

Ungläubig starrte sie der Pegasus-Stute direkt in ihre goldenen Augen und es löste sich ein zartes Lächeln auf Orianas Lippen. »Ich habe noch nie einen Pegasus gesehen.« Sie streckte ihre Hand in Lyras Richtung, um sie zu berühren. »Darf ich?«

»Natürlich« sagte ich und Lyra schnaufte zur Bestätigung. »Ich denke, sie mag Euch.«

Orianas Hand berührte ihr glänzendes Fell und strich mit federleichten Bewegungen darüber. »Sie ist wunderschön.«

Lyra nickte, als ob sie sich so für das Kompliment bedanken würde.

»Was macht Ihr ganz allein hier draußen? Noch dazu in solchem Aufzug?«, versuchte ich es erneut. Nur noch ein wenig behutsamer als zuvor. »Solltet Ihr nicht auf Eurer Feier sein?«

Oriana blickte an ihrem Kleid hinab und fluchte. »Zum Teufel damit.«

»Was ist passiert? Was hattet Ihr vor?«

Sie zuckte mit den Schultern. »Ich wollte fort. Weg von diesem Leben. Weg von Zane.«

Weg von Zane … Das klang interessant.

»Und das mitten in der Nacht und noch dazu ohne Schuhe?«

Ein Schmunzeln umspielte meine Lippen. »Da wärt Ihr sicherlich nicht weit gekommen.«

»Lacht ruhig über mich!« Zorn färbte ihre Wangen rot. »Lieber wäre ich auf meiner Flucht gestorben, als einen weiteren Tag die Marionette von irgendjemandem zu sein, der …« Sie riss ihren Kopf zu mir und ihr Blick fand sofort meinen.

Wie ein tiefer Ozean glänzten ihre Augen. Sie war so wunderschön. Selbst in ihrem gegenwärtigen Zustand verschlug es mir die Sprache. Noch nie in meinem Leben war mir eine vergleichbar faszinierende Frau begegnet.

»Wie kann ich Euch helfen?«, fragte ich und erforschte mit meinen Blicken ihr Gesicht.

Ruckartig drehte sie ihren Kopf zur Seite. »Ich brauche keine Hilfe. Und erst recht nicht von einem Mann«, fuhr sie fort und entfernte sich wenige Zentimeter von mir. »Ich bin keine kleine Prinzessin, die gerettet werden muss.«

»So etwas würde ich nie behaupten. Ich weiß, dass Ihr das allein auch schaffen würdet, doch mit meiner Hilfe würde es für Euch viel einfacher werden.« Meine Augen wanderten demonstrativ zu ihren nackten Füße. »Und mit Schuhen.«

»Stimmt.« Ihr Blick folgte meinem. »Ich brauche zuerst ein paar Schuhe«, stellte sie nachdenklich fest. Dann sah sie zu mir auf. »Zeigt mal, wie Ihr mir helfen könnt. Besorgt mir Schuhe. Und beeilt Euch. Ich habe keine Zeit, hier noch länger zu verweilen.«

»Das dachte ich mir schon.« Mein Mundwinkel zuckte nach oben und ich konnte mein Grinsen nicht länger verstecken.

Ihre Hand wedelte in meine Richtung. »Grinst nicht so, sucht lieber ein paar Schuhe für mich.« Ihr Blick fiel quer durch den Stall. »Da drüben. In der zweiten Box von links müssten ein Paar meiner Reitstiefel liegen.«

»Wart ihr für die Erschütterung verantwortlich?«, fragte ich erneut, bevor ich mich hochdrückte, um ihrem Befehl Folge zu leisten.

»Besorgt ihr mir jetzt ein Paar Stiefel oder nicht?«

Ich presste die Lippen aufeinander. »Na gut, Prinzessin.«

Sie verdrehte ihre Augen.

Ich machte mich auf den Weg zu dem Stallabteil und suchte alles nach den besagten Reitstiefeln ab. Dann fand ich sie. Schwarze, schlichte, knöchelhohe Schnürstiefel. Elegant und trotzdem praktisch.

»Gefunden.« Ich hielt sie in die Höhe, sodass Oriana sie sehen konnte. Auf direktem Weg begab ich mich zu ihr.

Unter dichten Wimpern schaute sie zu mir auf. »Ich danke Euch. Nur bitte beeilt Euch«, erwiderte sie und ein verlegenes Lächeln zierte ihre Lippen.

Zaghaft griff sie nach den Schuhen, doch ich ließ mich direkt auf die Knie fallen und hielt ihr meine Hand hin. »Darf ich Euch behilflich sein?«

»Ihr werdet es kaum glauben …« Sie machte eine theatralische Pause. »Ich kann mir meine Schuhe selbst anziehen.«

»Keinen Zweifel.« Trotzdem wartete ich, bis sie mir endlich ihren Fuß hinhielt, damit ich ihr den Stiefel anziehen konnte.

Während meine Finger den ersten Fuß berührten, merkte ich, wie kalt sie war. Ihre Kraft, die dem Eis und dem Schnee zugewandt war, schützte sie jedoch nicht vor der natürlichen Kälte. Ihre Füße waren wie zu zwei Eisblöcken gefroren. Trotzdem zog ich ihr einen Schuh nach dem anderen an.

»Was habt Ihr jetzt vor?«

Sie klopfte sich leicht und wohl eher alibimäßig auf das Kleid. »Weg von hier. Egal ob ich bei Zane bin oder …« Sie stoppte kurz. »Weg von hier, von meinem Zuhause, bin ich sowieso. Nur mit dem Unterschied: Wenn ich weglaufe, bin ich freier als bei Zane.«

»Was genau ist denn geschehen?« Ich sah kurz zu ihr auf, bevor ich die Schnürsenkel in die Haken fädelte.

»Ist das wichtig? Reicht es nicht, dass er mich so wütend gemacht hat, dass ich lieber sonst irgendwo lebe als bei ihm?«

Eigentlich nicht und ja, eigentlich schon.

Ich ziehe die Luft ein. »Habt Ihr einen Plan, wohin Ihr wollt?«, erkundigte ich mich, während ich die Schnürsenkel des ersten

Stiefels zu einer strammen Schleife band. Danach widmete ich mich dem zweiten.

»Wenn ich zugeben darf: Ich hatte noch keine Zeit, Pläne zu schmieden.« Ihre Stimme wirkte diesmal zerbrechlicher, als wäre ihr bewusst geworden, wie leichtsinnig ihr undurchdachter Plan war.

Sie stellte ihre Beine wieder aneinander, als ich fertig war.

Irgendein Geräusch ertönte vor dem Stall. Ich legte einen Finger an meine Lippen, um ihr zu bedeuten, dass sie bitte ruhig sein sollte.

»Ich glaube, jemand kommt auf den Stall zu.« Zwischen den Zähnen zog ich die Luft ein und konzentrierte mich auf die immer lauter werdende Geräuschkulisse. »Ich würde sagen, es sind mehrere davor.« Ich machte eine kurze Pause.

»Ich muss –«

Ich unterbrach sie. »Wir müssen los. Sofort.«

»Was? Wir?«, fragte Oriana hektisch.

Ich antwortete nicht, sondern schnappte ihre Hand und zog sie an mich. Meine Hände legten sich um ihre schmale Taille und ich hob sie in einem Zug auf Lyras Rücken. Ich schnappte mir die Decke, die über Lyras Stallabteil hing, und wickelte sie hastig um Oriana.

»Was macht Ihr da?« Ihr Kopf zuckte nach links und rechts.

»Nach was sieht es denn aus?« Ein leises Lachen entfuhr meiner Kehle. »Euch retten, Prinzessin.«

In einer eleganten Bewegung hievte ich mich hinter Oriana auf Lyras Rücken. Mit einem Ruck zog ich sie näher an mich und schlang einen Arm um sie, sodass ihr Rücken fest an meine Brust gedrückt wurde. Ihr Körper war meinem so nahe und doch verdrängte ich jeglichen Gedanken daran, da momentan unsere Flucht jegliche Konzentration beanspruchte. Dabei hatte ich keine Ahnung, was ich genau tat. Aber ich ahnte, dass Oriana es vielleicht wert war.

»Haltet Euch bei ihrer Mähne so fest, wie Ihr nur könnt«, sagte ich zu Oriana, die daraufhin sofort ihre Finger in Lyras Mähne vergrub.

»Seid Ihr Euch sicher, dass Ihr das tun solltet? Es … Es bedeutet bestimmt Ärger.«

Ich sah ihr tief in die Augen und hoffte, dass sie verstehen würde. »Prinzessin, Ihr solltet Eure Gedanken besser dafür verwenden, wie ihr nach der Flucht verfahren wollt, und nicht, ob es Konsequenzen für mich mit sich ziehen würde.«

Sie schluckte schwer. »Verstanden.«

»Habt keine Angst. Ich werde Euch festhalten.« Demonstrativ verstärkte ich den Griff um ihre Taille, als eine Art Versprechen. Lyra erhob sich und stolzierte zum Ausgang.

Mit einem gezielten Tritt ihrer Hinterhufe schleuderte sie die Tür aus den Angeln, die daraufhin draußen im Schnee landete. Schreie ertönten.

Anmutig stolzierte Lyra durch den Ausgang. Wie eine Art Spiegel reflektierte ihr glänzendes Fell das Mondlicht.

»Bei den Göttern«, murmelte Oriana und riss die Augen auf, als Lyra ihre prachtvollen Flügel ausbreitete und sich mit gezielten Flügelschlägen langsam in die Lüfte erhob. Pulverschnee wirbelte herum. Dutzende Wachmänner stürmten auf uns zu, doch sie waren zu spät. Lyra hatte uns so weit in die Luft gebracht, dass kein Geräusch der versammelten Leute unter uns zu hören war.

Der peitschende Wind zerzauste Orianas Haar und wehte es mir direkt ins Gesicht.

Für einen Moment ließ ich meinen Arm von ihrer Taille gleiten, um ihre Haare beiseitezuschieben.

Panisch suchte Orianas Hand hinter ihr nach meiner. Ich gab sie ihr, denn ich wollte ihr die Sicherheit geben, die sie gegenwärtig so dringend benötigte. Egal welche Schwierigkeiten ich mir damit aufbürdete. Mein Vater würde mich sofort enterben, wenn er davon Wind bekäme. Was aber im Moment nichts zur Sache tat. Vielleicht war es sogar von Vorteil. Genauso war es ein Vorteil, dass ich beinahe mein gesamtes Leben schon auf Lyra ritt. Als sie eine gewisse Zeit in den Gleitflug überging, konnte ich meine Hände lösen. Natürlich erst, nachdem ich sichergegangen war, dass Oriana sich in ihrer Mähne festhielt.

Nun konnte ich endlich das tun, das ich zuvor vorgehabt hatte. Wie einen Kamm benutzte ich meine Finger und strich Orianas Haare aus dem Gesicht. Mit den Fingerkuppen fuhr ich an ihrer Kopfhaut entlang und fasste ihre Haare zu einem Zopf zusammen.

»Was macht Ihr da?« Entsetzt renkte sie ihren Kopf zu mir.

»Glaubt Ihr wirklich, ich will mich die ganze Reise über von Euren Haaren auspeitschen lassen?« Mein Lächeln wurde breit. »Ich bezweifle, dass Ihr ein Haarband dabeihabt.«

Entschuldigend zuckte sie mit dem Schultern. »Ich bedauere, dass ich bei einer Flucht keine verfluchten Haarbänder bei mir habe.«

»Wartet kurz.« Mit einer Hand hielt ich den Zopf fest und mit der anderen kramte ich in meiner Hosentasche.

Ich zog ein dünnes Lederband heraus und nahm es in den Mund. So gut, wie ich konnte, flocht ich ihre schwarzen langen Haare zu einem provisorischen Zopf und befestigte das Lederband am unteren Ende.

Eines von Laurents Lederbändern.

Überall ließ er diese Dinger liegen und es war schon vor Ewigkeiten zur Gewohnheit geworden, dass ich sie immer einsteckte.

Orianas Hand wanderte rückwärts zu ihrem Zopf und tastete ihn ab. »Das hätte meine Zofe Mabel nicht besser hinbekommen.« Ich konnte ihr Gesicht zwar nicht erkennen, jedoch hörte ich den Scherz deutlich in ihrer lieblichen Stimme.

Ich lachte.

»Da wir die nächste Zeit miteinander verbringen werden, sollten wir das Förmliche beiseitelegen. Findest *du* denn nicht?«

Sie nickte zur Bestätigung. »Warum auch immer Ihr«, sie räusperte sich. »Du das tust. Ich hoffe, dir ist klar, in welche Situation du dich manövriert hast.«

»Ist nicht das erste Mal.«

»Dass du mit einer Frau davonfliegst?«

»Nein«, grinse ich. »Dass ich mich in ungünstige Situationen manövriere. Aber manche sind es wert, nicht?«

Anstatt zu antworten, schaute sie mich einen Moment lang an, bevor sie ihren Blick wieder nach vorn richtete.

Lyra stieg immer höher. Die Luft, die uns umgab, wurde mit jeder Sekunde kälter. Mit kräftigen und kontrollierten Flügelschlägen flogen wir in Richtung Südwesten, in die tiefschwarze Nacht hinein.

»Wohin bringst du mich?«, fragte Oriana und legte ihren Kopf zur Seite, um sich mit mir zu unterhalten. Der Gegenwind verschluckte fast vollständig die gesagten Worte.

»Nach Floranys.« Ich redete so knapp an ihrem Ohr, sodass sie wahrscheinlich meinen warmen Atem auf ihrer kalten Haut spüren konnte. Ich vernahm auf jeden Fall ihren lieblichen Duft von blumiger Vanille, der mir beinahe meinen Verstand raubte.

Kapitel 17 Oriana

Niemals hätte ich mir zugetraut, mein Leben so unüberlegt hinter mir zu lassen. Einfach zu verschwinden, ohne über die Konsequenzen nachzudenken.

Doch mein Verlobungsball, der eigentlich eines der schönsten Erlebnisse in meinen Leben sein sollte, entpuppte sich als einer der schrecklichsten Tage, die ich jemals hatte erleben müssen. Ich war beschämt worden. Und das ausgerechnet von dem Mann, von dem ich dachte, er würde mehr für mich empfinden.

Die Götter hatten ihn auserwählt, würde Mabel bestimmt sagen. Doch was waren das für Götter, die mir so einen Dreckskerl als Ehemann bis an mein Lebensende aufzwangen?

Genau das war der Grund, wieso ich mich so lange gegen eine Hochzeit gewehrt hatte. Alle Männer waren gleich. Egoistische und verlogene Kreaturen.

Ein dicker Kloß bildete sich augenblicklich in meiner Kehle. War ihm nicht klar, dass ihn jemand dort draußen mit dieser Frau sehen konnte? Oder war es ihm lediglich egal? War sein Verlangen nach ihr so stark gewesen, dass er alles um sich ausgeblendet hatte? Oder hatte er es absichtlich darauf angelegt, erwischt zu werden, um mich nicht heiraten zu müssen? Das ergab doch alles keinen Sinn. Wieso hätte er sich dann der Gefahr des Eiswaldes ausgesetzt? Was bezweckte Zane mit all seinen Lügen? Wie beschränkt war er, sie auf dem Grund und Boden meiner Familie zu treffen?

Nun saß ich bereits seit Stunden von Dunkelheit umgeben mit einem Wildfremden auf einem Pegasus, in Richtung Floranys.

Ein Königreich, in dem ich noch nie zuvor gewesen war.

Mit einem Prinzen, den ich nicht kannte, und ohne jegliches Geld oder irgendwelche Habseligkeiten im Gepäck.

War das alles eine gute Idee? Definitiv nicht.

Ich hatte meine Magie und einen Großteil meiner Kraft verbraucht. Nur mit voller Konzentration fand ich auf der Pegasus-Stute Halt. Nicht mal ein winziger Funke Magie schlummerte noch in mir. Es würde bestimmt einige Tage dauern, bis meine Kraft wieder gänzlich aufgefüllt wäre.

Noch nie hatte ich so eine Welle an Macht heraufbeschworen. Und tatsächlich wusste ich auch nicht, dass ich dazu in der Lage war. Natürlich wurde mir beigebracht, wie ich meine Magie benutzten und leiten konnte, jedoch nur auf dem Übungsfeld, auf dem weit und breit keine Menschenseele war, die ich verletzen konnte. Und auch nicht in dem zerstörerischen Ausmaß.

Was Wut mit einem machen konnte …

Stunden vergingen, in denen wir in der tiefschwarzen Nacht an dunklen Wolken vorbeiflogen.

Eine Gänsehaut überzog meinen gesamten Körper. Die eisigen Temperaturen, gepaart mit dem peitschenden Wind, hatten mich steif gefroren.

Clarence hatte mich netterweise in eine dicke Wolldecke gewickelt, die er aus Lyras Stallabteil mitgenommen hatte. Doch selbst diese konnte meinen Körper nicht genügend wärmen.

Nur Clarence' Körper, der dicht an meinen Rücken gepresst war, schenkte mir genug Wärme, um nicht zu erfrieren und von Lyras Rücken zu fallen. Keine allzu schöne Vorstellung …

Meine Zähne klapperten im Takt, während ich mich bestmöglich umdrehte, um Clarence zaghaft anzulächeln.

»Oriana.« Sein Griff um meine Taille wurde fester. »Ist alles in Ordnung?«

»Ich fühle mich ziemlich ausgelaugt.«

»Wir sollten eine Pause einlegen.«

»Ich denke, das ist keine gute Idee. Was, wenn sie uns verfolgen?«

»Ich bin mir sicher, dank Lyra haben wir genügend Vorsprung.«

Clarence klopfte mit dem Bein auf Lyras Seite, um ihr zu signalisieren, dass sie landen sollte.

Nur das Königreich Floranys war mit den seltenen Pegasus-Pferden bereichert, weshalb ich vor Lyra noch nie ein solches Tier zu Gesicht bekommen hatte. Ich wusste zuerst nicht einmal, dass sie mit ihren geflügelten Pferden nach Aseria geflogen waren.

Früher hatte man versucht, sie auch in anderen Königreichen anzusiedeln, um den königlichen Familien das Reisen zu erleichtern. Doch dabei stellte sich heraus, dass sie ohne die Erdmagie des floranischen Königshaus nicht überlebten. Viele der Tiere verendeten beim Versuch, sie mit Wasser, Luft, Feuer oder Eismagie am Leben zu erhalten.

Lyra glitt mit ausgefächerten Flügeln auf die Erde zu und kam graziös mit den Hufen auf dem Boden auf.

Rund um uns ragten schneebedeckte Tannen in den Himmel. Mehr konnte ich in der Dunkelheit nicht ausmachen, aber der Dauer unserer bisherigen Reise nach zu urteilen, mussten wir uns außerhalb der magischen Mauer befinden. Zumal nirgends Häuser oder Zivilisation zu erkennen waren. Irgendwo zwischen Aseria und Seylen.

Mit seinen Händen hievte Clarence meinen Körper von dem geflügelten Pferd.

»Wieso hast du nicht früher etwas gesagt?«, murmelte er und rieb einen meiner Oberarme besorgt. Wir waren zwei Fremde und doch kümmerte er sich um mich. Irgendwie.

Clarence war nett. Sehr nett und brachte sich wegen mir in Gefahr.

»Ich hätte es noch eine Weile durchgestanden. Bis Sonnenaufgang bestimmt.« Meine Finger strichen eine Strähne hinters Ohr.

»Bis Sonnenaufgang sind es noch einige Stunden. Ich mache uns ein Feuer. Ruh dich etwas aus.«

»Du musst dich auch ausruhen«, merkte ich mit gerunzelter Stirn an.

»Die Gefahr ist zu enorm. Ich weiß nicht wirklich, wo wir hier sind. Wenn wir beide friedlich im Land der Träume sind, ein Wandler uns angreift … Darauf würde ich gern verzichten.«

Das hatte ich beinahe vergessen.

Wir waren außerhalb der magischen Mauer, da, wo sich Wandler frei bewegen und uns angreifen könnten. Gerade eben wurde mir erst bewusst, wie gefährlich die Reise eigentlich war. Wie froh ich augenblicklich über Clarence' Gesellschaft war, denn ob ich gegen einen Wandler bestehen könnte, noch dazu ohne einen starken Funken Magie in den Adern, bezweifelte ich. Meine Chancen stünden bestimmt nicht sonderlich gut, wenn sogar erfahrene Soldaten zu deren Opfern zählten.

Lyra legte sich auf den Boden und bettete ihren Kopf neben ihren angelegten Flügeln. Ihr weißes Fell sowie ihre Flügel verschwammen beinahe mit dem Schnee um uns.

Währenddessen sammelte Clarence etwas Feuerholz, schob es zu einem Haufen zusammen und entfachte schlussendlich ein Feuer, indem er zwei Stöcke aneinander rieb. Wie eine Raupe in ihren Kokon eingewickelt, nahm ich am Feuer Platz.

»Wieso hilfst du mir?«, brach es ungefragt aus mir heraus. Im selben Augenblick bereute ich die Frage. Was, wenn er es sich anders überlegen und mich allein zurücklassen würde?

»Wie meinst du das?« Langsam sah er zu mir.

»Na ja, es ist nicht gerade ungefährlich und noch dazu werden bestimmt Dusans und auch Zanes Leute nach mir suchen.«

»Ach, ich war schon in viel größeren Ärger verwickelt.« Er setzte sich neben mich und streckte seinen Rücken lässig durch, legte sich auf den Boden und stützte sich an seinen Ellenbogen ab.

»Außerdem, für wen hältst du mich? Ich könnte niemals eine Prinzessin in Nöten zurücklassen.« Sein Grinsen war so breit, dass man beinahe alle seiner weißen, geraden Zähne entdecken konnte.

»Also erstens.« Ich hob den Zeigefinger. »Bin ich keine Prinzessin in Nöten.«

»Wie würdest du es sonst beschreiben?«, unterbrach er mich.

»Na ja.« Ich zog meine Brauen zusammen und überlegte. »Mir

fällt im Moment keine bessere Bezeichnung ein, aber das bedeutet noch lange nicht, dass du recht hast.« Ich versuchte, ernst zu bleiben. Das gelang mir leider nur so halbwegs, denn schon bildete sich spürbar ein Schmunzeln auf meinen Lippen. Das Feuer wärmte meinen Körper so angenehm, dass ich beinahe vergaß, wie gefroren mein Herz war.

»Ich weiß, wie Zane sein kann. Er ist nicht der Ehrenmann, für den er sich ausgibt.« Clarence' breites Lächeln wurde von einer ernsten Miene abgelöst. Dass sich die beiden besser kannten, war mir nicht bewusst.

»Wie meinst du das?« Ich rückte ein Stück näher an ihn heran.

»Mein Vater meinte zwar, ich solle es niemandem verraten, da es sowieso nichts ändern würde.« Er zuckte beiläufig mit den Schultern. »Ich …« Ein kurzes Räuspern. »Ich hatte den Bluthasen aufgespürt.« Er starrte ins Feuer. »Ich hatte ihn nach kürzester Zeit. Aber als ich ihn zu dir bringen wollte, da hat Zane Laurent und mich mit einem Dolch bedroht und mir den Hasen gestohlen.«

»Zane hat was?« Schockiert hielt ich meine Hand vor den leicht geöffneten Mund. Er war genau der Mistkerl, für den ich ihn hielt. Er offenbarte sein wahres Gesicht und nicht nur mir. Auch Laurent und Clarence zählten zu den Opfern seiner verachteten Taten.

»Er hat gegen die Regeln verstoßen und mir den Hasen gewaltsam gestohlen. Ich bin so dumm gewesen und habe es zugelassen.«

»Daran, dass er dir den Hasen gestohlen hat, bist du nicht schuld. Ganz und gar nicht, Clarence.«

Wenn Clarence derjenige war, der den Hasen gefunden hatte, hätten die Prüfungen in einem Unentschieden geendet. Die erste Prüfung ging an Laurent, die zweite an Zane und die dritte hätte Clarence für sich entschieden. Danach wäre es zu einem Stechen gekommen, mit einer letzten alles entscheidenden Prüfung. Zane musste nicht mein von den Göttern erwählter Partner sein. Es könnten genauso gut Clarence oder Laurent sein. Ob ich mich über diese neue Erkenntnis freuen oder lieber weinen sollte, wusste ich nicht. Das würde sich noch herausstellen.

»Es kommt noch besser.« Er nickte und lachte humorlos. »Wie du vielleicht bemerkt hast, hatten wir ein unschönes Aufeinandertreffen mit einem Gestaltwandler.«

»Wie Zane, gefolgt von Laurent, den Wald verlassen hatte, an das kann ich mich erinnern. Der Schneeleopard ist am Waldrand stehen geblieben. Aber wo warst du? Ich kann mich nicht erinnern, dich ebenfalls dort gesehen zu haben.« Meine zugekniffenen Augen gingen auf Wanderschaft und erkundeten seine Gesichtszüge.

Das Lagerfeuer spiegelte die Leere, die sich in seinem Blick befand, die er mit Humor versuchte, zu kaschieren.

»Ich war ebenfalls im Wald. Ich zwang Laurent, so schnell wie möglich die magische Mauer zu übertreten. Wir hatten keine Waffen, wie du weißt. Nur mit meiner Magie … Ich hatte mich dem Wandler entgegengestellt.« Seine Miene wurde unergründlich. »Es gibt keine logische Erklärung, aber aus irgendeinem Grund lief der Wandler direkt an mir vorbei, ohne auch nur Notiz von mir zu nehmen. Ohne eine Sekunde zu zögern, verfolgte er Zane und meinen Bruder bis zur Lichtung. Ich überlegte ebenfalls nicht lange und beschloss, mich schnellstmöglich aus dem Staub zu machen.«

»Warte mal. Habe ich das richtig verstanden? Du hättest dich für deinen Bruder aufgeopfert, aber der Wandler hat dich verschont?«

»Natürlich. Oriana, du müsstest es doch am besten verstehen, du hast doch ebenfalls Geschwister.« Sein Blick traf meinen eindringlich.

Einige Sekunden vergingen, bis ich antworten konnte. »Ich würde natürlich, ohne zu zögern, mein Leben für meine Geschwister geben, aber ich dachte …« Ich stockte. »Na ja, ich hatte anscheinend ein falsches Bild von dir.«

Ich presste meine Lippen aufeinander. Irgendwie war es mir peinlich, ihn zu verurteilen, ich kannte ihn ja nicht. Die Gerüchte, die über ihn kursierten, hatten nichts mit dem Mann zu tun, den ich bis jetzt kennengelernt hatte. Nichts von dem besagten Frauenhelden oder dem ungehobelten Thronfolger, der nur auf Ärger aus war, hatte ich bisher mitbekommen.

»Hmm, wie hattest du vor ein paar Tagen gesagt?« Clarence machte eine theatralische Pause. »Ah, genau. *Du solltest dir nicht so viel aus Gerüchten machen.*« Einer seiner Mundwinkel wanderte nach oben, gefolgt von einem Augenzwinkern. »So ähnlich war das doch, nicht?«

Na klar, er schlug mich mit meinen eigenen Waffen. Eine Schamesröte musste augenblicklich Besitz von meinen Wangen erhascht haben, wie ich aus dem heißen Gefühl in meinem Gesicht vernahm.

»Du musst nicht gleich rot werden, Prinzessin«, erklärte er ruhig, etwas zu ruhig, meiner Meinung nach.

»Ich werde nicht rot!«, stellte ich fest und runzelte die Stirn. »Meine Haut ist eben empfindlich, wegen … wegen des Feuers.« Demonstrativ wanderte ein Arm in Richtung des Feuers. »Siehst du? Ich sitze eben einfach etwas zu nah dran«.

Clarence lächelte nur. »Ruh dich etwas aus, Oriana. Du wirst deine Kräfte brauchen. Ich werde auf uns aufpassen, während du schläfst.« Was ich ihm sogar glaubte.

Ich nickte und versuchte, mich neben Clarence hinzulegen. Zusammengerollt wie ein Kätzchen, machte ich es mir am Boden bequem.

»Clarence?«, flüsterte ich.

»Ja?«

»Wenn Zane nicht der rechtmäßige Sieger ist – warum lassen die Götter so etwas zu? Du weißt schon, das mit den Legenden. Zwei Seelen, die … du weißt schon.«

Ich wusste nicht, ob genau Clarence der Richtige war, um über so etwas zu sprechen. Loswerden musste ich meine Gedanken dennoch.

Clarence' Mund umspielte ein Lächeln, das seine Augen jedoch nicht erreichte. »Glaubst du den Legenden?«

»Es kommt zu selten vor, dass sich zwei kompatible Seelen in ihrer Lebensspanne finden.« Ich musste merklich schlucken. »Doch jetzt frage ich mich, was an den Legenden dran ist.«

»Das müssen wir noch herausfinden. Ruh dich jetzt etwas aus. Die nächsten Tage werden anstrengend. Du wirst deine Kraft brauchen. Denn dein König wird dich suchen und wenn du nicht mehr zurückwillst, musst du dafür kämpfen.«

Ich schwieg. Musste ich das wirklich? Kämpfen?

»Gute Nacht«, murmelte ich.

»Gute Nacht, Oriana«, sagte er mit warmer Stimme.

Sobald das Gespräch mit Clarence beendet war, kamen diese schmerzhaften Bilder wieder zum Vorschein. Meine Augen waren geschlossen. Doch hinter meinen Lidern sah ich Zane mit dieser Frau. Wie er seine Hand anhob und ihr Gesicht fasste. Wie er sie hielt, als würde er … sie küssen wollen. Das Szenario wiederholte sich in Dauerschleife.

Immer. Und. Immer. Wieder.

Meine Brust verkrampfte sich und ich wand Clarence meinen Rücken zu, damit er die Tränen, die über meine Wangen liefen, und in den Schnee tropften, nicht sehen konnte.

Ich sah, wie Zane mein Gesicht in seinen Händen hielt, mich ansah, als ob ich das Wertvollste wäre, das er jemals berührt hatte. Ich sah ihn, wie er mit dem Bluthasen vor mir stand.

»Ich bin gekommen, um an den Prüfungen teilzunehmen. Ich werde um dich kämpfen, mir dich verdienen. Bis du schlussendlich mir gehörst. Zu mir gehörst.«

»Das Wort hübsch wird dir nicht einmal ansatzweise gerecht.«

»Ich werde sie an jeden Tag, an dem im erwache, mit jeder Faser meines Körpers und meiner Seele, lieben und ehren. Das verspreche ich bei den alten Göttern im Himmel.«

»Ich kann es kaum erwarten. Ich will hinter die Fassade der Prinzessin blicken. Ich will dich kennenlernen, so wie du wirklich bist. Jede noch so kleine nervige Eigenschaft werde ich lieben und wertschätzen.«

Alles. Verdammte. Lügen.

Lyra kauerte nur ein paar Meter entfernt im Schnee. Die Augen geschlossen, hob und senkte sich ihr Körper sanft. Clarence hatte sie an keinen Baum gebunden, nicht, dass sie ein Halfter oder so was trug. Anscheinend vertraute er ihr so weit, dass sie nicht davonfliegen würde und uns irgendwo im nirgendwo zurücklassen würde.

Kapitel 18 Oriana

Sonnenstrahlen kitzelten meine Nase, sodass ich sanft erwachte. Bevor ich eingeschlafen war, konnte ich in der Dunkelheit nicht richtig erkennen, wo wir unser improvisiertes Lager aufgeschlagen hatten.

Ich drehte mich auf meinen Rücken und stemmte mich auf die Ellenbogen. Rund um uns waren dicht gewachsene, dicke Bäume. Der Duft von frischem Schnee stieg mir in die Nase und ließ mich mehrmals tief durchatmen. Als ich zur Seite sah, war der Platz neben mir leer.

Wo war Clarence? Das Feuer von gestern Abend glühte noch schwach. Mein Kopf schnellte in jegliche Richtungen und ich hielt Ausschau nach ihm.

Lyra grub mit einem Huf den Schnee beiseite und stärkte sich mit den darunter verborgenen Wurzeln.

»Guten Morgen«, entgegnete ich ihr.

Ein kurzes Schnauben folgte, was wohl mein *Guten Morgen* erwidern sollte.

»Wo ist Clarence?« Kaum hatte ich die Worte ausgesprochen, murmelte er über meine Schulter, dicht an meinem Ohr: »Hier bin ich.«

Mein Herz machte einen Satz und raste wie wild in meiner Brust. »Ich habe mich zu Tode erschreckt.« Meine Hand lag auf meiner Brust und ich wusste nicht, ob ich wütend darüber sein sollte. Spielerisch boxte ich ihm gegen die Seite.

»Aua! Das war aber nicht nett.« Mit einem Schmollmund hockte er sich neben mich, während er die Hände hinter dem Rücken versteckte.

»Was hast du da?«

»Unser Frühstück. Etwas mager, aber besser als nichts.«

Er breitete ein Tuch vor mir aus und legte damit eine Menge Beeren frei. Ich musterte jede von ihnen.

»Du willst mich töten, oder?«, fragte ich und warf einen skeptischen Blick auf die Früchte.

»Das Gegenteil ist der Fall.«

Ich nahm eine der olivgrünen Venenumbeeren in die Hand und drehte sie zwischen den Fingern. »Die ist giftig, Clarence«, sagte ich ernüchternd.

Er schnappte sie aus meiner Hand und musterte die giftige Beere. »Was? Bist du dir sicher?«

Ich schnaubte. »Natürlich bin ich mir sicher.« Mit dem Kinn nickte ich zu der Venenumbeere. »Wenn du die isst, wirst du die nächsten Tage um dein Leben kämpfen und wenn du Glück hast, heilt dich deine Erdmagie, damit du keine Langzeitschäden davonträgst.« Dann nahm ich die nächste. »Und das ist eine Bitterbeere. Die kannst du ebenfalls gern probieren.«

»Besser nicht.« Er verzog das Gesicht.

»Du bist mir mal ein toller Prinz«, lachte ich und drückte ihm die Bitterbeere zurück in die Hand. »Warst du als Kind nie in den Wäldern? Oder gibt es bei euch in Floranys keine solche Beeren?«

»Natürlich war ich in den Wäldern, aber nicht zum Beerensammeln, sondern fürs Kampftraining.«

Ich kicherte und schüttelte dabei den Kopf. »Du warst zu sehr mit Damenfang beschäftigt, was?« Denn genau das erzählte man sich über Clarence. Immer auf der Suche nach einer neuen Errungenschaft.

Ich wartete keine Antwort ab, hievte mich auf und begann loszulaufen. »Wo willst du hin?«

»Uns etwas zum Frühstück besorgen«, sagte ich über die Schulter hinweg.

»Warte, ich begleite dich.« Clarence sprang auf und hetzte mir nach.

Wir hielten uns immer in der Nähe unseres Lagers auf, als ich die verschiedensten Beeren einsammelte, die wirklich essbar und genießbar waren. Dabei sah mir Clarence über die Schulter. Wenn es in unserer Nähe knackte, weil sich vielleicht ein Tier näherte, nahm er eine schützende Position ein.

»Wer hat dir das beigebracht?«, fragte er, als ich den nächsten Strauch anvisierte, der voll mit Dulcisbeeren war.

»Meinst du, Beeren zu sammeln, die einen nicht töten?«, fragte ich amüsiert und rüttelte den Schnee von dem Strauch.

Er nickte und pflückte die darunter verborgenen purpurfarbenen Früchte.

»Früher begleiteten meine Geschwister und ich öfter meinen Vater zur Jagd. Ich weiß, untypisch für eine Prinzessin, aber es war eine Art Familientradition. Während er jagte, sammelten meine Schwester und ich Beeren oder Hülsenfrüchte.« Mit einem Lächeln schwelgte ich in den herzerwärmenden Erinnerungen. »Anfangs haben wir die Beeren genauso unbedacht gepflückt wie du. Als Rohana sechs war, hatte sie einmal eine ganze Handvoll Bitterbeeren gegessen und sich dann auf mein Kleid übergeben, nachdem sie sich über Bauchschmerzen beklagte.«

»Es tut mir leid, was mit deinen Eltern passiert ist.« Clarence legte seine Hand tröstend auf meine Schulter. »Du vermisst sie bestimmt.«

Vermissen war kein Ausdruck dafür, welcher Schmerz sich in meiner Brust befand.

»Es ist seit ihrem Tod zwar schon ein Jahr vergangen, aber es schmerzt noch immer so sehr.«

»Es wird bestimmt dein Leben lang einen schwarzen Fleck in deinem Herz zurücklassen. Doch es wird mit der Zeit einfacher, damit umzugehen.« Vielleicht, wenn ich endlich erfahren würde, was ihnen wirklich zugestoßen war. Wer ihnen das angetan hatte und wieso.

»Laurent und ich haben unsere Mutter nie kennengelernt. Sie ist kurz nach unserer Geburt gestorben«, erzählte Clarence und man merkte deutlich, wie traurig ihn die Worte machten.

»Ich habe ebenso davon gehört. Das tut mir leid«, erwiderte ich. Er nickte knapp und seine bernsteinfarbenen Augen blickten in meine.

Einige Sekunden vergingen, in denen niemand von uns weitersprach. Wir beide konnten den Schmerz des anderen verstehen.

»Nachdem wir gegessen haben, sollten wir aufbrechen«, forderte ich ihn auf, um die peinliche Stille zu durchbrechen.

»Du hast recht.« Er blinzelte einige Male, so als ob er wieder einen klaren Gedanken fassen wollte.

Nachdem wir fertig waren, packte Clarence unsere bescheidenen Habseligkeiten und löschte das Feuer, indem er den umliegenden Schnee hineinschob.

Wie immer hievte er mich auf Lyras Rücken, setzte sich danach hinter mich und schlang seine Arme um meine Taille.

Clarence

Immer mehr verstand ich, wieso mein Vater so darauf fixiert war, dass Laurent oder ich Oriana zur Frau nahmen.

Noch mehr drillte er mich, Oriana zu gewinnen. Welch Ehre es wäre, die Prinzessin von Aseria eines Tages als meine Königin, neben mir auf dem Thron platziert zu haben.

Doch mein Vater wusste genau, dass mich der Thron und die damit einhergehenden Verantwortungen nicht interessierten und dass Laurent der bessere Herrscher sein würde.

Schon früh in unserer Kindheit merkten wir, dass Vater mich immer bevorzugte. Zuerst waren es nur Kleinigkeiten gewesen und wir noch zu jung, um sie zu verstehen. Ich hatte immer mehr Aufmerksamkeit bei Feiern oder Bällen erhalten. Immer wurde nur ich dem Adel vorgezeigt. Wie eine Schachfigur. *Des Königs Trumpf.*

Laurent wurde im Hintergrund gehalten. Je älter wir wurden, umso stärker rebellierte ich gegen meinen Vater und sah mich gezwungen, auch Laurent wegen all den Bevorzugungen abzuwehren. Ich fragte unseren Vater, was sein Problem mit Laurent sei, wieso er ihn so nachteilig behandelte. Jedoch wurden meine Fragen jedes Mal abgewimmelt und als »falsche Beschuldigungen« abgetan.

Laurent tat alles, um unserem Vater zu gefallen und um seine Aufmerksamkeit zu erregen. Und bei jedem weiteren gescheiterten Versuch wuchs mein Hass gegen meinen Vater.

Also verbrachte ich die vergangenen Jahre damit, viele Frauen zu vögeln und viele unanständige Feiern zu veranstalten, um in der Öffentlichkeit den schrecklichsten Thronfolger vorzugeben, den man sich nur vorstellen konnte. Damit unserem Vater keine andere Möglichkeit blieb, als Laurent zu seinem Thronfolger zu ernennen. Ich traf bewusst falsche Entscheidungen, um meinen Vater zu verärgern. Einmal, als ich die Anliegen des floranischen Volkes anhörte, kam ich so sturzbetrunken in den Raum, dass die Tagung verschoben werden musste. Oder das andere Mal, als ich eine der göttlichen Zeremonien absichtlich falsch abhielt und damit das enorme Risiko trug, nicht nur meinen Vater, sondern auch die Götter zu verärgern. Aber ich nahm jedes dieser Risiken in Kauf.

Nur dass niemand jemanden wie mich als König von Floranys wollte.

Doch stur wie mein alter Herr war, ging er auf unser Spielchen nicht ein.

Also schlossen wir einen Pakt.

Wenn ich es schaffen sollte, Prinzessin Oriana für mich zu gewinnen und mich in die aserische Königsfamilie einzuheiraten, würde er die Sache mit Laurents Thronfolge nochmals überdenken.

Dass nun Zane der Sieger war, machte mir natürlich einen Strich durch die Rechnung. Aber Oriana kannte nun die Wahrheit über ihn. Zwar wusste ich nicht, was zwischen ihnen vorgefallen war, jedoch musste es eine gewisse Tragweite gehabt haben, wenn sie plötzlich so dringend fliehen wollte.

Bevor ich mit Oriana geflohen war, wünschte ich mir sehnsüchtig, der Sieger der finalen Prüfung zu sein. Ihretwegen. Und Laurent würde den Thron bekommen, den er viel mehr verdiente als ich. Während ich Oriana erhielt. Mit mir an der Seite hätte Oriana nicht ihr Reich verlassen müssen. Niemals hätte ich etwas getan, das sie so verärgerte oder verletzte, dass sie von ihrem Zuhause floh. Wir hätten in Aseria leben können, oder in Floranys. Hätten unser Leben führen können, wie es uns beliebte, da Laurent dann König von Floranys geworden wäre.

Aber jetzt war Oriana hier. Bei mir. Und ich könnte meine Chance nutzen, ihr zu beweisen, dass ich der Richtige für sie war. Wir hatten nun die Möglichkeit, uns besser kennenzulernen und uns vielleicht lieben zu lernen, da Zane aus dem Spiel war. Das einzige Problem würde kommen, wenn Zane sie zurückfordern würde. Er hatte ihre Hand offiziell gewonnen. Vielleicht würde er zurücktreten, wenn Oriana sich weiter querstellen würde, und wir könnten irgendeinen Handel vorschlagen.

Ihren Rücken dicht an meine Brust gepresst, inhalierte ich den gesamten Flug über ihren unglaublich aromatischen Duft. Der Geruch, der sie ummantelte, war genauso einzigartig wie sie.

So sehr ich Zane auch verfluchte, irgendwie war es auch ein Geschenk der Götter, dass ich mit Oriana zusammen auf der Flucht vor ihm war.

Nun bekam ich meine wohlverdiente zweite Chance. Ich würde sie in Floranys unterbringen, sie beschützen vor Zane und ihrem Bruder. Was danach passieren würde, stand noch in den Sternen, doch ich würde jeden einzelnen eigenhändig versetzen, um das passende Bild zu erschaffen.

Das Bild, das es von Anfang an hätte sein sollen.

Oriana und ich.

Kapitel 19 Oriana

Wir waren nun schon den zweiten Tag unterwegs und langsam veränderte sich unsere Umgebung. Je weiter wir uns von Aseria entfernten, umso angenehmer wurde das Klima.

Bunte, mit Blumen übersäte Wiesen lösten die eisige Landschaft ab. Überall ragten riesige Bäume mit dichten Baumkronen auf. Statt der kalten Stille hörte man fröhliches Vogelgezwitscher, das vom angenehm milden Wind durch die Luft getragen wurde.

Mittlerweile war es so warm geworden, dass ich Zanes Mantel endlich ablegen konnte und mein unpraktisches Ballkleid ausreichte. Hätte ich gewusst, dass mein Verlobungsball so enden würde und ich tagelang in diesem unbequemen Fummel ausharren musste, wäre meine Kleiderwahl bestimmt anders ausgefallen.

Wir landeten nur, um Lyra eine Verschnaufpause zu gewähren und um selbst etwas zu Kräften zu kommen.

Clarence jagte die vergangenen Tage kleinere Tiere, die wir über einem Feuer gebraten hatten oder ich sammelte Beeren für uns, wenn ich vertraute Sträucher entdeckte. Nun machte sich der gute Unterricht, den ich die Jahre über genießen durfte, bezahlt.

Den Flug über unterhielten wir uns kaum. Hauptsächlich, da man wegen des Gegenwindes und der kräftigen Flügelschläge kaum ein Wort des anderen verstand.

Immer wieder jagte ein Gedanke den nächsten. Wie würde es für mich weitergehen, sobald wir Floranys erreichen? Würden Zane oder mein Bruder etwas unternehmen, um mich zurückzuholen? Und überhaupt: Würden sie wissen, wo ich mich befand? Mit wem ich reiste? Was ich getan hatte? Was Zane getan hatte? Was würde Clarence blühen?

»Siehst du den Fluss dort unten?« Clarence legte seinen Mund nah an mein Ohr, sodass ich seinen warmen Atem trotz des Gegenwindes spüren konnte.

Automatisch drehte ich meinen Kopf in seine Richtung, sodass ich gegen seinen Mund sprach. »Ja, ich sehe ihn.«

Seine Augen fixierten einen Moment lang meine, während wir beide dieselbe Luft einatmeten.

»Wir könnten dort baden, wenn du willst. Uns etwas frisch machen. Na, was hältst du davon?« Ein freches Lächeln umspielte seine Lippen.

»Ich würde sterben für ein Bad«, seufzte ich. Und das meinte ich ernst. Schon seit Tagen sehnte ich mich danach. Denn es reichte bisher nur für das Nötigste an Körperhygiene. Zuerst war es einfach viel zu kalt gewesen, um draußen zu baden, und so gut wie alle Flüsse waren oberflächlich zugefroren. Danach hatten wir zu große Angst davor gehabt, dass uns jemand sehen konnte. Die Nachricht, dass ich abgängig war, machte bestimmt bereits die Runde in allen Königreichen.

Ich merkte, wie Clarence Lyra zu bedeuten gab, dass sie bitte landen sollte. Und einen kurzen Moment später befanden wir uns schon im Sturzflug Richtung Boden.

Anfangs wurde mir bei Lyras wildem Flugstil regelmäßig übel. Doch mittlerweile hatte sich mein Magen, den Göttern sei Dank, etwas daran gewöhnt.

Der Fluss befand sich direkt neben einer Waldlichtung, weit und breit war keine Zivilisation zu erkennen. Es war perfekt.

Clarence hob mich von Lyras Rücken, als sie gelandet war. Sobald meine Füße den Boden berührten, machten sie sich automatisch auf in Richtung des Flusses.

»He, warte auf mich«, schrie Clarence mir hinterher.

Meine Füße hielten, ohne zu zögern, das Tempo bei. Mein Körper verlangte nach einem erlösenden Bad und er wollte keine Sekunde länger darauf warten.

Schlängelnd bahnte sich der Fluss zwischen satten grünen

Wiesen hindurch, auf denen die verschiedensten Pflanzen blühten. Bienen summten und flogen von Blüte zu Blüte.

Das Plätschern des fließenden Gewässers war wie Balsam für meine kaputte Seele. Langsam schloss ich meine Augen, atmete mehrmals tief ein und aus und lauschte einzig und allein dem beruhigenden Geräusch des Flusses.

Der angenehme Geruch von feuchtem Gras und Sommer stieg mir in die Nase und der ganze Ballast der vergangenen Tage schien wie weggeblasen. Als ob der sanfte Wind ihn einfach mit sich gerissen hätte. Ich fühlte mich in diesen Augenblick wie ein kleiner Vogel. Frei von allen Verpflichtungen.

Frei von allen Regeln.

Ich fühlte mich ebenso zum ersten Mal wie ich selbst. Nicht wie eine Version von mir, in die mich andere drängten. Hier draußen war ich *ich* selbst.

Hinter mir ertönten Schritte und ich riskierte einen Blick über die Schulter. Clarence kam immer näher. Seine Brust hob und senkte sich stark.

»Da bist du ja. Und danke noch mal fürs Warten«, keuchte er, während er seine Hände in die Hüften stemmte und nach Luft rang.

»Wer zu langsam ist …«, stichelte ich.

»Schon klar. Ich habe verstanden. Komm, wir gehen schwimmen.« Nach einer kurzen Verschnaufpause fing er an, sich aus seiner Kleidung zu schälen, und nickte in meine Richtung, um mich ebenfalls aufzufordern.

Zuerst entledigte er sich seiner Schuhe, gefolgt von seiner Hose und seinem Hemd. Meine Anwesenheit schien ihn keineswegs zu stören. Im Gegensatz zu mir.

Nur noch in Unterkleidern gehüllt, stand er vor mir, was in meinem Bauch ein sanftes Ziehen verursachte. Noch nie stand ein Mann halb nackt, geschweige denn vollkommen nackt vor mir. Weshalb ich auch so stark auf seinen fast vollkommen entblößten Körper reagierte. Dass er unglaublich gut gebaut und attraktiv war, hatte wahrscheinlich auch ein wenig damit zu tun. Zumindest fand ich, dass er es war.

Eigentlich hätte Zane der Mann sein sollen, den ich zum ersten Mal nackt sehen würde. Nicht dass es so eine große Nummer wäre, doch unwillkürlich wanderten meine Gedanken in diese Richtung.

Und wie immer probierte ich, die schmerzenden Gedanken zu verdrängen. Doch wie immer fiel es mir schwerer, als ich zugeben würde.

»Ich werde mich bestimmt nicht vor dir einfach so entkleiden.« Ich zog meine Stirn kraus und schüttelte entschlossen meinen Kopf. Als ob ich mich einfach so vor einem fremden Mann ausziehen würde.»Ich dachte, du seist ein Ehrenmann und würdest mir den Vortritt lassen, bis ich fertig bin.«

Ein neckendes Schmunzeln umspielte seine Mundwinkel. Nur noch in seinem Unterhemd und in Unterhose bekleidet, drehte er sich um und wandte mir seinen Rücken zu. »Ich bin ein Ehrenmann durch und durch und verspreche, dass ich mich nicht umdrehen werde.«

Nach kurzem Zögern fing ich an, mich ebenfalls langsam auszuziehen. »Wehe, du tust es!«

Er nickte. »Ehrenwort.«

Und mir blieb nichts anderes übrig, als auf sein Wort zu vertrauen. Doch nichts in der Welt könnte mich von dem verführerisch plätschernden Wasser fernhalten. Nicht einmal ein kurzes Aufblitzen nackter Haut.

Zuerst zog ich meine Schuhe aus, gefolgt von meinem schmutzig gewordenen Kleid, das ich dennoch sorgfältig am Boden zusammenlegte.

Als ich nur noch in Unterwäsche bekleidet dastand, überlegte ich kurz, ob ich einfach so ins Wasser gehen sollte. Doch danach hätte ich keine trockene Unterkleidung mehr.

Andererseits würde ich gern auch meine Kleidung waschen. Schon seit Tagen steckte ich in demselben Gewand. Ohne noch länger zu überlegen, streifte ich mein Korsett und meine Unterhose ab und entschied mich dazu, meine Unterwäsche am Fluss zu reinigen, so gut es dort möglich war. Danach würde ich sie auf einem Strauch, der am Ufer wuchs, aufhängen.

Immer wieder wanderte mein Blick kontrollierend in Clarence Richtung, der mir noch immer seinen Rücken zuwandte.

Vermutlich zu seinem eigenen Wohlbefinden. Denn hätte er es nur ein einziges Mal gewagt, über die Schulter zu blicken, hätte ich ihn windelweich geprügelt.

Oder einfach schockgefrostet.

Clarence

Es kostete mich meine vollständige Willenskraft, nicht doch kurz über die Schulter zu spähen, um nach Oriana zu sehen. Dass sie im Moment, nur wenige Schritte hinter mir, wahrscheinlich vollkommen entblößt stand, brachte mein Blut in Wallung.

Fantasien gingen mir ungefiltert durch den Kopf, die ich vorher kaum zu denken gewagt hatte. Dass sie eine Schönheit war, war jedem bekannt. Doch in den vergangenen Tagen konnte ich immer mehr die wahre Oriana kennenlernen und mir gefiel immer mehr, was ich sah. Ich musste zugeben, sie faszinierte mich in all ihren Facetten.

Zuerst dachte ich, die Reise würde eine Katastrophe werden, ohne jeglichen Proviant, Zelte oder Hygiene. Sie würde nur jammern, sich über die schrecklichen Mahlzeiten beschweren oder darüber, wie unangenehm es war, tagelang dieselbe Kleidung zu tragen. Doch nichts dergleichen war vorgefallen. Oriana hatte die Situation über sich ergehen lassen und versucht, immer das Bestmögliche daraus zu machen.

»Du kannst dich wieder umdrehen«, rief sie über das Rauschen des Flusses hinweg. Nachdem ich mich umdrehte, sah ich, wie ihr Körper bis zu den Schlüsselbeinen vom Wasser bedeckt war.

Mit beiden Händen umfasste ich mein Unterhemd und zog es langsam über meinen Kopf, sie verfolgte jede meiner Bewegungen. Danach wanderte meine Hand an den Saum meiner Boxershorts und in dem Moment schoss schlagartig Orianas Hand in die Höhe, mit der sie ihre Augen bedeckte.

Ein herzhaftes Lachen entfuhr meiner Kehle, bei ihrem verlegenen Anblick. Sie drehte ihren Kopf beiseite und versuchte, nicht in meine Richtung zu blicken. Ich würde wetten, ihr fiel das genauso schwer, wie mir zuvor.

»Ich habe kein Problem, wenn du mich so siehst. Ich habe nichts zu verstecken«, rief ich ihr etwas spöttisch zu.

»O ja, das glaube ich dir. Trotzdem würde ich diesen Anblick gern vermeiden.« Demonstrativ drehte sie ihren Kopf noch weiter zur Seite.

»Vorerst« entgegnete ich und trat Schritt für Schritt in den Fluss. Immer näher an Oriana heran – und das mit nichts anderes am Leib als meinem Amulett.

Erst nachdem ich mich nur noch wenige Schritte von ihr entfernt befand, konnte ich ihre leicht geröteten Wangen erkennen, die einen starken Kontrast zu ihrer hellen Haut bildeten. Ihre dunklen Haare hatte sie zu einem lockeren Knoten, direkt auf ihrem Kopf zusammengebunden, und einzelne lose Strähnen klebten nass in ihrem Nacken.

Meine Finger legten sich um ihre Hand, die sie noch immer schützend vor ihre Augen hielt, und ich schob diese sanft nach unten. Der Blick, den wir austauschten, ließ mein Herz heftig gegen meine Rippen hämmern. Sie stand wie versteinert da.

Schlussendlich blieb ich einige Zentimeter vor ihr stehen und beobachtete sie weiterhin. Jede Regung ihrer Gesichtszüge und jeden Blick registrierte ich.

»So, so« fing ich an und setzte ein schiefes Grinsen auf. »Eine Prinzessin, die nicht davor zurückschreckt, mit einem vollkommenen Fremden vor ihrem Verlobten und ihrem Bruder zu fliehen, errötet bei ein wenig nackter Haut. Äußerst interessant.« Eine Augenbraue wanderte herausfordernd nach oben.

»Wie du genau weißt, war das nicht im Geringsten so, wie du das jetzt gesagt hast«, stellte sie klar. »Ich bin nicht mit dir geflohen! Ich –«

Mitten im Satz unterbrach ich sie. »Dreh es so hin, wie du willst, Prinzessin. Trotzdem sind wir jetzt zusammen auf dem Weg in mein Königreich. Völlig egal, wie es schlussendlich dazu kam.«

»Dreh *du* es dir ruhig so hin, wie *du* willst. Ich wäre auch ohne dich gegangen. Aber danke, dass du mein Wegbegleiter bist. Das ist nicht selbstverständlich. Wer weiß, was ich nach unserer Ankunft tun werde«, gab sie zu und zog ihre Augenbrauen zusammen. Die Stimmung veränderte sich schlagartig. Glaubte sie wirklich, dass ich sie, sobald wir Floranys erreichen werden, allein lasse?

»Du wirst vorerst mit mir in den Palast kommen. Natürlich nur, wenn du willst.« Meine Finger strichen durch mein feuchtes Haar und kämmten es locker nach hinten. »Es stehen so viele Gästezimmer frei. Du kannst, so lange du willst, bei uns wohnen. Wenn wir erst mal angekommen sind, bleibt uns noch genügend Zeit, um uns Gedanken darüber zu machen, wie wir weiter vorgehen. Wir werden bis dahin mitbekommen haben, ob sie auf der Suche nach dir sind und ob sie eine Ahnung haben, dass du in Floranys bist.«

Natürlich hatte ich mir ebenfalls schon Gedanken darüber gemacht, wie es weitergehen würde, sobald wir Floranys erreichen.

Wenn wir abends am Feuer saßen und ihr pechschwarzes Haar im Mondschein schimmerte, überlegte ich mir oft, wie es wäre, wenn Zane mir nicht den Bluthasen gestohlen und ich in das Stechen hätte gehen können. Alles hätte so einfach laufen können.

Bei dem Gedanken, was Zane ihr angetan haben musste, dass Oriana fliehen wollte an jenem Abend, drehte sich mir der Magen um und Wut stieg in mir auf. Irgendwann würde sie bestimmt bereit sein, mir die Wahrheit zu erzählen.

»Denkst du, Zane oder Dusan werden mich irgendwann finden und zurückschleifen?«, fragte Oriana mit gedämpfter Stimme.

»Nicht, wenn ich es verhindern kann.« Mein Blick in ihre eisblauen Augen vertiefte sich. »Versprochen.«

Sie blinzelte mehrmals und ich bemerkte die Dankbarkeit in ihrem Blick, noch bevor sie sprach. »Danke, Clarence.« Sie räusperte sich. »Wirklich, ich danke dir für alles, was du bisher für mich getan hast. Ich weiß, welche Gefahren du dir meinetwegen aufbürdest.« Ihre Miene wurde schulderfüllt. »Ich weiß gar nicht, wie ich dir jemals genug dafür danken kann.«

Ich erwiderte nichts, sondern trat einen weiteren Schritt auf sie zu. »Du musst dich nicht ständig bedanken. Ich wusste von Anfang an, welches Risiko ich damit eingehe. Ich handle nicht so unüberlegt, wie man es über mich sagt. Und weißt du was?« Ein schiefes Grinsen schlich sich auf mein Gesicht. »Die Konsequenzen waren und sind mir völlig egal.«

Ihre Augen waren weit aufgerissen und ihren Kopf legte sie in den Nacken, um weiterhin meinem Blick standzuhalten. Denn mittlerweile waren wir uns so nahe, dass unser Atem sich vermischte. Ich schloss meine Augen und zog ihren angenehmen Geruch in mich auf.

Erst nachdem ich sie wieder öffnete, wurde Orianas Blick weicher, so als ob sie meine Gegenwart genauso genießen würde wie ich ihre. Sanft strich ich mit einem Finger an ihrem Arm hinauf. Sie zuckte ein wenig. Ich überprüfte in ihrem Blick, ob sie sich unter meiner Berührung wohlfühlte.

Ihre Atmung beschleunigte sich und ein Schauer durchzuckte ihren zarten Körper.

»Weißt du eigentlich, wie wunderschön du bist, Oriana?«, fragte ich und meine Hand wanderte weiter, über ihren Hals entlang bis zu ihrer Wange, wo sie dann verweilte. Mein Herz raste so schnell, dass es drohte, mir aus der Brust zu springen.

»Ich … danke«, erwiderte sie leise, während sie kurz ihren Blick senkte. Sie hatte immer ein großes Mundwerk und schreckte nie davor zurück, ihre Meinung kundzutun. Was in den letzten Tagen öfters sehr amüsant gewesen war. Doch sobald wir uns nur etwas näherkamen oder uns berührten, wurde sie sehr zurückhaltend und ruhiger.

Mein Körper glühte vor Verlangen nach ihr. Und ich glaube, sie wusste es in diesem Augenblick. Die Anziehungskraft, die von dieser Frau ausging, war einfach unglaublich und ich konnte mir nicht erklären, wann dieses starke Verlangen angefangen hatte oder wann es so vertieft wurde, dass ich in ihrer Nähe an nichts anderes mehr denken konnte als daran, wie es wäre, sie zu berühren. Sie zu küssen oder andere deutlich unanständigere Dinge mit ihr zu tun. Sie war die perfekte Lösung auf all meine Probleme.

Normalerweise ging mein Interesse bei Frauen nie weiter als

bis zu meiner eigenen egoistischen Befriedigung. Doch diesmal fühlte sich alles von Beginn an, völlig anders an. Niemals hätte ich mich im Eiswald in solche Gefahr begeben, wenn sich nicht in mir bei unserer ersten Begegnung etwas Unerklärliches geregt hätte. Abgesehen von dem Pakt zwischen meinem Vater und mir. Von dem Laurent übrigens nie etwas erfahren sollte.

»Ich muss zugeben, du bist anders, als ich mir dich vorgestellt habe«, erklärte ich und sah ihr weiterhin tief in die Augen.

»Wie hast du dir mich denn vorgestellt?« Ein neckender Ton schwang in ihrer Stimme mit.

»Na ja, ich dachte, du wärst weniger liebenswert«, scherzte ich und versuchte, wie so oft, meine Nervosität zu überspielen.

»Soll das jetzt ein Kompliment oder eine Beleidigung sein, Prinz Clarence?« Ihr Blick verfinsterte sich spielerisch.

»Sag du es mir, Prinzessin«, forderte ich sie auf.

»Clarence?« O Götter, mein Name aus ihrem Mund war reinste Qual für meine Selbstbeherrschung.

»Ja?«

»Darf ich dich etwas fragen?« Sie kniff leicht die Augenbrauen zusammen.

»Alles, was du willst.«

Sie zögerte.

Es wirkte so, als ob sie mit sich selbst kämpfen würde, um die Frage, die in ihr loderte, zu stellen.

Einige Sekunden vergingen, in denen keiner von uns ein Wort sprach.

»Oriana, was wolltest du …« Gerade als ich anfing zu sprechen, wieherte Lyra panisch und mein Kopf schnellte automatisch hinter mich.

»Was ist los«?, frage Oriana, deren Blick ebenso zum Ufer ging.

»Irgendetwas stimmt nicht.« Ich löste mich augenblicklich von Oriana. Meine Hände umfassten ihr Gesicht. »Zieh dich, so schnell du kannst, an und versteck dich im Wald. Hast du verstanden? Ich komme dich später holen.«

Sie nickte. »Verstanden.«

»Du kannst dich mit meinem Unterhemd abtrocknen«, gab ich ihr zu verstehen, danach stieg ich aus dem Fluss und zog in Windeseile meine Klamotten über meinen nassen Körper. Ich machte mir nicht die Mühe, mein Hemd zuzuknöpfen oder meine Schnürsenkel zu binden, da es wertvolle Sekunden gekostet hätte.

Ich lief, so schnell ich konnte, während Lyras ängstliches Wiehern durch die Luft schnitt.

Es gab nur zwei mögliche Gefahren, die sie in solch eine Panik verfallen ließen. Entweder hatte dieser Bastard Zane es geschafft, uns aufzuspüren, oder ein Wandler hatte sie angegriffen, während Oriana und ich badeten. Hoffentlich würde ich noch rechtzeitig kommen, bevor Lyra etwas zustieß.

Kapitel 20 Oriana

Nachdem Lyras Wiehern erklungen war und Clarence sich von mir gelöst hatte, um sich aus dem Wasser zu kämpfen, blieb ich wie angewurzelt stehen.

Der erste Gedanke, der mir durch den Kopf schoss, war Zane. Er musste uns eingeholt haben. Für nichts auf der Welt würde ich mit diesem verlogenen, betrügerischen Mistkerl mitgehen. Ich würde mich lieber in diesem Fluss selbst ertränken, als seine Frau zu werden.

Clarence war sofort losgerannt und so, wie er aus meinem Blickfeld verschwand, zögerte ich nicht länger und setzte mich ebenfalls in Bewegung.

Ich stieg aus dem Gewässer, während der milde Sommerwind meine feuchte Haut mit einer Gänsehaut überzog. Meine Arme schlang ich schützend um meinen Körper, während ich auf der Suche nach Clarence' Unterhemd war. Es lag auf der Wiese, gleich neben dem Strauch, wo ich meine gewaschene, noch etwas feuchte Unterhose zum Trocknen aufgehängt hatte.

Sofort griff ich nach dem Kleidungsstück und begann, meinem Körper notdürftig damit abzutrocknen. Während ich mein Gesicht trocknete, ummantelte mich der Duft seines Unterhemdes.

Feines Zedernholz gemischt mit Zitrone stieg mir in die Nase.

Es war eigenartig, dass Clarence mir so nahe kam, mich berührte. Nicht dass es unangenehm war. Einfach nur eigenartig. Bisher war ich nur einem einzigen Mann so nahe gewesen. Und dieser Mann hatte mich gelehrt, dass ein wenig körperliche Nähe und ein paar schöne Worte meine Wahrnehmung beeinträchtigen konnten. Mir die rosarote Brille aufsetzte, ohne dass ich es bemerkt hatte.

Aber ich hatte nun keine Zeit, weiter über Clarence und seinen Geruch oder Zane nachzudenken.

Blitzschnell schnappte ich mir meine weiße Spitzenunterhose und zog sie über. Gefolgt von meinem Korsett und dem silbernen Tüllkleid. Einen Reitstiefel nach dem anderen schnürte ich an meinen Füßen fest, während immer wieder der Klang von Lyra die Stille durchbrach. Ihr Wiehern wurde immer lauter und umso mehr stieg meine Sorge um die beiden.

Die wenigen Minuten, die ich brauchte, um mich anzuziehen, vergingen wie eine gefühlte Ewigkeit. Minuten, in denen mir unzählige Gedanken quer durch den Kopf schossen. Die bittere Angst in meiner Brust, was mich in wenigen Augenblicken erwarten würde, verstärkte sich mit jedem Herzschlag.

Clarence wollte, dass ich mich versteckte, bis er mich holen würde. Aber was, wenn er meine Hilfe brauchte? Ich konnte mich wohl schlecht hinter den nächstgelegenen Baum setzen und abwarten, was passieren würde. Vielleicht brauchte er mich.

Durch den wöchentlichen Schwertkampf-Unterricht, den ich seit meinen Kindestagen genoss, konnte ich gut genug mit so etwas umgehen, um meinen Gegner zu verletzten, wenn es darauf ankommen sollte.

Also entschied ich mich gegen Clarence' Anweisung und schlich mich auf leisen Sohlen durch die Bäume in die Richtung, in die der Prinz verschwand. Immer wieder ging ich in Deckung und spähte zwischen den dicken Baumstämmen hindurch.

Die Lautstärke der Geräusche nahm zu, also musste ich mich nur noch wenige Meter von ihnen entfernt befinden. Zwischen zwei dicken Baumstämmen konnte ich die Silhouetten von Clarence und seiner Pegasus-Stute erkennen. Jedoch war von Zane keine Spur.

»Lyra!«, schrie Clarence. »Flieg weg! Na, mach schon!«

Schon fast schmerzhaft pochte mein Herz gegen meine Rippen.

Grelle Sonnenstrahlen brachen durch die Baumkronen und erschwerten mir die Sicht. Mit zusammengekniffenen Augen versuchte ich, einen Angreifer auszumachen. Meine zitternden Finger hielten sich an der rauen Rinde des Baumes fest, hinter dem ich mich versteckte.

Wieder hörte ich Clarence, wie er einen Fluch nach dem anderen ausstieß, während seine Klinge durch die Luft schnitt. Doch niemals vernahm ich das Geräusch von aufeinandertreffenden Klingen. Es war egal, gegen wen er kämpfte, ich musste ihnen helfen. Ganz egal, wie gefährlich es war.

Jegliche Vernunft verblasste, bevor sich meine Beine wie von selbst in Bewegung setzten. Entschlossen und mit hoch erhobenem Kopf rannte ich, ohne weiter nachzudenken, auf Clarence zu.

Abrupt blieb ich stehen und riss meine Augen ungläubig auf. Denn erst da erkannte ich den Angreifer.

»Lauf!« Wieder sauste sein Schwert zu Boden. »Oriana. Lauf verdammt noch mal!«, befahl er mir. In seinen Augen glänzte pure Angst.

Über den wiesenbewachsenen Waldboden schlängelte sich eine etwa sechs Meter lange Schlange. Schwarze dicke Schuppen überzogen den rauen Körper, während ihre goldgelben Augen einen starken Kontrast bildeten.

Mit aufgestelltem Körper schnappte sie immer wieder nach Lyra. Zwei spitze Giftzähne blitzten auf, bevor sie zum nächsten Angriff ausholte.

Die Pegasus-Stute ließ die Vorderhufe auf die Schlange niederschnellen. Traf sie jedoch nie genug, um sie ernsthaft zu verletzen.

»Was ist das für eine abartige Schlange?«, schrie ich Clarence zu.

»Verschwinde«, erwiderte er knapp.

Plötzlich blieb mir beinahe mein Herz stehen. Der dunkle Körper der Schlange schwoll an und verformte sich.

Es war keine Schlange.

Es war ein verdammter Wandler, der meine Freunde angriff. Das waren sie in den vergangenen Tagen geworden, meine Freunde. Und ich würde bestimmt nicht tatenlos zusehen, wie ein Ungetüm sie tötet.

Einige Sekunden später stand uns, statt der Riesenschlange, ein ausgewachsener Tiger gegenüber.

»Bei den Göttern«, entfuhr es unkontrolliert meiner Kehle. Vor meinem inneren Auge malte ich mir schon aus, wie der Tiger sich auf Lyra stürzte und sie mit wenigen Bissen zur Strecke brachte. Zehn Zentimeter lange Fangzähne blitzen aus seinem riesigen Maul, während er ein tiefes Brüllen ausstieß. Eine Art Warnschrei, denn nur eine Sekunde später stürzte er sich tatsächlich auf Lyra und streifte mit seiner kräftigen Pranke ihre Seite.

»Nein!«, schrie ich so laut, dass sich meine eigene Stimme in meinen Ohren überschlug.

Dicke Wurzeln schossen aus der Erde und umschlängelten die Pfoten des Tigers. Ein Blick in Clarence' Richtung versicherte mir, dass er dafür verantwortlich war. Doch die Wurzeln fixierten den Tiger nur kurz, denn er riss sich mit einer übernatürlichen Wucht los.

Mit kräftigen Flügelschlägen versuchte Lyra sich aus den Klauen ihres Angreifers zu entreißen, jedoch flog schon die nächste Pranke durch die Luft und traf ihr Ziel.

Clarence schob mich mit einer Hand schützend hinter sich und hielt mit der anderen Hand sein Schwert hoch erhoben. »Bleib hinter mir.«

Reflexartig klammerte ich mich an seinen Unterarm, an dem ich die heraustehenden Adern unter meinen Fingern fühlen konnte. Ich erkannte ein Halfter, das an seinem Gürtel befestigt war, in dem sich ein Dolch befand.

Ich hatte Angst. Panische Angst.

Einem angriffslustigen Wandler gegenüberzustehen, war, als würde man sein eigenes Todesurteil unterschreiben. Also nahm ich den dunklen Griff in meine Hand und zog den Dolch heraus.

Er wog schwer in meiner Hand, jedoch fühlte ich mich sofort weniger ängstlich. Nicht, dass Clarence mich nicht beschützen konnte. Nein. Es war das Gefühl, mich selbst gegen meinen

Angreifer verteidigen zu können. Clarence riskierte einen kurzen, aber dennoch intensiven Blick über die Schulter.

Nun ging alles viel zu schnell.

Er stieß sich von mir ab, überwand die wenigen Meter, die zwischen dem Tiger und uns lagen, und ließ sein Schwert in einem enormen Tempo direkt auf das Tier sausen.

»Bei den Göttern«, murmelte ich kaum merklich, schlug meine Hand vor den geöffneten Mund und riss meine Augen auf.

Blut tropfte von der scharfen Klinge und aus der tiefen Schnittwunde an der Bauchseite des Tieres. Der Tiger stieß ein gequältes Jaulen aus und ließ von Lyra ab. Sofort galt seine gänzliche Aufmerksamkeit Clarence.

»Oriana. Renn weg!«, forderte er mich wiederholt auf, doch ich würde die beiden niemals im Stich lassen.

Sie waren es, die mich gerettet hatten. Die sich um mich gekümmert hatten, ohne jegliche Gegenleistung zu erwarten. Ich würde kämpfen, selbst wenn ich dabei sterben würde. Ich würde nicht wieder davonlaufen.

Ohne zu zögern, stürzte sich der Tiger auf Clarence und riss ihn zu Boden. Das dumpfe Geräusch, als Clarence' Körper aufschlug, kroch mir bis in die Knochen. Der riesige Körper des Tigers bäumte sich über ihm auf und er vergrub seine messerscharfen Krallen in Clarence' Schultern. Klauen durchbohrten sein Fleisch. Sein Mund war zu einem Schrei verzerrt, während er sich unter dem Tier vor Schmerz wand.

»Nein!«, brüllte ich, von Angst durchflutet. Angst, ich würde Clarence verlieren, ohne ihn wirklich kennengelernt zu haben. Angst, dass ich als Nächstes dran sein würde.

Meine Magie war noch immer sehr geschwächt, da die letzten Tage nicht gerade erholsam waren, konnte sich mein Magiespeicher noch nicht auffüllen. Jedoch konzentrierte ich mich auf mein Innerstes. Schloss meine Augen und sammelte die Menge der Magie, die sich bis jetzt gebildet hatte. Kühl durchflutete sie meinen Körper, doch ich war zu verängstigt, als dass ich sie zu etwas Greifbaren hätte materialisieren können.

Konzentrier dich, Oriana. Konzentrier dich. Du schaffst das. Die Worte hallten wie ein Mantra in meinen Kopf wider.

Dann schleuderte ich Schneesplitter mit voller Wucht auf den Wandler. Diese lenkten das Tier jedoch nur bedingt ab. Und plötzlich wurde mir bewusst, wie schlecht ich meine Gabe unter Kontrolle hatte, wenn ich sie in solch einem Moment nicht richtig benutzen konnte.

Lyra und ich setzten uns im selben Moment in Bewegung. Doch Lyra war schneller. Mit ihren Vorderhufen trat sie immer wieder auf den Tiger ein, der als Antwort mit seinen Zähnen fletschte und ein bedrohliches Fauchen ausstieß. Mit einem Ruck riss er seine Krallen aus Clarence' Schultern und schlug mit seiner blutgetränkten Tatze nach der Pegasus-Stute.

Hautfetzen klafften auf und Blut quoll aus der verheerenden Wunde an Clarence' Schultern.

Mit tiefen Atemzügen sog ich den Duft der Wälder in mich auf, um meinen Herzschlag wieder zu normalisieren. Nun schlang ich meine Finger fester um den Griff des Dolches und brachte meine Beine in eine stabile Position.

Mir blieb eine Chance. Eine einzige Chance, von der unser Leben abhing.

Ich stieß noch einen letzten Atemzug aus, bevor ich den Dolch voller Wucht und Präzision auf den Wandler schleuderte, der gerade hin- und hergerissen zwischen seinen zwei Opfern war und mich deshalb nur am Rande wahrnahm. Vielleicht lag es auch daran, dass ich eine kleine zierliche Frau war und für ihn keine Bedrohung darstellte. Sondern eher wie eine Zwischenmahlzeit wirkte. Aber da hatte er die Rechnung mit der falschen Prinzessin gemacht.

Der Dolch traf ins Schwarze.

Mit einem dumpfen Geräusch glitt er direkt in das linke Auge des pelzigen Angreifers, der mit einem schmerzerfüllten Brüllen auf Clarence zusammensackte.

»Mein Schwert«, rief Clarence zwischen zusammengebissenen Zähnen und deutete mit dem Kopf rechts neben sich. Eine Erinnerung durchzuckte meine Gedanken.

Nur Enthauptung brachte einen Wandler zur Strecke.

Sofort sprintete ich hinüber, zog die Klinge mit beiden Händen und ließ sie mit voller Kraft auf den Hals des Tigers niedersausen. Blut spritzte in alle Richtungen, als der abgetrennte Kopf des Tieres am Boden aufschlug und zur Seite rollte.

Clarence' Kleidung und meine, waren vom Blut des Wandlers getränkt und auch unsere restlichen Körper waren von dem klebrigen Nass überzogen.

Ohne mich zu rühren, hielt ich das Schwert weiterhin in den Händen und starrte auf das zu einem Schrei verzogene Gesicht des leblosen Wandlers.

Einen Wimpernschlag nachdem die Klinge den Kopf vom Körper trennte, verwandelte sich der Wandler in seine natürliche Gestalt.

Einen Menschen.

Kupferfarbenes Haar und blasse Haut, die übersäht mit Sommersprossen war.

Die Erkenntnis traf mich wie ein Geschoss. Sofort zog sich mein Herz schmerzend zusammen.

Ich habe gerade einen Menschen getötet.

Der leblose Körper des Mannes, der etwa im selben Alter wie Clarence war, lag weiterhin auf ihm. Ein scheinbar eintöniges Summen hallte in meinen Ohren wider.

Wie hatte es nur so weit kommen können? Ich hatte in den letzten Tagen meine Familie verlassen, mein Zuhause. Ständig befand ich mich auf der Flucht und nun? Nun hatte ich einen Menschen auf dem Gewissen.

Das Schwert noch immer in meinem festen Griff, stand ich da und starrte weiterhin auf den kopflosen Körper.

Mich überzog eine Mischung aus Angstschweiß und Blut.

Langsam wanderte mein Blick an mir hinab und betrachtete das Ausmaß.

Und, o Götter, an mir klebte so enorm viel Blut.

Mein silbernes Kleid wirkte wie eine Leinwand, auf der mit roter Farbe gemalt worden war. Die Nähte der feinen Stickereien sogen die klebrige Flüssigkeit auf wie ein Schwamm. Währenddessen floss das Blut in Rinnsalen vom Tüllstoff hinab und tränkte die Wiese unter meinen Füßen.

Übelkeit bahnte sich einen Weg meine Kehle hinauf und der Brechreiz ließ nicht lange auf sich warten.

Klirrend prallte die Klinge am Boden auf, bevor ich beide Hände auf meine Oberschenkel stützte.

Würgend schoss Erbrochenes unkontrolliert aus meinem Rachen. Tränen brannten in meinen geschwollenen Augen, als der nächste Schwall aus mir herausbrach.

Am Rande vernahm ich einen Schatten, der sich links neben mir aufbäumte, doch mir fehlte die Kraft, mich aufzurichten. Eine Hand legte sich beruhigend auf meine Schulter und die nächste um meinen Oberarm, um mich zu stützen.

»Kotz dich ruhig aus«, ertönte eine sanfte männliche Stimme, die mir nur allzu bekannt war. Er musste sich von dem leblosen Körper befreit und näher getreten sein. Dass er überhaupt stehen konnte, war ein Wunder, wenn man bedachte, dass kurze Zeit zuvor ein Tiger seine Krallen in seinen Schultern vergraben hatte.

»Es kommt nicht jeden Tag vor, dass eine Prinzessin einen waschechten Wandler zur Strecke bringt.« Clarence' Hand, die auf meiner Schulter ruhte, wanderte an meinen Rücken und strich behutsam darüber. Selbst in dieser unglaublich grauenhaften Ausnahmesituation schaffte er es, dass ich jede Berührung seiner Finger genaustens wahrnahm.

Nachdem mein Magen seinen gesamten Inhalt geleert hatte, erwiderte ich mit einem Krächzen in der Stimme: »Geh weg. Ich will nicht, dass du *das* siehst.« Es war mir unglaublich peinlich, dass er alles mitangesehen hatte.

»Ach was.« Ich hörte das Lächeln in seiner ruhigen Stimme, ohne dass ich ihn sehen musste. »Mach dir um mich keine Sorgen, ich habe schon weitaus Schlimmeres gesehen, das kannst du mir glauben.«

Langsam kehrte die Kraft in meinen Körper zurück und ich richtete mich zögernd auf. Ich blickte mich um, um irgendetwas zu suchen, woran ich meinen Mund abwischen konnte, jedoch war meine einzige Wahl mein Unterarm, der auch bereits bessere Tage gesehen hatte.

Nach einem Moment, den ich benötigte, um wieder einen klaren Kopf zu fassen, drehte ich mich zu Clarence und erkannte, dass er weitaus mehr Blut abbekommen hatte. Was mich eigentlich nicht überraschen sollte, denn ich hatte direkt über ihm den Kopf des Wandlers abgetrennt. Das Blut war direkt auf ihn herabgeregnet. Dass seine Locken normalerweise einen hellen goldenen Ton hatten, konnte man nur erahnen.

Kapitel 21 Oriana

»Du bist wirklich unglaublich mutig.« Clarence schüttelte den Kopf und tätschelte stolz meine Schulter.

»Was meinst du?«, erwiderte ich und strich mir mit der flachen Hand die klebrigen Haare aus dem Gesicht.

»Was ich meine?«, wiederholte er. »Du hast Lyra und mich gerettet. Das meine ich.« Er machte eine kurze Pause und sein Blick wanderte zu seiner verletzten Pegasus-Stute.

»Das habt ihr ebenso, nicht? Mich gerettet, meine ich.«

Clarence lächelte. »Ich danke dir für alles.« Seine belustigte Miene hatte schlagartig etwas Weiches bekommen.

»Du musst dich nicht bedanken. Ich weiß selbst nicht, was ich da gerade getan habe. Ich …« Ein Kloß bildete sich in meiner Kehle und ich blickte zu dem verzerrten Gesicht des Wandlers.

»Ich habe einen Menschen getötet«, gab ich schweren Herzens zu. Und als die Laute meine Lippen verließen, fühlte es sich noch realer an.

Dieses Eingeständnis traf mich mitten ins Herz und mein Körper verkrampfte sich.

Clarence strich sich über sein markantes Kinn. »Oriana. Er hat uns angegriffen. Wenn du nicht gewesen wärst, hätte er Lyra und mich höchstwahrscheinlich getötet. Wir verdanken dir unser Leben.« Er zog scharf die Luft ein. »Ein Leben für zwei klingt doch fair, nicht?«

Irgendwie hatte er recht. Wäre es mir nicht gelungen, den Wandler aufzuhalten, hätte er meine zwei Freunde getötet. Außerdem hatte ich ihn in Notwehr getötet. Er hatte mir keine andere

Wahl gelassen. Ich würde nie einen Menschen töten, wenn es eine andere Möglichkeit gäbe.

»Du kennst doch bestimmt die alten Geschichten über die Wandler.«

Ich nickte.

»Nun ja, meine Tante erzählte mir früher, als ich noch ein kleines Kind war, Geschichten über bösartige, aber auch über gutmütige Gestaltwandler. Genauso, wie es böse und gute Menschen gibt. Sie erinnerte sich noch gut an die Zeit, in der sie wie normale Bürger in Floranys lebten, weit vor unserer Geburt.«

»Ich kann mir nicht vorstellen, wie solche Kreaturen freundlich oder gütig sein könnten.« Demonstrativ wies ich ihn auf seine fleischige Wunde auf seiner Schulter hin, die mittlerweile aufgehört hatten zu bluten. Seiner Verletzung nach zu urteilen, hatte ihn der Tiger weniger schlimm erwischt, als ich zuerst gedacht hatte. Obwohl auch die Magie der königlichen Blutlinie in seinen Adern seine Wunde schneller heilen ließ und deshalb die Blutung bereits gestoppt war.

»Clarence, deine Schulter … Sieh dir an, was er …« Ich war zwar noch nicht vielen Wandlern begegnet, dennoch kannte ich die Geschichten, die sich die Leute über sie erzählten. Dieser hier, den ich getötet hatte, war der zweite, den ich getroffen hatte. Und ohne einen erheblichen Grund hatte man sie nicht aus den Königreichen in die Wildnis verband.

Clarence sah auf seine Wunde. »Aber kannst du dich noch erinnern, was ich dir erzählt habe, was im Eiswald passiert ist?«, fragte er und umfasste meine Oberarme, um mir direkt ins Gesicht zu sehen.

»Du meinst …« Ich neigte den Kopf und hielt seinen neugierigen Blick stand. »Dass dich der Schneeleopard …« Ich räusperte mich. »Ich meine, dass der Wandler, der euch verfolgt hat, dich nicht angegriffen hat?«

»Genau das. Wenn sie keine Güte empfinden können, wieso hat er mich dann verschont? Es gibt auch eine andere Sorte von

Wandlern. So, wie es auch verschiedene Sorten von Menschen gibt. Doch das eine schließt das andere nicht aus.«

Hatte es wirklich daran gelegen, dass der Wandler gütig gewesen war?

»Darauf habe ich leider keine Antwort«, murmelte ich. Es könnte einfach ein Zufall gewesen sein. »Der, der uns heute gegenüberstand, war auf jeden Fall keiner der netten Sorte. Woher weißt du eigentlich so viel über die Wandler?«

Clarence blinzelte mehrmals, als müsste er über meine Frage tatsächlich nachdenken. »Wie bereits erwähnt, erzählte meine Tante immer über die Gestaltwandler.« Dann wechselte er das Thema, vermutlich, um die Stimmung aufzulockern. »Aber egal welche Sorte von Gestaltwandler, der hier war – du hast ihn besiegt und das bedeutet einiges.«

Ein gekünsteltes Lächeln breitete sich auf meinen Lippen aus und ich versuchte so, die gegenwärtigen Schuldgefühle beiseitezuschieben.

Clarence erwiderte mein Lächeln und zeigte mit dem Kopf zu Lyra, die sich nur wenige Meter neben uns befand. Sie war noch sichtlich schockiert. »Komm, lass uns nach ihr sehen.«

Meine Hand strich über ihr im Sonnenschein glänzendes Fell, bevor ich ihren Körper und die zum Glück oberflächlichen Wunden genau untersuchte.

»Wir müssen ihre Wunden reinigen und ich vermute, dass sie in ihrem Zustand nicht fliegen kann.«

Den hohen Temperaturen und der blühend grünen Natur nach zu urteilen, dürften wir nicht mehr weit von Floranys entfernt sein.

Clarence strich Lyra über ihren Kopf und legte seine Stirn an ihre. »Du wirst schon wieder, mein Mädchen.« Seine Hand glitt an ihrem Hals entlang. »Das verspreche ich dir.«

Es war unglaublich, mit an zusehen, dass ein Mann wie Clarence so zart mit seiner Stute umging. Er ertappte mich, wie ich ihn einen Moment zu lange anstarrte.

»Da hängt Sabber an deinem Mundwinkel«, wies er mich hin.

»Oh.« Sofort wischte ich mir mit dem Handgelenk über meinen Mundwinkel, da entfuhr Clarence schon ein herzhaftes Lachen, sodass seine Bernstein-Augen zu Schlitzen wurden.

Ich verzog meinen Mund zu einem Strich, nachdem ich antwortete: »Da war kein Sabber, stimmt's?« Fragend schossen meine Augenbrauen in die Höhe.

»Nein, aber deinem Blick nach, wäre bestimmt in Kürze ein Tropfen aus deinem Mund gelaufen.«

Alles an der Situation war falsch. Vor wenigen Minuten hatte ich einen Mann getötet, dessen Körper an einer anderen Stelle als sein Kopf lag und dessen Blut unsere Körper und Kleidung tränkte. Ich war kurz davor gewesen, eine Panikattacke zu erleiden, und ich hatte mir die Seele aus dem Leib gekotzt. Und jetzt himmelte ich Clarence an? Was in Götters Namen stimmte nicht mit mir?

Es war fast so, dass ich in seiner Gegenwart eine andere Persönlichkeit hätte.

Nachdem meine Eltern ermordet und Dusan gekrönt wurde, musste ich mein wahres *Ich* tief in mir selbst verschließen, was mir über die Monate immer leichter gefallen war. Dadurch verwandelte ich mich immer mehr zu einer leeren Hülle, die funktionierte. Fast ein ganzes Jahr lang war mein Alltag geprägt gewesen von Audienzen mit Verehrern, mit Spaziergängen im königlichen Eisskulpturengarten und Belehrungen darüber, was ich anziehen und wie ich mich verhalten sollte. An jenem Abend, an dem uns die Nachricht über den Tod unserer Eltern erreicht hatte, war auch alles gestorben, was mich ausgemacht hatte.

Dusan bestieg kurze Zeit danach den Thron und sein einziges Ziel war, mich zur Heirat zu zwingen. Den Mörder oder die Mörder unserer Eltern ausfindig zu machen, war ihm anscheinend nicht in den Sinn gekommen. Natürlich war es viel wichtiger, welches der vielen extravaganten Kleider ich trug oder wie meine Tischmanieren waren.

Doch es war nicht der richtige Zeitpunkt, mir über Vergangenes den Kopf zu zerbrechen. Lyras und Clarence' Wunden mussten gesäubert werden und ich benötigte ebenfalls ein erneutes

Bad, wenn ich nicht weiterhin wie eine Schlächterin aussehen wollte.

»Wir sollten uns auch um deine Wunden kümmern«, sprach ich und sah Clarence dabei an. »Es tut mir leid, euch so in Gefahr gebracht zu haben. Wäre ich nicht geflohen, dann …«

Das angetrocknete Blut begann bereits zu bröckeln und verursachte ein ekelerregendes Gefühl auf meiner Haut.

In der Hoffnung, wieder einen vernünftigen Gedanken zu fassen, schüttelte ich den Kopf und blinzelte den Schleier beiseite.

»Hör auf dich zu entschuldigen. Bitte.«

Ich presste meine Lippen aufeinander und dankte ihm innerlich für seine Worte.

»Kann sie laufen?«, fragte ich, um die zwischen uns entstandene Stille zu durchbrechen.

Er nickte. »Ich denke schon.«

Langsam gingen wir zum Fluss.

»Damit können wir die Wunden säubern«, erklärte ich, nahm den Dolch und schnitt die Decke, die mich die vergangenen Tage gewärmt hatte, in kleine Stücke.

Einen der Fetzen tauchte ich in das fließende Gewässer und drückte ihn danach gründlich aus.

»Das könnte etwas wehtun«, warnte ich Clarence, der neben mir am Ufer saß. Als ich mich zu ihm beugte, hielt er meine Hand in der Bewegung auf.

»Bitte versorg zuerst Lyra. Ich komme schon klar«, bestand er.

»Natürlich« erwiderte ich knapp und begab mich zu der Pegasus-Stute, die rechts von uns stand. Das dunkle, getrocknete Blut und die Krallenspuren an ihrer Seite sahen schmerzhaft aus. Behutsam senkte ich den Lappen auf ihre Wunde und versuchte, so gut wie möglich, diese und ihr sonst so seidig schimmerndes Fell vom Blut zu befreien.

Durch meine Zähne stieß ich beruhigend die Luft aus und streichelte immer wieder ihren Rücken auf und ab, um ihr die Schmerzen, die sie offensichtlich hatte, erträglicher zu machen.

»Gut machst du das«, redete ich ihr zu. Ein kurzes Schnauben erhielt ich als Antwort.

»Es hat sich schon eine leichte Kruste gebildet. Ich vermute, da sie ein magisches Wesen ist, verheilen ihre Wunden etwas schneller, was? Genauso wie bei uns.«

»Ja, Lyra wird schon wieder. Schneller als man denkt.« Clarence zog scharf die Luft ein. »Schon seit meiner Kindheit ist sie an meiner Seite«, erklärte er und biss sich auf die geschwollene Unterlippe. »Ich könnte mir nie verzeihen, wenn sie meinetwegen stirbt.«

Es dauerte Minuten, ehe ich Lyras Fell gereinigt hatte. Ich dirigierte Clarence, damit er sich auf den Boden setzte. »Jetzt bist du an der Reihe.« Lächelnd kniete ich mich vor ihn, schob sein schwarzes offenes Hemd beiseite und sah mir die Wunden genau an. Langsam hob ich meine Hand, in der ich einen frischen Lappen hielt, und drückte ihn auf seine Wunden.

Meine Vermutung, dass seine Wunden weniger tief ausgefallen waren, bestätigte sich. Es sah fast so aus, als ob der Heilungsprozess schon fortgeschritten war, noch weiter als bei Lyra.

»Danke für alles«, sagte Clarence und sah mir direkt in die Augen. Um seine Wunden genau zu betrachten, musste ich ihm nahekommen und war in dem Moment nur wenige Zentimeter von seinem Gesicht entfernt.

»Du wiederholst dich«, erinnerte ich ihn und etwas Neckendes schwang in meiner Stimme mit. Lyra lag neben uns mit geschlossenen Augen auf der feuchten Wiese.

»Ich könnte dir niemals genug dafür danken. Du hast mein Leben gerettet. Unser aller Leben.«

»Und du hast meines gerettet.« Ich strich eine mit Blut verkrustete Strähne hinter mein Ohr. »Also, irgendwie. Jetzt sind wir wenigstens quitt.«

Unsere Blicke hatten etwas Einnehmendes. Es fühlte sich so überraschend vertraut, aber doch so fremd an. Schon am Tag der Prüfungen war mir aufgefallen, wie mich sein Blick fesselte.

Obwohl ich damals noch nichts über ihn wusste und er für mich nicht mehr als einer der anderen Bewerber war.

»Ich denke, wir sollten ein Bad nehmen, bevor wir aufbrechen.«

Ich blickte an mir herab. Clarence hatte recht, ich musste mich unbedingt von dem getrockneten Blut befreien.

»Ich drehe mich auch wieder um, versprochen«, neckte er mich.

»Das will ich auch hoffen«, scherzte ich und verdrehte die Augen in einer flüssigen Bewegung. Demonstrativ wirbelte ich mit der Hand vor ihm herum, um ihm klarzumachen, dass jetzt der Zeitpunkt war, sich endlich wegzudrehen.

Genau das tat er und hielt eine Hand vor sein Gesicht, blieb jedoch am Ufer sitzen.

»Danke«, sagte ich kurz und schälte mich aus meinem Kleid. Wieder einmal.

Nachdem ich mich ausgezogen hatte, ging ich schnell ins Wasser.

Eilig schrubbte ich mit einem der improvisierten Lappen über meine Haut. Blut ließ sich eindeutig schwerer abwaschen, als ich gedacht hätte. Also nahm es eine gewisse Zeit in Anspruch, bis meine Haut wieder ihren hellen Ton zurückerlangte.

»Ich weiß nicht, was ich anziehen soll«, rief ich Clarence zu. »Das Blut wird niemals aus dem Kleid rausgehen.«

»Lass es hier und nimm doch mein Unterhemd, mit dem du dich vorhin abgetrocknet hast. Besser, als nackt den ganzen Weg nach Floranys zu laufen, obwohl ich zugeben muss, mich würde es keineswegs stören.« Ein Grinsen umspielte seine Lippen, was von einem Augenzwinkern unterstrichen wurde.

»Du musst ja wirklich Schmerzen haben, wenn du noch immer zu Scherzen aufgelegt bist«, murmelte ich ironisch.

Ich würde wetten, dass das seine Lieblingsbeschäftigung war. Sich zu überlegen: *Wie locke ich Oriana aus der Reserve* oder *Wie raube ich Oriana am besten den letzten Nerv.* Aber irgendwie mochte ich das an ihm.

Kapitel 22 Clarence

Es war beeindruckend, wie selbstsicher Oriana dem Wandler die Stirn geboten und, ohne zu zögern, meinen Dolch geworfen hatte. Sie hatte ausgesehen wie eine Kriegerin, mit ihren losen schwarzen Strähnen, die ihr am Hals geklebt hatten, während das fremde Blut ihren Körper bedeckt hatte.

Ich konnte das Gefühl für Dankbarkeit nicht beschreiben, das ich Oriana gegenüber empfand. Obwohl ich sie zuerst aufgefordert hatte, sich zu verstecken, war ich froh, dass sie es nicht getan hatte. Konnte ja keiner ahnen, was hinter ihrer zierlichen Statur für eine Kraft steckte …

Jetzt wusste ich wenigstens für die Zukunft Bescheid, was passieren würde, wenn man sie bedrohte. Unter normalen Umständen wäre es mir gelungen, den Wandler in die Flucht zu schlagen oder ihn einfach zu töten. Doch dass Oriana diesmal anwesend war, hatte die Situation drastisch verändert.

Mit einem Schwung Ironie in der Stimme erwiderte sie »Haha, sehr witzig«, auf mein verlockendes Angebot, ob sie nackt den Weg nach Floranys beschreiten oder doch etwas von meinen Sachen überziehen wollte.

Oriana befand sich noch im Fluss und das Wasser bedeckte ihren schönen Körper.

»Siehst du das dort hinten?« Ich zeigte mit meinem Finger auf eine kleine Rauchschwade. »Dort befindet sich ein kleines Dorf, in dem wir uns frische Kleidung besorgen können.«

Bis jetzt hatten wir nicht das Risiko eingehen und ein Dorf aufsuchen wollen. Zu groß wäre die Gefahr gewesen, dass irgendein Dorfbewohner uns erkannte und Zane oder Dusan von unserem

Aufenthaltsort Wind bekamen. Doch sobald wir die Grenze in mein Heimatkönigreich übertreten würden, wären wir sicherer. Denn hier folgte man meinem Vater, nicht Dusan oder Zane. Und ich vermutete ganz stark, dass wir ganz in der Nähe des Grenzübergangs waren. Die Natur verriet es mir.

»Hast du denn etwas, womit wir bezahlen können?«

»Sicher.« Ich klopfte an die Seite meiner Stoffhose, die irgendwann einmal in einem Beigeton erstrahlt war, hatte gegenwärtig jedoch eine Mischung aus Braun und krustigem Blutrot angenommen. Solange ich den kleinen Stoffbeutel in meiner Hosentasche spürte, der einige Münzen bereithielt, war mir mein Optisches egal.

Natürlich war ich nicht der Lieblingsprinz unseres Königreichs. Für diese Tatsache war ich selbst verantwortlich. Mein übertriebener Lebensstil wurde nur von wenigen gutgeheißen. Na ja, wenn ich ehrlich war, wurde er von niemandem gutgeheißen außer von Kyler. Er war mein einzig wahrer Freund, den ich neben meinem Bruder Laurent noch hatte.

Schon seit wir kleine Kinder waren, waren wir unzertrennlich gewesen und er gehörte zu uns wie ein weiterer Bruder. Er hatte vor einigen Monaten geheiratet und war uns deswegen nicht als Begleiter nach Aseria gefolgt.

»Na gut«, stimmte Oriana meinem Vorschlag zu. »Aber ich warne dich. Wehe, du gibst nur eine einzige unangebrachte Bemerkung von dir.«

»Das würde ich niemals wagen«, versprach ich und legte ihr mein Unterhemd und den restlichen Stoff der Decke ans Flussufer und wandte Oriana den Rücken zu, damit sie sich ungestört ankleiden konnte.

Ein zweistündiger Fußmarsch befand sich zwischen uns und dem Dorf, das tatsächlich direkt hinter der magischen Grenze zu Floranys lag. Ohne weitere Verzögerungen überwanden wir diese Grenze in mein Königreich.

Lyra trottete einige Schritte hinter uns her und mit jedem Schritt, den wir Floranys näher kamen, machte sie den Eindruck, dass es ihr besser ging.

Natürlich ließ ich mir den Spaß nicht nehmen und ärgerte Oriana etwas wegen ihrer improvisierten Kleidung. Nur in mein Unterhemd gehüllt und mit wenigen Stoffresten um die Hüfte gebunden, verdrehte ihr Aufzug mir den Kopf. Nur wenig Haut wurde davon bedeckt und gab einen durchaus angenehmen Blick auf ihre schönen langen Beine frei.

In den vergangenen Tagen hatte ihre fast durchsichtige Porzellanhaut einen rosigeren Ton angenommen. Noch immer unnatürlich hell, dennoch rosig. Durch die intensiven Sonnenstrahlen bildeten sich hellbraune Sommersprossen auf ihren leicht geröteten Wangen, die ihr unglaublich gut standen.

Es fiel mir schwer, den Blick von ihr zu lassen, doch ich musste mich auf die Umgebung konzentrieren. Hin und wieder spähte ich in ihre Richtung, bis wir endlich das erste Dorf von Floranys erreicht hatten.

Wir machten uns auf den Weg zum Dorfplatz, der gefüllt war mit Leben. Inmitten des Platzes plätscherte ein kleiner Springbrunnen, und der Duft von frisch gebackenem Brot und Weihrauch stieg mir in die Nase. Kleine Kinder spielten inmitten der Menschenmenge. Ziegen, Schafe und Hühner waren zum Verkauf ausgestellt und gaben Geräusche von sich.

Mitten auf dem Dorfplatz war die floranische Flagge gehisst, auf der die vergoldete Dornenkrone mit den daraus sprießenden weißen Frühlingsrosen zu sehen war.

Umso näher wir dem Dorf kamen, desto sicherer wurde ich in der Annahme, wo genau wir waren, und dass die Gegend mir gar nicht so unbekannt war, wie anfangs gedacht. Tatsächlich hatte ich in den schönen Vorort Sarous schon einige Male genächtigt.

Oriana

»Willkommen in Floranys«, sagte Clarence, gefolgt von einer theatralischen, tiefen Verbeugung. Eine blonde Strähne fiel ihm dabei in die Stirn. Noch in seiner Verbeugung verharrend, blickte er durch seine tiefschwarzen Wimpern auf und ein Grinsen schlich sich auf seine Gesichtszüge.

»Es ist wunderschön hier«, murmelte ich, während Clarence sich langsam wieder aufrichtete. Und das war nicht gelogen.

»Dabei bist du nur in einem Vorort. Warte, bis wir beim Schloss in der Hauptstadt angekommen sind.«

Überall waren bunte Blumen am Wegesrand und kleine Alleen schmückten den gepflasterten Platz. Das genaue Gegenteil von Aseria.

Es war angenehm warm und der Wind trug herrliche Düfte in meine Richtung, die mich tief durchatmen ließen. Obwohl es so ganz anders war als meine gewohnte Umgebung, fühlte ich mich trotzdem sehr wohl.

Clarence hob seine Hand in meine Richtung. »Komm«, forderte er mich auf und ich ergriff, ohne weiter nachzudenken, seine Hand. Nach einigen Schritten stoppte ich abrupt.

»Ich kann so nicht über den Dorfplatz laufen, wie eine Wilde gekleidet, halb nackt.« Ich blickte an mir herab.

»Keine Angst, Prinzessin«, versuchte er, mich zu beruhigen. »Ich bringe dich in ein kleines Gasthaus, in dem du auf mich warten kannst, während ich uns frische Kleidung und etwas zu essen besorge. Außerdem können wir dort Lyra unterstellen. Dich werden bis dahin nur eine Handvoll Leute sehen.«

Ich nickte und mit Lyra im Schlepptau gingen wir zu dem Gasthaus, das in einer der vielen Seitengassen lag und eher unscheinbar wirkte.

»Oh, Prinz Clarence. Guten Tag.« Einer der Stallburschen trat uns gegenüber, verbeugte sich tief und nickte danach Lyra zu. »Was kann ich für Euch tun, Hoheit?«

»Sind noch Zimmer frei?«

»Die meisten Zimmer sind belegt, aber für den Kronprinzen höchstpersönlich wird Jeron sicher noch ein Plätzchen finden.«

Jeron, vermutlich der Name des Besitzers.

»Vielen Dank. Gebt meiner Stute einen Platz, an dem sie sich ausruhen kann und bitte schaut, dass sie ein paar zusätzliche Karotten bekommt«, forderte Clarence den jungen Mann auf und drückte ihm ein paar Silbermünzen in die Hand.

Vermutlich mehr als normalerweise üblich waren, denn seine grünen Augen weiteten sich.

»Wie großzügig von Euch, Hoheit.« Danach verbeugte er sich. Sein Blick wanderte an meinem Körper hinab und ich umfasste automatisch mein Kristallarmband wie einen Schutzanker. Lyra trat nervös von einem Huf auf den anderen und schnaufte laut. Ihr gefiel der Blick des Jungen genauso wenig wie mir.

»Kann ich sonst noch etwas für Euch tun?«, fragte der junge Mann.

»Vielleicht hört ihr damit auf, meine Begleitung dermaßen anzustarren«, forderte Clarence und sein Blick wurde berechnend. Sein Arm legte er über meine Schulter und schob mich etwas hinter sich.

Schon seit ich ihn kennengelernt hatte, war er stets der tollkühne Beschützer, was ich nicht unangenehm fand, wenn ich ehrlich war.

»Ich … Ich bitte vielmals um Verzeihung«, stotterte der Junge und senkte reumütig den Kopf. »Es war nicht meine Absicht –«

»Schon gut«, unterbrach ich ihn und hatte beinahe Mitleid mit ihm, denn er wirkte plötzlich um einen Kopf kleiner. Er hatte vermutlich Angst, irgendwelche Konsequenzen für diesen Blick zu bekommen. Zumal Clarence eher unberechenbar wirkte. Doch wie konnte ich ihm einen forschenden Blick vorwerfen, wenn man meine gegenwärtige Kleidung und Clarence' aufgerissene und blutbefleckte Tunika bedachte.

»Nehmt Lyra«, forderte ich ihn auf, bevor ich mich bei Clarence unterhakte und ihn in das Gasthaus dirigierte.

Die Holzdielen knarrten, sobald wir den ersten Schritt hinein taten. Es stank nach Spirituosen und Rauch. Nachdem sich meine Augen an das düstere Licht gewöhnt hatten, konnte ich die zwielichtige Spelunke besser erkennen.

Mehrere runde Holztische waren auf den eher klein wirkenden Raum verteilt, an denen Männer und Frauen miteinander Karten spielten und aus Krügen tranken. Der Großteil von ihnen hielt in den Bewegungen inne, als wir den Raum betraten.

»Mein Prinz. Welch Überraschung«, rief der Wirt hinter der Theke in unsere Richtung. »Es ist schon lang her. Was verschafft uns die Ehre und …« Er trat hinter dem Tresen hervor und machte eine kurze Pause, als er mich sah. »Oh, mit welch hübscher Begleitung diesmal«, stellte er dann fest und fuhr sich mit seiner wulstigen Hand durch seinen dicht gewachsenen Bart, der ihm bis zur Brust reichte. Sein dunklerer Teint bildete einen starken Kontrast zu seinem ergrauten Haar und dem Bart.

Diesmal?

Anscheinend nächtigte der Prinz öfters hier und war dabei normalerweise in anderer Begleitung.

Ich sollte nicht zu viel darüber nachdenken. Was kümmerte es mich? Wir waren hier, um neue Kleidung und ein wenig Ruhe zu finden.

Clarence hatte jede Nacht Wache geschoben und nur für wenige Stunden in den vergangenen Tagen geschlafen oder sich ausgeruht. Wir beiden hatten es uns verdient, uns nach den vergangenen Ereignissen einen Abend Ruhe zu gönnen, bevor wir die Hauptstadt erreichten.

Während sich Clarence und der Mann von der Theke unterhielten, war ich in meinen Gedanken versunken und vernahm deren Gespräch nur am Rande.

»Ein Doppelzimmer steht noch frei«, erklärte der Besitzer und setzte ein verruchtes Lächeln auf.

Clarence drehte sich zu mir und ich erkannte den fragenden Blick. Ich nickte zustimmend. Es wäre kein Problem für mich, mit Clarence ein Zimmer zu teilen. Oder ein Bett. Wir waren weit über die Förmlichkeiten hinaus. Schließlich hatten wir die letzten Tage ebenso miteinander verbracht, zwar nicht in einem gemeinsamen Bett, aber was machte das jetzt noch für einen Unterschied?

Die Dielen knarrten bei jedem Schritt unter meinen Stiefeln, bei jeder Stufe, die ich hinaufschritt. Die alte Holztür, auf der die Zimmernummer 103 vermerkt war, gab ebenfalls einen raunzenden Laut von sich, während Clarence die Türklinke nach unten drückte und diese öffnete.

Sanftes Licht fiel durch das kleine quadratische Fenster, das sich auf der gegenüberliegenden Seite des Zimmers befand und dieses in eine angenehme Atmosphäre tauchte.

Obwohl sich in diesem Moment vermutlich jedes Zimmer mit einem einfachen Bett wie ein Luxuspalast angefühlt hätte. Alles war besser als der steinharte Boden.

An der linken Wand stand ein hölzernes Doppelbett mit weiß–grau karierten Laken. Gegenüber befand sich ein einfaches Einzelbett sowie ein Schreibtisch.

»Sieht hübsch aus«, gab ich zu.

»Sicher etwas anders als du normalerweise gewohnt bist«, bemerkte Clarence.

»Nach dieser Reise ist mir jedes Zimmer recht. Solange sich ein Bett darin befindet.« Sobald mein Körper das Bett bemerkte, machte sich die Erschöpfung, die an mir zerrte, bemerkbar. Automatisch musste ich gähnen.

»Ruh dich etwas aus. Ich besorge bis dahin das Nötigste. Irgendwelche Sonderwünsche?«

Ich ging die wenigen Schritte zum Bett und strich über die Bettdecke. »Einfache Kleidung und etwas zu essen, reicht vollkommen.«

»Wird gemacht.« Er machte eine salutierende Geste und verschwand aus dem Zimmer.

Es war schon einige Tage her, dass ich allein war. Und wenn ich ehrlich war, genoss ich die Ruhe. Vielmehr das Gefühl der

Dankbarkeit für einen ruhigen Moment, der sich nicht nach Flucht anfühlte. In dem Moment, in dem wir die magische Mauer nach Floranys überquert hatten, hatte sich ein wohlig warmes Gefühl in meine Brust geschlichen. Ein Gefühl der Sicherheit.

Wie fremdgesteuert kletterte ich ins Bett und das erlösende Gefühl, das sich in mir breitmachte, nachdem ich mich auf die etwas harte Matratze gelegt hatte, übermannte mich.

Automatisch schloss ich die Augen und ein erleichternder Seufzer brach aus meiner Kehle hervor. Meine geschundenen Gliedmaßen lockerte ich und versuchte, mich zu entspannen.

In Floranys war es das gesamte Jahr über so warm, dass das Zimmer über keinen Kamin verfügte. Kein knackendes Geräusch der glühenden Scheite. Auch aus den angrenzenden Zimmern konnte ich keinerlei Geräusche vernehmen.

Es war totenstill.

Unzählige Gedanken strömten durch meinen Kopf.

Ich konnte es mir nicht erklären, wieso Zane mir so etwas angetan hatte. Wieso hatte er mich nach Westerys eingeladen? Wieso an den Prüfungen teilgenommen? Und die wichtigste Frage von allen: Wieso hatte er mir gesagt, er würde sich auf die Zukunft mit mir freuen, um jede Kleinigkeit von mir kennenzulernen, wenn er es sowieso nicht vorhatte?

Vielleicht wäre eine Heirat mit mir für ihn nur politisch und taktisch wertvoll gewesen und er hatte nie vorgehabt, eine ehrliche Ehe zu führen.

Ich war vor meinem zukünftigen Ehemann geflohen, hatte meine Heimat und damit auch meine Familie verlassen und heute einem Wandler gegenübergestanden und diesen getötet.

Es war alles zu viel.

Meine Augenlider fühlten sich immer schwerer und schwerer an und verschlangen somit jeden Gedanken, während ich in einen tiefen Schlaf fiel.

Kapitel 23 Oriana

Kühler Wind strich über mein Gesicht, während ich langsam aufwachte. Es dauerte eine Weile, bis ich begriff, wo ich mich befand. Jemand musste eine Decke über mich gelegt haben, während ich geschlafen hatte. Und dieser Jemand saß auf dem Hocker, der gegenüber von dem Bett stand.

Clarence lächelte mir entgegen.

»Guten Abend«, sagte er und stützte seine Ellenbogen auf die Knie. Hinter ihm auf dem Tisch brannte eine kleine Öllampe, denn ich hatte anscheinend so lange geschlafen, dass sich der Tag bereits dem Ende zuneigte. Zumindest dämmerte es.

Ich rieb mir den letzten Schlaf aus den Augen, setzte mich langsam auf und zog die Decke näher an meine Brust.

»Wie spät ist es?«, fragte ich und blickte zu dem kleinen Fenster, das Clarence geöffnet haben musste.

»Kurz vor acht«, erwiderte er. »Während du deinen Schönheitsschlaf hoffentlich genossen hast, habe ich uns frische Kleidung besorgt.« Er griff neben sich in eine braune große Tüte und holte ein Sommerkleid hervor.

Die gepufften Ärmel und der schulterfreie Schnitt fielen mir direkt auf. Der marineblaue Stoff war von einem weißen Blumenmuster überzogen und gefiel mir unglaublich gut.

Ich überlegte, ob ich auf unserer Reise jemals meine Lieblingsfarben erwähnt oder ob er sie zufällig ausgewählt hatte.

Dann zog er ein Paar schwarze Ballerinas hervor und … weiße Spitzenunterwäsche.

Er hatte mir tatsächlich Unterwäsche gekauft? Ich wusste nicht, ob ich ihm um den Hals fallen sollte, um ihn vor Dankbarkeit zu drücken, oder ob ich mich lieber vor Scham unter der Decke verkriechen sollte.

»Sieht es wirklich so schrecklich aus?« Fragend zog er eine Augenbraue nach oben und beäugte die Kleidungsstücke.

»Nein, nein. Das ist es nicht«, erwiderte ich und merkte, wie meine Wangen anfingen zu glühen. »Es gefällt mir sehr. Das Kleid hat meine Lieblingsfarben.«

Clarence hatte meine neu gekauften Kleidungstücke auf seinem Schoß abgelegt, griff nun wieder in die Tüte und holte ein dunkelrotes Seiden-Nachtkleid mit dünnen Trägern und Spitzensaum heraus. »Dieses Kleid gefällt mir besonders gut. Ich dachte, ich besorge genügend Kleidungsstücke für verschiedene Anlässe.« Ein verruchtes Lächeln schlich sich auf seine Lippen, gefolgt von einem kurzen Zwinkern.

»Ach ja, vielen Dank, mein Prinz«, erwiderte ich und versuchte, möglichst formell zu klingen, um meine Verlegenheit zu überspielen. »Ich finde es sehr umsichtig von Euch, dass Ihr bemüht seid um die Robe, die ich beim Schlafen trage.« Ein Lachen entfuhr meiner Kehle und Clarence erwiderte dieses ebenfalls.

»Ich sorge mich um Eure Bedürfnisse, meine Prinzessin.« Sein Blick wanderte über meinen Körper.

»Das glaube ich Euch aufs Wort.«

Die Spannung, die sich zwischen uns aufbaute, spitzte sich zu und mein Inneres zog sich zusammen.

Die Hitze in seinen braunen Augen ließ mich vermuten, dass er mit seiner Beherrschung zu kämpfen hatte. Ich wusste, dass ich ihm gefiel. Jeder seiner Blicke, genauso wie seine Körperhaltung, verrieten ihn.

Er faltete die Kleider sorgfältig und stapelte sie auf dem Schreibtisch hinter ihm.

Mit einem Ruck schlug ich die Decke beiseite, sodass ich aus dem Bett klettern konnte. Auf Zehenspitzen bewegte ich mich Richtung des offenen Fensters, blieb davor stehen und beugte mich hinaus.

Vogelscharen zogen unruhig ihre Kreise zwischen den dunkler

werdenden Wolken. Ich sog die kühlere Abendluft in mich auf und atmete tief durch, um die aufgestaute Hitze in mir zu besänftigen. Der Geruch von frischem Regen wurde vom Wind in meine Richtung getragen, gefolgt von einem entfernten Donnergrollen.

»Es kommt ein Gewitter auf uns zu«, stellte ich fest und zog meinen Kopf aus der Fensteröffnung zurück. In diesem Moment klopfte es an der Tür. Fragend zog ich meine Augenbrauen zusammen und deutete mit dem Kopf in Richtung des Klopfens.

Clarence stand auf, öffnete wortlos die Tür und nahm ein silbernes Tablett entgegen.

»Sehe ich da richtig?«, fragte ich und merkte, wie das Wasser in meinem Mund zusammenlief. Sofort schoss der herrliche Geruch von Brathähnchen in meine Nase.

»Ich dachte, du hast bestimmt Hunger.« Clarence reichte mir einem Teller, worauf sich ein halbes Hähnchen inklusive Bratkartoffeln befanden.

»Schmeckt bestimmt besser als die improvisierten Gerichte der letzten Tage.« Er setzte sich mit seinem Teller auf den Hocker und stellte den Krug mit Wasser hinter sich auf den Tisch.

»Da schmeckt das Hähnchen eindeutig besser«, gab er zu.

»Ja, das finde ich auch.« Ich schob mir ebenfalls ein Stück des Hähnchens in den Mund, gefolgt von einigen Bratkartoffeln, die mit Salz und Rosmarin gewürzt waren.

Das Geräusch des fallenden Regens drang durch das Fenster, während wir unsere erste richtige Mahlzeit seit Tagen bis zum letzten Bissen verspeisten. Danach tranken wir noch den Krug Wasser leer und als wir fertig waren, stellte Clarence das Tablett mit dem leeren Geschirr vor die Zimmertür.

Der erste sanfte Regen entwickelte sich schnell zu einem strömenden Gewitter. Es war finster geworden, einzig und allein die Blitze erhellten die Nacht. Abgesehen von der winzigen Öllampe, die gerade genug Licht spendete, sodass man Umrisse erkennen konnte.

»Du solltest weiterschlafen, der Tag war anstrengend genug.

Morgen bei Sonnenaufgang brechen wir zur Hauptstadt auf. Lyra kann bis dahin bestimmt wieder fliegen und wenn alles gut läuft, erreichen wir noch vor Mittag den Palast.«

Ich erkannte, dass Clarence näher kam und nun dicht vor meinem Bett stand, auf dem ich saß. Ich musste meinen Kopf in den Nacken legen, um zu ihm aufzusehen.

Plötzlich schossen wieder dieselben Gedanken durch meinen Kopf. Was er alles für mich getan, für mich riskiert hatte, für eine Fremde. Was waren seine Beweggründe? War es eine Art Kick, etwas Verbotenes zu tun? Eine Prinzessin bei ihrer Flucht zu unterstützen?

Stattdessen platzte es aus mir heraus: »Ihr habt schon öfter hier genächtigt, Prinz Clarence.« Ich pausierte einen Moment. »Mit Euren Liebschaften?«

Sobald ich die Frage gestellt hatte, bereute ich sie auch schon. Denn eigentlich wollte ich es lieber nicht wissen. Doch seitdem der Wirt Clarence so herzlich in Empfang genommen hatte, als würde er regelmäßig hierherkommen, war mir diese Frage nicht aus dem Kopf gegangen.

Mit einem Schwung von Belustigung in der Stimme antwortete er: »Oh, Prinzessin Oriana ist eifersüchtig.« Die Dunkelheit verschluckte seine Gesichtszüge, die er bestimmt zu seinem typischen Grinsen verzogen hatte.

»Keineswegs. Ich kenne die Geschichten, die um den sagenumwobenen Prinz Clarence von Floranys kursieren. Die Frauengeschichten.« Ich räusperte mich. »Ich frage nur aus reiner Neugier.« Und das stimmte – zumindest bis zu einem gewissen Grad.

Clarence kam noch einen Schritt näher und nahm neben mir auf dem Bett Platz, sodass sich unsere Oberschenkel berührten. Immer wieder erhellten die Blitze den Raum und gaben einen Bruchteil einer Sekunde Sicht auf Clarence.

»Ich war nie mit irgendwelchen Frauen hier«, erklärte er und seine Stimme wurde ruhiger. »Laurent, Kyler und ich sind manchmal aus der Hauptstadt verschwunden, um ein paar Tage in Ruhe zu verbringen. Du weißt ja, wie es ist, in einer königlichen Familie aufzuwachsen. Jeder Schritt wird überwacht und bewertet.«

Und wie ich das wusste. Seitdem Dusan den Thron bestiegen hatte und somit Herrscher von Aseria geworden war, lebten Rohana und ich in einem goldenen Käfig. Dies schon sein ganzes Leben lang durchgemacht zu haben, wollte ich mir gar nicht vorstellen. Es musste schrecklich sein.

»Ich dachte nur, weil der Mann von der Theke … Ach, nicht so wichtig«, stotterte ich verlegen. Und plötzlich war sich mein Körper seiner Nähe mehr als bewusst. Sein warmer Atem streifte meine Wange, während er näher an mich heranrückte und an meinem Ohr innehielt.

Mein Herz hämmerte ungehindert gegen meine Rippen und meine Atmung beschleunigte sich. Sein angenehm vertrauter Geruch von Zedernholz gemischt mit frischer Zitrone ummantelte mich.

Sanft wickelte er eine lose Haarsträhne um seinen Finger und strich sie danach hinter mein Ohr. Zögernd senkte er seine Lippen und flüsterte mir zu: »Wenn ich zugeben darf«, er pausierte und ich hörte, wie er einmal tief einatmete, »es würde mir sehr gefallen, wenn du eifersüchtig wärst.«

»Da muss ich dich leider enttäuschen.«

»Bist du dir sicher?«

»Mehr als das«, murmelte ich.

Wie könnte ich eifersüchtig sein, wenn ich doch wusste, dass Clarence und ich ausschließlich eine freundschaftliche Beziehung miteinander hatten? Falls man das als Freundschaft bezeichnen konnte. Während wir heute im Fluss gebadet hatten und er mir so nahe gewesen war, war mir ein Gedanke durch den Kopf geschossen, der mir zuvor nie gekommen war. Denn auf der Flucht hatte ich andere Gedanken gehabt, die dauerhaft meinen Kopf in Besitz genommen hatten. Erst heute am Fluss war es mir bewusster geworden, nachdem ich die Hitze in seinem Blick gesehen hatte.

Clarence hatte genauso an den Prüfungen teilgenommen, sein Leben riskiert und das noch mehr als jeder andere. Wenn man unsere gemeinsame Flucht dazuzählte. Also was war sein Ziel hinter allem? Was würde passieren, wenn wir morgen die Hauptstadt erreichten?

»Oriana?«, flüsterte Clarence.

»Hm?«

»Was wolltest du mich fragen, bevor der Wandler aufgetaucht ist?«

Ich kniff meine Augenbrauen zusammen und versuchte, verwirrt zu wirken. »Was meinst du?«

»Du wolltest mich beim Fluss etwas fragen oder mir etwas erzählen. Es schien wichtig zu sein«, versuchte er, mich zu erinnern.

»Ich weiß es nicht mehr«, log ich. In irgendeiner Hinsicht war ich froh, dass wir unterbrochen wurden, denn das, was ich ihm sagen wollte, war dumm. Fürchterlich dumm. Rückwirkend betrachtet.

Ihm zu sagen, dass ich mich fragte, wie es geworden wäre, wenn Clarence die letzte Prüfung gewonnen hätte, wäre vermutlich nicht besonders klug gewesen. Natürlich kam mir der Gedanke, dass die Götter vielleicht Clarence für mich erwählt hatten und sich durch Zanes Betrug an unserem Verlobungsball nun wieder alles fügen würde. Mit Clarence.

»Ich bin müde«, räumte ich ein, um das Gespräch in eine andere Richtung zu lenken.

»Dann werde ich in dem Bett schlafen, damit du morgen auch wirklich ausgeruht bist.« Er zeigte auf das Einzelbett, das an der gegenüberliegenden Wand stand. Zuerst hatte der Wirt von einem Doppelbettzimmer gesprochen, allerdings dürfte Clarence mit ihm ein weiteres Bett ausgehandelt haben. »Denn wenn ich hier bei dir schlafen würde, Oriana …« Er machte eine kurze Pause und strich seine goldenen Locken aus dem Gesicht, bevor er mit einem Schmunzeln fortfuhr: »Dann wird keiner von uns heute Nacht ein Auge zumachen.«

Verdammte Götter, da ist aber jemand selbstsicher.

»Du bist unmöglich, Clarence«, erwiderte ich knapp. »Außerdem kann ich mich nicht daran erinnern, dich in mein Bett eingeladen zu haben.«

»Dann hast du anscheinend vergessen, deine Gedanken laut auszusprechen.« Er legte sich in sein Bett, streckte die Arme von sich, nur um sie danach als Kopfkissen zu benutzen.

Ich schlüpfte aus dem Bett und schnappte mir das Nachthemd, das auf dem Tisch lag.

»Was machst du?«, fragte Clarence.

Demonstrativ hielt ich das Nachtkleid höher. »Mir etwas Vernünftiges anziehen.« Obwohl *vernünftig* nicht das richtige Wort für dieses feine Kleidchen war.

Ich ging in den Flur und suchte einen Baderaum, um mich dort umzuziehen.

Als ich zurück ins Zimmer kam, schlief Clarence bereits, weshalb ich nicht lange überlegte und ebenfalls versuchte, in den Schlaf zu finden.

Kapitel 24 Oriana

Ein Rumpeln riss mich aus dem traumlosen Schlaf. Ich wusste nicht, wie lange ich geschlafen hatte, jedoch war es in meinem Zimmer noch immer stockdunkel, denn das wenige Licht der Öllampe war vollständig erloschen.

Das Gewitter war vorübergezogen und zwischen den dunklen Wolken hindurch fiel das Vollmondlicht gedämpft durch das kleine Fenster.

Ich richtete mich auf. Mit beiden Händen rieb ich mir über die Augen und kniff meine Brauen zusammen, in der Hoffnung, eine bessere Sicht zu bekommen.

Clarence hatte nichts bemerkt, denn soweit ich erkannte, schlief er weiterhin tief und fest.

Wieder rumpelte etwas im Flur. Neugierig wie ich war, konnte ich nicht ans Schlafen denken, bevor ich dem Geräusch nicht auf den Grund gegangen war.

Um Clarence nicht zu wecken, schlüpfte ich leise aus dem Bett und tapste auf Zehenspitzen durch den Raum. Langsam drückte ich die Türklinke runter, ging in den Flur und schloss die Tür hinter mir. Hier war es genauso dunkel und ich tastete mit den Händen umher, damit ich nirgends gegen lief.

Plötzlich hörte ich das Knarren der Treppe und erstarrte noch in der Bewegung. Ebenfalls bereute ich es, die Mutige gespielt zu haben. Wie konnte ich ernsthaft, während ich vermutlich in allen fünf Königreichen gesucht wurde, in den Flur eines Gasthauses huschen, weil ich dachte, ich hätte ein Geräusch gehört?

Vielleicht war es nur einer der anderen Gäste. Der Stallbursche meinte, dass das Gasthaus beinahe vollständig belegt war.

Das war es bestimmt. Sicher.

Einfach nur ein anderer Gast, der den Nachttopf aufsuchte.

Ich starrte den langen Flur hinunter, dorthin, wo die Treppe in den ersten Stock führte. Dabei hielt ich meine Hand an mein rasendes Herz, als ob ich es so beruhigen könnte.

Götter, ich sollte zurück in mein Zimmer gehen und Clarence wecken, denn mein grummelndes Bauchgefühl wurde immer intensiver.

Sofort machte ich auf dem Absatz kehrt und lief auf Zehenspitzen zurück zum Zimmer.

Nach wenigen Schritten umschlang jemand meine Taille und drückte mich an sich. Gleichzeitig presste sich eine andere Hand auf meinen Mund und erstickte meinen aufsteigenden Schrei.

»Psst. Alles ist in Ordnung«, hörte ich eine tiefe Stimme dicht an meinem Ohr, konnte sie jedoch durch das plötzliche Rauschen in meinen Ohren nicht zuordnen. »Du musst jetzt mucksmäuschenstill sein. Hast du verstanden?«

Panik durchflutete meinen Körper. Ohne lange zu überlegen, biss ich ihm, so fest ich konnte, in die Hand. Mein Kiefer schmerzte höllisch, während sich meine Zähne fest in sein Fleisch gruben. Jedoch war es den Schmerz wert.

Laut fluchend wurde die Hand von meinem Mund gerissen, auch der Arm um meine Taille lockerte sich. »Verdammt! Was sollte das?«

Ich überlegte nicht lange, nutzte den Moment und riss mich los. Summend meldete sich meine Magie und ich bemerkte, wie meine Fingerspitzen bereits kribbelten. Jedoch kam ich nicht weit, denn wieder wurde ich zurückgerissen. Diesmal wirbelte mich der Mann herum und presste mich mit seinem Körper gegen die Wand, bevor sich seine Hand wieder über meinen Mund legte. Er schob seinen Oberschenkel zwischen meine Beine, weshalb ich nicht nach ihm treten konnte.

Ich hatte bereits meine blau glühende Hand auf seine Brust gelegt, um ihm einem Eisstoß verpassen zu können. Dies spendete gerade genügend Licht, um die zuerst dunkle Silhouette zu erkennen. Der scharfe Kiefer, die gerade Nase …

So viele Dinge prasselten gleichzeitig auf mich herein, dass ich keinen klaren Gedanken fassen konnte und ich stocksteif verharrte.

Zane legte seine Lippen dicht an mein Ohr, sodass sein warmer Atem meine Haut streifte. »Beruhige dich, ich hole dich hier raus, aber du musst leise sein, sonst weckst du noch Clarence.«

Dass ich genau das wollte, konnte ich ihm dank seiner Hand an meinem Mund nicht mitteilen. Also nickte ich, damit er dachte, ich würde verstehen.

»Wenn du es noch einmal wagst, mich zu beißen.« Er schmunzelte kurz und, Götter, dieses Lächeln sollte ich in dieser Situation als weniger attraktiv wahrnehmen. »Dann beiße ich dich zurück. Jedoch nicht in die Hand.« Noch immer dicht an meinem Ohr, biss er seine Zähne mit einem Klacken demonstrativ aufeinander.

Ich zuckte zusammen.

Was ihm wieder ein leises Lachen entlockte.

Hinter Zane tauchten vier seine schwer bewaffneten Männer auf und ich vermutete, dass rund um das Gasthaus noch mehrere von ihnen auf uns warten würden. Einer hielt eine Öllampe in der Hand, weshalb ich sie alle gut erkennen konnte.

»Wir gehen zurück ins Lager«, befahl Zane ihnen und ließ von mir ab. Zwei von ihnen packten mich auf sein Kommando jeweils an meinen Oberarmen.

Sofort wehrte ich mich, woraufhin diese ihren Griff verstärken, sodass meine Oberarme brannten. »Lasst mich verdammt noch mal los!«

»Wehe, ihr verletzt sie«, knurrte Zane und warf ihnen einen vielsagenden Blick zu.

»Aber sie wehrt sich«, sagte einer seiner Männer.

Es gelang mir, eine Hand frei zu bekommen und ich berührte damit die Hand des anderen Mannes, die daraufhin gefror. Sofort zuckte er zurück und unterdrückte seinen Schrei.

Euphorisch über meinen kurzen Sieg, bemerkte ich erst, dass

sich Zane in Bewegung gesetzte hatte, als ich schon über seiner Schulter lag.

Ich keuchte überrascht auf, während ich kopfüber von seiner Schulter baumelte. Zuerst strampelte ich und schlug auf ihn ein, verpasste ihm sogar einige Erfrierungen am Rücken, die er jedoch wegsteckte, als wären es lästige Insektenstiche. Das musste an seiner Feuermagie liegen, anders konnte ich es mir nicht erklären. Jeder andere wäre wenigstens zusammengezuckt.

Erst als wir die Treppe runtergingen, umklammerte ich seine dunkle Tunika, um besseren Halt zu finden. Wie widersprüchlich.

Nachdem wir den Treppenabsatz erreicht hatten, erkannte ich den Wirt, der mit gesenktem Kopf dastand. Wir machten direkt vor ihm Halt. Er hob den Kopf und seine eiskalten Augen trafen meine. Es war keine Reue in seinem Blick zu erkennen. Im Gegenteil. Er nickte Zane knapp zu.

»Vielen Dank, dass ihr meine Verlobte für mich gefunden habt«, bedankte sich Zane bei dem Wirt.

»Es war meine Pflicht«, erwiderte der bärtige Mann und wich einen Schritt beiseite.

Als wir am Vortag die Herberge betraten, wirkte der Besitzer erfreut über Clarence' Besuch. Was verständlich war, denn obwohl Clarence nicht der Lieblingsprinz der meisten war, freute sich bestimmt jeder, ein Mitglied der königlichen Familie als Gast beherbergen zu dürfen.

Alles wirkte so absurd. Wieso arbeitete er mit Zane zusammen? Woher kannten sie sich? Kam er vielleicht aus Westerys? Der dunklere Teint wäre ein Indiz.

»Für deine Mühen.« Zane streckte die Hand aus und drückte dem verräterischen Bastard mehrere Goldmünzen im Vorbeigehen in die Hand.

»Ich danke euch.« Er verbeugte sich knapp und machte dann auf dem Absatz kehrt und verschwand.

Zane ging weiter und ich kämpfe wieder gegen ihn an, bis die kühle Nachtluft durch mein Haar strich und einige Strähnen mir ins Gesicht wehten.

Vor dem zwielichtigen Gebäude warteten vier weitere Männer und eskortierten uns durch die schmalen Gassen von Sarous.

Noch immer war es tiefste Nacht und weit und breit waren keine Dorfbewohner zu sehen. Zane konnte mich verschleppen, ohne dass es auch nur irgendjemand mitbekam.

Jedoch vernahm ich ein entferntes Wiehern, das sich schwer nach Lyra anhörte. Schlagartig begann mein Herz wie wild zu hämmern. Vielleicht hatte Clarence bemerkt, dass Zane mich entführte?

Je weiter wir uns von dem Gasthaus entfernten und durch die dunklen Gassen wanderten, umso mehr löste sich meine Hoffnung, dass Clarence kommen und mich retten würde, in Luft auf. Vielleicht war es auch besser so, denn wenn es zu einem Kampf käme, hätte er keine Chance gegen Zane.

»Wohin bringst du mich?«, wollte ich wissen. Seitdem wir das Gasthaus verlassen hatten, waren das die ersten Worte meinerseits. Mit möglichst wenig Widerstand könnte ich vielleicht in einem unbeobachteten Moment fliehen. Doch wohin sollte ich fliehen?

»Du kommst mit mir in mein Lager, es liegt etwas außerhalb von Sarous«, erklärte er. »In ein paar Tagen werden wir Westerys erreichen. Dort hat es dir damals gefallen, oder?«

Gute Miene zum bösen Spiel, Oriana.

»Es war sehr schön dort, ja«, gab ich zu und zwang mich zu einem halben Lächeln, obwohl er es nicht sah. Noch immer baumelte ich wie ein Sack Kartoffeln von seiner Schulter. »Aber mein letzter Besuch war freiwillig. In der Gefangenschaft von einem Tyrannen stelle ich mir den Palast etwas unangenehmer vor.«

Na toll, das hat ja hervorragend geklappt.

Zane lachte bei meinen Worten. »Gefangenschaft?«, prustete er. »Wieso denkst du, dass du als Gefangene lebst, Oriana? Was denkst du denn von mir?«

Dass du ein verdammter Bastard bist, hätte ich ihm am liebsten an den Kopf geworfen, entschied mich jedoch dagegen und blieb ruhig.

»Du bist meine Braut, du wirst irgendwann mit mir über Westerys regieren. Unser Königreich«, erklärte er und fuhr sich mit einer Hand durch sein dunkles Haar, während seine zweite Hand fest um meine Oberschenkel geschlungen war.

Dachte er ernsthaft, dass ich ihn nach all dem, was er mir angetan hatte, ohne Weiteres heiraten würde?

Hinter uns ragten die Stadtmauern empor, während wir einen schmalen Feldweg entlang bis zu einer Lichtung am Waldrand wanderten. Mehrere Zeltspitzen blitzten schon von der Ferne aus zwischen den Pflanzen hervor.

»Wie lange wird die Reise dauern?« Das Interesse in der Frage war nur zum Teil geheuchelt. Ich hatte niemals vor, Westerys zu erreichen. Wichtig war nur, die Information zu bekommen, wie viele Tage ich Zeit hatte, meine Flucht zu planen, und sie im richtigen Moment umzusetzen. Sobald ich den Palast einmal von innen gesehen hätte, würde Zane nicht zulassen, dass ich ihn jemals wieder von außen zu Gesicht bekäme, da war ich mir sicher.

»Ungefähr ein zwei- oder vielleicht dreitägiger Ritt.«

Zwei oder drei ganze Tage, um meine Flucht zu planen, müssten reichen.

Auf direkten Weg steuerten wir zwischen Lagerfeuern, an denen mehrere Männer saßen und sich mit Kartenspielen amüsierten, vorbei und auf das größte der Zelte zu. Natürlich musste es Zanes sein.

Kapitel 25

Oriana

Inmitten des Zeltes befand sich ein einfaches Bett, das von weißen Laken bedeckt war. Generell war das Zelt eher zweckmäßig eingerichtet. »Wieso hast du überhaupt keine Skrupel dabei, mich nur einige Gehminuten von dem Gasthaus entfernt gefangen zu halten?«, fragte ich, als Zane mich endlich am Boden abgestellt hatte. Als ob Clarence sich nicht die Mühe machen würde, mich zu suchen. Oder dachte Zane, er wäre so unantastbar, dass Clarence vor einem Kampf mit ihm zurückschreckte?

»Gefangen zu halten? Ich entführe dich doch nicht«, sagte Zane, trat einen Schritt näher, strich mit seinem Zeigefinger über meine Wange und beobachtete dabei jede Regung meinerseits. Seine tiefschwarzen Augen nahmen einen warmen Blick an und auf seinen Lippen bildete sich ein zartes Lächeln. Anscheinend hatte er jetzt vollkommen den Verstand verloren.

»Wie würdest du es sonst nennen?«, zischte ich. In meinem Blick konnte man bestimmt die Wut erkennen, die gegenwärtig in mir brodelte.

»Ich möchte nur Antworten.«

»Welche verdammten Antworten? Du siehst dich in der Position, Antworten zu fordern? Du schleifst mich aus dem Gasthaus, schmeißt mich über die Schulter wie einen nutzlosen Sack und jetzt bin ich hier, ohne dass du je gefragt hast, ob ich das will.«

»Wieso bist du weggelaufen? Warum hast du mich angegriffen?«, fragte er mit Ruhe in der Stimme.

»Dass du dich das allen Ernstes überhaupt zu fragen wagst.« Ich schlug seine Hand von meinem Gesicht und trat einen Schritt zurück.

»Ich meine, Oriana, ich liebe dein Temperament, aber töten solltest du mich nicht.«

Zane schluckte merklich und seine Lippen verzogen sich zu einem festen Strich.

Ungefiltert sprudelten die Worte nur so aus mir heraus. »Ich habe euch gesehen. Verdammt, Zane, ich habe gesehen, wie du dich an unserem verfluchten Verlobungsball mit einer anderen Frau getroffen hast und ihr … Argh.« Ich raufte mir die Haare.

Sein Gesicht erstarrte zu einer undeutlichen Miene, was mich durchaus verwunderte. Er war derjenige, der seine Hände an jemand anderen gelegt hatte.

»Oriana, bitte, lass es mich erklären. Es war ganz anders, als du vielleicht denkst.«

»Oh, es ist doch nie so, wie es aussieht, oder? Denkst du, du kannst mich für dumm verkaufen?«

»Hör mir einfach zu«, flehte er und wirkte durchaus aufrichtig, doch das kümmerte mich nicht.

»Ich denke nicht einmal dran. Weißt du, wie sehr du mich verletzt hast?« Tränen der Wut glänzten in meinen Augen, als meine Stimme immer energischer wurde.

»Oriana …« Er streckte mir seine Hand entgegen und versuchte, damit nach meiner zu greifen. Doch ich schlug sie sofort weg.

»Nein, jetzt rede ich! Kannst du dir überhaupt vorstellen, wie es für mich war? Du machst mir Komplimente, lädst mich nach Westerys ein, nimmst an den bescheuerten Prüfungen um mich teil und dann?« Ich schüttelte den Kopf. »Wenn du mich von Anfang an nie wolltest, wofür dann das Ganze? Hat es einen politischen Zweck? Ich meine, mir ist bewusst, dass die Allianz einer der Nebengründe war. Was hattest du dir sonst noch von unserer Ehe erhofft?« Die lodernde Wut brodelte immer weiter in meinen Venen, sodass feine Eissplitter aus meinen Handflächen schossen.

»Hör mir zu«, bettelte er wieder und kam einen Schritt näher. Doch ich stieß ihm gegen die Brust und drückte ihn von mir weg. Immer wieder versuchte ich, gegen seine harte Brust zu boxen.

»Du verlogener Mistkerl«, schluchzte ich. Der Schmerz, der in meiner Brust wohnte, wurde durch das Aufeinandertreffen mit Zane wieder zum Vorschein gebracht. Die vergangenen Tage hatte ich ihn, so gut es ging, in mir verschlossen.

Nach einigen Schlägen umfasste er ruckartig meine Handgelenke.

»Oriana!« Er drückte mich gegen einen Holzpfosten, der hinter mir stand und schob sein Bein zwischen meine.

Mein Rücken bog sich durch, als er meine Hände jeweils links und rechts neben meinem Körper fixierte. Ich strampelte wild um mich, was zur Folge hatte, dass Zane seinen Griff nur verstärkte.

»Beruhig dich doch.«

»Lass mich los, du Mistkerl.« Ich sammelte meinen Speichel und spuckte ihm ihn, ohne zu überlegen, mitten ins Gesicht.

Er riss seine Augen weit auf und zeigte keinerlei Regung. Auch ich hörte kurz auf, mich zu bewegen.

Er stieß ein lautloses Lachen aus und wischte mit dem Oberarm über sein Gesicht, bevor er das Wort an mich richtete. »Ich muss schon zugeben, mir gefällt deine rebellische Art. Doch bitte ich dich, beim nächsten Mal, wenn du mich schon anspucken musst, auf ein anderes Körperteil zu zielen.« Er blickte an sich hinab und an seinen Mundwinkeln zupfte ein breites Lächeln. Seine weißen Zähne schrammten kurz über seine Unterlippe, bevor er ein weiteres Lachen ausstieß.

Ich wehrte mich nicht mehr und gab auch keinen Ton von mir. Ich trug gerade einen Kampf gegen mich selbst aus.

Wieso musste er auch so verflucht gut aussehen – bei allem, was er machte?

Noch immer war das Einzige, was ich am Leib trug, das dunkelrote Seidennachthemd. Was ich bei dem nahen Körperkontakt überdeutlich wahrnahm.

Fixiert am Balken, legte Zane seine verschwitzte Stirn an meine. Was tat er da?

Er war mir so nah, dass ich seinen heißen Atem an meinen Lippen spüren konnte, während er sprach. »Seitdem ich dich in

Westerys gesehen habe, warst du die Einzige für mich.« Er räusperte sich kurz und seine Stimme wurde sanft. »Und nach der letzten Prüfung habe ich dir versprochen, dass ich dich immer ehren werde. Dass ich alles in meiner Macht Stehende tun werde, um dich glücklich zu machen.«

Ich konnte mich noch gut an jenen Abend erinnern. Er war so intensiv gewesen, dass ich ihn keinesfalls vergessen könnte.

»Niemals hätte ich mich mit einem anderen Mann getroffen. Geschweige denn einen anderen geküsst … oder was auch immer du getan hast.«

Ich wollte meine Fingernägel voller Hass in seine Haut rammen, um ein Ventil für die vergangenen Tage und Wochen zu erschaffen. Ihm einen Bruchteil von dem spüren zu lassen, was ich fühlte.

»Ich weiß, was ich gesehen habe!«

»Und das war?«, schoss er als Gegenfrage zurück. »Sag mir, Oriana. Was hast du gesehen?«

Ich biss die Zähne fest aufeinander, als die Erinnerung wieder aufkam. Zane, wie er um Mitternacht im Eisskulpturengarten stand und seine Hand in die Kapuze einer anderen Frau schob …

»Das verlangst du nicht allen Ernstes von mir?«

»Oriana.« Er formte meinen Namen wie ein Gebet. »Ich habe weder eine andere Dame geküsst noch sonst irgendetwas in der Art getan. Ich würde dir alles erklären, wenn du mich ausreden lässt.«

»Was hattest du mit ihr dort draußen vor? Zane, es war unser verdammter Verlobungsball und du dachtest, bevor wir verheiratet werden, willst du dich noch einmal frei fühlen? Oder was war deine Intention dahinter?« Die Worte sprudelten nur so aus mir heraus. »Oder war dein Plan, von Beginn an unserer Ehe nebenher mehrere Mätressen zu haben?«

»Nichts dergleichen«, behauptete er.

»Ich sträubte mich so gegen eine Heirat, weil ich einfach so eine Angst davor hatte, in einer lieblosen Ehe festzustecken. Doch nach unserer Zeit in Aseria kamen die Gefühle von damals wieder hoch und ich konnte mich mit dem Gedanken anfreunden, dass wir zwei …« Ich brach kurz ab, da mein Hals brannte. »Ich habe mich dir gegenüber geöffnet, nur damit du mein Herz nimmst und in deiner Hand zerquetschst.«

»Ich wollte dich niemals verletzen, Oriana. Niemals.« Er entfernte sich von mir und sah mir ins Gesicht. »Das musst du mir glauben.«

Einen Moment der Stille weilte zwischen uns. Der pochende Schmerz wurde damit intensiver.

Zu viel Unerklärliches war zwischen uns passiert und zuerst musste ich meine Gedanken sammeln.

»Ich glaube, wir sind hier fertig«, murmelte ich emotionslos und deutete mit dem Kopf auf den Zelteingang.

Er trat einige Schritte rückwärts.

»Lass es mich erklären.«

»Wir. Sind. Hier. Fertig«, wiederholte ich, diesmal mit bestimmender Stimme.

»Natürlich, ich wünsche dir noch eine gute Nacht, Oriana.« Nachdem er sich tief verbeugt hatte, machte er auf dem Absatz kehrt und verließ das Zelt. Sein Verhalten war so unglaublich eigenartig, dass ich mich noch einige Minuten regungslos gegen den Holzpfahl lehnte und auf den Zeltausgang starrte. Als ob Zane jede Sekunde ins Zelt stürmen würde und unser Wortgefecht wieder anstacheln würde.

Natürlich passierte nichts dergleichen.

Also beschloss ich, es mir in dem Bett gemütlich zu machen, und kuschelte mich unter die weiche Decke.

Zanes Duft fand den Weg in meine Nase, denn das gesamte Bettzeug roch nach ihm. Noch immer schmerzte mein Herz wegen seines Verrats. Es war das erste Mal gewesen, dass ich mich einem Mann geöffnet hatte. Das erste Mal, dass ich Gefühle für jemanden hegte. Jedoch war er nicht der Mann, für den er sich ausgab.

Ob er mir wohl jemals erzählen würde, dass nicht er derjenige gewesen war, der den Bluthasen bei der letzten Prüfung gefunden hatte?

Meine Muskeln entspannten sich und ich sank tiefer in die Laken. Die vergangenen Tage hatten meine Kraftreserven vollkommen ausgelaugt. Wenn ich könnte, würde ich tagelang durchschlafen, damit mein Körper sich einigermaßen wieder erholen würde.

Zane

»Sollen wir dein Zelt mit einem magischen Schloss versperren, damit die Prinzessin nicht die Flucht ergreift?«, erkundigte sich mein erster Kommandant.

»Wenn irgendwer irgendetwas in dieser Art unternimmt, werde ich denjenigen auspeitschen lassen. Sie ist meine Verlobte und somit eure zukünftige Königin«, knurrte ich. Dass ich mir nicht sicher war, ob Oriana mich nach dem, was am Verlobungsball passiert war, überhaupt noch heiraten wollte, verschwieg ich. »Also behandelt sie verdammt noch mal wie eine!«

»Verstanden«, erwiderte Kommandant Gavriel, der schon seit Jahren wie mein bester Freund an meiner Seite war.

»Aber es war nicht so königlich, sie gegen ihren Willen aus dem Gasthaus zu zerren«, murmelte Gavriel und zog eine seiner hellen Augenbrauen nach oben.

»Du weißt genauso wie ich, dass es unvermeidlich war.«

»Ich meine ja nur. Du hättest etwas mehr deinen Charme spielen lassen können.« Mit hinter dem Rücken verschränkten Händen ging Gavriel neben mir her.

»Es lag nicht an meinem Charme, dass sie nicht mitkommen wollte. Sondern … du weißt genau, was passiert ist.« Noch immer fragte ich mich, wer für die Täuschung verantwortlich war. Wer hinter dem gesamten Schlamassel, der an unserem Verlobungsball verursacht wurde, steckte.

Clarence und seine floranische Sippe waren auf meiner Verdächtigenliste ganz weit oben. Denn dass gerade er, nachdem ich ihm den Bluthasen abgeknöpft hatte, zufällig mit Oriana floh, fühlte sich nach mehr als nur einem Zufall an.

»Schon irgendwelche näheren Informationen zu dem Vorfall?«, erkundigte sich mein Kommandant.

»Noch nicht, aber meine Spione ermitteln auf Hochtouren. Es wird nicht mehr lange dauern, bis der Schuldige gefunden wird. Die Götter mögen ihm beistehen, denn meine Strafe wird nicht mild ausfallen«, murrte ich mit zusammengebissenen Zähnen.

Von links nach rechts und von rechts nach links wälzte ich mich auf der unbequemen Pritsche, die heute Nacht mein Bett darstellte. Aber ich hatte keine Sekunde überlegt, Oriana mein Zelt zu überlassen. So wie sie aussah, würde ihr etwas Ruhe bestimmt guttun.

Nicht dass sie nicht das schönste Geschöpf war, das auf Erden wandelte, aber sie wirkte … erschöpft, mit ihrem zerzausten Haaren und den tiefen Augenringen.

Es hatte sich ausgezahlt, die Truppen aus Westerys anzufordern. Ich hatte Vaters Segen.

Hol dir deine Braut zurück, Junge, hatte er mir geschrieben.

Und das tat ich.

Tag und Nacht war ich unterwegs gewesen, um ihre Fährte nicht zu verlieren. Was der Pegasus als Reisegefährte beinahe unmöglich machte. Aber nur beinahe. Ich hatte sie rechtzeitig gefunden. Sie wollte zwar heute nichts mehr von mir wissen, doch morgen würde ich alles klarstellen, was passiert war. Und dann würde nichts mehr zwischen uns stehen – außer ihr fälschlich gebrochenes Herz. Und ich würde alles dafür geben, es wieder zusammenzusetzen und zu heilen.

Kapitel 26 Clarence

»Verdammt, Clarence«, rief mir jemand zu. Moment.

Sofort riss ich meine Augen auf und saß aufrecht mit rasendem Herzschlag im Bett. Durch das kleine Fenster neben dem Bett schlichen sich die ersten Sonnenstrahlen des Tages. Es dauerte zwar einen Augenblick, bis meine verschlafenen Augen die Sicht freigaben, jedoch erkannte ich die Stimme sofort.

»Laurent? Was machst du hier? Wie …« Ich räusperte mich. »Was ist los? Wie hast du uns gefunden?«

Ich sah zur Seite, zu Oriana. Ihr Bett war leer.

Was zur Hölle?

»Besser gesagt *dich* gefunden«, erwiderte er. Laurent betrat das Zimmer und die Tür fiel hinter ihm ins Schloss.

»Oriana, sie …«, begann er, bis er kurz pausierte und schluckte.

»Sie was?« Nur mit meiner Unterhose bekleidet sprang ich wie von der Tarantel gestochen aus dem Bett, stürmte zu Laurent und blieb wenige Zentimeter vor ihm stehen.

Seine stechend grünen Augen bohrten sich in meine und Mitleid schwang in seinem Blick.

Um Götters willen. Verdammt. Nein.

»Laurent, verdammt noch mal, was ist mit Oriana?«, fragte ich durch zusammengebissene Zähne. Rasend schnell hämmerte mein Herz in meiner Brust. Laurent zögerte einen Moment. Jedoch konnte ich keinen Augenblick länger warten.

»Raste jetzt nicht aus. Versprochen.« Seine Lippen verzogen sich zu einem Strich und pressten sich merklich aufeinander, während er meine Reaktion abwartete.

»Ich sag es dir jetzt kurz und schmerzlos. Zane, er … Er

hat euch gefunden. Er hat Oriana. Er hat sie mitgenommen.«

Mein dummes Herz setzte aus, nachdem ich vernahm, was Laurent erzählt hatte. Das eintönige Rauschen, welches durch meine Ohren zog, verdrängte jegliche Vernunft und bracht pure, primitive, kochende Wut zum Vorschein.

»Wo hat er sie hingebracht? Und warum zur Hölle habe ich das nicht mitbekommen?« Ich raufte mir, wütend auf mich selbst, durch die Haare.

»Ich weiß es nicht genau. Ich vermute, er wird sie auf schnellstem Weg zu seinem Palast schleppen und darin einsperren. Ich verfolge ihn schon, seitdem er eine Großfahndung gegen euch in allen Königreichen angezettelt hat«, erklärte Laurent.

»Er hat was?« Ungläubig fiel mir die Kinnlade herunter. Und plötzlich ergab alles einen Sinn. Irgendjemand musste unseren Aufenthaltsort ausposaunt haben.

»Wie wagt Zane es überhaupt, eine Großfahndung gegen uns zu errichten? In meinem eigenen Königreich?«

»Na ja. Du kennst Zane, er ist ein Meister im *Tatsachen zu seinen Gunsten zu verdrehen*, zumindest konnte ich seinen Behauptungen keinen Glauben schenken.« Laurent zuckte mit den Schultern und strich sich einige seiner braunen Strähnen hinters Ohr.

»Er hat allen erzählt, dass du Oriana gegen ihren Willen entführt und seine Braut gestohlen hast. Ich wusste sofort, dass du so etwas niemals machen würdest. Ich persönlich vermutete ja, dass sie doch noch deinem Charme verfallen sein musste und freiwillig mit dir nach Floranys gereist ist. So war es doch, oder?« Er packte mich fest an meinem Oberarm und starrte mich an. »Clarence, sag mir bitte, dass du sie nicht gegen ihren Willen mitgenommen hast.«

Ich schlug seine Hände weg, als ich mit zusammengezogenen Augenbrauen erwiderte: »Spinnst du jetzt vollkommen? Natürlich habe ich sie nicht entführt! Was denkst du von mir? Gerade du.«

Und das fragte ich mich wirklich. Wie kam mein eigener

Bruder auf den Gedanken, dass an einer Entführung etwas dran sein könnte? Er kannte mich besser als ich mich selbst.

Laurent seufzte. »Oh, den Göttern sei Dank.« Seine Schultern sackten leicht nach unten. Er ging auf mein Bett zu und setzte sich darauf, bevor er den Kopf wieder in meine Richtung drehte.

Verdammt, Oriana. Meine Gedanken um sie schmerzten, wenn ich überlegte, dass sie in Zanes Gewalt war. Was sie durchmachen und wie viel Angst sie wahrscheinlich haben musste.

Jedoch würde mir Panik nicht weiterhelfen. Wir mussten einen perfekten Plan schmieden. Ich schnappte mir den kleinen Hocker, der am Schreibtisch stand, und setzte mich Laurent gegenüber.

»Irgendwelche Pläne, wie wir diesen Bastard und deine Geliebte aufspüren?«, fragte mich mein Bruder, und ein Schmunzeln schwang in seiner Stimme mit.

»Sie ist nicht … Ach, vergiss es.« Nach einer wegwerfenden Handbewegung wischte ich mir mit beiden Händen fest übers Gesicht, um einen vernünftigen Gedanken zu fassen. Mein Inneres war durchzogen mit brodelnder Wut und Rachelust. Doch ich durfte mich nicht von meinen Gefühlen, die ich für Oriana in meinen verkorksten Herzen hegte, übermannen lassen. Ich musste rational denken.

»Mit wie vielen Männern ist Zane gereist?«, wollte ich wissen.

»In etwa vier Dutzend Mann, vielleicht auch mehr.«

Grübelnd fuhr ich mir durch meine Locken, über meinen Nacken und hielt danach das Amulett, welches das einzige Andenken an meine Mutter war, in meiner Hand. Zwischen den Fingern hielt ich den hölzernen Anhänger und fühlte die Gravur unserer Insignien. Die Dornenkrone mit den Frühlingsrosen.

Eine Armee zu den Westerys-Inseln zu schicken, war keine Option, denn ich wurde offiziell der Entführung beschuldigt. Es war nur eine Frage der Zeit, bis Aseria Floranys angreifen würde, wenn sie nicht bald etwas von Orianas Aufenthaltsort erfahren würden. Würde Dusan uns helfen, Oriana zurück nach Hause zu bringen? Ich kannte den neuen König von Aseria nicht wirklich, weshalb ich mir nicht sicher war, wie er auf die Wahrheit reagieren würde. Ob er sie glauben würde. Doch selbst wenn er die Wahrheit kennen würde, würde er Oriana beschützen?

Ein Gedanke jagte den nächsten, jedoch gab es keine Chance, allein gegen Zane und seine Männer anzukommen. Es musste doch eine Möglichkeit geben.

Wie ein Blitz durchzuckte mich der wahnsinnigste Gedanke, den ich wohl je zu denken gewagt hatte. Es war die einzige Möglichkeit, Oriana zu befreien.

»Bist du jetzt vollkommen verrückt geworden?« Kopfschüttelnd schaute Laurent mich mit großen Augen an, denn er schien in meiner Miene gelesen zu haben. Und vielleicht hatte er sogar recht.

Ich war verrückt geworden. Verrückt nach *ihr*. Verrückt nach Vergeltung.

Ich würde mein Versprechen einlösen, welches ich Oriana gemacht hatte. Und ebenfalls die Abmachung mit meinem Vater einhalten.

»Es ist die einzige Möglichkeit, Laurent, versteh doch«, versuchte ich, ihm zu erklären, und wusste, was ich ihm damit abverlangte, bei meinem Plan mitzumachen.

»Ist sie dir das wirklich wert? Wenn ja, werde ich dich immer unterstützen, das weißt du, Bruder«, versprach Laurent mir, stützte seine Ellenbogen auf seine Knie und fuhr sich übers Gesicht. »Überlege es dir gut. Danach gibt es kein Zurück mehr.«

»Sie ist alles auf dieser Welt wert.« Ich schluckte, als meine Stimme schwerer wurde. »Sie ist mehr wert als diese Welt.«

»Wenn das so ist, dann lass uns die Einzelheiten klären.« Ein breites Lächeln umspielte seine Lippen, sodass man fast all seine Zähne sehen konnte. Die Vorfreude auf Zanes Untergang und meine Rachegelüste ließen mein Blut unter meiner Haut prickeln. Meine Magie war bereit.

»Es wird diesem Bastard noch leidtun.«

Laurent nickte. »Er wird dafür bluten.«

Kapitel 27

Oriana

Ich hielt die Zügel der haselnussbraunen Stute fest zwischen meinen Fingern, während wir schon seit mehreren Stunden durch die dicht bewachsenen Wälder ritten. Etwa vier oder fünf Dutzend von Zanes Männer eskortierten uns von allen Richtungen.

Vogelgezwitscher und das Klappern der Hufe auf dem mit Steinen übersäten Waldboden waren die einzigen Geräusche, die zu hören waren.

Zane ritt auf seinem nachtschwarzen Hengst neben mir her. Jedoch unterhielten wir uns nicht. Im Augenwinkel bemerkte ich zwar immer wieder, wie sein Blick in meine Richtung fiel, dennoch hielt ich meinen Kopf geradeaus und riskierte keinen Blick. Er sollte meine kalte Schulter ruhig spüren, meine Abneigung gegen ihn.

Ein weißes Kleid war heute Morgen in seinem Zelt für mich bereitgelegt worden, welches ich nun am Leib trug. Es bestand aus feinen, fließenden Stoffen, die sich eng um meinen Oberkörper schmiegten und ab der Taille lockerer verliefen. Eine Stoffschicht schlängelte sich um meine Oberarme und gab dadurch einen einladenden Einblick auf meine Schultern und mein offenes Dekolleté. Um meinen Hals trug ich weiterhin die Kette mit dem Diamantanhänger und um mein Handgelenk das Kristallarmband. Es waren die einzigen Dinge, die mir das Gefühl von Heimat schenkten.

Natürlich war mein Kleid farblich auf Zanes Leinenhemd abgestimmt. Ich erkannte seine goldenen, auffälligen Ringe, die seine Finger schmückten, während er seinem Hengst über die Mähne streichelte.

»In dem Kleid siehst du besonders hübsch aus«, hörte ich Zane von der Seite.

Kurz schielte ich zu ihm und wandte danach sofort den Blick wieder ab.

»Es ist nicht so, als würdest du nicht immer umwerfend aussehen, doch heute –«

»Stopp«, unterbrach ich ihn laut und räusperte mich, bevor ich fortfuhr. »Deine Komplimente sind mir vollkommen egal. Sie ändern nichts an dem, was du getan hast oder wer du bist. An deiner Stelle wäre ich dankbar, dass ich dich nicht in der Nacht gesucht und erstickt habe.«

»Du könntest mich nicht töten. Das wissen wir beide.«

»Sei dir nicht so sicher.«

Seine ungehobelte Art verstärkte den Drang, ihn einfach erwürgen zu wollen.

»Oriana, du bist mir ein Rätsel.« Er zog die Zügel von seinem Hengst zu sich und stoppte das Pferd. Zane hob eine Hand und gab den Wachen zu verstehen, dass sie mit etwas Abstand von uns halten sollten. Diesem Befehl gingen sie wortlos nach.

»Alles lief so gut zwischen uns. Schon damals in Westerys. Ich habe in den Prüfungen um deine Hand gekämpft und gewonnen. Ich war glücklicher denn je. Und dann …« Er pausierte und strich sich fest über den Nacken, um vermutlich seine Gedanken zu sammeln. »Und dann verschwindest du nach unserem Verlobungsball einfach. Ohne mir ersichtlichen Grund.«

»Ohne dir ersichtlichen Grund, Zane?«, platzte es aus mir heraus. Das konnte er doch nicht ernst meinen. »Ist für dich *eine fremde Frau küssen* etwa nicht Grund genug? Gefühlt springst du von einer Lüge zur anderen.« Meine Wangen glühten vor Wut. Und ich musste mehrmals tief durchatmen, um meine Magie im Zaum zu halten, damit ich nicht etwas tat, was mich in noch mehr Schwierigkeiten brachte. Die Anspannung, die meinen Körper durchzog, fiel langsam, aber sicher von mir ab.

»Ich wollte es dir schon gestern Abend erklären, was an dem Abend deiner Flucht vorgefallen ist.« Er kramte in seiner Satteltasche herum, bis er ein weißes, etwas zerknittertes Stück Papier hervorzog.

»Hier« sagte er mit bedeckter Stimme und hielt mir den Brief hin.

Zane und seine dämlichen Briefe.

Ohne zu zögern, riss ich ihm das Papier aus der Hand und faltete es auf. Ich musterte die handgeschriebenen Worte.

Liebster Zane.
Triff mich um Mitternacht im Garten, ich werde dort auf dich warten.
In Liebe,
Prinzessin Oriana

Mit geöffnetem Mund starrte ich auf den Brief und konnte meinen Augen nicht trauen. Er wirkte so echt, dass selbst die Handschrift mit meiner eigenen fast identisch war. Genauso wie der *Drohbrief*, den Zane damals zurückbekommen hatte. Würde ich nicht wissen, dass ich nicht diejenige war, die diesen Brief geschrieben hatte, hätte ich ihn auch für echt gehalten.

Nichts ergab mehr einen Sinn.

Rasend klopfte mein Herz in meiner Brust und Tausende Gedanken strömten durch meinen Kopf.

Jemand hatte es mit Absicht getan.

Erneut.

In dem Moment, in dem ich den Brief näher an mein Gesicht hielt, um ihn genauer unter die Lupe zu nehmen, strömte der Duft von blumiger Vanille in meine Nase. Mein Duft.

»Ich … Ich …«, stotterte ich.

Zane stieg von seinem Pferd ab und blieb direkt vor mir stehen. Er griff nach meiner Hand und hielt diese fest in seiner.

»Der Brief ist nicht von dir«, stellte er fest. »Das wurde mir erst bewusst, als du auf uns losgingst. Die Kapuze des Mantels war so tief in die Stirn gezogen, dass nur Schatten zu erkennen waren.

Wie hätte ich mit etwas Derartigem rechnen können? Ich dachte, du wolltest Zeit für uns – allein.«

Ich schüttelte den Kopf.

»Es tut mir so unglaublich leid, Oriana. Der Brief wurde an jenem Abend unter dem Türschlitz zu meinem Gemach durchgeschoben. Natürlich ging ich davon aus, dass er von dir ist. Es ist deine Handschrift und dein Duft haftete an dem Papier. Außerdem war das mit den kleinen Briefen … Na ja, so unser Ding, dachte ich.«

Irgendjemand in Aseria versuchte, die Beziehung zwischen Zane und mir zu sabotieren. Und das schon seit über einem Jahr. Ein Verräter lebte unter dem Dach, in dem ich großgezogen worden war. In meinem Zuhause.

Mein Blick war starr auf Zane gerichtet, der mich mit Herzschmerz in den Augen ansah.

»Oriana«, sagte er mit gedämpfter, tiefer Stimme.

»Wer ist für den Brief verantwortlich? Und wieso? Wer war die Person?« Für alles, was mir in den letzten Tagen zugestoßen war, für alles, was ich hatte erleben müssen – und ziemlich sicher noch erleben würde – war der Verfasser oder die Verfasserin des gefälschten Briefs verantwortlich. Was mit Zane passiert war, die Flucht mit Clarence und der Kampf mit dem Wandler, der übrigens anders hätte ausgehen können … Ich hätte wegen eines dummen Briefes sterben können. Die Prüfungen waren nur veranstaltet worden, weil ich Zanes einundzwanzig Briefe nie zu Gesicht bekommen hatte. Wenn ich sie bekommen hätte, dann … *Wer weiß. Vielleicht hätte ich mich für ihn entschieden.*

»Ich weiß es nicht«, erwiderte er und ich merkte, wie sehr er mich am liebsten in den Arm nehmen und trösten würde, doch dazu war ich nicht bereit.

»Wie, du weißt es nicht? Du musst irgendetwas gesehen haben. Außerdem hast du die Person geküsst.«

»Erstens habe ich sie nicht geküsst, Oriana. Nenne es eine Intuition, aber irgendetwas kam mir eigenartig vor, weshalb ich, bevor sie mich küssen konnte, einen Schritt zurücktrat. Ohnehin hätte ich zuvor die Kapuze zurückgezogen. Wenn du es gewesen wärst, hätte ich dich dabei sehen wollen. Aber so weit kam es nicht, denn da hörte ich auch schon den Eisboden knacken.«

»Hätte das etwa ein schlechter Scherz werden sollen?«, zischte ich. Gleichzeitig fiel mir ein Stein vom Herzen, als ich hörte, dass er nie eine andere Frau geküsst hatte.

Er hatte nie eine andere geküsst oder mich hintergangen. Aber es könnte sich genauso gut um eine Lüge von Zane handeln, um mein Gemüt zu besänftigen. Doch dann blieb noch die Frage, wieso er das Ganze tat.

»Ich denke nicht, dass jemand nur wegen eines schlechten Scherzes solch ein großes Risiko eingehen würde. Außerdem hast du gesehen, welche Auswirkungen der Brief hatte. Vielleicht lehne ich mich da weit aus dem Fenster, doch es könnte sein, dass genau das beabsichtigt war. Dass du aus Aseria verschwindest, mich verletzen oder töten solltest. Die Frage ist nur, weshalb.«

Er hatte recht. Wer würde sich zum zweiten Mal solchen Spaß erlauben und damit seine Exekution riskieren? Denn zu etwas anderem würde ich den Verbrecher, der dafür verantwortlich war, nicht verurteilen. Es mag vielleicht übertrieben sein, denjenigen zum Tode zu verurteilen, jedoch wäre das noch die mildere Strafe. Ich wollte nicht wissen, was Zane mit ihm anstellen würde.

Vermutlich würde er ihn am lebendigen Leibe verbrennen oder Schlimmeres. Enthauptung wäre in diesem Fall die mildere Strafe.

Zane hatte mich anscheinend nicht betrogen. Er war hinters Licht geführt worden. Genau wie ich. Dennoch war ich vorsichtig mit allem, was man mir erzählte. »Kann ich dich etwas fragen?«

»Alles, was du willst«, sagte Zane und sah weiterhin zu mir auf.

»Wie haben die Leute reagiert, nachdem ich verschwunden war? Ich meine … du weißt schon.«

»Also, unsere kleine, ich nenne es mal *Auseinandersetzung* haben mehrere Gäste und Wachen mitbekommen. Es war nicht gerade unauffällig oder gar leise. Vor allem das Beben.« Sein Mund verzog sich zu einem schiefen Grinsen. »Ach, übrigens. Respekt an deine Fähigkeiten, du scheinst sie besser kontrollieren zu können, als du denkst. Es verlangte mir einiges ab, gegen deine Magie standzuhalten. Obwohl ich nicht getötet werden wollte, war ich mehr als beeindruckt.«

Ich wagte es nicht, meine starre Miene zu verändern. »Du hast mir ja auch keine andere Wahl gelassen. Selbst schuld.« Und das meinte ich auch so. Er konnte froh sein, dass ich ihn nicht getötet hatte. Wenn es mir möglich gewesen wäre, hätte ich sicher nicht gezögert.

»Aber um auf deine Frage zurückzukommen, wie sie auf dein Verschwinden reagiert haben: Es waren alle in Aufruhr. Es wurde jeder verfügbare Mann darauf angesetzt, Clarence und dich schnellstmöglich zu finden«, erklärte er mir und wirkte dabei plötzlich sehr ernst. »Meine Männer und ich sind noch im Dunklen aufgebrochen und suchten nach euch.« Er zuckte mit den Schultern. »Und siehe da, den Göttern sei Dank, habe ich dich gefunden.«

»Clarence hat mich nicht entführt. Ich wäre auch ohne seine Hilfe geflohen. Du hingegen …«, murmelte ich und spielte auf die Situation im Gasthaus an. Freiwillig wäre ich nicht mitgekommen.

»Ja, das musste ich jetzt leider auf die harte Tour erfahren.«

Eine Zeit lang schwiegen wir beide und ließen die Worte, die gefallen waren, zwischen uns stehen.

Zanes Finger streiften kurz über meine, bevor ich meine Hand wegzog. »Es tut mir leid, dass ich –«

»Lass es gut sein«, erwiderte ich frustriert und entzog mich seiner Berührung.

»Gleich nach deinem Verschwinden habe ich einen einäugigen Raben nach Westerys geschickt, um Nachforschungen anzustellen.« Er ging wieder zu seinem nachtschwarzen Hengst und hievte sich mit einer anmutigen Bewegung mühelos auf seinen Rücken. »Wenn wir in Westerys ankommen, werden wir uns mit meinen Beratern sprechen und einen Plan schmieden, wie wir am besten vorgehen. Wir werden den- oder diejenigen finden, die dafür verantwortlich sind.« Ein Muskel in seinem Kiefer zuckte, während er seine Zähne fest aufeinanderbiss. »Und nur die Götter werden ihnen beistehen, wenn ich ihn oder sie in die Finger bekomme.« Zane schnalzte mit der Zunge, trieb sein Pferd an und ich tat es ihm gleich.

Nun wusste ich nicht, was ich denken sollte. Was würde passieren, wenn wir in Zanes Königreich ankamen? Würde ich sofort seine Frau werden? Hatte ich die Chance, erst mal einen klaren Gedanken fassen zu können? Die Sache mit den verschwundenen Briefen, den *gefälschten* Briefen … Irgendetwas musste dahinterstecken, doch es wurde mir nicht klar, wieso jemand gegen die Verbindung zwischen Zane und mir sein sollte. Geschweige denn, wer die Person im Eisskulpturengarten war.

Kapitel 28

Oriana

Langsam schlich sich das Abendrot zwischen die um uns aufragenden Baumkronen und tauchte die letzten Sonnenstrahlen des Tages in einen sanften, warmen Ton. Die Strahlen prickelten auf meiner Haut wie zarte Schmetterlingsküsse.

Manche von Zanes Männern waren vorausgeritten und hatten unsere Zelte für die Nacht aufgeschlagen, sodass alles bereits fertig war, als wir ankamen. Diesmal wäre für mich ein eigenes Zelt eingerichtet worden, versicherte mir Zane. Worüber ich erleichtert war.

»Morgen Abend werden wir voraussichtlich Westerys erreichen«, erklärte mir Zane, packte mich fest an meiner Taille und hievte mich von meiner Stute.

Als Antwort zu seiner Berührung zuckte ein Schauer durch meinen Körper. Obwohl mir mittlerweile bewusst war, dass Zane sich nie gegen mich entschieden hatte, war die Stimmung zwischen uns eigenartig. Der Gedanke an Flucht, den ich am Vorabend noch gehabt hatte, rückte in den Hintergrund. Denn ich sollte mit Zane herausfinden, wer der Übeltäter war. Ebenso sollten wir dessen Motive herausfinden.

Zusammen. Denn uns betraf es schließlich beide.

Für Zane hoffte ich, dass er mir die Wahrheit erzählte und mich nicht an der Nase herumführte. Wobei der Brief eindeutig war, oder?

Nachdem meine Sohlen den erdigen Untergrund berührten, löste ich mich von ihm und bedankte mich nickend.

»Ich begleite dich zu deinem Zelt.« Er streckte mir seine Hand entgegen.

Jedoch erwiderte ich ein »Nein, danke«, machte auf dem Absatz kehrt und steuerte auf die Zelte zu. Ich spürte seinen Blick fest auf meinem Rücken.

Natürlich hatte ich keinen blassen Schimmer, welches davon mein Zelt war, dennoch ging ich auf das erstbeste zu und blieb davor stehen.

Als ich die Plane beiseiteschieben wollte, trat ein groß gewachsener Mann heraus. Ich erinnerte mich an ihn. Am Vorabend hatte ich seine Hand gefroren.

»Prinzessin Oriana«, sagte der Kommandant und verbeugte sich tief. Seine Verwirrung schwang in seiner Stimme mit.

Wenn ich mich recht erinnerte, hatte Zane ihn Gavriel oder so ähnlich genannt, also entschied ich mich, einfach meiner Erinnerung zu vertrauen.

»Kommandant Gavriel«, erwiderte ich zynisch. »Ich bin auf der Suche nach meinem Zelt.«

Er korrigierte seinen Namen nicht, also lag ich wohl richtig.

»Das hier ist es auf jeden Fall nicht«, gab er mir mit einem kurzen Schmunzeln zu verstehen. »Ich kann Euch gern zu Eurem geleiten.«

Ich nickte. »Ich hoffe, die Begleitung ist diesmal nicht ganz so grob.«

»Ich bitte vielmals um Eure Vergebung, Prinzessin. Jedoch hat uns Prinz Zane überdeutlich vor Euren überragenden, magischen Fähigkeiten gewarnt, weshalb es unvermeidbar war, Eure Arme zu fixieren.«

Überragend waren meine Fähigkeiten lange nicht. Bescheiden oder außer Kontrolle würde besser passen. Außerdem konnten nur Onyxfesseln die Magie unterdrücken.

»Als ob das geholfen hätte«, murmelte ich. »Wie geht es Eurer Hand?« Ich nickte ihm zu, woraufhin er seine Hand anhob, damit ich sie sehen konnte. Mehrere Schichten Verband waren drumgewickelt.

»Gebt Resinakraut darauf, das heilt Eure Vereisung am schnellsten.« Meine Mutter hatte dieses Kraut extra in einem

Gewächshaus angebaut, als wir Kinder waren und unsere Fähigkeiten erforscht hatten. Öfters kam es in dieser Zeit zu mittelschweren Unfällen.

»Ich danke Euch.« Kommandant Gavriel bot mir seinen Arm an und nach einem verstohlenen Blick in Zanes Richtung, hakte ich mich wortlos bei ihm unter.

Wir schritten an mehreren kleinen Zelten vorbei, bis wir vor zwei etwas größeren hielten.

»Das linke Zelt gehört Prinz Zane und das rechte ist Eures, Prinzessin.«

»Vielen Dank«, erwiderte ich und wollte schon ins Zelt gehen, als er noch kurz anmerkte: »Ich wollte mich für gestern Abend bei Euch nochmals entschuldigen. Ich freue mich, dass Ihr bei uns seid. Zu Hause.« Nachdem er fertig war, verbeugte er sich und marschierte davon.

Bei der Erwähnung von zu Hause lief mir ein kalter Schauer über den Rücken.

Zögernd streckte ich die Hand nach der Plane aus und schob sie beiseite.

Das Erste, was mir ins Auge fiel, waren ein einfaches Bett und eine Metallkommode.

Mit erschöpften Beinen ging ich schnurstracks auf das Bett zu und sackte in die Laken. Ekelhaft war der klebrige Film, der mein Kleid wie eine zweite Haut an meinem Körper kleben ließ. Selbst wenn ich vollkommen nackt geritten wäre, hätte ich geschwitzt wie ein Tier. Normalerweise war ich die eisigen Temperaturen von Aseria gewohnt, deshalb zerrte der Klimaumschwung an meinen Kräften.

Alles, was ich mir jetzt wünschte, war ein kühles Bad. Und als hätte ich meine Gedanken laut ausgesprochen, räusperte sich jemand am Zelteingang. Sofort setzte ich mich senkrecht auf und sah Zane dort stehen. In der einen Hand hielt er einen Krug und in der anderen eine Schüssel mit einem Schwamm, einem Handtuch und Ölen. Direkt nachdem mich Gavriel zu meinem Zelt gebracht hatte, musste Zane die Sachen besorgt haben.

»Ich dachte, du möchtest dich bestimmt etwas frisch machen«, sagte er gelassen.

»Schon, ja.« Mit einer einladenden Handgeste gab ich ihm zu verstehen, dass er eintreten durfte.

Neben einem Klapptisch stellte er die Waschutensilien auf dem Boden ab. »Dort drüben findest du einige Kleider, die ich für dich ausgesucht habe. In Westerys kann es sehr warm werden, wie du mittlerweile bemerkt hast. Ich hoffe, sie gefallen dir.« Er deutete mit dem Kopf auf den Stapel, der auf dem Klapptisch lag, und schenkte mir ein kurzes Lächeln. »Wenn du fertig bist, bringe ich, dir gern etwas zu essen.« Er schluckte kurz, leckte über seine Lippen und zögerte, bevor er weitersprach. »Oder du isst mit mir zu Abend. Wie du möchtest. Ich wäre dir nicht böse, wenn du allein speisen möchtest.«

»Soll das etwa eine Einladung sein?« Ich legte den Kopf schief.

»Ich zähle dir nur deine Möglichkeiten auf. Deine Entscheidung.«

»Ich werde darüber nachdenken.«

»Gut.« Er wirbelte herum und verließ das Zelt. In einem Moment fühlte es sich vertraut an. Und im nächsten waren wir distanziert wie Fremde.

Es blieb noch genügend Zeit, mich zu entscheiden, ob ich mein Abendmahl mit ihm oder allein zu mir nehmen wollte.

Sofort ging ich zu den Waschutensilien und drängte den Schwamm in das frische Wasser. Einige Tropfen von dem blumigen Vanille-Öl tröpfelte ich dazu. Ein Schmunzeln kam mir über die Lippen. Zane hatte nicht nur Kleider für mich besorgt, sondern auch Pflegeutensilien. Mein geliebtes Vanille-Öl.

Es war ein regelrechter Kampf, den schweißdurchnässten Stoff von meinem Körper zu schälen.

In kreisenden Bewegungen schrubbte ich mit dem Schwamm über meine Haut. Es war eine Wohltat nach dem gefühlt nie endenden Ritt.

Dabei musste ich an Clarence denken und an den Fluss, in dem wir gebadet hatten. Eins hatten die Tage mit ihm an sich gehabt: Ich war frei gewesen. Irgendwie.

Hatte er sich damit abgefunden, dass ich einfach nicht mehr da war? Warum war er noch nicht hier? Nicht, dass ich Zane noch als Gefahr sah, aber das konnte Clarence ja nicht wissen.

Der wohlige, gewohnte Duft, der auf meiner Haut verblieb, fühlte sich nach Heimat an, was meine Gedanken wieder zu den Worten von Kommandant Gavriel abschweifen ließ. *Ich freue mich, dass Ihr nun bei uns seid. Zu Hause.*

War Westerys mein Zuhause? War es Zane? Das Schicksal hatte uns schlechte Karten zugespielt.

Als ich schlussendlich fertig war, trocknete ich mich ab und wickelte das Handtuch um meinen Körper.

Vorsichtig zog ich das blaue Kleid aus dem Stapel und schlüpfte hinein. Danach ließ ich mich auf einem Hocker nieder und bürstete meine feuchten Haare gründlich durch.

Normalerweise flocht Mabel meine Haare, doch ich bekam es selbst auch ganz gut hin.

Seitdem ich meine Familie verlassen hatte, fühlte ich einen schwarzen Fleck, der mein Herz verzerrte. Ich würde alles dafür geben, meine geliebte Schwester Rohana in den Armen zu halten. Ihren lieblichen Duft einzuatmen und über ihre schönen Haare zu streichen. Vielleicht würde das die schrecklichen Gedanken und Taten verdrängen.

Wie konnte ich nur so dumm gewesen sein und ohne ein Lebewohl verschwinden? Der sehnsüchtige Schmerz, der meine Brust bewohnte, zerbrach mich. Meine Unterlippe bebte und meine Knie wurden immer weicher.

Alle Gefühle, die sich aufgestaut hatten – Trauer, Wut, Sehnsucht – brachen gleichzeitig aus mir heraus. Ich bettete mein Gesicht in meine Hände.

Die Steine meines Kristallarmbandes fühlten sich kalt unter meinen Fingerkuppen an, als ich darüberstrich. In den verschiedensten Farben brach das gedämpfte Licht der Öllampe durch die fein geschliffenen Kristalle. Ich schloss meine Augen und atmete mehrmals tief durch. Immer tiefer driftete ich in meine Magie ab und beschwor eine meiner liebsten Erinnerungen herauf.

Die wohlige Wärme wurde von der kühlen Luft von Aseria abgelöst.

Um mich bildete sich der Speisesaal. Meine Mutter, mein Vater, Dusan und Rohana standen rund um den Tisch und wirkten so unglaublich glücklich.

»Rohana, iss Oriana nicht den ganzen Kuchen weg«, schimpfte meine Mutter und zog die Stirn kraus. Ich war ihr jüngeres Ebenbild und es erschreckte mich immer wieder aufs Neue.

»He, ich habe aber Hunger«, quiekte Rohana und strich mit dem Finger über die bunte Glasur und leckte sie danach ab. »Mhm, schmeckt das aber lecker.«

Sie tauchte ihren Finger ein weiteres Mal in die Glasur. »Da, koste mal.« Sie strich mir über die Nase, bevor sie in ein lautes Kichern ausbrach.

»Das wirst du noch bereuen, du kleine Hexe«, zischte ich und langte großzügig mit der gesamten Faust in den Kuchen.

Aus Rohanas Kehle löste sich ein Schrei und sie rannte sofort los und ich ihr hinterher. Wir jagten uns um den riesigen Tisch. »Bleib sofort stehen!«

»Es tut mir leid, bitte nicht«, flehte Rohana deutlich außer Atem. Der Raum wurde von Gelächter erfüllt. Selbst mein Vater und Dusan schüttelten lachend die Köpfe.

Meine Mutter ... mein Vater ...

»Kinder, beruhigt euch«, schimpfte meine Mutter und ein Lachen schwang in ihrer Stimme mit.

Gleich hatte ich sie erwischt ... Ich ...

»Oriana?« Zanes Stimme holte mich wieder in die Realität zurück. »Oriana, ist alles in Ordnung?«, fragte er erneut und ich hörte, wie Schritte näher kamen.

Mit beiden Händen stützte ich meinen kraftlosen Körper ab. Die Erinnerung, in die ich abgetaucht war, würde nie mehr Realität werden. Meine Eltern waren mir genommen worden. Ich würde nie mehr mit Dusan und Rohana zusammenleben. Würde nie wieder beim Frühstück ihre Gesichter sehen.

Plötzlich sah ich ein schwarzes Paar Schuhe vor mir. Eine warme Hand legte sich auf meinen nackten Rücken und berührte mich sanft.

»Darf ich …?«

… dich berühren, meinte er.

Ich hatte keine Energie, um Nein zu sagen, also ließ ich es zu. Langsam strich Zane meinen Rücken auf und ab.

»Was ist los?« Seine Stimme war warm.

Ich wollte nichts erwidern.

Ich wollte einfach hier am Boden vor mich hinvegetieren. Und all den aufgestauten Gefühlen freien Lauf lassen. Ich musste mit Zane nach Westerys. Er würde mir bei der Suche nach den Mördern meiner Eltern behilflich sein, hatte er mir damals im Eisskulpturengarten versprochen. Genauso, wie wir den Übeltäter hinter den verschwundenen Briefen finden mussten. Es könnte sein, dass es sich um dieselbe Person – oder dieselben Personen – handelte. Jedoch fehlte mir der rote Faden, um die Ereignisse zusammenzufügen.

Ich musste stark sein. Stark für meine Eltern, Rohana und Dusan. Stark für mich.

Nach einer gefühlten Ewigkeit richtete ich mich auf und sah Zane an. Seine schwarzen Augen strahlten Wärme und Güte aus. Er nickte knapp, um mir zu bedeuten, dass es in Ordnung war.

Und dann wurde ich schwach. Viel zu schwach. »Gelten deine Worte noch?«

»Alles, was ich je sagte.« Vorsichtig strich er mir eine lose Strähne hinters Ohr, während sein Blick in meinen Augen hin- und hersprang.

»Auch, dass du mir dabei hilfst, herauszufinden, wer sie getötet hat?« Ein Schluchzen entfuhr meiner Kehle.

Wieder zog er mich näher an sich und bettete sein Kinn auf meinen Scheitel. »Natürlich, Oriana. Selbstverständlich.«

Dann spürte ich eine Träne, die meine Wange hinunterglitt. »Ich vermisse sie so sehr«, murmelte ich.

»Ich weiß … ich weiß…«, flüsterte er und zog mich fester an seine Brust, hielt mich eng umschlungen.

Der Verlust meiner Eltern war noch immer eine offene Wunde in meiner Brust und diese würde bestimmt nicht so schnell verheilen. Meine Hand schloss sich um seine helle Tunika und ich hielt sie fest in meiner Faust umschlungen. Das Einzige, was mich vor dem dunklen Abgrund, dem ich mich näherte, zurückhielt.

»Alles wird gut«, versprach er mir, streichelte mit sanften Fingern über mein Haar und strich die losen Strähnen, die mir in die Stirn hingen, aus meinem Gesicht.

Ich wusste nicht, wann ich diesen intimen Moment zugelassen hatte. Jedoch war ich so allein, so verletzt. Zane war im Moment alles, was ich hatte. Der Einzige, der trotz allem jedes Mal zu mir zurückfand.

Ich versuchte, meinen Herzschlag und meine Atmung zu kontrollieren. Langsam löste ich mich von ihm und strich mein Kleid zurecht.

Wieso musste mir das ausgerechnet vor ihm passieren?

»Es tut mir leid.« Ich ging einige Schritte rückwärts und mein Blick wanderte im Zelt umher. Ich war mir nicht sicher, wonach ich Ausschau hielt. Vermutlich nach irgendetwas, das mich aus dieser unglaublich seltsamen Situation retten würde.

Zane erhob sich langsam, legte seinen Kopf schräg und musterte mich genau. »Du musst dich für nichts entschuldigen, Oriana.« Er streckte seine Hand in meine Richtung, doch ich wich einen weiteren Schritt zurück.

Meine Schwäche würde mir früher oder später zum Verhängnis werden, da war ich mir sicher. Die Liebe würde mir zum Verhängnis werden.

»Du solltest besser gehen«, räumte ich ein.

»Oriana, rede mit mir.« Er strich seine Hose glatt und hielt einen Moment meinen Blick fest.

»Jetzt.«

»Wie du willst« schnaubte er. »Ich lasse dir das Abendessen bringen.«

»Danke«, antwortete ich knapp und hielt meine Arme um meinen Körper geschlungen.

Ich benötigte nur einen normalen Tag.

Einen einzigen.

Wie früher im Palast, als ein Tag dem nächsten glich. Der Trubel, der gegenwärtig meinen Alltag bestimmte, machte mich verrückt und verletzlich. Ich wusste nicht mehr, was ich denken sollte, was ich fühlen sollte. Wer mein Freund und wer mein Feind war. Nichts ergab Sinn. Also konnte ich mich nur auf mich selbst verlassen.

Zane nickte und ging zum Zeltausgang. Eine Sekunde lang hielt er inne und spähte noch einmal kurz über die Schulter in meine Richtung, bevor er das Zelt verließ.

Ich atmete mehrmals tief durch und hielt mir die Hand dabei auf meine Brust. Mein Herz hämmerte wie verrückt.

Kapitel 29 Oriana

Keiner von uns sprach darüber, was gestern Abend vorgefallen war. Worüber ich erleichtert war. Ich hatte keine Lust, der Trauer wieder eine Chance zu geben, an die Oberfläche zu kommen.

Nach meinem Zusammenbruch am Vorabend sperrte ich die Gefühle wieder tief in meinem Herz ein. Dort, wo sie in Sicherheit waren.

»Was läuft da eigentlich zwischen Clarence und dir?«, fragte Zane und lenkte seinen Hengst näher an mein Pferd heran.

»Was meinst du?« Ich zog die Augenbrauen fragend zusammen. »Bist du etwa eifersüchtig?«

»Vielleicht ein wenig«, gab er zu.

»Zwischen Clarence und mir ist nichts. Wie du vielleicht schon mitbekommen hast, hat er sich nicht die Mühe gemacht, mich zu suchen. Also kann ich ihm nicht so viel bedeuten.« Ich presste die Lippen fest aufeinander. Wenn ein Funke davon echt gewesen wäre, hätte er mich beschützt. Er hätte mich gesucht und befreit. Dass ich keine Gefangene war, wusste er ja nicht.

»Dann ist er ein größerer Idiot, als ich dachte.« Zane schüttelte den Kopf. Und vielleicht war er das auch. Jedoch behielt ich meine Gedanken für mich. Ich versuchte, das Thema in eine andere Richtung zu lenken.

»Was wird passieren, wenn wir Westerys erreichen?«

»Du meinst, ob ich dich zwinge, mich zu heiraten. Das wolltest du doch sicher fragen, was?«

Da lag er goldrichtig.

»Nein. Ich zwinge dich nicht. Ich hätte dich niemals dazu gezwungen. Nach den Prüfungen war ich mir sicher, dass du mich ebenfalls heiraten wolltest. Ich wollte dich seit dem Augenblick heiraten, in dem du auf dem Ball warst. Kannst du dich noch daran erinnern, dass wir zum Strand spazieren gehen wollten?«

»Wie könnte ich das je vergessen?« Ich rollte mit den Augen und erinnerte mich nur ungern an damals. »Du meinst, bevor mir deine nette Damenbekanntschaft den Wein übers Kleid gekippt hat? Was für eine schöne Erinnerung.« Meine Stimme glich einem gehässigen Fauchen.

»Ja, genau. Aber weißt du auch, wieso ich mit dir spazieren gehen wollte? Wieso ich einen Moment mit dir allein sein wollte?«

»Nein, die Gabe des Gedankenlesens beherrsche ich leider nicht.« Ich hatte keine Ahnung, auf was er bei diesem Gespräch hinauswollte.

Er schluckte merklich. »Schon damals wollte ich um deine Hand anhalten. Obwohl wir uns kaum kannten und erst so wenig Zeit miteinander verbracht hatten, wollte ich dich als meine zukünftige Frau wissen.«

Ich zwang die Stute zum Stehen. »Wie bitte?«

Er hatte mich schon damals zur Frau nehmen wollen, obwohl wir uns noch nicht einmal richtig gekannt hatten?

Seine Lippen waren zu einem sanften Schmunzeln verzogen. »Du bist die einzige Frau, die mir seit der ersten Sekunde den Kopf verdreht hat. Die erste Frau, bei der ich weiterdachte. Ich kann es kaum in Worte fassen, aber ich hatte tief in meinem Herzen das Gefühl, dass du die Richtige bist. Die richtige Frau als Königin an meiner Seite.« Er pausierte einen Moment. »Und als dein Zorn deine Magie entfachte und du wie eine Todesgöttin auf mich losgingst …« Er hielt seinen Nacken fest und schwelgte merklich in der Erinnerung. »Na ja, da wurde mir klar, dass du perfekt bist. Perfekt für mich.«

Dass Zane so offen über seine Gefühle für mich sprach, fühlte sich eigenartig an. So hätte ich ihn nicht eingeschätzt. Ich bewunderte ihn für seine Ehrlichkeit. Doch er hatte eindeutig den Verstand verloren. Eine Frau nach nur zwei Wochen freiwillig heiraten zu wollen, war verrückt. Eine Frau, die ihn töten wollte, noch sehnsüchtiger heiraten zu wollen, war noch verrückter.

»Es ist krank, dass ich für dich perfekt bin, weil ich dich töten wollte«, antwortete ich und schüttelte den Kopf.

»Ich bin mir nicht sicher, ob du es geschafft hättest. Du weißt noch nicht, wozu meine Magie alles imstande ist.« Seine Finger machten eine elegante Bewegung, bis eine kleine Flamme über seiner Handfläche schwebte.

»Du weißt, was man sich über Männer erzählt, die mit ihren Kräften angeben. Sie müssen ihre zu geringe Männlichkeit damit ausgleichen.« Ich warf einen kurzen Blick zu seinem Schoß, bevor ich mit den Fingern schnipste und seine Flamme in einen einzigen Eissplitter verwandelte.

Zane lachte. »Denkst du, dass du mit meiner geringen Männlichkeit, die ich mit meiner Magie ausgleichen muss, umgehen kannst?«

»Ich habe schon immer gern mit dem Feuer gespielt«, gab ich zu. Sofort sammelte sich die Hitze in meinen Wangen.

Im nächsten Moment warf er seinen Kopf in den Nacken. »Rede so unverblümt weiter und ich werde dich vom Pferd reißen und dich in den Wald verschleppen. Nur die Götter wissen, was ich dort mit dir und deinem vorlauten Mundwerk anstellen werde.« Er rieb sich mit der flachen Hand übers Gesicht.

Seine ungehobelten Worte wanderten auf direktem Weg zu meiner Mitte und verursachten dort ein überwältigendes Ziehen. Dieser Mann war ein Fluch. Eine einvernehmende Krankheit. Ein Parasit, der sich langsam, aber sicher in mir einnistete.

Ich rollte mit den Augen. »Du bist unglaublich krank.«

Zane nickte zustimmend. »Möglicherweise. Aber du warst es, die mich in diesen kranken, Liebesbrief schreibenden Narren verwandelt hat.«

Lachend schüttelte ich den Kopf. »Gib nicht mir die Schuld für deine unsittlichen Fantasien und Neigungen.«

»Und dennoch bist du der Auslöser für jede einzelne davon.

Für jeden ungezogenen Gedanken«, meinte Zane und blickte wieder in meine Richtung.

Mit einem Zungenschnalzer trieb ich mein Pferd weiter an, denn diese Unterhaltung würde zu nichts Gutem führen. »Ich hasse dich.«

»Gut.«

Verblüfft schaute ich zu ihm, als er sein Pferd wieder neben meines lenkte. »Gut?«

»Die Geschichte zwischen uns wird dadurch erst richtig interessant. Wer brennt denn nicht darauf, zu erfahren, wohin sie führt?« Er grinste höhnisch. »Ich tue es auf jeden Fall.«

Im Augenwinkel vernahm ich, wie er meine Stute überholte.

Einige Stunden vergingen, bis wir endlich die Grenze zu Westerys erreicht hatten.

Der salzig-warme Geruch des Windes umspielte meine Nase.

Eine mächtige Brücke ragte vor uns auf, die uns direkt auf die Inseln führte.

»Nur, damit wir uns klar verstehen, Zane.«

»Ja?«

»Du wirst mich weder einsperren, noch wirst du mich zwingen, dich zu heiraten. Ich werde nicht über die Brücke gehen, ehe du mir dein Wort gibst.«

»Ich werde dich zu nichts zwingen, das du nicht willst. Du kannst jederzeit gehen, wann es dir beliebt.«

Ich nickte und vertraute ihm. Was blieb mir anderes übrig?

»Unser Ziel ist es, herauszufinden, wer uns seit Monaten in die Irre führt.«

»Und wer meine Eltern auf dem Gewissen hat«, ergänzte ich und schluckte schwer.

Das war es nun also: Keine ehelichen Verpflichtungen, sondern der gemeinsame Kampf gegen denjenigen, der uns in die Irre führte. Die gemeinsame Suche nach dem Mörder oder den Mördern meiner Eltern.

»Du hast mein Wort, Oriana. Wenn du mich zu deinem Gemahl nimmst, möchte ich, dass du es wirklich willst.«

Ich sah eine gefühlte Ewigkeit in Zanes Augen, ehe die Pferde losgingen.

Der sandige Boden unter ihren Hufen gab keine Geräusche von sich, während wir die Brücke ohne Weiteres überquerten. Neben uns erstreckte sich das weitläufige, unendlich scheinende Meer in einem hellen Türkiston.

Das Wasser war so klar, dass man bis an den Grund sehen konnte, der von bunten Korallen und Anemonen übersät war. Hell leuchtende Vögel zogen am orange–rosafarbenen Abendhimmel ihre letzten Runden des Tages. Ihre goldgelb schimmernden Gefieder wirkten, als stünden sie in Flammen.

Schon als ich vor einem Jahr nach Westerys gereist war, hatte mich die wunderschöne Landschaft fasziniert. Das Meer, der Strand, die gesamte Atmosphäre. Nur die glühende Hitze machte mir etwas zu schaffen. Jedoch hatte mir Zane versichert, dass sich mein Körper an das Klima anpassen würde, wenn ich längere Zeit hier verbringen würde.

Mit längerer Zeit hier verbringen, meinte er vermutlich für *immer*.

Schon von Weitem konnte man den kolossalen Vulkansteinpalast erkennen, wie er zwischen den kleinen Steinhütten emporragte.

Mein Herz hämmerte schwer und Aufregung machte sich in mir breit.

Zane, der neben mir her ritt, schenkte mir ein warmes Lächeln, sodass sich kleine Fältchen um seine tiefschwarzen Augen bildeten. Was ihn auf mysteriöse Weise noch attraktiver wirken ließ.

»Ich bin schon ganz aufgeregt«, gab ich zu. Verlegen strich ich mir eine Strähne hinters Ohr.

»Alle werden begeistert sein von dir. Da bin ich mir sicher.«

»Ich hoffe doch.« Unsicher verzog ich meine Augenbrauen.

Wir durchquerten die schmalen Gassen und Zane wurde von seinem Volk jubelnd empfangen.

Anscheinend liebten sie ihn. Es wirkte immerhin so, als ob sie sich unglaublich über seine Rückkehr freuten. Und es war kaum zu übersehen, dass die Leute vollkommen aus dem Häuschen waren, dass ihr Prinz seine zukünftige Braut mit in sein Königreich gebracht hatte. Denn auch mir galten einige Jubelrufe und kleine Kinder winkten mir zu, was mein Herz anschwellen ließ. Und mir ein breites herzliches Lächeln auf die Lippen zauberte, während ich ihnen ebenfalls zuwinkte.

Wohin ich auch blickte, wuchsen Oliven- und Zitronenbäume, deren Düfte mit der salzigen Meeresluft angenehm verschmolzen. Sand sammelte sich in den Ritzen der Pflastersteine und knirschte unter den Kutschenrädern hinter uns.

»Du bist als Gast hier, nicht als meine Verlobte«, erinnerte mich Zane.

»Wissen sie denn nicht, dass du *gewonnen* hast?«

»Fühl dich zu nichts verpflichtet. Das warst du mir gegenüber noch nie.«

Natürlich wussten sie davon. Es wusste bestimmt jeder in den fünf Königreichen Bescheid.

»Ich … Danke.«

Dass er mir etwas Raum zum Atmen gab, rechnete ich ihm hoch an. Er hätte auf die Verbindung bestehen können, denn er hatte durch die Prüfungen das Anrecht darauf.

Es nahm etwas Zeit in Anspruch, bis wir die Siedlungen vor dem Schloss überwunden hatten. Je weiter wir uns dem Palast näherten, umso mulmiger wurde das Gefühl in meiner Magengrube.

Diesmal war es vollkommen anders als beim letzten Mal, als ich Westerys besucht hatte.

Das Gefühl war anders. Die Umstände.

Zane würde mich zu keiner Heirat zwingen. Und dennoch fühlte es sich so endgültig an, dass ich schlussendlich hier gelandet war, sein Volk mich ebenbürtig begrüßte und ich in Kürze dem westerischen Königspaar gegenüberstehen würde. Zanes Eltern.

Und da standen wir. Vor den schwarzen Toren des Palasts von Westerys.

Ich zwang mich, den Kloß in meinem Hals hinunterzuschlucken und tief durchzuatmen.

»Bist du bereit?«, fragte Zane und stieg elegant von seinem nachtschwarzen Hengst. Er streichelte ihm über seine Mähne, bevor er ihn einem der Stallburschen übergab.

»So bereit man in so einem Moment sein kann«, murmelte ich.

Zane half mir vom Pferd, obwohl schon einer der Wachmänner bereitstand. »Bleib einfach dicht bei mir. Wir schaffen das. Zusammen.« Er hielt mir den Arm hin, den ich sofort ergriff.

Die Nervosität, die sich durch meinen Körper zog, war kaum in Worte zu fassen.

»Öffnet die Tore«, befahl Zane mit erhobener Stimme.

Augenblicklich ertönte ein mechanisches Geräusch und die riesigen Türen des Palasts wurden geöffnet. Genau in diesem Moment war ich dankbarer denn je für Zanes Körperkontakt, denn meine Beine fühlten sich eine Spur zu weich an.

Vage konnte ich mich noch an den Palast erinnern, jedoch nahm ich ihn dieses Mal anders wahr.

Viel intensiver, jedes noch so kleine Detail sprang mir direkt ins Auge.

Gemeinsam wagten wir die ersten Schritte in den Palast. Bedienstete standen links und rechts von uns, wie Soldaten in Reihen, und begrüßten uns mit einer tiefen Verbeugung.

Ich klammerte mich fester an Zanes Arm, als ob er mein Rettungsanker wäre. Er bemerkte es, legte seine freie Hand auf meine und zog langsame Kreise mit seinem Daumen über meinen Handrücken, was mich sofort beruhigte.

Ich senkte meinen Blick auf unsere Hände und als ich wieder aufsah, bemerkte ich Zane, wie er mich anschaute. Voller Verständnis für meine Situation. Er schenkte mir ein sanftes Lächeln und zog mich etwas näher an sich heran.

Zane nickte den Bediensteten zu.

Riesige verschnörkelte Säulen schmückten den Eingangsbereich. Durch die bodentiefen Fenster schienen die letzten warmen Sonnenstrahlen des Tages, die sich auf dem hellen Marmorboden widerspiegelten. Schon damals hatte ich mich gefragt, wie sie es schafften, den Boden so makellos glänzend zu halten.

Am Ende des Empfangskomitees befanden sich Zanes Eltern. Mein Herz raste.

Beiden waren in wunderschöne helle Roben gekleidet, welche verschiedenste goldene Verzierungen aufwiesen. Neben ihnen stand Zanes kleine Schwester Stella, die ich schon damals lieb gewonnen hatte. Sie war im selben Alter wie Rohana und wir hatten uns auf Anhieb prächtig verstanden.

Sofort wurde ihr Lächeln breiter, während sie meinen Blick auffing. »Oriana!«, kreischte sie und schon kam sie auf mich zugerannt. Ich löste mich von Zane, bevor sie gegen mich prallte und mir um den Hals fiel.

»Ich freue mich so unheimlich, dich zu sehen.« Einige Sekunden lang umarmten wir uns innig und mein Herz wurde leichter.

»Ich kann es kaum glauben, dass wir bald eine Familie sein werden. Schwester«, quiekte sie und umarmte mich ein weiteres Mal.

Ja, das mit dem Heiraten war so eine Sache … Es blieb mir nichts anderes übrig, als auf sein Wort zu vertrauen.

Nach einer gefühlten Ewigkeit löste sich Stella von mir, jedoch verweilte ihr breites Grinsen weiterhin. Ebenso wie meines.

»Prinzessin Oriana, darf ich dir meine Eltern vorstellen? Meine Mutter, Königin Sierra, und mein Vater, König Dawn von Westerys.«

Wir blieben vor ihnen stehen und ich verbeugte mich tief und respektvoll. »Eure Majestäten.«

Zanes Eltern hatte ich damals nicht kennengelernt, da sie wegen königlicher Angelegenheiten verreist waren.

Königin Sierra trug ihr volles Haar zu einer Flechtfrisur auf dem Kopf hochgesteckt, in der ihre Vulkansteinkrone hervorblitzte.

König Dawn hatte dieselben kurzen Locken wie Zane. Generell konnte man sofort erkennen, dass sie seine Eltern waren. Dieselben dunklen seidigen Haare, die schwarz glänzenden Augen und der von der Sonne gebräunte Hautton zogen sich durch die gesamte königliche Familie. Nun wusste ich, woher Zane seine attraktiven Gesichtszüge hatte.

»Es ist mir eine Ehre, Euch kennenlernen zu dürfen«, sagte ich.

»Oh, meine Liebe, nicht so förmlich.« Königin Sierra machte einen Schritt auf mich zu, umfasste meine Oberarme und sah mir mit einem strahlenden Lächeln ins Gesicht. Sie war wunderschön. »Du bist jetzt ein Teil unserer Familie, also bitte, nenne mich Sierra.«

»Noch nicht. Aber bald«, mischte sich König Dawn ein.

Alle gingen schwer davon aus, dass ich in wenigen Tagen Zane heiraten würde.

»Vielen Dank. Ich freu mich sehr, hier zu sein«, erwiderte ich und schenkte ihr dasselbe aufrichtige Lächeln.

Danach legte sie ihre zierlichen Finger an Zanes Gesicht und musterte ihn genau. »Ich habe dich vermisst, mein Sohn.« Sie umarmte ihn und drückte ihm einen flüchtigen Kuss auf die Wange.

Nun ergriff König Dawn das Wort. »Ihr seid bestimmt sehr erschöpft wegen eurer weiten Reise. Wie ich hörte, gab es einige Komplikationen.« Er zog seine Stirn kraus.

Zane antwortete: »Die gab es tatsächlich, wie in meinem Brief erwähnte. Gibt es Neuigkeiten über den Hinterhalt? Haben unsere Männer schon etwas herausgefunden?«

Zanes Vater schüttelte den Kopf. »Noch nicht. Aber sie werden bestimmt bald die Übeltäter überführen. Niemand hintergeht die Familie Westerys und kommt damit ungeschoren davon.« König Dawns Präsenz strömte pure Autorität aus, welche in seinen Worten kühl mitschwang.

Götter, wie unangenehm mir diese Situation war.

Einfach alles an ihr.

Königin Sierra räusperte sich. »Dafür haben wir morgen noch genügend Zeit. Die beiden sind bestimmt fürchterlich erschöpft von ihrer Reise.« Sie schenkte mir ein liebevolles Lächeln. »Es steht ein Gemach für dich im Westflügel bereit. Zane wird dich dort hinführen. Ruh dich etwas aus. Wir sehen uns morgen.«

Mit einem Nicken verabschiedete sich das Königspaar, ebenso wie Stella.

»Siehst du? So schlimm war es doch gar nicht«, zog Zane mich auf. Eine Hand legte ich auf mein noch immer rasendes Herz und schnaufte.

Zane folgte meiner Hand und fühlte meinen Herzschlag. »Verdammt, Oriana. Nicht dass du ohnmächtig wirst.«

»Das wäre nicht das erste Mal«, seufzte ich.

Seine Hand legte er an meinen unteren Rücken. »Komm, ich bringe dich zu deinem Gemach.«

Kapitel 30 Oriana

Wir durchquerten den Westflügel zu meinen Gemächern. Zane öffnete die Tür und bedeutete mir, dass ich vorangehen sollte.

Es war riesig. Das Gemach erstreckte sich über mehrere Zimmer und war wunderschön eingerichtet.

Ich drehte mich um und fragte: »Das hier ist mein Zimmer? Das alles hier?« Demonstrativ breitete ich meine Hände aus. »Mein letztes Zimmer hier war genauso wunderschön, dennoch etwas bescheidener.«

Zane öffnete die nächste Tür. »Das letzte Mal warst du auch als Gast hier. Dies ist kein Gemach für einen *Gast*.«

»Aber du sagtest –«

»Damit habe ich gemeint, dass ich dich nicht als meine Verlobte vorstellen werde. Ich werde mit meinen Eltern sprechen. Aber du sollst dich wohlfühlen. Außerdem wurde das Zimmer extra für dich gerichtet, da wäre es eine Verschwendung, dich woanders einzuquartieren.«

Ich drehte mich zu ihm um und schluckte. »Selbst in Aseria war mein Gemach nur etwa die Hälfte von dem.«

Es war typisch Westerys. Typisch Zane. Einfach übertrieben. Das war das Gemach für Zanes Frau.

»Ja, das ist alles deins. Wenn du etwas umändern willst, sag einfach Bescheid.«

»Nein, es ist wunderschön.« Ich kam aus dem Staunen gar nicht mehr raus.

Zane führte mich durch die verschiedenen Zimmer. Im Schlafgemach stand ein prachtvolles Himmelbett, in dem bestimmt fünf

Menschen Platz finden würden. Es war – wie alles in den Zimmern – weiß, hell und einladend.

An der linken Wand befand sich ein schön verschnörkelter Frisiertisch und daneben ein achttüriger Schrank.

Wer besaß so viele Kleider?

Ich anscheinend.

»Ich schicke dir eine der Zofen, die dir ein Bad vorbereitet«, teilte mir Zane mit und beobachtete mich genau, während ich meine Räumlichkeiten erforschte.

»Vielen Dank.«

Die Aussicht, nach Tagen endlich wieder ein richtiges entspanntes Bad nehmen zu können, füllte meinen Körper mit Euphorie.

»Wenn du etwas brauchst, sag –«, begann er erneut.

Ich beendete seinen Satz: »Sage ich einfach Bescheid, verstanden. Danke.«

»Wir sehen uns morgen.« Zane machte sich wieder auf den Weg zur Tür und hielt kurz inne, bevor er die Klinke runterdrückte.

Ein kurzer Moment der Stille.

Er drehte sich zu mir um und befeuchtete zuerst seine Lippen, bevor er anfing zu sprechen. »Ich bin so froh, dass du hier bist.« Seine Stimme hatte etwas Warmes an sich, nicht diesen typischen verruchten Ton.

»Schlaf schön, Zane.« Ich lächelte knapp, was er erwiderte, bevor er mein Gemach verließ und die Tür hinter ihm ins Schloss fiel.

Sofort fiel ich rückwärts in das übertrieben große Himmelbett und seufzte erleichtert auf. Nun war ich hier angekommen.

Kreuz und quer schossen meine Gedanken in jede Richtung und machten vor nichts Halt.

Wie würde mein Leben hier in Westerys verlaufen und würde Zane sein Wort halten?

Natürlich drifteten sie auch wieder zu Clarence ab und ich fragte mich unwillkürlich, wo er wohl steckte. Augenscheinlich hatte er nichts unternommen, um mich aufzuspüren. Sobald ich jemandem mein Vertrauen schenkte, missbrauchte er es. Jedoch hatte ich daraus gelernt und würde niemandem mehr so schnell vertrauen.

Kapitel 31

Oriana

»Was zum Teufel machst du hier? Ist *Privatsphäre* in deinem Wortschatz nicht enthalten?« Ich zog die Bettdecke näher an mich heran, nachdem sich Zane einfach an die Bettkante gesetzt hatte. Als ob es das Normalste der Welt wäre.

Er hatte einfach an meine Tür gehämmert und, ohne auf ein »Herein« zu warten, das Zimmer betreten. Diese Art sah ihm ganz und gar nicht ähnlich. Unwillkürlich musste ich an das Gasthaus zurückdenken.

Ich war in meinen neuen Privatgemächern in seinem verdammten Königreich. Alles, was er zu sagen hatte, könnten wir zu einer göttlicheren Zeit besprechen.

»Nachts in Gemächer einbrechen, Liebesbriefe schreiben … Was für eine neue Seite du doch in mir erweckst«, erwiderte er und ließ seinen Nacken knacken.

»Du bist unmöglich«, motzte ich, ließ mich zurück in die Kissen sinken und zog die Decke über meinen Kopf. »Was tust du hier? Ist noch etwas Wichtiges?«

»Durchaus. Ich wollte dir etwas zeigen.«

»Und das mitten in der Nacht? Konntest du mir nicht eine erholsame Nacht gönnen?«

»Leider nicht, Herzchen. Nicht heute Nacht.«

»Herzchen?«, zischte ich.

Er schlug die Decke zurück, sodass ich nur in meinem viel zu knappen Nachthemd, das ich im Schrank am Ende des Raumes gefunden hatte, vor ihm lag.

Sofort sprang ich auf und riss ihm die Decke aus der Hand, um mich zu verhüllen.

»Hast du jetzt vollkommen den Verstand verloren?«

»Wenn du dich nicht beeilst, verpassen wir es.«

»Wir verpassen was?« Ich wurde aus seinem merkwürdigen Verhalten nicht schlau.

»Weniger fragen, mehr anziehen.« Er erhob sich von meinem Bett und schritt zu dem Schrank, in dem er herumwühlte. Er schob einen Kleiderbügel nach dem anderen hin und her.

Ich hatte keine Ahnung, was in ihn gefahren war.

Er zog ein langes beigefarbenes Sommerkleid hervor, beäugte es einen Moment. »Das müsste passen.« Er warf mir das Kleid aufs Bett und kam wieder näher. »Du hast fünf Minuten, um dich anzuziehen.«

Ich nahm den feinen Stoff in die Hand und sah ihn ungläubig an. »Du gibst mir Befehle, ja?«

Zane verdrehte die Augen. »Du willst mich auf den Knien vor dir bettelnd sehen, nicht wahr?« Der Unterton, der dabei mitschwang, hing schwer zwischen uns.

»Verrätst du mir wenigstens, wohin es geht?«

Er lachte. »Dann wäre es nicht länger eine Überraschung.« Zane ging zur Tür und drückte den Griff nach unten. Noch immer saß ich aufrecht im Bett und hielt das Kleid fest an meinen Körper gedrückt, genauso wie die Decke.

»In fünf Minuten hole ich dich. Egal, ob du angezogen bist oder nicht. Fünf Minuten.« Er musterte mich von oben bis unten. Danach leckte er sich über die Lippen und schüttelte den Kopf. »Sonst nehme ich dich in diesem sehr aufreizenden Nachtkleid mit.«

»Das würdest du niemals wagen.« Kopfschüttelnd kniff ich die Augen zusammen.

Das konnte er nicht ernst meinen. Niemals würde er mich öffentlich vorführen.

»Lass es ruhig darauf ankommen. Wo wir hingehen, wird dich niemand sehen. Ausgenommen von mir natürlich.« Er zuckte mit den Schultern. »Mehr Spaß für mich.« Danach fiel die Tür hinter ihm ins Schloss.

Was, in Götters Namen war das gewesen?

»Ticktack«, hörte ich ihn durch die verschlossene Tür.

»Ja, ja«, murmelte ich vor mich hin, während ich mich endlich aus dem Bett kämpfte.

Der beinahe weiße Sand fühlte sich neuartig zwischen meinen Zehen an. Neu und doch so simpel.

Zane war kurze Zeit später wieder in meinem Schlafgemach erschienen. Die einzigen Wörter, die er auf dem Weg hierher mit mir gewechselt hatte, waren »Irgendwie schade, dass du dich doch umgezogen hast«.

Es herrschte tiefste Nacht. Man konnte kaum die Hand vor Augen erkennen, weshalb ich über einen Stein stolperte und beinahe zu Boden ging, hätte Zane nicht sofort meinen Oberarm gepackt und mich vor dem Sturz bewahrt.

Ein »Autsch« entfuhr meinen Lippen und ich fluchte.

»Du musst besser hinsehen, wohin du trittst«, forderte er mich auf und hatte währenddessen bestimmt ein Grinsen im Gesicht. Was ich mehr hören als sehen konnte.

»Könnte ich auch nur irgendetwas erkennen, würde ich nicht hinfallen. Du hättest ruhig eine Fackel oder etwas Ähnliches mitnehmen können.«

Dichte Wolken hatten sich vor den Mond gezogen und erstickten somit jegliches Licht. Da heute Vollmond war, wäre die Nacht eigentlich gut ausgeleuchtet gewesen.

Zane schnaubte belustigt und schob danach seine rauen Finger in meine, was mir sofort ein Prickeln unter die Haut jagte.

»Ist das okay?«

Ich antwortete nicht darauf, ließ es aber zu.

Danach schnipste er mit den Fingern und eine kleine glühende Feuerblase erschien vor uns. Sie wirbelte vor uns her wie ein kleiner Tornado, der in einer goldglühenden Glasblase eingeschlossen war. Als hätte Zanes Magie einen eigenen Willen.

»Netter Trick«, merkte ich an. Zane hatte seine Magie eindeutig besser unter Kontrolle als ich. Auf dem Übungsfeld in Aseria waren mir nur die wichtigsten Grundregeln beigebracht worden. Wie ich Wasser zu Eis oder Schnee verwandeln konnte. Die Wut hatte meine Magie am Abend des Verlobungsballs geleitet. Ich wusste nicht, was ich tat. Wäre die damalige Situation nicht dermaßen katastrophal gewesen, wäre ich über meine Magie vermutlich mächtig stolz gewesen.

Vielleicht könnte Zane mir beibringen, wie ich sie besser beherrschte. Zane war ein Meister des Kampfes. Egal, um welchen Bereich es sich handelte. Wie er in den Prüfungen bewiesen hatte.

So wie meine Gedanken zu den Prüfungen wanderten, fragte ich mich, wann er mir die Wahrheit über den Bluthasen verraten würde. Ob er es jemals tun würde.

Zane schwieg noch immer und führte mich an der Hand über den leeren Strand, der sich hinter dem Palast erstreckte. Als ich meinen Kopf in die Richtung des kolossalen Gebäudes drehte, konnte ich kein einziges Licht in den Fenstern erkennen.

Es musste tatsächlich mitten in der Nacht sein. Denn die Dienstmädchen putzten bis spät abends und begannen schon vor Sonnenaufgang, zumindest kannte ich es so von Aseria. Da hier gefühlt überall Sand herumlag und sich in jede noch so kleine Ritze pferchte, hatten die Bediensteten bestimmt einiges zu tun, um den Palast in solch einem makellosen Zustand zu halten.

Wir befanden uns an jenem Strand, an dem er damals schon mit mir spazieren gehen wollte. An dem er mir damals einen Antrag machen wollte, obwohl er mich kaum gekannt hatte. Ich wusste nicht, ob es ein Akt der Liebe auf den ersten Blick sein sollte oder ein Akt großer Dummheit gewesen wäre. Das war vor einem Jahr gewesen. Die gegenwärtige Situation war eine ganz andere.

Oh, bei den lieben Göttern. Was, wenn er es heute Abend probieren würde? Er hatte mehr als einmal erwähnt, dass er mich nicht zu einer Heirat zwingen würde, aber was, wenn er fragen würde? Was würde ich darauf antworten?

»Schließ die Augen«, forderte Zane mich auf.

»Was?«, entgegnete ich.

»Schließ die Augen«, wiederholte er ruhig.

»Wieso?«

Zane seufzte. »Oriana, Liebes. Bitte, schließ deine Augen.«

Langsam schloss ich sie. Zane umfasste mit einer Hand weiterhin meine Finger und legte nun seine zweite Hand an meinen Ellenbogen, um mich zu führen.

Die Aufregung und Neugierde, die sich gleichermaßen in mir breitmachten, raubten mir beinahe den Verstand.

Je weiter wir gingen, umso lauter vernahm ich das Rauschen der Brandung. Das sanfte gleichmäßige Geräusch, welches solch eine unglaublich beruhigende Wirkung auf meine Seele hatte.

»Wehe, du wirfst mich ins Meer«, merkte ich an. »Es tut mir leid, was ich gestern über deine geringe Männlichkeit gesagt habe.«

»Verdammt, Oriana«, sagte Zane lachend. »Wie kommst du auf die Idee, dass ich dich ins Meer werfe?«

»Wieso stehst du plötzlich nachts in meinen Gemächern? Und zerrst mich nach draußen? Schon wieder.«

»Sei nicht so neugierig. Diesmal ist es anders. Du wirst schon sehen.«

Die kühle Meeresbrise strich über mein Gesicht und spielte mit meinen Haaren, die locker hinter mir her wehten. Wir mussten uns mittlerweile direkt am Ufer befinden, denn auch der Sand unter meinen nackten Füßen war feucht geworden. Langsam hielten wir an.

Ich atmete tief durch und genoss das freie Gefühl in der Natur. Der Natur, die so ganz anders war als die in Aseria. Das genaue Gegenteil. Doch ich fühlte mich genauso wohl wie in den eisigen Schneemassen.

Zanes Hand glitt von meinem Ellenbogen, nur noch unsere Finger waren ineinandergeschlungen. Immer wieder bewegte er seinen Daumen in sanften Kreisen über meinen Handrücken und ich musste mich konzentrieren, um nicht nach unten auf unsere Hände zu sehen.

Zane hätte sofort bemerkt, welche Auswirkungen seine Berührungen auf mich hatten.

»Oriana«, hauchte er dicht an meine Wange. Er dürfte näher getreten sein. »Öffne die Augen.«

Nachdem ich auf seinen Befehl hin langsam die Lider öffnete, merkte ich, dass Zanes Feuerblase nicht mehr vor uns schwebte. Und dennoch war es um uns herum nicht mehr so dunkel wie zuvor. Das lag aber nicht daran, dass sich die Wolken wieder verzogen hatten. Nein …

Etwas Unglaubliches, das ich noch nie zuvor gesehen hatte, strahlte in einem Blau-, fast Violettton unter der glasklaren Oberfläche. Ich blinzelte mehrmals, um mich zu versichern, dass meine Augen mir keinen Streich spielten.

»Was ist das?«, fragte ich. Meine Stimme kaum mehr als ein leises Flüstern.

Ich dachte, wenn ich zu laut sprechen würde, würde ich es vielleicht verscheuchen. Es würde vielleicht Angst bekommen. Was auch immer es war.

Es schien wie ein verzaubertes Meer. Es hieß, die Wälder in Aseria wären verzaubert. Vielleicht war es dieses Meer genauso.

Wir befanden uns direkt am Ufer. Zane stand nur einen Schritt entfernt und hielt meine Hand. Ich spürte seinen Blick auf mir ruhen, während ich ungläubig aufs Wasser starrte.

»Das sind Luceatfische«, erklärte Zane mit ebenfalls gedämpfter Stimme. Ich wandte ihm mein Gesicht zu und meine Lippen bildeten ein breites Lächeln. Es war kein Zauber oder eine Illusion. Es war echt. Ich stand hier mit Zane, Hand in Hand und beobachtete die schönsten Fische, die ich je gesehen hatte.

Zane erwiderte mein Lächeln, bevor er den Blick auf das Meer senkte. Die kleinen Fältchen, die sich um seine Augen bildeten, raubte mir den Atem. Er war so unglaublich schön, dass es meinem Herzen einen Stich verpasste. Irgendjemand hatte unsere Verbindung von Beginn an sabotiert und dennoch standen wir hier. Nun war mein Vertrauen ihm gegenüber gehemmt, obwohl er nichts getan hatte.

Dabei hatte Zane gekämpft. Genau für das hier.

»Luceatfische gibt es nur in den Gewässern, die Westerys umgeben. In diesem Ausmaß zeigen sie sich nur einmal jährlich.«

»Sie … sie sind wunderschön«, stotterte ich, überwältigt von dem Naturspektakel.

»Sieh genau hin.« Zane legte seine Hand an meinen unteren Rücken und schob mich nach vorn, sodass meine Füße das Wasser berührten und den Saum meines Kleides tränkte. Das Wasser, das in flachen Wellen meine Füße umgab, war überraschend mild.

»Siehst du, dass manche von ihnen heller leuchten als andere?«

»Ja«, hauchte ich und meine Augen flogen über die Masse an kleinen Fischen. Sie waren etwa nur so groß wie ein Fingernagel, doch es mussten bestimmt Tausende gewesen sein. Abertausende, die flink umherschwammen.

»Erkennst du die kleinen Farbunterschiede?«, fragte Zane und ich nickte. Mit seinem Zeigefinger, an dem wieder sein prachtvoller Ring glänzte, zeigte er aufs Wasser. »Je heller und violetter ein Weibchen leuchtet, umso höher ist die Chance, dass ein Männchen es auserwählt.«

Die kleinen Fische waren also auf Partnersuche, um sich fortzupflanzen.

»Ist es bei den meisten Tieren nicht genau umgekehrt? Dass sich die Damen den Mann auswählen?«

»Das stimmt tatsächlich. Es ist jedoch bei dieser Fischspezies genau andersrum«, erklärte mir Zane.

Dann war es totenstill.

Außer der Meeresbrandung war nichts zu hören. Das Sternenmeer aus Fischen bildete einen starken Kontrast zu dem schwarz wirkenden Wasser. Es hatte sich eindeutig ausbezahlt gemacht, Zane heute Abend zu begleiten. Wie absurd sein Überfall auch anfänglich gewesen sein mochte. Nun verstand ich seine Hektik, denn noch nie zuvor hatte ich so etwas atemberaubend Schönes gesehen. Ich konnte es kaum in Worte fassen.

Zane räusperte sich neben mir. »Du wärst *der Hellste* von ihnen.«

Mein Kopf schnellte in seine Richtung. »Wie bitte?«

Zanes Blick wurde sanft. »Du wärst der hellste Fisch und der, der im sattesten Violett erstrahlt.«

Ich brauchte einen Moment, um zu realisieren, was er damit meinte. »Soll ich es als Kompliment auffassen, dass du mich mit einem Fisch vergleichst?«

»Mit einem der schönsten und außergewöhnlichsten Fische, der auf diesem Planeten existiert. Also ja«, räumte er ein.

Mein Herz schwoll gefühlt auf die doppelte Größe an, wegen des unaussprechlich bizarren Kompliments, das bisher das schönste war, was ich je gehört hatte.

Zane machte mir ständig irgendwelche Komplimente. Er machte nie ein Geheimnis daraus, wie gut ich ihm gefiel oder wie viel Interesse er an mir hatte. Was ich beneidenswert fand. Solch ein Selbstbewusstsein konnten nur die wenigsten Männer an den Tag legen, ohne vollkommen überheblich zu wirken. Doch dieses dämliche Kompliment fühlte sich tiefer als die vorhergehenden an. Es war … anders. Genauso außergewöhnlich wie unsere gemeinsame Geschichte.

»Danke«, antwortete ich und bemerkte, wie sich meine Wangen wärmer anfühlten. »Und vielen Dank für das.« Mit der Hand deutete ich auf das Meer.

»Danke wofür?«, wollte Zane wissen.

Ich drehte mich in seine Richtung. Legte meinen Kopf in den Nacken und sah ihm direkt in die Augen. Seine Haut sowie auch seine Augen schimmerten in einem leichten Blauton.

»Nach den ganzen Ereignissen der vergangenen Tage und Wochen. Nach den ganzen Intrigen, den Dingen, von denen ich nicht wusste, welche wahr und welche falsch waren. Wem ich noch trauen konnte. Wer mein Freund oder mein Feind war. Ich brauchte diesen Abend dringender, als dir vielleicht bewusst war.« Sanft umfasste ich mit einer Hand seine Wange und glitt mit meinen Daumen darüber.

Zane lehnte sich in die Berührung und schloss für einen Moment die Augen.

»Dafür möchte ich dir danken, Zane.«

Er legte seine Hand an meine, die auf seiner Wange ruhte. »Ich freue mich, dass es dir gefällt.«

»Mehr als das«, gestand ich. Meine Atmung beschleunigte sich bei seinem intensiven Blick.

»Ich wollte nie, dass du an mir zweifelst. Und allein deswegen werde ich denjenigen umbringen, der es geschafft hat, all das Chaos zwischen uns zu schüren.«

Einige Augenblicke lang standen wir nur so da, schauten uns an und ließen den unglaublichen Moment auf uns wirken.

Mein Kopf war seit langer Zeit endlich still. Keine Gedanken. Keine Was-wäre-wenns. Nichts. Außer Zane, der vor mir stand, meine Hand an seiner Wange festhielt, als ob er mich nie wieder loslassen würde. Ich war mir nur nicht sicher, ob ich nicht genau das wollte.

Eine neue Meeresbrise wehte in unsere Richtung, sodass sich meine feinen Härchen aufstellten und ein kurzer Schauer durch mich hindurchzuckte. Hinter Westerys erstreckte sich das offene Meer, weshalb der Wind, wenn er von dieser Richtung kam, ungewöhnlich kühl sein konnte.

»Wir sollten wieder in den Palast. Du hast so viel Schlaf nachzuholen.«

Er hatte recht, also nickte ich knapp, obwohl ich am liebsten den Moment so lange wie möglich in mich aufgesaugt hätte. Wenn ich tatsächlich in Westerys bleiben würde, könnte ich dieses Naturspektakel jedes Jahr beobachten. Mit Zane.

Kapitel 32

Oriana

»Ich hatte vorhin ein Gespräch mit meinen Eltern«, fing Zane an, nachdem wir meine Gemächer wieder erreicht hatten.

Er blieb im Türbogen stehen.

Den gesamten Rückweg über hatte er mich getragen, damit meine Füße nicht wieder sandig wurden und der Sand an dem Saum meines feuchten Kleides hängen blieb.

Was für ein Ehrenmann er doch sein konnte.

Zuerst wollte ich sein Angebot nicht annehmen, doch er hatte mich gepackt und mich einfach hochgehoben. Dass ich meinen Kopf nach einiger Zeit an seiner Brust gebettet und seinen wohligen Duft förmlich in mich aufgesaugt hatte, ließ meinen Kopf vollständig abschalten.

Nachdem ich nur genickt hatte, fuhr er fort: »Ich will diesen schönen Abend in keiner Weise mindern, aber es ist wichtig, dass du es erfährst.«

»In Ordnung. Was ist los?«

»Wie ich dir in Aseria versprochen hatte, habe ich einen Raben nach Westerys geschickt, um meine Eltern um Hilfe zu bitten, über den Mord an deiner Familie nachzuforschen.« Zane wirkte bedrückt.

Sobald er meine Eltern erwähnt hatte, begann meine Magie leise zu summen. »Und haben sie schon etwas herausgefunden?«

Zane stützte sich im Türrahmen ab. »Sie haben auf meine Bitte hin mehrere unserer besten Spione in die fünf Königreiche geschickt. Deine Eltern … Sie sind auf der Heimreise von Floranys –«

»Ermordet worden«, beendete ich den Satz. »Sie waren wegen

eines Staatsbesuchs in Floranys und bei ihrer Heimreise hielten sie noch einige Tage in Seylen, da es auf dem Weg lag.« Der vorherige Höhenflug meiner Gefühle wurde von einem erneuten Rekordtief abgelöst.

Zane stieß sich von dem Türrahmen ab und rieb sich über den Nacken. »Eines der Dienstmädchen in Floranys denkt, es kann sich daran erinnern, dass sich ein Streit zwischen deinen Eltern und König Garbhan zugetragen hatte. Zumindest ein Streit zwischen deiner Mutter und Garbhan.« Zane atmete ruhig aus. »Es muss nichts bedeuten. Vermutlich handelte es sich um eine politische Meinungsverschiedenheit. Passiert in Westerys auch immer wieder.«

Meine Mutter hatte vor ihrem Tod einen Streit mit Clarence' Vater gehabt? König Garbhan hatte mehrere Trauerkörbe geschickt und sein Beileid öffentlich ausgesprochen, nachdem der Tod meiner Eltern in den Königreichen bekannt geworden war.

»Um was ging es in dem Streit?«, wollte ich wissen.

»Das weiß ich leider nicht. Ebenso wenig wie das Dienstmädchen. Es erzählte lediglich, dass deine Mutter wohl wutentbrannt aus dem Konferenzzimmer gestürmt ist, gefolgt von deinem Vater. Danach sind sie abgereist.«

»Wer war das Dienstmädchen? Kann ich mit ihr sprechen?«

»Ein junges Mädchen. Irac, einer meiner Spione, musste seinen Charme spielen lassen, damit er Informationen aus ihr herauslocken konnte.« Er schwieg einem Moment. »Wenn du willst, können wir nach Floranys reisen, damit du dein Glück bei dem Mädchen versuchen kannst, jedoch denke ich, dass es nicht mehr erzählen wird, oder vermutlich nicht mehr weiß.« Zanes Lippen waren zu einer festen Linie zusammengepresst, genauso wie meine.

Ich schnaufte erschöpft. »Was soll ich tun?«

»Du meinst, was *wir* als Nächstes tun werden?«

»Wir?«

»*Wir*«, stellte Zane klar. Entschlossenheit glänzte in seinen Augen. »Wer auch immer für den Tod deiner Eltern verantwortlich ist, ist genauso mein Erzfeind wie deiner.«

»Aber –«

»Nichts aber. Als Nächstes werden meine Spione Seylen genauer unter die Lupe nehmen«, unterbrach er mich und trat einen Schritt näher heran. »Wir sind Partner. Stimmt doch, oder?«

Ich nickte knapp.

Partner.

Zane bemerkte, dass Tränen in meinen Augen glänzten. »Wir schaffen das«, räumte er ein. »Zusammen.«

»Zusammen« wiederholte ich und versuchte, den verschwommenen Schleier beiseite zu blinzeln. Nach einem Jahr fühlte es sich an, als ob ich es schaffen könnte, den Tod meiner Eltern aufzuklären. Wenn Zanes Spione solch eine Information schon nach wenigen Tagen herausgefunden hatten, was hatte dann Dusan die gesamte Zeit über getan? Immer wieder hieß es »Es gibt keine neuen Hinweise«.

Zane hauchte mir einen zarten Kuss auf die Wange. »Gute Nacht, Oriana. Träume schön.« Einer seiner Mundwinkel wanderte nach oben. »Die Nacht war wunderschön.«

»Gute Nacht, Zane«, erwiderte ich. »Und ja, das war sie.«

Danach fiel die Tür ins Schloss und ich ließ mich tief in die Laken sinken.

Ich fragte mich, ob Clarence von dem Streit wusste oder ob dieser überhaupt von Belangen war. Wie Zane gesagt hatte: Es handelte sich vermutlich um eine normale Diskussion zwischen zwei Königreichen. Wer wusste schon, wie das Dienstmädchen, die Situation wahrgenommen hatte. Doch Zane gab mir die Hoffnung, dass wir es schaffen könnten, herauszufinden, was meinen Eltern zugestoßen war. Das nächste Ziel wäre, herauszufinden, was sich nach Seylen wirklich zugetragen hatte.

Kapitel 33 Oriana

Das knarrende Geräusch der Tür riss mich aus dem Schlaf. Mein Zimmer war noch in Dunkelheit gehüllt. Trotz der selbst nächtlich hohen Temperaturen hatte ich mich in die samtig weichen Seidenlaken gekuschelt.

»Ich wünsche Euch einen wunderschönen guten Morgen, Prinzessin Oriana«, hörte ich von der Tür aus.

Natürlich war ich noch nicht bereit aufzustehen. Dass ich generell morgens nicht so gut gelaunt war, spielte eine entscheidende Rolle, weshalb ich so tat, als ob ich nichts hören würde. Vielleicht würde sie wieder gehen.

Mehrere Tage waren vergangen, in denen ich nur wenig Zeit außerhalb meiner Gemächer verbracht hatte. Die Erschöpfung, die meinen Körper bewohnte, war zu stark gewesen, um länger als nötig mein Bett zu verlassen. Abgesehen von der ersten Nacht hier. Meine Gedanken wanderten öfters zum Strand, zu den violett–blauen Fischen, zu Zane … und ganz besonders zu dem Gespräch, welches danach stattgefunden hatte.

Plötzlich blendeten mich Sonnenstrahlen, nachdem Miss Merry die dicken blickdichten Vorhänge beiseitegezogen hatte. Ich kniff meine Lider fest aufeinander und vergrub meinen Kopf unter der Decke.

»Ich weiß genau, dass Ihr wach seid. Also tut uns beiden einen Gefallen und steht auf. Prinz Zane erwartet Euch schon.«

Konnte sie nicht wieder verschwinden und mich noch ein paar Stunden schlafen lassen?

Genervt und noch immer müde setzte ich mich in meinem Bett auf. »Ich bin schon wach.« Mein Blick war starr nach vorn gerichtet, meine Augen erst halb geöffnet, wedelte ich mit der Hand.

»Gut so. Sonst hätte ich einen Eimer mit kaltem Wasser holen müssen.«

Ich hoffte, sie scherzte.

Sie ging zum Kleiderschrank, wühlte darin herum, bis sie schlussendlich ein Kleid herauszog.

»Prinz Zane erwartet Euch frisch gebadet und gestriegelt in seinen Privatgemächern zum Frühstück, also Beeilung«, sagte sie schroff. Es fühlte sich so ungewöhnlich an, dass eine Zofe so mit einer Prinzessin sprach.

Ich runzelte die Stirn. »Und das war genau Prinz Zanes Wortlaut? Frisch gebadet und gestriegelt? Als wäre ich ein Tier?« Das hatte er nämlich bestimmt nicht befohlen. Hoffte ich zumindest.

»Reine Wortklauberei«, zischte Miss Merry.

Jedoch widersprach ich nicht weiter, sondern kämpfte mich aus dem Bett und ging in den Baderaum.

Ihre bestimmende Art jagte mir Respekt ein.

Nachdem ich mit meinem Bad fertig war, zog Merry mir das elfenbeinfarbene Kleid über, das einen tiefen Rückenausschnitt besaß und in luftig-leichten Schichten meinen Körper umhüllte. Dazu zog ich ein helles Paar Ballerinas an.

»Setzt Euch«, befahl sie.

Also setzte ich mich. So eine eigenartige Frau. Mein Gesichtsausdruck war eine Mischung aus Verwirrung und Respekt.

»Wie wünscht Ihr Eure Frisur?«, fragte sie knapp.

»Halb hochgesteckt wäre toll, danke«, erwiderte ich und schenkte ihr durch den Spiegel des Frisiertisches ein Lächeln, welches sie nicht erwiderte. Langsam zog ich meine Mundwinkel wieder in eine gerade Position.

»Nun gut.« Eine Augenbraue wanderte nach oben und sie verzog ihren Mund. »Wie Ihr wünscht.«

Sie steckte einige lockige Strähnen hoch und befestigte goldene Zierspangen darin. Sie trug mir einen bräunlichen Lidschatten auf und schminkte meine langen Wimpern tiefschwarz.

»Und schon seid Ihr fertig für Euer Treffen mit dem Prinzen. Zumindest vorzeigbar.« Sie räusperte sich kurz. »Ihr müsst wissen, ich kenne Prinz Zane schon, seit er ein kleiner Säugling war.«

Da sie aussah, als könnte sie Zanes Großmutter sein, glaubte ich ihr das aufs Wort.

»Oh, wie schön«, erwiderte ich und versuchte wieder, ihr ein Lächeln zu entlocken, indem ich ihr eines schenkte. Wieder ohne Erfolg. »Ich denke ja, Ihr habt etwas gegen mich.«

Sie schnaubte. »Wie kommt Ihr darauf, Prinzessin?«

Das letzte Wort kam noch giftiger über ihre Zunge als die vorherigen.

»Nennen wir es eine Intuition.«

»Ihr müsst wissen, der Kronprinz war wegen Eurer Abreise von vor einem Jahr sehr untröstlich. Ich hatte ihn nie zuvor in so einer Situation gesehen. Und das so lange Zeit über.« Sofort senkte ich meinen Blick und starrte auf meine Hände. Meine Finger glitten zu meinem Armband und ich drehte die Kristalle daran. »Ich werde ihn nie absichtlich verletzen.«

Ihre Augenbrauen schossen in die Höhe. »Unabsichtlich natürlich auch nicht.«

Meine Lippen pressten sich fest aufeinander, bevor ich kurz murmelte: »Natürlich nicht.«

Ich bat einen der Wachmänner, die vor meinen Gemächern stationiert wurden, mich zu den Privatgemächern von Zane zu begleiten.

Vage konnte ich mich noch an den atemberaubenden Palast erinnern, jedoch würde ich mich bestimmt hundertmal verlaufen, bevor ich das richtige Zimmer gefunden hätte. Da war ich mir sicher.

Bei jedem Schritt klapperten meine harten Ledersohlen auf dem spiegelglatten Marmorboden und hallten von den hohen Wänden nieder. Der Palast war ein einziges Meisterwerk. Überall war er mit goldenen, feinen Verzierungen übersäht. Wandgemälde der Götter erstreckten sich weitläufig und mehrere Meter hohe Säulen stützten die oberen Etagen.

Wir durchquerten scheinbar unendliche Flure, bis wir Zanes Gemächer endlich erreicht hatten. Ich nickte dem Wachmann dankend zu, bevor ich noch einmal tief durchatmete und anklopfte.

»Guten Morgen. Oder soll ich besser sagen *guten Mittag*?«

Zane persönlich öffnete die Tür. Er trug eines seiner hellen Leinenhemden und eine eng geschnittene, schwarze Hose. Als er sich übers Kinn rieb, bevor er mir ein Lächeln schenkte, sprangen mir wieder seine protzigen Ringe ins Auge.

Den, den er am Zeigefinger trug, auf dem der Drache – sein Wappen – eingraviert war, gefiel mir besonders gut.

»Tut mir leid.« Ich blickte mich suchend um. »Ist es etwa schon so spät?«

»Entschuldige dich nicht. Schlaf, so lang dein Körper es einfordert. Es ist nicht wichtig, wann wir essen, solange wir beide es überhaupt einmal tun. Komm rein.« Er trat aus dem Türrahmen und legte eine Hand an meinen nackten, unteren Rücken, um mir den Weg zu weisen. Die Berührung seiner warmen Hand sandte einige Regungen an etwas intimere Bereiche meines Körpers und die vorherigen Gedanken bahnten sich wieder an die Oberfläche.

Wir durchquerten mehrere Zimmer, bis wir in seinem privaten Esszimmer ankamen.

Ein länglicher Marmortisch zierte die Mitte, um den sich mehrere weiße, verschnörkelte Stühle befanden. Unzählige Köstlichkeiten erstreckten sich darauf, die mir das Wasser im Mund zusammenlaufen ließen.

»Als ich mein Gemach sah, dachte ich, noch edler geht es nicht.« Ich schüttelte den Kopf und mein Blick wanderte umher. »Aber dass du es wieder vollkommen übertreiben musst, sollte mich eigentlich nicht überraschen.«

Nicht nur, dass seine Zimmer um einiges größer waren. Nein. Es war an purem Luxus nicht zu übertreffen. Prachtvolle Kronleuchter, vergoldete Möbel, ein verdammter eigener Badebereich.

Kein Badezimmer, ein richtiges Bad. Freistehend.

Er zuckte lässig mit den Schultern. »Ich weiß nicht, was du meinst.«

Zane zog den Stuhl am Ende des Tisches zurück, sodass ich mich setzen konnte. Er ließ sich auf dem Platz neben mir nieder, was sehr untypisch war. Normalerweise saß man seinem *Gast* gegenüber.

»Wozu braucht man das ganze Zeug?« Mit einer ruckartigen Bewegung faltete ich die Serviette auf und betete sie sanft auf meinem Schoß.

»Man braucht es nicht. Jedoch erleichtert es einem das Leben.« Zane hob den Krug mit vermutlich irgendeinem exotischen Fruchtsaft auf. »Möchtest du etwas?«, fragte er und ich nickte.

»Könntest du mir erläutern, wie vergoldete Möbel einem das Leben erleichtern?«

Er hielt einen Moment inne, bevor er mein Glas bis zum Rand mit dem Saft füllte und wieder versuchte, sein Lachen zu verstecken. »Na ja, die stehen vielleicht nur hier, weil sie schön aussehen, aber andere Dinge sind durchaus praktisch.«

»Nenn mir doch ein Beispiel«, forderte ich ihn auf und trank einen Schluck von meinem Getränk.

Dulcisbeerensaft, eindeutig.

Zane hatte ihn bestimmt nicht zufällig gewählt.

Er biss von seinem Gebäck ab und kaute extra lange, um sich wohl etwas Passendes zusammenzureimen. Endlich schluckte er.

»Mein Bad, zum Beispiel. Wenn man spät nachts ein Bad nimmt, der Brandung lauscht und einzig und allein der Sternenhimmel etwas Licht spendet …« Er schloss die Augen und atmete wie in Gedanken versunken tief ein und aus. »Das ist wahrhaftig eines der schönsten Beispiele.«

»Das hört sich tatsächlich großartig an«, gab ich zu und stellte mir vor, wie es wäre, im Mondlicht zu baden.

»Komm doch heute Abend, dann kann ich es dir zeigen.« Zane strich sich die Haare zurück und nahm einen weiteren Bissen von seinem Gebäck.

Wenn ich nicht aufmerksam zugehört hätte, hätte ich seine Einladung bestimmt überhört. So gelassen, wie er sie ausgesprochen hatte.

Mehrmals musste ich blinzeln. »Heute Abend findet der Willkommensball statt«, erinnerte ich ihn.

»Ach ja, der Ball.« Mit Zeigefinger und Daumen rieb er sich übers Kinn. »Wirst du meine Begleitung sein, Oriana?«

Ich schluckte schwer und sah in seine dunklen Augen.

Seine Begleitung.

»Ist das eine offizielle Einladung, Prinz Zane?«

Er rückte seinen Stuhl zurück, erhob sich, nur damit er sich tief vor mir verbeugen konnte. Als er meine Finger in seiner Hand bettete, fragte er: »Erweist mir die Ehre, meine offizielle Begleitung zu sein.« Noch in seiner Verbeugung verharrend, sah er zu mir auf.

Götter.

Ich tat einen Moment lang so, als müsste ich ernsthaft darüber nachdenken. »Aber nur weil du mich so nett bittest.«

Einen flüchtigen Kuss als Dankeschön hauchte er mir auf den Handrücken, bevor er sich wieder hinsetzte.

Es würde für mich eine große Rolle spielen. Denn ich wusste nicht wirklich, als was mich sein Volk sehen würde. Ob sie wussten, dass er in den Prüfungen um meine Gunst gespielt und diese gewonnen hatte. Dann würden mich alle als Zanes Verlobte sehen und somit auch als die zukünftige Königin von Westerys.

Was laut der Gerüchte, die kursierten, nicht mehr allzu lange dauern würde. Denn es war nicht unüblich, dass der Thron vor dem Ableben des gegenwärtigen Königspaars übergeben wurde. Bestmöglich versuchte ich, den Schauer, der mir kalt den Rücken runterlief, zu vertuschen.

Ich räusperte mich.

»Weiß dein Volk, dass du die Prüfungen …«

»Sie wissen, dass ich gewonnen habe.«

Seitdem ich hier war, hatten wir das Thema Verlobung kein weiteres Mal aufgegriffen.

»Oriana, ich möchte, dass du mir glaubst, dass ich es ernst meine. Es ist kein Willkommen-im-Verlobungsstatus-Ball. Es ist ein einfacher Willkommensball. Es wird nichts von dir erwartet. Ich habe es mit meinen Eltern besprochen und sie werden sich daran halten.«

»Wirklich?«

Zane nickte. »Wirklich.« Er sah nach hinten zu einer Schüssel voller Früchte und holte sie hervor. »Um dich in bessere Laune zu stimmen: Was möchtest du hiervon?«

Ich lächelte.

»Mal sehen, was wir denn da haben.« Er beäugte die Früchte genau. »Eine Aequormelone, Dulcisbeeren und …« Seine Augen verengten sich. »Ich habe keinen blassen Schimmer, was das sein soll.« Er deutete auf eine Rispe, an der kleine weiße Trauben hingen.

»Einen Aequormelone«, unterbrach ich. »Bitte.«

Noch nie zuvor hatte ich solch eine gekostet. Die handgroße Frucht wuchs in der Tiefsee und war schwer zu finden, weshalb sie als besonders kostbar galt. Von ihrem süßen Fruchtfleisch ganz abgesehen.

In Aseria gab es zwar Gewächshäuser, dennoch wuchsen solch exotische Obstsorten bei der enormen Kälte kaum. Also konnte ich mich zwischen Dulcisbeeren und Dulcisbeeren entscheiden. Zum Glück liebte ich sie.

Ich beäugte die Aequormelone und biss in das saftige Fruchtfleisch, welches mir schon nach dem ersten Bissen vom Kinn tropfte. Sofort hielt ich meine Hand schützend unter mein Kinn.

»Warte, ich helfe dir.« Er nahm eine Serviette, umfasste mein Gesicht und tupfte meine Mundpartie sauber. Viel langsamer als nötig. Mit einem zarten Lächeln fixierte er meine Lippen währenddessen.

»Vielen Dank.« Die Worte waren kaum mehr als ein Murmeln. Eine so nebensächliche und dennoch intime Geste, die ein Kribbeln in meinem Bauch entfachte. Dabei fing er meinen Blick auf und hielt ihn fest, selbst als er sich wieder von mir löste.

Bei den Göttern, wieso war ich verlegen? Dennoch errötete ich wie eine Dulcisbeere. Hätte ich mich wohl besser für diese entschieden.

Nachdem er seine Fingerspitze – die mit dem süßen Fruchtsaft benetzt war – abgeleckt hatte, entfachte sich ein verlangendes Ziehen in meinem Unterleib und ich beobachtete jede seiner Bewegungen genau. Unruhig rutschte ich auf meinem Stuhl hin und her.

»Alles in Ordnung?« Er musterte mich mit einem amüsierten Gesicht, als ob meine Gedanken mir auf der Stirn geschrieben stehen würden. Sofort strich ich mein Kleid zurecht.

»Wird die Dame von vor einem Jahr heute Abend auch anwesend sein?«

»Ich weiß es nicht«, gab er zu und seine Miene war gleichgültig und unergründlich.

»Und?«, fragte ich.

»Was und?«, war seine Gegenfrage. Seine Stirn warf eine Falte.

»Hast du damals was für sie empfunden?« Ob er aktuell etwas für sie empfand, erfragte ich lieber nicht.

Im Grunde wusste ich nicht, weshalb ich so bohren musste. Vielleicht genoss ich den kleinen Schmerz in meiner Brust. Vielleicht brauchte ich das. Und trotzdem hatte ich Angst vor der Antwort.

»Ich mochte sie damals, ja. Früher. Lange bevor du nach Westerys kamst.« Er schüttelte den Kopf und sah mir danach direkt in die Augen. »Aber ich liebte sie nicht. Sie war für mich nicht das, was du für mich bist.« Trotz seiner liebevollen Worte entwickelte sich eine kleine Eifersuchtswolke in mir.

Ich war dankbar für seine Ehrlichkeit, und doch hätte Zane ruhig den ersten Teil weglassen können.

»Also hat sie mich attackiert, weil sie Angst hatte, dass ich ihr den Mann ausspanne«, stellte ich fest. Die Richtung des Gespräches gefiel mir gar nicht. Dennoch musste das Thema geklärt werden, bevor ich heute Abend den Ball betreten würde.

»Sie hat dich attackiert, weil sie wahnsinnig besessen von mir war, nachdem ich sie immer wieder abgewiesen habe. Sie konnte anscheinend den Anblick nicht ertragen, wie ich alle Damen auf dem Ball ausblendete.« Er fuhr sich mit einer Hand über den Nacken, was er immer wieder tat, wenn er nervös war, fiel mir auf. »Alle Damen, ausgenommen von dir natürlich.«

Mein Herz schlug schwer in meiner Brust. Meine Gefühle zwischen Aufregung und Eifersucht hin- und hergerissen.

Ich blinzelte mehrmals. »Sie war nicht die Einzige, die von dir besessen war.«

»Stimmt.« Zanes Mundwinkel zogen sich in die Höhe.

»Oh, bei den Göttern. Denk nicht, dass ich mich damit gemeint habe«, stellte ich klar. »Ich rede von den Damen, die dich die Tage vor dem Ball förmlich verfolgt und eingekreist haben. Wie ein Wolfsrudel seine Beute.« Der Vergleich schien mir passend. Die aufgebrezelten Damen waren die ausgehungerten Wölfe und Zane das Lamm.

Ein wunderschönes Lamm.

Er warf den Kopf in den Nacken und stieß ein kehliges, ehrliches Lachen aus. Er fand den Vergleich anscheinend amüsant.

Ohne zu klopfen, riss Zanes kleine Schwester Stella die Tür auf. »Ah, da seid ihr also.«

Sofort kam sie auf uns zu und setzte sich neben Zane.

»Und wer genau hat dich eingeladen?«, wollte er wissen und warf ihr einen genervten Blick zu, was mir ein Schmunzeln entlockte.

»Ich brauche doch keine Einladung. Du kannst Oriana nicht für dich allein beanspruchen, nachdem sie endlich ihre Gemächer verlassen hat.« Sie beugte sich über den Tisch, stibitzte sich ein Stück Käse und schob es sich in den Mund, bevor sie weitersprach. »Das ist doch der Grund, wieso ihr hier speist, nicht wahr? Du hast Angst, dass jemand deine Zeit mit ihr stiehlt.«

Zane verdrehte die Augen. »Hast du nichts Besseres zu tun, du Nervensäge?«

Wieder zuckten meine Mundwinkel unwillkürlich nach oben bei ihrem Gezanke. Die beiden erinnerten mich so an Rohana und mich, was mir im nächsten Augenblick einen Stich mitten ins Herz verpasste. Ich vermisste sie so unglaublich.

Stella stützte das Kinn auf der Hand ab und überlegte. »Hm. Eigentlich nicht, nein.« Wieder schob sie sich ein Stück Käse in den Mund. »Also, Oriana, hast du Lust, mich auf einem Spaziergang durch den Palast zu begleiten? Ich verspreche dir, es ist bestimmt aufregender als mit diesem Langweiler hier.« Sie deutete mit dem Kopf auf ihren Bruder, der schnaubte.

Zane ergriff das Wort: »Fühl dich nicht verpflichtet, mit diesem Wirbelwind den Tag zu verbringen. Es steht dir selbstverständlich frei, zu tun, was du willst. Ob du allein sein möchtest, bei mir bleibst oder mit Stella gehst.«

»Ist das in Ordnung für dich?«, fragte ich.

»Selbstverständlich.«

Ich hatte nicht den leisesten Schimmer, wieso ich so ein bestimmendes Bild von Zane gehabt hatte. Vielleicht waren es die Geschichten, die man sich über ihn und seine maskuline Art erzählte. Die Dinge, die zwischen uns vorgefallen waren.

Dennoch überraschte mich sein Verhalten. Früher war ich der festen Überzeugung gewesen, dass er sich nur eine schöne Frau neben sich auf dem Thron wünschte. Doch irgendwie bröckelte diese Meinung, die ich mir über ihn gebildet hatte, immer mehr. Je länger wir uns kannten und je mehr Zeit wir miteinander verbrachten.

»Ich würde mich sehr freuen, mit dir Zeit zu verbringen, Stella.« Mit einem Lächeln nickte ich ihr zu und sie klatschte sofort begeistert in die Hände.

Zane erhob sich und rückte meinen Stuhl nach hinten, sodass ich aufstehen konnte. Danach standen wir uns direkt gegenüber.

»Na, dann wünsche ich euch viel Spaß. Und wenn sie dir zu anstrengend wird, sag Bescheid.« Er wickelte eine meiner dunklen Locken um seinen Finger und ich erschauderte. »Ich hole dich um acht ab.«

»Von mir aus.« Ich strich mit einer Hand über seine Brust und richtete danach den Kragen seines Leinenhemdes. Als ich wieder zu ihm aufsah, konnte ich das Funkeln in seinen Augen sehen.

Er legte seine Lippe nah an mein Ohr und flüsterte: »Und, ach ja, mein Angebot steht jederzeit.« Sein Atem verpasste mir eine Gänsehaut.

Stella riss mich an meinem Arm mit. »Komm schon, gehen wir, bevor er sich es noch anders überlegt und dich in seinen Gemächern für die nächsten Tage einsperrt.«

Zanes Blick nach zu urteilen, lag sie mit ihrer Vermutung nicht weit daneben.

Kapitel 34 Oriana

Natürlich hatte ich den Palast noch in Erinnerung. Es war erst ein Jahr vergangen, seitdem ich das letzte Mal hier gewesen war. Trotzdem bestand Stella darauf, mir alles ein weiteres Mal zu zeigen. Angefangen bei den Fluren, darauf folgten die Speisesäle, die Bücherei und schlussendlich noch der Ballsaal, in dem die Vorbereitungen für die heutige Feierlichkeit in vollem Gange waren.

Überall huschten Bedienstete eilig herum. Mit edlen Blumengestecken und goldenen Tafelservices.

Ich würde heute Abend vor all den fremden Menschen als Zanes Begleitung stehen, die mich von Kopf bis Fuß mustern würden.

Bei diesem Gedanken drehte sich mein Magen um.

Wie würden die Adeligen von Westerys auf mich reagieren?

»Oriana?« Stella legte ihre Hand auf meinen Arm. »Du wirkst etwas blass.«

»So ist meine Hautfarbe, aber danke«, merkte ich an.

Stella war eine der Personen, die kein Blatt vor den Mund nahm und alles, was ihr in den Sinn kam, sofort jedem mitteilen musste. Ich mochte sie dafür. Ich sah an meinen Armen herunter. Mein heller Hautton hatte zwar dezent Farbe bekommen, war aber weiterhin überdurchschnittlich hell für diese Region. Die Menschen in Westerys hatten schöne, von der Sonne gebräunte Haut, was mir besonders gut gefiel.

Wir verließen den Ballsaal und machten uns wieder auf den Weg zu meinen Gemächern.

»Vater hat bei deiner Ankunft erwähnt, dass ihr auf eurer Reise einige Schwierigkeiten hattet?«

»Nun ja. Es verlief alles etwas anders, als geplant«, gab ich zu und hoffte, dass sie nicht näher nachfragen würde.

»Was genau ist passiert?«

Also überlegte ich kurz, wie ich alles, was passiert war, in einer kurzen und logischen Form erzählen könnte.

»Wie du vielleicht weißt, hat Zane ja die Prüfungen gewonnen«, fing ich an.

»Ja?« In ihrem Gesicht konnte man die Neugierde erkennen.

»Am nächsten Tag fand unser Verlobungsball statt und da …« Ich schluckte. »Da passierten einige Missverständnisse und ich bin weggelaufen.«

Stella klappte die Kinnlade herunter und sie stoppte mich. »Du bist was? Wohin denn?«

Ich wollte nicht näher darauf eingehen, weil ich wusste, dass ich nur an die Zeit zurückdenken würde. Und an Clarence, der die letzten Tage immer weniger Präsenz in meinem Kopf gehabt hatte. »Glaub mir, weit weg.«

»Wie eine richtige Rebellin? Erzähl mir mehr.«

»Eigentlich, Stella, ist es nicht der Rede wert. Alles ist bedeutungslos, was passiert ist.« Ich wusste nicht einmal, ob ich mir diese Lüge selbst glaubte, die ich da erzählte. Clarence und ich kannten uns kaum, jedoch hatten wir die Leben des jeweils anderen gerettet. So etwas veränderte Menschen. Doch als Zane mich *entführt* hatte und Clarence das anscheinend vollkommen egal gewesen war, wusste ich, dass nicht mehr zwischen uns war als diese unnatürliche Situation.

Stella bewunderte mich. Als ob ich um die Welt gereist wäre und aufregende Dinge erlebt hätte. Doch die Realität sah weitaus anders aus. Ich war vor meinem vermeintlich betrügerischen Verlobten geflohen, hatte einen Wandler getötet …

Im Hinterkopf schwirrte der Gedanke über das, was Mabel mir immer eingetrichtert hatte.

Die Götter wählen den Mann als Gewinner aus, der mit dem zweiten Teil deiner Seele geboren wurde.

Verdammt, ich vermisste sie.

Nun stellte sich nur die Frage: Wer war dieser jemand? Clarence hatte den Hasen aufgespürt. Und Zane hatte ihn mir gebracht. Ging es darum, den Hasen zu finden oder ihn mir zu überreichen?

Dann fiel mir etwas ein, das helfen könnte. »Ich gehe vor dem Ball noch zur Bibliothek«, beschloss ich, löste mich von Stella und ließ sie einfach mitten im Flur stehen. Meine Schuhe klapperten mit schnellen Schritten über den Marmorboden.

»He«, rief sie mir hinterher, lief mir aber nicht nach.

»Ein anderes Mal habe ich mehr Zeit. Versprochen.« Kurz drehte ich mich um und schenkte ihr ein Lächeln.

»Wir sehen uns auf dem Ball«, hörte ich sie noch von Weitem rufen, während ich schon um die erste Ecke bog. Ich hoffte, sie würde mir mein plötzliches Verschwinden nicht übel nehmen.

Es blieben mir noch in etwa vier Stunden bis zum Ball. Genügend Zeit, mich durch die Bücher zu wühlen und mehr über die göttlichen Brauchtümer herauszufinden.

Einige Meter weiter machte ich vor einer riesigen Metalltür Halt, bevor ich hineinschlüpfte.

Der muffige Geruch, der sich in meine Nase schlich, bestätigte, dass ich richtig war. Es war der Duft des Wissens, das zwischen zwei Buchdeckeln wartete.

Am Eingang der Bibliothek hockte ein kleiner, älterer Mann hinter einem riesigen Steinpult. Seine besten Jahre waren schon lange an ihm vorbeigezogen, was man an seiner grimmigen Art und seinen schneeweißen Haaren erahnen konnte.

»Guten Tag«, begrüßte ich ihn und setzte ein freundliches Lächeln auf, welches er nicht erwiderte.

»Guten Tag, junge Lady. Sucht Ihr etwas Bestimmtes?«, fragte der Mann und reckte sich, damit er besser über das Pult spähen konnte.

»In der Tat. Ich suche nach den alten Legenden der Götter.«

Wild kramte er herum, bis er seine Brille fand. Er faltete die Bügel aus und setzte sich diese tief auf die Nase.

»Euch habe ich hier noch nie gesehen. Woher kommt Ihr, junge Lady?«

»Ich bin Prinzessin Oriana von Aseria.« Nickend stellte ich mich vor und versuchte, meine nervösen Finger hinter meinem Rücken zu verstecken.

»So, so, Prinzessin Oriana von Aseria. Was vermag so eine junge hübsche Dame bei den Legenden der Götter zu finden?« Mit einem seiner langen, knochigen Finger schob er seine Brille zurecht.

»Ich ...« Mir musste schnellstmöglich eine Ausrede einfallen. »Ich will mich nur umsehen.«

Wow, das war mal wieder eine Glanzleistung.

»Nur umsehen, so, so«, wiederholte der alte Mann und beäugte mich genau. Sein starrer Blick musterte mich so eindringlich, dass es sich anfühlte, als ob er bis auf meine Knochen sehen könnte. Bis er schließlich murmelte: »Gang sieben, Reihe vierzehn.«

»Ich danke Euch.«

Ohne eine weitere Sekunde zu verlieren, verschwand ich in dem Labyrinth aus Bücherregalen, die neben mir emporragten.

Die Regale waren aus weißem Metall gefertigt und wiesen verschnörkelte Verzierungen, die in einem Goldton gehalten waren, auf.

Im Vorbeigehen wanderten meine Finger an den Regalen mit und wirbelten den Staub auf. Was ich eine Sekunde später schon bereute, da ich einen heftigen Niesanfall bekam.

Durch mein Niesen wirbelte ich nur noch mehr Staub auf.

Als sich meine Nase endlich beruhigt hatte, stöberte ich mich durch die engen Gänge, bis ich endlich *Reihe vierzehn* auf einem Regal entdeckte. Vorsichtig stellte ich mich auf die Zehenspitzen und suchte das Regal nach den *Legenden der Götter* ab.

Es dauerte eine Weile, bis ich es entdeckt hatte. Doch da stand es. Dasselbe Buch, in dem ich in meinen Kindertagen hatte lernen müssen. Welches ich noch vor ein paar Jahren beinahe hatte auswendig kennen müssen. Mittlerweile waren davon nur noch ein paar Erinnerungsfetzen übrig.

In einer flüssigen Bewegung zog ich es zwischen den anderen hervor. Mit der flachen Hand versuchte ich, den Staub zu entfernen, und hielt es so weit von meinem Körper fern, wie nur möglich.

Doch der nächste Niesanfall ließ nicht lange auf sich warten.

Alles an dem Palast war riesig, pompös und extravagant. Selbst die Bibliothek. Jedoch schien es so, als ob der Bereich nicht oft besucht werden würde. Zumindest die letzten verstaubten Reihen. Bei den langweiligen Geschichtsbüchern wunderte es mich nicht. Ich selbst hatte sie als Kind gehasst, doch in diesem Moment war ich mehr als glücklich, sie gefunden zu haben.

Nur hoffentlich würde ich darin die Antworten auf meine Fragen finden.

Mit dem Finger fuhr ich die eingravierte Schrift auf dem rissigen Ledereinband nach.

Etwas abseits der Bücherregale befanden sich mehrere kleine Lesebereiche, die mit schwarzen Samtsesseln sehr einladend wirkten. Also beschloss ich, es mir dort gemütlich zu machen.

Nachdem ich tief in die Kissen gesunken war, drapierte ich den dicken Wälzer auf meinem Schoß. Danach schlug ich das Buch auf und ging das Inhaltsverzeichnis durch.

Manche Seiten waren verknittert und die Enden umgeknickt. Wenn es sich um einen meiner Liebesromane gehandelt hätte, hätte ich direkt Mitleid mit dem armen Buch bekommen.

Mit dem Finger verfolgte ich jedes Kapitel genau, bis ich endlich auf das richtige traf.

Kapitel fünfundzwanzig, Seelenverbindungen

Das hörte sich vielversprechend an, also blätterte ich mich durch die leicht vergilbten Seiten, bis zu dem besagten Kapitel.

»*Eine Seelenverbindung, die Verschmelzung zweier Seelen des gleichen Herzens, ist eine seltene, jedoch umso stärkere Verbindung zweier Geliebter*«, begann ich leise vorzulesen. »*Die Personen mit dem jeweiligen Gegenstück der eigenen Seele begegnen sich nie zufällig. Es ist eine Vorherbestimmung der Götter.*«

Unwillkürlich verdrehte ich die Augen. »Wie poetisch.«

Ich überflog den Text nach etwas Brauchbarem und blätterte einige Seiten weiter. Irgendwo musste doch etwas über die Rituale der Prüfungen stehen. Die Prüfungen waren nicht die einzige Weise, wie man sein Seelengegenstück finden konnte.

Man konnte sich einfach auf der Straße begegnen, sich bei einem Ball über den Weg laufen. Es gab diese Verbindungen zwischen Reichen und Armen. Zwischen Alten und Jungen. Obwohl das etwas eigenartig war und ich mein Gesicht bei dem Gedanken verzog, ein Mann, der doppelt so alt wäre wie ich, könnte mein Gegenstück sein. Denn man erkannte es nicht sofort. Zumindest nicht auf den ersten Blick. Manchmal bemerkten die Beteiligten es erst nach ihrer ersten gemeinsamen Nacht oder nach einem Akt der wahren Liebe. Aber wenn man die Verbindung erkannte, traf es einen wie ein Blitz. So hieß es zumindest.

Es dauerte etwas, bis ich die Stelle mit den Prüfungen fand.

Die drei Prüfungen, lautete die Überschrift.

Mein Herzschlag beschleunigte sich, während ich weiterlas. Eigentlich schenkte ich den alten Legenden keinerlei Glauben, zumindest was das mit den Seelenverbindungen anging. Ich kannte nur wenige Menschen, die solch eine Seelenverbindung besaßen und keiner von ihnen hatte diese durch die idiotischen Prüfungen gefunden.

Doch ich musste es wissen. Es würde so viel verändern und auch wieder nichts. Doch es würde möglicherweise den Grund erklären, weshalb Zanes Nähe solche Auswirkungen auf mich hatte. Jedoch hatten der Abend des Verlobungsballs und die darauffolgenden Ereignisse tiefe Spuren in meinem Herzen hinterlassen.

Ich hatte solchen bitterlichen Zorn, rohe Wut und giftige Eifersucht erlebt wie nie zuvor. Sodass ich die Kontrolle verloren und meine Magie ungebremst auf ihn geschleudert hatte. Doch ebenfalls erweckte er die Gefühle von lodernder Hitze, purer Leidenschaft und tausenden Schmetterlingen. Letzteres kam von Tag zu Tag immer intensiver.

Andererseits schlich sich der Gedanke in meinen Kopf: Was wäre gewesen, wenn Zane mich nicht so schnell gefunden hätte? Eigentlich sollte ich keinen Gedanken mehr an Clarence verschwenden. Er hatte mir zwar auf der Flucht geholfen, doch mich danach genauso im Stich gelassen. Ich war aus freiem Willen hier. Doch das wusste Clarence nicht. Und dennoch kümmerte es ihn nicht.

Ich schüttelte die ins Nichts führenden Gedanken beiseite und konzentrierte mich wieder aufs Wesentliche. Der Grund, wieso ich kurz vor dem Ball der Bälle in einer verstaubten Bibliothek hockte und eine Seite nach der anderen, ein Kapitel nach dem anderen, genauestens studierte.

»*Die drei Prüfungen*«, las ich erneut. »*Wenn die drei traditionellen Prüfungen um die Hand einer Prinzessin oder eines Prinzen – die von Reich zu Reich unterschiedlich bestimmt werden – abgehalten werden, wird es nicht der Größte, Stärkste oder Klügste sein, der die meisten davon gewinnt. Es wird der Person gelingen, von der die Götter überzeugt sind, dass sie der Prinzessin oder dem Prinzen würdig ist.*«

Ich wusste nicht, dass jemals solche Prüfungen um die Hand eines Prinzen abgehalten worden wären. Die Vorstellung, feine Damen würden in pompösen Kleidern um den Prinzen kämpfen, brachte mich zum Schmunzeln.

»*Die Götter greifen in den Wettkampf ein, sobald der wahre zweite Teil von der Seele teilnimmt. So werden sie ihn gewinnen lassen, um so die zwei Seelen zu verbinden. Sollte dies nicht der Fall sein und keiner der Teilnehmer der Prinzessin oder dem Prinzen würdig sein, geschweige denn das Gegenstück der Seele in sich tragen, wird der nächstbeste Kandidat gewinnen.*«

Na klasse, jetzt wusste ich genauso viel wie zuvor.

Nämlich nichts.

Weshalb ich mich dazu entschloss, weiterzusuchen. Ich musste irgendetwas Brauchbares finden, damit ich nicht umsonst hergekommen war.

Seufzend klappte ich den verstaubten Wälzer zu.

Wieder war ich auf dem Weg zu Gang sieben, Reihe vierzehn und stellte es zurück ins Regal. Ich suchte das Regal ab und da fiel mir etwas ins Auge. Weiter unten im Regal erregte ein Buch meine

Aufmerksamkeit. Also zog ich es heraus und las, was auf dem Einband stand.

»*Gestaltwandler.*«

Nachdem ich bisher schon zwei von ihnen gesehen hatte und sie sicher nicht die letzten gewesen waren, beschloss ich, das Buch ebenfalls durchzublättern.

Vieles hatte ich seit meinem Unterricht in meinen Kindertagen vergessen. Vermutlich fast alles, was nicht zwingend lebensnotwendig war. Wie man sie tötete, wie es zu ihrer Verbannung gekommen war und über den Fluch, wusste ich Bescheid.

Also überflog ich die Seiten und filterte nur das Wesentliche heraus.

Nach Vollendung des achtzehnten Lebensjahres entwickelt sich die Fähigkeit, die Gestalt zu wechseln.

Bevor die Gestaltwandler verbannt wurden, konnten sie zwischen unterschiedlichen menschlichen und tierischen Gestalten wechseln. Alle Gestaltwandler wurden mit einem Fluch belegt, der es ihnen verbot, ihre menschliche Gestalt anzunehmen. Nur durch Enthauptung finden sie den endgültigen Tod. Sie ernähren sich nicht von Menschen, sondern töten nur aus Blutlust.

Mit einem dumpfen Knall schlug ich das Buch zu, bevor ein kalter Schauer meine Wirbelsäule hinunterlief und sich die feinen Härchen auf meinem Körper aufrichteten. Ich stellte das Buch zurück an seinen Platz und rieb mir über die Arme.

Die Erinnerung kroch wieder an die Oberfläche.

Dass ich einer dieser Kreaturen gegenübergestanden hatte und es mir gelungen war, diese zu töten, fühlte sich immer noch wie ein Albtraum an.

Clarence meinte, er wäre böse gewesen. Dass es richtig war, was ich getan hatte. Und was sollte ich sagen? Er hatte vermutlich recht. Denn was mussten sie Fürchterliches verübt haben, um solch eine Verbannung zu verdienen?

Wenn ich ehrlich war, hatte ich mir mehr von *Die Legenden der Götter* erhofft. Zane war der offizielle Sieger. War er also derjenige, der für mich bestimmt war? Sträubte ich mich gegen etwas, von dem ich tief in mir wusste, dass es für mich bestimmt war? Kämpfte ich dagegen an, um nicht ein weiteres Mal verletzt zu werden?

Obwohl, wenn man es genau nahm, hatte Zane sich mir gegenüber nie unrecht verhalten. Niemals hatte er mich absichtlich verletzt. So sagte er. Ich wollte keinen Zweifel mehr an allem hegen – und dennoch hinterfragte ich alles.

Es waren einige Stunden verflogen, seitdem ich in die Bibliothek gegangen war. Auf dem Weg in meine Gemächer strahlte das Licht gedämpft durch die tiefen Fenster. Ich musste mich beeilen, sonst würde ich noch zu spät kommen.

Miss Merrys Stirn warf Falten, als sie mir mit einer grimmigen Miene begegnete.

»Wo habt Ihr gesteckt? Prinz Zane erwartet Euch um acht und wir müssen Euch noch waschen, anziehen und zurechtmachen.« Sie hatte ihre Hände in ihre üppigen Hüften gestemmt.

»Es tut mir leid«, entgegnete ich ihr. »Ich hatte noch etwas zu erledigen.«

Ihre kurzen grauen Locken hüpften, während sie heftig den Kopf schüttelte. »Ab mit Euch in die Wanne. Heute Abend wird alles anwesend sein, was Rang und Namen hat, und da Ihr die offizielle Begleitung des Kronprinzen seid, werden viele neugierige Blicke auf Euch treffen.«

»Sieht ganz so aus«, murmelte ich und schluckte schwer.

Nachdem ich mich gewaschen hatte, hielt Miss Merry eines der Kleider in die Höhe. Mir gefiel die etwas andere Machart der Kleider, die hier in Westerys verbreitet war. Sie waren etwas freizügiger geschnitten, was vermutlich den heißen Temperaturen zuzuschreiben war. Doch auch die weichen, fließenden Materialien erachtete ich als sehr angenehm auf der Haut.

Nur in einen dünnen Seiden-Bademantel gehüllt, schlenderte ich zum Frisiertisch und nahm dort Platz.

Miss Merry steckte meine Haare nach oben, ähnlich wie heute Morgen.

Golden schimmernder Lidschatten und ein tiefschwarzer Strich brachten meine saphirblauen Augen besonders gut zur Geltung. Und meine typischen dunkelrot geschminkten Lippen umrahmten die Erscheinung.

Das Kleid, das Miss Merry für heute Abend für mich ausgewählt hatte, war ein Traum aus fließendem Gold. Dünne Seidenschichten umschmeichelten meine Figur und schwangen bei jeder noch so kleinen Bewegung mit. Dünne Träger hielten es an meinem Körper. Es sparte den gesamten Rücken aus, was für solch eine Feierlichkeit in Aseria mehr als unangebracht gewesen wäre. Doch wir befanden uns nicht in Aseria. Hier war alles anders.

Also straffte ich meine Schultern und hob meinen Kopf.

Als ich vor den Spiegel trat, strich ich mit leichten Fingern über den weichen Stoff.

Die tiefschwarzen dicken Locken, meine helle Haut und dazu dieser Traum aus Gold: so ungewöhnlich und dennoch so passend. Der perfekte Kontrast.

Kurz nachdem wir fertig waren, klopfte es an der Tür. Zane betrat mein Schlafgemach. Er war die Definition von männlicher Schönheit. Die kurzen Locken waren nach hinten gekämmt, jedoch fiel ihm eine lose Strähne in die Stirn, die ihn noch attraktiver wirken ließ. Da entdeckte ich seine Vulkansteinkrone, die er anscheinend nur zu feierlichen Anlässen trug. Normalerweise sollte ich ebenfalls meine Kristallkrone tragen, um meinen Status zu symbolisieren, jedoch verweilte sie gegenwärtig noch in Aseria. Gekleidet war er in ein feines Hemd aus einem perlmuttfarbenen, glänzenden Stoff, das er locker aufgekrempelt hatte, der oberste Knopf stand offen. Die Kleiderordnung hier war eine vollkommen andere, jedoch gefiel sie mir so unglaublich gut.

Wie versteinert stand ich ihm gegenüber.

Ihm schien es ähnlich zu gehen.

»Oriana, ich …«, er räusperte sich und umfasste mit einer Hand seinen Nacken.

»Ja?« Mein Herz hämmerte wild in meiner Brust und die Magie in meinen Adern spürte ich überdeutlich.

»Keine Worte dieser Welt würden ausreichen, um zu beschreiben, wie atemberaubend schön du aussiehst.« Er schluckte merklich und seine Augen wanderten an meinem Körper auf und ab. »Aber ich kann es gern versuchen«, wieder räusperte er sich. »Oriana, du bist mit Abstand die schönste Frau, die mir jemals in meinem Leben begegnet ist. Und ich bin schon sehr vielen Frauen begegnet.«

Ein kurzes Lachen entfuhr mir. »Das glaube ich dir aufs Wort.« Ich lächelte knapp.

Er hauchte mir einen flüchtigen Kuss auf die Wange und fing danach meinen glühenden Blick auf.

Mein Bauch kribbelte und in diesem Moment wusste ich, der Abend würde toll werden, denn er war meine Begleitung.

Kapitel 35 Oriana

Alle Augen waren auf uns gerichtet. Auf Zane und mich. Ich wusste, dass sie alle starren würden. Aber egal, wie man sich gedanklich darauf vorbereitete, es würde nie so sein, wie man es sich vorstellte.

Bei jedem Schritt klapperten meine hohen Absätze über den Marmorboden.

Wir mussten den gesamten Ballsaal durchqueren, um das Podest der Königsfamilie zu erreichen. Niemand tanzte, redete oder bewegte sich auch nur, während wir unseren Weg beschritten. Alle beobachteten uns genau.

In meinem Bauch wuchs das nervöse Kribbeln und ich fühlte mich zu dem Abend zurückversetzt, an dem ich den Prinzen vorgestellt worden war. Der Abend, an dem ebenfalls alle innegehalten hatten, nachdem ich den Ballsaal betreten hatte.

Was genau sie wohl alle dachten?

Wir hielten vor dem Podest, das aus feinsten Gesteinen bestand. Königin Sierra und König Dawn saßen auf ihren jeweiligen Thron. Beide ebenfalls in die schönsten Gewänder gehüllt. Neben mir stand Zane und hielt seine Hände hinter dem Rücken. Der Kopf hoch erhoben, mit einem unleserlichen Ausdruck im Gesicht. Nur ein Mundwinkel wanderte so leicht nach oben, dass ich es beinahe übersehen hätte.

»Prinzessin Oriana, meine Liebe.« Königin Sierra erhob sich von ihrem Thron und stieg die zwei Stufen herab. Das weiße Seidenkleid umspielte ihre Beine bei jedem Schritt.

Sofort schloss sie mich fest in ihre Arme. »Du siehst wunderschön aus.« Wieder drückte sie mich weg, um mich von oben bis unten zu betrachten.

»Vielen Dank, Königin Sierra.« Ich nickte respektvoll und ein herzliches Lächeln schlich sich auf meine Lippen.

»Na, na, nicht so förmlich, mein Kind. Wie schon gesagt, Sierra reicht völlig aus.« Ihr Lächeln war so schön und lieblich. Es wäre eine Lüge, wenn ich behauptet hätte, es fühlte sich nicht unglaublich an, so schnell und so herzlich in einer Familie empfangen zu werden. Vielleicht würde sie bald zu meiner Familie werden.

»Deine Mutter wäre fürchterlich stolz auf dich«, sagte sie und streichelte über meine Wange.

»Ihr … Ihr kanntet meine Mutter?«, stotterte ich verdutzt. »Sie hat nie etwas erzählt.«

»Natürlich, meine Liebe. Wir waren gute Freundinnen, als wir noch jünger waren. Ich kenne dich schon, seit du ein kleines Baby warst. Jedoch wirst du dich nicht mehr daran erinnern können, da wir uns jahrelang nicht mehr gesehen haben. Aber umso mehr freue ich mich, dass du endlich bei uns bist.«

Meine Mutter und Zanes Mutter waren befreundet gewesen? Und ich erfuhr erst jetzt davon?

»Oh, das wusste ich nicht.« Hatte Dusan ebenso nichts davon gewusst? Oder hatte er es mir einfach verschwiegen?

»Alles passiert aus einem bestimmten Grund«, erklärte sie, bevor sie sich ihrer Tochter Stella zuwandte, die neben ihnen auf dem Podest stand.

Nach einer tiefen Verbeugung blickte ich auf und traf sofort das schwarz glänzende Augenpaar von Zane, als ich mich zur Seite drehte.

Er streckte mir seine Hand entgegen. »Erweist du mir die Ehre und schenkst mir diesen Tanz?«

»Mit dem größten Vergnügen.« Unsere Hände schoben sich ineinander, während Zanes andere Hand an meiner Seite hinabglitt und meine Taille umfasste.

Wunderschöne langsame Klänge erfüllten den Raum und wie auf Kommando räumten die Gäste den Platz um uns. Leichtfüßig und aneinandergeschmiegt tanzten wir über den glatten Boden, fast schon schwebend.

Ein zartes Lächeln schlich sich auf sein Gesicht. Mein Herz raste und ich fühlte mich mit jedem Schritt, den wir tanzten, sicherer in Zanes Armen.

Bei den Göttern, lass es nicht nach hinten losgehen. Lass mich richtig fühlen. Macht, dass ich mich nicht täusche.

Zane war wortwörtlich Fluch und Segen in einer Person.

Während unseres Tanzes bemerkte ich so einige eifersüchtige Blicke anderer Hofdamen, was mich mittlerweile nicht mehr aus der Fassung brachte. Ich war es schon fast gewohnt, dass Frauen mir böse Blicke zuwarfen, sobald Zane sich neben mir befand. Das war in Aseria schon so gewesen und ging hier ebenfalls weiter. Wenn nicht sogar noch schlimmer.

»Alle lieben die Vorstellung, dass du eines Tages vielleicht ihre Königin wirst«, meinte Zane.

Mein Blick wanderte zu den eifersüchtig wirkenden Damen. »Bestimmt.«

Zane folgte meinem Blick und musste schmunzeln. Denn als sein Blick in die Damenrunde fiel, verwandelten sich die ernsten Gesichter in strahlende Lächeln.

»Wird sich das jemals ändern?« Ich musste ebenfalls schmunzeln.

Zane streifte eine Haarsträhne hinter mein Ohr und hauchte mir danach einen zarten Kuss auf die Wange. So nahe an meinem Mundwinkel, dass man es beinahe nicht mehr Wange nennen konnte.

Er warf mir einen Blick zu, der stumm fragte, ob es in Ordnung war. Und Götter, das war es.

Für einen Moment schloss ich die Augen und genoss seinen warmen Atem auf meiner Haut, als er den Kuss wiederholte.

Er sah mir direkt in die Augen, deutete er mit dem Kopf neben uns. Als wir beide sahen, wie die Blicke der umstehenden Damen erneut erstarrten, während sie untereinander wild herumtuschelten, schüttelte ich den Kopf.

»Provozieren um jeden Preis.« Ich legte meinen Kopf in den Nacken und sah zu ihm auf.

Er umfasste mein Kinn und fuhr mit seinem Daumen über meinen Kiefer. »Ich könnte durchaus provozierendere Dinge machen, aber ich bin mir nicht sicher, ob das vor all den Leuten in deinem Ermessen wäre.«

Hitze stieg in meine Wangen bei seinen anzüglichen Anspielungen. Doch ich spielte dieses Spiel mit.

»Alle fünf Königreiche würden nur noch über den unsittlichen Kronprinzen von Westerys sprechen. Die Damen wären empört. Vermutlich würden sie sich dir nur noch intensiver um den Hals werfen.«

»Um die Damen mache ich mir keine Sorgen. Eher um die Herren, die seit deiner Ankunft die Augen kaum von dir lassen können.« Wieder wanderte sein Blick in die Menschenmenge.

»Was für …« Ich sprach die Worte nicht weiter, als ich die vielen Männer sah, die uns ebenfalls beobachteten.

Zuvor waren sie mir nicht aufgefallen, das könnte vielleicht daran gelegen haben, dass ich nur Augen für Zane hatte.

Zane verlangsamte unseren Tanz, sodass wir uns nur noch eng beieinander mit langsamen Schritten bewegten. Er war näher an mich herangerückt und die Melodie war ebenfalls ruhiger geworden.

»Diese Männer würden vermutlich alles dafür geben, in meiner Haut zu stecken. Und das nicht nur wegen meines Titels.« Er führte mich in eine langsame Drehung. »Sie sind dir bestimmt nicht aufgefallen, da sie es mit ihrem Leben bezahlen würden, wenn sie versuchen würden, die Verlobte des Kronprinzen zu umgarnen. Vielleicht wäre ich selbst der Vollstrecker dieser Bestrafung.«

»Und wenn es mir gefallen würde?«

Zanes Augen wurden groß und ich spürte, wie er kurz einen seiner Schritte vergaß. »Ist es das, was du willst?« Der Muskel an seinem Kiefer zuckte.

Ich musste kichern. »Es ist amüsant, wie schnell du aus der Fassung zu bringen bist. Der Gedanke, es könnte mich jemand anderes berühren, muss dich furchtbar quälen.«

»Es kommt ganz darauf an, ob es die Stellen sind, die darauf warten, erobert zu werden.«

Ich grinste weiter, als ich in seine dunklen Augen sah. »Du meinst meine liebsten Stellen?«

»Und welche sind das?«, flüsterte Zane in mein Ohr, nachdem er sich etwas herabbeugte.

Ich blieb erst still, als ich ihn fixierte. »Hier vielleicht.« Demonstrativ strich in mit einem Finger an meinem Hals entlang.

Zanes Blick folgte meiner Hand. »Weiter.«

»Und hier«, flüsterte ich und glitt dabei zwischen meinen Brüsten entlang.

»Götter«, murmelte er und seine Augen glühten förmlich.

Ich begann zu grinsen, weil ich es genoss, wie er meine Worte einsog. Dann legte ich meine Lippen an sein Ohr, nachdem ich ihn ein wenig zu mir runtergezogen hatte. »Aber ich weiß nicht, wie es wäre, von jemand anderem berührt zu werden.«

Ich spielte auf meine Jungfräulichkeit an.

Zane schluckte schwer, als ich meine vorherige Position einnahm und in seine Augen blickte. Er schüttelte sich kurz aus seiner Starre. »Das ist die reinste Folter«, murmelte er.

»Du hast darum gebeten. Ich habe nur geantwortet«, erwiderte ich amüsiert.

Zane fixierte meine Lippen erneut, nur um dann etwas tiefer zu gleiten. »Vielleicht habe ich irgendwann das Privileg, dich nur damit bestückt zu sehen.« Er hielt die Kette in seinen Händen.

»Wer weiß? Ich nehme sie nämlich nie ab«, erklärte ich mit einem neckenden Ton.

»Nie?«

Ich schüttelte den Kopf. »Als ich sie zum ersten Mal getragen habe und ich den Anhänger berührte, hat es sich richtig angefühlt. Es ist komisch zu beschreiben. Aber seither trage ich sie immer, ebenso wie mein Armband.« Ich blickte an mein Handgelenk, an dem das Schmuckstück glänzte. Er führte mich in die nächste Drehung.

Seine Mundwinkel wanderten nach oben. Zane sah glücklich aus. »Ich hoffte, dass sie dir gefallen wird.«

Seine Worte verwirrten mich, sodass ich ihm versehentlich auf den Fuß trat.

»W–wie bitte?« Ich musste mich verhört haben.

Er führte mich in eine Drehung und als ich wieder in seinen Armen landete, behauptete er: »Oriana, die Kette ist von mir.«

Abrupt blieb ich stehen. »Sie ist von … Wieso hast du es nie erwähnt? Du hast doch bestimmt bemerkt, dass ich sie jeden Tag trage.«

»Natürlich ist es mir aufgefallen, schon damals. Nach der ersten Prüfung wollte ich fragen, wie sie dir gefällt, doch du hast mich weggeschickt. Und was soll ich sagen …« Er zuckte kurz mit den Schultern. »Danach hatten wir Wichtigeres zu besprechen. Wichtigeres zu tun.«

Ich trug seit Tagen, nein, seit Wochen Zanes Kette, ohne auch nur die leiseste Ahnung gehabt zu haben. Als ich sie zum ersten Mal getragen und über den Diamanten gestrichen hatte, hatte es sich richtig angefühlt. Woher das Gefühl kam, wusste ich zu diesem Zeitpunkt nicht. Geschweige denn erahnte ich, von wem die Kette stammte.

Die Erkenntnis traf mich tief ins Herz. Tiefer, als ich es für möglich gehalten hatte. Und wieder bestätigte es mir, dass die Entscheidung, heute Abend an seiner Seite zu sein, die richtige war. Noch länger könnte ich meine Gefühle nicht unterdrücken, sie totschweigen und verdrängen. Nur von der Angst getrieben, verletzt zu werden.

Wenn jemand diese Chance verdienen würde, dann Zane. Es war von Beginn an immer Zane gewesen. Es wurde mir in jenem Moment klar.

Und da stand er vor mir, der Mann, dem ich schon vor langer Zeit mein Herz geschenkt hatte. Und ja, ich wusste nicht, woher es kam, aber ich begann Vertrauen zu fassen.

Zane war der Erste, der die Stille zwischen uns unterbrach. »Komm, wir holen dir etwas zu trinken.«

Er nahm meine Hand in seine und führte mich an den Rand des Geschehens, während die anderen Gäste weitertanzten.

In seinem Glas befand sich eine bernsteinfarbene Flüssigkeit, inklusive eines großen Eiswürfels. In meinem langstieligen Glas war ein heller Wein, der vollmundig auf meiner Zunge prickelte.

Zane lehnte lässig an der Wand und schwenkte sein Glas, die Augen auf mich gerichtet.

»Ich liebe sie, Zane. Die Kette, meine ich.« Dabei sah ich ihm nicht in die Augen, sondern auf seine Hand, die das Glas umgriff.

»Das freut mich. Sehr sogar, Oriana.«

Dann sah ich zu ihm auf und lächelte. »Ich war heute in der Bibliothek.«

Zane stieß sich von der Wand ab und zog eine Augenbraue nach oben. »Ach wirklich?«

»Ja, und die hinteren Reihen benötigen dringend einen Staubwedel.« Bei der Erinnerung kitzelte meine Nase und ich wackelte damit, was Zane ein Lachen entlockte.

»Ich werde mich darum kümmern. Hast du etwas Bestimmtes dort gesucht?«

Ich überlegte kurz, ob ich ihm die Wahrheit sagen sollte. »In der Tat. Nach den *Legenden der Götter*.« Ich hatte meine Arme vor meiner Brust verschränkt, hielt weiterhin mein Glas und nippte immer wieder an der prickelnden Flüssigkeit.

Mit schräg gelegtem Kopf musterte er mich genau. »Jetzt bin ich aber neugierig. Erzähl mir mehr.«

»Ich weiß, dass du bei der letzten Prüfung betrogen hast«, platzte es aus mir heraus. Als ich ein Stück höher meinen Kopf hielt, kam Zane auf mich zu und blieb wenige Zentimeter vor mir stehen.

»Halt, halt.« Er wedelte mit seiner Hand in der Luft herum. »Ich habe nie betrogen.«

»Wie würdest du es sonst nennen, dass du Clarence den Hasen gestohlen hast?« Meine Stirn warf Falten.

Er schnalzte mit der Zunge, bevor er weitersprach. »Nicht betrogen. Es hat sich alles fair zugetragen. Na ja, fast alles. Aber nichtsdestotrotz habe ich nicht betrogen. Es ging bei der letzten Prüfung nur darum, wer den Bluthasen aus dem Eiswald holt und dir überreicht. Erst bei der Übergabe hatte ich gewonnen.« Sein Zeigefinger wanderte an meine Wange und strich sanft darüber. »Ich habe dich gewonnen.« Danach glitt er über meine leicht geöffneten Lippen.

»Du redest so, als ob ich irgendein Preis wäre.« Ich nahm seine Hand von meinem Gesicht.

»Oh, Liebes, da verstehst du mich falsch. Du bist nicht irgendein Preis. Du bist unfassbar wertvoll, aber nicht wie Edelsteine oder Schmuck, die man mit dem nötigen Kleingeld kaufen kann. Du bist mehr als das und das weißt du. Du weißt, was du für mich bedeutest.«

Ich schnaubte.

»Also, Prinzessin, was hast du wirklich bei den *Legenden der Götter* gesucht?« Einer seiner Mundwinkel wanderte amüsiert nach oben. »Ach, warte, lass mich raten.« Er machte eine theatralische Pause, bevor er weitersprach. »Du wolltest wissen, ob die Götter nach allem, was passiert ist, mich für dich erwählt haben. Das wolltest du doch bestimmt wissen.«

»Ich glaube nicht an die alten Legenden«, beteuerte ich und verschränkte meine Arme vor der Brust.

»Und dennoch hast du in den Büchern nach Informationen gesucht.«

»Diese Informationen hätten rein gar nichts zwischen uns geändert.« Und es stimmte, es hätte nichts zwischen uns geändert. Ich musste auf meine Gefühle hören, nicht auf irgendwelche Mythen und Legenden.

»Du kleine Lügnerin.« Seine Stimme wurde ruhig, was meinen Herzschlag zum Rasen brachte.

Zuerst musste ich merklich schlucken, bevor ich etwas herausbrachte. »Ich habe nicht gelogen. Ich m-meine …«, stotterte ich. Hitze stieg mir in die Wangen.

Er umfasste seinen Nacken mit einer Hand und rieb darüber, sodass sich sein Hemd über seine Brust spannte und seinen definierten Körper durch den Stoff abzeichnete.

»Spiel dir ruhig noch ein Weilchen vor, keinerlei Gefühle für mich zu hegen.« Seine Lippen krümmten sich zu einem schiefen Schmunzeln. »Umso intensiver werde ich dir das Gegenteil beweisen.«

Ich verlagerte mein Gewicht von einem Bein aufs andere und wich seinem Blick aus, währenddessen ich einen weiteren Schluck nahm.

»Tu dir nur keinen Zwang an«, erwiderte ich und hoffte, dass er es tat. Dass er mir beweisen würde, welche Gefühle ich für ihn hatte.

»Morgen findet ein Treffen mit meinen persönlichen Beratern statt. Wegen des Zwischenfalls an unserem Verlobungsball. Du willst doch noch immer dieser Sache nachgehen, oder?«

»Unbedingt.«

Er nippte an seinem Getränk. »Es würde mich freuen, wenn du morgen der Sitzung ebenfalls beiwohnen würdest.«

»Wirklich?«, wollte ich wissen. Es war sehr untypisch, dass Frauen bei solchen Besprechungen anwesend waren.

»Ich wüsste keinen Grund, der dagegenspricht, ausgenommen, du willst nicht dabei sein.«

»Nein, nein. Ich komme mit«, antwortete ich. »Ich war nur im ersten Moment überrascht.«

»Ich halte nichts von den veralteten Rollen. Wenn ich den Thron besteige – und du mit mir als meine Königin – dann werden wir auf Augenhöhe sein.«

Erneut nahm ich einen Schluck der prickelnden Flüssigkeit, denn ich hatte keinen blassen Schimmer, was ich erwidern sollte.

Kapitel 36 Oriana

Einige Meter entfernt bewegte Stella ihre Hüften zu der rhythmischen Melodie. Sie sah einfach atemberaubend aus mit ihren perfekt geflochtenen Haaren.

Das sonnenblumengelbe Kleid, das sie trug, brachte ihren von der Sonne gebräunten Hautton besonders zur Geltung. Mit einem breiten Lächeln im Gesicht winkte sie mich zu sich herüber.

Mein Blick wanderte zu Zane.

»Geh ruhig zu dem Quälgeist. Diesmal werde ich hier an Ort und Stelle auf dich warten.« Er hauchte mir einen Kuss auf die Wange. »Versprochen.«

Ich nickte knapp. »Du kannst dich hoffentlich an das letzte Mal erinnern. An meinen Zorn, den du nicht ein weiteres Mal auf dich lenken willst.«

Er hielt die Hände kapitulierend in die Höhe. »An das Einzige, an was ich mich erinnere, ist, wie unglaublich hübsch du als Todeskriegerin ausgesehen hast.« Er biss sich auf die Lippe und grinste.

»Bis später Zane.«

Er nickte und erhob sein Glas zum Abschied.

Die wenigen Meter, die Stella und mich trennten, überwand ich schon tanzend. Mit kreisenden Hüften tanzten wir so, als ob nur wir beide anwesend wären. Keiner von uns achtete auf die umstehenden Gäste, die uns bestimmt irritierte Blicke zuwarfen. Wir drehten uns im Kreis, hielten uns an den Händen und lachten unaufhaltsam.

Als mein Blick zu Zane, der wie versprochen einsam und allein in der Ecke stand, wanderte, schüttelte er lachend den Kopf. Er lehnte weiterhin mit dem Rücken an der Wand und nippte immer wieder an seinem Getränk.

Die Zeit verflog nur so, aber nach einer Weile lenkte uns der Durst zu den Getränken. Wir gönnten uns eine kleine Verschnaufpause.

»Ist das nicht die Frau, die mir damals das Getränk übergekippt hat?«, fragte ich und wandte mich Stella zu. Mit gerunzelter Stirn versuchte ich, bessere Sicht auf sie zu erhaschen. Natürlich erinnerte ich mich an sie.

Mirabelle, wie ich erfahren hatte.

Mit ihren langen braunen Haaren und diesem unglaublich hübschen Gesicht wirkte sie lieblich. Wenn ich nicht am eigenen Leibe erfahren hätte, welche Psychopathin hinter der schönen Fassade schlummerte.

Stella nickte. »Ja, das ist sie. Seit Langem versucht sie alles, um Zane für sich zu gewinnen. Jedoch erfolglos.« Ein Zucken ihrer Schultern unterstrich ihre Gleichgültigkeit dieser Frau gegenüber.

»Das ist mir bereits aufgefallen«, merkte ich an. »Was ist nach ihrer kleinen *Attacke* auf mich passiert?«

»Ohhh, das hat Zane dir nicht erzählt?« Stella fuchtelte wild mit den Armen umher und ich merkte, wie begierig sie war, die Geschichte zu erzählen.

»Sonst würde ich nicht fragen.«

»Na gut. Es war so: Du bist sofort rausgestürmt, was natürlich verständlich war. Aber …« Sie stoppte kurz, was mich wahnsinnig werden ließ.

Also stupste ich mit meiner Hüfte gegen ihre, um sie zu ermutigen, endlich weiterzuerzählen. »Aber was? Komm schon, spuck's aus.«

»Aber wärst du nur ein kleines Weilchen länger geblieben, hättest du den heißblütigen Zane in seiner natürlichen Umgebung gesehen. Es war ein Meisterwerk der Unterhaltung.« Sie legte ihre Hände fast betend aneinander und schwelgte in ihrer Erinnerung.

»Was meinst du damit?« Ich wusste zwar von Erzählungen, dass Zane manchmal ein etwas temperamentvolleres Gemüt an den Tag legte, jedoch hatte ich es bisher noch nie mit eigenen Augen erlebt.

»Dass unkontrollierte Funken aus seinen Handflächen geschossen kamen und Mirabelle einkreisten. Wie er probierte, sich zu beruhigen, um sie nicht in Brand zu stecken. Er sperrte sie in einer kreisförmigen Feuermauer ein. Unser Vater musste dazwischengehen, damit er sich beruhigte. Seine Augen waren wie zwei glühende Kohlestücke gewesen.«

Ich wusste genau, was sie mit seinen Augen meinte.

»Ist das nicht etwas übertrieben? Sie abzufackeln, weil sie mir ihren Beerenwein übers Kleid gekippt hat?«

Da musste ich gerade reden. Vor kurzer Zeit hatte ich meine Magie wegen eines Missverständnisses in ihrem vollen zerstörerischen Ausmaß auf Zane geschleudert. Es hätte ihn und die andere Person töten können. Doch die Wut kochte in mir so hoch, dass ich keinen vernünftigen Gedanken mehr fassen konnte. Noch nie zuvor hatte ich die Kontrolle über meine Magie verloren. Wut, Trauer, Liebe – diese Emotionen wirkten wie Brandbeschleuniger. Unkontrollierbar und innerhalb eines Bruchteiles einer Sekunde konnte man die Welt um einen herum in Schutt und Asche legen. Na ja, Zane und Stella würden mit ihrem Feuer alles in Schutt und Asche legen. Bei mir wären alle schockgefrostet, von Schneemassen erstickt oder von Eiszapfen durchbohrt.

»Zane bestand darauf, dass sie aus dem Palast verbannt wird, aber da Mirabelle Mutters liebste Zofe ist, gestaltete sich dies als schwierig«, erklärte Stella. »Also einigten sie sich darauf, dass sie Zane nicht mehr zu nahe kommen darf. Das scheint sie nicht davon abzuhalten, heute hier zu sein.«

Das erklärte, wieso ich sie bisher nie in den Gängen des Palastes gesehen hatte.

Im Augenwinkel bemerkte ich, wie sich diese Mirabelle auf Zane zubewegte, mit ihrem viel zu freizügigen Kleid, und mich überkam ein heißer Anflug von Eifersucht.

Meine Magie begann zu summen.

Als Zane bemerkte, dass sie direkt auf ihn zusteuerte, suchte sein Blick direkt meinen. In seiner Miene konnte man erkennen, wie sehr er sich über ein Gespräch mit ihr freute. So sehr, dass sein Mund eine zusammengepresste gerade Linie bildete.

Mit unsittlichem Abstand blieb sie direkt vor ihm stehen und verbeugte sich tief, sodass ihre bis zum Hals geschnürte Brust fast aus ihrem Ausschnitt fiel. Das Korsett war so eng geschnürt, dass ich mich fragte, wie sie überhaupt Luft bekam. Vielleicht würde sie in Ohnmacht fallen und Zane würde sie auffangen, weil er trotz seines Temperaments ein Ehrenmann war. Wenn das nicht sogar ihr Plan war.

Ich kannte diese Sorte von Frauen zu gut. Natürlich gab es diese in Aseria ebenfalls in Scharen. Sie schmissen sich auf primitivste Weise an die Hälse adeliger Männer. Der Mann, der am meisten von ihnen umgarnt wurde, war natürlich mein Bruder Dusan. Mit den verschiedensten Tricks versuchten sie, seine Aufmerksamkeit auf sich zu ziehen. Angefangen bei freizügigen Kleidern, gespielten Ohnmachtsanfällen in seiner Gegenwart und lautem Kichern. Natürlich beeindruckte ihn das keineswegs.

Genauso wenig wie Zane gegenwärtig von Mirabelle beeindruckt wirkte. Wir befanden uns nicht weit voneinander entfernt, jedoch weit genug, um ihre Unterhaltung nicht mitzubekommen.

Leise, jedoch durchaus präsent, prickelte meine Magie unter meiner Haut immer intensiver und ich spürte sie bis in meine Fingerspitzen. Unwohl umklammerte ich den seidigen Stoff meines Kleides, um das Prickeln zu unterdrücken.

Immer wieder verlagerte ich mein Gewicht von einem Bein auf das andere und beobachtete das Geschehen.

Zane trat einen Schritt zurück, um vermutlich den Abstand zwischen ihnen zu vergrößern. Was Mirabelle gar nicht gefiel, weshalb sie sofort einen weiteren Schritt auf ihn zu machte.

In der einen Hand hielt sie ihren Kelch, während sie die andere an Zanes Brust legte und gehässig in meine Richtung blickte. Ihr heimtückisches Grinsen schoss mir einen lodernden Eissturm durch die Venen.

Dass Zane sofort ihre Hand von seiner Brust entfernte und ihr anscheinend zu deuten gab, dass sie sich verziehen sollte, nahm ich nur am Rande wahr.

Jeder Blinde würde erkennen, welches Spielchen sie hier zu spielen versuchte. So etwas auf dem Ball bei einem Mann zu veranstalten, der eine offizielle Begleitung bei sich hatte, war äußerst töricht von ihr. Ein weiteres Mal würde ich mich nicht von ihr schikanieren und demütigen lassen.

In einer flüssigen Handbewegung wirbelte ich meine Finger, aus denen zarte Schneeflocken tanzten.

Über den Boden und zwischen den umherstehenden Gästen schlängelte sich ein hellblau schimmernder Film bis zu Mirabelles Füßen.

»Was machst du da?«, flüsterte Stella.

»Warte nur ab.«

Unter Mirabelles Sohlen bildete sich eine hauchdünne, jedoch spiegelglatte Eisschicht. Zane trat einen weiteren Schritt zurück. Natürlich wollte sie wieder einen Schritt auf ihn zu machen. Zumindest hatte sie das vorgehabt. Doch stattdessen riss es ihr die Beine weg und sie landete mit einem dumpfen Aufprall auf dem harten Boden. Der dunkelrote Inhalt ihres Kelches ergoss sich vollständig über ihrem hellrosafarbenen Kleid und augenblicklich waren viele Augenpaare auf sie gerichtet.

Wie sie komplett besudelt am Boden lag.

Mehrere hörte ich in der Menge kichern, andere hielten die Hand schockiert vor dem Mund.

Wäre sie eine Fremde gewesen – und wäre nicht gerade ich diejenige gewesen, die für ihre Situation gesorgt hatte – wäre ich sofort zu ihr gelaufen und hätte ihr geholfen. Ohne auch nur eine Sekunde zu überlegen. Jedoch war sie keine Fremde. Und von Mitleid fühlte ich ebenfalls keine Spur.

Wir ernten, was wir säen, hieß der Spruch, wenn ich mich richtig erinnerte.

Ich musste mir auf die Lippe beißen, um nicht lauthals loszulachen. Jedoch konnten Stella und ich ein Kichern nicht unterdrücken.

Zanes Kinnlade kippte hinunter, bevor ein lautes Lachen seiner Kehle entfuhr, was dank der hohen Wände im gesamten Saal widerhallte.

Als er zu Mirabelle auf dem Boden sah, dürfte er die Eisschicht entdeckt und eins und eins zusammengezählt haben. Denn danach wanderte sein Blick wieder in meine Richtung und er schüttelte amüsiert den Kopf.

Zane hielt ihr mit gekünstelter Höflichkeit die Hand hin, lachte jedoch dabei.

Vor Scham oder Wut ergriff sie Zanes Hand nicht, sondern stand aus eigener Kraft auf und wischte mit ihrem Unterarm über ihr nasses Gesicht. Hektisch wanderte ihr Blick über die Menge und traf meinen.

Abrupt hielt ich inne und wartete, dass sie sich auf mich stürzen würde. Die schlimmsten Szenarien tanzten durch meinen Kopf. Doch alles, was kam, war ein hasserfüllter Blick.

Nachdem Mirabelle sich wutentbrannt zurückgezogen hatte, kam Zane auf uns zu.

Er schnaubte amüsiert. »Erinnere mich daran, mich niemals mit dir anzulegen.«

»Werde ich.«

»Das war bestimmt auch keine Eifersucht, sondern Vergeltung, richtig?«

»Vergeltung ist ein hartes Wort dafür. Sagen wir, es war Gerechtigkeit.«

Und das war auch, was ich empfand. Gerechtigkeit. Vielleicht schwang auch etwas Rache mit. Es war nicht so, als ob mir die Rachegelüste nachts den Schlaf raubten. Doch wenn einem das Schicksal so eine Situation auf dem Silbertablett servierte, musste man dieses Geschenk annehmen.

»Sie hat es mehr als verdient für das, was sie damals Oriana angetan hat. Wenn ich an ihrer Stelle gewesen wäre, dann hätte sie noch eine ordentliche Portion Stella-Feuer abbekommen. Ein bisschen Feuer unterm Hintern hätte dieser miesen Ziege bestimmt nicht geschadet.« Sie entzündete mit einer

Handbewegung die Kerzen am riesigen Kerzenständer neben uns.

»Niemals würde ich das Gegenteil behaupten, kleine Schwester«, räumte Zane ein. »Apropos, Mutter und Vater haben nach dir gefragt.«

»Ach ja?« Fragend wanderte Stellas Augenbraue nach oben und man merkte augenblicklich, wie nervös sie wurde.

»Sie wollten dich etwas über diesen jungen Mann fragen. Wie hieß er noch …«

Stella schnitt ihrem Bruder das Wort ab und eilte davon. »Ich bin schon weg.« Zum Abschied drückte sie mir einen flüchtigen Kuss auf die Wange und boxte Zane gegen die Schulter.

Er rieb sich über den Oberarm. »Dieses kleine Biest.«

Ich schüttelte nur schmunzelnd den Kopf.

»Ich muss schon zugeben, deine verborgene, brutale Seite ist ganz schön attraktiv.« Zanes Lippen kräuselten sich.

»Das war doch nicht brutal.«

»Ich meine nicht das von heute. Generell«, meinte er. »An dem Abend, als du deine vollkommene Wut in der Magie auf mich geschleudert hast …« Er hielt kurz inne.

»Was war damit?«

Bevor er weitersprach, leckte er sich kurz über seine vollen Lippen. »Da hast du ein weiteres kleines Stück meines Herzens erobert.«

»Weil ich dich töten wollte? Zane, das ist krank.« Wenn ihm das schmeichelte, war er wirklich wahnsinnig. Wenn er seinen Schutzzauber nicht angewandt hätte, hätte ich ihn und die Unbekannte mit Eisgeschossen durchbohrt.

Er legte seinen Zeigefinger an mein Kinn und hob mein Gesicht ein Stück an. So weit, dass ich meinen Kopf in den Nacken legen musste, um zu ihm aufzusehen.

Sein Unterton wurde warm: »Nicht, weil du mich töten wolltest. Weil du mächtig warst, stark und nicht davor zurückgeschreckt hast, deine Emotionen in Form deiner Magie rauszulassen. Wie eine Todesgöttin, die mit ihrer rohen Magie ganze

Königreiche in Schutt und Asche legen könnte. Es hat mir die Sprache verschlagen.«

Er zog mich etwas näher an sich heran, sodass ich seinen wohligen gewohnten Duft vernahm. »Da wusste ich, dass ich gerade das Herz der Frau gebrochen hatte, die mir so viel bedeutet, dass ich es mir selbst nicht erklären konnte. Diese Gefühle, die du in mir auslöst, sind neu, Oriana. Und da wurde es mir ebenfalls bewusst, dass du auch etwas für mich empfinden musst, denn sonst wären nicht diese Wut und diese Enttäuschung in dir gewesen. Ich wollte es nur irgendwann von dir selbst hören.«

Seine tiefschwarzen Augen bohrten sich in meine und ich brauchte einen Moment, um etwas zu erwidern. »Du hast recht. Du hast mir das Herz gebrochen. Nur wegen dem, was im Eisskulpturengarten passiert ist, bin ich geflohen. Habe mich auf eine Flucht mit einem Fremden eingelassen, bin tagelang auf dem Rücken eines Pegasus geflogen, wurde beinahe von einem Wandler getötet und dann noch die Entführung von dir.« Ich drehte meinen Kopf beiseite, denn ich konnte seinem Blick nicht weiterhin standhalten.

Sofort legte er seine Hand an meine Wange und drehte mein Gesicht wieder zu ihm. »Was hast du da gesagt?«

Sein Entsetzen über meine Worte stand ihm buchstäblich ins Gesicht geschrieben, denn sein sonnengebräunter Ton wurde von einer Leichenblässe abgelöst. Er zog mich weiter beiseite, um uns vor neugierigen Ohren zu schützen.

Trotzdem erzählte ich ungeniert weiter. »Ja, es war zuerst eine Entführung, als du mich mitgenommen hast. Denn du hast mich mitten in der Nacht aus dem Gasthaus gezerrt.«

Seine Stimme wurde plötzlich brüchig und unsicher, was mehr als untypisch für ihn war: »Das meinte ich nicht. Du … du wurdest fast von einem Wandler getötet? Verdammt, Oriana, wie ist das passiert?«

Unwohlsein löste die Hitze augenblicklich ab, bevor ich mit gesenkter Stimme erzählte: »Es war an dem Tag, an dem du mich nachts gefunden hast. Clarence und ich wollten in einem abgelegenen Fluss baden und dann tauchte plötzlich ein Wandler auf, der Clarence' Pegasus-Stute angegriffen hat. Zuerst war er eine riesige schwarze Schlange, danach verwandelte er sich in einen Tiger.«

Ich schloss die Augen und zog meine Augenbrauen kraus. Ich merkte, wie sich mein Herz zusammenzog.

Clarence und Lyra …

Obwohl wir uns nur wenige Tage gekannt hatten, fühlte es sich eigenartig an, von ihnen so im Stich gelassen worden zu sein. Na ja, eigentlich nur von Clarence. Von Weitem hatte ich am Abend meiner *Entführung* Lyras aufgeregtes Wiehern durch die Luft schneiden hören. Doch seitdem hatte ich nichts mehr von ihnen gehört. Wieso Clarence mir zuerst bei meiner Flucht, behilflich gewesen war und so viel riskiert hatte, nur um mich danach fallen zu lassen, ergab keinen Sinn.

»Was ist dann passiert?«, fragte Zane weiter.

»Ich hatte Clarence' Dolch, den ich warf und damit traf ich den Wandler mitten ins Auge. Und wie du ja weißt, kann man …«

Zane beendete meinen Satz fast flüsternd. »Kann man einen Wandler nur mit Enthauptung zur Strecke bringen.«

»Ich habe einen Wandler getötet. Enthauptet.« Ein Schauer erstreckte sich über meine Wirbelsäule bis zu meinen Zehen – trotz der warmen Temperaturen. Automatisch rieb ich mir über die Arme.

Zane blinzelte mehrmals. Sein Daumen strich federleicht über meine Wange. »Du bist mit Abstand die mutigste und stärkste Frau, die ich je kennenlernen durfte.« Seine Augen waren warm und strahlten Geborgenheit aus. »Oriana, wenn du darüber reden willst …«

»Das ist sehr freundlich, aber lieber nicht. Es ist außerdem schon spät.«

»Möchtest du gehen?«

Ich nickte. »Kannst du mich aufs Zimmer begleiten?«

»Auf welches?«, erwiderte Zane neckend und wollte mich

anscheinend aus der Reserve locken oder die angespannte Stimmung aufbrechen. Wäre ich nicht so unendlich erschöpft gewesen, wäre ich auf das Wortspiel bestimmt eingegangen.

»Auf meines«, antwortete ich schroffer als gewollt, was ihm nicht entging, denn sein Schmunzeln verblasste.

»Aber natürlich.« Er reichte mir seinem Arm und wir verließen den Ball.

Heute Abend waren genügend Dinge passiert, die ich verarbeiten musste. Allem voran verwirrte mich die Tatsache, dass Zanes Mutter, Königin Sierra, und meine Mutter enge Freundinnen gewesen waren.

Kapitel 37 Oriana

Der gesamte Rückweg zu meinen Gemächern verlief wortlos, jedoch nicht ereignislos. Bei Zane untergehakt, zogen meine Finger langsam an seinem Arm entlang und ich dachte automatisch an unsere frühere Unterhaltung zurück. An die Stimmung, die sich zwischen uns aufgebaut hatte und die sich erneut bildete. Er schenkte mir nicht mehr als einen Seitenblick auf meine Berührung hin, aber ich wusste, dass er sie deutlich wahrnahm. Seine Gänsehaut wirkte äußerst verräterisch.

Es wurmte mich, dass er der typische Ehrenmann blieb, obwohl sein Körper auf mich reagierte. Deshalb intensivierte ich meine Berührungen und blickte dabei seitlich zu ihm auf. Meine Fingernägel glitten über seinen Oberarm, an seiner Tunika entlang und ich wünschte, dass der Seidenstoff keine Barriere zwischen uns erschaffen würde.

Die Lippen zu einer festen Linie aufeinandergepresst, hielt er den Blick geradeaus gerichtet. Der Muskel an seinem Kiefer zuckte und da war meine Bestätigung.

Es verlangte ihm alles ab, seine gelassene Miene beizubehalten. An meinen Gemächern angekommen, öffneten die Wachen die Türen und ich nickte Zane zu, dass er mitkommen sollte.

Noch immer bei ihm untergehakt, betraten wir das Vorzimmer zu meinen Gemächern.

»Der Abend mit dir war schön«, murmelte ich.

Er wandte sich zu mir, während seine Hand an meine Taille fand und mich an sich presste. Ich prallte gegen seine Brust und schnappte automatisch nach Luft. Nur wenige Zentimeter von meinen Lippen entfernt schwebten seine. Gleichermaßen überrascht als auch angetan von der plötzlichen Wendung, musste ich mich zusammenreißen, nicht diese wenigen Zentimeter zu überwinden.

Seine Augen tiefschwarz, die beinahe wie zwei glühende Kohlestücke wirkten, bohrten sich in meine.

Götter, was hatte er vor?

Würde er die Spannung zwischen uns endlich brechen und es wagen, mich zu küssen?

Seine freie Hand hielt meine Wange, als wäre ich das Wertvollste, das er je in den Händen gehalten hatte, als er mich zurückdirigierte und mich mit dem Rücken gegen die Wand presste. Er fasste in meine Haare und bog meinen Kopf nach hinten, sodass ich ihm mitten ins Gesicht sah.

»Götter, ich konnte es kaum erwarten, endlich mit dir allein zu sein.« Seine Lippen streiften sanft über meine Wange, danach spürte ich seinen Atem an meinem Mundwinkel.

Meine Augen schlossen sich automatisch. Jeder vernünftige Gedanke löste sich in Luft auf.

»Und was hattest du vor, wenn wir endlich allein wären?«, wisperte ich und reckte mein Kinn.

»Das.« Er senkte seine Lippen und endlich trafen sie auf meine. Seine Zunge fand den Weg durch meine leicht geöffneten Lippen und liebkoste meine.

Er küsste mich so, dass ich ihn niemals vergessen könnte. Dass er sich tief in mein Herz eingrub und sich dieses Gefühl dort einnistete.

Und Götter, es fühlte sich überwältigend an.

Der Kuss hatte nichts Zurückhaltendes. Meine Finger gruben sich in seine dunklen Haare und hielten diese fest umschlungen.

Sofort zuckten elektrische Funken quer durch meinen Körper, bis sich diese zwischen meinen Beinen sammelten.

Wie ich mich dafür hasste, dass mein Körper sich derart nach ihm sehnte.

Seine Lippen fühlten sich so unglaublich weich und zärtlich auf meinen an. Noch nie zuvor hatte ich so etwas getan. Zu lange sehnte ich mich schon danach, begehrt, geküsst und berührt zu werden.

Von *ihm*.

Mit meinen Fingernägeln strich ich sanft über seine mit Muskeln definierten Oberarme hinauf zu seinem Nacken.

Er stieß einen knurrenden Laut aus, sodass mir ebenfalls ein lusterfülltes Keuchen entfuhr und da merkte er sofort, wie mein Körper auf ihn reagierte. Denn als Antwort biss er mir leicht in meine Unterlippe. Was die pulsierende Hitze in mir nur noch heller lodern ließ. Alles an dieser Situation war überwältigend und aufregend. Ich verspürte eine nie zuvor empfundene Lust.

Mit einem Ruck riss er mich von der Wand und leitete uns zur Tür, die in mein Schlafgemach führte. Und ich ließ ihn.

Immer wieder glitten seine Lippen über meine und unsere Zungen kosteten sich hungrig. Mein ganzer Körper bäumte sich ihm vor aufquellender Lust entgegen.

Mit den Beinen stieß ich gegen die Kommode, die sich neben dem Frisiertisch befand. Er hob mich hoch und setzte mich auf die Kommode.

Flink entwirrten seine Finger die Schnürung meines Kleides und als er es endlich geöffnet hatte, riss er es förmlich von meinem Körper. Nur noch in mein Höschen gekleidet, wanderte sein Blick über meinen entblößten Körper.

»Götter, bist du schön«, keuchte er und leckte über meine aufgerichteten Brustwarzen. Ein Schauer durchzuckte mich vom Scheitel bis zur Sohle. »Sind das die privaten Stellen, von denen du gesprochen hast?«

»Zane«, stöhnte ich und drückte meinen Rücken durch, sodass ich ihm meine Brüste nur noch weiter präsentierte.

Ich wollte von ihm berührt werden, von ihm begehrt werden.

Seine Zunge umspielte meine Brüste und danach schloss er seine Lippen um eine meiner Brustwarzen, saugte und leckte daran. Die pochende Lust zwischen meinen Beinen wuchs mit jeder seiner Berührungen.

Langsam knöpfte ich seine Tunika auf und streifte diese von

seinen muskulösen Schultern. Meine Fingernägel schrammten über seine makellos gebräunte Haut. Das sanfte Licht, das die Öllampe spendete, überzog seinen Körper mit einem wunderschönen Schattenspiel. Wie ein Gott stand er vor mir.

»Du weißt gar nicht, wie lange ich mir das hier schon vorstelle«, gab Zane zu. Mit einer federleichten Berührung strich er zwischen meinen Brüsten hinab, über meinen Bauch bis zum Saum meines Höschens, sodass eine Gänsehaut meinen gesamten Körper überzog.

»Ich will, dass du mich berührst, Zane«, murmelte ich atemlos und strich mit meiner eigenen Hand an meinen Bauch entlang.

Zanes Augen glänzten vor Verlangen, während er die Luft heiß ausstieß und seine Hand sich zu meiner gesellte.

»Bist du dir sicher?«, fragte er und ich wusste sofort, wieso er so vorsichtig war. Niemand hatte mich vor ihm berührt. Ich hatte keinerlei Erfahrung. Außerdem war das, was wir taten, vor der Hochzeitsnacht für mich strengstens verboten.

Doch ich wollte das hier. Ich wollte es hier und jetzt und ich wollte, dass es seine Finger waren, die mich als Erstes berührten.

»Mehr als das«, stöhnte ich in seinen Mund und drückte mich fester an ihn.

Er stand zwischen meinen gespreizten Beinen. Seine rauen Fingerkuppen glitten unter den feinen Spitzenstoff. Während er weiter meinen Hügel hinabstrich und schließlich den empfindlichsten Punkt an meiner Mitte berührte, zuckte ich und warf meinen Kopf in den Nacken.

»Oh, Götter«. Das Gefühl war überwältigend.

Sein Zeigefinger schob sich zwischen meinen Spalt und wurde dort von einer triefenden Nässe in Empfang genommen.

»Verdammt«, fluchte er und ich merkte, wie meine Nässe ihn nur noch mehr anheizte.

Er hob seinen nassen Finger an seine Lippen und leckte meine Flüssigkeit ab. »Noch süßer als ich es mir vorgestellt habe.«

Die geraunten Worte schossen direkt in meinen Unterleib und ließen die Hitze dort wie heiße Lava lodern. Sein Mund fand wieder meinen und ich konnte meine Süße auf seinen Lippen schmecken.

Ich beobachtete jede seiner Bewegungen, jeden seiner Gesichtszüge genau. Nachdem er wieder den Weg in mein Höschen gefunden hatte, umkreiste er die feuchte Öffnung und schob danach seinen Finger langsam in mich. Das Stöhnen, das meine Lippen verließ, erstickte er mit seinem Mund, während er anfing, seinen Finger in mir zu bewegen.

»Fühlt sich das gut an?«, lachte er gegen meinen Hals und tauchte seinen Finger noch tiefer in meinen nassen Spalt.

»Bei den Göttern, ja«, keuchte ich und drückte meinen Rücken durch. Ich konnte nur noch dieses Gefühl der Lust vernehmen, das alle anderen Gedanken verdrängte. Noch nie hatte ich so etwas gefühlt.

Ich schrie in dem Moment auf, in dem er einen weiteren Finger in mich schob und mich somit komplett ausfüllte. Vollkommen unwichtig, wer mich von Zanes Wachen hören konnte.

Seine Finger dehnten mich und bereiteten mich auf ihn vor. Ich wollte ihn in mir spüren. Ich wollte alles von ihm.

Nachdem er mir meine erste Verliebtheit genommen und mir das Herz gebrochen hatte, war er derjenige, der mir so viel mehr zurückgab.

Mit dem Daumen massierte er meinen empfindlichsten Punkt, während er seine beiden Finger in mir krümmte und immer wieder in mich stieß.

Immer. Fester. Und. Fester.

Seine freie Hand umfasste meinen Oberschenkel und hielt mich fest. Seine Finger auf meiner Haut glühten, so als ob jeden Augenblick Funken daraus sprühen würden. So sehr versuchte er, sich zu beherrschen.

Die Erleichterung kroch langsam meine Wirbelsäule hoch und mein Atem wurde immer abgehackter.

»Komm für mich, Oriana«, hauchte Zane und seine Augen glühten.

Ein fremder Laut brach aus mir hervor. Meine Fingernägel

hinterließen Halbmonde an seinen Oberarmen, während ich auf sein Kommando meine Erlösung fand. Ich biss mir auf die Lippe, um meinen nächsten Aufschrei zu dämpfen.

»Untersteh dich, dich zurückzuhalten. Ich will dich hören. Ich will hören, welche Freude ich dir bereite«, gab mir Zane zu verstehen, umfasste meinen Nacken und drückte mich an sich.

Nickend gab ich meine Lippe frei und ließ meinen Lauten freien Lauf.

Als ob er jeden Funken meines Höhepunkts in sich aufsaugen wollte, legte er seine Lippen nah an meine. Mein Körper wand sich unkontrolliert und meine Beine zuckten, während die Erlösung meinen Körper überrollte. Meine flatternden Lider fanden Zanes animalischen Blick, der mich währenddessen hungrig beobachte.

Ich schlang meine Arme um seinen Hals und keuchte in seine Halsgrube.

Sowohl Zane als auch ich atmeten noch immer unregelmäßig, während wir eng umeinander geschlungen waren.

Wahnsinn, was gerade passiert war.

Nachdem die Welle vorübergezogen war, streiften Zanes Lippen sanft über meine, bevor er anfing, mich voller Zärtlichkeit zu küssen. Er legte so viel Gefühl in den darauffolgenden Kuss. Die Situation war so intim. Nicht nur das, was zwischen uns passiert war. Das hier. Der Moment danach. Seine Finger zogen langsame Kreise an meinem nackten Rücken und er übersäte meine Schultern und meinem Hals langsam mit federleichten Küssen. Seine Lippen glitten über meine empfindliche Haut. An meinem gesamten Körper bildete sich eine Gänsehaut.

Doch nachdem der Nebel der Lust sich fast vollständig verzogen hatte, prasselte die Realität wieder auf meine Sinne herein.

Ich begehrte diesen Mann, auch nach allem, was passiert war.

Und irgendwie war ich froh, dass es Zane war, der mich als Erstes geküsst hatte … mich berührt hatte.

Mein dummes naives Herz verzehrte sich nach ihm. Genauso wie mein Körper.

Bedacht trat er einen Schritt zurück, woraufhin ich meine Schenkel wieder aneinanderlegte. Während sich der vorherige Moment wie purer Wahnsinn angefühlt hatte, bahnte sich plötzlich ein Anflug von Scham an.

Nicht dass er mir das Gefühl gab, dass ich mich für das, was zwischen uns passiert war, nur in irgendeiner Art schämen müsste, trotzdem fühlte ich es.

Oberkörperfrei stand er da und strich sich die zerzausten Locken aus dem Gesicht.

Etwas überfordert mit der gesamten Situation suchte mein Blick nach irgendwas, mit dem ich meinen nackten Körper bedecken konnte. Zane schien meinen Blick zu verstehen, denn er selbst sah sich ebenfalls um, bis er nach der dünnen Decke griff, die auf der Sitzbank lag.

Danach breitete er sie aus und … nickte, suchte die Bestätigung, dass es in Ordnung war, mich in die Decke zu hüllen. Lustig, wenn man bedachte, was gerade zwischen uns vorgefallen war. Aber anscheinend hatte er gerade seinen letzten anständigen Funken hervorgeholt.

»Danke«, sagte ich, als ich den weichen Stoff enger um meinen Körper schlang.

Zane nickte zur Tür. »Soll ich …?« *Gehen.*

Erneut nickte ich, obwohl ich es mir tief in meinem Inneren nicht wünschte.

Wie gern würde ich mich mit ihm in meine Laken kuscheln, seinen wohligen Duft einatmen und mit ihm an meiner Seite einschlafen. Aber es ging nicht. Heute Abend war zu viel passiert. Genügend Gedanken schwirrten in meinem Kopf umher, als könnte ich jetzt einfach bei dem weitermachen, wo wir gerade aufgehört hatten.

Zanes resignierter Miene nach zu urteilen, fühlte er ähnlich. Jedoch drängte er, mich nicht weiterzugehen, als ich bereit war. Stattdessen hob er seine helle Tunika auf und trat ein letztes Mal an mich heran.

»Gute Nacht«, murmelte er dicht an meinen Lippen, bevor er mir einen federleichten Kuss auf die Lippen hauchte.

Zane

Noch immer konnte ich sie auf meinen Lippen schmecken. Ihren keuchenden Atem auf meiner Haut spüren. Wie sie sich um meine Finger geklammert hatte, während sie mit einem lauten Aufschrei gekommen war.

Die Götter im Himmel mögen mir beistehen.

Sie hatte noch einen Schritt weitergehen, mir alles von sich schenken wollen, das hatte ich in ihrem Blick gesehen, doch das war keine Option für mich gewesen. Wenn ich sie das erste Mal nehmen würde, sollte nicht nur ihr Körper es wollen. Ich wollte alles von ihr. Ihre Seele. Ihre Liebe und Zuneigung.

Ich konnte ihren Hass, ihren Schmerz, bei jedem Kuss auf ihren Lippen schmecken. Konnte ihn unter jeder Berührung meiner Hände spüren. Nicht den Hass mir gegenüber, sondern diesen, den sie gegen sich selbst hegte. Wie sehr sie es hasste, dass sie mich derartig begehrte.

Wie lange sehnte ich mich danach, sie zu berühren, sie zu küssen. Eigentlich wusste ich genau, wie lange ich mich danach verzerrte. Seit dem Tag, an dem ich sie in den Fluren von Westerys mit meiner Schwester Stella gesehen hatte. Ihr Blick in meine Richtung hatte ausgereicht, damit ich für sie auf die Knie gehen würde, um ihr jeden Wunsch zu erfüllen, noch bevor dieser ihre vollen, lieblichen Lippen verlassen würde.

In dem Moment hatte ich gewusst, dass ich am Arsch war. Na ja, dass ich am Arsch war, hatte ich erst wirklich gewusst, nachdem sie Westerys verlassen hatte und keinen meiner verdammten einundzwanzig Briefe beantwortet hatte. Als ich von dem Tod ihrer Eltern erfahren hatte, wollte ich am liebsten nach Aseria reisen, um ihr meine Schulter als Trost anzubieten. Doch ich hatte noch einen kleinen Funken Anstand in meinen Adern, dass ich sie nach solch einem schrecklichen Ereignis nicht mit meinem plötzlichen Erscheinen überfallen würde.

Die Götter sollten meine Mutter für den Vorschlag, Oriana einzuladen, segnen. Es war tatsächlich ihre Idee gewesen.

Das letzte Mal, als ich so weit im Norden gewesen war, war ich noch klein gewesen. Gerade einen Meter hoch. Nur an die Gruselgeschichten über die Eiswälder, die Aseria umgaben, konnte ich mich noch vage erinnern.

Schlussendlich war es all das wert gewesen. Oriana war all das wert. Jede Schlacht würde ich kämpfen, wenn das Endresultat *Oriana und ich für immer vereint* sein würde.

Jetzt, da ich wusste, wie unglaublich ihre Lippen – ihr Körper – schmeckte, fragte ich mich, wie ich es jemals ohne diesen Geschmack weiterleben könnte. Ich brauchte mehr. Mehr von ihr. Wenn es doch plötzlich alles war, nach dem ich mich verzehrte.

Noch intensiver hatte mich die Vorstellung im Griff, was passiert wäre, wenn wir nicht aufgehört hätten. Wenn ich mich nicht zurückgezogen und ihr etwas Freiraum gewährt hätte. Ich wollte sie, doch ich wollte auch, dass sie mit klaren Gedanken an die Sache heranging und nicht von der Lust geleitet war, wenn sie mir den Rest von sich schenken würde.

Also zog ich mich nun in meine Gemächer zurück. Doch der Gedanke an Oriana, an ihre Haut, ihren Duft und Geschmack … Götter, ihr Geschmack blieb noch bis tief in die Nacht in meinem Kopf.

Kapitel 38

Oriana

Mehrmals atmete ich tief durch, strich mein Kleid glatt, bevor ich zweimal fest gegen die Tür des Besprechungszimmers klopfte. Einer der Wachmänner, die vor meinen Gemächern Spalier standen, hatte mir freundlicherweise verraten, wo sich das Besprechungszimmer befand, und mich auch hierher begleitet.

Ein älterer, griesgrämig wirkender Mann öffnete mir die Tür. »Prinzessin Oriana«, sagte er überrascht. Er verbeugte sich. »Was verschafft uns die Ehre? Wir sind mitten in einer Besprechung.«

Mein Herz hämmerte schwer gegen meine Rippen. War ich nicht willkommen bei dieser Besprechung, in der es eindeutig um mich ging?

»Komm, setz dich«, dröhnte es aus dem Raum. Ich spähte an dem bärtigen Mann vorbei und erkannte Zane, der gerade aufstand.

»Prinzessin Oriana wird uns heute Gesellschaft leisten«, erklärte Zane und zog einen Stuhl neben sich hervor.

»Aber Prinz …«, versuchte der Mann zu widersprechen und warf einen verdutzten Blick in Zanes Richtung. Er hatte trotz seiner Ansprache nicht den nötigen Respekt, die Tür weiter für mich zu öffnen.

»Gibt es irgendein Problem, Gason?« Zanes Miene wurde berechnend. Das Letzte, was ich mit meiner Anwesenheit bezwecken wollte, war ein Streit. Doch ich fragte mich, wieso er mich bei der Besprechung nicht dabeihaben wollte.

Zane bedeutete mit einer einladenden Handgeste, dass ich eintreten und auf dem Stuhl, deren Lehne er noch immer fest umschlungen hielt, Platz nehmen sollte.

Trotzig drückte ich die schwere Tür ein Stück weiter auf, nachdem ich dem ungehobelten Mann einen bösen Blick zuwarf.

Gason räusperte sich. »Natürlich nicht, mein Prinz.«

Mit langen Schritten trat ich ein.

Einer von Zanes Mundwinkeln zuckte nach oben, als ich auf ihn zukam. Er hauchte mir einen flüchtigen, dennoch liebevollen Kuss auf die Wange, bevor er den Stuhl wieder zum Tisch schob, als ich mich setzte. Danach nahm er neben mir Platz.

Nun saß ich hier. Neben Zane. Seine Nähe war mir mehr als bewusst. Er wirkte keineswegs verärgert darüber, dass ich das angebotene Frühstück heute Morgen abgelehnt hatte. Ich wusste einfach nicht, wie ich ihm nach dem gestrigen Abend gegenübertreten sollte.

Er strich unter dem Tisch über die nackte Haut meines Schenkels, den mein Kleid freigab. »Lass dir nur nichts gefallen.«

Ich biss mir auf die Innenseite meiner Wange, nickte knapp und versuchte, mir nichts von der Hitze anmerken zu lassen, die er auf meiner Haut hinterließ. Erinnerungen von gestern Nacht kamen wieder zum Vorschein. Wie perfekt sich seine Lippen auf meinen angefühlt hatten …

Vermutlich schloss ich zu lang meine Lider.

»An was denkst du?«, raunte er mir ins Ohr.

»An nichts.«

Er grinste mich an, denn wir wussten beide, dass es gelogen war.

Seine Hand glitt von meinem Bein und damit verblassten auch die unanständigen Gedanken. Nachdem er aufgestanden war und den Kragen seiner schwarzen Tunika gerichtet hatte, räusperte er sich. »Nun. Wie ihr mittlerweile bemerkt habt, wird Prinzessin Oriana«, er deutete auf eine elegante Weise auf mich, »uns heute bei unserer Besprechung Gesellschaft leisten.« Er richtete das Wort nun an mich. »Vergib meinen Beratern. Sie sind es nicht gewohnt, dass solch eine hinreißende Dame uns mit ihrer Gegenwart beehrt.«

»Ich werde ein Auge zudrücken«, erwiderte ich, möglichst unbeeindruckt.

Zane nahm wieder Platz. »An unserem Verlobungsball wurde ich in einen Hinterhalt geführt, wie ihr wisst. Dieser hätte mir beinahe *alles* gekostet.«

Alles.

Er kramte in seiner Hosentasche, bis er den Zettel hervorholte. Meine Augen verfolgten jede seiner Bewegungen.

Einer der Männer, rothaarig, sein langer Bart in derselben Farbe, griff nach dem Stück Papier. »Habt ihr irgendwelche Vermutungen, wer dahinterstecken könnte?«

Zane stützte seine Ellenbogen auf der Tischplatte ab und verschränkte seine Hände ineinander. Seine protzigen Goldringe funkelten um die Wette.

»Wenn ich diese hätte, würde die Person im Kerker verrotten und diese Besprechung würde nicht stattfinden.« Sein Ton war schroffer, als ich es gewohnt war. Das hier war der richtige Zane, von dem sich die Leute erzählten. Der arrogante Kronprinz von Westerys. Es war beeindruckend, wie sich seine Stimmung sowie seine Stimmlage veränderten, wenn er mit seinen Beratern sprach und danach wieder mit mir.

»Wir werden uns darum kümmern. Sobald wir auf mögliche Hinweise stoßen, werden wir es Euch wissen lassen«, meinte der rothaarige Mann.

»Dies hat oberste Priorität«, räumte Zane ein. »Gason?«

»Ja?«, erwiderte er und hob das Kinn.

»Ich will, dass du mit einem Dutzend deiner besten Männer nach Aseria reist, um nähere Informationen zu bekommen. Ich will, dass ihr alle Bediensteten befragt, besonders jene, die an dem Abend gearbeitet haben. König Dusan weiß bereits über euer Eintreffen in wenigen Tagen Bescheid.«

Zane hatte mit meinem Bruder Rücksprache gehalten?

Gason nickte und hob eine Hand an seine Brust. »Meine Männer und ich werden morgen bei Sonnenaufgang aufbrechen.«

Wieder ergriff Zane das Wort. »Irac ist mit seiner Truppe aktuell in Seylen, um Nachforschungen wegen des ungeklärten Todes des aserischen Königspaars anzustellen.« Zanes Blick wanderte zu mir und seine Finger fanden meine. »Prinzessin Orianas Angelegenheiten sind ab jetzt auch unsere.«

Zanes Männer nickten zustimmend.

Obwohl die Stimmung drückend war und jeder der zwei Dutzend Männer einen ernsten Gesichtsausdruck pflegte, schwoll mein Herz an. Zane hielt sein Wort, das er mir damals gegeben hatte. Nicht nur, dass er Leute schickte, um etwas über meine Eltern herauszufinden. Er hakte richtig nach. Stellte richtige Nachforschungen an.

Zane hob die Hand in Gasons Richtung. »Ach ja, eines habe ich noch vergessen.« Seine Miene wurde berechnend. »Solltet Ihr es noch einmal wagen, Oriana nicht mit dem nötigen Respekt anzusprechen, wisst Ihr, was mit Euch passiert.« Seine Finger glühten in einem goldgelben Ton. Seine Feuermagie. »Und ich wäre untröstlich, einen meiner besten und langjährigen Berater wegen eines solchen Grundes zu verbrennen.«

Gasons Gesicht wurde schlagartig weiß. Er blinzelte mehrere Male, bevor er antwortete: »Es wird nie wieder vorkommen.« Er wandt sich nun an mich und neigte den Kopf nach unten. »Bitte verzeiht mir, Prinzessin.«

Mit weit aufgerissenen Augen begegnete ich dem Blick von Gason, bevor dieser seinen Kopf wieder anhob. Obwohl ich es unangebracht fand, dass Zane ihm mit dem Tod drohte, obwohl er anscheinend einer seiner treusten Berater war, wusste ich, wieso er das tat. Er würde einmal auf dem Thron sitzen und da all seine Berater augenscheinlich um einiges älter waren als Zane, musste um jeden Preis der Respekt aufrechterhalten werden. Und damit auch der Respekt mir gegenüber. Denn eines Tages würde ich vielleicht diejenige sein, die neben Zane den Thron zierte.

Nachdem Zane die restlichen Details erläutert und die Besprechung für beendet erklärt hatte, hüpfte ich von meinem Stuhl und verließ als Erste den Raum. Jedoch hatte ich nicht damit gerechnet, dass Zane, gerade als ich die Schwelle zum Flur übertrat, nach meiner Hand schnappte.

Ich wirbelte herum und mein Herz klopfte schwer.

»Na, wohin des Weges?« Seine Stimme war rau und ruhig, doch etwas Spöttisches schwang in seinen Worten mit.

»Nirgends. Ich wollte nur keine Sekunde länger mit diesen Männern in einem Raum verbringen. Wie man unschwer erkennen konnte, waren sie nicht gerade erfreut über meine Anwesenheit.« Das war nur zur Hälfte gelogen. Eigentlich wollte ich diesem Gespräch möglichst lange aus dem Weg gehen.

»Ich dachte schon, es liegt an mir. Aber es war meine Schuld. Ich hätte ihnen zuvor mitteilen sollen, dass du dabei sein wirst. Ich möchte, dass du dich hier überall wohlfühlst. Auch zwischen ihnen.« Zane nickte mit dem Kopf zur Seite und zeigte damit auf die Männer, die nach und nach aus dem Raum kamen. »Du stehst über ihnen. Das solltest du wissen.«

»Tue ich nicht.« Denn ich war nicht offiziell die zukünftige Königin und niemand wusste, ob das einmal so werden würde. »Wieso wolltest du eigentlich, dass ich dabei bin?«

»Wenn die Götter meine Gebete erhören, wirst du vielleicht irgendwann mit mir gemeinsam über Westerys regieren, weshalb ich es für richtig empfinde, dich von Anfang an mit einzubeziehen«, erklärte er und bestätigte somit meine vorherige Theorie. »Und wenn ich eine gute Portion Glück habe.«

»Wenn du Glück hast«, wiederholte ich.

Und dann kam Zane etwas näher, schob mich sanft etwas mehr von den Männern weg und strich mir eine Strähne hinter mein Ohr. »Darf ich ehrlich mit dir sein? Nach gestern Nacht will ich dich noch mehr, Oriana. Ganz und vollkommen. Ich dachte, das wäre klar, aber ich wollte, dass du es hörst. Ein Leben ohne dich ist für mich …« Er vollendete den Satz nicht.

Natürlich wusste ich, wie Zanes Gefühle um mich standen. Er machte nie ein Geheimnis aus ihnen. Im Gegensatz zu mir. Die Frage war nur, wie lange ich sie noch verheimlichen konnte. Nach gestern Abend war alles … komplizierter geworden.

»Zane, ich weiß nicht, was ich sagen soll.«

»Du musst nichts darauf sagen. Zeig es mir einfach.« Nachdem er einen Blick über die Schulter warf, um sicherzugehen, dass alle Berater in den Flur verschwunden waren, lehnte er sich zu mir.

»Zane, ich –« Seine Lippen auf meinen ließen mich verstummen. Und da hatte er seine Antwort. Ich zögerte nämlich keine Sekunde, um den Kuss voller Zärtlichkeit zu erwidern. Nach unserem ersten Kuss wollte ich mehr, doch dies offen zuzugeben, war so eine Sache. Es einfach geschehen zu lassen, fiel mir um einiges leichter. Und wie einfacher es mir fiel, meine Hände um seinen Hals zu legen und den Kuss zu vertiefen.

Abrupt löste er sich von mir und brachte einen Schritt Abstand zwischen uns. Ohne seinen Halt taumelte ich überrascht.

Schwer atmend fuhr er sich übers Gesicht. »Begleite mich heute zum Abendmahl mit meinen Eltern. Sie konnten heute der Besprechung nicht beiwohnen, aber ich habe versprochen, ihnen heute Abend alles mitzuteilen. Sei meine Begleitung.« Er zupfte seine Tunika zurecht. »Ohne jegliche Verpflichtung. Es ist nur ein Abendessen. Außerdem würden sie dich gern besser kennenlernen.«

»Keine Verpflichtungen?«, fragte ich und zog eine Augenbraue in die Höhe.

Er schüttelte den Kopf.

»In Ordnung.«

Kapitel 39

Zane

Es verlangte mir einiges ab, nicht lauthals loszulachen, da Oriana einem gewöhnlichen Abendessen mit meinen Eltern und Stella derart nervös gegenübertrat.

»Das sieht dir gar nicht ähnlich«, flüsterte ich ihr zu, als die Wachen die Tür zum Speisesaal öffneten.

»Hm?«, erwiderte sie und sah mit angespannter Miene zu mir auf.

»Jederzeit strotzt du voller Selbstbewusstsein, aber ein Abendessen bringt dich aus der Fassung.« Kopfschüttelnd fügte ich ein spöttisches »Tz, tz« hinzu.

»Wie kommst du darauf?«

»Na ja, du klammerst dich an meinen Arm, als würde ich dich über die Schwelle führen, die dich direkt in die Höhle eines wild gewordenen Wolfsrudels bringt, und ich der Einzige bin, der dich davor retten kann.«

Daraufhin lockerte sie ihren Griff und schüttelte ebenfalls kurz den Kopf. »Es ist nur ein großer Schritt, das ist alles.«

»Du hast meine Eltern doch schon kennengelernt.« Als wir in Westerys angekommen waren, genauso wie am Willkommensball, hatte Oriana meinen Eltern bereits gegenübergestanden. Was der Auslöser für ihre gegenwärtige Nervosität war, war mir schleierhaft.

»Das hier ist etwas anderes«, behauptete sie, während wir zur Tafel traten. »Diesmal werden keine Handvoll Floskeln ausreichen. Was, wenn sie mich etwas fragen, worauf ich keine Antwort habe? Was, wenn sie tatsächlich etwas über mich wissen wollen?«

»Du bist hier, weil sie dich kennenlernen wollen, aber solltest du dich unwohl fühlen, dann werde ich es sein, der dir zur Hilfe eilt.« Ich zwinkerte ihr zu. »Versprochen.«

Sie verdrehte theatralisch die Augen. »Was auch sonst.«

»Zane«, begrüßte meine Mutter mich und erhob sich von ihrem goldenen Stuhl. »Und Oriana, welch Freude, dass du dich dazu entschieden hast, uns heute Abend mit deiner Gesellschaft zu beglücken.« Mutter setzte ihr breitestes Lächeln auf.

»Die Freude ist ganz meinerseits«, erwiderte Oriana, verbeugte sich knapp und verstärkte dabei den Griff um meinen Arm.

»Nehmt doch Platz«, schlug mein Vater vor und nickte zu den beiden freien Stühlen gegenüber von Stella.

Daraufhin machten wir uns zu unseren Plätzen auf und gingen dem Vorschlag meines Vaters nach.

»Wie lief die heutige Besprechung?«, erkundigte er sich und machte dabei eine Handgeste, woraufhin die Bediensteten den Raum fluteten.

Üppig gefüllte Tabletts mit Speisen sowie auch Karaffen mit Wein und Whiskyflaschen trugen sie herbei und platzierten sie auf dem Tisch.

»Wir haben alle wichtigen Details besprochen und ich habe Gason mit einigen Männern nach Aseria geschickt, um Orianas Bruder bei den Ermittlungen zu unterstützen«, erklärte ich.

»Denkst du, mein Bruder wäre dieser Aufgabe nicht gewachsen?«, fragte Oriana und warf mir einen Blick von der Seite zu.

»Es soll rein eine Unterstützung und unsere Bereitschaft der gemeinsamen Zusammenarbeit vermitteln. Dein Bruder ist ein erhabener Herrscher, aber du sagtest, dass er nach dem Tod eurer Eltern nicht gut genug nachhakte. Es sollte durch unsere Männer nur dafür gesorgt sein, dass es diesmal nicht der Fall ist«, erklärte ich ihr und nahm danach einen Schluck aus meinem Kelch.

Vater richtete wieder das Wort an mich. »Du triffst Entscheidungen wie ein wahrer König, der du hoffentlich in naher Zukunft sein wirst.« Schon länger stand das Thema im Raum, dass sich meine Eltern wünschten, den Thron an mich abzugeben. Es war zwar nicht unüblich, dass Könige vor ihrem Tod abdankten, trotzdem schienen meine Eltern es für die richtige Entscheidung zu halten, da ich sowieso, seitdem ich alt genug war, jede Aufgabe übernahm, die ich übernehmen konnte.

Vielleicht lag es auch daran, dass meine Mutter sich nichts sehnsüchtiger wünschte, als ihre nächsten Jahre damit zu verbringen, sich mit ihren Enkeln zu befassen. Dass sie noch keine Enkel besaß und dies weder bei Stella noch bei mir zur Debatte stand, ignorierte sie.

»Sobald sie wichtige Information haben, werden sie uns einen Raben schicken«, fügte ich noch hinzu.

»Habt ihr denn irgendein Indiz, wer dafür verantwortlich sein könnte?«, fragte Stella, während sie ihr Essen auf dem Teller herumschob.

»Wenn dem so wäre, würden wir nicht im Dunklen tappen, Klugscheißer«, merkte ich an. Sehnsüchtig wartete ich auf den Tag, an dem Stella erwachsen und nicht mehr ganz so nervig sein würde. Ich bezweifelte, dass dieser Tag jemals kommen würde.

»Wie gefällt es dir in Westerys, Oriana?« Meine Mutter war eine echte Meisterin im *Gespräche in eine andere Richtung lenken, bevor sich ein Streit anbahnt.*

Oriana verschluckte sich beinahe an ihrem Sprudelwein und räusperte sich. »Westerys ist … wunderschön. Schon damals, als ich das erste Mal hier war, beeindruckten mich die Landschaft, der Palast … einfach alles.« Dabei schaute sie zu mir und erweckte damit den Hoffnungsschimmer.

Meine Mutter schien unseren Blickaustausch zu bemerken, denn sie ließ uns einige Sekunden, bevor sie weitersprach. »Hast du dich bereits an das schwüle Klima gewöhnt? Als ich damals Dawn kennenlernte, hatte es einige Zeit in Anspruch genommen, bis ich mich an die drückende Hitze gewöhnt habe. Meine Haut war damals beinahe so blass wie deine.« Sie deutete auf ihren Arm. »Dieser gebräunte Ton baute sich erst über die Jahre auf.«

»Ihr …« Oriana hielt kurz inne. »Du hast beim Willkommensball erwähnt, dass meine Mutter eine Freundin von dir war? Wieso wusste ich nichts davon?«, fragte sie dann und ich selbst war vermutlich genauso interessiert an der Antwort wie Oriana.

Mutter hatte mir damals geraten, Oriana zu meinem Ball einzuladen. Zu dieser Zeit waren ihre Eltern noch am Leben gewesen. Danach hatte sie mir die Kette gegeben, als ich beschlossen hatte, an den Prüfungen teilzunehmen, jedoch hatte sie nie erwähnt, dass sie und Königin Juliette befreundet gewesen waren.

»Deine Mutter und ich kannten uns sehr gut. Wir wuchsen im selben Dorf auf und waren seit Kindertagen sehr enge Freundinnen.«

Ich wusste zwar, dass meine Mutter nicht direkt aus Westerys kam, so wie mein Vater, jedoch hatte ich keine Ahnung gehabt, dass sie mit Juliette aufgewachsen war, und wieso sie es nie erwähnt hatte.

»Vor etwas mehr als zwei Jahrzehnten hat sich unser Leben verändert. Wir heirateten, lebten in verschiedenen Königreichen, bekamen Kinder.« Sie schluckte merklich und bettete ihre Hände gefaltet auf ihrem Schoß. Ihre Stimme hatte plötzlich etwas Trauriges an sich. Eine Stimmlage, die selten bei ihr zu hören war. »Es war anfangs nicht immer leicht für uns, müsst ihr wissen. Doch wir probierten, uns regelmäßig zu besuchen. Nur wie ihr wisst, liegen Aseria, Floranys und Westerys mehrere Tagereisen voneinander entfernt.«

»Was hat Floranys damit zu tun?«, brach es aus mir heraus.

Sie schmunzelte bei den Erinnerungen an damals. »Wir waren drei Freundinnen, Orianas Mutter *Juliette*, Königin *Madeline* von Floranys und ich.«

Oriana ergriff das Wort: »Jede von euch hat den Thronfolger von einem anderen Königreich geheiratet und ist somit Königin geworden.«

Sierra lachte. »Was für ein Zufall, was? An einem der größten Bälle hatten wir sie kennengelernt, ohne zu wissen, mit welchen jungen Männern wir es zu tun hatten. Und ihr wisst ja, das eine führte zum anderen und so waren wir kurze Zeit später die Königinnen von Aseria, Floranys und Westerys.« Sie sah zu meinem

Vater und schenkte ihm ein herzliches Lächeln. »Es war, wie bereits erwähnt, für uns anfangs sehr schwer und nach der Sache mit Madeline …« Sie senkte ihren Blick. »Über die Jahre hinweg wurde unser Kontakt immer weniger, jedoch schrieben Juliette und ich uns weiterhin Briefe, um auf dem aktuellsten Stand des jeweiligen anderen zu sein. Bis …«

»Bis sie starb«, beendet Oriana den Satz und ich griff automatisch unterm Tisch nach ihrer Hand.

Madeline war im Wochenbett nach Clarence' und Laurents Geburt gestorben. Das war zumindest die offizielle Todesursache.

»Also seid ihr alle drei kurz vor der Verbannung der Wandler Königinnen geworden?«, fragte Stella, nippte an ihrem Kelch und verzog angewidert ihr Gesicht. Der Wein schien ihr nicht zu munden.

»Ja, das stimmt.«

»Meine Mutter hat nie über die Zeit gesprochen, in der sie nach Aseria kam. Generell bekommt man über die Zeit der Verbannung sehr schwer Informationen«, sagte Oriana.

Mutter strich sich ihr dunkles Haar zurück. »Es gibt Geschichten, die besser verschwiegen bleiben sollten, um seine Liebsten zu schützen.«

»Was meinst du damit?«, wollte ich wissen.

»Wenn gewisse Informationen in die falschen Hände gelangen, könnte es für alle verheerende Folgen haben.« Hiermit war es für sie beendet, denn sofort wechselte sie das Thema erneut. »Hast du vor, meinen Sohn zum Gemahl zu nehmen?«

»Mutter!«, raunte ich überrascht. Wenn sie dachte, ich würde das Thema einfach so auf sich beruhen lassen, lag sie falsch. »Das hier ist ein Abendessen ohne irgendwelche Forderungen an Oriana. Ich habe es dir schon mal gesagt …«

Orianas Hautfarbe schien plötzlich um eine weitere Nuance heller.

»Das war nur eine Frage, keine Aufforderung«, erklärte sie und reckte das Kinn zu Oriana. »Also, mein Kind, hast du schon mal darüber nachgedacht, Zane zu heiraten?«

Ich sah zu Oriana und deutete mit meinem Blick ein *Entschuldige* an. »Du musst darauf nicht antworten«, sagte ich ruhig und strich vorsichtig über ihren Handrücken. »Wie vorhin schon gesagt: Es gibt keine Verpflichtungen.«

»Sierra«, unterbrach mein Vater. »Nicht heute Abend.«

Und Götter, war ich dankbar. Meiner Mutter eine Standpauke darüber zu halten, wie unangemessen ihre Frage war, war eines der letzten Dinge, die ich für den heutigen Abend geplant hatte.

»Hat Stella sich denn schon für einen der Anwärter entschieden?«, fragte ich und sah zu meiner Schwester, die mir mit weit aufgerissenen Augen entgegenstarrte. Ein Blick, der eindeutig hieß: *Was soll das verdammt noch mal?*

»Stella scheint Orianas Strategie als Vorbild zu nehmen«, erzählte meine Mutter. »Sie weist jeden ab, ohne sich mit ihnen auch nur zu unterhalten.«

»Ich habe auch mindestens noch ein Jahr. Außerdem bin nicht ich diejenige, die einen Thronfolger für Westerys zeugen muss.« Mit einer höhnischen Fratze schaute sie zu mir.

Götter, dieses kleine Biest.

Oriana versteifte sich neben mir.

»Ich dulde dieses unerhörte Verhalten bei Tisch nicht.« Vater erhob sich. »Das Abendessen ist beendet.«

Was für ein gelungener Abend.

Kapitel 40

Oriana

Nach den gestrigen Informationen über die Verbindung zwischen Königin Sierra, meiner Mutter und Königin Madeline, schwirrten mir Tausende Gedanken im Kopf herum. Und jeder einzelne von ihnen kam zu dem Entschluss, wieso ich nichts von der Verbindung zwischen den drei Frauen wusste und was für ein riesiger Zufall es war, dass die drei Söhne der Freundinnen meiner Mutter um meine Hand gekämpft hatten.

Doch was mich mit der meisten Skepsis zurückgelassen hatte, waren die rätselhaften Worte von Sierra.

Es gibt Geschichten, die besser verschwiegen bleiben sollten, um seine Liebste zu schützen. Vor was beschützen?

Erst als sich die Tür zu meinen Gemächern öffnete, bemerkte ich, wie jemand eintrat. Das Klopfen, das bestimmt davor ertönte, hatte mein Kopf einfach ausgeblendet.

Ein breites Lächeln bildete sich auf meinen Lippen, als ich Zane sah und ich schob jeglichen anderen Gedanken beiseite.

»Was machst du hier?«, fragte ich und beobachtete, wie er weiter in den Raum trat, direkt auf mich zu. Zur Begrüßung hauchte er mir einen federleichten, langsamen Kuss auf die Wange, der gefährlich nah an meinem Mundwinkel war. Sofort musste ich an den Kuss denken – an die Küsse – und daran, wie gut sich alles mit ihm anfühlte.

Ich dachte immer, ich würde an irgendeinen Prinzen verheiratet werden. Auf einer Hochzeit, die für mich veranstaltet würde, bei der ich kein Mitspracherecht hätte. Und dass ich todunglücklich mein restliches Leben an der Seite eines Mannes leben würde, den ich nicht liebte.

Doch der Gedanke, Zane zu heiraten, seine Frau zu werden, brachte mittlerweile andere Gefühle in mir hervor. Er tat alles in seiner Macht Stehende, um mir auf Augenhöhe zu begegnen. Was nicht typisch war zwischen Prinzen und Prinzessinnen. Oder als König und Königin. Die Frau war immer der niedere Part in einer Beziehung. Das war schon seit Beginn der Zeit an ein ungeschriebenes Gesetz.

Aber Zane war anders.

Er hätte darauf bestehen können, dass ich ihn heiratete, auch ohne meine Zustimmung. Der Handel durch die Prüfungen war rechtskräftig und er hätte jedes Recht, mich als sein Eigentum zu betrachten, so wie es die meisten vermutlich getan hätten.

Aber nicht Zane.

»Ich habe eine kleine Überraschung für dich.« Er zog mich mit einem Ruck näher an sich und ich dachte, er würde mich gleich küssen, jedoch sprach er einfach dicht an meinen Lippen weiter. Die Schmetterlinge in meinem Bauch machten keinen Unterschied, ob er mich küsste oder nur flüchtig berührte.

»Welche Überraschung?«, murmelte ich.

»Wenn ich dir das erzähle, ist es keine Überraschung mehr«, erklärte er und ich lehnte mich automatisch an ihn. »Komm mit, ich zeige sie dir«, sagte er fast flüsternd.

Ich zog meine Stirn kraus. »Ist es denn eine schöne Überraschung?« Und Neugierde packte mich sofort.

»Komm«, forderte er mich auf und schloss seine Finger um meine.

Während wir durch die Flure huschten, sprachen wir kaum. Doch er grinste mich dauernd so dämlich an und ich hatte keine Ahnung, weswegen. Deshalb warf ich ihm einen verdutzten Blick zu und spähte immer in meinem Augenwinkel in seine Richtung, während wir nebeneinander die Gänge durchquerten.

Ich stoppte abrupt ab und hörte aus dem Zimmer, vor dem wir hielten, Frauenstimmen, die herumkicherten.

»Was?« Ich schüttelte den Kopf, doch nachdem ich die Stimmen zuordnen konnte, stürmte ich auf die Tür zu und riss sie euphorisch auf.

»Oriana!«, hörte ich meine kleine Schwester rufen, die gerade von einem der Hocker aufsprang.

»Du bist hier!«, schrie ich verdutzt zurück und überwand die wenigen Meter, die uns trennten. Ich fiel ihr um den Hals und drückte sie fest an mich. Mein Gesicht in ihren schönen dunklen Haaren vergraben, sog ich ihren Duft in mich auf.

Als ich mich von ihr löste, küsste ich Hunderte Küsse quer über ihr Gesicht. Natürlich hielt ich währenddessen ihr Gesicht fest, damit sie sich nicht wegdrehen konnte. »Ich. Habe. Dich. So. Unglaublich. Vermisst.« Mit jedem Wort drückte ich ihr einen weiteren Kuss auf die Haut.

Einige Sekunden lang ließ sie mein Geknutsche über sich ergehen, ehe sie mich wegdrückte.

»Ich glaube, das ist jetzt genug.« Sie wischte sich mit der Hand fest übers Gesicht.

Einen letzten Kuss drückte ich ihr noch laut auf die Wange. »So, jetzt sind es genug.«

Mein Herz schwoll vor lauter Liebe an und es bildeten sich Freudentränen in meinen Augen, die ich aber schnell beiseite wischte. Doch es dauerte nicht lange, bis meine Unterlippe zu beben begann und ich meine Freude nicht länger zurückhalten konnte.

»Oriana, ich bin hier. Es gibt keinen Grund zu weinen.« Sie stieß mir leicht gegen die Schulter.

»Ich muss aber«, schluchzte ich und vergrub mein Gesicht in meinen Händen. Ich hatte sie so unglaublich vermisst, dass es wehtat.

»Hör auf! Sonst fange ich auch gleich an zu heulen.« Sie hob drohend die Hand. Doch in derselben Sekunde sah ich ihre Augen glänzen.

Daraufhin rannen die Tränen in Strömen von unseren Wangen. Wir schluchzten und lachten die Zeit über, bis sie endgültig versickerten und nur unsere verlaufene Schminke an sie erinnerte.

Es fühlte sich an, als ob wir uns monate- oder jahrelang nicht gesehen hätten. Erst nachdem sich mein Herzschlag wieder beruhigt hatte und meine Sicht nicht mehr gänzlich verschwommen war, erkannte ich, dass die zweite Stimme, die ich gehört hatte, die von Stella war.

»Wann bist du angereist?«, wollte ich wissen.

Zane kam einen Schritt näher, sodass er sich neben mir befand, und ergriff das Wort. »Sie ist erst heute Vormittag angereist.«

Ich wirbelte zu ihm herum. »Hast du nach ihr geschickt?«

Er senkte seine Stimme. »Nach dem Abend, du weißt schon …«

Natürlich wusste ich, von welchem Abend er sprach. Der, an dem ich einen Gefühlsausbruch gehabt hatte, als wir uns auf der Reise hierher befunden hatten. An dem er mich eng umschlungen getröstet hatte, weil ich mir wegen Dingen meine Augen ausgeheult hatte, die ich nicht ändern konnte. Zumindest nicht alles. Ich hatte geweint, weil ich meine Eltern und meine Geschwister so vermisste.

Beim Gedanken daran, dass Zane daraufhin nach Rohana hatte schicken lassen und sie die weite Reise angetreten war, überkam es mich, sodass neue Tränen über meine Wangen kullerten.

Unter dem Tränenschleicher sah ich zu Zane auf. »Danke«, hauchte ich und warf ihm ein knappes Lächeln zu.

»Du musst dich bei mir für nichts bedanken, sondern nur bei deiner Schwester. Sie hat die weite Reise auf sich genommen.«

Aber das stimmte nicht ganz. Er war es gewesen, der nach ihr hatte schicken lassen, obwohl er nicht wusste, ob ich einer Heirat zustimmen oder ob ich einfach meine sieben Sachen packen würde, um zu verschwinden.

Das Sprichwort passte nicht ganz, denn ich hatte hier nichts, was mir gehörte. Alles, was ich besaß, hatte Zane für mich gekauft oder kaufen lassen. Obwohl ich bei seinem extravaganten Stil und bei den Kleidern, die in meinem Schrank hingen, nur eins und eins zusammenzählen musste. Denn obwohl ich normalerweise andere Kleidung gewohnt war, hatte ich mich nie verkleidet gefühlt. Sie war durchaus bequem. Dass viel weniger Stoff verarbeitet wurde, könnte ein möglicher Grund sein.

Dennoch wischte er mir die Tränen von den Wangen und senkte seinen Blick.

»Ich glaube, ich muss gleich kotzen«, hörte ich Stella neben uns, die Würgelaute von sich gab.

Zane rollte mit den Augen. »Was machst du Nervensäge eigentlich schon wieder hier?«

»Denkst du wirklich, ich lasse mir so ein rührendes Wiedersehen entgehen? Außerdem war ich schon aufgeregt, Rohana endlich kennenzulernen.« Stella legte Rohana einen Arm um die Schulter und drückte sie an sich.

Rohana riss dabei die Augen auf, als eine Art Hilfeschrei.

»Wir werden uns bestimmt prächtig verstehen«, sagte sie und lächelte schief. Ich erkannte in ihrem Blick sofort, dass sie mit so viel fremder Körpernähe überfordert war.

Ich warf Zane einen Seitenblick zu, den er sofort verstand.

»Komm, Stella, ich denke, wir sollten die beiden einen Moment lang allein lassen. Sie haben bestimmt einiges zu besprechen.« Das Wort *allein* betonte er extra.

Stella zog einen Schmollmund. »Aber –«

»Widersprich mir nicht. Komm jetzt.« Zanes Stimme wurde autoritärer und sofort gab Stella nach und löste sich von Rohana. Die danach deutlich entspannter atmete. So oft wie Stella Zane ins Wort fiel oder gemeine Bemerkungen über ihn machte, so gehorchte sie, wenn er es ernst meinte.

Zwar hatte er nur selten in meiner Anwesenheit klare Machtwörter gesprochen, dennoch stand ihm diese autoritäre Seite überraschend gut.

»W-wann sehen wir uns später?«, fügte ich noch halb stotternd hinzu.

»Mein Angebot mit dem Bad steht noch.« Zane verzog seine Lippen zu einem Grinsen.

Nachdem Stella und er das Zimmer verlassen hatten, schloss er hinter ihnen die Tür, auf die ich noch einige Sekunden lang starrte.

Wann sehen wir uns später, hallte es in meinem Kopf wider. Wie eine liebeskranke Verrückte hatte ich mich angehört. Ich hätte mich ohrfeigen können. Anscheinend hatten mich die vergangenen Ereignisse mehr aus der Bahn geworfen, als ich mir eingestehen wollte.

»Ernsthaft?«, verspottete mich Rohana und stieß die Luft zischend aus. »Falls du dich fragst, ja. Wir haben mitbekommen, dass du ihn mit deiner Magie angegriffen und ihn fast getötet hast, und jetzt das?« Rohana nahm auf dem Hocker Platz, auf dem sie vorhin gesessen hatte. »Also, erzähl. Wie kam es von *Ich will meinen Verlobten töten* zu *Ich flüchte mit einem wildfremden Prinzen* und danach zu *Ich lande in Westerys und frage Zane, ob wir uns später noch sehen?*«

»Tja, das ist eine eigenartige Geschichte«, lachte ich und machte es mir ebenfalls auf einem der Hocker gemütlich.

Dann erzählte ich ihr alles, was passiert war. Angefangen von dem gefälschten Brief, von dem Abend im Eisskulpturengarten, über die Flucht und das Wiedersehen mit Zane. Sowie auch von den vergangenen Tagen im Palast.

»Und er besteht ernsthaft nicht auf eine Hochzeit?«, fragte Rohana verdutzt und ich verzog meine Stirn.

»Nach allem, was ich dir gerade erzählt habe, stellst du genau diese Frage?«

»Na ja, hättest du das gewusst, hättest du von Anfang an Zane wählen sollen und dann hättest du noch immer die Wahl gehabt, ob du die Heirat nun durchziehen willst oder nicht.« Sie zuckte mit den Schultern und überkreuzte die Beine auf dem Beistelltisch.

»Ich dachte, die Frage, wer für die Täuschung verantwortlich war, wäre einen Gedankengang wert. Es dreht sich nicht immer alles um Hochzeiten«, meinte ich.

Sie prustete. »Sag das mal Dusan. Der sitzt in Aseria rum und wartet auf eine Hochzeitseinladung, seitdem wir wissen, dass du in Westerys heil angekommen bist.« Rohana schnappte sich eine Rebe voller Dulcisbeeren aus dem Obstkorb und aß sie genüsslich.

»Stellt Dusan Nachforschungen an?«

»Nachforschungen?«, säuselte sie und schob sich eine weitere Beere in den Mund. »Er hat den halben Palast auf den Kopf gestellt, um den Schuldigen zu finden. Dass westerische Wachen als Unterstützung nachrücken, lässt die Angestellten vollkommen am Rad drehen.«

»Wie geht es Mabel?«, erkundigte ich mich.

Rohana stieß lang den Atem aus. »Nachdem du verschwunden bist, hat sie sich zurückgezogen und mich kaum noch an sich rangelassen. Ich vermute ja, dass sie mit dem Schmerz nicht umgehen konnte, dass du ohne ein Lebewohl verschwunden bist.«

Danke für die Schuldgefühle, dachte ich mir.

Aber ich konnte es nachvollziehen. Als ich mit Clarence auf der Flucht befand, gingen mir die gleichen Gedanken durch den Kopf.

»Themenwechsel«, schlug meine Schwester vor. »Wie weit seid Zane und du?« Sie rückte näher an mich heran. »Ich meine, habt ihr …«

»Rohana!«, prustete ich entsetzt.

»Was denn. Ich bin einfach nur neugierig.«

Die nächsten Stunden verbrachten wir in Zweisamkeit. Wir erzählten uns alles, um uns beim jeweilig anderen auf den aktuellen Stand zu bringen. Danach führte ich sie durch den Palast, um ihr alles zu zeigen. Angefangen bei der Bibliothek, über die Gärten, den Strandzugang und den Ball- und Speisesälen.

Kapitel 41 Oriana

Ich warf mir ein Nachtkleid über, das knapp über dem Knie endete.

In Aseria trug ich ausschließlich bodenlange Nachtkleider, die hochgeschlossen am Hals geschnitten waren und lange Ärmel hatten. Der Hauch von Nichts, egal ob Nachtkleider oder alltägliche Kleider, die man hier in Westerys trug, war anfangs eine Umstellung. Aber es gefiel mir.

Meine erschöpften Beine schlurften über den Boden, bis ich beim Himmelbett angekommen war. Sofort ließ ich mich rückwärts in die Laken fallen und sank tief ein. Die Anspannung fiel langsam von meinen Schultern und nahm das drückende Gewicht von mir.

Je länger ich nicht mehr im Eispalast in Aseria war, umso mehr schlich sich das Gefühl in mich, dass ich von allem, was um mich herum passierte, keine Ahnung hatte. Mein ganzes Leben hatte ich bisher gut gehütet hinter der magischen Mauer verbracht. Zum allerersten Mal bekam ich etwas von der Außenwelt mit. Die eindeutig anders war, als vermutet.

Unendlich viele Fragen schwirrten in meinem Kopf umher. Warum wurden meine Eltern ermordet, obwohl sie immer von allen geliebt wurden? Wieso zwang mich Dusan zu einer Heirat? Nachdem endlich eine Verlobung zustande gekommen war, war sie beinahe durch einen Hinterhalt zerstört worden. Dann war da noch das mit den einundzwanzig verschwundenen Briefen.

Mittlerweile glaubte ich nicht mehr an Zufälle, irgendetwas Größeres musste dahinterstecken. Nur ergab es keinen Sinn, wie die Geschehnisse miteinander verwoben sein könnten.

Vollkommen regungslos lag ich von Seidenkissen umrandet da und starrte an die Decke. Die Erschöpfung zerrte an mir, jedoch fiel es mir schwerer als gedacht, in den Schlaf zu finden. Rohana schlief im Nebengemach und das schon eine Zeit lang.

Ich ging zu den gläsernen Terrassentüren, öffnete diese und atmete tief die nächtliche Luft ein. Bevor ich nach draußen trat, schnappte ich mir den passenden Morgenmantel zu meinem Nachtkleid und hüllte mich in diesen. Mit einer Schleife band ich ihn fest um meine Taille.

Auf leisen Sohlen ging ich bis zur Brüstung und hielt mich daran fest, während mein Blick über die Umgebung wanderte. Das Sternenlicht spiegelte sich auf dem weißen Sand wider und ließ ihn wie unzählige kleine Edelsteine glitzern. Automatisch erinnerte ich mich an den Abend, an dem Zane mir die Luceatfische gezeigt hatte. Die Wellen, die am Strandufer an die dunklen Felsen brachen, verursachten das einzige Geräusch, das in der tiefschwarzen Nacht zu hören war.

Westerys war wunderschön und ich ertappte mich immer öfter dabei, wie es sich wie ein Zuhause anfühlte. Jetzt, da Rohana hier war, fehlten nur noch Mabel und Dusan, dann wäre es perfekt.

Als ich den Strand, den dunklen Sternenhimmel und den milden Wind genoss und in mich aufsog, schoss mir ein Gedanke in den Kopf. Wie schön es wäre, Zanes Angebot anzunehmen und in seinem freistehenden Bad, umhüllt vom warmen Wasser, die Sterne zu beobachten. Der Nacht zu lauschen.

Ich schüttelte den Kopf. Ich konnte doch schwer mitten in der Nacht bei ihm aufkreuzen, um in sein persönliches Bad zu steigen.

Wobei. Er hatte gemeint, *das Angebot stünde.*

Vielleicht konnte mir die Entspannung guttun und ich wusste, dass Zane mir den Freiraum geben würde, den ich wollte.

Nur in mein Nachtkleid und einen dünnen Morgenmantel gehüllt, schlüpfte ich in meine leichten Seidenschuhe und fragte eine der Wachen, die vor meinem Zimmer stationiert war, ob sie mich zu Zanes Gemächern begleiten würde.

Natürlich tat er das und nun stand ich hier. Mit rasendem Herzen.

Ich beschloss zu klopfen, aber nach mehreren Versuchen öffnete niemand. Daher nahm ich meinen gesamten Mut, biss die Zähne zusammen und öffnete die Tür. Sofort strömte mir Zanes vertrauter Duft entgegen.

Ich hoffte, dass es für ihn in Ordnung war, dass ich einfach in seine Räumlichkeiten lief.

Seine Gemächer waren nur spärlich beleuchtet. Ich durchquerte mehrere Räume und hielt Ausschau nach Zane, jedoch konnte ich ihn nirgends entdecken. Die Wachen vor seinen Gemächern hatten mir jedoch versichert, dass er anwesend war. Also arbeitete ich mich vor bis zu seinem persönlichen Bad.

Ich musste schmunzeln. Denn wie die Götter es so wollten, hatte er denselben Gedanken wie ich. Ich sah ihn. Umgeben von dampfendem Wasser. Rund um das riesige Becken waren helle Steinfliesen verarbeitet, doch ich nahm meine Umgebung nur spärlich wahr. Meine Augen sahen nur *ihn*.

Den Blick zum Meer gerichtet, wandte er mir seinen muskulösen Rücken zu. Seine feuchte goldene Haut glänzte ihm Mondlicht und brachte mich von der ersten Sekunde an um meinen Verstand. Das Wasser bewegte sich langsam und reichte ihm bis zum Bauch.

Wie konnte ich für ihn nur jemals Hass empfunden haben?

Sollte ich einfach *Hallo* sagen? Oder hatte er mich ohnehin schon bemerkt? Wie versteinert stand ich da, vollkommen überwältigt. Was machte ich hier nur?

Nach einer Weile des Überlegens drehte sich Zane in meine Richtung und nahm mir die Entscheidung ab. »Bist du etwa festgewachsen oder wie lange willst du noch dastehen und mich anstarren?« Seine Augen funkelten amüsiert in meine Richtung. »Das Wasser ist himmlisch, komm rein.«

Ich hielt meine Hände vor mir verschränkt und verlagerte das Gewicht von einem Bein aufs andere. Mein Herz raste wie wild. Es kostete mich einiges an Willenskraft, bis sich endlich meine

Finger bewegten und die Schleife meines Morgenmantels löste. Langsam glitt der feine Stoff zu Boden und bauschte sich rund um meine Füße.

Zane verfolgte jede Bewegung genau, registrierte jedes noch so kleinste Detail. Danach umfasste ich den Saum meines Nachtkleides und zog es langsam höher, bis über meinen Kopf. Welches ich ebenfalls zu Boden gleiten ließ. Vollständig entblößt stand ich vor ihm.

Noch nie war ich so nervös gewesen, so unsicher und doch selbstbewusst. Ich wusste nicht, wie lange ich weiterhin regungslos dastand und mein Herzschlag in meinen Ohren hämmerte. Bestimmt eine Ewigkeit.

Prüfend hielt ich einen Fuß in das feuchte Nass, um die Temperatur zu testen. Zögernd machte ich einen Schritt nach dem nächsten, die gemauerten Stufen hinab ins Wasser, wo Zane schon auf mich wartete. Seine Augen waren in das tiefste Schwarz getaucht, das ich je gesehen hatte.

Das milde Wasser bedeckte mich bis knapp über die Brust, als ich wenige Zentimeter vor ihm stehen blieb. Jede Faser meines Körpers war sich seiner Nähe bewusst. Als ich meinen Kopf in den Nacken legte und zum Nachthimmel sah, leuchteten unzählige Sterne über uns.

»Wunderschön, nicht wahr?«, hörte ich Zanes tiefe Stimme. Die mir sofort einen Schauer über meine pulsierende Haut schickte.

»Ja, sie sind wunderschön«, gab ich zu.

»Ich bin froh, dass du meiner Einladung doch noch nachgekommen bist.« Seine Stimme war tief, rau und in Lust gehüllt.

»Ich konnte nicht schlafen«, erwiderte ich. Was eigentlich nichts mit der Sache zu tun hatte, wegen der ich hier war. Ich hätte ebenso in meinem Bett warten können, bis ich einschlief. Jedoch wollte ich hier sein. Hier bei Zane.

»Die kleine, eifersüchtige Kriegerin konnte nicht schlafen«, verspottete er mich.

»Hör auf, mich so zu nennen. Bitte.«

»Kriegerin?«

»Eifersüchtig.«

Ich war es, die den geringen Abstand zwischen uns überwand und meine Hände an seine nackte Brust legte. Ich wollte ihn berühren.

»Keine Sorge, Oriana. Mein restliches Leben werde ich nur dich berühren. Dich lieben. Auf die verschiedensten Arten, die du dir vorstellen kannst.« Sein Blick bohrte sich in meinen. Ich konnte schon erahnen, welche Arten er meinte. »Und, bei den Göttern im Himmel, du wirst in jeder davon meinen Namen schreien.«

Wie konnte ein einziger Mann mich so um den Verstand bringen? Vermutlich fragte er sich dasselbe. Schließlich stand ich mitten in der Nacht in seinen Räumen, zog mich vor ihm aus. Zeigte ihm damit, wer ich war. Seine gesamte Präsenz und jedes einzelne Wort aus seinem Mund, auf den ich starrte, nahm mich bedingungslos ein.

Vorsichtig glitten meine Hände über seine Brust, zu seinen Schultern, hinunter bis zu seinen definierten Armen. Jede Bewegung verfolgte ich mit meinen Augen und spürte währenddessen Zanes Blick auf mir.

»Ich wusste nicht, ob du meiner Einladung nachkommst.«

»Ich wusste es auch nicht.«

Zane hielt mein Handgelenk in der Bewegung fest und schloss seine Hand fest darum.

»Wieso bist du wirklich hier?« Sein lodernder Blick bohrte sich in meinen. Ich wollte ihm meine Hand entziehen, doch er hielt mich weiterhin fest.

Wenn das warme Wasser meine Wangen nicht schon rosa gefärbt hätte, wären sie es spätestens jetzt. »I-ich …«, stotterte ich und hoffte, er würde nicht weiter nachfragen.

Er ließ mein Handgelenk los. Meine Atmung ging unregelmäßig und mein Herzschlag fühlte sich ebenfalls unkontrolliert an. Natürlich merkte Zane, wie mein Körper auf ihn reagierte. Was ihm ein verführerisches Schmunzeln auf die Lippen zauberte.

Jeder vernünftige Gedanke verflog, als er mir meine nassen Haare von der Schulter streifte, um meinen Hals freizulegen. Danach beugte er sich herab und seine Lippen streiften sanft über meine empfindliche Haut an meinem Hals. Unkontrolliert entfuhr mir ein Keuchen, welches Zane nicht entging. Denn ich spürte sein Lächeln dicht an meiner Haut.

»Ich will es von dir hören«, raunte er. »Ich will hören, wieso du hier bist. Sag, was du von mir willst.«

Er spielte mit mir.

Ich legte meinen Kopf zurück und präsentierte ihm meine Kehle wie ein Geschenk. Meine zarten Finger vergruben sich in seinen Haaren. Ich drückte meinen Rücken durch und bäumte mich ihm entgegen, der als Antwort seine Hand an meinen Hinterkopf legte und mich näher an sich drückte. Seine Zunge zog einen glühenden Pfad hinauf bis zu meinem Ohr.

Automatisch schloss ich meine Augen, öffnete meinen Mund einen Spalt breit und atmete laut aus. Eine gewaltige Hitzewelle breitete sich in meinem Unterleib aus und zog sich meine Wirbelsäule hinauf.

Nachdem er seinen Kopf zurückgezogen hatte, traf ich wieder seinen begierigen Blick. Wie ein ausgehungertes Tier, welches sich nur von mir nähren konnte.

»Was willst du von mir, sag es.« Sein Griff in mein Haar wurde fester und er zog meinen Kopf in den Nacken. Er legte seine Stirn an meine und fixierte meinen Blick.

»Alles, Zane. Ich möchte alles von dir.«

»Verdammt, Oriana«, fluchte er und presste endlich seine Lippen auf meine. Sofort erwiderte ich den leidenschaftlichen und dennoch sinnlichen Kuss. Unsere Zungen umspielten einander im Einklang. Ich blendete alles um uns aus. Nichts existierte mehr, außer wir beide. Unsere Körper und unsere Seelen. Eng umschlungen.

»Weißt du eigentlich, wie verrückt ich nach dir bin?« Er drängte sich näher an mich und ich spürte seine stramme Erregung, die gegen meinen Bauch drückte.

»Du erwähnst es mindestens einmal täglich.« Ich leckte die Stelle hinter seinem Ohr. Was ein tiefes Knurren aus ihm trieb. »Also würde ich sagen, ja. Ich weiß, wie verrückt du nach mir bist.«

Seine Hände glitten an meinem Körper hinab und umfassten meinen Hintern. Nachdem er mich hochgehoben hatte, schlang ich meine Beine um ihn und überkreuzte meine Füße hinter seinem Rücken. Er ging ein paar Schritte und drückte mich mit dem Rücken gegen die Beckenwand.

»Und wenn ich es tausendmal am Tag sagen würde. Oriana, du bist meine größte Schwäche und gleichzeitig meine größte Stärke.«

Ich stieß die Luft heiß aus, bevor er sich noch näher an mich drängte und mich mit seinen Hüften an der Beckenwand fixierte. Die Götter im Himmel mochten mir beistehen.

Ich bog den Rücken durch und stützte mich links und rechts von mir am Beckenrand ab. Nur noch mein Unterkörper war vom Wasser bedeckt. Jedoch spürte ich keinen Anflug von Scham. Nein. Denn Zanes Blick huschte über meinen entblößten Körper und in seinem brennenden Blick sah man sein pures Verlangen nach mir und nach meinem Körper. Und ich bemerkte, wie sehr er versuchte, sich zurückzuhalten. Er leckte sich über die geschwollene Unterlippe und zog sie danach zwischen die Zähne.

»Seitdem wir uns das erste Mal geküsst haben, konnte ich an nichts anderes denken als an deine Lippen, deinen wohlgeformten Körper. An deinen Blick«, knurrte er. »Götter, bist du vollkommen.«

Anmutig beugte er sich zu meiner Brust herab und leckte über meine festen Spitzen. Hielt dabei die gesamte Zeit über meinen Blick fest. Seine Augen deutlich verdunkelt.

Wieder vergrub ich meine Hände in seinen Locken und hielt ihn fest an mich gedrückt. Als Antwort nahm er eine Brustwarze in den Mund und saugte daran, schrammte mit den Zähnen darüber, was ein Stöhnen aus mir trieb und woraufhin ich meinen Kopf zurückschmiss. Mit den Fingernägeln fuhr ich über Zanes Kopfhaut, während sich meine andere Hand an seinem Oberarm festhielt und dort ebenfalls die Nägel vergrub.

Wieder trafen sich unsere Lippen, jedoch war nichts mehr von der Zärtlichkeit von vorhin zu erkennen. Unser Kuss war von Leidenschaft und animalischer Lust durchzogen. Lippen, Zungen und Zähne schrammten unaufhaltsam aneinander.

Er löste sich von mir, aber nur, um mich fest an der Taille zu packen und mich auf den Beckenrand zu heben. Automatisch öffnete ich meine Beine für ihn und stützte mich auf meine Ellenbogen.

Er leckte über seine Lippen, als sein Blick auf meine empfindliche Mitte fiel. Als ob er mich schon auf seiner Zunge schmecken könnte. Wieder wanderte sein Blick in mein Gesicht, ein Mundwinkel nach oben gezogen. »Was machst du nur mit mir, Oriana?«

Sofort packte er meine Oberschenkel, drückte sie weiter auseinander und gesellte sich zwischen meine Beine.

In dem Moment, in dem seine Zunge das erste Mal über meinen heißen Spalt leckte, krümmte ich die Zehen und stieß gleichzeitig ein Stöhnen aus.

Er hielt kurz inne und lächelte zu mir hoch. Ein weiteres Mal leckte er in einer horizontalen Linie über meine Mitte. »So verdammt süß.«

Seine Worte glitten über meine Haut und ich sog sie mit jeder Pore meines Körpers auf. Das Verlangen in mir wuchs und wuchs, während er mich kostete, mich mit seiner Zunge und den Lippen verwöhnte.

Ich legte meine Beine auf seine Schultern, was ihn nur noch mehr dazu anspornte, meine Mitte zu verschlingen. Nichts von dem hier hatte ich je zuvor getan. Keinerlei Intimität hatte ich vor Zane gehabt. Alles würde für mich das erste Mal sein und das wusste er. Ich hatte immer gedacht, dass ich bei meinem ersten Mal Scham empfinden würde oder Zurückhaltung. Doch nichts dergleichen fühlte ich.

Es dauerte nicht lange, da gesellte sich ein Finger zu Zanes Zunge, strich sanft über meine empfindlichste Stelle und umkreiste diese.

»Zane«, keuchte ich im selben Moment, in dem er den ersten

seiner Finger in mir versenkte. Er beobachtete mich genau, wie sich mein Körper unter seinen Berührungen wand.

Nachdem er einen zweiten Finger in mich gesteckt hatte und sie immer wieder rein und raus hatte gleiten lassen, kroch langsam die Erlösung meine Wirbelsäule hinauf. Was er zu bemerken schien.

»Komm für mich, Prinzessin«, hauchte er gegen meine Mitte und ich tat es wie auf Befehl.

Mein Unterleib zog sich zusammen und ich stieß stöhnend die Luft aus. Meine Fingernägel gruben sich in Zanes Nacken, den ich näher an mich herandrückte. Es dauerte einige Sekunden, bis die erste Welle der Lust vorbeizog. Das Gefühl, das Zane in mir auslöste, war überwältigend.

Mit seinem Handrücken wischte er sich über den Mund, bevor er sich in einer eleganten Bewegung auf den Beckenrand hievte.

Sein gesamter feuchter Körper schimmerte golden im sanften Licht. Sofort fiel mein Blick auf seine steinharte Männlichkeit. Meine Kehle war plötzlich staubtrocken, sodass ich schlucken musste.

Bei den Göttern im Himmel.

Wie sein atemberaubender Körper sich neben mir befand, wie ein in Marmor gemeißelter Gott. Es verschlug mir die Sprache. Jeder noch so kleine Zentimeter seines Körpers schien perfekt zu sein. Vom Kampf und ausgiebigen Training geformt. Ich nahm meinen gesamten Mut zusammen und strich mit den Fingern, angefangen am Knie bis zu seinem Oberschenkel immer höher.

Er packte mein Handgelenk erneut, kurz bevor ich an meinem Ziel angekommen war.

Verdutzt schaute ich zu ihm auf. »Habe ich etwas falsch gemacht?«

Er musste schmunzeln. »Nein, Oriana. Du machst alles perfekt.«

Nachdem er den Griff gelockert hatte, hielt er mir seine Hand hin. »Vertraust du mir?«

»Ja«, erwiderte ich, ohne auch nur eine Sekunde darüber nachzudenken. Ich vertraute ihm, denn sonst wäre ich nicht hier. Ich wollte ihn. Alles von ihm. Also ergriff ich seine Hand und ließ mich von ihm hochziehen.

Zane schnappte mich und hob mich hoch, so wie eine Prinzessin von ihrem Prinzen in Märchenbüchern getragen wurde. Nur war dies kein Märchen, dennoch war ich seine Prinzessin und er mein Prinz, der mich über die Schwelle zu seinen Gemächern trug. So nass wir auch waren.

Ich schlang meine Arme um seinen Hals und bettete meinen Kopf an seiner Brust. Sein Herz hämmerte mindestens genauso schnell wie mein eigenes, jedoch ließ er sich nichts anmerken.

Gelassen und anmutig legte er mich sanft auf die weißen Laken seines Himmelbetts. Nur eine einzelne verstohlene Kerze brannte und tauchte den riesigen Raum in eine romantische Atmosphäre.

Ich lag inmitten des Bettes, während Zane sich über mir aufbäumte und eine Decke über uns zog. Er strich mir die Haare aus dem Gesicht und musterte mich eindringlich.

»Du bist meine Königin«, murmelte er und strich mit seiner Nase über meinen Hals. Als Antwort zog ich ihn näher und küsste ihn langsam. Er zog meine Unterlippe zwischen seine Zähne, was eine weitere Welle an Lust durch meinen Körper sandte. Ich wusste nicht, dass ich zu solch einer Lust imstande war.

Meine Finger glitten an seiner Brust hinab, über seinen Bauch bis zum Ansatz seiner Männlichkeit. Federleicht strich ich darüber bis zu seiner seidigen Spitze, was Zane ein tiefes Knurren entlockte. Was wiederum mir eine Gänsehaut verpasste. Jede Berührung des einen verursachte lodernde Hitze beim anderen.

Kurz löste er sich von meinen Lippen, nur um diese, um eine meiner Brustwarzen zu schließen und daran zu knabbern. Mit einem lustvollen Schleier sah er zu mir auf.

»Ich will dich, Zane«, keuchte ich und schloss kurz die Augen, bevor ich sie wieder öffnete und seinen Blick auffing. »Sei mein Erster.« Um meine Worte zu unterstreichen, umfasste ich seine Männlichkeit etwas fester. »Bitte.«

Das letzte Wort kam mir flehend über die Lippen. Ich wollte ihn so sehr, dass ich mich selbst nicht mehr erkannte. Von der puren Lust getrieben, die quälend die Erlösung suchte. Vielleicht auch von viel tieferen Gefühlen.

Ich wusste, dass es nicht ganz den Regeln entsprach, die in allen Königreichen geschrieben wurden. Aber das war mir egal. Ich wollte nicht auf irgendeinen Status warten.

»Bist du dir sicher?«

»Zane«, raunte ich. »Ich warte seit über einem Jahr darauf. Und ich werde bestimmt keine Sekunde länger warten. Berühre mich. Ich will dich in mir. Bitte.« Ich hob meine Hüften ein Stück, sodass ich sein seidiges Geschlecht spüren konnte.

Zane grollte. »Bei den Göttern.«

Danach umfasste er grob mein Gesicht und leckte lustvoll über meine Lippen.

»Es kann wehtun«, warnte er mich.

Aber das war mir egal. Ich wollte, dass er mein Erster war.

»Ich weiß«, erwiderte ich knapp und nickte.

Sofort wurden seine Berührungen sanfter, liebevoller.

Er küsste meine Schulter, danach die Einbuchtung an meiner Kehle. Seine Lippen brannten wundervoll und heiß auf meiner Haut. Meine Fingerkuppen glitten an seinen Armen hinauf über seinen Nacken. Danach umfasste ich sein Gesicht und zeichnete in einer federleichten Bewegung seine markanten Gesichtszüge nach. Über seine hohen Wangenknochen, seine vollen Lippen. Die kleinen Stoppeln über seiner Oberlippe fühlten sich rau an.

»Bist du bereit für mich?«, fragte er nah an meinen Lippen.

»Ja.« Ich spreizte meine Schenkel noch ein Stück weiter, nachdem seine Hand die feine Haut an der Innenseite meines Oberschenkels hinaufstrich, bis zu meiner feuchten Hitze.

Zuerst spürte ich seine Spitze an meiner Öffnung, gefolgt von einem stechenden Schmerz, als wir zu einer Einheit verschmolzen. Augenblicklich versteifte ich mich und grub meine Fingernägel in seine Arme, die er neben mir abgestützt hatte. Ein Wimmern entfuhr meiner Kehle durch meine zusammengepressten Lippen.

Seine Lippen streiften über meine. »Entspann dich.« Seine Stimme war in einen warmen Ton gehüllt. Seine Worte sorgten für den nächsten Schauer, der über meinen Körper hinwegfegte.

In dem Moment, in dem er sich weiter in mich drängte und mich schmerzhaft dehnte, legte er seine Lippen auf meine und küsste mich sanft. Mein Aufstöhnen wurde von seinem Mund verschluckt. Ich wusste, dass es wehtun würde, jedoch raubte mir der Schmerz kurz den Atem.

Als er bis zum Ansatz in mir war, begann er, sich langsam zurückzuziehen, nur um sich danach wieder in mich zu schieben. Das brennende Ziehen löste sich immer weiter auf, sobald mein Körper sich an seine Größe gewöhnt hatte. Und das Kribbeln in meinem Bauch bekam wieder die Überhand. Zane merkte, dass es anfing, mir zu gefallen, denn seine Bewegungen wurden leidenschaftlicher und weniger zögernd. Sein Atem ging schwer und unregelmäßig. Immer wieder stieß er in mich, und ich wusste, dass dies eines meiner neusten Lieblingsgeräusche war.

»Ich will, dass du mir gehörst, Zane.«

»Ich gehöre nur dir.« Er zog sich zurück und stieß einmal fest und tief in mich, um seine Worte zu unterstreichen. Seine vollen Lippen krümmten sich zu einem verführerischen Grinsen.

Ich lächelte und schlang meine Beine um seine Taille, meine Arme um seinen Hals. Er umfasste mit einer Hand mein Gesicht und sein Daumen strich über meine Lippen. Von der Lust getrieben, nahm ich seinen Daumen in den Mund und meine Zunge wanderte hungrig darüber.

Natürlich hielt ich währenddessen seinem Blick stand, welcher sich bei meiner Geste verdunkelte.

»Verdammt, Oriana, du kannst dir gar nicht vorstellen, wie perfekt du für mich bist.« Sein Griff um mein Gesicht wurde fester. Und er hatte recht. Unsere Körper schmiegten sich ineinander, als ob sie füreinander geschaffen wären.

Ich gab seinen Daumen frei und drückte ihm vorher noch einen lauten Kuss auf die Fingerspitze. Sein Griff wanderte in meine Haare und er drückte mich an sich.

»Du bringst mich noch völlig um den Verstand.«

Noch bevor ich etwas erwidern konnte, stürzte er mich wieder in einen intensiven Kuss. Immer weiter kroch die Erlösung auf mich zu. Er hob mein Bein an und traf den empfindlichsten Punkt in mir.

»Oriana«, knurrte er kehlig und küsste meinen Knöchel. Ein Laut, der reichte, um mich endgültig über die Klippe zu stoßen. Die Welle des Höhepunkts rollte über mich und während ich meinen Rücken durchbog, regte sich tief in meinem Herzen etwas.

Ich spürte, wie sich seine Muskeln unter meinen Fingern anspannten, als er sich im selben Moment in mir ergoss. Noch nie hatte ich so etwas gefühlt. So intensiv, neu und doch so vertraut. Alles in mir ließ mich auf einer Welle des Glücks reiten.

Er sackte auf mir zusammen und vergrub sein Gesicht an meinem Hals – schwer keuchend, mit viel zu schnellem Herzschlag.

Kapitel 42 Zane

Ich hatte mich verloren. In ihr. Und ich wollte mich nie wiederfinden. Verdammt, wann war ich ein verfluchter Poet geworden, der über Liebe philosophierte?

Wortlos lagen wir eng umschlungen da. Wie ein Kätzchen war Oriana dicht an meinen Körper geschmiegt. Meine Nase steckte in einem Gewirr aus dunklen, seidigen Haaren vergraben und ich sog ihren lieblichen, süßen Duft nach Vanille ein. Wie eine Droge, von der man nie genug bekommen konnte. Die einen um den Verstand brachte und dennoch alles war, nach dem man sich verzehrte.

Die verbotene Frucht anzubeten, ohne sie jemals gekostet zu haben, und zu wissen, wie unanständig gut sie schmeckte, waren zwei vollkommen verschiedene Sehnsüchte.

Es waren keine Worte nötig. Falsch. Keine Worte würden oder könnten beschreiben, was gerade zwischen uns passiert war. Und ich meinte nicht das Körperliche.

Sie hatte mir eines der wertvollsten Dinge anvertraut, die einem eine Frau schenken konnte – und das nicht unüberlegt.

In dem Moment, in dem sie in mein Bad gekommen war und sich ihrer Nachtkleider entledigte, wusste sie, was sie tat. Ich hatte ihr das Selbstbewusstsein angesehen.

Währenddessen hatte sie meinen Blick festgehalten und ich dachte, in ihren Augen dieses gewisse Funkeln erkannt zu haben.

Selbst ich konnte es nicht glauben. Sie gab sich immer die größte Mühe, so zu tun, als ob ich für sie nicht mehr als jeder andere Mann wäre. Ich musste schon zugeben, dass dies meinem übermäßigen Ego einen ordentlichen Dämpfer verpasste. Aber ich wäre nicht Zane, Kronprinz von Westerys, wenn ich mich wegen ein paar gut überlegter, gleichgültiger Worte von Oriana geschlagen gegeben hätte.

Jedes Mal, wenn sie mir versicherte, dass ich nichts weiter wäre als jeder Dahergelaufene, sprach ihr Körper eine ganz andere Sprache. Eine Sprache, die ich fließend beherrschte. Was nicht bedeutete, dass sie es nicht gut genug versuchte. Doch ich spürte diese übernatürliche Spannung zwischen unseren Körpern – und noch viel wichtiger: zwischen unseren Seelen. Tja, da könnten die Götter selbst nichts dagegen anstellen.

Nachdem Rohana heute angereist war und die beiden den gesamten Tag miteinander verbracht hatten, hätte ich nicht damit gerechnet, dass unser Abend so eine Wendung nehmen würde.

Es war schön, zu sehen, wie sehr sich meine Mutter über Oriana gefreut hatte, als sie sie im Ball begrüßte, genauso wie gestern beim Abendmahl. Sie hatte sie von dem ersten Augenblick an gemocht, an dem sie ihr begegnet war. Was meine Entscheidung, um Oriana zu kämpfen, nur noch stärkte. Seltsam, dass auch ich nichts davon wusste, dass Orianas und meine Familie irgendwie verbunden schienen.

Auf jeden Fall würde ich dem noch mal auf den Grund gehen, um alles zu erfahren, was sie mir sonst noch über Orianas Familie verschwiegen hatte. Allein bei dem Gedanken daran, dass mir diese intensive Verbindung, welche sich im Augenblick zwischen Oriana und mir entwickelte, beinahe verwehrt gewesen wäre, würde ich am liebsten die Person, die dafür verantwortlich war, windelweich prügeln.

Doch das waren Gedanken für später, weshalb ich sie beiseiteschob und meine gänzliche Aufmerksamkeit der dunkelhaarigen Schönheit widmete, die in meinen Armen lag und ruhig atmete.

Ihr Rücken fest an meine Brust gedrückt, streichelte ich in einer federleichten Berührung über ihren zierlichen Arm.

Sofort stellten sich ihre feinen Härchen auf, was mich schmunzeln ließ. Wir hatten weitaus unanständigere Dinge getan, jedoch erschauderte sie bei jeder noch so kleinen Berührung von mir.

Und ich liebte es. Welche Auswirkungen ich auf sie hatte, konnte sie bei den Göttern nicht weiter leugnen.

»Du fühlst dich so unfassbar gut an«, raunte ich gegen ihr Ohr und strich mit meinen Lippen sanft darüber. Ihr Körper war so makellos und atemberaubend schön. Ihre Wangen hatten bestimmt diesen Rosaton angenommen, welcher jedes Mal auftauchte, sobald sie verlegen war. Was sehr oft vorkam.

Äußerlich so stark, selbstsicher und eine regelrechte Naturgewalt und dennoch war sie heute Nacht wie Wachs in meinen Händen gewesen. War bei jeder meiner Berührungen dahingeschmolzen.

Als Antwort schmiegte sie ihren Hintern noch näher an mich und bewies damit ein weiteres Mal, wie perfekt ihr Körper zu meinem passte. Wie könnte ich jemals meine Finger von ihr lassen? Nun, da ich erstmalig von ihr hatte kosten dürfen, wäre es beinahe unmöglich, mich im Zaum zu halten.

Mit einem Ruck zog ich sie noch näher an mich heran und beugte mich über sie. Ich umfasste mit einer Hand ihr Kinn, drückte es hoch, sodass sie mich ansah. Die andere Hand wanderte zu ihrem Bauch und zog langsame Kreise um ihren Bauchnabel.

»Nun, Prinzessin.« Mit geöffneten Lippen sah sie zu mir hoch. »Leugnest du weiterhin, Gefühle für mich zu hegen?« Herausfordernd zog ich eine Augenbraue hoch.

Die Kreise drifteten von ihrem Bauchnabel ab und gingen etwas tiefer, sodass sie die Augen kurz schloss und sich auf die Unterlippe biss, um ein Wimmern zu unterdrücken.

Sie sah so unglaublich dabei aus, wie sie es genoss, von mir berührt zu werden. Und wie sie dennoch dagegen ankämpfte.

Aber es war nicht nur das Körperliche, auf das ich aus war. Es reichte vielleicht anderen, eine Frau zu besitzen, die sich nach deren Körper verzehrte. Die gefügig war, sobald man nur mit den Fingern schnipste. Jedoch reichte mir das nicht.

Ich wollte Oriana, ganz und gar. Ihren wohlproportionierten Körper, genauso sehr wie ihr Herz.

Als meine zukünftige Königin.

Jedoch antwortete sie nicht.

»Hmm?« Meine Hand wanderte noch tiefer, sodass sie die Luft heiß ausstieß. Ihren saphirblauen Blick weiterhin auf mich gerichtet und die vollen geschwollenen Lippen, einen Spalt breit geöffnet.

Sie sagte nichts, sondern hob ihren Arm und zog mein Gesicht näher an ihres und überwand so die letzten Zentimeter, die unsere Lippen voneinander trennten.

Sie fühlte sich so verflucht gut an. Oriana wechselte ihre Position, sodass wir einander zugewandt lagen. Ein Bein um meine Hüfte geschlungen, fest an mich gedrückt. Meine Hand wanderte auf direktem Weg zu ihren Haaren und ich drückte sie noch fester an mich.

Ihre zarten Finger strichen an meinen Armen hinab, bis sie plötzlich innehielt und sich versteifte.

Ich löste mich von ihren Lippen. »Alles in Ordnung?«

Sie drückte mich etwas von sich fort. Sie sah an meinem Arm hinab, an dem die Überbleibsel deutlich sichtbar waren.

»Ich … dein Arm. War ich das etwa?«, murmelte sie mit besorgniserregender Miene.

Mein Blick wanderte zu meinem Unterarm, dorthin, wo sie vorhin, als sie gekommen war, ihre Fingernägel gekrallt hatte. Verdammt, die Erinnerung an die Töne, die sie von sich gegeben hatte, machte mich verrückt. Ohne jegliche Zurückhaltung oder Scham.

An meinem Arm hatte sie nicht nur Spuren ihrer Fingernägel, sondern ebenfalls Erfrierungswunden hinterlassen. Ihre Eismagie wurde freigesetzt, während sie vollkommen die Kontrolle verloren und ich sie zum Höhepunkt gebracht hatte. Bei den Göttern. Natürlich hatte ich den Schmerz überdeutlich gespürt und danach die dunkelroten Abdrücke gesehen, jedoch hielt ich es für besser, es ihr nicht direkt auf die Nase zu binden, da ich mir schon dachte, dass sie sich sonst Sorgen machen würde.

»Es tut mir leid. Ich habe nicht mitbekommen, dass das passiert ist.«

Beiläufig strich ich über die Wunde. »Ach, das ist nichts.«

»Ich … Ich wusste es nicht. Ich wollte das nicht.«

Ich entzog ihr sanft den Arm. »Ich schon. Falls es dir nicht aufgefallen ist, hat es mich keineswegs gestört.«

Natürlich tat es weh. Erfrierungswunden schmerzten mehr als Verbrennungen. Aber gegen eine kleine Markierung von unserem heutigen Abend hatte ich nichts dagegen.

»Selbst wenn es schmerzen würde, hat es sich unglaublich gelohnt.« Das war diesmal die Wahrheit. Selbst wenn ich weitaus schlimmere Wunden davontragen würde, wäre ich unersättlich nach ihrem Körper.

Ich schnappte sie um die Taille, was ihr ein Quieken entlockte. »Komm her«, forderte ich und setzte sie auf meinen Schoß. Jeder Zentimeter, den wir voneinander getrennt waren, war einer zu viel.

Ihre Hände legte sie an meine Schultern, während sie nun rittlings auf mir saß. Ich verfluchte innerlich die Decke, die eine Barriere zwischen uns schaffte.

Sie protestierte. »Zane, ich habe dich verletzt. Ich habe dich mit meiner Magie verletzt und es nicht mal bemerkt. Das ist nichts, womit man spaßen sollte.«

»Ich werde es überleben. Versprochen.«

»Ich sollte das unter Kontrolle bekommen, erst dann können wir wieder …«

Ich umfasste ihre Haare und zog sie näher an mich heran. »So etwas Grauenhaftes will ich nie wieder aus deinem Mund hören«, hauchte ich dicht an ihrem Hals, bevor ich mit meinen Lippen über ihre empfindliche Haut fuhr.

Sofort drückte sie sich näher an mich und ihre Atmung wurde stärker.

»Aber –«, versuchte sie.

»Nie wieder. Außer es gibt einen anderen Grund, wieso du nicht willst, dass ich dich berühre. Aber niemals aus dem Grund, dass du Angst davor hast, deine Magie nicht unter Kontrolle zu haben. Von mir aus übe sie an mir, um sie zu kontrollieren. Mit mir.«

Sie nickte und warf ihren Kopf in den Nacken, als ich mit meiner Zunge über ihren Hals glitt.

»Ich brauche dich, Oriana«, knurrte ich hungrig.

»Und ich dich«, raunte sie, was auf direktem Weg in meine durchaus intimeren Zonen ging.

»*Jetzt* brauche ich dich«, gab sie mir zu verstehen, umfasste meinen Nacken und bewegte sich auf meinem Schoß. Nur die verdammte Decke befand sich zwischen uns.

»Wie ein kleines Kätzchen.« Sofort zog ich den Stoff zwischen uns fort und nur eine Sekunde später trafen wir uns auf halbem Weg.

»Götter«, keuchte sie und warf den Kopf in dem Moment in den Nacken, in dem wir miteinander verschmolzen.

»Heirate mich«, platzte es im selben Augenblick aus mir hervor.

Sofort hielt sie inne und setzte eine Miene auf, bei der ich sicher war, dass sie sich fragte, ob sie mich richtig verstanden hatte. Sie machte jedoch keine Anstalten, von meinem Schoß zu klettern oder unsere Verschmelzung zu durchbrechen, weshalb der Moment noch intimer war.

Ich bettete ihr Gesicht in meine Hände, legte meine Stirn an ihre und flüsterte an ihren Lippen: »Heirate mich, Oriana.« Dabei bewegte ich meine Hüften minimal. Dann hauchte ich ihr einen Kuss auf den rechten Mundwinkel, dabei schloss sie die Augen und lehnte sich an mich. »Werde meine Frau.« Dann wiederholte ich den Kuss an ihrem linken Mundwinkel. »Werde meine Königin, Oriana.« Dann küsste ich sie und ohne eine Sekunde zu zögern, erwiderte sie den Kuss.

Ihre Finger strichen meinen Nacken hinauf, während sie sich über mir aufbäumte und auf und ab bewegte.

Wie sie sich auf mir rekelte, war Antwort genug.

Heute Abend würde ich zu den verdammten Göttern beten. Denn sie hatten *diese* Frau für mich auserwählt. Ein wahres Geschenk der Götter.

Kapitel 43 Oriana

Die Augen entspannt geschlossen, lag ich umhüllt von warmen, nach Vanille duftendem Wasser. Natürlich weckte es die Erinnerungen an vergangene Nacht. Genauso wie das Ziehen zwischen meinen Beinen. *Und an Zanes Frage.*

Heute wollte ich diesen Moment für mich allein. So viele ungeklärte Dinge schwirrten in meinen Kopf umher, jedoch fasste kein Gedanke davon richtig Fuß. Ich dachte immer, ich würde meine Unschuld in meiner Hochzeitsnacht verlieren. Dass ich mich danach anders fühlen würde. Doch beides war nicht der Fall.

Ich dachte immer, ich würde mich nachher benutzt oder schmutzig fühlen. Genau das Gegenteil war eingetreten. Ich fühlte mich begehrt, mein Körper befriedigt und dennoch verlangte er nach mehr.

Nachdem ich Zanes Bett im Morgengrauen verlassen und ihm noch einen letzten Kuss aufgedrückt hatte, bevor ich gegangen war, hatten mich alle neuen Gedanken überflutet. Ihn einfach ohne einen Abschied allein dort liegen zu lassen, nach dem, was sich zwischen uns zugetragen hatte, war sicherlich nicht die feine Art gewesen. Jedoch wusste ich nicht, wie oder was ich zu ihm sagen sollte.

Mein Herz raste wie verrückt, als ich, nur in Zanes Hemd gehüllt, über die Gänge des Palastes tapste, in der Hoffnung, dass so früh am Morgen niemand unterwegs sein würde. Die Hoffnung war umsonst, denn es kamen mir eine Handvoll Wachmänner entgegen, die sich ihr Grinsen nicht verkneifen konnten.

Warum hatte ich nicht einfach das angezogen, mit dem ich gestern zu Zane gekommen war?

Natürlich stolperte ich über die Treppe, ganze zwei Stufen nach unten und verlor meine Seidenpantoffel. An der Brüstung hielt ich mich fest, sonst wäre ich beinahe die gesamte Treppe hinuntergestürzt.

Ich fühlte mich wie in diesem einen Märchen, das mir meine Mutter, als ich noch ein kleines Kind war, vorgelesen hatte. Genauso wie die Prinzessin im Märchen floh ich vor meinem Prinzen. Nur war ich halb bekleidet und die Uhr schlug nicht Mitternacht, sondern es strahlten die ersten Sonnenstrahlen des Tages durch die riesigen Fenster.

Nachdem ich mich abgefangen hatte und nun auf einem Bein die Stufen hinab hüpfte, damit ich in meinen Schuh schlüpfen konnte, sah ich eine der Bediensteten am Absatz der Treppe.

Sie kniete und polierte den Boden. Während sie ihren Lappen über dem Eimer ausdrückte, sah sie zu mir auf und lächelte breit. Woraufhin ein verlegenes Schmunzeln über mein Gesicht huschte und ich kurz innehielt, bevor ich meinen Weg fortführte. Mein Gesicht hatte die Farbe einer Tomate, als ich in meinen Gemächern ankam.

Jetzt wusste ich wenigstens, wie es möglich war, dass der Marmorboden, der fast im gänzlichen Palast zu finden war, immer glänzte wie ein Spiegel. Ebenfalls war nirgends nur ein verstohlenes Sandkorn zu finden, obwohl ganz Westerys mit Dünen und wunderschönen Stränden bedeckt war.

Bei einer Sache war ich mir aber sicher: Jeder in dem Palast würde erfahren, was passiert war. Wenn ich eines als Prinzessin wusste, dann, dass die Bediensteten die größten Tratschtanten des Landes waren.

Jedoch ertappte ich mich dabei, wie ein dauerhaftes Lächeln meine Lippen zierte, wenn ich daran dachte, was letzte Nacht alles passiert war.

Mit dem in Lotion getränkten Schwamm schrubbte ich meine Haut und Haare sauber. Ich wusch Zanes Geruch ab, seine Berührungen. Aber es war eher eine Qual als ein Vergnügen. Ich würde mir das Gefühl und seinen Geruch wieder holen. Das war sicher.

Vertraue nie wieder einem Mann. Du bist die einzige Person, der du vertrauen kannst. Das waren die Worte, die ich mir vor kurzer Zeit noch gepredigt hatte. Letzte Nacht hatte ich all diese Vorsätze vergessen.

Ich stand kurz vor dem Abgrund. Ich würde fallen. Jedoch nicht ins Leere, sondern in Zanes behütete Arme. Doch es gab keine Garantie, dass er mich auffangen würde. Dass er mich immer auffangen würde. Dass er mich halten würde. Doch nach seiner gestrigen Frage …

Dramatisch versuchte ich, die Luft anzuhalten, um kurz in der freistehenden Porzellan-Badewanne unterzutauchen, um die Erleuchtung des Jahrhunderts zu bekommen. Doch als ich nach wenigen Sekunden wieder auftauchte, war ich nur außer Atem. Keine Erleuchtung. Keine Vision. Nichts. Außer zu wenig Luft in meinen Lungen.

In den letzten Wochen hatte sich mein Leben vollständig gedreht. Nichts war mehr wie zuvor und es verlangte mir einiges ab, mit allem einigermaßen Schritt halten zu können.

Ich hockte noch einige weitere Minuten in dem mittlerweile kalt gewordenen Wasser. Meine Beine fest an meine Brust gezogen, den Kopf auf meine Knie gebettet.

Was würde das zwischen mir und Zane werden? Liebte er mich? Noch viel wichtiger: Liebte ich ihn?

Eigentlich wusste ich die Antwort auf meine Frage.

Vollkommen verschrumpelt stieg ich endlich aus der Badewanne und schlang ein Handtuch um meine Mitte. In ein weiteres wickelte ich meine Haare ein.

Nachdem ich auf dem Hocker des Frisiertisches Platz genommen hatte, bereute ich, Miss Merry weggeschickt zu haben. Nun musste ich mich um meine Haare und Kleidung selbst kümmern.

Ich steckte meine Haare zu einem Knoten an meinem Hinterkopf zusammen und befestigte einige goldene Blüten in dem Knoten.

Ich schminkte mich dezent und nun war die Kleiderwahl an

der Reihe. Nach einer gefühlten Ewigkeit, die ich mich durch die Kleiderbügel gewühlt hatte, fand ich endlich ein passendes Kleid.

Hellgelb, bodenlang und mit einem hohen Schlitz am Bein versehen. Gewagt und dennoch nicht zu übertrieben für das alltägliche Palastleben.

Wenig später klopfte ich an die Nebentür, dort, wo Rohana nächtigte.

»Komm ruhig rein«, rief sie durch die geschlossene Tür.

Ich betrat das Zimmer. Außer dass es um einiges kleiner war, stand es meinem in nichts nach.

Nachdem ich die Tür hinter mir geschlossen hatte, sah ich zu Rohana, die nur in ihren Morgenmantel gekleidet, mit verschränkten Armen und wippendem Fuß vor mir stand.

»Und wo war die feine Dame gestern Nacht?«, fragte sie in einem Singsang.

Verdammt.

»Ich …«, begann ich, wurde jedoch von der Tür hinter mir, die dermaßen aufgerissen wurde, dass sie gegen die Wand dahinter schlug, unterbrochen. Erschrocken wirbelte ich herum und sah Zane, wie er schwer atmend hereinstürmte.

»Ein einäugiger Rabe aus Aseria ist gekommen«, sagte er und fixierte mich. »Das solltest du lesen.« Danach hielt er mir den Brief hin, auf dem ich sofort das gebrochene aserische Sigel erkannte.

»Ich … ich soll ihn hier lesen? Jetzt?«

»Nur meine Eltern und ich haben ihn gelesen. Ich finde, du solltest wissen, was Dusans Männer herausgefunden haben, bevor wir es mit den Beratern besprechen.«

Götter, was hat Dusan herausgefunden?

Mein Herz hämmerte dermaßen, dass es meine Kehle blockierte, als ich die nächsten Worte hervorquetschte. »G-gib ihn mir.«

Mit zittrigen Fingern faltete ich das Stück Papier auseinander. Einmal atmete ich tief durch, bevor ich die Zeilen las.

Sehr geehrte westerische Königsfamilie,
Sehr geehrte Oriana,

die westerischen Wachen müssten laut Euren Informationen frühestens morgen Aseria erreichen.
Zu dieser Zeit werde ich nicht mehr in Aseria anwesend sein.
Wir ließen den gesamten Palast durchforsten, alle Räumlichkeit der Höflinge und Bediensteten. Dabei wurden meine Männer in den Unterkünften fündig.
Wenn Ihr dieses Schreiben erhaltet, werde ich mit diesem Fund bereits auf dem Weg nach Westerys sein.

König Dusan von Aseria.

Mit dem Fund?

»Zane, was soll das bedeuten? Wann hat er dieses Schreiben geschickt? Wann wird er Westerys erreichen?«, sprudelte es nur so aus mir heraus. »Wieso schreibt er nicht, was er gefunden hat, Zane, was ist los, ich …«

Zane umfasste meine Schultern und beugte sich herab, sodass wir auf Augenhöhe waren. »Oriana, beruhige dich.«

»Beruhigen?«, zischte ich und trat einen Schritt zurück. »Zane, was meint er?«

Er schüttelte den Kopf und behielt den Abstand zwischen uns bei. »Ich weiß es nicht.«

Mehrmals schluckte ich den Speichel, der sich in Unmengen in meinen Mund sammelte, herunter. »Verdammte Götter«, fluchte ich. »Wann wird er hier sein?«

Zane überlegte, umfasste währenddessen seinen Nacken. »Der Brief hat in etwa einen Tag hierher gebraucht. Also, ich vermute, er wird in zwei Tagen eintreffen, wenn seine Reise ohne Zwischenfälle verläuft.«

Zwei Tage.

Meine Augen sprangen zwischen meiner Schwester und Zane hin und her. »Was können wir in der Zwischenzeit tun?«

Es musste irgendetwas geben, das wir tun könnten.

»Liebling, dir wird die Antwort nicht gefallen«, meinte Zane und griff nach meiner Hand. »Es bleibt uns nichts anderes übrig, als auf Dusans Eintreffen zu warten.«

Gerade hätte ich alles gegeben, um Lyra bei mir zu haben, um Dusan entgegenzufliegen. Zwei Tage der Ungewissheit wirkten unüberstehbar. Was hatte er in den Unterkünften gefunden, dass er den weiten Weg auf sich nahm, anstatt es in einem Brief zu schreiben?

»Wieso hat er nicht erwähnt, was er gefunden hat?«, fragte ich an Zane gewandt.

»Für den Fall, dass jemand den Brief abfängt, vermute ich. Da er höchstpersönlich herkommt, muss es etwas Großes sein. Zweifellos«, sagte Zane und strich behutsam mit dem Daumen über meinen Handrücken.

»Was sagen deine Eltern zu dem Schreiben?«, erkundigte ich mich.

»Sie meinten, dass unsere Königreiche in diesem Fall, egal um was es sich handelt, zusammenarbeiten, um den Hinterhalt aufzuklären«, erklärte er und atmete tief durch, bevor er fortfuhr. »Und dass sie keine Gnade walten lassen.«

Dabei hatten sie recht. Wer auch immer für das alles verantwortlich war, sollte keinen Funken von Gnade gewährt bekommen. Vielleicht hatte Dusan tatsächlich den Schuldigen gefasst.

Rohana, die unsere hitzige Unterhaltung stumm verfolgt hatte, meldete sich nun zu Wort: »Könnte ich mich vielleicht … ähm, ankleiden?«

Zane schien meine Schwester erst jetzt zu bemerken, obwohl sie uns die gesamte Zeit gegenübergestanden hatte, denn seine Hand schoss über seine Augen. »Ich bitte um Verzeihung.«

Rohana lachte. »Es ist alles in Ordnung.« Danach nickte sie zu ihm. »Du warst für Orianas nächtlichen Ausflug bestimmt verantwortlich, nicht?«

»Dies ist nicht der passende Zeitpunkt, Schwester«, murrte ich, wirbelte zu Zane herum und schob ihn aus dem Zimmer. Dann knallte ich die Tür zu. »Wie kann dir jetzt zu Scherzen zumute sein?«, zischte ich meiner Schwester entgegen, die sich lachend die Hand vor den Mund hielt.

»Götter, Oriana. Dein Gesicht ist schlagartig knallrot angelaufen. Was hat er mit dir angestellt?«

Ja, Oriana, was hat er mit dir angestellt?

Alles, was man mit einer Frau wohl anstellen konnte. Seine gestrigen Worte hatte ich wegen des Briefs einen Moment lang verdrängt.

»Nichts«, log ich und spürte nun die Hitze in meinen Wangen, die nichts mit den westerischen Temperaturen zu tun hatte.

»Wie du meinst«, trällerte sie und machte sich an dem Kleiderschrank zu schaffen, schob einen Bügel langsam hin und her. »Wie lange willst du ihn eigentlich hinter der Tür stehen lassen?«

»Was meinst du?«

Sie richtete ihre Aufmerksamkeit wieder auf mich. »Du denkst doch nicht ernsthaft, dass er nicht in deinen Gemächern auf dich wartet?« Sie seufzte, als ich sie einfach nur anstarrte. »Oriana, ich selbst verstehe kaum was von Männern, aber dieser Mann dort«, sie deutete mit dem Kopf zur Tür, durch die ich Zane gedrängt hatte, »ist verrückt nach dir – und du nach ihm.«

Danach widmete sie sich wieder ihrer Kleiderwahl. »Das sieht doch jeder Blinde. Also, wem machst du etwas vor?«

»Ich dachte, wir frühstücken zusammen, du bist erst gestern angereist.«

»Abmarsch, verschwinde, oder soll ich dich zwingen?« Erneut stieß sie ein freudiges Lachen aus, das nach dem Brief so unpassend wirkte. »Wir können gern darüber munkeln, was Dusan mit dem Fund meinte, oder du kannst mir natürlich auch jedes kleinste Detail von gestern Nacht erzählen.«

»Wir sehen uns später, ja?«, fragte ich, denn um nichts in der Welt wollte ich mit meiner kleinen Schwester über das reden, was gestern passiert war.

»Zum Mittagsessen und dann ein Spaziergang?« Rohana schickte mir einen Luftkuss, bevor sie wieder zur Tür nickte.

Als ich die Tür zu meinen Gemächern öffnete, erkannte ich, dass Rohana recht gehabt hatte. Zane stand nur wenige Schritte von der Tür entfernt. Während er ins Zimmer hinter mir winkte, wirbelte ich herum. Rohana grinste ihm unverschämt entgegen und winkte ihm ebenso.

Erst als die Tür ins Schloss fiel, richtete sich sein Blick wieder auf mich. »Ich mag sie. Sie ist dir ähnlicher, als du vielleicht denkst.«

Ich biss mir auf die Innenseite meiner Wange, um mein anbahnendes Schmunzeln zu unterdrücken. »Sie und Dusan sind alles, was von meiner Familie noch übrig ist.«

»Vielleicht verliebt sie sich ja in einen westerischen Grafen oder Herzog, dann könnte sie für immer hierbleiben.«

»Bleibe ich denn für immer hier?«, stellte ich als Gegenfrage und reckte mein Kinn nach oben.

Er zuckte knapp mit den Schultern. »Das liegt ganz bei dir«, erwiderte er mit ruhiger Stimme und senkte kurz den Blick, als er über seine Lippen leckte.

Natürlich verfolgte ich jede seiner Regungen genau. Hing wie verzaubert an seinen Lippen, während die Erinnerung, wie sie sich auf meiner Haut angefühlt hatten, in den Vordergrund drängte.

Es liegt ganz bei dir.

Zum ersten Mal lag es wirklich an mir, dies zu entscheiden.

»Später wird eine Besprechung stattfinden. Willst du mitkommen?«, fragte er.

»Ich …«

»Es ist in Ordnung, wenn du nicht dabei sein willst.«

»Das ist es nicht«, erklärte ich. »Ich habe Rohana einen Spaziergang versprochen. Sie ist erst gestern angereist und kennt hier niemanden. Ich empfinde es nicht als richtig, sie allein zu lassen.«

Er beugte sich zu mir herab, verharrte einen Wimpernschlag,

studierte dabei meine Augen, bevor er mir einen sanften Kuss auf den Mundwinkel hauchte. »Du musst dich bei mir niemals rechtfertigen, Zeit mit deiner Schwester zu verbringen«, murmelte er, bevor er sich wieder zurückzog. »Ich werde dir alles erzählen, was besprochen wurde.«

Ich nickte knapp. »Danke.«

Danach verließ er mein Gemach und ich ließ mich rücklings ins Bett fallen.

Wann würde mein Leben endlich ohne Drama vonstattengehen?

Kapitel 44 Oriana

Nachdem ich den halben gestrigen Tag mit Rohana verbracht und sich Stella ebenfalls zu uns gesellt hatte, traf ich erst zu späterer Stunde auf Zane. Der enttäuschenderweise nicht viel zu erzählen hatte, außer dass alle Maßnahmen noch heute getroffen werden würden, bevor Dusan mit seinem *Fund* ankommen würde. Einige der Wachen, die im Außendienst stationiert waren, wurden in den Palast berufen. Genauso wurden die Gästegemächer für meinen Bruder und unsere Leute gerichtet.

Untergehakt bei Rohana schlenderten wir durch die Flure, als eine Truppe aus vier Wachen auf uns zu trat. Allesamt gekleidet in der goldenen Uniform, der ersten Garde Westerys.

»Prinzessin Oriana, Prinzessin Rohana«, sagte einer von ihnen, während sich alle verbeugten. »Euer Bruder, König Dusan, ist gerade eingetroffen.«

Meine Schwester und ich tauschten einen fragenden Blick aus, während sich Rohanas Griff um meinen Unterarm verstärkte.

»Er ist bereits eingetroffen? Ich dachte, er würde frühestens morgen Westerys erreichen.« Sofort beschleunigte sich mein Herzschlag. Zuerst konnte ich Dusans Eintreffen kaum erwarten, doch jetzt … jetzt überrumpelte mich das flaue Gefühl, das sich in meinem Magen sammelte.

»Sie erwarten Euch im Besprechungsraum«, erklärte der bärtige Mann und machte dabei eine Handgeste in die Richtung, in der der besagte Raum lag. »Wir begleiten Euch.«

Was sich vor unseren Augen abspielte, als einer der Wachmänner die Tür öffnete, lag weit von Gut und Böse entfernt.

Keuchend schnappte ich nach Luft, als rund um Zane ein Ring aus gleißenden Feuerschwaden tänzelte, während der Raum im Chaos versank. Der Tisch lag in Trümmern am Boden, genauso wie die schicken Gläser und die Wein- und Whiskeyflaschen.

Was in Götters Namen ist hier passiert?

Der Anblick wurde mir nur kurz gewährt, denn sofort drängten sich die Wachmänner vor uns, um meine Schwester und mich abzuschirmen.

Zane hatte doch nicht etwa meinen Bruder angegriffen? Nein, das konnte nicht sein. So etwas würde er …

Ich dachte den Gedanken nicht zu Ende, als ich mich von meiner Schwester losriss und zwischen die Wachen drängte. Einer der Männer wirbelte herum, als ich versuchte, mich an ihm vorbeizuquetschen und packte mich an den Schultern. »Hier ist es nicht sicher für Euch, Prinzessin.«

»Das kann ich noch immer selbst beurteilen«, zischte ich zurück und umfasste seinen Unterarm, woraufhin ich ihm eine Gefrierwunde verpasste. Jedoch nur eine leichte. Der Wachmann konnte schließlich nichts dafür. Es war seine Pflicht, mich zu beschützen, wenn er nicht von Zane oder seinen Eltern ausgeweidet werden wollte.

Reflexartig ließ er von mir ab und ich zögerte keine Sekunde länger und bahnte mir den Weg hindurch, bis ich vor den Wachen stand.

Meine Hände sowie auch mein restlicher Körper wurde von einer summenden Kühle durchflutet und ich musste keinen Blick nach unten riskieren, um zu wissen, dass meine Hände blau glühten. Meine Magie war in Bereitschaft, komme, was wolle.

Zane sowie auch Dusan wirbelten herum, während Zanes Eltern das Geschehen von etwas weiter weg beobachteten.

»Was ist verdammt noch mal hier los?«, schrie ich wutentbrannt und ließ meine Magie heller lodern, obwohl ich wusste, ich dürfte sie nicht so einsetzen wie damals bei Zane. Dafür reichte meine

Kontrolle nicht und das Risiko, jemanden ernsthaft zu verletzen, wäre zu groß.

Zanes Feuerschwaden glühten niedriger, als Dusan sich durch das Chaos aus herumliegenden Trümmern zu mir durchkämpfte. »Oriana«, sagte er schwer atmend. »Wie schön, dich zu sehen.«

War das sein verfluchter Ernst?

»Sag mir sofort, was hier los ist«, forderte ich, ließ mich trotzdem in eine Umarmung ziehen.

Ich legte meinen Kopf an seine Halsbeuge und atmete seinen vertrauten Geruch ein, den ich so vermisst hatte, dabei schlang ich meine Arme um seine Mitte und blendete das Chaos neben uns aus. »Sag mir, dass Zane dich nicht angegriffen hat«, murmelte ich an seiner Haut.

Dusan schüttelte den Kopf. »Das würde er nicht wagen, da er vorhat, dich zu ehelichen«, flüsterte er, danach schob er mich eine Armlänge von sich und musterte mich von Kopf bis Fuß. »Mir kommt es so vor, als wärst du in den letzten Wochen gewachsen.«

»Ich bin einundzwanzig. Ich wachse nicht mehr.« Dann riskierte ich einen Blick über seine Schulter und der Moment des emotionalen geschwisterlichen Wiedersehens war verschwunden.

Ich sah zu Zane, der seine Flammen bis auf seine Finger zurückgezogen hatte und mich mit zusammengepressten Lippen anstarrte. Die kurzen Locken klebten ihm verschwitzt in der Stirn und ich musste seinen Körper nicht berühren, um zu wissen, dass er auch innerlich in Flammen stand. Nur wusste ich bis zu diesem Zeitpunkt nicht, was der Auslöser war.

Aber ob ich diesen überhaupt erfahren wollte?

Schweigen legte sich einen Moment lang über die Anwesenden, während Dusan hinter mich trat und Rohana begrüßte.

Dann erkannte ich Mabel.

»Götter, Mabel«, keuchte ich und stolperte über einen zerbrochenen Stuhl, konnte mich aber in letzter Sekunde fangen.

Als ich nur noch wenige Schritte von meiner ehemaligen Zofe entfernt war, erkannte ich ihr tränenüberströmtes Gesicht. Sie musste sich unendlich vor Zane und seinem unerklärlichen Wutausbruch erschreckt haben. In Aseria stand dieses Ausmaß an Magie nicht auf der Tagesordnung.

Doch ich erreichte meine Freundin nicht. Zuvor schlang jemand seinen Arm um meine Mitte und einen Wimpernschlag später, knallte ich gegen eine harte Brust. Zanes andere Hand wirbelte mich herum, sodass ich seinen glühenden Blick begegnete. Seine Haut stand tatsächlich in Flammen, denn am Rande vernahm ich den zischenden Laut, als meine kühlen Finger seine Haut berührten.

»Was ist mit dir los?«, fragte ich und musterte seine angespannten Gesichtszüge. Als er nicht sofort antwortete, wurde meine Stimme lauter. »Zane!«

Ich konnte das Rauschen in seinen Ohren förmlich hören, das ihm gegenwärtig durch den Kopf gehen musste. So war es zumindest, wenn sich meine Magie dermaßen energisch meldete.

Als er mich weiterhin wie ein wild gewordenes Tier anstarrte und sein Kiefermuskel in einer Tour zuckte, stieß ich ihm heftig gegen die Brust, um ihn damit hoffentlich aus seiner Starre zu schütteln.

»Verfluchte Scheiße«, fluchte ich. »Kann mir irgendjemand erklären, was zum verdammten Teufel hier eigentlich los ist?«

Meine Augen überflogen die Gesichter von Zanes Eltern, Dusan und Rohana sowie Mabels und der Wachen.

»Frag doch deine *Freundin*«, knurrte Zane wie ein Raubtier. »Frag deine liebe, ehrliche Freundin Mabel, was hier los ist. Sie hat dir bestimmt Einiges zu erzählen, seitdem ihr euch das letzte Mal gesehen habt.« Jedes seiner Worte triefte vor Sarkasmus und meine Kehle wurde bei jedem enger. Und enger.

Ich sah zu Mabel, die noch immer tränenüberströmt dastand und meinen Blick mied, danach schaute ich zu Zane, der kopfschüttelnd versuchte, sich zu beherrschen. Dusan und Rohana traten neben mich und jetzt sah ich zu meinem Bruder, der stumm nickte.

»Nein«, formten meine Lippen lautlos. »Das kann nicht sein.

Dusan, sag mir, dass das nicht stimmt. Sag mir, dass nicht sie dein Fund ist, den du in deinem Schreiben erwähnt hast. Nicht Mabel.«

»Es tut mir leid, Oriana. Ich wünschte, es wäre nicht so.«

Deshalb war Zane so ausgerastet. Deshalb das Chaos, die Flammen und ihre Tränen.

Mabel war es. Mabel, meine Freundin Mabel, war dafür verantwortlich.

Meine Lider flatterten, als ich unzählige Male blinzelte und versuchte, dem Schwindelgefühl zu widerstehen.

»Nein. Nein. Nein.« Ich raufte mir die Haare. »Das kann nicht sein.«

»In ihrem Zimmer wurden die Briefe gefunden, die Zane dir über ein Jahr lang geschickt hat. Es waren unglaubliche … einundzwanzig Stück.« Sein Blick sprang für einen Moment zu Zane, als könnte er nicht wahrhaftig glauben, dass sie alle von ihm stammten. Doch das taten sie. Zane hatte sie allesamt geschickt, nachdem ich das erste Mal in Westerys gewesen war. Und hätte nur einer von ihnen mich erreicht, wäre alles anders. »Auf einigen Papieren wurde deine Schriften gefunden, vermutlich, um deine Handschrift nachzuahmen, sowie ein Sack voller Goldmünzen«, fuhr er fort.

»Wer hat sie bezahlt?«, mischte sich nun König Dawn ein und trat mit seiner Frau näher. »Was hat mein Sohn denn so Schlimmes verbrochen, um solch ein Fiasko deswegen anzuzetteln?«

Ich musste den Grund erfahren, wieso eine meiner einzigen Freundinnen seit über einem Jahr mein Leben sabotierte. »Mabel, warum?«

Sie schüttelte nur den Kopf. »Ich kann nicht.« Mabel wischte sich grob die Tränen beiseite. »Ich wollte dich nicht verletzen.«

»Das hast du ja perfekt hinbekommen«, knurrte Zane und machte einen drohenden Schritt auf sie zu, sofort zuckte sie zusammen. »Du warst es auch, die mich in den Eisskulpturengarten lockte, stimmt's?« Seine Flammen begonnen wieder wütender zu werden. »Dafür wirst du in der Hölle brennen.«

Als er Anstalt machte, auf sie zuzustürmen, stellte ich mich ihm prompt in den Weg. »Nicht«, flehte ich. »Tu ihr nichts.«

»Oriana, meine Liebe, ich weiß, dass sie wie eine Schwester für dich ist«, sagte Dusan und in seinem Gesicht konnte ich sofort erkennen, dass er selbst auch mit seinen Gefühlen kämpfte. Mabel war nicht nur meine Freundin, sondern unsere. Sie hatte nicht nur unsere Familie damit hintergangen, sondern ganz Aseria.

»Wir haben bereits in Aseria versucht, die Wahrheit aus ihr herauszubekommen – mit allen Mitteln. Aber was wir auch versuchten, sie schweigt.«

Zane straffte die Ärmel seiner hellen Tunika nach oben und ließ demonstrativ einige Feuerblitze durch den Raum zucken. »Nicht mit allen Mitteln.«

»Nein«, sagte ich und machte mich größer, als ich war. »Du kannst sie nicht verletzten.« *Oder töten,* fügte ich in Gedanken hinzu.

»Was sollen wir deiner Meinung nach stattdessen mit ihr anstellen?«, warf Rohana ein und als ich zu ihr sah, glänzte bereits ihr Gesicht.

»Sperrt sie in den Kerker und lasst mich später allein mit ihr sprechen, wenn sich die Situation … beruhigt hat.« Götter, wie sollte sich das Ganze hier jemals beruhigen?

Dawn nickte zu den Wachen, die daraufhin Mabel jeweils links und rechts an den Armen packten und aus dem Raum zerrten.

Im Vorbeigehen flüsterte sie: »Es tut mir so … leid.«

Ich zeigte keine Regung.

Als die Tür hinter uns ins Schloss fiel, zog mich Zane urplötzlich in eine innige Umarmung und legte seinen Kopf auf meinen Scheitel, sagte jedoch nichts. Vermutlich, weil keine Worte den Schmerz, der sich wie ein rostiger Dolch in mein Herz bohrte, lindern würde.

Ich war es, die sich zuerst aus der Umarmung löste. »Dusan, was denkst du?«

»Ganz ehrlich?«

Ich nickte und machte mich gefasst.

Er stieß einen langen Atemzug aus. »Ich weiß es nicht.« Er griff auf den Boden und zog zwischen den Trümmern eine intakte

Whiskeyflasche hervor. »Ich habe sie mitgebracht, weil ich dachte, vielleicht erzählt sie dir die Wahrheit. Du weißt, ich kann es mir nicht leisten, lange aus Aseria fernzubleiben.« Danach zog er den Verschluss ab und nahm einen kräftigen Schluck.

»Vielleicht tut sie das ja«, antwortete ich und versuchte, den Schmerz zu verdrängen. Mit zusammengebissenen Zähnen verschloss ich ihn tief in meinem Herzen, denn ich musste dem auf den Grund gehen und dabei würden mir meine Gefühle nur im Weg stehen. Wenn es nur ein Quäntchen einer Chance gab, musste ich mit klarem Kopf an das Verhör rangehen.

»Versucht, sie in der Zwischenzeit nicht umzubringen«, forderte ich und war schon dabei die Katastrophe vom Zimmer zu verlassen.

»Oriana«, sagte mein Bruder ruhig, woraufhin ich mich umdrehte. »Ich dachte, die willst du vielleicht zurück, zumal sie dir gehören.« Er streckte mir einen Stapel aus Briefen entgegen.

Zanes Briefe …

Ich schluckte den Kloß hinunter. »Danke.«

Zögernd nahm ich die Briefe, schaute dabei einmal zu Zane, dessen Blick auf einmal sanft wurde.

»Nimm dir deine Zeit, mein Kind«, sagte Sierra und nickte zur Tür. »Dein Bruder und wir haben genügend Dinge in der Zwischenzeit zu besprechen.«

Kapitel 45 Oriana

Im Schneidersitz hockte ich auf meinem Bett und verteilte die einundzwanzig Briefe vor mir. Allesamt mit gebrochenen westerischen Sigeln, mit meinem Namen in Zanes Handschrift.

Als er damals die Briefe erwähnt hatte, hatte es sich so absurd angefühlt, doch jetzt hier zu sitzen, während sie vor mir lagen, war nicht absurd. Es ließ mich für diesen Moment Mabels Verrat vergessen, als ich den Brief mit dem ältesten Datum auseinanderfaltete. Er wurde nur zwei Tage nach meiner Abreise aus Westerys versendet.

Geliebte Prinzessin Oriana,

es gibt keine Worte, die ausdrücken würden, wie sehr ich mich für den Vorfall entschuldigen möchte.
Aber ein Entschuldige sollte es für den Anfang machen.
Es sind erst zwei Tage vergangen seit deiner Abreise, jedoch fühlen sie sich ohne dich wie eine Ewigkeit an.
Meine Gedanken sind immer bei dir. Bei deinem Lächeln. Bei unseren Gesprächen. Bei unserer gemeinsamen Zeit.
Und bei dem, was hätte sein können.

In Liebe,
Prinz Zane von Westerys

Um meine Kehle bildete sich ein imaginäres Seil, das sich immer fester zuschnürte. Trotzdem griff ich nach dem nächsten und nächsten Brief.

Dieser war der Dreizehnte, den er geschrieben hatte.

Geliebte Prinzessin Oriana,

obwohl du auf meine letzten Dutzend Briefe nicht geantwortet hast, werde ich sie weiterhin an dich schreiben. Nach meinen unzähligen Entschuldigungen werde ich dir einfach etwas erzählen.
Ich war heute im Morgengrauen am Strand ausreiten, und wie das Blau des Meeres unter den ersten Sonnenstrahlen glitzerte, lenkte es meine Gedanken wieder in deine Richtung. Wann ich anfing über dich zu philosophieren, daran kann ich mich nicht erinnern, jedoch kommt es immer öfter vor, wenn ich ehrlich bin.
Ich erkenne mich kaum wieder. Ich träume von dir, sehe dich an meiner Seite bei jeder Entscheidung, die ich für die Zukunft treffe und schreibe verdammte Liebesbriefe.
Götter, Oriana. Was hast du mit mir angestellt?
Es sind nun schon sechs Monate vorbeigezogen, seitdem ich dich das letzte Mal gesehen habe, und der Verlust wird nicht einfacher.

Vielleicht erbarmst du dich, einen meiner Briefe zu beantworten.
Es würde mir alles bedeuten.

In Liebe,
Prinz Zane von Westerys

Dann kam ich am Letzten an.

Geliebte Prinzessin Oriana,

in allen fünf Königreichen wurde erklärt, dass die traditionellen Prüfungen um deine Hand abgehalten werden.

Meiner Meinung nach ist das eine mehr als veraltete Methode, dich zu einer Hochzeit zu drängen und ich will mir nicht ausmalen, was du gerade deswegen durchmachen musst.
Trotzdem muss ich dir mitteilen, dass mich dies nicht davon abhält, an ihnen teilzunehmen.
Ich kann nichts unversucht lassen.
Geschweige denn den Gedanken ertragen, jemand anderes könnte an deiner Seite sein.
Wenn es deine Entscheidung wäre, müsste ich sie akzeptieren, aber mich lässt der Gedanke nicht los, dass du die Prüfungen genauso schrecklich findest wie ich.
Vielleicht ist es genau das Zeichen, das ich brauchte, um so unverschämt zu sein, einfach nach Aseria zu reisen.
Bis bald.

In Liebe,
Prinz Zane von Westerys

Auf diesen letzten Brief hatte er dann eine Antwort erhalten, dass er ja fernbleiben sollte. Jetzt wusste ich, dass Mabel ihm unter meinem Namen geantwortet hatte.

Ein gesamtes Jahr lang hatte Mabel mich ohne jeglichen Skrupel belogen – trotz des Todes meiner Eltern. Spielte mir täglich vor, meine Freundin zu sein, obwohl sie alles tat, um mein Leben zu ruinieren.

Meine Gedanken waren hin- und hergerissen zwischen dem Verrat von Mabel und Zanes offenen Gefühlen, die er vor bereits einem Jahr in jedem Brief erwähnt hatte.

Dass er trotzdem weiter um mich gekämpft hatte, obwohl es aussichtslos erschien, bedeutete so vieles. *Alles.*

War es das, was einen Liebe machen ließ? Dass man trotz aller Hindernisse schlussendlich doch zueinanderfinden würde? Weil es einfach keine andere Möglichkeit gab, als zusammenzusein.

Doch zuerst musste ich mit Mabel sprechen, bevor ich mich Zane widmen würde.

Er verdiente seine Antwort.

Wenig später befand ich mich unter dem Schloss. Beim Heruntergehen der steinernen Treppe sammelte sich bittere Galle in meinem Mund. Mabel allein gegenüberzustehen, nach dem, was passiert war, fühlte sich schrecklich an.

Derart betrogen worden zu sein, von einer Person, von der man gedacht hatte, sie wäre wie Familie, war kaum zu beschreiben.

Ich musste mich zusammenreißen, wenn ich Antworten wollte, und dabei meinen Gefühlen keine Plattform geben.

Meine Finger strichen über das kalte Metall der Gitterstäbe, als ich am Ende des Gangs vor Mabels Zelle stehen blieb. Zusammengekauert hockte sie auf der Pritsche und bemerkte mich erst, als ich mich räusperte.

Auf Wachen konnte ich verzichten, da die wenige Magie, die ich kontrollieren konnte, ausreichen würde, um mich gegen sie zu verteidigen, sollte es dazu kommen. Trotzdem bestanden die Wachen im Kerker darauf, Zane darüber zu verständigen, weshalb mir vermutlich nur wenig Zeit blieb, bevor er hier auftauchen würde. Obwohl ich auch einen Gedanken in die Richtung riskierte, dass er es mir zutraute, mich allein gegen sie zu behaupten.

Verheult sah sie zu mir auf. »Oriana«, hauchte sie meinen Namen. »Was machst du hier?«

»Mit dir reden. Ich muss wissen, was passiert ist, Mabel.« Jedes Wort quetschte ich durch meine zugeschnürte Kehle.

Sie richtete sich auf und kam näher an die Gitterstäbe. Ihre kupferfarbenen Locken waren verfilzt, genauso wie ihr fliederfarbenes Kleid voller Schmutz war. »Ich kann es dir nicht verraten, Oriana, es tut mir so leid.«

»Warum? Was hindert dich?«

Langsam öffnete sie den Mund und deutete auf ihren Hals. »Ich kann es nicht.«

Meine Augen verengten sich, während ich nachdachte. »Du meinst, du kannst es nicht aussprechen, so als«, ich legte meine Hand um meinen Hals, »wäre es dir physisch nicht möglich?«

Sie zögerte, nickte dann jedoch knapp.

»Jedes Wort brennt auf meiner Zunge, das ich spreche, wenn es um …« Sie zuckte zusammen und umfasste mit beiden Händen ihren eigenen Hals.

Götter.

»Wurdest du verzaubert?«, riet ich, so merkwürdig es sich auch anhörte.

Sie riss die Augen auf, nickte jedoch nicht noch einmal, aber ich konnte in ihrem Blick sehen, dass ich nicht gänzlich falschlag. Ihr musste jede Geste, jedes Wort, das mir helfen würde, höllische Schmerzen bereiten.

»Du wurdest verzaubert oder verflucht, um es nicht auszuplaudern, stimmt's?«

»Es. Tut. Mir. Leid«, krächzte sie hervor und streckte ihre Hand zwischen den Gitterstäben hervor. Instinktiv wich ich einen Schritt zurück. Ebenfalls meldete sich meine Magie und knisterte warnend auf meinen Fingerspitzen. Vielleicht reagierte sie auf den Zauber, der auf Mabel lag.

Das flaue Gefühl unterstrich nur, wie falsch sich das hier anfühlte. Meine ehemalige Freundin hinter Gittern, nachdem sie mich hintergangen hatte und die noch dazu mit einem Zauber oder Fluch belegt worden war.

»Wolltest du Zane für dich selbst? Hast du deshalb die Briefe verschwinden lassen?« Meine Stimme zitterte, als ich die Frage stellte.

Wie ich bereits gedacht hatte, antwortete sie nicht. Nur eine einzelne Träne rann über ihre Wange, als sie auf die Knie fiel und erneut nach mir fasste.

Das war zu viel. Ich war dem nicht gewachsen. Ich konnte meine Gefühle nicht zurückschrauben, nicht so, wenn sie heulend und verzaubert vor mir kniete.

»Ich … ich kann das nicht«, murmelte ich, machte auf dem

Absatz kehrt und hörte sie mir noch meinen Namen nachschreien, als ich schon durch die alte Metalltür huschte.

Kapitel 46 Oriana

Die letzten zwei Tage mied ich, so gut es ging, jeden um mich. Obwohl ich Dusan unheimlich vermisst hatte, hielt ich es nicht aus, unter Leuten zu sein. Selbst Rohana blieb in ihrem Zimmer, um mir meinen Freiraum zu geben.

Immer wieder las ich Zanes Briefe, wenn die Nächte mich mit Schlaflosigkeit plagten. Las, wie einfach alles hätte sein können, wenn Mabel sich nicht gegen mich gewandt hätte.

Noch immer leuchtete es mir nicht ein, was mit ihr passiert war. Doch dann dachte ich an den Fluch der Gestaltwandler. Irgendjemand musste sie ebenfalls mit einem Zauber belegt haben. Jetzt stellte sich nur noch die glorreiche Frage, wer und wieso.

Obwohl ich das letzte Mal in der Bibliothek nicht ganz das gefunden hatte, was ich gesucht hatte, beschloss ich, es noch mal zu versuchen. Ich wartete den Abend ab, damit ich niemandem ungewollt über den Weg lief. Erst als die Finsternis hereinbrach, schlüpfte ich aus meinen Gemächern und ging schnurstracks zur Bibliothek.

Es dauerte ein wenig, bis ich den richtigen Gang gefunden hatte und wild in den Büchern herumstöberte. Ich schnappte mir drei dicke Wälzer, die auf Zaubersprüche und Verfluchungen hinwiesen, und schlich mich wieder zurück in meine Gemächer. Die Wahrscheinlichkeit, dass mich doch jemand sehen könnte, wenn ich stundenlang in den Büchern blättern würde, war mir zu groß. Zanes Familie hatte bestimmt kein Problem damit, wenn ich mir diese Bücher für einige Tage ausleihen würde.

Dankend nickte ich den zwei Wachen zu, die immer vor meinen Gemächern standen, und ging wieder in mein Zimmer.

Aber auf das, was ich dort sah, war ich nicht vorbereitet gewesen.

Zane saß in einer lockeren, beigefarbenen Tunika und Leinenhose auf meiner Bettkante und studierte seine selbst geschriebenen Briefe, die ich auf dem Nachttisch liegen gelassen hatte.

Er machte keine Anstalten, erschrocken aufzuhüpfen, als ich ihn offensichtlich erwischte, wie er einfach in meinen Gemächern war. Normalerweise wäre dies ein Eindringen in meine Privatsphäre, aber wenn ich darüber nachdachte, was ich alles mit diesem Mann geteilt hatte …

Bei ihm passte der Spruch: Ich würde ihn nicht von meiner Bettkante stoßen. Ich würde ihn sogar einladen sich neben mir – auf mir, es sich im Bett gemütlich zu machen.

Seitdem er im Besprechungszimmer dermaßen die Kontrolle verloren hatte, hatte ich ihn nicht mehr zu Gesicht bekommen, und es wäre eine glatte Lüge, wenn ich behaupten würde, dass ich nicht unendliche Sehnsucht verspürte. Zwei Tage ohne ihn waren schrecklich gewesen, aber ich brauchte die Auszeit, um meine Gefühle und meine Gedanken zu klären. Und den Verrat zu überstehen.

»Was machst du hier?«, fragte ich und stellte die Bücher auf dem Loungetisch ab, bevor ich ans Bett herantrat.

»Was sind das für Bücher?«, stellte Zane als Gegenfrage, kam herüber und nahm eines in die Hand. »Zauberbeschwörung«, las er am Ledereinband ab.

Ich schnappte es ihm aus der Hand und legte es zurück zu den anderen. »Ich war bei Mabel. Sie konnte uns nicht erzählen, was passiert ist, da sie es wahrhaftig nicht konnte.«

Eine Falte bildete sich auf seiner Stirn. »Wie meinst du das?«

»Keine Ahnung, ich vermute, sie wurde mit einem Zauber oder Fluch belegt. Ich dachte, vielleicht finde ich in den dicken Wälzern etwas, das mir weiterhilft. Die Gestaltwandler wurden doch ebenfalls mit einem Fluch belegt, wieso also nicht auch Mabel?«

Zane schnappte sich das nächste Buch und schlug es auf. »Du meinst, sie wurde dazu angestiftet und danach mit einem Zauber belegt, um es uns nicht verraten zu können?« Seine Augen überflogen das Inhaltsverzeichnis.

Ich zuckte beiläufig mit den Schultern. »Es könnte sein.« Danach sah ich an ihm vorbei zu dem Haufen Briefe, die er zuvor betrachtet hatte.

Sein Blick folgte meinem. »Hast du sie gelesen?«

Ich nickte. »Jeden von ihnen.« Dabei starrte ich ihn an, bis ich »Mehrmals« hinzufügte.

Ich liebte jeden seiner Briefe. Sie trieften von Sarkasmus, Selbsteingeständnisse und … Zuneigung.

Zuneigung, die sich nicht gemindert hatte, obwohl er dachte, er hätte mich verloren, noch bevor er die Möglichkeit gehabt hatte, mich wahrhaftig zu haben.

Zane legte seine Hand an meine Wange, während seine Augen sich in meine bohrten. »Ich habe dich vermisst«, flüsterte er und ein Lufthauch streifte mein Gesicht.

Mein Blick sprang von seinen glühenden Augen zu seinen Lippen und wieder zurück. »Ich dich auch«, gab ich zu, legte eine Hand an seine Schulter und stellte mich auf die Zehenspitzen. Danach fanden meine Lippen seine.

Götter, wie sehr ich den Geschmack vermisst hatte. Sein Mund nahm meinen hungrig in Besitz und er küsste mich, als würde er ohne mich verhungern. Als wäre ich alles, nach dem er mit unersättlicher Leidenschaft verlangte.

Seine Hand wanderte weiter zu meinem Hinterkopf, danach zog er mich näher an sich heran, schlang seine andere Hand um meine Taille. »Zwei Tage ohne dich waren –«

»Ich weiß«, unterbrach ich ihn mit dem folgenden Kuss. Ich wusste, was er meinte, denn mir war es gleich ergangen. Von Zane getrennt zu sein, bereitete mir beinahe körperliches Leid. Seitdem wir uns das erste Mal geküsst hatten, konnte ich nicht genug von ihm bekommen. Nach unserem ersten Mal – nach seiner Frage – war es mir klar geworden. Diesem Mann hatte ich mein Herz geschenkt. Ganz und gar und vielleicht schon länger, als es mir bewusst war.

In einem Moment keuchte er gegen meinen Mund, als ich meine Finger in seinen Locken vergrub, im nächsten löste er sich schwer atmend von mir. »Wir … wir müssen reden, Oriana.« Doch er konnte seine Augen nicht von meinen Lippen lassen, weshalb ich mir leicht auf die Unterlippe biss.

Sofort legte er wieder seine Lippen auf meine, noch fordernder als zuvor. Nach wenigen Sekunden war ich diejenige, die sich von ihm löste.

Seine Augen waren dunkel, während einer seiner Mundwinkel zuckte. »Spiel nicht mit mir«, grollte er mit einem Hauch Spott in der Stimme.

Ich schnaubte und machte einige langsame Schritte an ihm vorbei. »Das würde ich niemals, Prinz.« Jedoch kam ich nicht weit. Zane überwand die wenigen Meter zwischen uns und drängte mich gegen die nächstgelegene Wand. Fixierte mich mit seinen Hüften an dem kühlen Putz, während seine andere Hand sich um den Ansatz meines Halses legte.

»Wie sehr du deine Emotionen im Griff hast«, säuselte ich ihm schmunzelnd entgegen. Jedes Wort mit purem Sarkasmus durchzogen. »Kein Wunder, dass dich jeder als aufbrausend betitelt.«

Zane befeuchtete grinsend seine Lippen. »Ist es nicht genau das, was du so sehr an mir liebst? Es ist das, wonach du dich verzerrst.« Danach wirbelte er mich herum und drückte mich mit dem Gesicht an die Wand, während eine Hand meinen Kiefer fixierte, sodass ich zu ihm aufsehen musste.

Mein gesamter Körper prickelte vor aufquellender Lust.

Sein Mund wanderte an meinen Hals, bis hin zu meinem Ohr. »Ich versuche einmal, mich vernünftig zu benehmen und die Gedanken zu verdrängen, die mich seit zwei verfluchten Tagen verfolgen, in denen ich dir die Kleider vom Leib reiße und …« Er schüttelte leicht den Kopf.

»Und was?«, forderte ich und drehte meinen Kopf weiter zu ihm, sodass ich ihm ins Gesicht schauen konnte. »Sag mir, was machst du in deinen Gedanken danach, ich meine, nachdem du mich meiner Kleider entledigt hast?«

Ich wusste genau, wie man dieses Spiel spielte. Er konnte sich diesen einen anständigen Knochen in seinem Leib schenken. Ich verzerrte mich gerade genauso nach ihm, wie er sich nach mir, weshalb kein Platz für Anstand blieb.

Zanes Körper vibrierte förmlich an meinem, kurz bevor er genau das tat, um was ich ihn bat. Nein, nicht ganz. Er sagte mir nicht, was danach passierte – er zeigte es mir, und das war noch viel besser, als ich es mir erträumt hatte.

Er öffnete den Knoten meines Morgenmantels und streifte ihn von mir, gleich danach zog er die Spange aus meinem Haar, sodass es sich lang und wellig über meinem Rücken ergoss. Er zwirbelte eine Locke zwischen seinen Fingern.

»Ich liebe dein Haar«, sagte er, bevor er es losließ, seine Hand unter mein Nachtkleid gleiten ließ und mir die Spitzenunterhose vom Körper zerrte. »Und ich liebe diese kleinen Dinger hier.« Im weiten Bogen landete das kleine Spitzenteil auf dem Boden. »Aber nicht jetzt.«

Seine dominante Art war im Moment alles, was ich brauchte. Heute war keine Zeit für lange, liebevolle Berührungen oder Küsse. Er nahm sich, was er brauchte – mich. Und das beruhte auf Gegenseitigkeit.

»Zane, Rohana ist im Nebenzimmer, ich kann nicht …«

Er küsste die empfindliche Stelle unter meinem Ohr. »Ich habe sie zu Stella geschickt, als ich in deine Gemächer kam.«

Er dachte wohl auch an alles.

Erleichtert über die Tatsache, dass meine kleine Schwester nicht an der vermutlich folgenden Vereinigung Ohrenzeuge wurde, drängte ich provokant meinen Hintern an Zane, der mit einem tiefen Grollen antwortete, das mir wie ein Blitz durch den Körper jagte. Ich fasste hinter mich, wollte mich an Zanes Gürtelschnalle zu schaffen machen, doch aus diesem Winkel war es unmöglich. Also übernahm er dies und nur Sekunden später hörte ich das Klappern des Gürtels, der zu Boden fiel, danach folgte seine Hose.

Wieder umfasste er mein Kinn, hielt es zu sich hoch, als er die zweite Hand um meine Mitte schlang und in einer gleitenden Bewegung in mich drang. Mein Aufkeuchen erstickte er mit seinen Lippen auf meinen.

»Wenn ich noch mal von dir getrennt bin, verliere ich meinen Verstand, Oriana«, hauchte er dicht an meinem Ohr und knabberte danach an meinem Ohrläppchen, dabei verharrte er in mir. Trotz seiner Sehnsucht hatte er mir meinen Freiraum gelassen und mich nicht gedrängt, meine Gemächer zu verlassen, was ich ihm hoch anrechnete.

»Tust du das nicht ohnehin?«, säuselte ich und genoss das unglaubliche Gefühl, ihn vollständig in mir zu spüren.

Als Antwort zog er sich vollständig aus mir zurück, nur damit er sich danach wieder in mich schob. Immer und immer wieder. Meine Wange scheuerte über den rauen Putz der Wand, jedoch scherte mich dies im Augenblick nicht. Alles, was ich vernahm, war, wie Zane mich bis zur Besinnungslosigkeit liebte. Wie er mich immer wieder gegen die Wand stieß und ich an nichts anderes dachte als daran, wie unglaublich es sich anfühlte. Unsere Vereinigung war roh und leidenschaftlich, kein Funke Zurückhaltung trennte uns.

Ohne Vorwarnung riss er mich zu sich, wirbelte mich herum und hob mich hoch. Alles in einer flüssigen Bewegung. Jetzt scheuerte mein Rücken an der Wand, während er mich näher an die Kante trieb.

»Ich will dich sehen, wenn du kommst, Oriana«, stöhnte er gegen meine Lippen und leckte danach darüber.

Ich tat es wenige Augenblicke später und Zane folgte mit einem lustvollen Keuchen.

Wie sollte ich jemals genug von ihm bekommen?

Kapitel 47 Oriana

Die Wachen vor meinen Gemächern verkniffen sich ihr Schmunzeln, als ich am nächsten Morgen mit Zane aus meinem Zimmer spazierte. Genauso wie ich selbst meinen Blick zu Boden richtete. Nicht aus Scham oder Schuld, stattdessen schlich sich ein Gefühl in meinen Magen, dass jeder im Schloss davon erfahren würde. Wieder einmal.

Dass wir nicht verheiratet waren und dennoch gemeinsam intensiv *Zeit* in meinen oder seinen Gemächern verbrachten, sorgte auf jeden Fall für ordentlich Gesprächsstoff. Zane machte gestern keine Andeutung auf die Frage – eher die Aufforderung, die er Tage zuvor machte. Aber ich war nicht so naiv zu denken, dass das Thema damit vom Tisch war. Denn das wollte ich nicht. Ich wollte darüber sprechen, jedoch fehlte es mir etwas an Mut, von mir aus das Thema anzuschneiden.

Hand in Hand machten wir uns auf den Weg in den Besprechungsraum, den ich gefühlt genauso oft besuchte wie meine eigenen Gemächer. Dusan würde in wenigen Stunden abreisen, weshalb ich es für richtig empfand, die Zeit, die uns noch blieb, gemeinsam zu verbringen. Auch wenn es bedeutete, über Mabel zu sprechen. Seitdem ich das letzte Mal bei ihr gewesen war, hatte ich es nicht übers Herz gebracht, sie noch mal zu besuchen.

Sie war meine Freundin, war wie eine Schwester für mich und ihr Verrat traf mich tiefer, als ich es je für möglich gehalten hatte. Dass sie mir nicht sagen konnte, was tatsächlich vorgefallen war, änderte nichts daran, dass sie es getan hatte. Sie hatte sich dafür entschieden, mich zu verletzten, mich zu belügen, die ganze Zeit über.

Dies war unverzeihlich. Zwar wollte ich nicht, dass sie hingerichtet wurde – eine Überlegung, die Zane sowie auch seine Eltern und Dusan in Betracht zogen – aber Zane versicherte mir, er würde Mabel nichts anhaben, wenn ich damit nicht leben könnte. Deshalb verweilte sie bis auf unbestimmte Zeit im Kerker. So lange, bis wir mehr über den Zauber herausgefunden hätten.

Zwar hatten wir gestern Abend, nachdem der erste Anflug von Lust gesättigt war, die Bücher durchgeblättert, hatten aber nicht das gefunden, wonach wir suchten.

Vielleicht würde uns ein Gespräch mit Zanes Eltern mehr Erkenntnis beschaffen und wenigstens einige der unzähligen Fragen beantworten.

Die Wachen öffneten uns die Tür und unverzüglich traten wir ein. Dusan und Zanes Eltern, sowie auch einige von den westerischen Beratern, versammelten sich rund um den länglichen Tisch.

»Zane, mein Schatz«, sagte Sierra und blickte uns mit ihrem typisch strahlenden Lächeln entgegen. »Und Oriana, wie schön, dass du hier bist.«

Dusan musterte Zane von Kopf bis Fuß misstrauisch und zuerst fragte ich mich, wieso. Bis der Gedankenblitz nicht lange auf sich warten ließ. Zane trug dasselbe Gewand wie gestern, da er die Nacht bei mir verbracht hatte. Er hatte sich nicht die Mühe gemacht, sich umzukleiden, bevor wir hierhergekommen waren. Und als Dusans Blick zu mir weiterwanderte und mich mit dem gleichen prüfte, wusste ich, dass er es ahnte. Obwohl ich im Gegensatz zu Zane tadellos hergerichtet war und mit einem feinen purpurfarbenen Kleid vor ihm stand.

Wir nahmen gegenüber von meinem Bruder Platz. »Es tut mir leid, dass ich die letzten zwei Tage über nicht hier war.«

»Kein Grund für Entschuldigen, meine Liebe«, sagte Sierra. »Niemand wirft dir vor, dass du Zeit für dich brauchtest, wenn man bedenkt, was du in den letzten Wochen durchmachen musstest. Das Einzige, was zählt, ist, dass es dir jetzt hoffentlich besser geht.«

Zanes Mutter war ein Engel und ich hatte sie schon bei meiner Ankunft tief in mein Herz geschlossen.

»Danke«, sagte ich und fühlte, wie ihre Worte die Last von meiner Brust nahmen.

»Hast du etwas von Mabel rausbekommen?«, fragte Dusan.

Kopfschüttelnd verneinte ich. »Ich glaube, sie ist mit einem Zauber belegt, der es ihr nicht ermöglicht, darüber zu reden.«

»Zauber«, prustete der rothaarige Berater, den ich bereits kennengelernt hatte. Nur sein Name war mir unbekannt. »Nur die Magie der königlichen Blutlinie ist in der Lage, einen solchen Zauber auszusprechen.«

»Tatsächlich?«, fragte ich und wunderte mich, dass nichts dergleichen in den Büchern gestanden hatte. »Das heißt, jemand aus den fünf königlichen Familien muss daran beteiligt sein.«

»Irac ist in Seylen«, meinte Zane. »Ich werde ihm die Information mitteilen, damit er auch in diese Richtung nachforscht.«

Der rothaarige Berater rollte die Karte der fünf Königreiche mitten auf dem Tisch auf.

Dusan beugte sich darüber und studierte sie. »Es kann nur jemand aus Seylen, Floranys oder Nuras gewesen sein«, vermutete er und tippte auf das Papier, bevor er fortfuhr. »Aseria und vermutlich auch Westerys haben damit nichts zu tun.«

»Den Truppen, die wir nach Aseria schickten, werden wir anordnen, weiter nach Floranys zu ziehen«, erklärte König Dawn und stellte einige seiner hölzernen Figuren auf die Landkarte, direkt auf Floranys.

»Und unsere Männer werden wir nach Nuras schicken, um dem nachzugehen«, sagte mein Bruder und nahm einige seiner Figuren, die die aserische Garde darstellen sollten, und stellte sie auf Nuras, dann schaute er zu mir. »Keine Sorge, wir werden es aufdecken. Wir werden alles in unserer Macht Stehende tun.« Und diesmal glaubte ich ihm. »Das Wichtigste ist jedoch, dass es dennoch zu der Hochzeit kommt, die unsere Königreiche vereint. Sollte es zu einem Krieg kommen, brauchen wir Alliierte.«

Sierra sah zu mir und dann weiter zu Zane, sagte jedoch nicht, dass weder eine Hochzeit geplant war, noch eine weitere Verlobung stattfand – und dennoch pochte mein Herz bis zum Hals.

Dusan schien die angespannte Stimmung zu bemerken, denn er hakte nach: »Es gibt doch eine Hochzeit?«

»Selbst ohne Hochzeit werden wir Euch beistehen«, sagte König Dawn und nahm einen Schluck aus seinem Kelch. »Dieser Hinterhalt betrifft uns genauso wie Aseria.«

Zane öffnete den Mund, doch ich kam ihm zuvor. »Die gibt es. Es wird eine Hochzeit geben«, quetschte ich durch meine zu enge Kehle. »Die Planungen sind noch nicht spruchreif, aber es wird eine Hochzeit geben.«

Gefühlt jeder starrte mich an. Sierra mit einem breiten Lächeln und glänzenden Augen, Dawn nickte dabei zustimmend und Zane … Als ich meinen Kopf zu ihm drehte, war seine Miene nicht zu deuten. Die Lippen leicht geöffnet, schaute er mich mit einem klaren Blick an, als könnte er nicht fassen, was ich gerade gesagt hatte.

»Ich werde Zane zu meinem Gemahl nehmen und eine Allianz mit Westerys schließen, aber nicht, weil er der Gewinner der Prüfungen ist.« Ich schluckte schwer und nahm meinen ganzen Mut zusammen. »Sondern … weil ihm mein Herz gehört.«

Jetzt war es raus und es gab keine Chance, die Worte zurückzunehmen, aber das wollte ich auch nicht. Sie waren nichts als die reine Wahrheit, die ich mir selbst zu lange nicht hatte eingestehen wollen.

Nach den Monaten, in denen ich ihn nicht wiedergesehen hatte und er plötzlich am Treppenabsatz in Aseria aufgetaucht war, war dieses Kribbeln intensiver geworden, das ich damals schon verspürt hatte. Bei jedem Lächeln, jeder Neckerei oder Berührung war es stärker geworden, breitete sich wie ein Netz immer weiter in mir aus. Wie ein Parasit, der sich hinterhältig und unentdeckt in der Brust einnistete. Sich von Gedanken, Blicken oder Zärtlichkeiten nährte. Der kontinuierlich wuchs. Und egal, wie sehr man versuchte, diesen Gefühlen zu entkommen, sie zu verdrängen – sie wurden nur stärker.

Bis er zu etwas Mächtigem heranwuchs, das die Kontrolle über einen übernahm. Er ließ einen Dinge fühlen, die man nie für möglich gehalten hätte.

Zerstörerische Wut. Unersättliche Lust. Bedingungslose Liebe.

Und an dem Abend, an dem ich mich nachts zu Zane geschlichen hatte, war es so weit gewesen. Es wurde so stark und mächtig, dass es sich über meinen gesamten Körper erstreckt und jeden Zentimeter davon in Besitz genommen hatte.

Und wie es bei jedem Gefühl so war: Sobald es die Überhand hatte, war es beinahe unmöglich, es loszuwerden. Es aus dem Körper oder dem Geist zu verbannen.

Doch dieser Parasit war nicht Zane, der mich Stück für Stück an sich riss. Es waren die Gefühle für ihn. Die Liebe. Das Kribbeln, das sich über die Monate in mir ausgebreitet hatte. Das meine Sinne betäubte, Dinge fühlen ließ, stärker als je zuvor.

Ich hatte Gefühle für Zane. Tief verankerte, echte Gefühle. Solche, die man, egal wie tief man sie in seinem Herzen vergrub und wegschließen wollte, immer wieder zum Vorschein kommen würden.

Ich wollte diesen Mann mehr als alles andere. Ich würde seine Frau werden, aber aus den richtigen Gründen. Aus Liebe.

Als könnte Zane meine Gedanken lesen, umfasste er mein Gesicht und hauchte mir einen zarten Kuss auf die Lippen, unbedacht, wie viele Augenpaare uns dabei beobachteten. Der Kuss war kurz, jedoch getränkt mit Zärtlichkeit, und mein Herz stolperte einen Augenblick lang.

»Meinst du das ernst?«, hauchte er dicht an meinen Lippen verharrend und ich nickte. »Ganz schön mutig, vor allen die Katze aus dem Sack zu lassen. Du weißt doch, dass ich dich jetzt am liebsten in meine Gemächer entführen würde?«

»Schon mal darüber nachgedacht, dass es genau das ist, was ich damit bezwecken wollte?«, flüsterte ich ihm zu und gab ihm einen weiteren Kuss.

»Götter, du bist perfekt.«

Dusan räusperte sich, weshalb ich meinen Blick zäh von Zane losriss, obwohl ich stundenlang in seine glühenden Augen schauen könnte. Liebe und Lust spiegelten sich gleichermaßen in seinen schwarzen Iriden – und vielleicht auch etwas Erleichterung.

»Jahrelang hast du dich gegen eine Heirat gesträubt, die nicht aus Liebe geschlossen wird, und seht euch jetzt an.« Dusan lächelte, ehrlich und herzlich, was ansteckend war. »Ich weiß, wie sehr du mich gehasst hast wegen der Prüfungen, aber schlussendlich kam es genau so, wie du es dir immer gewünscht hast. Wenn man die ganzen Intrigen natürlich nicht mitzählt.«

Er hatte recht. Die Verbindung zwischen Zane und mir war stärker als jede Machenschaft, jeder Hinterhalt. Sie überlebte jedes Hindernis und jede Distanz. Es war Liebe. Die Götter hatten wohl wirklich ihre Aufgabe ernst genommen.

Trotzdem blieben die Fragen, die geklärt werden mussten. Ungeachtet dessen, ob es nach allem dennoch zu einer Hochzeit und einer Allianz käme. Nur weil Mabel in unserer Gefangenschaft war, hieß es nicht, dass nicht nochmals eine Verschwörung gegen uns veranstaltet werden könnte. Eine, die vielleicht über eine zwischenmenschliche Verbindung weit hinausgehen könnte. Genauso war der Mord an meinen Eltern noch immer nicht aufgeklärt und das Summen in meinen Venen sagte mir, dass alles zusammenhängen könnte. Weder hatte ich Beweise oder Indizien, dennoch … das Summen fühlte sich warnend an. Wir hatten lediglich den Täter, doch der Strippenzieher dahinter verweilte im Verborgenen.

»Und wie *du* es dir gewünscht hast«, erwiderte ich meinen Bruder zugewandt.

Kapitel 48 Oriana

»Möchtest du noch eine Tasse Tee, Liebes?«, fragte Königin Sierra und hielt mir die goldverzierte Teekanne hin.

»Ja, sehr gern«, erwiderte ich mit einem knappen Lächeln. Woraufhin sie den wohlschmeckenden Blütentee in meine filigrane Tasse goss. Ich fügte noch einen kleinen Zuckerwürfel hinzu und rührte um.

Schon seit geschlagenen zwei Stunden saßen Rohana und ich mit Zanes Mutter an den Planungen für die bevorstehende Hochzeit. Den dritten Tag infolge.

Überall auf dem riesigen ovalen Marmortisch waren Papierblätter verteilt, Mappen und Anschauungsmaterial. Ebenfalls befanden sich unzählige Kostproben von den verschiedensten und exquisitesten Torten um mich herum. Weshalb mein Bauch schon schmerzte, denn ich hatte beinahe alle der vierundzwanzig Sorten probiert.

Nach zwei Stunden und unzähligen Tassen Tee hatten wir die wichtigsten Entscheidungen bereits fixiert. Zane überließ uns den Großteil der Planung.

Die Blumen: weiße Rosen.

Das Kleid: ein Traum aus weißer Seide, mit vielen Schichten. Trotzdem schlicht und elegant gehalten.

Die Dekoration: weiß–gold.

Die Hochzeitstorte: überzogen von einer weißen Creme, verziert mit Blattgold. Gefüllt mit Dulcisbeeren.

Obwohl ich mir sicher war, dass die Königin bei den Planungen etwas von ihren eigenen Vorstellungen einbringen würde. Was mich aber keineswegs störte. Wenn die königliche Familie von Westerys eines war, dann stilsicher. Weshalb ich wusste, dass die Hochzeit einfach atemberaubend werden würde.

Für Zane hatte seine Mutter einen weißen Anzug mit goldenen Ziernähten und den dazu passenden Manschetten vorgeschlagen. Natürlich hatte ich sofort zugestimmt.

Bildlich konnte ich ihn mir vorstellen.

Seine glänzend schwarzen Haare elegant zurückgekämmt. Er würde bestimmt den obersten Knopf seines Hemdes offen tragen. Sowie seinen typischen goldenen Schmuck. Seine vollen Lippen wären zu einem verführerischen Lächeln verzogen.

Rohana schnipste vor meiner Nase herum. »Erde an Oriana.«

Ich blinzelte mehrmals die Gedanken beiseite und räusperte mich. »W–was hast du gesagt?«

Rohana schüttelte nur den Kopf, sodass ihre kurzen dunklen Haare um ihr Gesicht schwangen. »Ich habe gefragt, welche Musik du für den Einlass wählst.« Sie knabberte am Ende ihres Bleistiftes herum, sodass dieser von ihrem Speichel schon komplett aufgeweicht war.

Ich verzog angewidert das Gesicht.

»Ach ja, die Musik.« Ich nippte an meiner Teetasse, um meinen staubtrockenen Hals zu befeuchten. War ich so offensichtlich in meine Gedanken versunken gewesen?

»Bei der Musik bin ich noch etwas unentschlossen«, gab ich zu. Ich hatte einfach keine Ahnung davon.

Königin Sierra ergriff das Wort. »Liebes, wir haben noch zwei gesamte Wochen Zeit, um uns um die perfekte Musik zu kümmern. Ich denke, für heute genügt es.« Sie klappte die Mappe zu, die sie zuvor durchforstet hatte.

Plötzlich sprang Rohana auf. »Ich habe das Treffen mit Stella vergessen. Verdammt.« Sie war schon halb bei der Tür, da warf sie einen Blick zurück. »Ihr kommt bestimmt ohne mich klar.«

»Geh ruhig«, lachte ich und deutete mit der Hand zur Tür.

Danach war sie auch schon weg.

»Ich würde auch gern Zane fragen, ob alles so in Ordnung ist, wie wir es heute besprochen haben, ja?«, sagte ich zu Sierra, als die Tür ins Schloss fiel.

»Aber natürlich. Er wird sich freuen, aber so, wie ich meinen Sohn kenne, wird er dir alles sehr gern überlassen.«

»So etwas in der Art hat er zu mir auch schon gemeint«, sagte ich.

Ich hatte Zanes Mutter die vergangenen Wochen lieben gelernt. Sie tat alles, damit meine Schwester und ich uns in Westerys wie zu Hause fühlten, aber es verdrängte nicht die Gedanken, die zu meinen Eltern abdrifteten. Eigentlich sollte ich diese Planungen gemeinsam mit meiner Mutter führen. Mein Vater sollte mich zum Altar führen, aber nichts davon würde geschehen. Natürlich wusste ich, dass sie bei den alten Göttern vom Himmel herunterschauen und mich sehen würden. Aber es war nicht dasselbe und milderte auch nicht den Schmerz.

»Oriana, Liebes, stimmt etwas nicht? Du wirkst bedrückt«, fragte Sierra und legte ihre Hand auf meine. »Gefällt dir die Dekoration nicht?«

»Das ist es nicht«, erklärte ich und biss mir einmal fest in die Innenseite meiner Wange, um die angestauten Gefühle in mir zu behalten. »Ich dachte immer, dass meine Eltern bei meinem großen Tag anwesend sein würden, aber …« Ich brach ab, als ich bemerkte, wie meine Augen wässrig wurden.

»Deine Kette«, sagte sie und nahm den Diamantanhänger zwischen die Finger, den Zane mir in Aseria geschenkt und den ich seither nicht mehr abgenommen hatte. »Ich gab diese Kette Zane, damit er sie dir schenkte. Weißt du auch, warum?«

Ich schüttelte den Kopf, als sie die Kette losließ und ein liebevolles Lächeln aufsetzte. »Das Schmuckstück gehörte deiner Mutter, als sie jünger war. Sie gab es mir, als wir getrennter Wege gingen, damit ich etwas von ihr immer bei mir tragen würde. Deshalb gab ich die Kette Zane als Geschenk an dich.«

Mit großen Augen starrte ich Sierra an und umfasste automatisch den Anhänger, der sich damals schon besonders angefühlt hatte. »Sie gehörte meiner … Mutter?«

Sie nickte. »Dass du sie nach all den Jahren, in denen ich sie trug, bekommst, erschien mir richtig.« Sie stieß einen befreienden langen Atemzug aus, bevor sie fortfuhr. »Ich wusste, wie wichtig du meinem Sohn bist, und ich dachte, du würdest sie bestimmt gern tragen.«

Nun war die Zurückhaltung meiner Tränen zwecklos. Sie flossen ungehindert von meinen Wangen, als mich die Gefühle übermannten.

»Es tut mir so leid, dass sie nicht hier sein können, aber sie wären stolz, dich jetzt zu sehen.« Sierra stand auf und sie umarmte mich rücklings, während ich noch am Stuhl saß und weinte. Vorsichtig strich sie mir die Haare aus dem Gesicht und hauchte mir einen Kuss auf den Scheitel. »Du wirst bei uns immer ein Zuhause haben, wir sind bereits eine Familie, ungeachtet der Trauung. Irgendwann wird sich alles aufklären, was du wissen musst.« Die Worte vernahm ich nur am Rande, sog sie jedoch trotzdem tief in meinem Herzen auf, um es irgendwie beisammenzuhalten.

»Was meinst du damit, dass ich alles erfahren werde, was ich wissen muss?«

Wieder strich sie mir übers Haar, so wie meine Mutter es früher immer getan hatte. »Hingezogen zu dem Feuer, wird es die Bestimmung finden. Gut verborgen und unvorhersehbar wird es sich daran binden«, summte sie die Melodie eines meiner Zubettgeh-Gedichte, die ich beinahe vergessen hatte.

Worte könnten nicht beschreiben, welchen Dank ich Sierra gegenüber empfand, dass sie für mich da war, mich in ihren Armen wiegte, als ich es so dringend brauchte.

Dusan und Rohana würden für immer meine Familie sein, doch mit Zane hatte ich eine weitere Person dazugewonnen. Stella, Sierra, Zane – sogar König Dawn. Und dies galt nicht nur für mich, sondern auch für meine Geschwister.

Kapitel 49 Oriana

Drei Wochen waren vergangen, seitdem Rohana überraschenderweise angereist war. Und in einer Woche würde die Hochzeit von Zane und mir stattfinden.

Mit jedem Tag wuchs die Anspannung, die Nervosität.

Wir verbrachten die meiste Zeit zusammen mit Stella. Und wie schon anfangs vermutet, verstanden sich die beiden hervorragend.

Gemeinsam besuchten wir den königlichen Vogelgarten, in dem ich viele neue Arten kennengelernt hatte. Mit wunderschönen bunten Federkleidern. Blaue, gelbe, orangefarbene, rote. Einer einzigartiger als der andere. Wir spazierten den weißen Sandstrand entlang. Der salzige Wind in unseren Haaren und der warme Sand zwischen unseren Zehen. Automatisch musste ich wieder an die Luceatfische denken.

Westerys war überragend, was die Landschaft, die Kultur und das gute Essen anging.

Ich ertappte mich mit jedem Tag, mit jedem Eindruck, dass ich mich immer mehr wie zu Hause fühlte. Was größtenteils auch an Zane lag, jedoch auch an Sierra und Stella.

Miss Merry trat mir noch immer sehr skeptisch gegenüber. Jedes Mal, wenn sie mir beim Baden behilflich war oder mich ankleidete. Mittlerweile war ich ihre schroffe Art gewohnt.

Ebenso wie die des griesgrämigen Bibliothekars, sobald ich die Bibliothek betrat.

Zane hielt sein Versprechen.

Nach meinem ersten Besuch nach dem Willkommensball waren die hinteren historischen Reihen entstaubt worden. Ebenfalls befanden sich in der Leseecke süße Knabbereien, wofür vermutlich ebenfalls Zane verantwortlich war.

Ich hatte in der Bibliothek nach verschlossenen Dokumenten gesucht, die sich auf die Verbannung der Wandler bezogen, jedoch fand ich wie immer nichts. Es schien beinahe so, als wären alle wissenswerten Bücher ausrangiert.

Es handelte sich wohl um eine Sackgasse.

Trotzdem genoss ich die Zeit hier und sog jeden Eindruck tief in mich auf. Mit jeder Pore meines Körpers und meines Geistes. Wie ein wissbegieriger Schwamm, der nur so darauf aus war, sich vollzusaugen.

Mehrere weitere Besprechungen hatten Rohana und ich mit Königin Sierra bezüglich Zanes und meiner Hochzeit gehabt. Wir hatten nicht weiter über meine Mutter, Königin Madeline oder sie gesprochen, sondern führten unsere Gespräche ausschließlich über die Vorbereitungen, die hervorragend vorangingen.

So gut wie alles war geplant und sogar mein Hochzeitskleid würde morgen zur ersten Anprobe bereitstehen, worüber ich mich schon unglaublich freute.

Doch es rief auch ein nervöses Gefühl in meiner Magengrube hervor.

Zane hatte ich die vergangenen Tage nicht viel zu Gesicht bekommen – wichtige Termine, denen er nachgehen müsste. Ich war ohnehin zu sehr beschäftigt, meine Zeit mit Rohana vollkommen auszukosten und unsere Hochzeit zu planen. Denn mir war klar, dass wir uns zukünftig nur selten sehen würden. Zwar hatte Zane gemeint, Rohana könnte hierbleiben, aber ohne eine Vermählung mit einem westerischen Adeligen würde Dusan dies nicht zulassen.

Jeden Augenblick, in dem ich Zane nicht auf meiner Haut spürte, vermisste ich ihn ein Stück mehr.

Doch wenn ich nachts einmal allein in dem riesigen Himmelbett lag, weil Zane bis spät in die Nacht arbeitete und nur das Mondlicht durch das Fenster traf, schloss ich meine Augen und tauchte tief in meine Magie ab. Das sanfte Licht auf meiner Haut war dasselbe wie in jener Nacht und so driftete ich immer wieder in die Erinnerung mit ihm ab. Die Erinnerung an Zanes Bad. Seine Finger auf meiner Haut. Seine Lippen auf meinen. Sein maskuliner Duft, der mich einhüllte. An den Moment, als er das erste Mal in mich eingedrungen war. Den Schmerz, den ich noch Tage später gefühlt hatte.

Doch am liebsten erinnerte ich mich an den Moment, als der Schmerz vorbeigezogen war und es sich so unglaublich gut angefühlt hatte. Die Erinnerung an Zane und das, was wir hatten, fühlte sich fast genauso gut an, weshalb sich meine Hand öfters unter die Bettdecke zu meiner Mitte verirrte. Ich stellte mir vor, es wäre Zanes Hand, die mich berührte. Immer, wenn ich kam, presste ich eine Hand fest auf meinen Mund, um jeden noch so kleinen Laut zu unterdrücken.

Egal wie sehr ich die Tage mit Stella und meiner Schwester genoss, sie vertrieben nicht die Gedanken an Mabel.

Selbst wenn ich nach außen glücklich wirkte, sah es tief in meinem Inneren vollkommen anders aus. Mein Herz schmerzte, war zerfetzt worden von einer Frau, von der ich gedacht hatte, sie wäre wie eine Schwester für mich. Mabel, die die Dreistigkeit besessen hatte, vollkommen offen und skrupellos die Beziehung zwischen Zane und mir zu sabotieren.

Obwohl sie wusste, dass er derjenige war, für den ich mich interessierte. Der schlussendlich mein Verlobter geworden war. Was dachte sie, was passieren würde? Dass Zane sie küssen würde, in dem Glauben, sie wäre ich? Dass er sich nach einem Kuss unsterblich in sie verlieben und sie stattdessen heiraten würde? Nichts war auszuschließen, das hatte ich in den vergangenen Wochen auf die schmerzhafte Weise gelernt. Dennoch war die Chance sehr gering. Beinahe bei null.

Oder steckte doch etwas anderes dahinter?

Bisher wagte ich es nicht, sie im Kerker zu besuchen, solange wir keine weiteren Indizien hatten oder wussten, wie der Zauber aufgehoben werden könnte.

Und dafür alles riskieren? Die familiäre Verbindung zu mir?

Und ihren verdammten Kopf? Dusan und auch Zanes Eltern hätten sie ohne meinen Einwand exekutiert.

Bei einer Sache war ich mir sicher: Ich würde die nächste Person, die versuchen würde, sich zwischen Zane und mich zu stellen, ohne Weiteres zerschmettern. Ich würde meine gesamte ungefilterte rohe Magie, die in mir loderte, und nur zu begierig war, hinausgelassen zu werden, auf diese Person schleudern. Sie zermalmen wie einen winzigen unbedeutenden Wurm. Egal ob Mabel, Mirabelle oder sonst wer. Ich hatte keine Lust mehr, Spielchen zu spielen. Ich hatte es einfach satt.

»Wie wär's? Wir drei machen heute Abend eine kleine Übernachtungsfeier bei mir?« Stella wackelte mit ihren Augenbrauen. Sie zählte an ihren Fingern mit. »Knabbereien, Wein … Ich habe sogar einen der besten Liköre aus dem königlichen Spirituosenschrank mitgehen lassen. Wie hört sich das an?« Sie stieß ihre Hüfte gegen meine, sodass ich einen Schritt beiseite machte und wegen ihrer Euphorie schmunzelte.

Wir waren, wie schon so viele Male zuvor, am Strand spazieren.

Rohana blieb stehen und fuchtelte wild mit den Armen. »O ja, ich bin natürlich dabei. Das wird bestimmt witzig.«

Stella und ich blieben ebenfalls stehen.

Ich zuckte kurz mit dem Schultern. »Ich passe.«

So gern, wie ich die beiden hatte. Aber mich nach ein paar Getränken gleichzeitig um beide zu kümmern, wenn sie vollkommen betrunken waren, gehörte sicher nicht zu meinen liebsten Aufgaben. Erst recht nicht, weil es erst vor zwei Tagen so gewesen war. Ich musste beide ausziehen und ins Bett bringen, als wäre ich ihre Mutter.

Stella verzog ihre Lippen zu einem Schmollmund und überkreuzte die Arme vor ihrer Brust. »Ach, Oriana, ohne dich ist es nicht dasselbe.«

»Tut mir leid. Ein anderes Mal. Ihr werdet zu zweit bestimmt auch einen Heidenspaß haben.« Ich stieß Stella nun ebenfalls gegen die Hüfte. »Komm, wir gehen wieder in den Palast. Ich helfe euch bei den Vorbereitungen für heute Abend.«

Stellas Mundwinkel hüpften nach oben, genauso wie die meiner Schwester.

»Na gut. Aber das nächste Mal musst du wieder dabei sein. Versprochen?«, forderte Rohana, die Lippen ebenfalls zu einem Schmollmund verzogen.

Die beiden Nervensägen hatten sich nicht gesucht, aber gefunden. Es war so schön zu sehen, wie Zanes und meine Familie verschmolzen. Obwohl wir noch nicht verheiratet waren, fühlte es sich dennoch nach Familie an.

Zane fühlte sich nach Familie an.

Und er war auch der ausschlaggebende Grund, wieso ich heute Abend alles absagte, was Stella geplant hatte. Ich wollte zu ihm, weil ich wusste, dass er gleich in seinen Gemächern sein würde. Ich wollte seine Haut auf meiner spüren. Seinen Duft einatmen.

Kapitel 50 Oriana

Nachdem ich den beiden Mädchen bei den Vorbereitungen geholfen hatte, verzog ich mich schnell in meine Gemächer. Die Abendröte tränkte den Himmel in sanfte Rot– und Orangetöne, die durch mein Zimmerfenster fielen.

Miss Merry hatte auf meinen Wunsch in der Zwischenzeit das Badewasser vorbereitet.

Seit Wochen war sie meine Kammerzofe, aber sie hasste mich noch wie am ersten Tag. Eine kalte Miene und prüfenden Blicke standen bei ihr an der Tagesordnung.

Doch obwohl sie mich eindeutig nicht leiden konnte, störte es mich nicht, dass sie meine Zofe war. Nie hätte ich es gewagt oder nur darüber nachgedacht, mich über sie zu beschweren. Oder gar eine neue Zofe einzufordern.

Besser eine griesgrämige alte Frau als ein weiteres Mal eine verlogene Schlange, so wie Mabel eine war.

Langsam ließ ich mich in das wohlig warme Wasser sinken und schloss die Augen. Versuchte, alle Gedanken beiseitezuschieben außer einen bestimmten. Einen, über den ich mir schon seit Tagen den Kopf zerbrach. Der ständig in mir herumschwirrte und mir nachts den Schlaf raubte.

Zane.

Nachdem ich aus dem Wasser gestiegen und mich abgetrocknet hatte, zwirbelte ich meine Haare in einen hohen lockeren Knoten und schlüpfte in ein luftiges, schwarzes Nachtkleid.

Ein letzter prüfender Blick in den Spiegel und schon machte ich mich auf leisen Sohlen auf den Weg.

Ich steckte den Kopf zur Tür hinaus und prüfte, ob die Luft

rein war. Das war sie, also huschte ich hinaus auf den Flur und schloss die Tür leise hinter mir. Ich zwinkerte noch den zwei Wachen zu, bevor ich durch die Gänge schlich.

Die Wachen vor Zanes Gemächern öffneten mir die Tür und ließen mich wortlos hinein. Worüber ich sehr dankbar war.

Mein Herz klopfte heftig gegen meine Rippen. Ebenfalls fühlten sich meine Knie, etwas mehr nach Wackelpudding an als normalerweise.

»Zane?« Als Erstes betrat ich sein Schlafzimmer, da es schon sehr spät abends war, vermutete ich, dass er vielleicht schon im Bett lag.

Fehlanzeige.

Als Nächstes versuchte ich es in seinem extravaganten Bad.

Nichts.

Je länger es dauerte, umso angespannter und nervöser wurde ich.

Erst nachdem ich gegen die Tür des Ruhezimmers klopfte, hörte ich Zanes Stimme. Vorsichtig öffnete ich die Tür und betrat das Zimmer. Mein Blick wanderte durch den für Zanes Verhältnisse kleinen Raum.

Er saß entspannt auf einem weißen Samtsessel. Nur in eine Unterhose und in ein offenes lockeres Leinenhemd gekleidet.

Der Eiswürfel klimperte, als er das Glas mit der bernsteinfarbenen Flüssigkeit schwenkte. Er war allein. Den Göttern sei Dank.

Sofort fiel sein Blick auf mich und ein Mundwinkel wanderte nach oben. »Oriana«, sagte er mit seiner rauen Stimme. »Wie schön, dich zu sehen.« Er leckte sich über die Lippen und studierte mich von oben bis unten. »Komm, setz dich. Möchtest du ein Gläschen Wein?«

»J–ja bitte«, erwiderte ich. Etwas Alkohol würde nicht schaden.

Er stellte sein Getränk auf den Beistelltisch, der sich zwischen unseren Sesseln befand. Während ich gerade Platz nahm, stand er auf und begab sich zu der kleinen Bar, die sich am anderen Ende des Raumes befand.

Laut ploppte der Korken der Weinflasche. »Und, was treibt dich zu so später Stunde zu mir, Liebling?«

»Ich dachte, du freust dich vielleicht, mich zu sehen.« Ich schnalzte mit der Zunge. »Aber anscheinend habe ich mich da getäuscht.«

Wir hatten uns seit einer Woche kaum gesehen. Keine freie Minute allein miteinander verbracht. Wenn ich ehrlich war, hatte ich gedacht, dass Zane mir, sobald ich ihn in seinen Gemächern antreffen würde, die Kleider vom Leibe reißen und mich mit Haut und Haar verschlingen würde. Und erst dann würden wir über unsere bevorstehende Hochzeit sprechen. Wenn der angestaute Frust sich verflüchtigt hätte.

Die prickelnde Flüssigkeit goss er in ein langstieliges Glas und hielt bei meinen Worten in der Bewegung inne.

»Du denkst, ich würde mich nicht über dein Erscheinen freuen?« Er füllte mein Glas fast bis zum Rand auf, bevor er die Flasche wieder an die Bar stellte und auf mich zukam.

Ich griff nach dem Glas, doch er ließ es nicht los, sondern sah mich mit einem begierigen Blick an.

»Wenn es nach mir ginge, hätte ich dich in dem Moment, in dem du den Raum betreten hast, geschnappt und in mein Schlafzimmer gebracht. Nur um dich dann stundenlang zu küssen, zu berühren. Und ein paar andere durchaus unanständigere Dinge mit dir angestellt.« Er ließ endlich das Glas los und fiel in seinen Samtsessel.

Mit der flachen Hand fuhr er über sein Gesicht. »Allein bei dem Gedanken werde ich verrückt.« Er rutschte umher, um eine bequemere Position zu bekommen. »Aber du weißt, es bringt Unglück, eine Woche vor der Hochzeit Beischlaf zu haben.«

Ich nippte zuerst an der prickelnden Flüssigkeit und nahm danach einen kräftigen Schluck. »Prinzipiell bringt Beischlaf vor der Hochzeitsnacht Unglück«, erinnerte ich ihn spöttisch. »Das hat dich die vergangenen Male nicht davon abgehalten.«

Sobald die Worte meinen Mund verlassen hatten, schoss Hitze in meine Wangen.

Zane, der gerade das Glas an seine Lippen legte, hielt in der Bewegung inne. Legte seinen Kopf schief, wie ein Raubtier, das seine Beute beobachtete und sich vorstellte, wie er sie jagen und erlegen würde. Die angespannte Stimmung, die zwischen uns in der Luft lag, war beinahe greifbar.

»Mit was warst du die vergangene Woche so beschäftigt?«, versuchte ich, das Gespräch in eine andere Richtung zu lenken. »Ich gebe es nur ungern zu, aber ich habe dich beinahe vermisst.« Ich hatte ihn sehnsüchtig vermisst, das wusste er.

»Nur beinahe?« Zane schmunzelte und nippte an seinem Glas. »Mit Prinzen-Sachen.«

»Prinzen-Sachen?« Ich runzelte die Stirn.

»Prinzen-Sachen«, sagte er erneut gelassen. »Irac, mein bester Spion, wurde beim Herumschnüffeln in Seylen erwischt und festgenommen«, erzählte Zane. Diesmal trank er einen kräftigeren Schluck.

»Was?«

»Ja, es ist –«

»Deswegen bist du so angespannt, oder?«

»Das merkst du?«

Ich nicke. »Völlig zu Recht. Das klingt furchtbar.« Kurz überlegte ich, wieso er in Seylen war. »Es ist wegen meiner Eltern, oder? Es ist wegen mir.«

»Floranys war eine Sackgasse. Also habe ich ihn kurzerhand nach Seylen geschickt, da deine Eltern dort das letzte Mal lebend gesehen wurden.« Zane seufzte und fuhr sich mit der Hand übers Gesicht. »Irac war vermutlich zu übermütig oder nicht vorsichtig genug. Es ist auch nicht ausgeschlossen, dass ihn jemand verpfiffen hat.«

»Was wird passieren? Wie wird es mit ihm weitergehen?«, wollte ich wissen.

»Aktuell verweilt er im Kerker in Seylen. Er wird des Hochverrats beschuldigt. Meine Männer und ich versuchen, mit dem König von Seylen um Iracs Freilassung zu verhandeln.«

»Auf Hochverrat steht die Todesstrafe. Er wird wegen mir …« Alles nur wegen mir. Irac hockte im Kerker und Zane musste um sein Leben verhandeln … wegen mir. »Es … Es tut mir so leid, Zane. Ich wollte das nicht.«

Zane kippte den restlichen Inhalt seines Glases in einem Zug runter, stand auf und füllte sich nach, bevor er mir einen Blick zuwarf.

»Wehe, du wagst es noch einmal, dich zu entschuldigen. Nichts davon ist deine Schuld. Irac macht seinen Job schon lange genug, um sich der Gefahr, die er täglich eingeht, bewusst zu sein. Und der möglichen Konsequenzen. Er hätte vorsichtiger vorgehen müssen. Ein großzügiger Griff in die Schatzkammer wird den König von Seylen bestimmt umstimmen.«

Ich schluckte schwer. »Denkst du wirklich?«

Zane setzte sich mit seinem halbvollen Glas wieder auf seinen Loungesessel. »Ganz bestimmt.«

Er lächelte. Wie konnte er bei so einem Thema nur lächeln?

»Ich habe die gesamte Woche über jeden Abend zu den Göttern gebetet, dass sie dich davon überzeugen würden, mir einen Besuch abzustatten«, sagte Zane, warf den Kopf in den Nacken und atmete laut aus.

»Du betest jeden Abend zu den Göttern?« Ich konnte es mir beinahe bildlich vorstellen.

Zane auf seinen Knien, die Hände gefaltet, wie er zum Himmel emporschaute. Wenn die Götter meine Gedanken mitbekommen würden, würden diese mich kurzerhand in die Hölle verfrachten.

»Natürlich. Anscheinend haben sie meine Gebete erhört.« Er zuckte beiläufig mit den Schultern. »Besser später als nie.«

Ich presste die Lippen fest aufeinander.

Einige Momente der Stille verweilten zwischen uns.

»Komm her«, forderte Zane mich auf und seine Stimme jagte mir einen Schauer über den Körper. »Auch ich muss herausfinden, was mit deinen Eltern geschehen ist, Oriana.«

»Du? Warum? Ich dachte …«

»Ich habe es dir damals in Aseria versprochen, selbst wenn das zwischen uns nicht funktioniert hätte, würde ich mein Versprechen einlösen. Und jetzt … jetzt geht das Ganze mich genauso etwas an. So ist das in der Liebe.«

Ich trank den letzten Schluck meines Weines, bevor ich mich erhob und zu ihm ging.

»Liebe«, wiederholte ich.

»Das ist doch kein Geheimnis, was ich für dich empfinde.«

Ich erwiderte nichts drauf und streichelte mit meiner freien Hand seine Brust.

»Und ich weiß, dass deine Gefühle auch in diese Richtung tendieren.«

Ich musste lächeln, dann küsste ich ihn und schob mich rittlings auf ihn.

Er beobachtete mich genau, während er seine Lippen befeuchtete. »Was machst du da, Prinzessin?«, raunte er.

Jeder Zentimeter, den ich von ihm entfernt war, war einer zu viel. Zu viele Stunden hatte ich mich nach ihm gesehnt. Nach seinen Berührungen. Anscheinend hatte er nicht damit gerechnet, dass ich mich einfach auf ihn setzte.

»Was ich mache?«, wiederholte ich und wickelte eine seiner kurzen Strähnen um den Finger. Dann stellte ich den Wein weg und Zane tat es mir gleich. »Dein Schoß ist eindeutig bequemer als diese fürchterlich unbequemen Sessel.« Mein Blick wanderte zu dem, auf dem ich vorhin gesessen hatte. Er war unglaublich bequem und Zane wusste natürlich, dass ich log. Aber darum ging es nicht.

»Ach ja, diese unbequemen Sessel.« Seine Hände umfassten die Außenseite meiner nackten Oberschenkel. »Erinnere mich daran, sie austauschen zu lassen. Aber das meinte ich nicht.« Ein verführerisches Lächeln umspielte seine vollen Lippen.

»Mhm«, summte ich. Mein Herzschlag so schnell und kräftig, dass er in meinen Ohren dröhnte.

Seine Finger schoben sich unter den feinen Stoff und wanderten immer weiter. Ich biss die Zähne fest aufeinander, um ein Wimmern zu unterdrücken.

»Macht dich das nervös?« Er lehnte sich nach vorn, sodass nur noch Millimeter unsere Münder trennten. Sein warmer Atem an meinen Lippen. Der unendliche, tiefschwarze Blick. Seine Finger auf meiner Haut. Seine Härte, die sich gegen meine Mitte drückte.

Ich begann, langsam meine Hüften vor und zurück zu bewegen. Es fühlte sich so verdammt gut an, dass es schon beängstigend war. Wenn man bedachte, dass uns nur Zanes Unterhose trennte. Ich hatte heute Abend absichtlich auf meine Spitzenunterwäsche verzichtet.

Meine Feuchtigkeit durchtränkte den Stoff seiner Unterhose, als ich mich ungeniert an ihm rieb.

Er warf den Kopf in den Nacken. »Verdammt, Oriana. Ich wollte mich doch mit dir unterhalten.«

Ich legte meine Hände um seinen Nacken. Legte meine Stirn an seine. »Wir können gern reden, worüber auch immer du willst.« Meine Atmung war viel zu unkontrolliert. Meine Stimme von Lust erfüllt.

»Ich habe dich so vermisst. Den ganzen Tag. Die gesamte vergangene Woche«, hauchte Zane. Noch bevor ich etwas erwidern konnte, packte er meinen Nacken und zog mich in einen leidenschaftlichen Kuss.

Sofort wanderten meine Hände in seine Haare, während seine Zunge den Weg in meinen Mund fand und meine umspielte. Über meine Lippen und meinen Gaumen leckte, als ob ich die süßeste Frucht wäre, die er je gekostet hatte. Die er von unersättlichem Hunger getrieben begierig verschlang.

Ich bäumte mich über ihm auf und verschmolz in dem Kuss. Doch sofort packte Zane meine Hüften und drückte mich fester auf seine Härte.

Ein unkontrolliertes Keuchen brach aus mir hervor. Das war alles, was ich gebraucht hatte.

Ich löste mich einen Moment von seinen Lippen. »Zu schade, dass der Stoff im Weg ist«, keuchte ich gegen seinen Mund. Demonstrativ drückte ich mich noch fester an ihn.

»Seit wann bist du so verdammt unanständig?«, knurrte Zane. »Aber das können wir gern ändern.« Er zog meine Unterlippe zwischen seine Zähne. Was auf direktem Weg unter meine Haut schoss. »Heb deine Hüften für mich«, befahl er.

Sofort ging ich seiner Bitte nach und hob sie ein Stück, nur damit Zane seine weiße Unterhose abstreifen konnte. Mein begieriger Blick war dauerhaft zwischen seine Beine gerichtet, bis seine Männlichkeit ins Freie sprang.

»Bei den Göttern im Himmel«, murmelte ich.

Bei dem Gedanken, wie er mich gleich ausfüllen würde, wurde mein Mund schlagartig staubtrocken. Ob es diesmal wieder wehtun würde. Oder ob es sich von Beginn an so gut anfühlen würde wie beim letzten Mal.

Mit einer Hand umfasste er seine Härte und packte mit der anderen meine Hüfte, um mich passend niederzulassen. Als ich niedersank, drang er bis zum Anschlag in mich ein, dehnte und füllte mich vollkommen aus. Was mir sofort den Atem raubte.

Ich vergrub mein Gesicht an seinem Hals und biss die Zähne zusammen, um mich an ihn zu gewöhnen. Zanes vertrauter Duft half mir, mich zu entspannen. Denn wenn ich eines gelernt hatte, dann dass, sobald ich es auf mich zukommen ließ, ich mich entspannte, alles angenehmer wurde.

Zane legte seine Lippen an mein Ohr. »Alles in Ordnung?« Sofort stellte sich eine Gänsehaut auf.

»Mhm. Mehr als das«, murmelte ich und setzte mich wieder aufrecht hin.

Wenn ich gedacht hatte, er wäre vorhin gänzlich in mir gewesen, hatte ich mich getäuscht. Denn in dieser Position spürte ich ihn noch tiefer in mir. Ich zog die Augenbrauen zusammen und biss mir auf die Unterlippe.

Mit federleichten Küssen überzog Zane meinen Hals, meine Schlüsselbeine und meine Schultern. Sofort zuckte ein Schauer über meinen Körper.

Die dünnen Träger meines Nachtkleides streifte er langsam von meinen Schultern und übersäte weiterhin meine Haut mit heißen Küssen. Der Seidenstoff bauschte sich rund um meine Mitte.

Sein Mund zog eine glühende Spur von meinen Schultern weiter hinab. Er nahm eine meiner harten Brustwarzen in den Mund, leckte mit seiner Zunge darüber und ich bäumte mich ihm entgegen. Präsentierte mich ihm.

Er packte meine Hüften und begann mich auf und ab zu dirigieren. Langsam und vorsichtig bewegte ich mich und spürte, wie unfassbar gut es sich anfühlte. Das Gefühl, vollkommen ausgefüllt zu sein.

Von Zane.

Zanes und mein Atem wurden immer abgehackter, unkontrollierter.

Ich warf meinen Kopf in den Nacken, während ich mich immer flüssiger und schneller bewegte. Ich rekelte mich auf ihm. Geschmeidig und aneinander geschmiegt.

Meine Arme fest um seinen Hals gelegt. Stirn an Stirn.

Unkontrollierte Laute brachen aus meiner Kehle. Und aus seiner.

Jedes Keuchen von Zane wanderte auf direktem Weg zu meiner Mitte.

Er befeuchtete seinen Daumen an meinen Lippen und umkreiste danach meine empfindlichste Stelle.

Meine Fingernägel gruben sich in Zanes Rücken, was bestimmt kleine Sicheln hinterließen.

Ich zerschellte in Tausend Einzelstücke. Kam mit einem lauten Aufschrei, als die Erlösung mich überrollte. Währenddessen hielt ich Zanes dunklen Blick fest.

Als mich alles übermannte, vergrub ich mein Gesicht in seiner Halsbeuge und atmete seinen warmen Duft ein, während sich meine Atmung wieder einigermaßen beruhigte.

Wortlos hob er mich in seine Arme und trug mich ins Bett. Legte mich vorsichtig auf die frischen Bettlaken.

Das Fenster in seinem Schlafzimmer stand einen Spaltbreit offen, wodurch eine angenehme Brise durch den Raum zog.

Er legte sich direkt neben mich und deckte uns zu.

Wir lagen nur so da. Gesicht an Gesicht. Erforschten jeden Zentimeter des anderen Gesichtes.

Zane unterbrach als Erstes unser Schweigen. »Du kannst dir nicht vorstellen, wie sehr ich dich vermisst habe.« Mit einer federleichten Bewegung strich er mir eine Strähne aus dem Gesicht. »Du kannst dir nicht vorstellen, was es mit mir gemacht hat, dich die vergangenen Tage zu sehen, ohne allein mit dir sein zu können.« Er strich mit seiner Nase über meine. »Dich nicht berühren zu können.«

Ich senkte meinen Blick zu seinen Lippen. »Ich habe dich auch vermisst«, gab ich zu und merkte sofort, wie die Wärme in meine Wangen stieg. »Wenn ich ehrlich bin, habe ich dich sogar *sehr* vermisst.« Meine Stimme kaum mehr als ein leises Flüstern.

Unter der Decke suchte ich nach seiner Hand, strich sanft darüber. Verschränkte unsere Finger ineinander und sah in seinen Augen die Gefühle. Die Gefühle für mich.

Rein. Tief. Ehrlich.

»Ich will nie wieder ohne dich sein. Nie wieder einen Tag erleben, an dem ich nicht dein wunderschönes Gesicht sehe. Dein Lächeln«, murmelte Zane dicht an meinen Lippen.

Er hob unsere verschränkten Finger an seinen Mund und küsste jeden meiner Knöchel und hielt währenddessen meinen Blick fest.

Mein Inneres schmolz davon. Verflüssigte sich.

Das Kribbeln, das meinen Körper fest unter Kontrolle hatte, war nicht beschreibbar. Noch nie hatte ich so für jemanden empfunden. Noch nie war ich in jemanden verliebt gewesen. Noch nie … noch nie hatte ich jemanden geliebt.

Alle meine Vorsätze, mein Herz zu schützen, stürzten ein. Hatten keinerlei Bedeutung mehr. Das Einzige, was Bedeutung hatte, war Zane. Meine tiefen Gefühle für ihn. Die ich so lange probiert hatte zu unterdrücken. Sie tief in mir wegzuschließen, um danach den Schlüssel weit wegzuwerfen.

Irgendwo musste Zane diesen Schlüssel gefunden haben. Mit seinen Gefühlen für mich ihn aufgespürt haben. Und er wusste genau, wie er ihn benutzen musste. Er öffnete das Schloss um mein Herz und in dem Moment strömten die unterdrückten Emotionen nur so aus mir heraus. Mein Herz entfaltete sich.

»I–ich …«, stotterte ich, legte meine Stirn an seine. Hauchte ihm einen Kuss nach dem anderen aufs Gesicht. Auf seine Mundwinkel, seine Nase, seine Stirn.

»Ich weiß, Oriana.« Er hielt mein Gesicht in beiden Händen gebettet. So vorsichtig, als ob ich das Wertvollste wäre, was seine Hände je berührt hatten.

Langsam legte er seine Lippen auf meine und lächelte. Lächelte an meinem Mund. Seine Finger strichen über meinen Arm nach unten, bis sie an meiner Hüfte hielten. Mit einer flüssigen Bewegung zog er mich noch näher an sich, sodass sich unsere Oberkörper berührten. Bis ich seine weiche Haut an meiner spüren konnte. Bis ich seinen schnellen Herzschlag fühlen konnte, der mindestens genauso raste wie mein eigener.

Langsam und bedacht küssten wir uns. Streichelten uns. Liebten uns.

Von der puren animalischen Leidenschaft, die uns vorher getrieben hatte, war nichts mehr zu spüren. Es war nicht nur zwischen unseren Körpern. Es war tiefer. Tief in meiner Seele.

Zane löste sich von meinen Lippen und sah mir tief in die Augen. »Sag mir, dass du für immer bei mir bleibst.«

»Ich bleibe für immer bei dir.«

»Sag, dass du meine Frau wirst. Meine Königin.«

»Ich werde deine Frau und deine Königin.«

»Und ich werde immer *Dein* sein«, flüsterte er.

Wieder trafen sich unsere Lippen.

Er bäumte sich über mir auf und stützte sich neben meinem Kopf auf der Matratze ab. Küsste meine Halsbeuge, mein Schlüsselbein, meine Brust.

Als sein Gesicht wieder auf meiner Augenhöhe war, kräuselten sich seine Lippen zu einem Lächeln. Er legte seine Lippe an mein

Ohr, fuhr mit seiner Zunge über die empfindliche Stelle, die sich direkt darunter befand. Wieder verschränkte er unsere Finger miteinander und fixierte meine Hände über meinem Kopf.

»Dir gehört mein Herz, dir allein.« Seine Stimme nicht mehr als ein leiser warmer Hauch.

»Und dir meines.«

Zane trafen meine Worte tief im Herzen. Das konnte ich spüren. In seinen Augen sehen, die plötzlich strahlten wie zwei glühende Kohlestücke.

»Ich schwöre bei den Göttern, ich werde es mit meinem Leben beschützen. Ich werde es gut behüten, in Sicherheit tragen und … lieben. Für immer.«

Mein Herz drohte, mir aus der Brust zu springen. Es schlug so unglaublich stark.

Ich blinzelte mehrmals, bevor ich meinen Kopf anhob und den letzten Abstand zwischen uns überwand, damit sich unsere Lippen trafen.

»Du weißt, wie das enden würde, wenn es zwischen uns nicht funktioniert.«

Ich küsste ihn voller Leidenschaft, legte jegliche Liebe, die ich empfand, in diesen Kuss. Wir verschmolzen ineinander. Tränen glänzten hinter meinen geschlossenen Lidern. Überwältigt von dem, was sich zwischen uns gebildet hatte. Etwas, das ich nie für möglich gehalten hatte. Das, wogegen ich mich so lange vergeblich gewehrt hatte.

Er hauchte zwischen zwei Atemzügen: »Sollte das hier irgendwann enden, dann mögen die Götter mir beistehen.«

Unsere nackten Körper rieben sich ungeniert aneinander und ich wartete nur noch, bis er mich endlich wieder ausfüllen würde.

Ich verfluchte das vergangene Jahr, in dem ich die Zeit mit diesen Aktivitäten hätte verbringen können, wäre Mabel niemals in mein Leben getreten. Es hätte die Prüfungen nicht gegeben und alles, was danach kam, ebenso wenig.

Wieder spürte ich seine Männlichkeit an meinem feuchten Eingang. Nur einen Augenblick später fühlte ich ihn erneut in mir.

Ein Keuchen brach aus meiner Kehle hervor, überwältigt von der Intensität.

»Prinz Zane.« Jemand räusperte sich vor der verschlossenen Tür. »Ich entschuldige mich vielmals für die Störung, aber Euer Vater lässt nach Euch schicken.«

»Das kann doch nicht wahr sein«, murmelte Zane.

Er zog sich so weit aus mir zurück, nur um ein weiteres Mal in mich einzudringen. Tiefer als zuvor.

Ein tiefes Stöhnen brach aus mir hervor, doch ich hatte meine Hand auf meinen Mund gepresst, um die Geräusche zu unterdrücken. Ich verdrehte meine Augen und warf meinen Kopf zurück.

Einen Moment später riss Zane meine Hand von meinem Mund und knurrte mir ins Ohr: »Wehe, du hältst dich jemals wieder zurück. Ich will dich hören. Jedes noch so kleine Geräusch, das du von dir gibst. Völlig irrelevant, wer mitbekommt, welche Freude ich dir bereite.«

Wieder hämmerte es an der Tür. »Prinz!«

»Es tut mir leid, Liebling.« Er streifte mit seiner Nasenspitze über meine und küsste meinen Mundwinkel, bevor er sich von mir rollte. »Dafür wird heute noch jemand seinen Kopf verlieren. Das schwöre ich dir.«

Ich schmunzelte und zog die Decke bis zu meinem Kinn.

»Es ist ein Notfall«, dröhnte es wieder.

Es war ein Geschenk der Götter, dass der Mann nicht einfach ins Zimmer gestürmt kam, wenn es sich tatsächlich um einen derartigen Notfall handelte.

»Kann dieser Notfall nicht bis morgen warten? Ich habe gerade Wichtiges zu tun«, schnalzte Zane und ein Muskel in seinem Kiefer zuckte. »Ich werde nicht vergessen, wo wir gerade stehengeblieben sind. Ich bin noch nicht fertig mit dir«, sagte er leise in meine Richtung.

»Bedauerlicherweise nicht. Es gibt einen Vierundfünfziger vor den Schlossmauern«, rief der Mann durch die geschlossene Tür.

Vierundfünfziger war ein Code für die königliche Familie sowie die Bediensteten, der bedeutete, dass es einen Bürgeraufstand gab – wenn ich mich richtig erinnerte. Westerys und ein Bürgeraufstand? Ich dachte, das Volk liebte seine Herrscher.

Götter …

Zanes und mein Blick traf sich. Er hatte die Augen weit aufgerissen.

»Geh schon.« Ich wedelte mit einer Hand hysterisch in Richtung Tür, bevor ich meine Arme um meinen Oberkörper schlang.

Zane schlüpfte in die nächstgreifbaren Klamotten und warf mir eines seiner lockeren Hemden zu. Welches ich noch im Flug auffing und ebenfalls schnell hineinschlüpfte.

Ich rutschte aus dem Bett und wusste nicht, was ich als Nächstes machen sollte. Zane schnappte sich die dünne Überdecke und wickelte mich darin ein wie eine Raupe in einen Kokon.

Er packte mich an den Schultern, sein tiefschwarzer Blick fixierte meinen.

Jegliche Gefühle waren kurz von seinem Gesicht verschwunden.

Es war nur noch der taktische Kronprinz Zane von Westerys zu erkennen, der sein Königreich verteidigen musste.

»Die Wachen, die vor meinen Gemächern warten, werden dich zu einem versteckten Bunker, der sich tief unten im Palast befindet, begleiten.« Er zog die Augenbrauen zusammen und man konnte in seinem Blick erkennen, dass er mich am liebsten persönlich in den Bunker begleiten würde. Er löste sich einen Moment lang von mir und ging zu der Kommode. Öffnete eine Schublade und zog einen Dolch hervor.

»Was? Nein. Ich … Ich gehe nicht ohne dich irgendwo hin.«

Nachdem er mir den kalten Griff in die Hand gedrückt hatte, spannten sich die Muskeln meines gesamten Körpers an. Zu gut konnte ich mich an das letzte Mal erinnern, als ich einen Dolch in der Hand gehalten hatte. Kurz bevor ich ihn den Wandler mitten ins Auge geschleudert hatte. Und somit sein Leben ausgelöscht hatte.

Zanes Stimme war ruhig, dennoch merkte ich, wie er sein Unwohlsein überspielte. »Die Wache wird dich mit ihrem Leben beschützen. Aber bitte, Oriana, versprich mir eines.« Er stieß die Luft aus. »Bitte versprich mir, dass du auf dich aufpasst. Ich … Ich könnte mir nicht verzeihen, wenn … Ich weiß nicht, was hier vor sich geht. Im Bunker bist du sicherer. Ich kann nicht mit. Ich muss …« Er strich meine Haare aus dem Gesicht und drückte mir einen festen Kuss auf die Stirn. »Vergiss nie, wie stark du bist. Du bist eine Kriegerin. *Meine* Kriegerin.«

Ich nickte. Zu mehr war ich nicht in der Lage. Ich war auf die gesamte Situation nicht vorbereitet. Sie übermannte mich, sodass ich nicht wusste, wie ich reagieren sollte. Was passieren würde.

»K–kann ich irgendwie helfen?«, stotterte ich, obwohl ich mir die Antwort schon denken konnte. Wie könnte ich helfen, wenn selbst Zane nicht wusste, was im Moment vor den Schlossmauern vor sich ging?

Bei den Göttern im Himmel.

»Was ist mit Stella und Rohana?« Ich merkte, wie ich anfing, zu hyperventilieren. Die Luft, die in meine Lungen strömte, fühlte sich zu dünn an. Als ob zu wenig Sauerstoff darin vorhanden wäre. Also atmete ich immer schneller. Immer hektischer.

Zane umfasste mein Gesicht. »Ich werde für ihre Sicherheit sorgen.« Er legte seine Stirn an meine. Klebrig vom Schweiß, der auf meiner Stirn stand. Ich legte meine zitternden Finger an seine Brust und fühlte seinen Herzschlag. Atmete tief und langsam durch.

Wie hatte eine der schönsten Situationen in meinem Leben solch eine Wendung nehmen können?

Einige Sekunden vergingen, in denen wir einfach umschlungen dastanden.

»Ich komme dich holen, sobald es sicher ist. Ich verspreche es.« Seine Lippen streiften über meine. »Oriana.« Seine Stimme tief und warm. Ich schloss meine Augen und versuchte, mich zu beruhigen.

»Oriana … Ich liebe dich«, flüsterte Zane leise.

Langsam öffnete ich meine Augen und zog meinen Kopf genau so weit zurück, dass ich ihm ins Gesicht sehen konnte.

Oriana … Ich liebe dich, hallte es in meinen Ohren wider.

Obwohl es in dieser Situation mehr als unangebracht war, schwoll mein Herz an. Die Hitze sammelte sich in meinen Wangen, nachdem diese drei Wörter Zanes Mund verlassen hatten.

Meine Gedanken ein einziger Wirrwarr.

Er liebt mich.

Federleicht umfasste ich sein Gesicht. Streichelte mit dem Daumen über seine Wange. Er schmiegte sich in die Berührung und legte seine Hand auf meine.

»Ich …«, flüsterte ich.

Ihm entkam beinahe ein leises Lachen, als die Wache wieder heftig gegen die Tür hämmerte und mich unterbrach.

»Wir werden noch ein Leben lang Zeit haben, uns zu unterhalten.«

Schwerelos legte ich meine Lippen ein letztes Mal auf seine. Heiße Tränen brannten hinter meinen Lidern. Ich küsste ihn so voller Liebe und Zärtlichkeit. So, als ob es das letzte Mal wäre, dass sich unsere Lippen berührten.

Kapitel 51 Oriana

Wortlos eskortierte mich eine von Zanes Wachen durch die langen Flure des Untergrunds. Unzählige Stufen überwanden wir, bis wir den untersten Teil des Palastes erreichten.

Noch nie zuvor war ich hier gewesen. Die Decke war gerade so hoch, dass der Mann neben mir aufrecht gehen konnte. Der Geruch von alter, abgestandener Luft kroch mir in die Nase. Nur vereinzelt spendeten Fackeln gerade genug Licht, um nicht über seine eigenen Füße zu stolpern.

Irgendwie fühlte ich mich hier nicht wohl. Meine feinen Härchen im Nacken stellten sich warnend auf. Jedoch ignorierte ich sie und schob mein Unwohlsein auf die Tatsache, dass Westerys angegriffen wurde. Dass ich nicht wusste, was auf Zane, Stella, Rohana und mich zukam.

Noch immer schwirrten Schmetterlinge in meinem Bauch umher. Das, was zwischen uns passierte, auf das war ich nicht gefasst.

Was sich zwischen uns verändert hatte.

Ich. Liebe. Dich.

Wie er die Worte ausgesprochen hatte. Voller Liebe. Ohne ersichtlichen Grund fühlten sie sich wie Abschiedsworte an.

Jedoch kam es mir falsch vor, in dem Moment, in dem Westerys angegriffen wurde, an meine persönlichen Gefühle zu denken. Es war schwieriger als gedacht, sie einfach so beiseitezuschieben.

Der düstere Gang wurde immer dunkler und modriger. Die Decke immer niedriger und langsam schlich sich ein flaues Gefühl in meinen Magen und verdrängte den letzten Schmetterling.

Dafür, dass wir zum königlichen Bunker unterwegs waren, waren wir schon ziemlich lange hier unten.

»Wie lange dauert es noch, bis wir den Bunker erreichen?«, fragte ich den Wachmann. Während unseres Weges hatten wir bisher kein Wort miteinander gewechselt.

Er blickte zwar in meine Richtung, doch er gab keine Antwort.

Meine Nackenhaare stellten sich erneut warnend auf und sandten einen Schauer über meinen Körper.

Wir gingen einige weitere Meter nebeneinanderher, bis ich eine weitere Frage versuchte: »Wieso gibt es einen Aufstand?«

Wieder keine Antwort.

Diesmal würdigte er mich nicht einmal eines Blickes. Irgendetwas stimmte hier gewaltig nicht. Mein Herzschlag wurde automatisch schneller und ich blieb abrupt stehen.

Ich umfasste den Griff des Dolches, den Zane mir zuvor gegeben hatte fester, jedoch hielt ich ihn weiterhin unter der Decke versteckt.

»Was ist hier los?«, versuchte ich es erneut.

Die Wache stieß zischend die Luft aus. »Es ist nur noch ein kleines Stück, bis wir da sind. Also bitte, löchere mich nicht mit Fragen. Dafür ist später noch genügend Zeit.«

Jetzt kam mir die Situation noch eigenartiger vor. Zanes Familie legte großen Wert darauf, dass das Personal, egal ob Köche, Dienstmägde, Wachen oder Zofen, den Adel stets mit dem nötigen Respekt ansprachen. Dass meine Zofe Miss Merry manchmal so unfreundlich zu mir war, war eine Ausnahme. Obwohl ich mir nicht sicher war, ob irgendjemand außer mir davon wusste, wie griesgrämig diese alte Dame mir gegenüber gesinnt war. Doch dass eine der Wachen, noch dazu einer der Wachmänner, der regelmäßig vor den Gemächern des Kronprinzen stationiert war, so respektlos mit mir sprach, war mehr als verdächtig.

»Komm schon.« Seine Stimme war dunkel, doch ich bewegte mich keinen Schritt weiter.

Er verdrehte genervt die Augen, packte mich am Oberarm und

zerrte mich mit. Mit meinem gesamten Körpergewicht stemmte ich mich dagegen.

»Lass mich verdammt noch mal los.« Ich versuchte, mich aus seinem Griff zu befreien. Trat immer wieder gegen sein Bein. Doch er hielt mich weiterhin ohne Mühe fest.

»Bei den Göttern. Beruhig dich doch, Oriana.«

Hier stimmte etwas gewaltig nicht. Ich überlegte nicht lange, zog den Dolch hervor und stach ihm in die Hand. Sofort ließ er mich frei, während die Klinge klirrend zu Boden ging.

Ich rannte.

Die Decke, die zuvor um meinen Körper geschlungen war, fiel zu Boden, sodass ich nur noch in Zanes Tuniken vor dem fremden Mann davonlief. Doch kein Schamgefühl machte sich in meinem Körper breit. Nein. Ausschließlich Angst.

Ein Schritt nach dem anderen. Mit einem viel zu schnellen Herzschlag versuchte ich, möglichst viel Abstand zwischen die Wache und mich zu bringen. Jedoch hatte er nur einen Wimpernschlag, nachdem ich losgestartet war, die Verfolgungsjagd aufgenommen.

Nur wenige Schritte war er hinter mir. Ich rannte um mein Leben. Weiter in den dunklen Tunnel hinein. Ohne zu wissen, wohin er führte oder wo ich mich überhaupt befand. Ich musste hier wegkommen und das schnellstmöglich.

Langsam ging mir die Puste aus. Auf so einen Marathon war ich nicht vorbereitet gewesen und hatte auch die unpraktischste Kleidung auf dieser Welt an. Er würde mich in kürzester Zeit einholen, denn ich würde nicht mehr lange durchhalten. Was hatte er nur vor?

Daher gab ich den Plan zu fliehen auf, konzentrierte mich und reimte mir schnellstmöglich einen neuen zusammen.

Na ja, einen Plan konnte man es nicht gerade nennen.

Das vertraute Kribbeln breitete sich unter meiner Haut aus. Durchzog meinen Körper wie ein Netz aus Kälte. Über meine Arme bis zu meinen mittlerweile blau glühenden Fingerspitzen.

Ich blieb stehen, drehte mich um und fixierte die Wache.

Ich atmete tief durch. Einmal. Zweimal.

Helle Funken sprühten aus meinen Handflächen, bevor ich meine eisige Magie auf den Mann schleuderte. Mit einem dumpfen Geräusch prallte er mit dem Rücken gegen die felsige Wand, als ich einen kalten Schneesturm gegen ihn krachen ließ.

Ich hielt eine Hand weiterhin nach ihm ausgestreckt. Noch immer umgab ein blauer Schimmer meine Finger und ein feines Schneegestöber tanzte warnende Kreise auf meiner Handfläche.

»Nur eine einzige falsche Bewegung und ich töte dich. Wer immer du auch sein magst.« Und das meinte ich ernst. Es wäre nicht das erste Mal, dass ich meine Magie für mehr als nur dämliche Tricks verwendet hatte. Damals hatte es doch ebenfalls gut funktioniert.

»Wer in Götters Namen bist du?«, zischte ich. Ich verdrängte die Angst bestmöglich und versuchte, tough zu wirken.

Vergiss nie, wie stark du bist.

Ich liebe dich, Oriana.

Plötzlich hallten schnelle Schritte durch die Tunnel. Doch durch das schlechte Licht konnte ich die Person erst erkennen, als sie direkt vor uns stand.

Zane.

Bei den Göttern.

Die schulterlangen Haare zerzaust und den Mund zu einem breiten Grinsen verzogen, lehnte der Mann lässig an der Mauer, während Zane meine Mitte umfasste und mich in eine Umarmung zog. Sofort hauchte ich ihm einen schnellen Kuss auf die Lippen, erleichtert ihn zu sehen.

»Zane, irgendetwas stimmt nicht«, stieß ich hervor und sah zu ihm auf. Konnte seine Miene jedoch nicht lesen, da sein Gesicht zur Hälfte in Schatten gehüllt war.

»Oriana«, hauchte er und küsste mich erneut. Diesmal intensiver, jedoch löste ich mich von ihm. Irgendetwas stimmte nicht.

»Zane, hast du mich nicht gehört?«

Er sah zu dem Wachmann, der weiterhin lässig da lehnte. Er tat so, als ob er nicht gerade von meiner Magie bedroht gewesen wäre. Als ob das auf seiner Tagesordnung stehen würde. Wieder erhob ich meine Hand und ließ die blau glühenden Eisgestöber darüber lodern.

»Dein dämliches Grinsen wird dir noch vergehen.« Mit einer gezielten Handbewegung peitschte ich ihm einen Schneestoß ins Gesicht, sodass sein Kopf zur Seite flog.

Mit seiner blutverschmierten Hand wischte er über seine Wange und hinterließ eine rote Spur.

Zane stand regungslos daneben.

Es stimmte etwas überhaupt nicht. Ganz und gar nicht.

»Das war aber nicht nett«, murmelte der Wachmann amüsiert.

Dieser Bastard.

Ich biss die Zähne fest aufeinander. »Antworte gefälligst. Sonst werde ich dir zeigen, wie *nett* ich sein kann.«

Kapitulierend hob er seine Hände und warf mir ein Schmunzeln zu. »Schon gut, Prinzessin. Ich dachte, du freust dich, einen alten Freund wiederzusehen.«

Die Zahnräder in meinem Kopf ratterten. Ich hatte ihn bisher wenige Male vor Zanes Gemächern gesehen, mehr nicht. Keine Unterhaltungen, nichts. Ich kannte nicht mal seinen Namen.

Wieder sah ich zu Zane, der wortlos danebenstand.

»Was redest du? Ich kenne dich nicht.« Ich hob mein Kinn ein Stück höher und warf ihm einen herablassenden Blick zu.

»Ach nein?« Er stieß ein kehliges Lachen aus. »Vielleicht helfe ich dir etwas auf die Sprünge.« Er räusperte sich. »Erkennst du mich jetzt wieder?«

Seine Stimme hatte sich verändert. Eine Stimme, die mir unheimlich vertraut in Erinnerung war. Wie angewurzelt stand ich da und riss die Augen weit auf.

»Was soll das für ein bescheuerter Trick sein?«, zischte ich. Das konnte nicht echt sein.

»Trick?« Wieder schmunzelte der Unbekannte. »Soll ich dir einen weiteren Trick zeigen?«, fragte er und stieß sich von der Wand ab.

Ich hob warnend beide Hände in seine Richtung. Beschwor

einen regelrechten Schneesturm herbei, der um meine Haare peitschte. Ich hatte mit vielem gerechnet, aber das, was danach passierte, traf mich vollkommen unvorbereitet.

Seine dunklen schulterlangen Haare verwandelten sich in hellbraune Locken. Sein Gesicht … so vertraut.

»Das kann nicht sein«, murmelte ich. Ich schlug mir die Hand vor den Mund. Sofort erlosch mein Schneesturm und mein Herz setzte beinahe aus.

Nein. Nein. Nein.

»Überraschung.« Unschuldig zuckte er mit den Schultern. »Dass du mich gleich erstechen wolltest, finde ich ganz schön übertrieben.« Ein Mundwinkel wanderte nach oben, während er über seine Hand rieb, die mittlerweile aufgehört hatte, zu bluten.

Mein viel zu schneller Herzschlag surrte in meinen Ohren.

Laurent. Hier in Westerys.

Wochen, nachdem ich ihn das letzte Mal gesehen hatte. Und noch dazu in einer anderen Gestalt. Er …

Ich schüttelte ungläubig den Kopf und trat einen Schritt zurück. Meine Unterlippe bebte. Mein Blut fühlte sich ungewöhnlich heiß in meinen Adern an.

»Was … Was bist du?«, fragte ich mit viel zu dünner Stimme. Obwohl ich die Antwort schon kannte, ohne dass er sie aussprechen musste. Ich wickelte meine Arme um meinen Körper, um das Zittern zu unterdrücken.

Laurent rieb sich übers Gesicht und plötzlich war seine Miene nicht mehr amüsiert, sondern bedrückt. Beinahe schulderfüllt. »Du weißt genau, was ich bin.«

»Aber wie …« Ich musste merklich schlucken. »Es wurden alle Gestaltwandler verbannt. Vor über zwanzig Jahren.« Ich musste mehrmals blinzeln, denn der graue Schleier bildete sich über meiner Sicht. Alles um mich herum wurde langsam, aber sicher unschärfer.

»Laurent, ich verstehe nicht.« Ich kniff die Augen fest zusammen und rieb mit den Fingern über meine Schläfen. Dann sah ich zu Zane, als ein helles Aufleuchten erfolgte.

Statt Zane stand plötzlich … Clarence da.

Nein. Bei den Göttern. Nein.

»Oriana, es ist alles etwas komplizierter, als es scheint.« Clarence streckte mir seine Hand entgegen und kam einen Schritt auf mich zu.

»Fass mich bloß nicht an!« Ich taumelte rückwärts und spürte die Kälte der Steinmauer an meinem Rücken.

Es war alles zu viel.

»Oriana, beruhige dich. Ich bin nun hier. Es wird alles gut«, hörte ich entfernt, wie durch einen dichten Nebel.

Meine Beine gaben schlussendlich nach, während ich die Kontrolle über meinen Körper verlor. Alles um mich herum wurde dunkel.

Das Letzte, an das ich mich erinnerte, waren zwei starke Hände, die mich auffingen, bevor mich die Dunkelheit vollkommen verschluckte.

Mich mit in ihren Abgrund riss.

Und ich wusste, dass sie nicht dem gehörten, den ich liebte. Denn es war nicht Zane, sondern Clarence.

Kapitel 52 Zane

»Was meinst du damit, dass es keinen Aufstand gibt?« Die Verwirrtheit schwang deutlich in meiner Stimme mit. Nachdem ich von dem Angriff erfahren hatte, war ich unverzüglich in die Gemächer meiner Eltern gestürmt.

»Junge, es ist mitten in der Nacht.« Mein Vater setzte sich in seinem Bett auf. »Hast du schlecht geträumt?« Er rieb sich die Augen. »Wieso sollte der Palast angegriffen werden?«

»Kommandant Reglus hat mir deinen Befehl überbracht, dass ich dich unverzüglich aufsuchen soll, da es einen Vierundfünfziger gibt.« Mein Herz hämmerte wild in meiner Brust.

»Niemand greift den Palast an«, wiederholte mein Vater.

Nun meldete sich meine Mutter zu Wort. »Zane ist alles in Ordnung? Geht es dir nicht gut?« Sie kam auf mich zu und legte mir ihre Hand an die Wange.

»Natürlich geht es mir nicht gut«, zischte ich. »Verdammt. Oriana.« Ich drehte mich um und stürmte aus den Gemächern meiner Eltern.

Kommandant Reglus, der mir die Nachricht überbracht und mich zu den Gemächern meiner Eltern begleitet hatte, war verschwunden.

»Verdammt. Verdammt. Verdammt«, murmelte ich.

»Wachen!«, schrie ich und sofort kamen einige Männer um die Ecke gerannt. »Meine Verlobte, Prinzessin Oriana, wird vermisst.« Ich schluckte merklich. »Vermutlich wurde sie … entführt. Durchkämmt den gesamten Palast. Inklusive des Untergrunds und der gesamten Umgebung.«

Es musste so sein. Man musste sie mir genommen haben. Auf betrügerische Art und Weise.

Etwa zwei Dutzend Männer salutierten. »Zu Befehl.« Sofort schwärmten sie in die verschiedensten Richtungen aus.

Nur in seinen Morgenmantel gekleidet, kam mein Vater aus der Tür. »Was ist hier los? Zane, erkläre mir sofort, was vor sich geht!« Er verschränkte seine Arme vor der Brust. Meine Mutter stand hinter ihm. Ebenfalls nur in ihre Nachtkleider gehüllt.

Ich umfasste meinen Nacken und zog meine Augenbrauen zusammen. Versuchte, die Angst herunterzuschlucken. »Einer der Wachmänner ist mit Oriana verschwunden. Er wollte sie in den Bunker bringen. Doch da kein Aufstand stattgefunden hat, hat er … Sie müssen sie entführt haben.« Wenn ich die Schuldigen in die Finger bekommen würde, würde ich sie direkt in mein Höllenfeuer befördern. Meine Hände glühten, als ich sie von meinem Nacken nahm.

Die angespannte Miene meines Vaters verflüchtigte sich augenblicklich. Meine Mutter schlug die Hand vor den Mund.

»Du gehst sofort wieder zurück ins Schlafzimmer«, sagte er an meine Mutter gewandt. »Ich werde zusätzliche Wachen vor den Türen stationieren. Vor Stellas Gemächern ebenfalls. Und vor Rohanas …« Er drückte ihr einen festen Kuss auf die Stirn.

»Und wir zwei, Junge …« Er umfasste meine Schulter mit seinem festen Griff. »Wir zwei werden deine Verlobte finden.«

Kapitel 53 Oriana

Mein Kopf hämmerte wie wild. So, als ob mir jemand mit einem Scheitel eins übergebraten hätte. Ich brummte, während ich versuchte, mir über das Gesicht zu wischen, um meine Sinne wieder zu sammeln.

Meine Hände. Meine Hände sie waren gefesselt. Augenblicklich begann ich zu zittern.

Langsam öffnete ich meine Augen und musste mehrmals den grauen Schleier beiseite blinzeln.

Es war dunkel. Der Mond stand noch hoch am Himmel, weshalb ich davon ausging, dass ich nicht allzu lange weggetreten gewesen war. Ich befand mich außerhalb des Palastes. Die einzigen Geräusche, die ich vernahm, waren Hufe, die über Pflastersteine klapperten und zwei vertraute Stimmen, die Worte sprachen, die ich nicht verstand. Noch zu geschwächt, um einen Sinn hinter dem Gesprochenen zu erkennen.

Ich senkte meinen Blick auf meine Handgelenke, als ich dort Onyxfesseln sah. Sie unterdrückten jegliche Magie.

Panik erfasste Besitz von meinem geschwächten Körper. Gedankenlos riss ich an den Fesseln, sodass sich das dunkle Gestein schmerzhaft in meine Haut grub. Was war passiert …

Ich spürte starke Hände, die um meine Taille geschwungen waren und mich aufrecht hielten.

»He, ich glaube, sie wird wach«, hörte ich die eine Stimme.

»Den Göttern sei Dank. Ich dachte schon, sie würde gar nicht mehr aufwachen«, vernahm ich die andere Stimme. »Du hast uns einen ganz schönen Schrecken eingejagt.«

Meine Finger fuhren durch das schneeweiße Fell des Pferdes, auf dem ich saß.

Lyra.

Clarence.

Mein Kopf schnellte hinter mich und da begegnete ich seinem bernsteinfarbenen Blick.

Er lächelte. Seine Augen waren sanft. »Wie geht es dir?«

Mein Blick war starr auf ihn gerichtet. »Ich … Ich verstehe nicht. Was ist hier los?« Wieder riss ich an meinen Fesseln. »Wieso bin ich gefesselt, was ist hier los?« Meine Stimme wurde immer abgehackter.

»Wir haben dich gerettet, wie du unschwer erkennen kannst«, warf Laurent von der Seite ein. »Schön, dich wieder zu sehen.« Er zwinkerte mir amüsiert zu.

So, als ob sie mich nicht gerade entführt hätten. So, als ob das zu ihren alltäglichen Tätigkeiten gehören würde. Sich mitten in der Nacht in einen fremden Palast zu schleichen, um die Verlobte des Kronprinzen zu stehlen.

Mein Herz machte einen Satz, als ich verstand, wieso ich bewusstlos geworden war. Wie sie es geschafft hatten, in den Palast einzudringen.

Clarence und Laurent waren … »Du bist ein … ein Wandler«, brach es aus mir hervor. Mein Herzschlag raste viel zu schnell in meiner Brust.

»Gut beobachtet«, lachte Laurent.

»Und du bist ebenfalls einer«, stotterte ich und lenkte meinen Blick auf Laurent, der neben uns auf seiner hellbraunen Pegasus-Stute ritt. Lyras Schwester, hatte mir Clarence während unserer Reise erzählt.

Wir ritten durch die Wälder und ich fragte mich, wieso wir nicht einfach flogen. Vermutlich warteten sie, bis wir weit genug vom Palast entfernt waren, damit uns niemand sehen konnte. Wenn jemand einen Pegasus gesehen hätte, hätte man gewusst, wer für meine Entführung verantwortlich war.

Statt Laurent antwortete Clarence auf meine Frage: »Ja, wir beide sind Wandler. Genauso wie unsere Mutter.«

Ich versuchte, einen gewissen Abstand zu ihm zu bekommen, und rutschte, so weit es mir möglich war, auf Lyras Rücken nach vorn.

Clarence bemerkte mein Unbehagen. »Du brauchst keine Angst vor uns zu haben. Wir sind dieselben wie zuvor.« Er räusperte sich und seine Stimme wurde ruhiger, als er weitersprach. »*Ich* bin noch derselbe.« Er legte seine Hand vorsichtig an meinen Rücken.

Sofort schoss ein Schauer durch mich hindurch. Aber keiner der guten Sorte.

Ich brauchte einen Moment, bis ich antworten konnte. »Wieso hast du es mir nicht erzählt?« Ohne Clarence' Gesicht zu sehen, konnte ich seine Stimmung deuten. Konnte seinen Schmerz in der Stimme hören.

»Weil es geheim bleiben musste. Du weißt genau, dass alle Wandler damals verbannt wurden und was damals geschehen ist. Wenn jemand von unseren Fähigkeiten erfährt …« Er pausierte kurz, bevor er weitersprach. »Dann verbannen sie uns ebenfalls.«

Laurent stieß ein emotionsloses Lachen aus. »Im besten Fall verbannen sie uns. Wahrscheinlicher ist es jedoch, dass sie uns öffentlich hinrichten, um ein Zeichen zu setzen.« Ein Schauer durchzuckte seinen Körper und er schüttelte ihn bibbernd ab. »Aber nun ja. Niemand weiß davon. Außer dir. Und du würdest uns sicher nicht verraten.« Er warf mir einen fragenden Blick zu. »Übrigens, wie wäre es mit einem kleinen Dankeschön, dass wir unseren Kragen dafür riskiert haben, dich aus der sandigen Hölle zu befreien?«

Ich zog die Augenbrauen in die Höhe, gleichermaßen amüsiert über seine Beschreibung vom Palast wie verwirrt. »Sandige Hölle? Ich … Ihr … Ihr habt mich nicht gerettet. Ich war freiwillig dort.«

Clarence' Stimme ertönte hinter mir. »Oh, bei den Göttern. Er muss ihr eine Gehirnwäsche verpasst haben. Du hasst ihn, schon vergessen? Er hat bei der Prüfung betrogen, er ist nicht der Auserwählte. Nicht der Richtige für dich.«

Laurent schnippte in meine Richtung und winkte mir zu. »Erde an Oriana. Wenn du noch irgendwo da drinnen bist, dann gib uns ein kleines Zeichen.«

»Du kannst doch nicht freiwillig bei ihm bleiben. Du weißt doch ganz genau, wie er in Wirklichkeit ist«, entrüstete sich Clarence und sein Unterton wurde schärfer. Dass er nicht besonders begeistert davon war, dass ich Zane nach allem, was zwischen uns vorgefallen war, dennoch heiraten würde, war verständlich.

Aber ja, ich wusste, wer Zane war. Wer er wirklich war.

Die vergangenen Wochen hatte ich hinter seine perfekte Fassade blicken dürfen. Sie erkunden dürfen. So viele seiner liebenswerten Eigenschaften kennen und lieben gelernt. Den neckenden Umgang mit seiner Schwester, die Liebe zu seinen Eltern, die Fürsorglichkeit mir gegenüber.

»Ja, verdammt. Natürlich weiß ich, wie er in Wirklichkeit ist. Er ist auch mein Verlobter. Ich werde ihn in einer Woche heiraten und mein restliches Leben mit ihm verbringen. Und weißt du was, Clarence?«, zischte ich. »Ich bin verdammt noch mal froh darüber. Ich bin glücklich. Ich bin wirklich glücklich, dass es Zane war, der die Prüfungen gewonnen hat. Dass er mein Verlobter ist, denn es war schon immer Zane.«

Danach drehte ich mich zu Clarence um und warf ihm einen bedrohlichen Blick zu. Was dachte er? Dass er einfach so aufkreuzten, könnte und ich ihm um den Hals fallen würde? Nachdem er mich im Stich gelassen und mich belogen hatte?

»Kannst du dich an das erinnern, was vorhin passiert ist? Als ich … Zane küsste? Sah es so aus, als wäre ich nicht freiwillig bei ihm?«, zischte ich und die Wut flammte in mir auf, bei dem Gedanken, dass es nicht Zane war, den ich geküsst hatte. Dafür würde er noch bezahlen, sobald ich meine Magie verwenden könnte.

Ein emotionsloses Lachen brach aus ihm hervor. »Das kann doch nicht dein Ernst sein.«

»Und ob das mein Ernst ist. Er war bisher immer ehrlich zu mir. Hat mir nicht verschwiegen, dass er ein verdammter Wandler ist.« Meine Stimme wurde immer lauter. Energischer. Wütender. »Hat mich nicht im Stich gelassen.«

»Ich habe dich ebenso nicht im Stich gelassen. Ich bin hier.«

Ich sog die Luft ein. »Weißt du überhaupt, in welcher Gefahr wir uns damals auf der Waldlichtung befanden? Was alles hätte passieren können? Wie unverantwortlich du gehandelt hast? Du hättest damals schon deine Fähigkeiten nutzen können, um uns zu retten. Aber nein.« Ich hielt die Hände kapitulierend vor meinen Körper, soweit es mir mit den Fesseln möglich war. »Ich war es, die uns drei vor dem Wandler gerettet hat. Vor deiner verdammten Spezies!«

Er fuchtelte mit seinen Armen wild umher. »Jetzt aber mal halblang. Hör mir zu.«

»Nein, du hörst mir zu!« Meine Finger glühten blau, die Magie durchflutete meinen Körper, doch kein Funke kam aus mir. Diese verfluchten Fesseln.

»Zuerst setzt du mich solch einer Gefahr aus, obwohl du es von der ersten Sekunde an beenden hättest können. Du hättest dich, keine Ahnung … In irgendein größeres, angsteinflößenderes Tier verwandeln können. Du hast mich belogen. Und als Zane mich gefunden hat, was hast du da getan? Hm?« Ich rieb mir nachdenklich übers Kinn und setzte ein falsches Lächeln auf. »Ach ja. Garnichts. Du kreuzt hier Wochen später auf und entführst mich mitten in der Nacht. Es gibt keinen Aufstand, stimmt's? Ihr habt alles nur vorgetäuscht, um an mich ranzukommen.« Meine Miene wurde berechnend. »Aber soll ich euch zwei Intelligenzbestien etwas verraten? Zane wird nicht ruhen, bis er mich wieder gefunden hat. Er wird euch dafür töten, dass ihr mich entführt habt. Eure Köpfe nach Floranys schicken, aufgespießt auf Pfählen. Also seid, verdammt noch mal, schlau genug und bringt mich wieder zurück zum Palast. Zurück zu meinem Verlobten.«

Clarence beobachtete meinen Wutausbruch mit unergründlicher Miene. »Bist du … bist du etwa verliebt in ihn?« Seine Augen ausdruckslos und leer. Farblos. »Liebst du ihn?« Seine Stimme hatte sich verändert. Sie wirkte plötzlich verletzlich, unsicher. Etwas, das ich von ihm nicht gewohnt war. Normalerweise hatte er immer eine unangebrachte Bemerkung auf den Lippen.

»Hätte ich ihn geküsst, wenn ich es nicht täte?«, entgegnete ich.

Laurent mischte sich wieder ins Gespräch ein. »Clarence, du Vollidiot. Wir riskieren hier unser Leben für die Braut eines anderen. Lass es gut sein. Wir werden eine andere Lösung finden, es durchzuziehen.« Er wischte sich fest übers Gesicht und strich danach seine braunen Haare zurück. Nun wanderte sein Blick zu mir. »Wir bringen dich natürlich zurück. Nur bitte hetz uns nicht deinen wild gewordenen Wolf an den Kopf.«

Wildgewordenen Wolf. Ich musste lachen. Wenn Zane nur so zahm wie ein Wolf wäre.

»Nein«, sagte Clarence ausdrucksstark, den Blick fest auf mich gerichtet.

Ich räusperte mich, vollkommen überrumpelt. »Nein?« Ich legte meinen Kopf schief und hatte keine Ahnung, was hier vor sich ging. Laurent hatte vor nur wenigen Sekunden gesagt, dass sie mich zurückbringen würden.

»Nein. Sie bleibt bei uns«, beharrte Clarence.

»Wie bitte?«

»Du hast mich schon verstanden. Du bleibst bei uns. Wir reisen zurück nach Floranys und du gibst mir die gleiche Chance, die Zane hatte. Außerdem ist da noch etwas anderes, das wir von dir brauchen. Aber das erkläre ich dir, sobald wir in Floranys ankommen.«

»Bruder, bist du jetzt vollkommen verrückt geworden? Das ist nicht der richtige Weg dafür. Sie hilft uns niemals, wenn wir sie gegen ihren Willen mitnehmen«, sagte Laurent, doch Clarence hörte nicht auf ihn.

Helfen? Bei was?

»Hätte Zane uns nicht gefunden, wären wir gemeinsam im

Palast in Floranys angekommen. Es wäre alles anders verlaufen. Du hättest nicht der Heirat mit Zane zugestimmt.«

»Wovon redest du?«, fragte ich und versuchte erneut, den Abstand bestmöglich zu halten, was auf Lyras Rücken nur bedingt funktionierte. Noch immer lagen seine Arme um meine Taille und ich bemerkte, wie er seine Hände auf Wanderschaft schickte, während er die nächsten Worte sprach.

»Du hast es doch genauso gespürt wie ich. Das, was sich zwischen uns auf der Reise entwickelt hat. Das Knistern. Du musst es doch gespürt haben.« Ich probierte, seine Finger, welche mir solches Unbehagen bescherten, von mir zu drücken.

Ich schwor mir, sobald die Fesseln von meinen Handgelenken wären, würde ich ihm die Hände abhacken und diese in seinen Mund stopfen.

Er lachte. »Natürlich hast du es gespürt. Deswegen wehrst du dich so dagegen. Du warst so enttäuscht, dass ich jetzt erst auftauche, um dich zu holen. Du hast dir gewünscht, ich wäre schon früher gekommen. Nicht wahr?«

Dass an seinen Worten etwas dran war, traf mich tiefer als gedacht. Ja, ich hatte mir gewünscht, dass Clarence mich fand. Mich rettete. Aber bevor ich erfahren hatte, dass das, was an dem Verlobungsball geschehen war, eine List gewesen war. Nachdem ich die Wahrheit erfahren hatte, hatte sich alles verändert.

»Ja, ich wollte, dass du mich findest. Aber nicht, dass du mich entführst. Ich gebe zu, dass ich entsetzt darüber war, dass du mich nach unserer gemeinsamen Zeit, in der ich dachte, dass wir Freunde geworden sind, nicht gesucht hast. Ich habe mich im Stich gelassen gefühlt. So, als ob unsere gemeinsame Zeit eine weitere Lüge war.« Ich schüttelte den Kopf. »Ich dachte wir …«

Wieder versuchte er, meine Finger zu erreichen.

Kapitel 54 Oriana

»Finger weg, Bürschchen, sonst wirst du es bereuen«, hörte ich eine tiefe Männerstimme hinter uns. Wir waren so in unser Wortgefecht vertieft, dass wir nicht bemerkt hatten, dass sich jemand an uns herangeschlichen hatte.

Nicht irgendjemand.

Zanes Vater, König Dawn von Westerys, saß mit erhobenem brennendem Schwert anmutig auf seinem schwarzen Hengst. Seine tiefschwarze Krone glänzte im Mondlicht, sein Pferd wieherte und trat anmutig am Strand umher. Umgeben war er von Dutzenden Männern, die alle bis an die Zähne bewaffnet waren.

»Ich habe gesagt, Finger weg«, wiederholte er. »Ich schwöre bei den alten Göttern: Du wirst ansonsten das Tageslicht nicht wiedersehen.«

Aus dem Schatten eines Baumes trat Zanes schwarzer Hengst.

»Zane«, hauchte ich sehnsüchtig. Er hatte mich gefunden. Sofort glänzten Tränen in meinen Augen.

Ich sah, wie seine Lippen stumm meinen Namen formten.

In einer eleganten Bewegung hievte er sich vom Pferd und in dem Moment, als seine Beine den Boden berührten, entfachte er seine goldgelbe Feuermagie um seine Hände. Er ließ seinen Nacken knacken und ich wusste nicht, ob ich ihn schon jemals so attraktiv gefunden hatte.

Dieser Mann war der Gott des Krieges.

Clarence und Laurent tauschten einen Blick aus. Kommunizierten stumm nur über Augenkontakt. Wahrscheinlich war das eine Fähigkeit, die einen automatisch mit seinem Zwilling verknüpfte.

»Lasst Oriana sofort frei«, forderte er. Seine Nasenflügel blähten sich auf und er wirkte so wütend, dass ich nur darauf wartete, dass Nebelschwaden aus seinen Nasenlöchern hervorstießen.

»Du hast kein Recht auf sie«, zischte Clarence und drückte mich fest an seine Brust. Weshalb ich mein Gesicht verzog. Der Körperkontakt mit ihm war beinahe schmerzlich unangenehm. »Ich hatte den Bluthasen gefunden. Ich sollte an deiner Stelle stehen.«

»Ich fordere dich kein zweites Mal auf, aus dem Weg zu gehen. Denn ich schwöre, wenn du nicht sofort verschwindest, dann vergesse ich jeden Funken Anstand, der noch in meinen Knochen zu finden ist.« Er presste den Kiefer fest aufeinander.

Man erkannte sofort, wie viel Selbstbeherrschung es ihn kostete, Clarence nicht auf der Stelle zu töten. In seinen Augen funkelte seine Mordlust.

»Oriana kann frei entscheiden, wen sie will oder nicht. Ich habe sie nie zu etwas gezwungen. Sie heiratet mich freiwillig. Nicht wegen irgendeines dummen Bluthasens, irgendeiner sinnlosen Prüfung. Nein. Sie heiratet *mich* um meiner selbst willen.«

Sofort begriff ich, was er da tat. Er provozierte ihn. Versuchte, ihn in einen Kampf zu verwickeln, denn nur einen Moment zuvor hatte er seinen Blick auf meine Handgelenke geworfen, an denen sich noch immer die Onyxfesseln tief in mein Fleisch bohrten und meine Magie lahmlegten. Wäre ich in der Lage, meine Kräfte zu benutzen, hätte ich Clarence schon zwei Meter unter die Erde befördert. Egal ob er mir damals geholfen hatte oder nicht. Er entführte mich auf grausamste Weise. Fesselte mich wie eine Gefangene und zerrte mich gegen meinen Willen aus meinem Zuhause fort.

Zum ersten Mal, seit dem Tod meiner Eltern, war ich wieder glücklich gewesen. Und genau dieses Gefühl, welches mir beinahe fremd geworden war, versuchte er mir zu stehlen.

Clarence ging auf Zanes Masche ein. Er schnaufte, ließ endlich meine Taille los, nur um mit beiden Händen über seine Schultern zu fassen, um seine Zwillingsschwerter aus der Scheide zu ziehen.

Das Geräusch, das beim Herausziehen der Schwerter erklang, verpasste mir eine Gänsehaut.

Schneller als ich schauen konnte, rutschte er von Lyras Rücken und stellte sich Zane breitbeinig in den Weg.

Danach lenkte Laurent seinen Pegasus vor mich und Lyra, um uns abzuschirmen. »Verdammte Scheiße. Mit dem hatte ich heute nicht gerechnet. Sorry Prinzessin«, sagte er.

»Was ist nur mit ihm los?«, wollte ich wissen.

So kannte ich Clarence nicht. Sein Bruder kannte ihn wie seine Westentasche, dennoch wirkte selbst er überrascht und nicht gerade begeistert von der Situation. So war es bestimmt nicht geplant gewesen.

Zane errichtete eine Art Feuerring rund um sie, während Clarence auf ihn zutrat. »Was willst du mit diesen dämlichen Schwertern?«, spottete Zane und machte eine abwertende Geste. »Kämpf doch wie ein Mann oder reichen deine geringen Kampfkünste dafür nicht?«

Clarence warf einen Blick auf seine Schwerter, kurz bevor er eines davon in Zanes Richtung warf, gefolgt vom nächsten.

Elegant wich Zane den Schwertern aus und stieß ein kehliges, animalisches Lachen aus. »Kein Wunder, dass Oriana dich nicht wollte.«

»Ich werde dich töten!«, zischte Clarence. »Und dann steht nichts mehr zwischen Oriana und mir.«

Wie konnte er das denken? Glaubte er, er konnte mich mit Gewalt an sich binden?

Zanes Flammen loderten höher, nachdem Clarence meinen Namen erwähnt hatte. Er war ein typisches Alphamännchen, das sein Weibchen um alles auf der Welt verteidigen würde. Und es war so unreal, dabei zuzusehen.

Laurents Kopf war hin und her gerissen zwischen seinem Bruder und mir. »Er wird mich dafür töten«, murmelte er, bevor er sich in seine Hosentasche griff und einen kleinen dunklen Schlüssel hervorholte. Meine Augen weiteten sich.

Der Schlüssel für meine Fesseln.

Er schnappte meine Hände.

»Ich habe keine Magie«, gab er zu und ich verzog verwirrt das Gesicht.

Er war doch Clarence' Zwillingsbruder. Er müsste über die Erdmagie verfügen. Doch der Gedanke fasste nicht Fuß, um sich länger damit aufzuhalten.

»Also, erinnere dich bitte, wenn gleich die Fetzen fliegen, dass ich dich zurückbringen wollte.« Er steckte den Schlüssel ins Schloss. »Bitte.« Seine Augen bohrten sich in meine, als das Schloss knackte und die Fesseln von meinen Handgelenken flogen.

Ich blickte zu Laurent auf, der die Lippen fest aufeinandergepresst hatte.

Ich nickte. »Danke.«

Er wusste genauso wie ich, dass Clarence ihn womöglich dafür töten würde.

Wurzeln schossen aus der Erde und schlängelten sich um Zanes Beine, die er sofort versenkte. In tausend Stücke sprangen die Holzteile in alle Himmelsrichtungen.

Kurz darauf wirbelte Zane herum und lenkte einen Feuerschwall direkt auf Clarence zu, der im letzten Moment die Erddecke unter sich knacken ließ und ein schützendes Schild um sich bildete.

König Dawn sprang vom Pferd und wollte Zane zur Hilfe eilen. Doch im selben Moment erloschen die Flammen, die die zwei Kontrahenten einkreisten.

Ich stand mit geschlossenen Augen da, während sich ein regelrechter Tornado aus Schnee um mich bildete.

Zane und Clarence hielten in ihrer Bewegung inne. Noch nie zuvor verlangte meine Magie so dringend danach, sich entladen zu dürfen. Und ich gewährte es ihr. Der Sturm nahm seine Fahrt auf. Die Pferde wieherten und ich sog die eiskalte Luft in mich auf. Erinnerte mich daran, woher ich kam. Wer meine Eltern waren. Woraus meine Gabe bestand. Nie wieder würde mich jemand verletzen und ich würde tatenlos danebenstehen. Ich war stark. Eine verdammte Todeskriegerin.

Ich war kein Spielzeug, das man besitzen konnte. Niemand hatte nur den geringsten Anspruch auf mich, außer ich selbst.

Das hier war für meine Familie, für Zane. Für *mich*.

Danach schlug ich die Augen auf, sah in den tiefschwarzen Nachthimmel. Meine Haare schwebten rund um mich, als ob ich mich im Wasser befände. Zanes Hemd wehte rund um meinen Körper und darunter schimmerte meine gesamte Haut in einem leichten Blau.

Zane und Clarence standen mit geöffneten Mündern da, als ich meine Magie freigab.

Mein Schneesturm verwandelte sich in eine einzige steinharte Böe, die ich direkt in Clarence' Richtung lenkte, als ich herumwirbelte. Wieder übernahmen meine Emotionen die Kontrolle meiner Magie.

Clarence riss die Augen auf, bevor er weggeschleudert wurde und mit einem dumpfen Aufprall gegen einen Baum schlug. Er sackte auf den Boden zusammen.

»Wie ich diese Frau liebe«, hörte ich Zane durch das Dröhnen in meinen Ohren.

Schwer atmend versuchte ich mich zu beruhigen. Ich kniff die Augen zusammen, um einen klaren Gedanken zu fassen, aber meine Magie war zu stark und ich hatte keine Kontrolle.

Mit den Händen drückte ich auf meine Schläfen und fiel auf meine Knie.

Ich vergrub die Hände in meinen Haaren und stieß einen kehligen Schrei aus, der in der Nacht widerhallte. Der Druck in meinem Kopf, in meinen Adern, verzerrte mich beinahe. Es war zu viel gewesen.

Ich hatte eine Magie entfesselt, welche ich nicht beherrschen konnte, welche drohte, mich und alle Umstehenden zu vernichten.

Als ich wieder aufschaute, sah ich, wie Clarence auf mich zugestürmt kam, gefolgt von Zane. Ranken schossen aus der Erde und versuchten, Zane aufzuhalten, doch dieser schleuderte sein Feuer dagegen.

Direkt unter Zanes Füßen bildete sich ein Riss, der ihn drohte zu verschlucken, doch es gelang ihm im letzten Moment, auszuweichen, bevor sich der Riss in eine zwei Meter breite Schlucht verwandelte.

Ruckartig hob ich die Hand, und ein Strahl schoss aus meiner Handfläche, den ich wieder auf Clarence versuchte zu lenken, doch Laurent sprang dazwischen und riss meinen Arm nach oben. Meine Magie explodierte mit einem lauten Knall im Himmel über uns.

Unzählige Eissplitter fielen vom Himmel und ohne zu zögern, warf sich Laurent über mich, um mich vor ihnen zu schützen.

»Ich habe gesagt, du sollst mich beschützen, uns beschützen. Nicht meinen Bruder oder sonst wen töten«, knurrte Laurent und klappte eine der Fesseln wieder um mein Handgelenk. »Erst recht nicht, wenn du deine Magie nicht unter Kontrolle hast.«

Ich trat nach ihm, doch schon klackte die zweite Fessel. Ehe ich realisieren konnte, was passiert war, zerrte er mich auf und warf mich wie einen Sack Kartoffeln mit dem Bauch voran über Lyras Rücken.

Zane gelang es, Clarence' Schulter mit einem Feuergeschoss zu treffen, kurz bevor dieser mich erreichte. Er fiel dumpf zu Boden und stieß einen ohrenbetäubenden Schrei aus.

Direkt vor mir befand sich Laurent und verfolgte das Geschehen. »Dafür schuldest du mir etwas, Bruder«, brachte er zwischen zusammengebissenen Zähnen hervor.

Sein Körper schwoll an. Er … er würde doch nicht etwa …

Laurents Körper schwoll weiter an, seine Kleidung riss, währenddessen er sich darunter veränderte. Er verwandelte sich.

Sekunden später stand mir plötzlich ein übernatürlich großer Wolf gegenüber. Mit gefletschten Zähnen und einem tiefen Knurren überwand er die wenigen Meter und stürzte sich auf Zane.

Mittlerweile hatte ich mich auf Lyras Rücken aufgerappelt und wollte von ihr runter, um Zane zur Hilfe zu eilen, als Clarence vor mir stand.

Er hievte sich mit letzter Kraft auf Lyras Rücken, sofort sah ich die verheerende Wunde, die Zane ihm zugefügt hatte.

Verkohlte Haut, vermischte sich mit dem versenkten Stoff seiner Tunika.

Noch bevor ich mich wehren konnte, packte er mich um die Taille. »Los!«, schrie er zu Lyra und klopfte mit dem Bein gegen ihre Seite. In letzter Sekunde versuchte ich noch von ihrem Rücken zu rutschen, doch Clarence' eiserner Griff hielt mich fest.

Ich wand mich und wollte mich befreien.

Erfolglos.

Panik übernahm das Steuer und ich schlug wild um mich, soweit es die Fesseln zuließen.

Ich schrie. Ich schrie so schrill, dass sich meine Stimme in meinen Ohren überschlug.

»Mach jetzt nur keine Dummheiten«, warnte er mich zwischen zusammengebissenen Zähnen. Er hatte einiges zutun, um mich weiterhin festzuhalten.

Nein. Nein. Nein.

»Lass mich los!«, brüllte ich und riss erneut an den Onyxfesseln, die sich daraufhin fester um meine Handgelenke schlossen.

Das Gefühl der Machtlosigkeit erdrückte mich. Egal wie sehr ich versuchte, mich zu wehren – ohne meine Magie war ich nichts. Ich war zu schwach.

»Je mehr du dich wehrst, desto schlimmer wird es«, knurrte Clarence.

Mein Kopf schnellte zurück und knallte direkt gegen Clarence' Gesicht.

»Verdammte Scheiße«, fluchte er und riss die Hand von mir los, um seine Nase zu umfassen, aus der das Blut tropfte.

Der Schmerz, der durch meinen Kopf zog, raubte mir beinahe mein Bewusstsein. Doch er war es wert.

Ich fiel nach vorn und dachte einen kurzen Moment, ich könnte es schaffen, davonzukommen.

Doch nachdem ich Clarence' Nase zerschmettert hatte, breitete Lyra ihre majestätischen Flügel aus und schlug mehrmals kräftig damit.

Gerade noch konnte ich mich in ihrer Mähne festhalten.

»Oriana«, hörte ich Zane schreien, während dieser gegen den Wolf, – Laurent – kämpfte. Seine Stimme wurde von Lyras Flügelschlägen beinahe übertönt. Dann erhob sie sich in die schwarze Nacht.

Reflexartig vergrub ich meine Finger fester in ihrer Mähne. Mein gesamter Körper war angespannt.

Als ich meinen gesamten Mut zusammennahm und nach unten sah, konnte ich Zane gerade noch so erkennen, ebenso wie König Dawn, der mit ihm gegen Laurent kämpfte. Zanes Männer überwältigten Laurent, der … bei den Göttern … der Zanes Bein in seinem gigantischen Maul hatte.

Mein Herz bekam einen Stich. Ein kehliges Schluchzen brach aus mir hervor, während bittere Tränen von meinen Wangen flossen, die der Gegenwind davonpeitschte.

»Nein«, kreischte ich, als meine Stimme versagte.

Arme schlossen sich fester um meine Mitte und hielten mich fest. Ich hatte keine Chance, diesen Armen zu entkommen. Außer, ich würde mich von Lyras Rücken stürzten.

Und bei den Göttern im Himmel, diese Option war nicht die schlimmste.

Kapitel 55 Zane

Noch nie in meinen fünfundzwanzig Jahren hatte ich solche Wut verspürt. Solch unersättliche, giftige Wut. Am liebsten würde ich meine gesamte Energie entladen und alles im Radius von hundert Metern in Flammen setzen. Meinen Schmerz aus mir schleudern, ohne mir Gedanken über die Konsequenzen zu machen.

Alles in meinem Kopf hämmerte. Ein Gedanke jagte den nächsten und kein einziger blieb lange genug, um zu wissen, wie ich sie zu mir zurückholen könnte.

Wie konnte er es wagen, das Wichtigste in meinem Leben zu entführen? Als ich sah, wie sich der weiße Pegasus mit Oriana auf dem Rücken in die Lüfte erhob, gefror das Blut in meinen Adern.

Ich blendete den Schmerz aus, der durch mein Bein zuckte. Laurent hatte mich fest in seinem Griff, seine scharfen Zähne in mein Fleisch gebohrt, nur weil ich einen Moment lang abgelenkt gewesen war.

Ich hätte meine Magie benutzen können, um Clarence von dem Pegasus zu schleudern, nur wäre die Gefahr, Oriana zu treffen, zu groß gewesen. Ich konnte es nicht riskieren, sie zu verletzen.

Jedoch überlegte ich nicht lange und warf eine glühende Druckwelle in Laurents Richtung, der ebenfalls versuchte zu fliehen, nachdem er mein Bein freigegeben hatte. Er knallte mit einem dumpfen Aufprall am Boden auf.

Sofort stürmten mehrere Wachmänner zu ihm und fixierten ihn am Boden.

Ich fiel auf die Knie und stieß einen ohrenbetäubenden Schrei aus.

Meine Finger gruben sich in die Erde und ich überlegte keine Sekunde länger. Meine Magie summte und war bereit, Laurent ganz und gar zu zerstören.

Ich hob den Kopf, sah diesem Bastard tief in die Augen. Mit brutaler Wucht schlug ich mit der Faust auf den Boden. Rund um uns breiteten sich Flammen aus und umkreisten uns. Schlossen die Umstehenden erneut aus. Ich wollte diesen Moment für mich.

Während ich mich erhob, entfachte ich ein Feuer rund um meine Hände. Die hell glühenden Flammen tanzten auf meinen Handflächen und waren mehr als bereit, zuzuschlagen. Doch ich zog sie so weit zurück, um Laurent nicht sofort zu töten. Ich wollte ihn leiden sehen. So, wie ich litt. So, wie Oriana leiden würde. Wegen ihm und Clarence.

Mit Sicherheit würde ich ihm nicht den Luxus eines schnellen Todes gewähren.

Meine Faust flog durch die Luft und traf ihn, sodass sein Kopf zur Seite schnellte. Mittlerweile hatte er sich wieder in seine natürliche Form zurückverwandelt. Er taumelte rückwärts und konnte sich nach meinem Schlag kaum auf den Beinen halten.

Ich schloss meine Finger um seine Kehle und drückte zu. Fest. Er gurgelte und rang nach Luft.

Ich ließ meine Magie in meine Finger fließen und hörte seine Schreie noch bevor ich spürte, wie heiß meine Hände glühten. Meine Flammen versenkten die Haut überall, wo meine Finger ihn berührten.

Seine abgehackten Schreie hallten in meinen Ohren wider. Einer der schönsten Klänge, die ich, nach Orianas Stimme und ihrem Lachen, je gehört hatte.

Laurent umklammerte meinen Unterarm und versuchte, meinen Griff um seinen Hals zu lösen. Sein Gesicht verfärbte sich rot, danach blau.

Und ich lachte. Herzhaft. Von allen guten Geistern verlassen.

Niemand nimmt mir meine Verlobte weg und kommt damit ungeschoren davon. Niemand.

Plötzlich riss mich jemand zurück, sodass ich den Griff um

seinen Hals verlor. Ich wirbelte herum und wollte schon das selbst gewählte Schicksal desjenigen besiegeln. Da begegnete ich den gehetzten Blick meines Vaters.

Er packte mich an den Schultern und fixierte mein Gesicht. »Junge. Beruhige dich.«

Ich wollte mich von ihm wegreißen, doch er umfasste meinen Kiefer fester, damit ich weiterhin seinen Blick standhielt.

»Wenn du ihn tötest, finden wir Oriana niemals.« Er schnaufte. »Wir müssen jetzt taktisch vorgehen.«

Mein Atem ging viel zu unkontrolliert. Ich schüttelte den Kopf. »Er wird dafür bluten. Langsam und schmerzhaft.«

Ich riss mich von ihm los und stürmte wieder auf Laurent zu, der mittlerweile von zwei Wachen aufrecht gehalten wurde. Sein Kopf hing schlaff nach unten, genauso wie sein restlicher wertloser Körper.

Ich blieb direkt vor ihm stehen und tätschelte ihn. »Wach verdammt noch mal auf, du Bastard.«

Es dauerte eine Weile, bis er wieder bei Sinnen war. Ich hatte ihn fast zu Tode gewürgt. Verbrannt. Und dennoch war es nicht genug.

»Ich frage dich das genau ein einziges Mal«, schrie ich wutentbrannt, nur um meine Stimme danach zu senken. »Wo bringt er sie hin?«

Laurents Stimme war leise, kaum mehr als ein Flüstern. »Ich weiß es nicht. So war es nicht geplant.«

»Was meinst du damit?«

»Wir wollten sie nur retten.« Laurent hustete. »Clarence ging davon aus, dass sie zu ihm gehört und du sie unrechtmäßig beansprucht hast.« Er versuchte zu schlucken. »Es konnte keiner ahnen, dass du bemerkst, dass wir in den Palast eingebrochen sind.«

»Eingebrochen? Wie seid ihr in den Palast gekommen? Das ist unmöglich«, zischte ich. Der Palast war mehr als ausreichend gesichert. An jedem möglichen Ein- und Ausgang waren rund um die Uhr Wachen stationiert.

»Nicht, wenn man wie eine deiner Wachen aussieht.« Er lächelte emotionslos. Laurent und auch Clarence waren Gestaltwandler. »Tja, was soll ich sagen? Ich hatte mir das alles auch etwas anders vorgestellt.« Er zuckte mit den Schultern, als ob es keine große Sache wäre. »Dass Clarence völlig durchdreht, damit habe ich nicht gerechnet. Ich wollte sie zurückbringen, nachdem sie uns versichert hat, dass du sie nicht entführt hast, sondern sie freiwillig hier ist. Irgendetwas von Heiraten hat sie gesagt.«

»Wohin bringt er sie?«, fragte ich erneut. Denn eigentlich war das alles, was ich im Augenblick wissen wollte. Dass die Zwillingsprinzen Wandler waren, war ein Schock. Erst recht, da jeder dachte, es wären alle Wandler damals verbannt worden.

Doch Oriana zu finden war meine erste Priorität.

Laurent schüttelte den Kopf. »Wie vorhin schon gesagt, ich weiß es nicht.«

Ohne Vorwarnung flog meine Faust durch die Luft und traf sein Gesicht, das sofort zur Seite flog. Laurent verlor erneut sein Bewusstsein und sackte zusammen.

Mein Vater trat neben mich, legte mir kräftigend seine Hand auf die Schulter und drückte einmal zu. »Wir werden ihren Aufenthaltsort schon aus ihm herausbekommen.« Demonstrativ tanzte eine Flamme auf seiner anderen Hand, die er mit einer raschen Drehung wieder erlosch. Sein Gesicht zu einer heimtückischen Miene verzogen. »Ich kenne da ein paar Methoden.«

Die Wachen hievten Laurents regungslosen Körper wie einen Mehlsack über den Rücken eines Pferdes. Zuerst sah ich im Augenwinkel zu meinem Vater, dann drehte ich meinen Kopf zu ihm und entdeckte das Funkeln in seinen Augen. Die Vorfreude darauf, Laurent zu quälen.

Und wie sagte man so schön?

Der Apfel fällt nicht weit vom Stamm.

Kapitel 56 Oriana

Ich verlor jegliches Zeitgefühl. Ich hatte alle Tränen geweint. Kein Tropfen war mehr übrig.

Wir waren die restliche Nacht über in Richtung Nord–Westen geflogen. Und ich wusste genau, wohin er mich bringen würde. Nach Floranys.

Ich fühlte mich leer. Genauso leer starrte ich auf die in Rot und Orange leuchtende Sonne, die den Horizont erhellte. Mit geschlossenen Augen sog ich die trostspendenden, warmen Strahlen in mich auf. Versuchte, Kraft aus ihnen zu tanken. Hoffnung aus ihnen zu schöpfen. Es würde mir gelingen, zu Zane zurückzufinden.

Ein neuer Tag, an dem ich nicht wusste, was auf mich zukommen würde. Nicht wusste, ob Zane noch lebte. Ob ich ihn jemals wieder sehen würde.

Ich dachte, alles würde sich nun zum Guten wenden. Ich hatte die Nase voll von dem ganzen Drama, den ganzen Lügen und Überraschungen. Das Einzige, was mich antrieb, nicht nachzugeben und für meine Freiheit zu kämpfen, war Zane.

Das war wohl das Unglück, das mir die alten Götter auferlegten, weil ich so töricht gewesen war, vor der Ehe den Beischlaf mit jemandem zu vollziehen. Wenn es doch allgemein bekannt war, welches Pech es brachte. Aber ich hatte nicht hören wollen.

»Wohin bringst du mich?«, wollte ich wissen.

»Das wirst du noch früh genug sehen.« Clarence' Arme, die um meine Mitte geschlungen waren, fühlten sich so unglaublich falsch an. Dass ich so leicht bekleidet war, verstärkte mein Unwohlsein nur.

Noch vor ein paar Wochen hatte ich es nicht als unangenehm empfunden, von ihm berührt zu werden. Und diese Erkenntnis löste einen Schauer über meinem Körper aus. Zu der Zeit hatte ich mich neben ihm wohl und behütet gefühlt. Er hatte sich um mich gekümmert und war für mich da gewesen, ohne eine Gegenleistung zu fordern. Zumindest hatte ich das gedacht.

Die jetzige Situation zeigte, dass ich mich fürchterlich geirrt hatte. Clarence dachte, er hätte ein Anrecht auf mich. Da er den bescheuerten Bluthasen damals im Wald aufgespürt hatte. Obwohl Zane mir versichert hatte, dass die Übergabe des Hasen die Entscheidung der Prüfung bestimmte. Nicht, wer den Hasen gefunden hatte. Und ich glaubte Zane. Noch dazu hatte ich in den *Legenden der Götter* nichts gefunden, was das Gegenteil bestätigte.

Denn obwohl ich nie an diese geglaubt hatte, trafen sie diesmal zu. Sie hatten durch die Prüfungen den passenden Partner für meine Seele auserkoren.

Zane verkörperte alles, was ich an einem Mann als begehrenswert empfand. Von seiner stattlichen Erscheinung mal abgesehen. Es war seine liebevolle Weise, wie er war, wenn wir zusammen waren. Wie er mich ansah, mich berührte. Wie sich meine Haut entflammte, wenn sein Blick auf mir haftete. Die Gefühle, die er in meinem Magen auslöste, in meinem Herzen, waren unbeschreiblich.

Nie zuvor hatte ich geliebt. Und ich hätte es auch niemals für möglich gehalten, so tiefe ehrliche Gefühle für jemanden zu empfinden. Er hätte sich heute Nacht für mich geopfert. Er hatte gekämpft, um Leben und Tod.

Und ich war mir sicher, er würde mich suchen, wenn er noch lebte. Er würde erst ruhen, wenn er mich wieder in seinen Armen halten würde. Mich fest an sich drücken konnte und nie wieder loslassen würde.

Während ich mich auf der Reise mit Clarence befunden hatte, hatte ich gedacht, er wäre einer der Guten. Jedoch hatte mich meine Menschenkenntnis vollkommen in die Irre geführt. Er war nicht für mich da um meinetwillen. Nein. Es ging ihm einzig und allein darum, dass ich mich in ihn, statt in Zane verlieben sollte. Dass ich ihn als meinen Ehemann auswählen würde.

Und plötzlich fühlte ich das Gefühl von Scham. Wie naiv und leichtgläubig ich gewesen war. Doch ich war damals so verletzt und enttäuscht gewesen, hatte mich elendig gefühlt und war daher ein leichtes Opfer für seine Nähe. Seine Aufmerksamkeit.

Wir flogen den gesamten Tag durch. Ich wollte nicht wissen, wie erschöpft Lyra deswegen sein musste.

Doch Clarence wollte anscheinend auf Nummer sichergehen, dass Zane und seine Männer uns nicht finden würden. Dass wir den nötigen Vorsprung auf unserer Seite hatten. Selbst Clarence' Wunde hatte sich beinahe vollständig geschlossen. Erdmagie oder Wandler, es war mir egal, was es beschleunigte.

Erst kurz bevor die Dämmerung hereinbrach, gab er Lyra das Zeichen, um zu landen.

Wir befanden uns mitten in einer Gebirgsgegend. Flogen zwischen felsigen Bergspitzen vorbei, bis wir bei einem Vorsprung einer Höhle landeten.

Die Luft hier oben war dünner. Was mir anfänglich etwas Panik bereitete. Ebenfalls war es kühler als in Westerys, weshalb ich meine Arme um meinen Körper schlang, um die verbliebene Wärme in meinem Körper zu behalten. Soweit es mir mit den Fesseln möglich war.

Clarence hievte sich von Lyras Rücken und hielt mir wortlos die Hand hin. Erst jetzt sah ich ihm das erste Mal, seitdem wir Westerys verlassen hatten, direkt in die Augen.

Und was ich da sah, jagte mir den nächsten Schauer über den Rücken. Von seinem sonst so warmen, bernsteinfarbenen Blick war nichts mehr zu erkennen. Seine Augen wirkten fahl, kühl. Genauso wie seine restliche Erscheinung. Bartstoppeln umrandeten sein Gesicht und die Haare fielen ihm matt in die Stirn. Er sah aus, als ob er gekaut und wieder ausgespuckt worden wäre.

Schließlich ignorierte ich seine ausgestreckte Hand, wand mich selbst irgendwie von Lyras Rücken und fiel dabei fast zu Boden.

»Komm«, befahl Clarence und ich überlegte kurz, ob ich einfach hier draußen bleiben sollte. Nur die Götter wussten, was in dieser Steinhöhle auf mich warten würde. Doch meine Fluchtmöglichkeiten waren relativ bescheiden. Noch dazu mit den Onyxfesseln.

Clarence bemerkte, dass ich zögerte und mich umsah. »Du kommst hier nicht weg.« Er stieß die Luft aus. »Außer, dir wachsen hier an Ort und Stelle Flügel.«

»Für dich wäre das keine große Sache, wie ich erfahren habe«, zischte ich. »Du verlogener Mistkerl.«

»Ich dachte, das Thema hätten wir schon durchgekaut.«

»Durchgekaut? Ich weiß nicht, ob du denkst, ich wäre vollkommen von Sinnen. Doch so nebenbei zu erwähnen, dass man in der Blutlinie eines verdammten Wandlers geboren wurde … nun ja«, schnaubte ich. »Was dachtest du denn? Dass ich Laurent oder dich verraten hätte?« Ich schüttelte den Kopf. »Du müsstest mich besser kennen.«

Clarence schwieg einen Moment. »Ich wollte es dir erzählen.«

»Hast du aber nicht!«

»Wirklich. Ich wusste nur nicht, wie.«

Ich legte den Kopf schief. »Wie wäre es mit: Oh, Oriana, vielleicht solltest du wissen, dass mein Bruder und ich Wandler sind und ich uns das Leben hätte retten können, als uns ein anderer Wandler angegriffen hatte, ich jedoch es für besser empfunden habe, dein Leben für mein Geheimnis aufs Spiel zu setzten.« Mittlerweile brannte ich vor Wut. »Na, Clarence, wie wäre es damit gewesen?«

»Es … Es tut mir leid, Oriana«, sagte er, kam einen Schritt näher auf mich zu und versuchte, meine Hand zu nehmen, welche ich ihm sofort entzog. »Es tut mir so unfassbar leid. Es ist nicht so, dass ich dir nicht vertraue. Im Gegenteil. Doch es betrifft nicht nur mich, sondern auch meinen Bruder, meine gesamte Familie. Ich will mir nicht vorstellen, was Zane mit Laurent macht, wenn sie ihn …«

Das wollte ich mir auch nicht vorstellen. Weder dass Zane tot war noch dass er Laurent besiegen konnte.

»Hast du es von deinem Vater geerbt?«, wollte ich wissen.

»Nein, von meiner Mutter.«

»Wieso werden Wandler in der Geschichte immer als bösartige Wesen dargestellt? Ich meine, der, den ich getötet habe, war eindeutig böse. Er wollte uns töten. Aber du …«, murmelte ich. »Du und Laurent wirken … Na gut, ich kann nicht mal sagen, dass ihr nicht bösartig wirkt. Schließlich bin ich hier. Gegen meinen Willen.«

»Ich denke, wir sollten reingehen.« Er deutete auf die Höhle. »Vielleicht findest du da ein paar Antworten.«

Ich zog meine Nase kraus und verstand nicht, worauf er hinauswollte. Wo sollte ich hier, in irgendeiner Höhle, wo rundherum nur Berge waren, Antworten auf meine Fragen finden? Jedoch blieb mir nichts anderes übrig, weshalb ich Clarence in die Höhle folgte.

Die Decke war so niedrig, dass sogar ich mich etwas bücken musste. Doch die Enge dauerte nur einige Meter an, denn danach wurde die Höhle weitläufig und riesig.

Was mich aber zum Staunen brachte, war die Tatsache, dass die Höhle keine gewöhnliche war. Sie wirkte von außen so unglaublich unscheinbar, doch wenn man erst mal hier drinnen war, erkannte man die wirkliche Schönheit hinter der grauen Fassade.

Von oben herabströmten die letzten Sonnenstrahlen des Tages, die sich auf der glasklaren Wasseroberfläche des kleinen Sees spiegelten, welcher sich in der Mitte erstreckte. Alles an diesem Ort war einfach magisch. Magisch und unglaublich.

Ich stand wie versteinert da und ließ die Atmosphäre auf mich wirken. Sog die kühle, feuchte Luft in mich auf.

Clarence drehte sich zu mir und auf seinen Lippen bildete sich sein typisches schiefes Grinsen. Das war der Clarence, den ich kennengelernt hatte.

»Das hier ist *die Höhle des Emryn.*«

»Die Höhle des Emryn?«, wiederholte ich. Noch nie zuvor hatte ich von solch einer Höhle gehört. Obwohl ich seit Kindertagen den besten Unterricht genoss und beinahe alle Orte in den Königreichen kannte. Aus den Büchern zumindest. Denn Aseria hatte ich nie zuvor verlassen.

»Es ist seit Jahrhunderten einer der geheimen Rückzugsorte der Wandler. Jedes Königreich besitzt solche«, erklärte Clarence mit ruhiger Stimme. »Seitdem alle Wandler verbannt wurden, zogen sich die meisten in den Höhlen zurück. Nur die wenigsten streifen durch die Wälder. Die Wandler, die in den Wäldern immer wieder entdeckt werden, sind jene, die selbst von hier verstoßen wurden, indem sie die Gemeinschaft versuchten zu zerstören.«

»Aber ich verstehe nicht. Wieso hier oben?«

Clarence schmunzelte sanft. »Damit kein Mensch und kein Wesen diesen Ort hier findet. Nur Wandler können sich in ein Tier verwandeln, welches hierherfliegen kann.«

Wieder wanderte mein Blick quer durch die Höhle. »Aber wieso bringst du mich hierher, wenn keine Menschen an diesen Ort erwünscht sind?«

Plötzlich wurde seine Miene starr. Er zögerte. »Weil … Oriana … Du gehörst hierher.«

Ich lachte emotionslos. »Was meinst du damit?«

»Du bist eine von uns«, behauptete er. »Eine Gestaltwandlerin.«

Jetzt hatte er völlig den Verstand verloren. Zuerst entführte er mich. Bestand darauf, dass er irgendein Anrecht auf mich hatte, und jetzt das? Wollte er mir allen Ernstes erzählen, dass ich eine von ihnen war?

Ich schüttelte den Kopf so heftig, dass meine Haare nur so herumflogen. »Nein. Nein. Nein. Da siehst du etwas falsch. Ich wurde, so wie alle in den königlichen Familien, mit Magie unserer Blutlinie geboren.«

Clarence versuchte erneut, meine Hand zu ergreifen, jedoch zog ich sie weg und trat einen Schritt zurück.

»Deine Mutter war eine Wandlerin, genauso wie meine eine war.«

Immer wieder schüttelte ich meinen Kopf, in der Hoffnung, diese wirren Behauptungen schnell wieder aus meinem Gehirn zu verbannen. »Hör auf, so etwas zu sagen. Ich vergesse mich sonst.« Ich zog die Luft ein. »Das hier wird mir zu viel. Bring mich wieder zurück. Ich bitte dich. Ich will zurück zu Zane. Du hast kein Recht auf mich oder darauf, mich hier festzuhalten.« Tränen brannten hinter meinen Lidern, während ich sie fest aufeinanderpresste, in der Hoffnung aus diesem Albtraum aufzuwachen.

Er kam wieder einen Schritt näher und umfasste grob meinen Arm. »Siehst du mein Amulett?« Seine freie Hand zog sein hölzernes Amulett aus seiner Stoffhose hervor. »Es bewirkt dasselbe wie dein Kristallarmband. Es unterdrückt die Fähigkeit des Wandelns.« Sein Blick bohrte sich in meinen, bevor er meinen Arm wie eine heiße Kartoffel fallen ließ.

Er trat wieder einen Schritt zurück, während er weitersprach. »Laurent und ich haben unsere Abstammung selbst erst vor wenigen Jahren zufällig entdeckt. Es war an unserem zwanzigsten Geburtstag. Wir waren mit unserem Freund Kyler außerhalb der magischen Mauer und Laurent hat vergessen, sein Amulett anzulegen. Uns hat einer der herumstreifenden Wandler angegriffen und vor lauter Angst hatte sich Laurent während des Kampfes, in eine sehr viel muskulösere Version von sich verwandelt.« Er stieß ein kurzes Lachen aus, schwelgte in den Erinnerungen. »Erst da hatten wir bemerkt, was unsere Mutter uns vererbt hatte.«

»Und was hat das alles mit mir zu tun?«, wollte ich wissen.

Ich wich instinktiv einen Schritt zurück, als sich etwas im Schatten neben uns bewegte.

Ein weißer Schneeleopard trat hervor. Seine Augen strahlten in einem wunderschönen Blauton.

Clarence blickte in seine Richtung und sein Mund verzog sich zu einer geraden Linie. »Dass ich Anspruch auf dich und deine Hand erhebe, dir zeigen will, dass ich der Richtige für dich bin, ist nur einer der Gründe, wieso du hier bist. Ehrlich gesagt ist es nicht der Hauptgrund.«

Mein Herz raste. Mein Atem stockte.

Der Schneeleopard setzte sich direkt neben Clarence hin, der ihm übers Fell strich. »Wir brauchen deine Hilfe, um den Fluch zu brechen.«

Fortsetzung folgt …

Danksagung

Mein erster Dank geht an meine Familie und meine Freunde. Besonders an meinen Freund, der sich monatelang täglich mein endlos scheinendes Gequatsche über meine Geschichte anhören musste. Der mich unterstützt, wie sonst keiner. Genauso danke ich meiner Tochter, die mir jeden Tag so viel Kraft und Energie schenkt. Auch meinen Bookstagram und Book-Tok Girlies danke ich aus tiefsten Herzen. Ihr habt mich auf meinem gesamten Weg begleitet und unterstützt. Und nicht zu vergessen dem VAJONA Verlag, der mir als Neuautorin die Chance gegeben hat, meinen Debütroman zu veröffentlichen.

Danke für die tolle Zusammenarbeit.